文春文庫

マリコを止めるな！

林 真理子

文藝春秋

マリコを止めるな！／目次

お節介で行動的な

にわかサッカーファン

だけど、それがどうした

マリコを
止めるな!

初出　「週刊文春」二〇一八年一月十八日号〜二〇一九年一月三日・十日号
単行本　二〇一九年三月　文藝春秋刊

お節介で行動的な

あれが消える

もはや旧い話になってしまうと思うが、二〇一七年も「文春砲」はすごかった。がんがんいろんな人の秘密を暴き立てたのだ。それも旬の人気者ばかりではない。しっとりとしたひと時代前の人まで、お金と時間をかけて取材していたのである。

藤吉久美子さんにはびっくりしたなぁ。あんなに堂々と男の人とつき合って、いつかバレるとは思わなかったんだろうか。

しかしそれにしても、身も世もなく泣きじゃくる藤吉さんの色っぽかったこと。自分の恋のために号泣する女の人を久しぶりに見た。なんだかとても愛らしい。ふつうこんな時、うつむく女の顔は緩みが出てくるものであるが藤吉さんの場合は全くそれがない。若い女性のように肌がぴんぴんしている。ちょっと乱れた髪といい、ふだん着っぽい洋服といい圧倒的な存在感である。とても五十六歳には見えない！

夫の太川陽介さんもなかなかやる。

「自分のイメージアップのためよ」

いじわるなことを言う友人もいたが、とっさにあんな言葉は出ないものである。

「カミさんだから信じる」

という言葉にシビれた人も多いはずだ。それに呼応して、

「彼がいなきゃ生きていけない」

と藤吉さんは泣いているから、つい目が離せなくなってしまう。

テレビでネットの検索数を調べていたが、松居一代さんの離婚記者会見よりもずっと多かった。

それはそうであろう。あんな演出ミエミエの記者会見は、誰だってうんざりしてしまうはずだ。

そもそも朝の八時半からの記者会見なんて聞いたことがない。朝ドラが終わるちょうどいい時間だ。彼女ぐらいワイドショーの効用を知りそれを利用した人はいないだろう。何かあるとすぐに売り込んでネタにしてもらっていた。

かつてマンションの天井が落ちてきた時、小学生だったお子さんにビデオカメラをまわさせ、それを各局に売り込んだとご自分の本にも書いてあったっけ。

そういうことを何のてらいもなく、あっけらかんと言ってしまうことが彼女のいいところではあるが、今回はちょっとやり過ぎであろう。私も生中継を見ていたのであるが、おもむろに母親に電話をして、

「お母ちゃん……、お母ちゃん」

と離婚の報告をはじめたシーンでげんなりしてしまった。ほとんどの人がそうだったのだろう。しかし母親のところに撮りにいって、二元中継をしていた局があった。あまりの愚かしさにびっくりしてしまう。緊急生中継といっても、かなり前からこの中継は予定されていたことになる。

「うちの母の側からも撮ると面白いと思うのよ」

という松居さんの売り込みにのってしまったのだ。本当に情けないぞ。

「八時五十五分頃に受話器をとって」

という打ち合わせは済んでいたのだ。なんだかなあ……。

まあ今年も「文春砲」はやむことがないであろう。そして私たちも何だかんだ言っても楽しむはずだ。

「あの人、あんなキレイごとを言ってたのに」

「清純派の顔をして」

と、芸能人の意外な一面を知ることで、どこかでウサ晴らしをしているのだろう。

ところで、二〇一八年はつらい年となった。あの私の大好きな幸福書房さんが、二月で店を閉じると聞いた時、思わず泣いてしまった私。

幸福書房さんは、代々木上原駅の前にある街の本屋さんだ。隣りが古い喫茶店になっているため、自然とブックカフェになっていて素敵だ。

ここは兄弟二人とその奥さんたちでやっていた、今どき珍しい個人経営のお店である。品揃えがいいことでも知られていた。弟さんが毎日仕入れに出かけ、棚にいつも風を送り込んでいる。

料理や食べ物関係の本も充実しているうえに、なぜかドイツの近代史の本の棚揃えがすごかった。頑張っているセンスのいい本屋さん、ということでよくマスコミに紹介されていた。

本屋の娘である私は、なんとか応援しようと、あることを思いついた。ここで私の本を買うと、ため書きも入れて私がサインするのだ。

たかだかハヤシマリコの本であるが、それでも全国から本の注文はあり、毎月かなりの数のサインをしたものである。遠い地方からわざわざ来てサインを頼む人もかなりいて、ある人は、

「林真理子ファンの聖地」

と書いてくれた。その書店が無くなるのだ。店主によると、もう街の本屋は生き残ることはむずかしいと言う。

「朝の七時半から夜の十二時まで、大人四人が働きづめに働いているんです。子どもに

はこんな商売させたくありませんよ」

きっぱりと言う。それでもう今年から更新はしないと不動産屋さんに告げたそうだ。

「ちょっと待ってくださいよ」

と私は叫んだ。

「街の幸福、幸福書房」

と誰かの色紙にも書いてあったっけ。街から本屋さんが消えると、風景が変わる。ひとつの文化がなくなってしまうのだ。何とか残せないだろうかと、私はひと晩中考えた。知り合いの本屋の店員さんに、

「自分の本屋を持つのが夢」

という人がいる。彼があの店をやってくれないだろうか。家賃ぐらいなら私が払う。そしてたまには店番をし、本を並べたりハタキをかける。

とにかく会って話し合おうと、私は本屋の店員さんにメールをしたのであるが、二月閉店の話では、もうなすすべはないと彼は言う。そんなわけで、今年からリアル書店なしに私は生きなければならないのだ。体中からへなへなと力が抜ける。ワイドショーを楽しめたのも、本という〝本妻〟があったからこそだ、とあらためて知る。

着物の思い出

もはや還暦もとうに過ぎ、作家人生もジミになっていくはずである。これからは次第に連載も減らし、少し落ち着いて書いていこう、と思っていたところに、降ってわいたような大騒ぎが始まった。

全国縦断サイン会や講演会、いろいろなイベントに出席、取材は毎日五つぐらいやった。NHK大河ドラマの原作をやらせていただいたおかげで、怒濤の日々が続いたのである。

そして大晦日は、紅白歌合戦の審査員という華やかなお仕事が待っていた。実はこれをやらせていただくのは初めてではない。三十四年前の大晦日も、私は紅白の審査員をつとめているのだ。

そお、『ルンルンを買っておうちに帰ろう』で「話題の人」枠を手にしたのである。何を着ていけばいいのかわからなかったので、知り合いのスタイリストに相談したら、ロングドレスを借りてきてくれた。あの時は今よりもずっとスリムだったので、貸衣装で何とかなったのである。

とにかく他の審査員がすごかった。かの大スター三船敏郎さんを間近で見た。そしてプロ野球選手の田淵幸一さん、女優の松坂慶子さん、作家の宮尾登美子さんらであった。

宮尾先生は最初お召しになっていた着物の色が、松坂さんとかぶるとわかると、さっと別のものにお着替えになった。売れっ子の作家というのは、ここまで気を遣えるのかとびっくりしたものだ。ちゃんと着替えの着物を持っていたのだから。

私は宮尾先生の作品の大ファンだったので、すっかり舞い上がってしまい、

「今日は高知からいらしたんですか？」

などとトンチンカンなことを聞いたものだ。そして番組が終わり、車で山梨の実家に帰ったら、うちの前で母親が漬け物樽に手をつっ込んでいるところであった。

「マリコ、お帰り……」

と言った右手の白菜から、ぽたぽた水が垂れていたのを昨日のように思い出す。夢のような空間から、現実にひき戻された瞬間であった。

三十四年前は、元気で漬け物をしていた母も、昨年、あの世に逝ってしまった。

多くの人たちから、

「もうちょっと長生きしてくれたら、紅白の審査員や大河も見られたのにね」

と声をかけていただいたが、私としては充分華やかな姿を見せてやれたと思っている。

思いたい……。

そして今回の紅白は、貸衣装ではなく自前の着物を着た。

昨年の秋、呉服屋さんの展示会に行ったら、オシドリの刺繍がびっしりしてある訪問着が飾ってあった。なんて素敵なの！　と試しに羽織ったのであるが値段が値段で諦めた。

すると呉服屋さんが、

「ハヤシさん、こんなに似合うものは手放したらいけません。絶対に買わなきゃダメ」

ときつい口調で言う。そして私はいつもこの言葉に負けてしまうのである。

「ハヤシさんに着て欲しいから、これだけ値引きします」

と電卓を見せてくれた。しかし買えないものは買えない。

「一枚幾らの売文業者のワタシ、とても無理……」

横目で買いまくっているA子さんを見つめる。彼女は超売れっ子の漫画家さん。彼女から、

「ちゃんと着物揃えたいので、展示会に連れていって」

と頼まれ、ここに来たのである。私はつき添いで何も買わないと決めていた。どんどんドラマ化、映画化され、ベストセラーになる彼女とは収入のケタが違うのだ。

しかし着物は「捕らぬ狸」のことまで考えなければとても買えないものである。

私はやがてつぶやいた。

「来年になれば、きっと本が売れる（はず）。印税がかなり入ってくる（はず）」

するとすかさず呉服屋の女主人は、

「だったらお支払いは来年でいいですよ」

ということで、約束をしてしまった。

そして暮れに審査員のお話をいただいた私は、着物のことをあれこれ考えた。本来なら薩摩ゆかりの大島を着るべきであろうが、やはりあの場では地味かもしれない。そうだ、あのオシドリはどうだろうか。昨年は酉年である。大晦日にニワトリでなくても、鳥の刺繍ぎっしりの着物ってとてもおしゃれではなかろうか。えい、やっ、と買った。

しかし私のこの企みをわかってくれる人はほとんどいなかった。いつも着つけを頼んでいる人にさえ、

「ハヤシさん、来年は夫婦仲よく、っていうことですか」

などと尋ねられたほどだ。

おまけに審査員席に座ると、裾模様は全く見えず、胸元はわずか三羽のオシドリさんがいるだけであった……。

ところで私は同じ審査員の鈴木亮平さん、紋付袴姿の高橋一生さんと次々と、ちゃっ

かりツーショットを撮っていただいたのである。今をときめく俳優さんの二人。この写真を親しい女友だちに、

「イケメンのお年玉」

と送ったところ、

「おお！　素晴らしい」

「目がくらみそう」

という絶賛の声と共に、着物の全身がやっと見えたという意見も。

ところで審査員席は二〇一六年からステージ横になった。特等席ではあるが、ステージ奥がよく見えない。そういう時は手元のモニターを眺めることになる。伏し目がちになっていたらしく、

「ツイッターで、眠ってるって書かれてます」

ライン仲間のフルイチ君が教えてくれた。ステージ上で眠るわけないでしょ！

今年は成人式に、はれのひ騒ぎがあり、振袖がクローズアップされた。私も偶然、実家から成人式の時の振袖を持ってきた。変色していたし刺繍もヘタっていた。しかし母が当時無理してつくってくれたものだと思うと捨てる気にはなれない。着物は思い出がいっぱい詰まっている……などと言うのも私の世代が最後であろう。

女性の基本

仕事をしなくてはと思いつつ、だらだらとテレビを見てしまうのがいつもの日課。だって面白いんだもの。

ついこのあいだは、芸能界の裏事情を女性芸能人に聞くという、二時間スペシャル番組があった。

元ピンク・レディーの未唯mieちゃんや、元国会議員の女性が出ていたけれども、ほとんどがB級のモデル、グラドル、タレントさんたち。いちばんえげつない話をした人が、賞金をもらえるルールなので、みんなこれでもか、これでもかと暴露話をする。下品といえばこのうえなく下品なのであるが、まだ若い、

「何とかして世に出たい」

という女性たちのパワーに、私は胸をうたれた。

「元の事務所のマネージャーに、枕営業を斡旋された」

というタレントさんの言葉に、他の人たちも「ある、ある」と声をあげる。

今、世間で糾弾されている〝セクハラ〟なんてレベルじゃない。業界のちょっと権力ある男たちが、いかに這い上がろうとしている女性をナメてかかっているかわかる。

そうかと思えば、

「やっぱりそういうことって、本当にあるんだなあ」

と感心することも。

私はある時、〇〇ヒルズの中の、あるレストランに連れていってもらったことがある。一見どうということもないビストロであったが、店のワインセラーの奥の方に扉があり、そこを開けるともうひとつの扉があった。中は豪華なソファと大画面のカラオケセットが用意されている。

このレストランはお金持ちが何人か出資してつくられたという。その際、人目につかず女の子たちと飲み食い出来るような〝隠し部屋〟も用意したようだ。二重の扉は、店員さんたちが急に入ってこないように考えられたらしい。飲み物をオーダーしたら、扉と扉との間に置いてもらえばいい。

「お金のある男の人って、手を替え品を替え、いろんなことを考えるもんだなあ」

私はバブルの頃を思い出した。会員制はもちろん、目や指の認証で入っていく店もあった。本棚を力を入れて押すと、バー付きの小部屋が現れたこともあったっけ。

そんなことはどうでもいいとして、世の中に「ギャラ飲み」というのがあるのを最近初めて知った。モデルやタレントさん（あまり売れない）たちが、お小遣い二、三万を貰って男性たちと飲むのだ。ラインで集められることもあるという。

「今から六本木に来れる人」

という感じで、五十人くらいがグループラインになっているとか。

ＩＴ関係の社長さんたちと飲んだ時は、一万円札がコップの中につっ込まれ、テキーラ一杯飲むごとに一枚貰えるという。若い友人は、

「私はお酒が強いので、一晩十五万稼ぎました」

なんて平気で言う。たくましい。

「そうだ、そうだ。スケベなオヤジたちから、いっぱいお金をふんだくれ」

と私はエールをおくった。

こういうのは笑って見ていられるのであるが、ちょっと悲しく胸がふさがれるのがフリーのアナウンサーたちだ。なまじプライドが高い分だけ、なんか暗くなる。地方局のアナウンサーは、フリーになったとたん、まわってくるのは官能小説の朗読だという。エロティックなシーンを、きちんとした女性アナウンサーの声で聞くと、ものすごく色っぽく感じる男性は多いに違いない。

その他、地方局のアナウンサーたちが一堂に集うキイ局の番組出演には、熾烈な戦いが繰りひろげられる。窓口になった者が自分のＶＴＲだけ送って、ライバルのものは隠

す、なんてこともあるようだ。

大変だなあ、と思うものの嗤《わら》う気にはなれない。なぜなら私も「運」とか「人気」に左右される世界にいるからである。ほんのちょっとした人との出会いが、大きな成功に向かわせてくれるということも知っている。

スタジオに座っている女の子たちは、まだ夢を捨ててはいない。そのために過酷な現実にもちゃんと向き合っているんだ。

恵まれた容姿に生まれ、子どもの時から「カワイイ、カワイイ」と言われ続けると、自然と芸能人をめざすであろう。だがその業界に入ってみると、自分よりもはるかに美しく魅力ある人はいくらでもいる。といっても今さら芸能人をやめるわけにはいかない。なんとか上に行こうと必死になる。

これを、「作文がうまい」とか「本が好き」という言葉に置きかえてみると、我々物書きの世界になる。自分よりもはるかに才能がある人がいることがわかっても、それでも続けなければならないつらさ。わかるわァ……。

ところで突然話は変わるようであるが、今年から美容マッサージに通っている。体のぜい肉を少しでもスッキリさせるのが狙いだ。直後はウエストが四センチくらい減るからすごい。

今日施術の人に聞いたら、モデルさんが撮影直前によく駆け込みでくるそうである。

「へぇ〜そうですか。ああいう人たちは大変ですよねー。キレイでい続けるのが仕事ですもんね……」

そこへいくと私の仕事はデブでもいいもんね……。好き放題食べられるもんね……と目を閉じた。

「じゃあ、アンタ、なぜここにいるの」

とふと自分に問いかけうろたえる。職種は違えども、女は守らなくてはならない基本というものがあるんだから。

雪が降ると

小室哲哉さんの不倫報道は、後味が悪いこととなった。

他の女性とのつき合いの釈明が、引退という衝撃的な結末へと発展してしまったのだ。

これに介護がからまるから話はややこしくなる。

メディアでみんながいろんなことを言っている。

コメンテイターの一人が、

「奥さんの症状をあそこまで話さなくてもいいのに」

と言っていたが、私もそう思わないわけでもない。しかし何度かおめにかかって、小室さんというのは本当に繊細な、アーティスト気質の方とお見受けした。はっきり言って浮世離れしている。不器用な人だと思う。とにかく自分の今の心境を一生懸命話したのだ。計算も何もない。なぜ引退しようと思ったか、すべて話さなければ気が済まなかったのであろう。

週刊文春を許せないと、ネットが騒がしい。カリスマミュージシャンの、引退の背中を押したのだから。

しかし小室さんの会見を聞いていると、引退の理由をあれだけ長く話している。言外に、

「文春のせいだけではない」

とにおわせていると思うのは身内びいきか。

今から三十年以上前、ビートたけしフライデー襲撃事件の時も、マスコミの報道の仕方が厳しく論議された。が、結局は元に戻り、それどころか最近は異常なほど不倫に厳しくなっている。

私は以前、そのことを指摘した。斉藤由貴さんに憤り、「CM降ろせ」と電話する人たちにうんざりしたと書いた。ああいう気運があってこその「文春砲」だったはずだ。そういうことをすべて忘れたように、

「人のプライバシーに立ち入るな」

と騒ぎたてるのもどうかなあ……。

週刊誌は人の心を反映させるもの。所詮週刊誌は憎まれ役、そしてこういうことを書く私も憎まれ役。しかしちゃんと考えることはしてみたい。先週の文春、コムロのコの字もないよー。

それにしても小室さんが還暦近くなって、

「もう若い時のような仕事が出来ない」

にはジーンときた。

作家というのは有難いもので、トシをとるとまた別の世界が開けてくる。トシをとらなくては、書けないものもいっぱいある。が、もはや若い人の恋愛ものなどは書けなくなった。どうあがいても、本当に若い作家のリアリティにはかなわない。

気力は持っているつもりであるが、体力の低下は悲しくなるほど。徹夜などとても出来ない。目がしょぼしょぼして、新聞や本が読みづらくなった。

そこへ来て、この大雪である。

雪が降ると、私たち夫婦がなぜか張り切るのはよくお話ししているとおり。うちの夫など、降り始めと真夜中、三回も雪かきしている。私も朝の七時から二時間雪かきをした。

夫がいったん雪をどけてくれたにもかかわらず、道の真中は既に凍っている。それをシャベルで割っていくのであるが、これが結構力がいる。重い雪を道端に持っていくのがつらい。そのうちに腰が痛くなる。雪国の人たちは、こういうことを毎日しているんだ。とても信じられない。

「お年寄りはどうしているの」

秋田出身のハタケヤマに聞いたところ、

「お金を出して人に頼んでますよ」

とのこと。毎冬すごいお金がかかるのだそうだ。

夫婦二人で頑張ったから、うちの前はスッキリ。夫はついでに角の坂の雪かきもする。

私は隣家が心配でならない。昨夜オクタニさんに念を押しておいた。

「うちのあたりは、ご近所みんな出て、ちゃんと雪かきするよ。あなたもちゃんとやらなきゃダメだよ」

「あら、そうなの」

四年前に引っ越してきた彼女は、ここでの大雪を経験していない。

「前のうちで大雪の時は、建ててくれた工務店の人が来てくれて、ちゃんと雪かきしてくれたけどね……」

と不満そうだ。

見ていたら八時頃起きてきた。寝巻き（？）の上にダウンを羽織り、素足にソックスをはいている。いかにもイヤイヤ、シャベルを動かし始めた。私は、

「オクタニさん、雪かき手伝うからちゃんと着替えてきたら」

と意見したのであるがなぜかそのまんま。しかしこの人、すべてに要領がいい。イヤそうにやるわりには、雪かきシャベルで効率よく雪をすくっていくのだ。仕事が早い。

そして、

「このくらいでいいわ。後は前のうちの人にやってもらいましょう」

とさっさとうちの中に入ってしまった。

まあ、わが家のあたりは、こんなことぐらいで解決したが、ニュースをみると、どこもかしこも大渋滞である。特に山手通りが十時間立ち往生というのにはぞっとしたなあ。山手通りといっても、地下トンネルのこの道は、最近完成したものだ。この道路が出来てから、わが家から羽田空港まで二十五分で行くようになった。

「本当に便利になりましたよねぇ」

トンネルを走っている最中、タクシーの運転手さんに話しかけたら、

「だけどお客さん、このトンネルおっかないよ。何かあっても逃げ場がないから」

と教えられた。そうしたら今回の大渋滞。出口が本当に少ないので、タクシーのお客は車を降りて非常口から脱出したそうである。

こういう話を聞くとぞっとする私。大雪で電車にひと晩中閉じ込められたという、このあいだのニュースにもドキドキする。

そう、トシをとってトイレがすごく近くなっているのだ。もし我慢出来なかったらと想像はすぐそこにいく。子どもの頃と違い、雪はもう楽しくも何ともない。

大分の本屋さん

エンジン01のオープンカレッジ、今年は大分県で行なわれることとなった。

しかし私たちは頭をかかえる。チケットがさばけないのだ。百二十近い講座も満席でないし、オープニングシンポジウムや、クロージングシンポジウムといった大ホールでの講座は、七十パーセントぐらいしか埋まっていない。

手前味噌になるが、各界を代表する人たちによる講座を、ワンコイン、すべて五百円で聴くことが出来る。というのも、百七十人余りの講師は、すべてボランティアで一円ももらっていないからだ。だからこそ、ちょっと考えられないほど豪華なラインアップ！

今回から、川村元気さん、蜷川実花さん、津田大介さん、落合陽一さん、東村アキコさんといった、若手の旬の方々が会員に加わった。それなのに講座の売れゆきがいまひとつ。

私は最近、情報の偏《かたよ》りといおうか、いびつさに驚いてしまう。

地元の方々に会うと必ず言われる。

「こんなすごいイベントがあるの、全く知らなかった」

「どうしてもっと宣伝しないんですか」

地元の新聞はいつも大きく紙面をさいて告知してくださる。テレビもスポットを流してくれる。街にはポスターも貼ってある。

しかし新聞も読まない、テレビも見ない人たちに、どうやって情報を届ければいいのであろう。特に若い人々はラインニュースだけを見て、地元の出来ごとにはほとんど関心を示さないのだ。

ところで大分といえば、元ＡＫＢ48の指原莉乃さんの名前を、誰もが思いうかべることであろう。大分の生んだスターである。

「ぜひオープニングシンポジウムに出てもらいたい」

という皆の要請を受け、お願いしたところ快諾をいただいた。

かなえてくれた秋元康さんに尋ねた。

「一緒に出てもらう人は、どういう人にしたらいいかなー」

秋元さんいわく、

「指原は頭がいいから、どんな人とでもＯＫだよ」

それならばと、エンジンの「三大変人」のうちの二人、河口洋一郎さんと磯田道史さんに出演をお願いした。河口先生はCGの第一人者で、東大教授であるがとにかく変わっている。ふわふわと自分勝手に喋る。

一方、今をときめく磯田先生であるが、この方もやはりふつうではない。変わってる。ただの学者さんではないのだ。それに常識人である私（ホント）が、司会コーディネイターとして加わることとなった。

最初はちょっと怯えていたサッシーであったが、その聡明さでおじさん二人をどんどんかわしていく。大分の魅力についても熱く語ってくださり、場内は大拍手。

「さすが！」

と賞賛の声しきりであった。

この指原さんを交えてのシンポジウムが、新聞やテレビで大きく取り上げられ地元がわき立った。そして次の日、百二十近い講座が開かれる大分大学には、当日券を求める長い列が出来たのだ。なんとほとんどの講座が完売となった。おそるべしサッシー効果！　本当にありがとうございました。

ところで今回の大分大会には、サッシーともうひとつ大きな目玉があった。それはクロージングコンサートに、会員の小室哲哉さんが出演してくださる予定だったのだ。奥さまのKEIKOさんのご出身地ということもあり、とても張りきってくださっていたのに、〝文春砲〞のせいで欠席ということになってしまったではないか……。恨みます

……。みんな、

「ハヤシさんには悪いけど」

と前置きして、ステージ上でもかなり文春のワルクチを言っていた。私は本当に肩身が狭い。その代わり私はものすごく働いた。二日めの講座は四コマ全部出ずっぱり。クロージングシンポジウムにも出る。

しかも私の出る教室は、講師控え室からいちばん遠いところにあり、必死で広い大分大学のキャンパスを歩いた。その時私は気になることがあった。地元の本屋さんがテントを出し、各講師の本を並べているのだ。私の本は前面のいちばんいいところに置いてくださっている。しかしお客の姿をあまり見ない。

「売れてますか」

と聞いたところ、

「あんまり……」

という返事。茂木健一郎さんなどは、気軽にサイン会をしてくださって、こういう時だけは行列が出来る。私もサインをしたいのであるが、とにかく時間がない。何しろ出ずっぱりなのだ。

しかし高く積み上げられたまま、減らない自分の本を見るのはつらい。休憩時間とすべての講座が終わった後に、サイン会をすることにした。

急きょ机を用意してくださり、その前に座る。たちまち長い行列が出来た。ありがとうございます。必死でサインをするが、列は短くならない。やがて日が暮れてあたりは暗くなった。山の上にあるキャンパスの寒いことといったら……。しかし列は終わらない。書店の人が、どこからかライトを持ってきて私の手元を照らしてくれた。必死で手を動かす。なんか杉原千畝《ちうね》になったような気分。

でも私は本屋さんの味方。どんなことでもしますよ。

私は東京の幸福書房さんのことを思った。私もいろいろ手を尽くしたが、継続は無理であった。後は不動産屋さんになるんだそうだ。残念でたまらない。いったいどんなことをすれば、街の本屋は私たちの傍《そば》にいてくれるんだろうか。私のサイン本ぐらいでは何の役にも立たなかったのである。

閉店は二十日。私も行っています。

冬の風呂

冬の日は、週刊誌を持ってゆっくりとお風呂に浸り、出たらそのまま寝室へ。やわらかい毛布と羽根布団、清潔なシーツの間に体を埋《うず》めながら、いつも自分に言いきかせる。「こういうことがあたり前だと思ってはいけない。この幸福が与えられているのは、世界中でひと握りの人たちだけなのだ」

避難民としてテントの中で、夜を迎える人がいるかもしれない。水のない土地に住む人もいるだろう。そしてお風呂とは無縁の、スラムに住む人もいるはず。日本人として生まれてきて本当によかった。

今日ニュースを見ていたら、北朝鮮の軍事パレードを映していた。いま平壌は厳冬の中にあるという。寒さのために、アップとなった兵士の唇が震えていた。

そこへあの方が到着。高級車から夫人と共に降りてきた。ますます太ったようだ。カシミアらしき仕立てのいいコートにくるまれた、丸々とした体軀。栄養が必要以上にいきとどいている。

誰かが書いていた。

「糖尿病を期待してはいけない。まだ若いので」

兵士が寒さに震えている。栄養状態はたぶんよくないので、ますます寒さはこたえるはず。それなのに整列して、ぴくりとも動けないのはどれほどつらいだろう。そんな時にこんなデブの人を見て何とも思わないんだろうか。えらい人だから、太っていてあたり前だと思っているのだろうか。不思議でたまらない。

まあ、私はお風呂に入って眠りにつく前に、いろんなことを考えるのである。

一日の終わりにお風呂に入る。いちばんリラックスする時だ。しかし最近、一抹の不安がよぎるようになった。

「このまま死んでしまったらどうしよう……」

話は少し前のことになる。半年ぶりに都心の喫茶店に行った。そこは時間をかけて淹れてくれるコーヒーがとてもおいしかったが、店主がちょっと怖かった。七十くらいの男性でニコリともしなければ、余計なこともいっさい言わない。いつも不機嫌そうだとみんなが言っていたっけ。私など長いつき合いであるが、時候の挨拶ひとつかわしたことがなかったほどだ。

ところが久しぶりに行ってみると、若い男性に替わっているではないか。人がいない時を見はからって、

「いつもの方はどうなさったんですか」

と聞いてみると、

「昨年の秋に亡くなりました」

という返事。彼は甥御さんだという。

「まあ、お元気そうでしたけれど」

「お風呂の中で死んでました」

と言うのでびっくりだ。

「独り者だったんで、発見されたのは二日後でした。お店が開かないんでどうしたんだ、ってことになって」

とても悲しかった。三十代の頃から知っている店だ。私も年とったが、店主も年とった。最後に見た時は、髪が随分白くなっていたっけ……。

「あの店のご主人、亡くなったんだって」

とその日会った脚本家の友人に話したところ、

「この業界、風呂で亡くなった人は何人もいるよ」

と教えてくれた。徹夜明け、お風呂に入っていて、心臓マヒでやられてしまうのだという。

「みんなすごい疲れてるから、居眠りしたままずぶずぶ沈む人もいるよ」

それは私にも経験がある。疲れて寝てしまい、顔がお湯に浸ってハッと起きた。もし起きなければ、溺死ということになっただろう。お医者さんで、お風呂での溺死はとても多いと聞いたことがある。重労働の夜勤明けの時に起こるのだそうだ。いろいろ不安になり、この頃、お風呂に入る時はとても気を遣う。一人の時は絶対に入らない、そして呼べばすぐ来てくれるところに、家族がいるかどうか確かめる。

「もし救急車で運び出される時に、素っ裸だと恥ずかしいよね」

「そんなこと、救急隊員は慣れているんじゃないの」

とはいうものの、もしお風呂場で倒れたらどうしよう、という思いは強くなるばかりである。洗面所には小さな電気ストーブをつけ、急に冷えないようにしている。せめて何か着てから倒れるようにしたいものだ。

「お酒を飲んだら入るな」

というのもテレビで知った。確かによくないだろう。この頃、お酒をしこたま飲んで帰ってきた時は、次の日の朝に入るようにしている。

しかし、と考える。

「温泉に入った時はどうしたらいいんだろう」

あそこへ行くと、いくらでもお酒を飲む。夕方から飲み始め、酔った真夜中にどぼんと飛び込むこともある。みんなそれが楽しみで温泉へ行くはずだ。しかしお酒とお風呂は、決して仲よくさせてはいけないものであろう。

「温泉ではどうしたらいいのか」

とまたもや友人に聞いたところ、物識りの友人はこう言った。

「温泉で倒れる人はとても多いらしいよ。だけど他のお客さんの手前、目立たないように救急車でさっさと運ぶらしいよ」

ふうーん、そうなっているのか。

あれこれ考えた揚句、私も湯船に浸っている時間を、極力短かくするようにした。そういえば四人の子どもを東大医学部に入れた佐藤亮子さんは、

「女の子は男の子と違って、毎日お風呂に入り髪を洗うから、毎日四十分のロスがある」

と発言していたっけ。髪を洗って乾かす時間もいい顔されないことに驚いた……。

お風呂は短かくしなくては。しかし週刊誌は譲れない。お風呂の中で読むのは専ら男性週刊誌だ。読者の高齢化が進んでいるために、この頃気が滅入る記事がいっぱい。

「誤嚥で死なない法」

「冬の風呂の入り方」

そういう記事を読みながらの入浴は、正直楽しくないのである。

身の丈って

秋篠宮さまのご長女、眞子さまの記事を読むたび、つらくなってくる。

「せっかくの初恋、なんとか成就出来ないものかしら」

本当に好き合っている若い二人。もしこのまま小室さんの「辞退」ということになったら、あまりにも可哀想過ぎる。

私が思うに、あの青年はいい意味でも悪い意味でも「鈍感力」があるのでは。やんごとなきお姫さまと、皆が遠まきにしている中、アメリカ式に、

「ハーイ、マコ、元気？」

と、屈託なく近づいていったはずだ。そう、屈託ないから、お金持ちが自分たち母子を援助してくれたとしても、それは当然のことと考えたに違いない。

「好きでやってくれているんでしょ」

人さまの好意は無邪気に受け取る、それを重荷に感じたりもしない。そして同じように、自分の能力や魅力も屈託なく信じることが出来る。だから「海の王子」というコン

テストにも出るし、アナウンサーの養成学校にも通う。

いい悪いではなく、こういうタイプの青年だから、皇室の方にもどんどん接近出来るのだ。そしてもう彼のような青年でなければ、皇室の女性とは結婚しないと思う。

「だから眞子さまが幸福だったら、それでいいんじゃないの」

と私が珍しく優しい意見を言うと、まわりの人たちは驚く。

「えー、やっぱりあれはマズいでしょ。ふつうのうちでも、ちょっとあれは受け容れられないよ」

という反応なのだ。お金持ちの奥さんも、

「うちの娘だったら、絶対反対するわ」

と言う。

「あのお母さん自体に問題があるわね。もしお金がないんだったら、都立の高校へ行かせて、そこでちゃんと勉強させる。そして国立か公立の大学に進ませる。それがお金のかかるインター行かせて、そこからＩＣＵ、アメリカ留学なんて、人のお金なんでしょう。いったい何を考えているのかしら」

と厳しい口調であった。

週刊新潮は二度にわたって、

「およそ身の丈に合わない暮らしを追い求めてしまった」

という表現を使っている。これは日本人が非常に反応するフレーズではないだろうか。

実はこの私も、

「ああ、身の丈に合わない暮らしをしているなぁ」

と考えることがしょっちゅうだ。こんな本が売れない世の中だし、このページの原稿料とて二十年くらい上がっていないと思う（ホント）。それなのに私は、エイヤッと高い着物や洋服を買ったり、ミエを張って豪華なところで人に ご馳走したり。

世の中には、家賃収入だけで月に何百万も入ってくる人や、株の収入がものすごい人がいっぱいいる。大ベストセラー作家も。そういう人たちと同じようなことをする私は本当にバカだと思う。着物なんて、書いて一枚いくらの生活をしている者が買うものではない。しかしつい背伸びをする。背伸びをしてつい無理をする。無理をするが頑張る。背伸びは悪いことばかりではないと信じたい。

そしてみんなが身の丈に合ってるのか、合っていないのか、よくわからないような暮らしをしているのが、今の日本ではなかろうか。

先日、有名なコピーライターに聞いた。

「広告業界というのは、やっぱり景気がいいの？　またお金がまわり始めてるの？」

とんでもない、と彼は言った。

「いったいどこの話？　もうひどいことになっているよ。好景気なんてとんでもない」

女優さんも言った。

「もうドラマの制作費が下がりに下がって、私のギャラなんて、昔の何分の一よ」

彼女としみじみと語る。

「今、お金ってブラックホールみたいに、どこかにぽっかり穴が開いていて、そこに吸い込まれていくんじゃないかなあ」

この頃、一人五、六万円の和食屋のカウンターに、ふつうの若い人が座っていたりする。お鮨屋もフレンチもフグも、話題の店は、予約が半年待ちだ。先日、京都へ行ったら、高級割烹も日本人の若い客でいっぱいだった。

仮想通貨の話は、いくら聞いてもわからない。Ｓｕｉｃａの話だと思っていたら違うようだ。まあ、あんなものは一部のお金持ちだけがするものだと思っていたら、まわりで、

「損した」

という人が何人もいてびっくりだ。どうしてふつうのサラリーマンで、ビット何たらに手を出すのだろうか。

とまあ、なんだか入り乱れて、ぐちゃぐちゃと、いろんな価値観が変わっていく今日この頃である。小室さん母子だけを責めるわけにはいかない。

海外に目を向けると、「難アリ」の配偶者を得たロイヤルファミリーもいっぱいいら

っしゃるようだ。小室青年なんてもんじゃない。過去にクスリをやっていた人も、お父さんがかつて某国の反民主化に手を貸していた、なんていう人もいる。しかし彼らは国民の前で釈明し、それによって支持を得てきた。

「まあ、いろんなことがあったけど、今は愛し合っているし」

と温かい支持を得られたのだ。

小室さんも国民の前で、ぜひ率直に話をしてほしい。

「甘いと言われそうですが、僕はずっと人の善意というものを信じてきたので」

とか言えばいいのだ。このままだと眞子さまが泣くことになる。そのことだけは避けてほしいとせつに願う者である。

危機にひんするものは

二月二十日、幸福書房の閉店は、それはそれは感動的なものであった。

夜六時頃行ったら、お店に入りきれない人たちが店の前をとり囲み、道路を通り越して駅の中にまで続いていた。二百人はいたのではなかろうか。若い人たちが多くてびっくりした。

私は急きょサイン会を開くことになったのであるが、そのために隣りの喫茶店が貸し切りにしてくださった。皆さんが口々に言う。

「初めて本を買ったのが、この店だったんです」

「毎日、駅から降りてここに寄るのが日課でした」

幸福書房の四十年の歴史は、いろんな人の本の思い出と重なる。私も拡声器でスピーチさせてもらったが、涙で言葉が詰まってしまった。

サイン会に手伝いに来てくれた、各社の編集者たちと近くの居酒屋で乾杯。みんな閉店を惜しみながら、今夜立ち会えたことを喜んでいた。しかし大切なのは今後のことである。

幸福書房は街のふつうの、良心的な本屋さんの象徴であった。よく取材を受けていた。その本屋さんが無くなってしまったのである。業界には衝撃が走った。

「あんな本屋さん、もう出来ないですよね。電話を借りた、お手洗を借りたって、みなさん口々に思い出を語っていて。でも御夫妻で二十万の収入って本に書いてあって呆然としました」

新聞社の文化部の人からメールがきた。

「もっと本屋を続けてくれればいいのに」

「さみしい」

と言うことは簡単であるが、我々は関係者であるから、その先を見なくてはならない。

いみじくもその新聞記者は言った。

「これでみんな実感したんじゃないですかね。自分たちが守っていかないと、街の本屋さんはなくなってしまうと」

私もそう思う。アマゾンに頼るのでなく、自分の足で本屋さんに行く習慣を取り戻さない限り、小さな店はすぐになくなってしまうに違いない。本当に何とかしなくては。

ところで今、私は奄美大島に来ている。

それは昨年の春のことであった。着物雑誌の撮影のために、三日ほど滞在した。最初の夜、皆で行ったのは小さなお料理屋さんである。居酒屋さんといった方がいいかもしれない。古びた木造の店で、みしみし音がする階段をあがると、二間の座敷があった。そのひとつに陣どって食事を始めた。とてもおいしいうえに量がすごい。私たちは四千円のコースを頼んだのであるが、島らっきょう、おさしみ、焼きたての魚、豚の煮込みといくらでも出てくる。だから黒糖焼酎がいくらでも入る。そのうちに隣りの座敷がだんだん騒がしくなってきた。おじさんのグループである。が、イヤな感じではなかったのは、下卑た声が全くせず、どこか品のある宴であったからだ。

そのうち、トイレに立ったおじさんの一人が私を発見。

「ハヤシマリコさんがいる」

「ウソだ、ウソだろー」

というざわめきが聞こえた。私を知っているのは不思議だなあと思ったら、島の中学校の校長先生の集まりだったのである。

やがて襖を開けて、一人、二人と入ってきた。私たちの座敷にも地元の人がいたので、何とはなしに合流となった。その時に、

「ハヤシさん、ぜひうちの島に講演会に来てくださいよ」

と依頼された。

私は言った。

「講演会となるとお金が発生するので、出張授業はいかがですか。私が所属しているエンジン01という文化人の活動団体は、毎年各地の中学校や高校に授業をしに行ってますよ。三人か四人講師を派遣します。旅費と宿泊費は負担していただきますが、講師はお金はいっさいいりませんよ」

と説明した。

「ああ、そうですか。素晴らしいですね」

「うちもお願いしようかな」

などと口々に言っていた先生たちであるが、その後何の連絡もこない。

「やっぱりめんどうなのかも」

と思っていたところ、昨年の秋にひとつ、島の中学校から申し込みをいただいたのである。そんなわけで、三枝成彰さん、河口洋一郎さんというメンバーで出かけることになった。しかし一人、若い講師が欲しい。古市憲寿さんにお願いしたところ、同行してくれることになった。

当日は午後に着いて、あちこちをまわった。泥大島をつくる工房に行ったところ、意外なことに男性三人が非常に興味を示した。それは後継者が少なく、存続がむずかしい産業と聞いたからだ。

かつて昭和四十七年に生産反数二十九万七千反でピークを迎えた奄美大島紬《つむぎ》。平成二

十九年は四千四百反という数字になっている。泥の中に入って、糸を染める人も、

「この島でもう五人だけになりました」

というさみしさ。

なんとか奄美大島紬を残そうと、行政と一緒になって一生懸命やっているという話は、とても人ごととは思えない。

着物を着る人がいなくなった、を、
本を読む人がいなくなった、
に変えれば、出版界の現状と同じである。

しかしこの前の来島で、奄美大島紬大使を拝命した私は言いたい。大島はさらさらと軽く動きやすく、こんな着やすいものはない。高いと思われがちだが、十五万で買えるものもある。帯合わせでモダンにもなる現代的な着物だ。……そう、本に次いで、私は大島紬をなんとか応援しようとしている。日本から消えかかっているものを守る。それはお節介で行動的な私の使命と思うからだ。気恥ずかしいが、これは本当。

奄美大好き

南の島で、寒い寒い冬のオリンピック中継を見るのも、なかなかいいものである。

ソチの時よりもいろんなことが変わったと思う。

スノボー競技は、ちょっと前なら、

「おニイちゃんのお遊びの延長」

という印象が拭えなかった。

正直に言うと、出場選手もそんな風な人が多かった気がする。

しかし今や堂々たる人気競技である。選手も貫禄が出てきた。

そして何といってもカーリング女子の銅メダルにはびっくりだ。今度のオリンピックで、みんなルールがよくわかったのではなかろうか。

選手たちの可愛らしさも、人気の原因だ。素朴でみんなとてもいい感じ。

「キレイに見えるのは氷がレフ板の替わりをしているから」

かつてまことしやかに言う人がいたが、氷の上を離れても、文句なしの美人だった。

私がとても気に入ったのは、ショートトラックのリレー。バトンの替わりに、次の人を、

「頑張れ」

と押し出すのだ。そのポーズがとてもユーモラスである。やっている選手は必死であろうが、過酷なスポーツの最中、ほんのりとしたやさしさが私はとても好き。

奄美大島の続きである。取材をかねてもう四度も来た。来るたびに、この島が好きになっていく。

もうみんなを案内出来るぐらいだ。

まずは空港近くの田中一村記念美術館へ。初めて彼の絵を見た時は衝撃であった。日本画の手法で、鮮やかな南国の草花や動物を描いているのである。大胆で美しく、ものすごい迫力である。日本のゴーギャンと呼ばれている。

それまではふつうの日本画を描いていたのであるが、五十歳で奄美に移住してからは、こちらの風物を画材にするようになった。絵は売れず、大変な貧乏をしていたようだ。紬工場で染色工として働き、ちょっとお金が出来ると憑《つ》かれたように絵を描いたらしい。生涯結婚もせずに、六十九歳で亡くなった。この美術館は水と奄美の高倉づくりをモチーフにしており、とても素敵な建物である。ちなみに館長はあの宮崎緑さん。

そしてホテルは、山羊島ホテルというところだ。

私は「ヤギさんホテル」と呼んでいる。海に面したこぢんまりとしたホテル。清潔で朝ご飯ビュッフェがとてもおいしい。最上階の大浴場から見る海の景色が最高だ。

ここは名前のとおり、庭に山羊さんを飼っている。山羊はよく見ると顔がとてもおっかない。よって近づかないようにしている。

奄美は沖縄ほど観光地化されていない。ごくふつうの南の島の風景が拡がっている。南の島の人たちは本当に親切で、売店にちょっと寄ると、

「ちょっと休んでいってください」

と、ハーブティを出してくれる。これはみんなにしているサービスのようだ。そのうえ売りもののお菓子の袋を切って、お皿に盛ってくれるので恐縮してしまう。

夜は島の郷土料理を食べた。デザートに出た黒糖のふかし饅頭がとてもおいしく、皆で二個、三個とたいらげたら、次の日、大量につくって空港に持ってきてくれた。私の大好きなおこわ飯もおにぎりにして。

本当にありがとうございました。

肝心の中学校の出張授業であるが、私は中学生たちに、

「奄美大島における西郷隆盛」

を話すことにした。

西郷どんは心中事件を起こした末、一命を取りとめる。そして死んだこととされ、三

年半も奄美で暮らしたことは、案外知られていない。やがてここで島の娘、愛加那《あいかな》と結婚し、一男一女を得るのである。

初めて女性を心から愛し、愛された日々は、西郷を大きく成長させた。島の人たちのやさしさと薩摩藩搾取の悲惨さに気づいた。ここから彼の大政治家への道が始まるのだ……というようなことを話したのであるが、どこまで伝わったかわからない。

しかし生徒さんの中に、西郷どんの肖像画そっくりな男の子を見つけた。太い眉、大きな目、皆より頭ひとつ大きな背丈。

「あなた、西郷さんに似てるって言われない？」

と尋ねたら、

「皆に言われます」

とのこと。すっかり嬉しくなってしまった。

授業の後は、皆で鶏飯《けいはん》を食べに行く。鶏飯は錦糸玉子やシイタケの甘煮、島鶏の蒸して裂いたもの、紅しょうがをご飯の上にのっけ、そこにたっぷりと鶏のスープをかけたもの。さらさらとお茶漬けのようにして食べる。

この後は空港まで、ゆっくりと車で走ってもらった。奄美はもう桜が散ってしまった。しかし彼岸桜だけがちらほらと残っている。

どこまでも緑が続き、マングローブのジャングルも、ここかしこにあるのだ。

また近いうちに友だちと来たいと思ったのであるが、西郷どんドラマに、ひょっとしたら世界遺産登録もありそうで、ブーム必至である。

直行便は行きも帰りも満席であった。団体旅行の方々も目立つ。おそらく、

「行くなら今のうち」

と思いたったのであろう。

なぜか、

「ありがとうございます」

と挨拶したくなる私である。

それにしても機内持ち込みバッグがとても重たい。畑で穫れたばかりのタンカンをどっさりいただき、サーターアンダギーに、焼き菓子とお土産もいただいた。

何度行ってもその昔、傷ついた西郷どんがどれほど慰められたかわかるのである。奄美の人のやさしさには驚くことばかり。旅人を、心を込めてもてなしてくれるのだ。

上海たっぷり

小説の取材のために、一年ぶりに上海へ。

古い街並や洋館をみてまわる。

四年前に亡くなった、エッセイストの勝見洋一さんのことを思い出した。

「今、上海はものすごい勢いで変わっている。『太陽の帝国』に出てくるブロードウェイマンションホテルもどうなるかわからない。だからあそこに泊まりに行こうよ」

と誘われたのが、今から二十数年前のことか。私たち夫婦と、勝見さん、桐島洋子さんご夫婦（当時）と四人で、上海を旅行した。あの時は楽しかったなぁ。

中国語ペラペラの勝見さんに案内され、狭い路地にも入り込んだ。そして和平飯店でジャズを聞き、小さな店でおいしい上海料理をたらふく食べた。

勝見さんは達者な中国語で、

「あれを持ってこい。これをつくって」

といろいろ注文してくれたっけ。

そして皆で蘇州も旅した。まだ人民服のおじいさんやおばあさんたちが、川沿いの家の前でのんびりとお茶を飲んでいる光景が本当にのどかで、

「幸せそうですねー」

と私がつぶやいたところ、本当に、と桐島さんも頷いた。

「いろんな時代を経て、今がいちばん幸せかもしれないわねぇ……」

たぶん中国で幼少期を過ごした桐島さんは、第二次世界大戦のことや、その後の文化大革命のことをおっしゃったのだろう。

あれからさらに歳月は過ぎた。あのおじいさん、おばあさんたちが生きていたら、もっと幸せになっただろう。中国は信じられないスピードで、すごいお金持ちの国になったのだから。

「絶対にこれを見なきゃダメ」

と、今回皆に勧められていったのが、世界一の広さを誇るスタバ。一階と二階に分かれていて、グッズショップや、すぐに豆を挽いてくれるカウンターもある。若い人たちでいっぱいであるが、みんなおしゃれでびっくりするほどだ。

日本に観光にくる、野暮ったいといおうか、素朴といおうか、あの方たちとはまるで違う人種が、これでもか、これでもか、というぐらい店に溢れているのである。

店内を写真に撮り、日本の友人何人かに送ったところ、

「やっぱり国に勢いがあるね」

という感想が届いた。

中国のバブルは破綻したとか、日本のマスコミはいろいろ書きたてるが、私の見る限りやはり街にエネルギーがみなぎっている。

「だいたいね、私のまわりで老後が心配だ、なんていう人、一人もいないわね。だから日本のテレビを見るとびっくりしちゃうわね」

と中国人のAさんが言った。

「二十代から、老後に備えて貯金だなんて、中国の人が聞いたら笑い話よね」

だから今、中国の若い人たちはじゃんじゃんお金を使うのだそうだ。

どうして中国人は老後が心配ではないのか、彼女は次のことをあげた。

まず家族主義で親を非常に大切にする。親のめんどうは子どもがみる、という慣習が残っていること。

子どもを海外に出しても、親子の絆はしっかり。親が老いたら中国に帰ってくる例は多いそうだ。

しかし、今回私は、中国にある危惧を感じとった。それは、

「つまらなそうに働いている人が増えたなあ」

ということである。

観光地に行くと、以前はしつこく声をかけたり寄ってくる物売りばかりであったが、みんな座ってスマホをしている。何をしているのかとのぞき込んだらゲームに夢中であった。

かつての日本人租界に、ユダヤ難民記念館があったので車を降りた。入り口の階段で、おばさんが座り込んでずーっとスマホをいじっていた。私たちが入っていっても目も上げない。しかし私が教会に足を踏み入れようとしたら、いきなり怒鳴った。靴にカバーをしろということらしい。

それだったら最初から、入ってきた人にカバーを渡してくれればいいではないか。いくら時給（月給か）を貰っているかしらないが、こんな風に不機嫌そうに、一日中ゲームをしなければやっていられない仕事っていったい何だろう。

このおばさんにかなり不快感を抱いたものの、この記念館はなかなかよかった。戦争中、ナチスの迫害を逃れて、この上海に三万人近いユダヤ人が逃れてきたそうである。みんな劣悪な収容所で暮らしていたが、中には結婚する人も現れ、子どもも出来ていく。ユダヤ人だけで楽団もつくられたようだ。そしてこの上海から、彼らはまたカナダやアメリカに渡っていくのである。

全く上海の歴史の深さ、面白さときたら、ちょっと上っ面をなぞっただけでぞくぞくするぐらいだ。私の小説の主人公にも、それを味わってもらいたい。

と帰りかけたら、壁のところで白人の女の子が、ジャンプしているではないか。しかも泣きながら。

いったい何なんだ。

「私の祖父の名がここに！」

私たちに教える。収容所にいて、やがてアメリカ方面に行った人たちの名が、壁に刻まれているのであるが、彼女の祖父の名が、上から三番めにあると指さす。

彼女はシカゴからやってきた大学生だそうだ。いい話ではないか。私は思わず握手した。

そして上海での料理はどれもおいしく、私は食べに食べ、三泊で二・五キロ増やして帰ってきたのである。

遊びに行きたい

もう国会をちゃんと見られない。

とにかく財務省の佐川さんを、悪い人にしておけば自分たちは安泰と言わんばかりだ。

こういう時に、おべんちゃらを言う自民党議員がいて、本当に腹が立つ。どこかの参議院議員が、この時ぞとばかり光るスーツを着て、

「これは犯罪ですね。おい、財務省、こういうけしからんことをして、いいと思ってるのか」

とパフォーマンスをやっているのにはぞっとした。

そして別のところでは、佐川さんの後任の太田さんという局長もねちねち皆でいじめる。この人などしどろもどろで、

「私は話がうまくないので……」

と弁解していたっけ。

気の毒なのは、あまりのストレスから自殺してしまった職員がいることだ。

「こんなことでは、もう官僚になろうと思う東大生がいなくなるんじゃないかしら」

たまたま会った某省の知人に尋ねたところ、

「子どものような年齢の政治家にいじめられて、本当にイヤになりますよ。自分もそろそろ転職かなと思って」

民間でバリバリ働くエリートの奥さんとは、ものすごく差をつけられているそうだ。

世の中には「官僚主導の政治」を、徹底的に失くそうとする人がいる。政治家というのは民意で選ばれるが彼らは違うというのが言い分である。が、政治家がみんなみんな優秀で素晴らしい人たちだ、なんて思っている国民は一人もいないであろう。名誉欲とハッタリが強い人が大半だ。だったら、多くの官僚の方々が職に就いた動機、

「日本を自分の力で動かしてみたい」

の方がまっとうな気がするけれど。

「政治家って、上位五十名ぐらいは確かにすごい人たちかもしれないけど、残りがちょっとねぇ……」

とその知人にお酒を飲みながらつぶやいたところ、

「いや、いや、ハヤシさん、僕は今、心から尊敬出来る政治家がいるんですよ」

と言う。

「へえー、誰かしら」

「○○△△先生です」

「ふうーん」

初めて聞く名前だ。帰ってからさっそくググってみたら、ふつうのどうということもない男性が出てきた。総理の靖国参拝賛成か……。ふーん、そういう人か……。

そうしたら彼からメールが。

「ハヤシさん、○○先生にお話ししたところ、ぜひ会ってお食事でも、ということになりました。この日かこの日はいかがですか」

ということで、近いうちにおめにかかることになりそうである。

このところ、人に対する好奇心がますます強くなっているようだ。たえず新しい人と会い、人脈を拡げていく私に、夫は、

「そんなことばっかりして疲れないのか」

と呆れて尋ねる。毎日のように誰かとご飯を食べているからだ。しかし疲れることはまるでない。時々、

「作家のくせに、お金持ちや政治家と仲よくするのはけしからん」

と言う人がいるが、私は全くそう思わない。政治家とべったり仲よくなることはこれから先もないと思うが、まあ、親しい人は三、四人ほどいる。

それからお金持ちについてであるが、私は彼らの生活を見るのが好き。「取材のため」

などと言う気はないけれど、世の中にはこんな人もいるのだなあと驚くのが好きなのだ。うちの近くに、日本で何番めかのお金持ちが住んでいる。すごい豪邸だ。ここの社長ご夫妻は、ある高名な作家と仲がよく、いつも誕生日パーティーにいらしていた。いらしていた、と過去形で書くのは、この作家がもう亡くなってしまったからである。

時々私もパーティーでご夫妻と一緒にメインテーブルに座らせていただくことがあり、家に〝遊びに行きたい〞とアピールした。

「うちからおたくまで、歩いて七分ぐらいですよ」

しかしご夫妻どちらも、

「あー、そうですか」

と全く気にとめることもなかった。このご主人とはそれきりだが、奥さまの方とは間に立つ人がいて、一度ごはんを食べた。もちろんご自宅ではなく、外の気軽なイタリアンである。その時、一人でいらした奥さんを送っていくことになった。

「いいですよ、そんな……。一人で帰りますのでご心配なく」

「いいえ、いいえ、通り道ですからご遠慮なさらず」

なんで私がそんなにしつこく申し出たかというと、あのどこまでも続く塀と巨大な扉の家に、女主人はどうやって入っていくか興味があったからである。特別の通用門があるかと思っていたら、ふつうの門のところで降りられたので、ちょっとがっかりした。

が、タクシーの運転手さんに、

「このうちすごいでしょ。○○の社長さんのおうちよ」

と自慢し、うちに帰っても夫に話したところ、

「どうして君が、資産額数百億の奥さんを送っていかなきゃならないんだ」

と、ミもフタもないことを言われてしまった。

このあいだは、知り合いのお嬢さんの結婚祝いを届けに、田園調布へ行った。ここは本当のお金持ちが住むところ。そこの家もやや古くなった昔の建物であるが、それが何とも品がいい。広い家の中はスペイン風になっていて、円型の壁と、曲線の階段が素敵。

「いかにもお金持ちの住みそうなおうちだねー」

と遠慮のない仲なのでそう感嘆したところ、

「そうなのよ。維持費がかかって仕方ない」

ご主人のご両親が贅をこらしてつくった家だという。そしてしっかりと記憶したこの家の内部は、小説の中のおうちにさっそく使わせてもらったのである。

ながら好き

雪が降った休日、古い大映映画のビデオをだらだら見ながら、ナツメにクルミをはさんだものを食す。

これは以前、北京で買ってすっかり気に入ったもの。鉄分がしっかり摂れるうえに、お通じにもいい。今はまとめて送ってもらっている。

「ゆっくりゆっくり食べないとダメよ、胃がやられるから」

と中国人の友人に注意されて、本当に少しずつ囓る。ビデオは面白いし、クルミはおいしいし、本当に幸せ。

仕事はあるにはあるが、明日に延ばせるもの。しかも夫に、

「夜は出前でいいよねー」

と言ってある。よって買物に行かなくてもいい。年に一度あるかないかの、本当に幸福なのんびり日であった。

そして次の日、私は歌舞伎座にいた。何だかんだ言って、結構遊んでいる私である。

制服姿の女性が、わざわざ声に出して注意を促す。

「上演中のお話し声、ビニール袋の音に充分ご注意ください」

歌舞伎座は私も含めて、客のほとんどは中高年である。この年齢は省略ということを知らない。よく「ジジジーッ」と耳ざわりな音がする。バッグのジッパーを開ける音だ。そしてガサガサという音。のど飴を取り出しているのであろう。こういうのはまだ我慢出来る。が、すぐ再び、「ジジジー」という音。これはバッグを閉める音である。

別に開けっぱなしでもいいじゃないか、といつも思う。お芝居の最中、これだけの騒音をたてているのだ。街中を歩いているわけでもない。次の休憩時間まで膝の上で、バッグを閉めなくてもどれほどのことがあろうか。しかし年寄りというのは、ものごとは必ず、

「開けたら閉める」

ものなのである。

そして歌舞伎座の女性は、わざわざ「ビニール袋」と言った。よほど苦情が来ているに違いない。

ところが、通路をへだてて隣りに座っていた男性が、幕が上がるやいなや、バッグからおせんべい袋を取り出した。ガサガサと音をたて、大きな袋から小分けの袋を取り出し破っていく。そしてせんべいを食べ終ると、その袋を音をたて折りたたんでいくのだ。

腹が立つより不思議で仕方ない。どうして幕が上がる前に、おせんべいを食べないんだ。五分前のざわついた時に袋を開ければいいではないか。

そして気づいた。

「この男の人は、おせんべいを食べながら、お芝居を見たいんだ」

気持ちはわからないでもない。映画もポップコーンを食べながら見るとさらに楽しい。建て替える前まで、京都の南座は、お弁当を食べながら見ることが出来た。しかし現在はマナー違反である。

ところで大学生の半分が、全く本を読まないと答える昨今である。私も読書推進のためにいろんなことをしている。そしてよくされる質問に、

「ハヤシさん、どうやったら本が好きになりますかね」

というやつがある。

私は答える。

「ものを食べながら、本を読めばいいよ」

もちろん図書館から借りた本はダメ。自分の本をというただし書きがつくが、読みながらぽりぽり少しずつものを食べるというのは、人間の快楽の何番めかに入るのではないかと、私は考えているのである。

私が新幹線に乗るのが大好きなのはそのためだ。

席に座るやいなや、本を取り出し、コーヒーと柿ピーを買い求める。少しずつ少しずつ食べながら、ページをめくる。こんな楽しいことがあるだろうか。

窓を見ると富士山がすぐ近くに見えていたりする。幸せだと心から思う。

食べものだけではない。人は〝ながら〟が本当に好きだ。横断歩道を渡りながら、多くの人たちがスマホをしている。タクシーの運転手さんは、

「本当に困るんですよね」

と怒っていた。私もそう思う。危険と隣り合わせなのに、スマホをいじらずにはいられない。お母さんまで、スマホを動かしながらベビーカーを押している。人間の本能、〝ながら〟に、スマホという機械はぴったり似合うのだ。

そして私は究極の〝ながら〟は、

「結婚をしていながら、恋愛をする」

ことではないかと思う。

結婚をして家庭を持つ。子どもも出来る。これでひと安心、一応するべきことをしてからゆっくりと、今度は本当の恋愛をしてみようかなあと考える。うんと魅力的な人だと、結婚していても異性が寄ってくるのは自然なことであろう。

本を読みながら柿ピーどころの話ではない、うんと贅沢な楽しい時間、しかしこれを味わうのは少々むずかしいかもしれない。柿ピーは、お金を出せば誰でも手に入れられ

るが、恋愛というのは人を選ぶ。

まわりを見ていてつくづく思うのは、

「モテる人というのは、途切れなく誰かが寄ってくる。モテない人というのは、まるで誰も来ない」

というありきたりのことである。

人が〝ながら〟が好きなのは、時間を有効に使っているという充実感があるからであろう。

不倫するということも、時間を有効に使うことか、と言われると返事に困るが、まあ、生きている密度は濃くなるであろう。それが時間のスピードを少し遅くしているかもしれない。

おせんべいを食べながらでないと、お芝居を見た気がしないおじさんがいるように、不倫をしていないと、生きている甲斐がないという女友だちもいる早春。

花見をしに

今年ほど「花見」が話題になった年は知らない。

ニュース番組の終わりも、

「これから花見行きますか?」

「行きたいですねー」

とアナウンサーたちが言葉を締めくくる。

私のまわりでも誰かに会うと、

「花見に行った?」

と挨拶替わりに聞かれたぐらいだ。

タクシーの運転手さんも、乗ると必ずといっていいぐらい桜のことを口にする。

ちょうど開花が週末だったこと、しかも暖かい日が続いていたことが大きかったようだ。花冷えも雨もなく、いっぺんに桜が咲いた年は久しぶりだとテレビで言っていた。

私も夫を、

「どこかちょっと行ってみようよ」

と誘ったところ、

「花粉症だからイヤだよー」

とにべもない。

とはいうものの、ふつうに歩いていても、車に乗っていても、あちこちに桜がいっぱい。

青山墓地を車で抜けると、桜のトンネルにうっとりする。広尾の明治通りも、それはそれは見事な桜並木が続いている。三日前、

「花見をしようよ」

と友人の間で突然話が持ち上がり、うちの近所の遊歩道に集合と、場所と時間まで決めていたのに、一人に仕事が入りキャンセルになってしまった。本当に残念でたまらない。私のような自由業だと、花見の機会はなかなかないのである。場所取りしたり、飲み物を用意したりするのは、やはり組織力がものを言う。会社に勤めている人たちのように気軽に花見、ということにはならないのだ。

しかし昨日は思わぬことから突然花見となった。月に一度のミーティングのため、門前仲町の天ぷら屋さんに行った。十数人が集まり、ああだこうだと議論するエンジン01の委員会である。いつもは居酒屋が多いのだが、三ヶ月に一度ぐらいは、山本益博さん

がお店を決めてくれる。下町のお店が多い。鰻屋さんだったり洋食屋さんで、特別のメニューを出してくださることもある。この「マスヒロセレクト」の時は、出席者が急に増え、お断わりする人も出てくるほどだ。しかも和田秀樹さんが、いつもワインを大量に持ち込んでくれるのである。

昨夜は天ぷらに合わせて、カリフォルニアの白が多かった。どれもおいしい。揚げたてのキスを食しながら、窓に目をやるとちょうど満開の桜が見えるではないか。商店街の並木であるが、

「川の方に行くと、ずっと桜が続いているよ」

とマスヒロさんが教えてくれた。

「それでは皆さんで、この後花見といきましょう」

私は立ち上がった。

「花見ですよ。花見、花見」

なんだかうきうきしてきた。その後のことは酔っぱらってよく憶えていないのであるが、まずコンビニに飛び込み、ビールやウーロン茶、おつまみをがんがんカゴの中に入れた。

「ハヤシさん、そんなにいらないわよ」

という声を押しきり大量に買った。それを誰かに持ってもらい、大横川沿いの遊歩道

へ。桜がどこまでも続き、それが夜の水面に映っている。ほうーっとため息が出るほどの美しさである。が、皆で座る場所はない。ただ歩くだけ。しかし充分満足であった。

しかもここの桜、見物客があまりいないのだ。平日でもお祭り状態の目黒川とはえらい違いである。

皆この花見に大喜び。何枚も並んで記念写真を撮った。

しかし困ったことに、お酒を飲んだのとちょっと冷えてきたのとで、トイレに行きたくなったのである。仕方ない。どこかでラーメンでも食べてお手洗いを借りようかなーと、目で探していたら、

「ハヤシさん、こっち、こっち」

と、先ほどから酔った私を案じて、何かと世話をやいてくれていた女性メンバーが、私をどこかに連れていってくれた。そこは閉店間近のドラッグストアであった。

「おトイレ貸してください」

彼女が頼むと、とても可愛い女店員がなぜかにっこりして、奥の従業員トイレに連れていってくれた。

「申しわけないから、何か買っていこうっと。ファブリーズか何か」

どうしてファブリーズかわからないが、とにかくそんなことを言ったのを憶えている。

しかししっかり者の彼女は、

「もう閉店でレジも閉まっているから、何か買うのは迷惑だよ」

と、店から私をひっぱり出し、さっさとタクシーを停めた。彼女と乗り込み、どこかで降ろした。そして長いことタクシーに乗った。なにしろ東京の東から西までの距離だったのだ。

とにかく花見というのは、ひどく酩酊するものだとわかった。お酒にも酔うが、花にも酔う。

よく花見客はゴミの捨て方が悪い、行儀が悪いと非難されるが、花見の酔い方というのはちょっとふつうのそれとは違うかもしれない。戸外での飲み会は、自然と「無礼講」の趣を持ってくるのではなかろうか。

そういえば昔、桜の季節、青山墓地を車で走っていたら、ものすごい人出であった。あの頃は屋台も許されていたはずだ。

「まあ、すごい人ですね」

と思わず声に出したら、タクシーの運転手さんが、

「お客さん、知ってる? お酒に酔ってお墓の上でエッチする若いのがいるんだよ。人のお墓でだよ。今にバチがあたるよね」

そんなこともあるのかとびっくりして、今も墓地の桜が満開になると思い出す。無礼講もそこまでいくと本当にバチがあたるかもしれない。たぶんそのカップル、結婚せず

に別れているはず。

鹿児島色

それは二年も前のことになる。

池袋の書店でサイン会をしていた時のことだ。新刊の本に自分の名前をサインし、相手の方の名前も書く。何十人めかに、所定の紙を受け取った瞬間、ハッと顔をあげた。

「西郷真悠子」とあったからだ。

とても綺麗なお嬢さんとお母さまだ。その時、もう西郷隆盛の伝記を書き始めていた私はピンときて、

「西郷さんのご関係ですか」

と尋ねたところ、

「従道の玄孫《やしやご》です」

というではないか。従道というのは、西郷隆盛の弟で〝じゅうどう〟と読む。元帥海軍大将までのぼりつめた人だ。

「確か侯爵でしたよね」

「そうです」

もっとお話ししたかったのであるが、後ろに人が並んでいたので短いやりとりだけで終った。しかし彼女は手紙をくれたので、うちに帰ってから読んでみると、大学は私の後輩で日大芸術学部演劇学科にいること、そして女優をめざしていることが書いてあった。最後に、

「大河ドラマに出るのが私の夢です」

とある。なるほど。ご子孫なら「西郷どん」にちょっと出演するのもいいかも。しかし私に何の力もあるわけがなく、脚本家の中園ミホさんに相談したところ、

「プロデューサーに話しておくから、まずオーディションを受けることね」

さっそく連絡しようとしたのだが、だらしない私のこと、彼女の手紙をどこかに紛失してしまった。

まあ、仕方ないかといったんは忘れかけ、二ヶ月が過ぎた。が、なぜか彼女のことは、心のどこかにひっかかり、それは日ごとに大きくなっていったのである。私は思いきって鹿児島の西郷南洲顕彰館に電話をかけた。作家の林真理子と名乗り、子孫のこういうお嬢さんに連絡したいとお願いしたところ、

「こちらからお電話します」

とのこと。二日ほどたってから、西郷さんのご子孫でつくる会の会長さんから電話が

あった。私はことの次第を話し納得してもらった。やがてあのお嬢さんのお母さまから電話が。このあたりが、いかにも良家の子女という感じであった。

そして結論から言うと、彼女はオーディションに合格し、第一話で「西郷桜子」という役で出ることになった。従道の娘役である。西郷隆盛像が上野公園に完成し、除幕式にてヒモをひっぱるという役だ。セリフは、

「はい、父上」

というひと言だけ。が、西郷さんの子孫が出るというので、マスコミにいくつか取材された。私も初めて知ったことであるが、彼女は西郷従道だけでなく、山県有朋の子孫でもあったのだ。ご健在のお祖母さんが山県のひ孫になる。まさに「生きる薩長同盟」である。

そしてこれをきっかけに、彼女ととても親しくなった。性格が素直な彼女は、NHKのスタッフや中園ミホさんにも可愛がられる。このあいだは、彼女が主演する学生ミュージカルを、中園さんと私、NHKの人たちが見に行ったぐらいである。

西郷さんの子孫が集まる西郷会、正式には西郷家二十四日会というらしいが、そこでも、マユコちゃんのことをとても喜んでいると聞いた。

さてついこのあいだのこと、都内のホテルで講演会をしたら、控え室に二人の女性が訪ねていらした。お一人は従道のひ孫、もうお一人は、隆盛さんの直系の方だ。ひ孫さ

んの方は、高貴なやんごとなき雰囲気を漂わせていらしたが、それもそのはず、誰でも知っている老舗企業の創業者一族夫人であった。この方と西郷さんとが結びつくなんてびっくりだ。

その三日後、直系の子孫の女性から電話があった。

「ハヤシさんにぜひ酒寿司を食べてもらいたい」

酒寿司というのは、鹿児島名物のちらし寿司といっていいだろうか。山の幸、海の幸を盛りつけた豪華なもので、お酢の替わりに地酒をたっぷり使う。これを食べた後は、車の運転をしてはいけないと言われているそうだ。ものすごく手間がかかるので、今は地元でもつくる人が少ないのだが、鹿児島出身の料理研究家の方が、特別につくってくださるそうだ。

「それならば四日に」

その日、中園ミホさんを交えて六人で食事会をすることになっている。その場に持っていこうと思ったのだ。いろいろやりとりがあり、私が夕方の五時に、都内の料理研究家のおうちに、取りにうかがうことが決まった。

そのうちまた電話が。その時にあのやんごとなき貴婦人と直系の方もいらっしゃる、少しの間でいいのでお茶を一緒に飲みたいということであった。それならばと、中園ミホさんも同行することになった。

そして二人でその料理研究家のおうちにうかがうと、酒寿司は二つ出来ていた。その立派なこと、見事なことといったらない。塗りの桶に盛られ、錦糸玉子の上に海老やキビナゴが放射状に飾られている。これは押し寿司になっているのだ。素晴らしい塗りの桶だが、今はこの桶がとても貴重で高価なものだという。

「三十人分はあります」

という言葉を聞き、中園さんが立ち上がる。

「大きい方をNHKに持っていきたい。皆に食べてもらいたい」

もっともな話だ。みなも大喜び、あの貴婦人のお住まいが松濤《しょうとう》なので、中園さんを送りがてらお帰りになることに。

私は小さい方の桶（といってもかなりの大きさ）を持ち、たくさんのお土産と共に浅草のお店へ。初めていただく酒寿司は確かにお酒のにおいがぷんぷん。中には具がいっぱいなので甘いご飯とよく合う。たらふく食べると、さすがに酔ってしまった。西郷さんを書いて、こんなおいしいご縁をいただいたのである。

忖度《そんたく》してほしい

いま世間をにぎわせているのは、何といってもビートたけしの独立問題であろう。いっせいに所属事務所の森社長を批判したとかいう、たけし軍団の年齢を見てびっくりだ。みんな五十八とか六十とかいった還暦前後である。このトシになったら、自分が〝殿〟とか〝師匠〟にならなければ、あまりにも情けないではないか。〝お荷物〟と言われたら、あまりにも悲しいではないか。

週刊新潮は、このところ毎週のように、この問題について特集を組んでいる。それによると、彼の愛人がいろいろと画策しているとか。真相はどうなのであろうか。こういう時、週刊文春の見解を聞きたいところであるが、なんかおとなしい。先週もグラビアだけでお茶を濁していた。殿の小説をいただいたので深くは書けないらしい。

今回の騒動について、週刊文春ならどう書くか、みんな固唾《かたず》を飲んで見守っていたはず。それなのに、またまた忖度か、もう財務省のことを非難出来ない、と考えるのは私だけであろうか。

ある人が言った。

「そもそも日本という国は、忖度で出来ているんだから」

確かに右を向いても左を向いても忖度ばかり。忖度とは、辞書によれば他人の気持ちをおしはかることとある。当人は何も言っていないのに、先まわりして、いろんな配慮をすること。

週刊文春だけではない。マスコミも忖度がいっぱいだ。これはある出版社であるが、異様なぐらいJ事務所に気を遣っていた。

私がエッセイの中で「キムタクが」と書いたら、こんな赤の直しが入った。

「木村さんは、キムタクと書かれるのをとても嫌がっています。木村さんと直してください」

断わっておくが、私は木村さんが大好きだし、彼の才能は稀有《けう》なものだと思っている。SMAPのコンサートにだって何度も行った。そのエッセイだって、決して彼のワルグチを書いているわけではない。親愛を込めて「キムタクが」と書いた。

しかしその出版社は、

「木村さんが気分を悪くすると困るので」

という一点ばりなのである。

私は腹が立った。しかもその頃木村さんは、何かのCMで、と連呼されていたのである。

「キムタク、キムタク」

「ちょっとォ、ふざけないでよ。私はいいトシの作家ですよ。どうして気を遣って、若い芸能人の固有名詞を直さなきゃいけないのッ」

とゴネることが出来たら、私も大物になれるのであろうが、ハイ、おとなしく書き直しました。

しかし私と同じような人は結構いるらしく、あるコラムニストが、やはり同じ出版社から、「キムタク」を禁じられたことを書いている。そして恨みを込め、ここでやってやると、「キムタク、キムタク、キムタク、キムタク……」と百回ぐらい書いていた。おかしくて思わず笑ってしまった。

そう、キムタクには何の責任も関係もない。相手が勝手に忖度しているだけ。しかしこのコラムニストの「キムタク」の綴りには、いろいろな思いが込められている。

それにしても大スターは違う。我々作家にももっと忖度してほしいと心から願う私であるが、スターにはなから勝てるわけがない。マスコミが、あちらの方がずっと大切なのはあたり前の話で、

「ごめんなさい」

と、キャンキャン尾っぽを丸めて逃げる私である。

ところでごく最近、西舘好子さんが単行本をお出しになった。かつてのご主人、井上ひさしさんのDVなどもはっきり書いてあり大評判となっている。

私は西舘さんとは、二、三回「こまつ座」の受付でお会いしたことがある。華やかな美人で、いかにも頭が切れそう、と遠くから見つめていた。

ある編集のエラい人が言った。

「井上ひさしは間違いなく天才ですが、もっと天才は奥さん」

そのくらい、深く作品とかかわっていたということだ。そのうえ超多忙の夫のスケジュール管理や、編集者への対応を一手にひき受けていた。途中からは「こまつ座」を夫と一緒に立ち上げるという快挙をなしとげ、理想のカップルと思われていた。しかしその井上先生が、DVをしていたうえに、これほど陰湿な性格だったとは。

私が知っている井上先生は、とても謙虚でおだやかな方であった。二つの文学賞の選考会をご一緒していたが、いつもその博識ぶりと、本への愛情にひれ伏したくなった。私の尊敬する作家であったその先生が、家庭では奥さんにあれほどの暴力をふるっていたとは。さらにショッキングなのは、離婚会見の顚末である。私もあれを見ていて、

「浮気して、井上先生ほどの夫を捨てるなんて。そしてこんな会見を開くなんて」

と嫌な感じになったものだ。しかしあの会見は、井上先生が仕組んだものだったらしい。そのことをきちんと喋りたいと、いくら西舘さんが言っても、マスコミは無視する

ばかり。出版社は団結して、好子夫人を徹底的に悪く書きたてたというのだ。超売れっ子作家を、出版界全体で守るために、出版社協定が結ばれたというのはすごい話である。井上先生と私とではとても一緒にならないが、かなり羨ましい。

「私にも忖度してほしい」

と頼んだら、

「ハヤシさん、それは昔の話。本がうんと売れていた頃の話で、しかも井上先生は大作家」

と軽くいなされてしまった。

ところでこの頃、テレビにぼかしがとても多いと思いませんか？　ニュースでもバラエティでも、映像がちょっと流れると、手元のペットボトルがみんなぼやけている。メーカーを知られないためだ。ある時など、渋谷の看板もぼやけていてびっくりした。スポンサーが、

「うちのライバル会社の看板が出ていてけしからん」

と言ったのだろうか。まさか。そう、あの幽霊のような白い看板こそが、日本の忖度社会の象徴である。

これってどうよ

先週は福田財務事務次官と、新潟県知事という、二人の権力ある男性が地位を失うことになった。

福田次官の方は、本当にいろいろ考えさせられる。この事件の裏には、

「二人きりで飯食ってこい。特ダネ取ってこい」

という男の上司がいたはずで、それを思うととてもやり切れない気分になる。セクハラに遭った女性記者が、女性の上司に相談しても相手にしてくれなかったというのもひどい。

そもそもマスコミの女性には、こういう話がつきもので、それが一種の武勇伝にも美談にも伝えられたところがあった。今はもうそんなことはないが、昔は大御所の男性作家の担当に、時々入社したての美人編集者がついて、

「あれは原稿もらうためのイケニエなんだよ」

とささやかれたこともあった。

そしてこのケースはセクハラかどうか微妙であるが、売れっ子の作家と女性編集者との恋愛はよく聞く話であった。

そもそも出版社に入ってくる女性は、みんな文学少女である。そういう人たちが憧れの作家に仕事を通じて口説かれるとコロッとなっても不思議ではない。

昔の話であるが（いちいち前置きするが）ある有名作家（当時四十代）と食事をしていたら、若い女性編集者が彼にタメロを利いたのには驚いた。私にも何かエラそうな態度である。

「なんか、あの人感じ悪い……」

ともらしたら、別の編集者が、

「仕方ないですよ。彼女はあの人の恋人ですから」

と教えてくれた。

これはテレビ局の人から聞いた話であるが、わがままで有名な某大物俳優が、撮影中ゴネて楽屋に閉じこもってしまった。若い女性ディレクターが説得しに行ったところ、

「お前がここで裸になったら許してやるよ」

とか言ったらしい。そうしたら彼女は目の前で、何のためらいもなく服を脱ぎ始めたというのだ。

今、局を代表するプロデューサーになっている彼女に、ことの真偽を確かめたら、

「そんなのウソよ。上着を脱いだら、相手はビビっちゃって、もういいよ、いいよって……」

と笑っていた。

高学歴で仕事が出来て、魅力的なマスコミの女性たちは今まで丁々発止と、きわどいところで戦ってきた。自分の才覚で危機を乗り越えたし、あるいは自ら渦の中に飛び込んだ。フリーランスの女性はもっとひどかったらしい。しかしそれが、セクハラというものの温床になっていたのではないだろうか。もはや現代においては、仕事に男と女の駆け引きを用いることは許されないことではなかろうか。

ところで、例の福田次官の、

「水商売の女性たちと言葉遊びを楽しんでいた」

という発言を受けて、

「水商売の女性には何をしてもいいのか」

という意見が新聞の投書欄に載っていた。彼女たちに対する侮辱と差別だというのである。こうなってくると話はややこしい。

風俗は知らないが、私が見ている限り、バーやクラブの女性は接客のプロである。もちろん体に触ったり、あまりにも卑猥な会話というのは人間として失礼であるが、お客はちょっとエッチな会話を楽しみ、彼女たちもそれにうまく対応している。

「バーやクラブで、性的な会話をいっさいかわしてはならん」ということになったら、それはどんなに窮屈であろうか。もしそれをしてはいけないというのなら、女性が席について接客をするという、日本独得のシステムは根本から変えなくてはならないであろう。

「根本から変える」ということでいえば、スポーツ紙を開くと、毎日、「女性も出会いを欲しがっています」という出会い系の広告が載っている。ネットはもっとすごい。新潟県知事を罪に問うならば、こうした出会い系サイトも、これからいっせいに禁止しなくてはならないのではあるまいか。

女性にモテない五十の独身おじさんが、出会い系サイトで知り合った女子大生とホテルに行った。そして歓心を買いたくてお小遣いをあげた。ここまではよくある話だ。違っていたのは、おじさんは知事だったということである。誉められた話ではない。品性を疑われるが、これで知事を辞職するのは、ちょっと気の毒な気がする。私の友人（五十歳バツイチ）は、「モテない自分も同じことしてる。恋愛弱者は政治家になれないのか。スケベはそれほど罪か」と怒っていた。

買春だ、というのならば、相手の名門大学の女子大生というのは売春でしょう。ちゃっかりお小遣い稼ぎして、何の罪にも問われない。ひとりの人間を罪におとしいれ、口をぬぐって就職するってどうなんだろう。

しかもこの女子大生の元カレが、週刊文春に話したという。

「知事という立場は、僕たちのような若者の上に立って見本になるべき存在ですよね。それなのに、お金のない若い子の弱みに付け込み、快楽を得ていた」

だと。ちゃんちゃらおかしい。今どきの若者がまるで義憤にかられたような口調ではないか。私は美人局《つつもたせ》とは思いたくないが、この若者の怒りの基《もと》がよくわからない。怒りのホコ先はもっと彼女に向けるべきではなかろうか。お金がないなら、他の子がやっているようなふつうのバイトをすればいい。

「名門女子大生」という社会的に甘やかされる場所から、適当に売春をし、相手が誰かとわかったとたん、週刊誌にタレ込む。こういう行為は最低だと思うし、週刊誌がその受け皿になっているのは本当に情けないことではないかと、執筆者のひとりとして思うのである。

にわかサッカーファン

鉱山《やま》を下りる

つい先週、代々木上原の居酒屋さんで、幸福書房さんの「お疲れさま会」が開かれた。ご主人夫妻に、ご主人の弟さんがいらしてくださった。

幸福書房さんにぜひお礼を言いたいということで、常連何人かが計画したのだ。出席者は私、坪内祐三さん、佐久間文子さん夫妻に、一志治夫さん夫妻、そして平松洋子さん。一志さんとはほとんど初対面であるが、うちから歩いて数分のところにお住まいであった。

坪内さんに平松さん、そして私と偶然にも「週刊文春」の執筆者が揃ったことになる。

みんなでビールで乾杯。

私はこんなことを話した。

「幸福書房さんがなくなってから二ヶ月、一度も本屋さんには行ってません。まだそんな気になれないんです。替わりにアマゾンを使います。あんなに嫌いだったアマゾンだけど仕方ない。最初のうちはやり方がわからず、なぜか同じ本が四冊、二冊と届けられました。クリックの押し方間違えたんですね。四冊の本は、友だちにプレゼントしちゃいました」

このエピソードにみんな笑っていた。

坪内さんはいつもの博覧強記ぶりで、昔の出版社や作家の話をしてくれる。これには幸福書房さんもとても喜んでいらした。

近いうちに、ご自宅の近くにブックカフェを開くのだそうだ。しかし私たちの寂しさは消えることはない。

食事を終えた後、皆で幸福書房さんの店があったところへ行き、シャッターの前で記念撮影をした。何人かは涙ぐんでいた。

幸福書房さんの閉店は、そこにいる私たち作家に、不安と悲しさをもたらしたのである。

「ひとつの時代が終った」

のではない。

「もうこのような時代は来ないだろう」

という寂寥感である。

つい先日、日本文藝家協会の会議の前、まわりにいる人たちと雑談をしていた。例によって、

「この頃、本当に本が売れない」

という愚痴に、ある人が、

「もはや衰退産業だから」

と応えた。その後別の人の、

「俺たちは石炭だから」

にショックを受けた私。

「そうかぁ……石炭かァ」

子どもの頃見たニュースが頭をよぎる。閉山の様子が映し出されたのだ。その頃近所の電器屋さんに、新しい店員さんが勤め始めた。家族と一緒に九州から引越してきたそうだ。

「ほら、鉱山《やま》がなくなっちゃったからね。大変だよね」

大人の噂話を今でも憶えている。そこのうちの女の子と仲よくなり、よく一緒に遊んだ。彼女が言うには、一緒に育った友だちもみんなはなればなれになり、とても寂しく悲しかったそうだ。

そうか、あの閉山かぁ……と、私もつらい気分になってくる。そしてつい、

「私もいつか、鉱山を下りなきゃいけないのかァ」

とつぶやいていたのだ。

別の街で職を見つけなくてはならない。しかしこのトシでは、雇ってくれるところもないだろうなァ。

このあいだ私の仲よしがニューヨークから帰ってきた。一年間研究員としてあちらの大学に通っていたそうだ。

「夢みたいに楽しい日々だったよおー」

と報告してくれた。かつて若い頃、同いどしの彼女とは世界中いろいろなところを旅行してきた。二人とも独身だったので、海外赴任中の一家の姿を見て、

「いいな、いいな」

と羨しがった。

そして、

「駐在員の奥さんっていいよね。どうせならニューヨークね」

と夢を語り合ったものだ。

彼女もそのことを憶えていたらしく、ニューヨークに行く前、私にこんなメールをくれた。

「誰も連れていってくれないので、一人で夢をかなえてきます」

いいコメントである。今も独身の彼女であるが、将来にさしたる不安は持っていない。

マンションは買ってあるし、大学教授なので、

「うちは停年が七十歳」

という。

いいなー。彼女は編集者からの転向組である。今度の研究生活も、生活費も渡航費もみんな大学がめんどうをみてくれたそうである。私ももっと早い時期だったら、どこかにお勤め出来たかもしれない……。

が、もはや無理であろう。

テレビのコメンテーターとかも、もう頭がついていけそうもない。だいいちテレビ局からお呼びがかからないはずだ。

ボタ山をせっせと掘るように仕事をして、書くことしか能がない中婆さん。

しかしその産業の行末は暗い。

鉱山を下りた後、私はいったいどこへ行けばいいのか。

そんな時に一筋の光が。

最近私は、足しげく劇場に通うようになっている。前からお芝居は大好きであったが、最近好き度がハンパない。今週だけで三回出かけている。

驚くことに、かなり難解なストレートプレイも、ミュージカルも、ほぼ満席なのだ。中高年のお客ばかりでなく、演目によってはかなり若い人たちも多い。

ある時こんな文章を見つけた。

「ネット全盛の世の中だからこそ、リアルな演劇に今、人気が集中しています」

昨日も劇場のロビイで、東宝の知り合いと立ち話をしたら、

「最近の演劇熱はすごいですね。本当によくお客さまが入ってくださいます」

と証言するのである。

ネットではかなえられないリアル。それを本がかなえることがきっと出来るはずだ。廃鉱になっても鉱脈を見つけなくては。とこの頃、しきりにそのことを考えるのである。

軽井沢の思い出

あまりにも忙し過ぎた日々を反省すべく、ゴールデンウイーク後半は軽井沢で過ごした。本を読み、ビデオを眺めるというのんびりした日々。ひたすら体を休ませ、仕事のことを考えないようにした。

しかしよく散歩をした。ゴールデンウイークの軽井沢はどこに行っても人だらけである。旧軽通りなどは、原宿の竹下通りが引越してきたようだ。といっても、私もこうした観光客の一人であるから、人混みの中を歩く。アウトレットにも行く。夜スマホを見ると、歩数が一万二千とか三千になっていてびっくりだ。東京だと駅まで歩き、地下鉄の階段を昇り降りし、街のあちこちに行き、

「ああ、今日はよく歩いた」

と思ってもせいぜいが八千歩だ。しかし軽井沢ではふつうに一万歩いく。おかげでかなり食べたのに、体重が一キロも増えなかった。

まあそんなことはどうでもいいとして、今回はヒマだったので、軽井沢関係の本をい

ろいろと読んだ。どの人もみんな、

「昔はよかった……」

と述懐する。

今のように大勢の人がやってきて、ソフトクリームをなめつつ、アウトレットで買物をする軽井沢ではない。本当に選ばれたハイソサエティの人たちが過ごしていた頃は、みんな顔なじみであったそうだ。毎日のように、どこかのうちでお茶をして、子どもたちは一緒にピクニックに出かける。昔は不動産屋はなかった。土地や家は知り合いから譲ってもらうのがふつうで、それゆえソサエティは保たれていたのだと。

ふうーん、昔から別荘を持っていた人たちというのは、こんな生活をしていたのかと知らなかったことばかり。

そういえばこの家を売ってくれた友人も、こんなことを言っていたっけ。

「前のうちは○○さんで、お隣りは△△さん。そこのうちのコたちと、夏中ずっと遊んだのよ。本当に夏のいい思い出だわ」

そうかァ……お金持ちというのは、軽井沢に思い出があるのかァ……すごいなあ。どれほどお金を積んでもつくれないもの、それは思い出だ。どんなに頑張っても、人は過去を変えることが出来ないのだから。

私などこのトシになって、軽井沢に家を持っても、おそらくたいした思い出はつくれまい。二泊以上するのは、今回が初めてというような使い方をしている。

そして三日後のことであった。ちょっと離れたビストロまで夕食をとりに行こうということになった。タクシーで別荘地を走っていく途中、林の中に「日本大学」というプレートを見つけた。

「運転手さん、この近くに日大の合宿所があるんですか？」

「そうですね。大学の寮はいっぱい失くなっちゃったけど、日大さんは大きいからまだ持ってますよ」

「懐かしいなぁ……」

私は思わず大きな声をあげた。

「運転手さん、今から四十年前、ここに来たんですよ。テニス部の合宿で」

いや、半世紀前の方が正しい数に近いか、と計算し始めたら、傍《かたわら》の夫が、

「半世紀前というと、あまりにも昔過ぎるから、四十年前にしといた方がいいよ」

だと。が、もうそんなことは聞いていない。私の胸は甘くやわらかな記憶でいっぱいになる。言葉が溢れる。

「私、このへんを毎朝ランニングしてたよ。かなりの距離走ったんじゃないかな」

白いスコートをはいたわが姿がうかび上がる。

「そう、そう。うちのテニス部って、体育会に属してたからかなり厳しかったよ。よく

正座させられたもの。でも私たち女の子はまだよかったよ。男の子たちは理不尽によく殴られてた」

いつも学生服を着ている怖い先輩がいて、ささいなことで鉄拳がとんだ。合宿何日めかのこと、朝のトレーニングをしているとみながざわついている。一年生の男の子の姿が見えない。どうやら先輩の暴力が腹にすえかねて、十人全員が脱走したのである。

東京の彼らの親に連絡したのであるが、彼らは誰一人帰っていなかった。もしや何かあったらどうしようと部の幹部たちは真青になってしまった。が、なんのことはない。せっかく来たのだからと、皆で観光地をまわっていたのである。おまけに写真学科の部員が、いろいろと撮っていた。後にクラブの公式記録用のネガを焼きつけたら、鬼押出しの集合写真なんかが写っていて、みながしんとしてしまったのを憶えている。

そう、そう。大人になってから、軽井沢とはある縁が出来たっけ。カンヅメになるべく、出版社の寮に入れられたのだ。

A出版社の寮は、大正時代につくられたという古い建物だ。私はここで生まれて初めて〝金しばり〟にあった。書いている最中、仮眠をとっていたら、誰かが上に乗っかってくる感覚があった。そしてまわりをざわざわと大勢の人たちが歩いているのがわかる。

助けを呼ぼうと、

「声を出さなくては」

と、気持ちを集中させ、あーとか言おうとする。しかし意識はあるのに、口が全く動かない。あれは本当に恐怖であった。

軽井沢での二回めのカンヅメは、B出版社。ここは寮母さんのような人がいて、おいしいご飯をつくってくれた。

「さっき摘んだクレソンですよ」

というサラダのおいしかったこと。ずっとここで暮らしてもいいと思ったぐらいだ。

「なーんだ、私にだって軽井沢に思い出があるじゃん」

なんだか嬉しくなった。

そして帰ってきたのは七日の月曜日。

午前中は小雨の新緑の中を歩き、誰もいないカフェでコーヒーを飲んだ。あっ、思い出をつくってるとわかった瞬間である。

ファン愛

新橋演舞場に喜劇を見に出かけた。幕間に幕の内弁当を食べていたところ、後ろの席の女性の話し声が。

「今、ネットニュースで、西城秀樹が亡くなったって出ていたわよ」

ショックのあまり箸が止まった。同世代のスターが突然亡くなるというのが、これほど悲しいことだったとは。

「傷だらけのローラ」を歌う姿は本当に素敵であった。背も高くてどこから見ても美男子（イケメンという言葉はまだなかった）。「YOUNG MAN」はディスコでもよくかかり、あの振りだけはみんな一緒にやったように記憶している。

対談で一度おめにかかったのは、一度めの脳梗塞から再起された時であった。やや呂れつがまわっていない時もあったが、それでもよくお話しになり、仕事への意欲を語ってくださった。

何よりもお人柄のよさが深く印象に残っている。真面目でピュアな感じというのは驚

きで、

「とび抜けたスターというのは、本当に性格がいいんですね。人を疑うことを知らず、皆に大切にされた結果が、こんな風なお人柄をつくるんですね」

と後記に書いたことがある。

この対談がきっかけで（たぶん）、西城さんは同じ週刊誌にコラムを連載するようになるのだが、それもとても面白かった。

その西城さんが、六十三歳で逝ってしまわれるとは……。

私は多くのスター、アイドルという人たちに言いたい。どうかどうか長生きしてくださいね。あなたの死は、多くの人たちにとって青春の喪失につながるのだから。

ふと昔のことを思い出す。

人というのは、どうしてアカの他人、おそらく一生涯で一度も会うはずがないであろう人に対してあれほどの愛情を捧げることが出来るのであろうかと不思議でたまらない。

私の少女時代、グループサウンズが大人気で、まわりの友人たちは、ジュリー、ピー（瞳みのる）と騒いでいた。お小遣いをためてはプレゼントを買い、それを事務所に送るのだ。

昔からそういうところはヘンに醒めていた私は、ファン心理を理解出来ない。

「事務所に送ったって、本人が手紙見たり、プレゼント受け取ったりするわけないじゃん。すぐに捨てられちゃうのにバッカみたい」と言ったところ、かなり仲よかった友だちから絶交状が。私がピーのことを馬鹿にして、それが許せないというのだ。

「ねぇ、ねぇ。ピーはあんたのこと知らないよ。一生会うことはない人だよ。それなのにどうしてそんなにむきになるの」

私はノートの切れ端にそんなことを書いて渡したところ、

「マリちゃんって、本当にイヤな性格だね」

とさらに怒られてしまった。

後年私はミーハーとして知られることとなるが、本当に芸能人を愛したことがあるかと問われれば、微妙なところである。自分の安全圏の中でしか行動していない。

スターへの愛の深さといえば、宝塚ファンたちの右に出る人はいないであろう。あの方たちは全くの損得抜きで、一人の団員をとことん応援する。何度か宝塚劇場のまわりをとり囲む女性たちを見たことがあるが、その統率のとれていること、きちんとしていることといったらない。他の通行人に迷惑をかけまいと、歩道にはみ出さないように並んでいる。

お弁当をつくる係、車で送迎する係と、ヒエラルキーによって決められているという。

ヅカファンというと、お金をたっぷり遣うお金持ちの女性ばかりクローズアップされるけれど、スターを育て支えているのはふつうのファンではないかと私は思う。雨の日も風の日も、お揃いのジャンパーを着て受付に立つ女性たちを見ていると、私はいつもじんとしてしまう。無償の愛をこれほどもらう、宝塚のスターたちはなんて幸せなのだろうか。

そして一方、宝塚と比べてまだ歴史は浅いものの、AKBや乃木坂、欅坂ファンの男性も、その愛はすごい。

二年前のことである。私と編集者の女性二人はタクシーに乗り、お堀端のホテルへ急いでいた。これから女性誌で、A子さんとの対談が始まるのだ。

A子さんというのは、AKBの初期メンバーである。今は卒業しているが、タレントや女優さんとしても活躍している人気者。A子さんはずっとその女性誌のイメージキャラクターをつとめていた。

「A子ちゃんって、すごくいいコですよ」

「頭がいいから、お話もはずむと思います」

タクシーの中で噂話が始まる。

「確かA子ちゃんって、最初はメンバーの中に入ってなかったんだよね」

私も聞きかじった情報を披露。

「近くの店でバイトしてたけど、あまりにも可愛いからスカウトされたんだよね」

その時だ。

「違います」

という男の人の声がした。まだ若い運転手さんが振り返ったのである。

「A子ちゃんをAKBに送り込んだのはスカウトじゃありません。僕たちファンなんです」

そして彼は懇願した。

「お客さんたちが帰るまで、ホテルの玄関で待っていていいですか。彼女のことを少しでも聞きたいんです」

私は彼のけなげさに胸をうたれた。そして資料用に持ってきた彼女の写真集を取り出したのである。

「終わるの何時になるかわからないよ。この写真集に彼女のサインと、運転手さんへ為書きをしてもらい、ホテルのフロントに預けときます。だからいつでも取りにくれば」

何という変わりようか。中学生の頃、ファン愛をせせら笑った私が、これほどの理解者になるとは。

今日は多くの人々と一緒に、西城さんの死を悼もう。

日大変えたる

しばらく呆然として、次に猛烈な怒りがわいてきた。日大アメリカンフットボール部の内田前監督と井上コーチの記者会見を見たからである。

まともなのは学生だけで、指導者もコーチもひどい、ひどすぎる。司会者にもどうしてあんなアホなジイさんを連れてきたのだろうか。確かに記者の中には、しつこいうえに頭がワルいとしか思えない人がいる。私も何度か経験しているが、

「アナタ、今そのことについて話をしたばっかりじゃないの!? 話、聞いてなかったワケ!?」

とついむっとする時もある。しかしぶち切れたらダメでしょ。

ネットニュースを見ていたら、

「あの会見は火に油を注ぐというレベルではなく、石油缶をかついで飛び込んだようなもの」

と非難をされていた。

この事件は、初期の頃から日大の無能さが目立つ。

「日大みたいな、あんな大きなきちんとした組織がなぜちゃんと対応出来ないんだろう」

まわりでも言っていたし、私もそう思っていた。しかし今ならはっきりとわかる。日大は大きいだけで、きちんとした組織じゃなかったんだ。上の方の人たちがこんなレベルだったとは……。

卒業生の私は、それでも一筋の希望を持ち続けていた。

「すぐに学長と理事長が出てきて、きちんと頭を下げてくれる。そして解決してくれる」

が、それははかない願いだったようだ。今日（五月二十三日）は、「伝説になる」とまで言われている最悪の記者会見を見せられただけ。前日の宮川選手の会見が、真摯で率直で、世間の同情を集めたのと全く対照的だ。

この一連の事件がこれほど注目を浴びるのは、

「未だに日大ってこんなところなの？」

と中高年以上の人には呆れられ、若い人には、

「今どき、こんな古くさいオヤジ体質のところがあったのか」

と驚かれているからだ。

あれは二十年も前になるであろうか。知り合いから頼まれて日大の入学式に出席したことがある。新入生に祝辞をひと言というのだ。

気楽に武道館に出かけたところ、そりゃあ驚いた。大学の幹部は全員モーニングを着用、学生服の青年が、国旗や校旗を持って行進。荘厳な大セレモニーが繰り広げられたのである。

「日大って右翼っぽい……」

と帰って夫に告げたところ、

「そんなこと今さら気づいたのか」

と笑われた。世間のイメージってそんな感じだったらしい。私など日大でも芸術学部という、ハミ出し者の集まりでヘラヘラ過ごしていたので、そんなことはまるっきり感じなかった。

しかし私はこのたび、初めて広報部というところに苦情の電話を入れようかと思った。

「ちょっと、OG、OBがどれだけ肩身が狭いかわかってるんですか。あなたたち、日大のイメージ、どう考えているんですか！」

が、そんなことをしても無駄であろう。ああ、来年の週刊誌の見出しが見えるようだ。

「日大受験生激減」

「それでも日大『危機管理学部』を受ける学生」

ああ恥ずかしい、と嘆いてばかりもいられないので、私はいくつかの解決案を考えてみた。

その1

「勇気ある素晴らしい青年」と好印象の宮川選手を、どこかの大学に編入させる。関学というのはブラックユーモアになるから、強豪でなくても、楽しくアメフトをやれるところ、どこかお願いします。出来たら日大より偏差値の高いところで。

ところで全く話は変わるようであるが、「大学スポーツはいったいどうなっているのか」という問題で、みんなが深刻に論議している中、青学陸上部の原監督夫妻と、メンバーの楽し気なCMが流れる。あれは皮肉というものであろうか。

その2

やはり理事会を解体しなくては根本的解決にならないはずだ。日大のような大きな組織だと、いろいろ利権があるらしい。だからみんな理事にしがみつくという。

調べてみたら、理事や評議員にのべ百六十四人中女性が四人しかいない。こうなったら私が立候補します。なんのコネもツテもないけれど、私をぜひ。もちろん無給でやります。

そういえば、長いこと芸術学部の特任教授をやっていたが、何もしてないのと、毎年受諾の書類を書くのがめんどうくさいのとでおとこしやめてしまった。あれは反省している。

しかしこうなったら、イメージがとことん落ちた母校のために、ひと肌もふた肌も脱ごうではないか。あのガバナンス全くなしオヤジばかりのオレ様主義の学校を、オバさんの力で何とか変えてみたい。

そしてその3

今度のことでわかったと思うが、日大というところは、とことん根が腐っている。こうなったら学生諸君、ぜひ起ち上がってほしい。私は経験していないのであるが、七〇年前後に学生運動という大きなムーブメントがあった。その中でも注目を集めたのは「日大闘争」。学生側が大衆団交して、トップに退陣を迫ったのだ。警察も介入して、あの頃は凄い騒ぎだったと記憶している。

どうか学生の方々、今のその怒りを集めて、学校側に向けて欲しい。

ここだけの話であるが、学生運動というのはものすごく楽しかったらしい。かかわった人みんなそう言う。「世の中を変える」という大義はあるものの、石投げたり、スクラム組んだり、毎日がお祭り騒ぎ。血沸き肉躍る日々。クラブ活動やバイトなんかよりずっとずっと楽しい。今だったら日本中が応援するよ。

エラそうな人

先日のこと、とあるところに講演に出かけた。舞台袖で待っていると、

「林さんは日大芸術学部文芸学科をご卒業になり……」

というところでいっせいに笑いがもれた。

講師紹介で笑われたのは初めての経験である。日大というキーワードに反応したのである。悲しい……。

全く日を追うごとにひどいことになっている日大タックル問題。まずはネットやワイドショーが火をつけ、週刊誌が独自の取材力であれこれボロを見せてくれるという最悪のパターン。

そこへいくと勝間和代さんを見よ。何か言われる前にカミングアウトして、すべての情報をさらけ出した。そして世論は、

「勇気がある」

「素晴らしい」

と大絶賛である。しかも二人が美人であるから、ビジュアル的にもとてもいい。知り合いの漫画家さんなどうっとりとして、

「まるで夢のような美女カップルですよねー」

というメールを寄こしたっけ。

誰にも悪いことは言わさない。すべてのネガティブな要素を断ち切り、それどころか新しい時代の到来を告げる。

勝間さんとは日頃親しくさせていただいているが、さすがである。危機管理の女王といってもいいであろう。勝間さんのような人材が、一人でも日大にいればと思わずにはいられない。

すべてが後手に後手にとまわり、出てくる人たちは選手以外、すべてがキャラが濃い。悪い意味で。

が、もっとすごい隠し玉が控えていた。そう、今もマスコミを避けている理事長だ。

「あの人を絶対に表に出しちゃダメ。世評がもっとひどいことになる」

とマスコミの人が教えてくれた。

「あの人は理事長じゃなくて組長だから」

確かに元アマチュア横綱の、堂々たる体格は凄味を帯びている。反社会的な方々とのつながりも噂されているとか。

本当にわが母校はすごい。次々とこういうキャラクターが登場するのだ。

しかし週が明けると、さすがにうんざりという気分になってきた。ワイドショーしつこい。毎日一時間かけて、この問題をやっている。すごい視聴率がとれるらしい。加計問題などどこかにふっとんでしまった。

「安倍さんってつくづくツイてる」

と言われる所以《ゆえん》である。

私も日大の一件については本当に腹が立つ。ひどい話だと思う。が、誰が見ても悪いことを、これでもかこれでもかといろんなパターンの叩き方をするのはどうかと思う。司会者もコメンテーターも、みんなうきうきして楽しそう。心おきなくワルグチを言える事件などめったにあるものではない。

しかしひとこと言いたい。

「権力者がいつまでも居座るのがいけない」

と簡単に言うけれど、組織に多かれ少なかれ、そういう部分があるのは事実だ。だったらフジテレビはどうなんだ!?　読売新聞はどうなんだ!?

日大問題がこれほど人の心を惹きつけるのは、あの内田前監督みたいな人が、そこいらにはびこっているからである。だったらそういう日本社会の根本に触れなくては、何も解決しないのではないだろうか。

世の中にはイヤなジイさんがいっぱいいる。いろいろな価値観が変わっても、それに気づかない人がいっぱいいる。食事の席で女性が酌をするのは当然、と思っているジイさんはまだまだ多い。私の女友だちは日大の講演会の講師をつとめた後、えらい人たちとの打ち上げに出た。すると、近くに座ったオジさんが空のコップを振って合図をおくってきたという。早くビールを注《つ》げ、ということらしい。

自分が権力者だと思い込んでいるオジさんの特徴。それはスピーチに現れる。私は過去何度か、「歴史的に長い」挨拶に立ち会ったことがある。

ある科学系の賞の授賞式で、その講評をした某大学のトップのスピーチは、永遠に続くかと思われた。

「受賞者の○○君は、僕の妹の同級生で。僕の妹というのは……」

私の隣にいた評論家が、

「この人の妹と賞とがどんな関係があるっていうんだよ！」

と本気で怒っていた。どのくらい長かったかというと、次の年からこの賞の講評が無くなってしまったほどである。

ところで私たちの業界では、いつまでも終わらないスピーチをする人のことを、

「丹羽文雄になっちゃった」

という。かの文豪丹羽先生には失礼であるが、先生の母校早稲田大学で行なったお祝いスピーチというのは、有名なエピソード。いつまでも終わらなかったのである。それが認知症の兆しであった。

ある有名人女性の喜寿の会にうかがった時のことだ。乾杯のスピーチをした男性がまさにこれ。長いだけではない。いつしか同じことをぐだぐだ繰り返しているのである。たまりかねた司会者が、

「もうこのへんで」

とうち切ろうとしたら、憮然として、

「やめろと言われたからやめるが、しかし……」

と続いた。

つい先日、あるパーティーでも同じようなことがあった。あまりの長さに、途中でざわつきが起こったぐらいだ。

この方たちはスピーチするのが大好きなんだ。下々の者に教訓を垂れようとする心根が現れている。

そこへいくと、先日の山中伸弥先生のスピーチはよかったなぁ。棋士羽生善治さんの永世七冠と国民栄誉賞を祝う宴の席で、短かいユーモアのあるお話をなさった。ノーベル賞受賞の科学者なのに、全くエラそうではない。人の真価はその言葉にあるとつくづ

く思った私である。

モッてるー

この号が出る頃には、終っている米朝会談。実り多いものになるようにと祈らずにはいられない。拉致問題もどうか解決しますように。

ところで誰しもが思うはずであるが、あんな貧乏な、餓死者が出るような国のトップが泊まってもいいのだろうか、会場の高級ホテル。

世界中のセレブが泊まるホテルらしいが、私も行ってきた。昨年のことだ。

シンガポールに小説の取材に行く際、あちらの知り合いに、

「どこかいいホテルを紹介してくれない」

と頼んだところ、

「街中の有名ホテルと、リゾートの隠れ家風ホテルとじゃどっちがいい？」

と聞かれ、

「リゾート風で」

と答えたところ、セントーサ島のカペラを予約してくれたのである。スイートでも何

でもなく、ふつうの部屋に泊まったのであるがかなり広かった。もちろん料金も高く、一泊がヒェーッというような値段でカードを切る時、ちょっとつらかったのを憶えている。

小説の最初の方、主人公の男性が女性を待つシーンは、このカペラのプールサイドを描写している。恋人たちのために、パラソルの下にちょっと寝そべることが出来るぐらいの大きなカウチがあるのだ。

待ち合わせの後、二人で中のレストランで食事をとる。中華料理という設定だったので贅沢なものがよかろうと、

「フカヒレの姿煮」

と新聞連載小説だったので深く考えずに書いたところ、大金持ちの友人からメールがあった。

「あのホテル、セントーサ島のカペラだと思うけど、僕もこのあいだ彼女と泊まったよ。だけどフカヒレはおかしい。環境保全のため、シンガポールの高級レストランは、最近フカヒレを出さないよ」

そうだったのか、知らなかった。これからはどんなことでも、自分の目で確かめなくてはと決心した次第である。

それにしても、今話題のホテルに泊まったというのはかなり自慢。こういう時、人は

う。

何と言うかというと、

「ハヤシさん、やっぱりモッてるねぇ……」

私もこの微妙な言葉づかいがわからないのであるが、強運だという意味の他に、話題にすることがらと縁があり、みんなにへぇーと感心される時、よくこの言葉を使

前回も書いたように、私の女友だちは、日大で講演会をした。その夜、主催者と懇親会が開かれたのであるが、上座に座る彼女のひとつ置いた隣りに座るおじさんが、しきりに空のコップを振って合図していたという。その話には先がある。

「それってどういうこと？」

「つまり酌に来いってことよ」

「そんなの失礼じゃないの。講師に向かって、女性だからって」

「だからね、そのイヤなおじさん、内田監督だったのよ」

えー!!　と一同声を上げ、その時、

「モッてるー」

という言葉が発せられたのである。

が、彼女は私と違ってとても慎重な人なので、

「ちょっと待ってて。もしかしたら内田監督じゃないかもしれない」

と皆を制した。そして当時の出席者を確かめたところ、

「内田監督は当日はいなかったわ。だけど日大の理事って、みんなあんな人ばっかりなのね」

他大学の卒業生の彼女に言われて、私はとても恥ずかしかった。

しかしあの日大問題も、そろそろ飽きがやってきた頃、とんでもない事件が起こった。そう「紀州のドン・ファン怪死事件」である。

あの社長の愛犬の名前が、イブちゃんだということを、今や日本人で知らない人はいない。今日はその死んだイブちゃんを解剖するとマスコミが騒いでいる。

もし私たち小説家が、今回の事件と同じことを書いたら、

「なんとまあ、想像力のないB級小説。絶対に起こり得ないことばかり、詰め込んでいる」

と非難されるに違いない。

異様なまでに女性好きの大富豪。結婚したばかりの年下モデル妻。何よりもキャラが濃いのは家政婦という、ちゃちいサスペンスドラマでもあり得ない設定だ。

あの家政婦さんを見てびっくりした。着ているのは、先日亡くなったサッチーこと野村沙知代さんご用達の高級ブランドだ。そして真珠のネックレスをしている。どう見て

も働く人の格好ではない。

テレビに出るから着替えたのかと思いきや、社長が生きて映っている時も後ろにいた。同じブランドを着て。

テレビの情報によると、この家政婦さんは元ホステスさんで、身のまわりのめんどうを見るためにやってきたという。

役者は揃った。こんなワイドショーが大好きなネタは、最近見たことがない。

「社長の仲良しが、デヴィ夫人っていうところもいいよねー」

「デヴィさんって、あんな自宅でのインタビューでも、どうしてあんなに美しいのかしら」

私はまずそのことに感心した。スタジオに出演する時は、それなりにライトに気を遣ってくれる。しかし自宅には何もない。〝丸腰〟の状態でカメラの前に立たなくてはならないのである。しかしおうちのソファでもデヴィ夫人の肌は、白くピカピカに光っている。あれは自分でレフ板か、女優ライトをテーブルの上に設置したのか、自宅に常備されているのか……。

そんなことはどうでもいい。

今、私のまわりであの社長と一度でも会った、という人は間違いなく、

「モッてるー」

と羨しがられることであろう。私もぜひ一度お会いして、女性観についてお聞きしたかった。残念である。

大人の修学旅行

〝ややテッコ〟の私にとって、新幹線殺傷事件は衝撃的であった。

なにしろ私は新幹線が大好き。地方の出張に行くのが全く苦にならないのは、新幹線に乗るからである。

まずは駅弁を買い、新横浜を過ぎたぐらいの頃に箸をつける。その後は車内販売でコーヒーと柿ピーを買い、ちびちびやりながら本を読む。ちょっと目が疲れると外の景色を眺め、やがてうとうと……。

多くの人がそうだろうと思うが、新幹線に乗っている時はまさに至福の時。心も体もまったりしているうちに、目的地に連れていってくれるのだ。

ところが新幹線に、凶器と殺意を持って乗り込んでくる人がいるとは……。もはやあの安逸な時間は戻ってこないのではなかろうか。

「私はこれから隣りに座る人と、名刺交換しようと思うの」

という友人がいた。

「とにかく会話をかわせば、少しは安心出来るような気がする」

ということであった。

私の対策としては、これからは出来るだけ飛行機で行くということだ。今まで広島ぐらいまでだったら断然新幹線であった。が、今日、ハタケヤマから、

「秋田の講演会、新幹線にしますか？ それとも飛行機にしますか」

と問われ、即座に飛行機と答えていた私。もはや新幹線で居眠りをする気分ではない。それだったら飛行機でもいいのかもしれない。

先週は二回も飛行機に乗った。鳥取で講演会の後一泊し、朝いちばんの飛行機で東京へ。

朝の六時にホテルのロビイに降りていくと、A子さんが待っていてくれた。A子さんとはもう三十年のつき合いである。彼女が勤める放送局で、私の講演会を開いてくれた。その時めんどうをみてくれたのがA子さんだったのだ。その後もつき合いは続き、毎年秋になると見事な梨を一箱送ってくれるのである。

前夜も彼女の友だちも一緒に、遅くまで飲んでしまった。ふだんはめったに泊まることがないので、よその土地での飲み会は本当に楽しい。

A子さんは一緒にタクシーに乗り込み、空港まで送ってくれた。中で食べるようにとおにぎりを手渡された。ほかほかで、お米にゴマが混ざっていてとてもおいしい。なん

てやさしいんだ。

そして次の日も、朝いちばんの飛行機で鹿児島へ。今度は着物のモデルとしてのお仕事である。

着物の専門誌で、「九州きもの旅」という特集をする。私は自前の着物でグラビアを飾るのだ。大島紬はもちろん、白と藍の薩摩絣、久留米絣を次々と着た。薩摩絣は木綿を大島紬と同じ手法で織ったものである。今ではほとんど織る人がいないという。

「織っていても、ひとつの工房で年間二十反ぐらいかしら。とにかく品物がないから、織る前から行き先が決まっているの」

とその雑誌の編集者が言っていたっけ。

木綿だからよそゆきにはならない。そのうえかなりのお値段である。木綿のダイヤと呼ばれている。私もなぜ買ったのか、まるで思い出せない。たぶんいつもの、

「ハヤシさん、今買わないともう二度と手に入りませんよ」

という言葉に負けたのであろう。

ところでこのロケにくる前、親しい編集者と電話で話していた時だ。彼が不意に言った。

「あのさ、『西郷どん』放映してる今年いっぱいは鹿児島でデカい顔出来るんじゃないのォ？　オレたちも観光で連れて行ってくれよ」

いいよ、と答えていた私。デカい顔が出来るようになったからではない。鹿児島がとてもいいところだからだ。

食べ物は何でもおいしい。夜はカメラマンやみんなで、黒豚のしゃぶしゃぶを食べに行ったが、肉はもちろんのこと、たっぷり盛られた野菜の新鮮で美味なことといったらない。水菜、ゴボウのささがき、白菜、三ツ葉、エノキダケ。野菜をひと皿追加したほどである。

次の日は仙巌園《せんがんえん》で撮影をした。仙巌園は島津家別邸で、錦江湾と桜島が庭園の一部のようになっている素晴らしいところだ。

ここで撮影をしたのであるが、一カットだけどうしても人の多いところで撮らなくてはならない。ぢゃんぼ餅を私が食べている光景だ。ぢゃんぼ餅屋さんは、入り口を入ってすぐのメインストリートにある。たちまち人だかりが出来た。といっても大半が中国人の観光客である。大声でお喋りが始まる。

「何撮ってるんだ!?」

「このおばちゃん誰？　モデルじゃないよね」

「こんなデブのモデルいるわけないじゃんか」

「そりゃそうだ、ワハハ」

想像するにこんな会話ではなかろうか。絶対にそうだ。

そのさわがしいことといったらない。一人がパチャパチャやり始めたら、全員がスマホで撮り出した。中には図々しい人がいて、カメラマンのパソコンを後ろからのぞき込む。いい見世物だ。

そのうちに日本人の団体もやってきた。

「ヤダーッ、ウソーッ。この人誰だっけ？　ほらほら本書いてる」

「ナントカマリコっていう人じゃないのォ」

名前もよく知らないけど、一応スマホで撮っておこうと誰かの声、はっきり聞こえましたよ。

しかし仙巌園は本当に見どころの多いところだ。今回は竹林の中の小さな神社も見つけた。

やはり今秋、大人の修学旅行に来なくてはならない。飛行機に乗ってだけど。

コロンビアって

正直言って勝つとは思わなかった、サッカーW杯日本対コロンビア戦。

あの夜は仕事をしようと思っていたのであるが、

「ま、いいか」

とあっさりやめて、夫と二人テレビの前に座り込む。娘の方はライブ・ビューイングに出かけ、夜遅くほっぺたに日の丸を描いて帰ってきた。

年甲斐もなく、夫婦二人で興奮しまくった。スタジアムは、コロンビアカラーの黄色でほぼ埋めつくされていたのに、日本選手よく頑張ってくれた……。

だけどさ、と夫が言う。

「コロンビアの応援団、どうしてこんなに多いんだろう」

確かにそうだ。私のまわりでもサッカーファンは多いが、ロシアまで行く人はめったにいない。遠いしお金がかかる。

それなのにGDP世界40位ぐらいのコロンビア人が、どうしてこれほどぎっしりロシアのスタジアムを埋めつくしているのだろうか。

「出稼ぎに来ているんじゃないの」

と私。以前小説の取材で、ラスベガスで行われたミス・ユニバースの世界大会を見に行った時のことだ。会場でメキシコやフィリピンの旗が振られ、声援がものすごかった。聞いたところによると、近くに出稼ぎに来ている人たちが、自国のミスを応援するのだという。

しかしコロンビアとロシアとが、格別仲がいいという話は聞いたことがないし、本当に不思議でたまらない。翌朝の新聞でも、ニュース番組でも、そのことについて教えてくれる人がいなかったのは残念である。

ところで日本にはコロンビアからの人、どのくらい来ているんだろうか、あまり見たことがない。

最近『コンビニ外国人』という新書を読んだ。それによると、全国大手のコンビニで働く外国人店員は四万人を超える。スタッフ二十人に一人は外国人ということになる。コンビニで働く外国人の内訳は、在留外国人の出身国とぴったり重なっていて、ダントツに多いのはやはり中国人、それに韓国人が続き、最近急増しているのが、ネパール人、ベトナム人だという。南米はブラジル以外は統計にも出てこない。

日本はとっくに外国人労働者流入大国なのだと著者は言う。が、この増加が日本の人口減少を緩やかにしているのだとも。彼らが去ると、本当に大変なことになるらしい。

つい先日テレビで、私の大好きな日本の秘境ものを見ていた。バスやローカル鉄道に乗ってゴールまでたどりつく番組であるが、その時にルールをつくっている。今までは飲食店を見つけて食べる、というのであったが、初めて「子どもを見つける」というのが始まったのだ。すごろくで出た駅の周辺で、二歳以下の赤ちゃんを見つけなければ前に進めない。

「赤ちゃんぐらいどこにでもいるだろう」

と思っていたら大間違いで、少子化は地方ほど進んでいる。保育園に行ってもみんな三歳以上、

「最近、赤ちゃん見たかしら」

と保育士さんも言うぐらいだ。

「そういえば、お子さんが生まれたうちがある」

という情報を元に、山道をかなり長いこと歩く出演者たち。

見ているうちになんだかコワくなってきてしまった。日本の少子化というのは、本当に深刻なことになっているのである。総人口が一億人を割り込む日も近いそうだ。

この頃私なりに、少子化問題について考えている。日本のように社会が成熟していると、こういうことはうまくいかない。政府の方針は、個人の生き方に干渉するものとし

て反発をくらう。

何かしようとすると、

「戦前の産めよ、増やせよの時代に逆戻りするのか」

という人が必ず出てくるはずだ。

ある学者さんのエッセイを読んでいたら、いいアイデアが出ていた。

「三人めに一千万円の子育て奨励金を渡す」

というのだ。

「ただし親の遊興費に使われないように、教育費にまわる制度をつくる」

とあったが、こういうややこしいことはもうしなくてもいいと思う。単純な制度の方がインパクトがある。

区役所に三人めの出生届けを出しに行った時点で、パチパチと拍手で迎えてくれる。そしてその場で一千万円の小切手が手渡されるのだ。

「おめでとうございます」

と区役所の人はお祝いだけ言い、使い道は聞かない。

借金で苦しめられていた父親が、その一千万を返済に使ったっていいじゃないか。パチンコ屋に走ったっていい。子どもは三人ちゃんと残るのだ。

そして三人めのお子さんは、どこの保育園でも通いたい時に行くことが出来、この特権はお兄ちゃん、お姉ちゃんにも与えられる。そして四人めが生まれるとまた一千万、五人めでも一千万追加される。そのうち戦前のように、七、八人産む人も出てくるだろう。

この案はとてもいいと思う。ぜひ検討していただきたい。日本にはもう時間がないのだ。一刻も早く子どもを増やさなくてはならない。

財源としては、私は私大の助成金に狙いを定める。ものすごい額の助成金が各大学に支払われていると、日大タックル問題で多くの人が知るところとなった。あのあたりを整理すれば、毎年五万人分の奨励金は確保出来るのではあるまいか。

それともう一つ、「結婚奨励人」というシステムを提案したい。早い話が、私のように「縁談大好きおばちゃん」を育成するのだ。

ネットによる「結婚紹介」が流行っているようであるが、地域に根ざし、人脈を持つ地元のおばちゃんにかなうわけがない。こういう人たちを育てることも国の使命であろう。

移民と少子化もその根っこは同じ。国の寿命についてこの頃よく考える私。コロンビア戦を見る前から。

あなたはいったい……

私ばかり責めないで欲しいのであるが、ワールドカップの時期となると、にわかサッカーファンとなる。

「サッカーって、こんなに面白いものだったのか！」

と目を見開かされるのであるが、それが続かないのが不思議だ。四年にいっぺん、花火のように開くサッカーへの思い。

年ごとにカッコいい選手が増えて、見るだけでも本当に楽しい。長谷部選手など俳優にしてもいいルックスである。知的で端整で、私の大好きなタイプ。

槙野選手ときたヒには、

「こ、こんなイケメンでいいのか！」

と前から注目していたのであるが、高梨臨ちゃんと結婚してびっくりした。

高梨臨ちゃんは、私の小説が原作のドラマに出てくれたことがある。気立てのいいうえに、目のさめるような美人だ。こんな美男美女のカップルは見たことがない。

また私はワイルドタイプに興味はなかったが、長友選手を見てなんだかいいなァと思うようになった。平愛梨ちゃんのような可愛いコとつき合い、

「僕のアモーレ」

と言った時から好感度は急アップした。

「私が若くて美人で、結婚していなかったら、サッカー選手とつき合いたかったわー」

とつい本音を漏らしたら、

「ハードル三つ越すって、別人になることじゃない」

と友だちに笑われた。

野球選手とつき合いたいと思ったことは、生涯一度もない(向こうも誰も思ってないであろうが)。

しかしサッカーを見ていると、

「こんな人が恋人だったら」

と妄想がふくらむ。

おそらくサッカーの方が、親しみやすい競技であること、選手がオシャレなことなどが理由にあげられよう。

一流のサッカー選手はどれほどモテることか。それは想像に難くない。おそらく、あらゆる美人や可愛い人が寄ってくることであろう。

これもまた私の想像であるが、東京のあるところに、サッカー選手や人気俳優が集い、彼らとキャッキャッとお酒を楽しむ美女たちがいる場所があるに違いない。隠れ家のような場所がいくつかあるはずだとずっと思っていた。

つい先日、そういうところで待ち合わせをした。小説の取材のためである。うちから近いところであるが、場所の見当がつかない。ゆえにタクシーに乗り、ナビを入れてもらった。

しかし着いたところは、小さなビルが混じる住宅地。

「お客さんがいうところはここ」

と降ろされたが、看板ひとつない。グーグルを操ったがまるでわからない。すると私の前にバンが停まった。待ち合わせしていた初対面の人が降りてくる。

「今日の店はここですよ」

看板どころか、窓際に電気もつけていないので真暗だ。ここに夜な夜な、有名人が現れるらしい。

こういうところで気がねなくお酒を飲み、若く綺麗な女性と他愛ないお喋りをするのはどれほど楽しかろう。ストレスだってふっとぶはずである。

しかし油断は出来ない。この頃の女の子は、平気で相手を売るからなぁ。

ちょっと古いニュースになるが、アイドル歌手との飲み会に、未成年の女の子が混じっていて大変な騒ぎになった。誰かが音声を録音していたのだ。

おちおち飲み会も出来ないこととなった。

ついこのあいだは、至学館大学のレスリング部の栄監督が、パワハラ謝罪会見のあとキャバクラに行ったと解任された。

フジテレビの「とくダネ！」で小倉さんが怒っていた。

「同伴手当っていって、女の子はお金をもらっていたはず。どうしてこんなことするのかなぁ」

私も同感である。お金をもらいながら、お客さんの行動を写真に撮り、週刊誌に売るなどというのは最低の行為ではなかろうか。

サッカー選手や芸能人ほどの知名度はないが、私も文化人の有名人とお酒を飲んだり、ご飯を食べたりすることがある。すると時々、彼らの誰かが女性を連れてくることがある。私はこういう女性を、

「口角上げ女」

と命名している。

何をしている人かよくわからない。なぜなら決まり悪さから、男性はほとんどの場合、もごもごと紹介するだけ。ひどい人になると名前も教えてくれない。

名前も知らないちょっとキレイな女の子は、口角をきゅっと上げ、微笑みながら皆の話を聞いている。決して口をはさまない。それが何とも不気味である。

そのうちに、私たちの会話はどんどんヒートアップしていく。人のワルグチも出てくる。

奇妙なことに、傍観者が一人いることによって、なんだか会話がどぎつくなっていくような。私はそれがイヤでたまらない。私たちがお酒を飲んで勝手な会話をかわしているのを、彼女はじっと聞いているのだ。微笑みながら。

何年か前のこと、地方のシンポジウムの流れで皆で地元のバーに行った。いいワインを出す、地元でもお高いところである。皆で楽しく飲んでいると、別の会合に出ていたAさんが、地元の青年何人かを連れてきた。ふつうの人たちなら私たちも歓迎しただろうが、デザイナーやコピーライターといった、いわゆるギョーカイ人。ひとクセあるうえに、地方に住むうっ屈を抱えているように見えた。それが私たちへのタメ口となったようである。彼らは平気でテーブルに着き、勝手に酒を飲む。私はついにキレた。

「あなたたち、いったい何なのよ!?」

その場にいる権利がない人が、そこにいてはいけない、というのが私の持論である。昔私はそれでよく失敗をしたものである。

鳥肌が

前から気になることがあった。

それは雑誌や新聞でよく見る、健康飲料の広告である。

「あの時の母に、思わず鳥肌が立ちました」

この文章から人は何を想像するだろうか。

お母さんが、突然妖怪になったのかと思う人がいるかもしれない。が、内容を読んでいくと、そのドリンクを飲んだお母さんが、見違えるように元気に、綺麗になったということである。

だったら、この〝鳥肌〟は文法的にも表現としてもおかしいのではなかろうか。鳥肌が立つというのは、そもそも、

「寒さや恐ろしさ、あるいは不快感などのために、皮膚の毛穴が縮まって、鳥の毛をむしったあとのようにぶつぶつが出る現象。総毛立つこと」(大辞林)とある。が、カッコがついて、

「近年では深い感動を覚えた時などにもこの表現を用いることがある」と。

私の感覚では二十年ぐらい前から、この感動トリハダが使われるようになったような気がする。

「あれ、そんな風に鳥肌が立つというのか」

と気になったのであるが、それからはどんどんこちら側でも使われるようになった。

それにしても、あの広告はおかしい。たかだかお母さんの肌である。ちょっと綺麗になったくらいで、

「鳥肌が立つ」

などと、最上級の表現を使うであろうか。

私はやはり、

「寒さや怖ろしさ、不快感」

の時のみ、鳥肌を使いたいと考える。

私は怖がりのくせに、怖い話が大好き。そういう本をよく読む。

世の中には〝見える〟人がいて、

「久しぶりに故郷に帰って、近所のおじさんと立ち話をしたら、その人は昨年亡くなっていた」

なんていう話にはじわーっとくる。そしてその人が突然、

「ハヤシさんのすぐ後ろにも、一人女の人が立ってますよ」

などと言ったとたん、私の腕の内側にはぶつぶつが出てくるのである。

歌人、穂村弘さんはエッセイの名手でもあり、『鳥肌が』という本はとても面白い。全篇、おっかない話ばかりなのである。それも、こちらの心をじわりじわりと寒くする、凝りに凝った本だ。

夢中で読んでいた私は、ある瞬間「キャーッ」と悲鳴をあげた。しおりが濃い発光色の桃色で、それがふわっとページの上に落ちてくるのである。あれは本当に驚いた。

何度も言っていることであるが、私はかなりの閉所恐怖症である。人間ドックでＭＲＩに入る時、くれぐれもお願いする。

「よろしくお願いしますよ。狭いとこ、本当にダメなんです」

それなのにこのあいだは、ブザーを持たされずにほっておかれて、恐ろしさのあまり汗をびっしょりかいてしまった。

こんな私であるから、車が沈没して運転手が亡くなった、というニュースが流れると、反射的に寒気がしてくる。時には肌が粟立ってくることもあるほどだ。

タイの洞窟に取り残された十二人の少年たちとコーチのことを思うと、やはり背中がざわざわとしてくる。彼らのなんという精神力であろうか。私ならすぐにパニックを起こしそうだ。真暗な中で、どうやって生き抜いてきたんだろう。今のところ、即効の解決策はないと聞いて、怖さが増してくる。

ところで私は、このところマッサージに通っている。美容の方だ。

「まだそんなことやってるの？　いい加減に諦めたらどう？」

と言われそうであるが、強い手の力で脂肪をもみほぐしてもらうのは気持ちいい。

イヤなのは三十分間、カプセルサウナに入る時である。首だけ出るツタンカーメンの棺のようなものだ。

「私、こういうもの、本当に苦手なんですよ」

と訴えたのであるが、

「何かあったら言ってください。私はすぐそこにいますから」

エステティシャンの人に笑われてしまった。

下から熱風が出てきて体を包む。新陳代謝の悪い私は、なかなか汗が出てこない。目をつぶって時間をすごす。絶対にあのことを考えまいと努力する。

それなのにあのことを思い出す。シーンの細かいところまではっきりと。別の楽しいことを考えるようにしようと、頭を振るけれども全く無駄。どうしてイヤなことばかり思い出すのか。

あの映画が浮かびあがってくる。もう半世紀以上前のこと。親に連れられて映画に出かけた。あの頃はどんな町にも、夕飯のあと、ふらっと見に行ける映画館があったのだ。

その映画はちょっとしたお色気ものミステリー。お色気、などと言うのは懐かしい言葉であるが、風俗嬢はブラジャーとショートパンツを身につけていた。そしてお客さんをお風呂に入れる。お風呂は旧式のサウナで、樽のような形をしている。首だけを出し、鍵は外にある。

やがて閉じ込められた男性は、大声でわめくが脱出することが出来ない。この風俗嬢こそが殺人者だったのだ。次の日、〝樽〟から出られることなく、蒸し殺された男性の首が、だらりと垂れている……。

恐怖というのは、必ず思い出が後押ししている。今の感性や経験だけでこんな怖いはずはない。そう思うと、恐怖はなんと高尚なものであろうか。

銀座の夜

銀座は私にとって、いつまでも敷居の高いところである。あそこに行く時は、衿を正さずにはいられない。必ずよそゆきに着替える……。

などと書くと、まるで「銀座百点」の依頼原稿のようだ。事実私は、「銀座と私」とかいうタイトルで、何度かこの小冊子に書かせていただいたことがある。

「銀座百点」は、全国にあまたあるタウン誌の中でも、文句なくトップの地位にある。歴史はもちろん、なにしろ執筆陣がすごい。向田邦子さんの名作『父の詫び状』、池波正太郎先生の『銀座日記』も、連載はこの雑誌である。

今は違うところに引越したが、以前は「白牡丹」という和装小物屋さんのビルの中に入っていた。このビルももうないけれども、アールヌーボー風の美しい建物であった。

この銀座が最近急に近いものになったのは、仲のいい友人からこんなことを頼まれたからだ。

「私の同級生に、銀座の老舗の社長がいるんだけど、誰かいい人いないかしら」

といっても、その方は四十代の終わりである。しかも初婚になるという。

「バツイチの方が探しやすいかも。その年まで独身だと、何かあるんじゃないかと疑われるもの」

「彼はすっごくいい人よ。結婚が遅れたのも選りごのみし過ぎてたからよ」

家業を一緒にやってくれる、頭のいい女性がお望みだという。

それならばと、私がすぐ思いついた人がいる。私の担当編集者のA子さんである。

「はつらつ」という言葉がぴったりの可愛い女性だ。

性格もとてもいい。難といえば、東大卒という高学歴ぐらいであろうか。

彼女はいつもこう言う。

「小学生の頃から私の夢は、ハヤシさんに紹介してもらって結婚することなんです」

専業主婦になりたいんです、だからよろしくお願いします、とかなり本気で頼まれるので私は言った。

「銀座の若旦那なんだけど。若旦那といっても五十近い。一回会ったけどとてもナイスガイだったよ。だけどあなたとじゃ、二十歳も離れてるから無理よー」

私はまるっきり構いません、と彼女は答えた。

「銀座に嫁いで『銀座百点』の編集をするのも、私の夢なんです」

なるほど、これはいいご縁になるかもと思い若旦那に話したところ、

『銀座百点』の編集部では、今、募集していますけどね」

と話をそらされてしまった。どうやら本気で結婚する気はなさそうなのだ。

ところで銀座には「文壇バー」といわれるお店がある。

「どういうところなの？」

と聞かれると困るのであるが、元文学少女のママがやっている、作家やマスコミ関係者を優遇してくれる店、と定義すればいいだろうか。

私がこの業界に入った三十年前、「眉」という有名なバーがあった。私は編集者に連れられて数回行ったぐらいであるが、そこのホステスさんたちが分かれて、いろんなお店のママになったということだ。ちなみに直木賞の選考会が終った後、選考委員と文春の編集者たちは、この〝眉〟出身ママの文壇バーで待つ。記者会見を終えた受賞者がやってくるからだ。ここでシャンパンを抜き、皆でお祝いをすることになっている。が、こうした古きよき伝統を持つ文壇バーも、出版業界の衰退、ママの高齢化に伴い、次第に数少なくなっているようだ。

何よりも今の若い作家は、銀座で飲まないし遊ばない。未だに銀座でにぎやかに飲む流儀を守っている作家は、北方謙三さん、大沢在昌さんの売れっ子コンビぐらいだろう。

私は女なので、めったにそういうところに行くことはなかった。たまに編集者に誘われていくぐらいだ。それも年々減っていった。

しかしあるバーのママに諭されたのである。

「ハヤシさん、作家が来てくれるから文壇バーなのよ。作家さんが来てくれないなら、私たちはただのバーになる。渡辺淳一先生がいない今、ハヤシさんにもっと頑張ってもらわないと」

ということで、さっそくボトルを入れたところびっくりするぐらいお安い。特別割引にしてくれていた。

そんなわけでこの頃たまに顔を出すようになったのであるが、ひとつわかったことがある。世間の一般の人々は、「文壇バー」にいたく反応するのだ。

「連れていってください。一度行きたかったんです、文壇バーってとこ」

五、六人で行ってもたいした金額でないので私が払う。すると私の株があがる。

「銀座のバーでおごってもらった」

昨夜も女友だち四人でお鮨を食べた。すぐ近くにその文壇バーがあったので案内したところ、みんな大喜び。ふつうの奥さんたちなので、綺麗な女性がいるところが珍しく、楽しいのだ。知的で貫禄あるママにも圧倒されたようだ。

そして帰りに、ママは全員にお土産をくれた。紙袋の中は甘酒だ。十時前だったので、店の前に停まっていたタクシーに乗れた。

「コンバンワー」

びっくりだ。運転手は彫りの深い外国人であった。エジプト人だと。大学で日本語を勉強し、一年前に来日したという。道もよく知っている。私はこういう頑張っている若い人にとても弱い。八百円近いお釣りはとらなかった。そして手元にはさっきの紙袋が。

「あっ、モハメッドさん、甘酒飲みますか」

「私はイスラム教徒なので、お酒は飲みません」

「この甘酒はお酒ではありません、麹《こうじ》でつくったものです」

「ではいただきます。妻と娘に飲ませます」

銀座から始まったちょっとしたドラマであった。

桃とLGBT

各社の編集者と行く「桃食べの会」であるが、今年一年ぶりに復活した。昨年は初夏に、母が亡くなったため皆さんが遠慮したのだ。

今年は七月三十日を予定していたところ、従姉から電話がかかってきた。

「この暑さで、もうその頃には桃が木に残っていないよ」

私が若い頃、桃の収穫期は八月はじめであったが、ものすごい早さで前倒しになっているのだ。そんなわけで急きょ十七日に変更したところ、行けなくなった人たちが続出した。

しかし、

「代わりに行きたい」

と手を挙げる人が出てきて、バスはだいたいいつもどおり埋まってほっとひと安心。

いつも楽しいお喋りで会を盛り上げてくれる、新潮社の中瀬さんが欠席となったが、その代わりものすごく楽しいゲストが。

短歌研究社の社長に出向となった講談社の編集者から、

「小佐野君を連れていってもいいですか？」

と連絡があり、もちろん大歓迎と伝えた。小佐野彈《だん》君は、今売り出し中の歌人である。山梨が生んだ、あの大実業家小佐野賢治さんが大伯父にあたるという。

さっそく最新の歌集『メタリック』を買って読んでみた。私は歌がよくわからないが、ひとつひとつが新鮮で驚きの連続だ。

「ゆるしにも似たる湿りを従へて夏は来たれり榕樹の島に」

「あの夏の氷のやうな足先を思ふ茘枝《ライチー》の皮はがしつつ」

「君といふ果実をひとつ運ぶためハンドル握る北部海岸」

昨年短歌研究新人賞を受賞したというのも頷ける。

そうかと思えば、

「ふくらみを持たぬふたりの半裸体歪ませながら日は昇りくる」

なんていうのもある。

ゲイをカミングアウトして、こちらのテーマも多い。慶応の博士課程在籍中で台湾でビジネスもしているそうだが、今も東京と山梨に家がある。

そして当日時間ぎりぎりに、背の高いおしゃれな青年がやってきた。朝がとても弱いそうだ。私の隣りの席に座り、ずっとお喋りした。話がやたら面白い。昨夜あまり寝ていないので、バスの中では眠っていこうと思っていたのであるが、それどころではなかった。彼の語るゲイの文化論、そして小佐野家のファミリー・ヒストリーはまさに抱腹絶倒だ。私は言った。

「絶対に『小佐野家の人々』っていう小説を書きなよ」

まわりは編集者ばかりなので、ぜひうちでと古参の編集者が手を挙げた。近いうちにその本を読むことが出来るかもしれない。

さて今年の桃食べの会は、悲しいことがひとつ。毎年世話係をつとめてくれていた、従姉のつれあいが六月の末に七十七歳でなくなったのだ。

桃の花を楽しんでいた頃は、十数年間バーベキューの肉を焼いてくれた。

「桃の花もいいけれど、桃を食べたい」

という声が圧倒的になり、ツアーを夏にしてからも、何かと世話をやいてくれたっけ。

「こんな桃とっちょし（取るな）。不味いよ。ほら、ここの桃がよく陽があたってうまいよ」

という声が桃畑から聞こえてきそうだ。

おっちょこちょいで世話好きな、典型的な山梨のおじさん。

亡くなる一週間前、病院にお見舞いに行ったらとても元気で、

「マリちゃん、今年の桃食べの会も、ちゃんと頼んどいたから安心しろし」

まずそのことを言った。実は毎年訪れる農園は、彼の親戚のうちなのだ。桃畑を見て涙が出てくるなんて初めての経験である。人ってなんてたやすく、あちら側に行ってしまうんだろう……。

今日は凄まじい暑さ。盆地であるこのあたりは風がなく、陽がすごい力を持つ。しかしみんな本当に楽しそうに桃をもいでいく。食べながら。

東京に来てわかったことは、みんな桃が大好きということである。それはメロンが好き、葡萄が好き、という類の好きではない。形、色、味、そのすべてにおいて、桃は愛されるのである。

涼しい庭で、桃食べタイムが始まった。その朝収穫した桃を、ビニールプールの中に冷やしておいてくれていた。それを農家の女の人たち、うちの従姉たちが包丁でせっせとむいてくれる。待ち切れなくてかぶりつく人もいる。果汁がぽたぽた落ちる。

その後は石和《いさわ》温泉で宴会である。みんなワインや日本酒を持参してくれたので、いくらでも飲む。

ここでも人気の的は小佐野君であった。彼は若い編集者を見て、

「顔面偏差値が高い」

と驚いていた。確かにこのところイケメンが増えていたのである。中でもお気に入りは、マガジンハウスのＫ君のようだ。彼はフジテレビのアナウンサー試験を、最終ひと

つ前で落ちたというルックスの持ち主。

みんなが酔っぱらって、

「この中にその気《ケ》のある人いる？」

と尋ねたりして、

「人はそんな風にきっぱり分けられませんよ」

と小佐野君にたしなめられていた。多くの人の中にもその要素はあり、単に気づいていないだけなのかもしれない。そして気づきかけた人もいる。

小佐野君いわく、かつて江戸時代、日本には世界でもまれなゲイ文化が存在していた。陰間《かげま》茶屋《ぢやや》もあり、武士同士の愛もオッケー。

「戦国時代、武田信玄さんも、男にあてたラブレター残ってます」

しかしオープンなようで、強い偏見が残っているようなのが現代なのだそうだ。自分のような自由業はカミングアウト出来るが、会社員はまだまだ難しい。

桃狩りがいつのまにかＬＧＢＴ講習会に。

それにしても桃の形は実にエロティックだ。

「からだから痛みあふれて寝室は桃の匂ひで充たされてゆく」

（小佐野彈『メタリック』）

巨人の星

「ハヤシさん、絶対に来てね。必ずだよ」

また、ラインが来た。その前の日も、

「北陸新幹線で帰ってくるなら、上野駅で降りた方が便利だよ。タクシーであっという間だよ」

次第に私は憂うつになってきた。本当にどうしようもないほどに。ついに私はこう言う。

「十人ぐらい集まるんでしょう。だったら私一人が行かなくてもいいんじゃないの」

「そんなことないよ。みんなハヤシさん来るの、楽しみにしているよ。本当だから」

最近私は忙しさに拍車がかかり、にっちもさっちもいかないほど。そのうえ寄る年波というやつで、体力もぐっと衰えている。昔のようにパカパカ食べたり飲んだり出来ない。それなのに、約束はぐぐーっと私に押し寄せてくる。身動き出来ないぐらい。

「楽しかったね。またご飯食べようね」

と三ヶ月前に約束する。あるいは、

「今度いっぺんご飯食べよう」

と四ヶ月前に連絡を取り合う。まだまだ先のことだと思っていたのに、しょっちゅうそういうことをするために、スケジュールがぎっしり埋まってしまう。そして夫には、

「毎晩遊びまわって」

と怒られる。

この頃、夜の約束は出来る限り避けていたのであるが、今回はそういうのとまるで事情が違う。

「ハヤシさん、絶対に来てね」

という先は、巨人軍の方々との会食である。高橋由伸監督とコーチの方々がいらっしゃるという。ファンの方にとっては夢のような話であるが、私はだんだん気が重くなってきたのである。

なぜなら私は野球についてほとんど何も知らない。トンチンカンなことを言って、失礼したらどうしようかという不安が、日に日に募ってくる。

おまけに食事会の場所は、浅草の「鷹匠 壽《ことぶき》」である。野鳥を出す名店中の名店であるが、かなり遠い。フジワラ君は、

「俺がさー、すっごくいいワインをいっぱい持ち込むから楽しみにしていてね」

ということであるが、私は緊張するとものすごく悪酔いするのである。

「体調悪いから行けないかも」

とまたラインしたら、

「体調悪くてもさ、鴨南蛮だけは絶対食べて。あれだけは食べなきゃダメ」

えー、「壽」に鴨南蛮なんてメニューあったっけ。おいしそうだなあー、と思ったら次第に行く気になってきた。

対談のホステスをしていて、嘘だろー、と言われそうであるが、私はかなりの人見知りである。特に相手がすごい有名人とかスターさんだとすると、何日も前から気が重い。しかしフジワラ君は違う。天性の人なつっこさがある。有名人が大好き。

彼はよく私のエッセイに出てくるが、高校の同級生である。私たちは山梨の県立高校で二年間一緒であった。ラグビーのスターで、高校生でありながら、全日本のメンバーになった。早稲田に進み、イギリスに留学し、その後は商社マン。今は何だかわからないコンサルタントをしている。

ラグビーというスポーツは、実に深くて広い人脈を持つ。企業のトップやエリートにラグビー経験者が多いのだ。そんなわけで、フジワラ君は有名人ともつき合いが多い。おまけに商社時代にワインの知識を蓄え、ヨーロッパ赴任時代には、やたら買いまくっていた。ベルギーの彼のうちに泊めてもらった時は、

「破産したレストランのワインセラーをそのまま買った」

と自慢していたっけ。すごいお金持ちの娘で、美人の奥さんをもらっていたが、ヨーロッパでは当時、妻の通帳は夫の通帳だったらしい。奥さんの持参金をそっくりワインに使ったというのは有名な話だ。そして彼は生まれつきのフレンドリイな性格と、このワインを武器に、大勢の人たちと親交を持つようになる。

しかしまさか、巨人軍監督とは……。私なんか雲の上過ぎて口もきけないと思うけど、

「だけど来てよ。来てよね。壽に。監督は本当にイケメンなんだから」

その前は長野での講演会ですごく疲れていたけれど、上野で降りた。そしてタクシーで壽に。ここはまるっきり予約出来ないので有名な店であるが、フジワラ君はしょっちゅう行っていて、私が店に着くとなんと台所にまで入り込んでいる。

「おたくに鴨南蛮なんてあったんですか」

とお店のご主人に聞いたところ、

「一回まかないを食べさせたら、次からは平気で要求してくる」

と苦笑していた。自分でソバを持ってくるそうだ。

若い人たちがいらして、そして高橋監督とコーチの方々が登場。テレビで見るよりもはるかにカッコいい監督。とても気さくな方でお話も楽しい。が、いかんせん若過ぎる（おい、おい）。やっぱり私の年代だと、村田真一さんとか斎藤雅樹さんといった中年の

コーチ陣が、色っぽくて素敵。写メして後で友人に見せたら、おばさんたちもやはりコーチの方々に熱い視線を注いでいた。

そして一週間後、着物を着た私は京橋の高級フランス料理店へ。なんと今夜は、フジワラ君と原辰徳前監督の合同誕生日会が行なわれたのだ。

フジワラ君がどうして、それほど巨人軍に喰い込んだのかはわからない。彼が言うには、原監督とは彼が高校時代からの知り合いで偶然誕生日が同じだったのだと。

原さんとは同じテーブルになった。

「うちの者たちが先週お世話になりまして。僕も壽に行くつもりだったんですが、急用が入って」

などと言われ、またもやポーッとなる私。原監督はその日還暦を迎えられたが、美男ぶりとスターのオーラは全く変わらない。

ここでも写メさせていただき、友人たちに自慢する。するとこんなコメントが。

「たて続けに巨人軍の方々とスゴイ！　すっかり女子マネ化してるね」

調子にのった私はこう返す。

「いいえ、こうなったからには、次の始球式やらせていただきます。もちろんショートパンツで」

再び「人は見た目が」

暑い、暑い、暑い。

こんな暑さ異常だ。地球全体が狂ってる。

今まで手紙を書く時、

「猛暑の日々が続いております」

と書いていた。

が、それを「酷暑」に変えた。しかしまだもの足りないような気がする。「殺暑」なんてどうだろう。いや、さすがに物騒かも。

物騒といえば、あのボクシング連盟の山根会長の姿がすごい。三ツ揃いのスーツにサングラス。どう見ても反社会的勢力関係のおえらいさんだ。ああいう姿で、よく高校生の前に出たものだ。

あの会長は日大騒動がやや収まりかけた時、いきなり登場したわかりやすいヒール。夏枯れの時なので、どのマスコミもとびついている。日大の田中理事長とのツーショットがやたら登場して笑ってしまった。

ボクシング連盟の会長だから、おそらく早稲田や慶応といった他大学の、理事長あるいは学長と撮った写真もあるだろう。しかしそういうものは掲載されない。やはり田中理事長とワンセットで欲しいわけだ。

この田中理事長、一向に出てこないが、私はこれはとても賢明な判断だと思う。この方はお相撲出身なので、かなり体が大きい。見た目がやはり、アッチ方面と似かよっている。それほど気のきいたことも言えないに違いない。一回でも記者会見を開けば、皆が寄ってたかって、あれこれあげつらうのは目に見えている。これぞ日大がした最高の「危機管理」。

ところで話は変わるようであるが、あの騒ぎの最中、このページで、

「私は日大の理事になったる。もちろん無給でやる」

と書いた。あれ以来会う人ごとに、

「日大から何か連絡が来た？　理事にはなれそうなの？」

と聞かれるのであるが、全くのノーリアクション。本当に残念である。

まあ、そんなことはどうでもいいとして、日大騒動以来、多くの人はこう思ったに違いない。

「ある種のスポーツ組織のトップにいる人って、どうしてこんなにヤーさんに似てくる

んだろう」

上に行けば行くほど恫喝がきいてくる。さらに効果を出すために、ファッションにも凝ってくるのであろう。定番として、さっきも言ったように三ツ揃いスーツにサングラス、ピカピカの靴。そしてブランド品の小物じゃらじゃらとなる。ひと頃の元巨人軍清原選手も同じ格好をしていたっけ。

『人は見た目が9割』という本が売れていたが、この頃つくづくそう思う。

「人間は外見より中身」

という価値観とは別のものだ。どういうファッションをし、どういう髪型をし、女性だったらどんなメイクをするか、ということでその人は見えてくる。ダイエットも大切な要素だ。

三枝成彰さんは、

「デブの女は大っ嫌い」

と公言している。では私とどうしてこれほど仲がいいかというと、

「友だちは別。ナンカするわけじゃなし」

ということである。

別に三枝さんのためではなく、この夏、私は本気で痩せようと思った。あるマッサージがきっかけだ。友人から紹介された痩身エステであるが、料金がものすごく高い。十

二回分チケットを買うのだが、のけぞるような値段だ。もう二セットも買った。それがあと三回で切れる。オーナーの女性は平然と私に言うだろう。

「振り込みお願いしますね」

もうイヤだ、と思った。

本当に情けない。こんなにお金を遣って、体重は高値安定である。

「疲れてるし」とか「頭がうまくまわらないし」というさまざまな理由をつけ、甘いものをだらだら口にしている。こういうだらしなさがいけないのだ。こんなにお金を遣ってデブのまま……。

「よーし、やったる」

と私は、すべての糖質を断ち切った。昼間ちょっぴりだけ食べていた素麺やひやむぎもすべてカット。するとひと月で三キロ痩せたではないか。嬉しい。やれば出来る。

しかし昨夜のこと。

「クエ鍋を食べにいかない？」

と友人から誘いが。しかし行ってわかった。そこは鍋料理屋さんではなく、お鮨屋さんだったのだ！　個室で四人で鍋を囲んだ後、貸し切りのカウンターに移り、そこでお鮨をつまむシステム。

「お鍋だけでもいいんだよね」

と私は念を押したのであるが、そこで食べないわけにいかないでしょ。しかもものすごいこだわりのお鮨屋さんだ。自分の田んぼで育てたというご飯に、江戸前の仕事をしているネタ。私は我慢できずに四貫だけいただいた。たった四貫だけ……。そこにいた友人は、ライザップで十キロ痩せた成功者だ。ノースリーブの真白いワンピースを着て、その綺麗でセクシーなことといったらない。口惜しい。リバウンドが懸念されるライザップであるが、自己管理出来るようになれば大丈夫とのこと。私の傍でお鮨をパクパク食べる。

「だからライザップ紹介してあげる。紹介一人につき、私に八万円入るしさー」

心が揺らぐが、あのトレーニングにとても耐えられそうもない。

そして今日の会食も、銀座の超有名お鮨屋さん。皆さん、私がお鮨が大好物ということを知っているのだ。しかしそれは以前の話。お鮨は私にとって大敵だ。昨夜の四貫で、今朝測ったら一キロ近く増えていたではないか。私は本当はかなり人見知りで神経質なのだが、デブのオバさんという外見で初対面からナメられる。かなり狎《な》れ狎《な》れしくされる。人は見た目が大切。ときすまされた雰囲気の、近寄りがたい女になりたい。いかにもデキそうな女になりたい。なったらちょっとエバっても許されるかも。

お鮨の幸福

私をお鮨に誘う人を、私はうんと恨む。

前回も書いたとおり、私は今、かなり本気のダイエットをしている。が、そういう時に限って、お鮨屋さんのお誘いがあるのだ。なんと二日続けて。

言うまでもなく、お鮨はてきめんに太る。糖質ダイエットをしている最中だと、私の場合一食で一キロははね上がる。糖質と水分とのダブルパンチとお医者さんは言う。

それならば、ほどほどにしておけと人は言うかもしれないが、そんなことが出来る人間ならば、デブになんかならない。

お鮨に関して、私はほどほどということが全く出来ないのだ。あのガラスケースの前に座ったとたん、すべての理性がふっとぶ。

ちなみに、人口の割合でお鮨屋さんがいちばん多い県は、わが山梨県である。二位は石川県らしい。海のない県ゆえの憧れが強く、山梨では昔からお鮨を供するのが最高のおもてなしだ。ゆえに法事もたいていお鮨屋で行なわれる。

七月は親戚の四十九日、母の一周忌と二回山梨に帰り、同じお寺で法要があり、同じお鮨屋でお斎《とき》をした。幼なじみのキミコちゃんのお店だ。お店といっても、その地域でほぼ〝独占企業〟なので、三階建ての堂々たるビルである。

さて、日本一お鮨屋が多い山梨県であるが、おいしいところは本当に少ない。一度、仲よしのワイナリーの社長から、

「すごくうまい店があるから」

と甲府のお店に連れていってもらったら、ガラスケースのネタを、ラップでおおっているようなところで、味も推して知るべしであった。

「こんなところより、もっとおいしい店があります。次は私がご馳走します。私の友人の店です」

とキミコちゃんのところへ案内した。彼女の長男は、銀座の有名なK兵衛で修業していた。だからカウンターに座ると、こぶりの実に洗練された握りを出してくれる。今や県外からも、このお鮨をめあてにやってくるほどだ。

「うちの魚はね、K兵衛さんと同じところから仕入れてるんだよ」

とキミコちゃんはいつも自慢している。

さて、二日めはこのK兵衛さんのところへ行く。地下鉄銀座駅から新橋近くまで歩いた。夕方近いというのに信じられない暑さである。歩いていると頭がくらくらするほど。

だから、冷房がひんやりと効いた、清潔な店内に入った時、胸がすくような思いがした。

エレベーターで上の階へ行く。超がつくほどの高級店であるが、どの席も埋まっているではないか。インバウンドの方々もいっぱい。

私が座ったのは、カウンターを囲む十人ぐらいの半個室であったが、既に七人の白人の方々が座っていた。ロシア語で喋っている。一人美しい女性がいたが、後の六人は実にカッコいい中年の男たちで、つい視線が行く。

「なんでも自家用ジェットでいらしたそうですよ」

と板前さんが教えてくれた。やがて私の連れが二人来たのであるが、一人は色香たっぷりの名古屋のクラブマダム、もう一人はマダムの親戚の若い美女。いつしか彼らもちらちらとこちらを意識し始めた。

こういう合い席だと、誰かがきっかけをつくってくれると、楽しいコミュニケーションが始まるのであるが……。

やがて食事も終わり頃になり、私の隣りの筋骨たくましい男性がブラックカードで支払いをした。ブラックカードですよ、ブラックカード。私はもう好奇心を抑えられない……。

たまたま私が着物を着ているあるパーティーの写真を、右隣りのマダムに見せていた。

「安倍さんもいらしてたので、一緒に撮ってもらっちゃった！」

すると左隣りの〝ミスター・ブラックカード〟が、私のスマホを覗き込んでるではないか。

「この人、わかりますよね。プライム・ミニスターですよ」

「もちろん」

彼は言って、次に自分のスマホをこちらに向ける。なんとプーチンさんと一緒に写っているではないか‼　この人はいったい誰なんだ。

そのうち板前さんが、私のことを説明して、みんな一様に「おお」とか声をあげた。

「ロシア語には翻訳されてないのか」

「いいえ」

「ロシアでもムラカミハルキは人気ですよ」

などという会話があり、みんな揃って記念撮影。帰る時、〝ミスター・ブラックカード〟は、私たちにとロゼのシャンパンのハーフを、板前さんにことづけてくれた。

「なんて気がきく人たちでしょう。様子もいいし……」

とマダムも感心していた。

彼らが去り、次にやってきたのは陽気な中国人一家。みんなすごく楽しそうで、わいわい写メを撮りまくっている。二席空いたところには、いかにもお金持ちそうな年配の女性がお座りになった。ソロプチミストの全国大会の帰りに、憧れのK兵衛にやってきたそうだ。

お一人は日本語で中国人一家に喋りかける。

「どこからいらしたの」

ちゃんと通じる。アメリカのヒューストンからだと。もう一人の婦人は、ボケ防止のために英語を習っていらっしゃるそうで、積極的に話しかける。

「娘に見せたいから」

と私と一緒に写メをパシャッ。

みんな酔っていることもあり、この個室には不思議な一体感が。私もヘタな英語で参加する。最後は皆で記念写真を撮った。

ああ、楽しかった。そして私はロシアの方々に言った言葉を彼らにも。

「ハブ・ア・ナイス・トリップ！」

銀座の一流店で食べられる幸福を、いっときでもわかち合った仲間である。ロシア人も中国人もそして私も。二十年前なら考えられなかった幸福。

日本はすごい

今年の夏休み後半は、四泊でロンドンへ。ミュージカルを見に行くためである。

あれは六月頃、NHKの大河のスタジオにうかがった折、渡辺謙さんがこうおっしゃったのだ。

「今度またロンドンで『王様と私』を演《や》りますから、ぜひ観に来てね」

行きます、と即答した私。二年前もニューヨーク公演を観に行った、いわば〝追っかけ〟である。ロンドンであろうとどこだろうと行きますとも。

最初は脚本家の中園ミホさんと行くつもりだったのだが、ドラマが追い込みに入りそれどころではなくなった。すると、

「あのう、私は一人でも行くつもりですが」

と西郷真悠子ちゃんが言う。真悠子ちゃんは前にもお話ししたとおり、西郷隆盛の弟、西郷従道の玄孫《やしゃご》にして、山県有朋の子孫、そして女優をめざす女子大生。私の大学の後輩でもあり、日頃から仲よくしている。

そしてオーディションを受けて、見事大河の西郷桜子（従道の娘）役を射止めたのだ。ドラマの第一回めに、ちらっと出ただけであるが、やはり彼女も謙さんから、

「ロンドンに観に来てね」

と誘われたという。憧れの大スターからの直々の言葉に、彼女は行く決意を固めている。二人で行くことになったのだが、そこで「僕も」と手を挙げた人がいた。歩く百科事典と言われる、佐賀新聞社社長ナカオさんである。彼は、

「大英博物館に行ったら、半日でも喋り続けることが出来る」

そうだ。無知モウマイな人間に、しっかりレクチャーするのは彼の最高の喜びらしい。

「ハヤシさん、僕もお伴させてください」

ということでメンバーは三人に。同じホテルを予約した。

などということを、たまたま会った山本益博さんにお話ししたところ、

「ロンドンには、留学中のうちの娘がいるので、ぜひ、案内させてください」

とおっしゃるではないか。真悠子ちゃんもナカオさんも、英語は今ひとつ自信がないというので、有難いお話である。しかも山本さんは、私たちのために、予約が世界で一番困難といわれる〝ファット・ダック〟の席をおさえてくれたのだ。

ロンドン郊外のこのレストランは、イギリスでは珍しい三ツ星。世界中からグルメが集ってくる。山本さんがオーナーと親しく、ウルトラ技で予約を入れてくださったのだ。

ナカオさんも、

「すごいですね。本当にファット・ダック行けるんですか」

と興奮していた。

さて、着いた次の日は、さっそくナカオさんと一緒にロンドンを歩く。ロンドン塔にナショナルギャラリー。彼の歴史や美術の知識はハンパないので、それはそれはよくわかる。

次の日も大英博物館見学。

「ここをだらだら見ていても何も身につかない。どれをチョイスして、どのように系統だてて見るか」

が、とても大切なことだそうだ。確かに生まれて初めて、エジプト、ギリシア文化が面白いと思った。

ところで数年ぶりにここを訪れてびっくりしたのは、中国の台頭ぶりである。ワンフロア、広大な中国文化の展示が出来ていて、あちらの団体客ですごい賑わいだ。私はため息をつく。

「これに比べると、わが日本の展示室は、本当にショボいですよね」

しかもその展示室は現在修理中となっていた。ナカオさんいわく、「日本でもバブルの頃は、企業の多額な寄付があり、日本の展示室は充実しました。しかし今は、この中国の展示にはかないません。古代から清王朝まで、とても素晴らしいものが揃っていて、展示方法もいいですよ。おそらく中国企業から莫大なお金が出ていることでしょう」。

　大英博物館、いや、ロンドンは、昔、右を向いても左を向いても、日本人観光客ばかりであったが、今はほとんど出会わない。どこに行っても中国語がとびかう。

「外国行くたびに、わが国の衰退ぶりを見せつけられるよね……」

「いいえ、今、ロンドンはすごい日本ブームなんです」

　と山本さんのお嬢さん、エリちゃんが意外なことを。英国王立音楽院でピアノを学ぶ美少女である。

「寿司、ラーメン、うどん、日本食がすごく流行っているし。日本人は謙虚でマナーがよく、とてもも静かだと。私が日本から来たというと、皆がとても親切にしてくれます」

　そんな話をしながら、パラディウム劇場へ。ここはロンドンの中でもとても古い由緒ある劇場だ。そこに主演女優と並んで、わが渡辺謙さんの大きい顔写真と名前が電飾パネルで大きく掲げられているのを見ると、日本人として誇らしい気持ちでいっぱいだ。

　劇場は三階まで満席であった。日本人はたまに目につくぐらい。ほとんどが現地の白人である。この「王様と私」は、イギリス人の家庭教師が、タイの人たちを〝啓蒙〟し、融和するのがテーマなので、イギリス人が好むわけだ。

気のせいかニューヨーク版に比べて、ややアジアへの視線が気になる。タイに着いたとたん、物乞いたちがじわじわとアシナ先生に迫りくるシーン。が、そう感じたのは私だけかもしれない。

しかしこの劇のハイライト「シャル・ウィ・ダンス」の素晴らしいこと。すべてが逆転する。さらに力強くセクシーになったケン・ワタナベは、アジア人男性の魅力で、白人女性を圧倒するのである。小賢しい白人文化を嘲うような王様の素敵さ……。

最後にはすべての人がスタンディングオベーションで、劇は熱狂のうちに終ったのである。ふーむ、日本ってすごいかも。

パイの分け前

秋に向けて、いろいろな文学賞の選考会が始まる。非常に忙しい季節である。賞ということに関しては、芥川賞、直木賞が日本でいちばん有名であるが、その上にさらに作家がめざす賞がある。

エンタメ系で言うと、直木賞を受賞して十年めぐらいの作家が受賞するものとして、中央公論文芸賞、柴田錬三郎賞などがある。あとは地方のマイナーな賞、ｅｔｃ．……。そしてみんなが欲しがる最高の賞が、吉川英治文学賞であろうか。これを受賞すると、ザ・作家という肩書きがつく。

こう書いた後で、こういうことを言うのはイヤらしいのであるが、今述べた賞の選考委員をやらせていただいている私。読んでいると、まあ、四十代、五十代の作家の上手いことといったらない。私たち作家は、日本語という決まった数のツールをもらって、それで小説を組み立てているのであるが、時々違うものを使っているのではないかとさえ思うことがある。

文章のリズム、比喩の巧みさ、そして構成のうまさ。スケール、着想の大きさ、

「まいりました」

とうなるような作品が選考会に上がってくる。うなりながらも、こういういい小説を読んだ喜びに心が震える。それが作家。

つい先日のこと、芥川賞、直木賞の授賞式が帝国ホテルで行なわれた。年に二度の私たち業界のお祭りである。各社の文芸編集者や関係者、そして作家たちがやってくる。そして銀座クラブの美しい女性たちも。華やかな楽しい夜である。

その授賞式にある有名アーティストがいらした。受賞者にお祝いを言うためである。彼女自身も小説を書く。その後、ちょっと一緒にお酒を飲んだのであるが、彼女は大変驚いていたという。芸能界ではこんな事はあり得ないというのである。

「ユーミンやサザン、井上陽水さんが集って新人賞を選ぶようなものですね」

と、編集者に言っていたそうだ。

この言葉を私は深く考えた。ひとつはっきりしていることがある。

「私たち作家は、パイを争わない」

ということだ。

芸能界では、パイの奪い合いが確かにあろう。次々と新人の魅力ある俳優さんが出てくる。主演をめぐって、水面下でいろんなことがあるはずだ。

しかし私たち作家は、新しい焼きたてのチェリーパイを、若い才能ある人たちが分け合っていてもそんなに深く考えない。当然のことだと思う。ただ考えることは、もっとおいしい抹茶パイをつくり、それを売ることである。

とはいっても、檜舞台ともいえる連載は数が限られている。が、それをめぐって熾烈な争いが行なわれる、ということはない。私たちは受注産業なので、じっとお声がかかるのを待っているだけだ。

中でも私が大好きなのは、新聞の連載小説。現在、キー局ともいえる、朝、読、毎、日経の朝刊と夕刊があり、そして準キー局ともいえる地方紙連合というのがあって、作家に注文がくるのだ。

新聞の連載をするのは、人気、実力とも標準以上の作家ということになっている。依頼があると作家は、大いに張り切る。

つい先日、一年間にわたるその連載小説を書き終えた。感慨無量である。全力を出し切ったという感じ。

なにしろ毎日毎日、新聞休刊日以外、原稿を書かなくてはならない。しかも今回の小説の場合、シンガポール、上海、京都といろいろなところを旅して、多くの人に取材した。その時間たるや、ハンパではない。

「これが終わったら、ひとりで温泉いきたい。何も考えずにしばらくぼーっとしていたい」

そのくらいプレッシャーがあった。しかも最後の最後に大アクシデントがあり、残り三回分をファックスで送ったところ、そのうち一回分が届いていないというのだ。

「そんなはずはない」

と仕事部屋を探したが、その一回分は原稿が消えているのである。それを書いた記憶はある。探すより書くほうが早いと、もう一回やってみたのであるが、悔しいほどモチベーションが消えていた。なんだか全く主人公の気持ちになれないのである。いかに気持ちを張りつめて毎日書いていたのか、自分でも驚いた。

ところでこんなことは初めてであるが、この連載小説、タイトルにちなんで「愉楽会」なるツイッターのハッシュタグが出来上がった。メンバーは百八十人ほど。これを見るのが、毎日の楽しみであった。

皆さんかなり勝手なことを書いているが、腹は全く立たない。基本的にこの小説が好きなのだなあとわかるからだ。

「最初に会った時、ヒロインの○○さんは白いワンピース、昔の恋人だった○○さんは白いパンツ、最近登場した若い女の子の○○さんは白いニットを着ていました。ハヤシさんはよっぽど白が好きなんですね」

鋭い分析である。そんなことは全く忘れていた。

そうかと思えば、飲み会に集まった若い女の子たちに、タクシー代を二万円キャッシュで渡すシーンでは、

「金持ちのくせにケチ」

という非難が幾つかあった。

昨日見ていたら、

「あと数話しかない貴重な一話で、この深みの無い内容はいただけないなあ」

という厳しいお言葉が。すみません。

いろんな意見をいただきながら今日の時点で、小説はあと二日で終わる。

「これで愉楽ロスになる」

という声が多く寄せられ、私もとても淋しい。

この愉楽会の方々は、最後にオフ会といおうかお別れ会をするそうだ。私も行かなければなるまい。今年は作家として最高の幸せを味わった。お酒を一本持っていき、ありがとうと言おう。

だけど、それがどうした

ダブルヘッダー

とてつもなく大きな台風が近畿地方を襲い、関西空港に八千人がとり残された。大変なニュースであるが、翌々日は震度7の地震に北海道がみまわれた。

この国、いったいどうなってしまったんだと背筋が寒くなる。

異常な猛暑から始まって、これでもか、これでもかと災難がやってくるのだ。

こんな時にお気楽なことを、と言われそうであるが、いつまで続くかわからないお気楽。せめて日本が平穏なうちに、いろいろ見るべきものは見ておきたいとつくづく思う今日この頃、お芝居をやたら観ていた。

大きな連載も終わり、ほっとひと息ついた九月、五日間で五つのお芝居を観た。が、劇場に足繁く通うのは私だけではないらしい。

これは詳しい人から聞いた話であるが、ネット全盛の日本で、人の肉声が非常に求められている。演劇はどこも大入り満員だというのである。いい話だとこれを有名演出家の方に確かめたら、

「それは2・5次元ミュージカルを入れてのことでしょう」

と複雑な表情をされた。アニメを原作にしたものを舞台化して生身の俳優さんが演じる。これが大人気だというのだ。

私はこの2・5次元ミュージカルは見たことがないが、なかなかチケットが取れないという円形劇場に行ったことがある。客席もゆっくりまわるし、CGを駆使した舞台もまわる。その迫力といったらない。

ところで私の友人の中で、いちばんの芝居好きは、なんといってもアナウンサーの中井美穂ちゃん。彼女の場合は単に好き、というのではない。読売演劇大賞の選考委員もつとめる、観る側のプロである。

彼女を食事に誘うと、八割ぐらいの確率で、

「その日はお芝居に行くので」

と断わられる。連日二つ観るのもざらだという。私も昔、お芝居のダブルヘッダーを試みたことがあるが、その時はヘトヘトに疲れてしまった。長時間椅子に座っているのもつらいが、それ以前に頭が凄く疲労しているのだ。やはり五感を駆使する演劇鑑賞というのは、かなりエネルギーを使うのである。

九月二日、ある方からお誘いをいただいて、歌舞伎座初日昼の部に。びっくりするぐらい着物の女性が多い。そして京都から来た芸妓さん、舞妓さんが正装してずらり並ん

でいる。松竹の社長さんのお姿も見える。

今日は特別の日なのだ。五年近く、お体の不調で休演されていた中村福助さんが、復帰なさることになった。筋書をめくっていたら、福助さんのインタビューが載っていた。

「この五年近く、毎日のように芝居の夢をみました。目覚めて涙したこともありました」

ほろりとしてしまう。福助さんとは対談で、一、二度おめにかかったくらいであるが、大好きな俳優さんだ。大名跡、歌右衛門を継ぐばかりになっていたはずで、その目前のご病気、どれほど無念だったたか。そしてつらいリハビリをへて、今日が復帰ということで、よかった、よかった。

やがて「金閣寺」の幕が開く。福助さんのご長男、児太郎さんが大役、雪姫を演じられたが、まあ、その美しいことといったらない。雪のような桜吹雪の中、縄で縛られ体をくねらせ、嘆き悲しむ姫君。歌舞伎だけがつくり出す倒錯の美の世界である。観客は陶酔するのみ。

私のようなシロウトがこんなことを言うのは失礼かと思うが、歌舞伎の俳優さんというのは、ある時ちょっと目を離したスキに、という表現はあてはまらないかもしれないが、気づくととんでもないことになっている。この児太郎さんもそうで、人気若手女形の一人という認識であったが、こうして堂々たる主役を見せられると、呆然としてしまう。す、すごい。

後で友人に、

「児太郎さん、素晴らしかったね」

とメールをしたら、

「お父さん、児太郎さんに早く福助を襲名させてあげたくて、病気の体をおして復帰なさったに違いないわ。その気持ちを思うと泣けて泣けて仕方なかった」

というのである。確かにあの主役を張る姿に「児太郎」という名前は、もう小さいかも。

一方その福助さんであるが、救出される身分高い尼さんの役だ。金閣寺の窓がするすると開くと、歌舞伎座場内、ものすごい拍手である。それがなかなかやまない。福助さんもさぞかし嬉しかったであろう。動くこともなく、セリフは三ことだけであったが、凛としたいいお声であった。

だから歌舞伎はやめられない。

その余韻がさめぬおとといは、福助さんの弟、芝翫さんの「オセロー」を観た。実はこの一ヶ月近く前、芝翫さんと対談をさせていただいた。その時、お兄さまの復帰をとても喜んでいらして、私にスマホの写真を見せてくださったのだ。それは尼に扮した福助さんのお写真。

「ポスター撮りの写真を送ってくれたんですよ。とても綺麗でしょう」

ご自分の「オセロー」の初日も二日であるが、同時にお兄さまの初日もとても気にかけていらしたのだ。それならば二日の歌舞伎座の方に行かねばならないと思った。芝翫さんのお芝居のチケットは四日に買ってある。

その四日、新橋演舞場で芝翫さんの「オセロー」を見、すっかり気分が昂ぶってしまった。いいお芝居を見ると、なかなかうちに帰りたくない。

ご存知のように新橋演舞場から東銀座駅まで行くには歌舞伎座の前を通る。時間を見ると四時十五分。イチかバチか、切符売場に行ったら、台風のせいでいい席がいくつも残っているではないか。夜の部の中村吉右衛門さんの「俊寛」にまた涙……。

お芝居のダブルヘッダー、こんなによかったとは。感動が二乗にも三乗にもなるのだから。

語るということ

大坂なおみ選手に、日本中が夢中になっている。もちろん私もその一人。可愛いし強い。そして二十歳とは思えないほどの精神力と心配り。

さっき女性四人で食事をしたら、デザートを選ぶ段になり、一人が、

「私は流行の抹茶アイス」

と注文した。これは大坂なおみ選手が好物としてあげたもの。

どこへいっても彼女の話題だ。ある人は言う。

「勝利したのに、アイム・ソーリーで始まるスピーチってどうなのよ。あまりにも可哀想」

私も同意見である。

セレモニーの時に、ブーイングがひどくて驚いてしまった。あれは主審に対する抗議だという人がいたけれど、それだったら大坂選手がトロフィを受け取る時に、拍手に変わるべきだ。

アメリカ人というのは、もっと寛容ではなかったか。勝者に対しては、まっすぐな尊敬と祝福を寄せるものではなかったか。

私は何日か前のオバマ前大統領のスピーチ、

「今、アメリカは分断されている」

という言葉を思い出さずにはいられない。

なんかこの頃のアメリカ、おかしくないだろうか。

昨日の中間選挙のニュースでは「トランプ化する共和党候補」を取り上げていた。ライフル銃を手に、

「これを持つのはあたり前だ」

と強気の候補。

「ワシントンを一掃してみせる」

と別の候補。

国境を歩きながら、

「移民を一人たりとも入れない」

と誓う女性候補。

他国の移民問題を、島国にいてあれこれ言う愚は充分にわかっているけれど、次第に背筋が寒くなってきた。

ナチスなどという権力がなぜ発生したのかずっとわからなかったけれど、こういう風にじわじわと大きくなっていくものなのか。衆愚はいつしか絶対的な正義となっていくものなのか。

「どうして日本は戦争をしたのか」

と無邪気に問う子どもには、四方田犬彦さんが解説を書いている『復刻版　少年満洲讀本』を読んでもらいたい。これは昭和十三年に長與善郎が書いたもの。お父さんが一緒に満州に旅行する子ども二人に、かの地を説明し、今の日本が置かれている状況を解説する。

これを読んでいると、日本が「お兄さん」として、他のアジアの国々を支配して指導するのはあたり前だろうという気になってきて、我ながら怖くなる。当時の日本人のアジアやロシアへの感情が実にリアルなのだ。こういう空気の中、日本が大陸に行き、満州国をつくったとしても何の不思議もない……。

などというようなことを、年下の友人の前ですると、露骨にシラケた顔をされる。みんなまるで政治に興味がないのだ。私もそれほどあるというわけではないが、最近テレビでトランプ大統領を見るたび、ざわざわと嫌悪感が強くなっていく。

ネットフリックスを愛する友人は、「トランプ　アメリカン・ドリーム」という番組にやみつきになっている。彼が大統領になるまでの道のりをたどったものだ。それによると、頭が悪く出鱈目な不動産業者以外の何ものでもないという。その男が世界の中枢にいると思うとゾッとする。私はあの人が大嫌いなのだ。

それなのに彼を評価する人がうちの中にいる。私の夫である。

「何のかんのいっても景気はよくなっているじゃないか。支持率は四十パーセント超えてるじゃないか。いったい何が悪いんだ」

反対にこの人は毎朝、朝日新聞のワルグチを叫ぶ。

「また安倍さんのこと悪く書いてる。今日の社説読んだか。そんなら代替案出してみろって言うんだ。朝日はただ、政権の悪口垂れ流してるだけじゃないか」

毎日うんざりだ。

「それならば、読まなきゃいいじゃないの。日経だけ読んでれば」

と言うといったん黙るのだが、

「もう朝日新聞なんか取るな」

と私に命じる。

「申しわけないけど、私のうちは朝日と赤旗とってたから。他のうちはみんな山梨日日新聞だったけど、うちは違ってたの。この組み合わせ、地区ではうちと中沢新一さんのうちだけだったって、お母さんは自慢してたから」

そうそう、昨年死んだ母は、

「何の新聞を読むかは、そこの家の文化の柱」

とよく言ってたっけ。夫に怒鳴られたぐらいで新聞は替えない。私は自分でも左っぽさはなく、保守系の人間だと思っているけれども、それでも朝日は読み続ける。半世紀以上読んできた。ページも活字も目が慣れている。

一方夫は、電子版の産経を愛読しているのだ。

私はかねがね、年とった男性の右傾化の原因は、この産経電子版にあると思っている。

三年ほど前、図書館問題を研究するため、出版社の人といろいろな図書館をまわったことがある。

東京近郊のとある大きな図書館の雑誌、新聞閲覧コーナーで、ガードマンが立っているのを見た。

「あの方はどうしてここにいるんですか」

と尋ねたところ、

「毎朝、日経の取り合いがあるんです。時には殴り合いもあって」

と聞き心底驚いた。退職した老人たちは新聞代も節約しているのか。そういう人たちに、無料で読める産経電子版は人気を博しているに違いない。

この号が出る頃には、自民党総裁は決まっているはず。おそらく安倍さんになり、みんな「あ、そう」と言うだろう。賛成でも反対でも、その後、長いフレーズで自分の考えを語る。右でも左でもとにかく語る。そんないち日にしたいものだ。

ゾンビと遺作

樹木希林さんが亡くなって、悲しくてたまらない。

私だけでなく、日本中がショックを受けている。どんな大女優でも、これほどの喪失感をもたらすことはないであろう。いるとしたら吉永小百合さんぐらいだ。

それは樹木さんが人生の達人で、死や老いについて深い言葉を残していることもある。作家でもかなわないほどに。

半年ぐらい前、対談でおめにかかった時、

「とてもお元気そうですね」

と申し上げたら、

「みんなから、〝死ぬ死ぬ詐欺〟って言われてるのよ」

と笑っていらしたが、出来たら本当にずうっと詐欺を続けて欲しかった。全身癌を公表されてから長いが、その間もものすごい活躍ぶりで、今年は映画に三本出演していらっしゃる。どれもが準主役級だ。もっと長生きなさるとみな思っていた。

樹木さんの女優としてのすごさは、みんなが口にしていることであるが、その三本のうちのひとつ「日日是好日」の、お茶の教師役には心底驚いた。水指《みずさし》を置く時のまるっこい背中の動きは、まさに老いた茶人のものだったからだ。

これが遺作だとばかり思っていたのであるが、今朝のワイドショーによると、来年公開の「エリカ38」というのがまだあった。なんと樹木さんはこの映画で初めて企画を手がけており、資金集めから監督の選定まで一人でやられたそうだ。

「エリカ38」というのは、実際にあったあの詐欺事件の話。六十二のおばさんが、三十八歳と偽って若づくりをし、男たちからお金を騙し取っていたあの事件だ。

製作者の奥山和由さんがこのようなことを語っていた。（親友の）浅田美代子さんを主演女優にしたかったこと、それから今の若いコたちが出演しているような映画ではなく、演技というのはこういうものだと見せたかったのではないかと。

なるほどなあ。アイドルがいっぱい出てくる青春映画、あれは「壁ドン映画」というらしい。

映画会社の人によると、ちゃんとお客は入って、ちゃんと収益はあげている。

「高校生が日曜日、みんなで集まってどこへ行くかというと、毎週末東京ディズニーランドというわけにはいかないでしょう。マックを食べた後、みんなで楽しめるということになれば、やっぱり映画なんですよ」

それでイケメンの先輩や教師が出てきて、恋したり泣いたりの映画がいっぱいつくられるのだ。

なるほどなあ。が、樹木さんが最後につくりたかったのは、こういう映画の対極にあるものであったろう。ぜひ観に行きたい。

「万引き家族」の樹木さんもよかったが、「あん」の樹木さんは最高だった。

一人黙々と餡をつくる老婆の姿は、今思い出しても泣きたくなってくる。樹木さんは亡くなる数年前から、いい映画にいっぱい出ていらっしゃる。それがせめてもの救いだ。

ところで映画といえば、「カメラを止めるな！」がすごい話題で、ずっと興行成績ベスト10に入っている。私がロンドンにいる間、盗作問題が起こったらしいが、それもクリアしたようだ。

私はとても早い時期にこの映画を観に行ったのであるが、それでも映画館は満席。姪がネットで予約してくれたからよかったけれど。

最初はゾンビが出てくるホラー映画だ。ちゃちいつくりで全く怖くないが、次第に私は気持ちが悪くなってきた。頭が痛いうえに、吐き気さえしてきた。もしこんなところで倒れたら、姪っ子に迷惑をかけてしまうのではないかと胸がドキドキした。が、映画も後半になると、まるっきりふつうに戻った。吐き気もしない。

「ものすごくハンドカメラを動かしてるから、酔っちゃったんだよ」

と後で姪が教えてくれた。

「私も気持ち悪くなったから、スクリーン見ないように目をつぶっていた」

この映画、面白いことは面白いが、

「前半はかなり忍耐がいるかも」

ということは言っておこう。ゾンビ映画ということ自体、私は苦手なのである。

このあいだ、評判の高いミステリー小説を読んだ。

「あっと驚くトリックの連続。本格ミステリー」

とくれば、買わないわけにはいかない。私は自分が全く書けないくせに、ミステリーは大好きなのだ。この本、文春の「ミステリーベスト10」ランクでも、一位になっている。

が、最初の三分の一ぐらいで、私はわなわな震え出した。

「こんなつまんないもん、許せない！」

ネタバレになると困るから、詳しいことは書けないが、ミステリー愛好会の大学生たちが湖畔で合宿を始めるうち、次々と仲間がゾンビとなって襲ってくるというストーリイなのである。荒唐無稽もいいとこ。ゾンビの大群がやってきても、

「とりあえず今夜は寝ましょう」

といって一人ずつ寝室に入り、そして殺されていく。

私は会う編集者ごとに聞いた。

「あの小説のどこがいいのか教えてほしい」

するとと彼らは言う。

「ゾンビによって、クローズド・サークル（密室もの）になる小説というのは初めてなんですよ。だから新しくて面白いんです」

なんだか全くわけがわからない。私が古いのであろうか。たぶん、そうだ。だけどそれがどうした、とキレ始める私である。

この世のすごいことというのは、新しいものの中にだけあるのではない。ずっと昔から変わらないもの、人間のたんねんな努力の先にあるものだと私は思っているのだ。たぶん樹木さんもそんな思いで「エリカ38」をおつくりになったはず。きっとそうに違いない。それにしてもさみしい秋になってしまった。

「新潮力」

前々回に、老人の右傾化について書いたら、今回の「新潮45」騒動である。

私は昔、ここに小説を連載したことがあるので、まことに残念だ。

「ハヤシさんの文章は軽いようでいて、重いものも書ける。歴史小説を書いてみよう」

と勧めてくれたのは、新潮社の有名編集者。ここで明治の宮廷に仕えた女性のことを書いたのであるが、「新潮力」に圧倒された。編集者が二人ついて、徹底的に資料を集めてきてくれるのである。

たとえば明治天皇が朝起きて、どうやって御座所まで歩かれるか。右に曲がるか、左に曲がるかということを調べるため、当時の宮廷の見取り図を見ながら皆で考える。もちろん、

「うちの校閲は日本一」

という自慢の校正の入り方もすごい。チェックの文字が、ゲラにびっしり書き込まれた。

こうした「新潮力」が、塩野七生さんの大作を生んだというのはよく知られている。

さて当初は品のいいオピニオン雑誌であった「新潮45」であるが、中瀬ゆかりさんが編集長になってから、がらりと内容が変わる。表紙もどぎつくなり「昭和ヒトケタ10大珍騒動」などという見出しになった。「平成のカストリ雑誌」と言う人もいたが、あれはあれでとても面白かった。

が、最近は確実に「ＷｉＬＬ」化してきた。「ＷｉＬＬ」は毎月送っていただくので読んでいるが、

「こんなことまで書いてすごいなあ……」

と驚くことばかり。もちろんうちの夫は愛読者。ちなみに夫から注意されたが、電子版産経新聞は、最初の月だけ無料であとは月千八百円の購読料だそうだ。失礼しました。そして気づくと「ＷｉＬＬ」「Ｈａｎａｄａ」はさらに過激となり、部数を伸ばしている。

ではなぜ「新潮45」は許されないか、ということになるのであるが、「ＷｉＬＬ」は確信犯といっては失礼とはいえ、

「うちはこういう思想でやっている。好む人だけ読んでくれ。それで文句あっか」

と立場を明確にしているから、咎められることはない。もちろん嫌悪感を持つ人はいるだろうが、それは「部外者の意見」ということになる。

しかし「新潮45」は、「中立公正」をモットーにするわが国のマスコミの範疇である。であるからして、あのような特集は非難を受けてあたり前なのだ。

しかも、「新潮45」は、いつからこんなB級の執筆者ばかりになったのかとがっかりである。あの特集で知っていたのは八幡和郎さんぐらい。「ＷｉＬＬ」「Ｈａｎａｄａ」の方が、はるかにラインアップがよい。右側の大物がずらり揃っている。あの特集は、慣れないことをして急いで寄せ集めの仕事をしたという感がある。

こんなに本や雑誌が売れない世の中だ。ついあらぬバクチをうってしまったのであろうが、世の中がこれほど怒るのも、名門新潮社のブランドがあるからこそ。私は恩義もあるし、つきあいも長い。執筆拒否なんかもちろんしませんよ。

そして新潮社が大きな事件になっている中、さらにマスコミが大騒ぎする出来ごとが。そう、貴乃花親方が突然引退を発表したのだ。何があったかはよくわからないが、今日の相撲ブームの土台をつくった大スターである。おかしな去り方をしてほしくはないものだ。

親方の姿をついこのあいだ国技館で見た。審判として座っていらしたが、時間が来て去る時もすごい拍手が起こった。

「やっぱり存在感すごいね」

と一緒に行った友人も言う。

久しぶりの国技館はとても楽しく、しかも十四日めの枡席という特等席。取組表を片手に、だらだらとお酒を飲み焼き鳥を食べるのは本当に楽しい。私は大相撲にまるで詳しくないのであるが、それでは招待してくださった方に失礼だと、出来る限りテレビで予習をしておいたのである。若手のイケメン力士をいっぱい見つけ、しっかりチェックもした。

が、やはり国技館に座らなければ、わからないような発見がいっぱいだ。中入り後の、お相撲さんたちがいっせいに土俵に並ぶありさまは、あまりの雄々しい美しさにため息が出る。

そして懸賞旗がぐるりとまわる様子も、テレビではあまり映されないもの。永谷園やサトウ製薬という大企業もあるが、ほとんどは中小企業の名が並ぶ。これがとても面白い。おそらくワンマンの相撲好きの社長がいて、ぽんとお金を出していると思われる。

その中にある商店の名前を見つけた。私の大学の同級生の実家である。昔、よくここのうちに泊めてもらったものだ。恰幅《かっぷく》のいいお父さまがいて、初めてカウンターでお鮨を食べさせてもらったっけ。

グーグルで屋号を調べたら、代表取締役社長に、彼女の旧姓を見つけることが出来た。お義兄さんがひき継いで、しかも商売ご繁盛とみえる。よかった、よかった。とても嬉しくて、ひとり盃をあげる。

やがて大関クラスの登場。土俵に立つ力士の体つき、オーラがまるで違うのである。白鵬や鶴竜とかになると、もはや神々しくさえある。場内の盛り上がりもすごい。それまであったたまっていた空気が、ここにきて爆発するという感じ。

大相撲のいいところは、これほどナショナリズムの展覧会のような場所で、いっさい国籍差別がないということ。

モンゴル対日本という構図になっても、観客は強い力士、好きな力士の方を応援する。「帰れコール」などは、間違っても起こらない。私はそのことにとても感動した。

日に日にあぶなっかしくなる世の中、こんな風にありたいものである。

本当にあるんだ？

考えてみると、もう十数年以上、名古屋に泊まったことがない。いつも日帰りでさっと帰る。

それなのに今回は泊まってしまった。楽しい誘いがあったからだ。

「ハヤシさんに、どうしても桑名のハマグリを食べて欲しい」

A氏はずうっとそう言い続けてきた。

「なかなか予約が取れない店だけど、どうにかして頼みますよ。だから日にち何日か出してくれませんか」

彼はとても積極的だ。なんとかして私を喜ばせたいという熱意にあふれている。それはなぜかというと、私にかなり恩義をかんじているから。

私のまわりで、

「誰かいい人いませんか」

という人はとても多いが、A氏もその一人だった。旅行が大好きで、よく写真を送ってきてくれた。アフリカや中東など変わったところが多い。南極からのこともあった。

「スイートルームで一人なのはとても淋しい」

A氏はバツイチの五十代おわり。とても気のいい大金持ちである。旅行のみならず、音楽や美術と素敵な趣味を持つ。現代美術のコレクターで、彼の自宅はまるで美術館のようだ。

才能ある人を見つけるのがすごくうまく、早い時期にこれぞという人を応援するようである。いま話題のバスキアにも会ったことがあるそうだ。まだ彼がそんなに売れていない頃、ニューヨークでパーティのシャトルバスの中に彼を見つけた。さっそく話しかけて、先ほど買った彼のポスター十枚に、サインをさせたそうだ。しかも、

「共同展のもう一人の、アンディ・ウォーホルのサインも、そのポスターにしてもらってくれ」

と命じたというからすごい。二人のサイン入りポスターは、土産として友人にあげてしまったが、当然のことながらすごい値段になったそうだ……。

まあ、そんなことはどうでもいいとして、彼はずっとお嫁さんを探していた。そして私は某ブランドショップで、私を担当してくれていた美人を紹介したところ、A氏はひと目惚れ。すぐに交際が始まり、彼は旅先のアマルフィで求婚した。

今二人は、世界中を旅行しながら、とても幸せに暮らしている。実はA氏の夫人とな

った彼女は、ファッション業界にいたものの、音大の声楽科を出ていたのである。今年の年賀状は、ウィーンでオペラを楽しむ、幸せそうなショットである。よかった、よかった。私もたまにはいいことをしているのだ。

と、そんなわけで、ハマグリのご招待を受けることにした。そして名古屋のホテルに迎えにきてくれたA氏は言う。

「ハマグリの前に、なばなの里に行きませんか」

なばなって何？　お菓子のナボナなら知っているけれど。

なばなの里というのは、名古屋から車で三十分ほどのテーマパークである。ホームページによると、約三十万平方メートルの広大な敷地に、一万二千株のベゴニアが植えられている。

「本当に、本当にキレイなんで、一度見せたかったんですよ」

とA氏夫妻。名古屋近郊でいちばん好きな場所なんだそうだ。

さっそくA氏の運転する車で向かった。が、駐車場はガラガラだ。その日は平日のうえに、台風でイルミネーションが中止になったため、お客さんが非常に少なかった。ベゴニアガーデンという巨大な温室は、私たちの貸し切り状態。

中に入るなり、「わあ」と声を出していた私。こんな光景は見たことがない。棚一面にベゴニアの鉢が並んでいる。上から下がっているものもいっぱい。綺麗とか、美しいといった表現ではなく、花の多さにまず圧倒されてしまった。

「見てください。目に見えないくらい小さな花をつけるお花畑、よく手入れされていますよね」

確かにこれほど広大で、これほど清潔なテーマパークを見たことがない。チリひとつ落ちていないし、枯れた花はすぐに撤去される。少し行くと丸い大きな池があって、花がいくつも浮かんでいた。私は、

「オフィーリアの池」

と名付けた。ハムレットのオフィーリアが溺れたのは川だったけど。

まだまだずっといたいけれども、お店の予約時間が迫っている。また車に乗って桑名へ出かけた。

桑名は古い町並の城下町である。

「桑名のハマグリ」という言葉があるが、どこまで本当なんだろうか。残っているのは名前だけで、大半は中国からの輸入品ではなかろうか。

が、仲居さんは、

「ぜーんぶ、うちで採れたハマグリです」

ときっぱり。大きなものは後で焼いてもらうことにした。

前菜の後は、ハマグリ鍋。ハマグリをふうふう言いながらいただく。貝って、こんな

においしいものなんだろうか。むっちりと甘く、そしてジューシィな貝である。いくらでも入る。そして飽きない。

「桑名の貝は最高ですよね」

ちょっと見てくださいと、仲居さんは見事な八センチのハマグリを指さした。

「中国のものは左右対称ですが、桑名は左と右が違いますでしょう」

確かにそうだ。不完全の美、とでも言うのであろうか。中身もなんておいしいんだ。

それにしても「桑名のハマグリ」、本当にあったんだ。「浅草海苔」のようなものだと思った私は、かなり反省したのである。

頭を下げる

十一月一日は本の日。去年からそうなったのである。不況の続く出版界を少しでも活気づけるため、まずは書店が協力して始めることになったそうだ。派手なイベントはこれといってなく、

「みんなで十一月一日、本屋さんに行こう。買わなくてもいいから、とにかく行こう」

ということを呼びかけ、出版社社員、関連会社の人々もその日は書店に行くことになった。

「いい話ですね」

と私も賛同した。

「その日は作家も、最寄りの書店に行くというのはどうですかね。書店員さんとなってハタキをかけたり、本のアドバイスをしたりするというのは……」

などということを、主催者の書店さんにぺらぺら話したところ、

「ハヤシさんがまずやってくださいよ」

ということに。そんなわけで十一月一日、私もどこかの本屋さんでエプロンをかけて店に立っているのでどうぞよろしくお願いします。店が決まったらお知らせします。

ところで今年は、本当に災難が多かった。西に水害が起こったかと思うと、北は地震である。

「天災は忘れた頃にやってくるというが、今年は忘れる間もなくやってくる」

と、どこかの新聞に書いてあったが、全くそのとおりだ。各地の方々は、どんなにつらく大変なめに遭ったかと思われるが、びっくりしたのは北海道の停電だ。ブラックアウトという言葉も初めて知った。あの広大な北海道で、一部が地震になったら全域で電気がストップする。そんなことがあっていいものだろうか。

昨日、上京した札幌の有名レストランのシェフにお会いしたら、キャンセルの続出で観光が大打撃というではないか。晩秋の北海道、どんなに素敵だろうと思うのだが、停電のおかげでマイナスイメージが拭えないというのである。

そしてこの北海道の災難、わがエンジン01にも大きな影響があった。釧路大会のチケットの売れ行きが、いまひとつ伸びないのだ。

北海道で初めてのエンジン01。釧路の方々のご協力で、なんとか開催にこぎつけた。いつにも増して、いいシンポジウムが八十コマ近く行なわれる。講師は約百五十人。「北海道にこれだけの有名人が、いちどきにやってくることなんかなかった」

と、地元の方が大喜び。十一月二日のオープンに向けて、それはそれは一生懸命やってくださったのである。ところがこの地震と大停電である。

釧路は被害も少なく、エンジン01は予定どおり開催してくださることになったのだが、しかしチケットの売れゆきがいまひとつである。

釧路を、いや北海道を活気づけるためには観客動員のべ二万人という目標は譲れない。こちらもどうかよろしくお願いします……。

と、ここのところ、頭を下げてばかりの日々。つい先日は、3・11塾のチャリティパーティーが行なわれた。都内某一流ホテルに、五百人近いお客さまが集まってくださったのである。

今年は日本列島に次々と災難が降りかかり、七年前の東日本大震災のことも忘れがちになる。が、あれはやはり未曾有の大災害であり、孤児や遺児は何人も残された。その子たちのために、いろんな支援をしようと立ち上がったのであるが、やはり先立つものはお金である。正直、寄付は年々少なくなっていく。

だが、この会は三枝成彰さんが代表理事のために、そのコネで一流アーティストによる素晴らしいチャリティコンサートを開くことが出来る。それ以外に、毎年秋にチャリティパーティーを開き、お金を稼ぐのだ。提供してもらったワインや、レストラン、エステのチケットが売り出される。今年は本来なら数百万するという松の盆栽も並べられた。

　が、やはり人気はご本人がステージに立つライブ・オークションだ。

　いつも高値で売れるのが、

「作家岩井志麻子さんと、編集者中瀬ゆかりさんと食事をする権利」

「九重部屋見学と、ちゃんこ鍋を食べる権利」

　場を盛り上げるため、親方はじめ九重部屋の関取が二人いらしてくださった。こちらもすごい値段がついた。皆さんには一銭も入らないのにステージに立って、いろいろPRしてくださる。本当に有難い。天才ヴァイオリニスト、服部百音《もね》ちゃんは超絶技巧の曲を披露してくれた。なんと百音ちゃんもトリオとなって競りに出ているのだ。

「服部百音さんトリオの演奏会を開く権利」

は次々とカードがあがる。もちろん営利目的はダメだが、あの百音ちゃんのヴァイオリンが、自宅のサロンやレストランで、自分のためだけに演奏されるのだ。これもすごい値段がついた。

　いよいよ最後は、私が売られる番。

「中園ミホと林真理子のトークショー」

　さあ、よろしくと私は言った。

「今、二人とも講演会超人気。値段もつり上がっておりますぜ（ウソ）。これに藤真利子もつけますから」

素敵なドレスの藤さんがステージに立つ。

「みなさん、よろしくね」

手を振る。これは百十万で落札。

ところで来週、私たち三人は神戸に行く。昨年のチャリティで、やはり三人のトークショーを出品したがそれをまだ実行していなかった。実はこの時、開催場所は都内に限る、という一文を入れておかなかったため、神戸まで行かなくてはならなくなったのである。某大学のホールで喋るのだ。私は他の二人に申しわけなく、帰りに神戸牛ステーキをご馳走することにした。

全くこんなことばかりしているので、毎日が忙しい。ちっともうちにいないと夫は怒る。こちらにも頭を下げてばかりの日々である。

私の時間

一年間の新聞小説連載中、それをめぐるツイッターの会が出来たことは、既にお話しした。

宣伝のようでナンであるが、小説のタイトルにちなんで「愉楽会」という。私は会員数百八十人ぐらいと思っていたが、ツイッター上で訂正された。二百八十七人だという。

みなさん勝手に、主人公たちについて語り、とても面白かった。優柔不断な男性の行動については翌朝、

「もう見ちゃいられん」

とブーイングがいっせいにわき上がる。

もちろん意地悪なご意見もあり、

「林真理子って、セレブと上っつらだけのつき合いしてるけど、所詮は山梨のイモっ子じゃん」

というのもあった。あたっているだけにムッとする。

「それじゃあ、庶民出の作家は、お金持ちの生活を書いちゃいけないっていうことなの!? セレブにしか、セレブの生活を書けないっていうなら、日本で書けるの、朝吹真理子さんだけじゃん」

いやいや、奥泉光さんの話題の小説『雪の階《きざはし》』は、三島の「春の雪」を思わせる戦前の上流社会が、これでもかこれでもかと出てくるが、とてもリアリティがある。傑作だ。華族出身でなくても（奥泉さん、そうですよね？）すぐれた作家というのは、徹底した取材で雲上人の生活を書くことが出来るのだ。

話がそれてしまったが、この愉楽会が解散することになり、私はそれに招かれた。彼らはどうやって私に接触してきたかというと、ツイッターではなく、日本文藝家協会に連絡という、非常に古典的な方法をとったのである。この奥ゆかしさに私は好感をもった。

そして日曜日の午後、豊洲に向かった私。「獺祭《だっさい》」の瓶と三本のワインを手にしている。どうして豊洲かというと、会員の一人がここのタワーマンションに住んでいて、最上階のパーティールームを貸してもらうことが出来たからだそうだ。

玄関のところには、着物姿の女の人が待っていてくれた。後でわかったことであるが、その日は、登場人物たちのコスプレをしようということになったらしい。着物は芸者さんの扮装ということだ。会場には看護師さんの制服の方もいた。

「わざわざ借りたんですか」

「私、看護師なんです。ハヤシさんの小説の終わり、病院のシーン、看護師出てきますよね」

有難いことである。

出席者は三十人ほどで全員女性。男性が集まる会は別の日にするということだ。ハロウィーンの格好をした人も多く、私が入るなり、DA PUMPの「U.S.A.」のメロディで愉楽会のテーマを歌ってくださった。

「ユ・ラ・ク。マメタカ（芸者の名）が衝撃だった」

「カモン、ベイビー、マリコ。ようこそここ豊洲へ」

さぞかし練習したのであろう、皆さん音楽に合わせていっせいに踊り出す。私も長い作家人生、こんなことは初めてだ。

手づくりのカナッペやサンドウィッチ、山盛りのプチシュークリームの上には、「祝 愉楽にて完走」

というプレートと私の似顔絵が。本当にありがとうございました。

お酒を飲みながらいろんな話をした。私より若い方がほとんどで、「ルンルン」の頃からの読者が多い。たいていの方が、私と同じ時間をすごしてきたのだなあとつくづく思う。だからこそその応援である。

そして突然あることを考えた。「プカプカ」にまつわる話である。

つい最近のこと、テレビでこの歌が流れ、私は懐かしさのあまりおおと声をあげていた。さっそくユーチューブで再生してみる。

「俺のあん娘《こ》はタバコが好きで
いつもプカプカプカ
体に悪いからやめなって言っても
いつもプカプカプカ」
（作詞・作曲　象　狂象）

という歌い出しのこの歌は、七〇年代の名作である。ちょっとすれっからしの可愛い女の子が出てくる。

思い出すなあ、当時の江古田。わが母校、日大芸術学部のある場所だ。長髪のトガった格好の友人たちが、下宿やスナックで毎夜ギターでこの曲を弾いていたっけ。ジーンズ姿の私も、煙草をふかしながら「プカプカ」と歌っていた。奔放ですれっからしの女の子に憧れるものの、そう、所詮は「山梨のイモっ子」、臆病でびくびくしながら生きている。

「本当に懐かしいわよねえ……」

と傍らの夫に話しかけたら、きょとんとしている。未だかつてこの歌を一度も聞いたことがないという。

「そんなはずないでしょ！　あんなに流行ってたのよ」

ユーチューブで聞かせたが、全く知らない。東京の山の手で育ち、自宅でずっと暮らしていた夫とは、まるでカルチャーが違っていたのだ。どうりで気が合わないはずだとつくづく思う。

そしてその出来ごとがあってすぐ、弟と何かの用事で会った。

「マリコさんも知ってる僕の友だちが、パーティーに二人で来てって」

と招待券を渡してくれた。私はフンと鼻を鳴らす。肉親だから遠慮ない言葉が出た。

「私行かないわよ。あんなパーティー、食べものは不味いはずだしさ、主催してるのもダサい人。私がどうして行かなきゃならないのよッ」

するといつもは穏やかな弟が、きつい調子で私に言った。

「行かないなら、そこまで悪口を言うことないだろ。そんな言い方は失礼だよ」

そうかー、同じ「山梨のイモっ子」として育った私たちであるが、すごす時間によってこんなに違ってしまったのかと、おおいに反省したのである。しかし私の場所はどこにあるのか。私の過去や現在ってそんなに特殊だったのか。

台湾のごはん

この三年ほど、仲よしの女友だち二人と毎年台湾へ行くのがならわしになっている。行けば行くほど好きになる台湾。人はやさしいし、低い建物が続く街並みは穏やかで優しい。

今回は台南まで足を伸ばすことにした。台北から新幹線で一時間四十五分ほど。ちなみにこの新幹線、確か日本の技術協力があって、内部はほとんど日本のと変わらない。乗っている人も、私たちと同じ顔かたちなので、ともすると東海道新幹線に乗っている錯覚におちいる。

が、サービスはこちらの方がはるかによくて、グリーン車は飲み物の他にお菓子ももらえる。ポップコーンの小袋とクルミ菓子だ。実はここに乗り込む前、私たちは駅弁を買っているのである。

中国系の人たちは、冷たいご飯を食べない。冷えたご飯というのは、とてもみじめなものの象徴である。台湾はコンビニが進出していて、いたるところにセブンイレブンと

ファミリーマートがある。当然おにぎりも売っているが、

「こちらの人たちはあんまり食べませんね。おにぎり好きじゃないんです」

と案内してくれた、現地に住む日本女性は言う。後でコンビニに入ったところ、確かに、棚に五、六個置いてあるだけ。いろんな種類がずらりと並ぶ、日本のコンビニとは較べものにならない。

そんなわけで、駅弁も当然ほっかほか。日本円で三百円ぐらいのお弁当を買うと、あったかいご飯に茶色のおかずだけ。豚肉と湯葉を煮しめたようなものである。色どりが綺麗な日本の駅弁とはまるで違うが、これはこれでとてもおいしそう。ひと口食べる。温かいご飯と、おかずの味がよく混ざって美味。いくらでも入る。

「昼ごはんに、カニおこわのお店を予約しているからほどほどにね」

と友人に注意された。

カニおこわの後は、デザートに名物のマンゴーかき氷も食べる。お腹がくちくなったのと、軽い疲れとで新幹線の中でうとうと。途中、

「そろそろ新横浜かな……」

と本気で思った。

そして帰る日、精算しようとホテルのフロントに立った私は、腕時計のガラスが割れているのに気づいた。

「落としたわけでもないのに……」

嫌な気分がした。旅先でこういうことがあると不安になる。

そうしたらその日の夕方、台湾で特急列車の大きな事故があった。私たちの乗った新幹線とは別のものであるが、一瞬背筋がぞっとした。すべてにおいて大好きな台湾であるが、わりと交通の事故は多いような気がする……。

さて、台湾の街を車で走ると、古い小さな商店の多くが健在なことに、小商いの家に生まれた私は懐かしく嬉しい気分になる。ひとつひとつ写真におさめたいぐらいだ。

外から丸見えの理容室に、つくりたての餅や小籠包を売るお店。中でも目をひくのは、オープンカフェといおうか、壁がない屋台にケが生えたような食べ物屋さん。いずれもにぎわっている。

そう、台湾の人たちは三食外食なのだ。

このことをうちのお手伝いさんにも確かめてきた。彼女は日本人と結婚した台湾の女性だ。

「そーよ。台湾人は三食とも外食よ。朝ごはんも外で食べるよ。子どもも豆乳とか小籠包食べて学校行くのよ」

そうか、次第にわかってきた。ああいう小さな食堂がつぶれることなく、市中のいたるところにあるのは、近所の人たちが毎日通ってきているからだ。固定客がいるので強いのだ。

「台湾はね、ほとんどが共稼ぎだからねー。会社から帰ってくると、お父さんとお母さん、そして子どもたちで、近くのお店に行って食べるのよ。何軒かなじみがあって、そこを順番に行くのよ。テイクアウトにしてもらうことも多いわよ」

私はふと思った。

「日本だってこれでいいじゃん」

日本のお母さんは頑張り過ぎではないだろうか。手づくりのものを子どもに与えなくてはいけないと、目を吊り上げて会社から帰ってくる。そして着替えることなく台所に立つ。父親の手助けがあまりないので、年中カリカリしている。

が、台湾方式にすれば、どれだけラクチンだろうか。着替えたらさっとみんなで、近所の店へ行き、麵かご飯におかずを何品かとればいいのだ。一人三百円ぐらいらしい。

日本はよくいろんなところで、

「母親のごはんをきちんと食べさせないと、子どもの成長に影響する」

と識者が諭す。しかし外食で育った台湾の子どもが、不良になったという話は聞かない。家庭不和が別段多いわけでもない。要するにおいしいものを家族の誰かと食べればいいわけである。私は台湾で、ずっと外食について考えた。

最後の夜、台北での宝塚公演を観終えた私たちは、お粥屋さんに向かった。夜の十一時だというのに、広い店内は、カップルや若者グループ、家族づれでいっぱいだ。おかずが何十種類も並んでいる。指さすと皿にたっぷり盛ってくれる。青菜の炒めもの、細い干し豆腐、豚の煮込み、煮豆、どれもおいしい。そして席に座ると、おばさんがアルマイトの鍋に熱々のお芋のお粥を入れてくれるのだ。いくらでもお替わり自由である。飲み物は持ち込みだが、みんなお茶や水のペットボトル。ビールを飲む人はいない。台湾は高級店でない限り、飲酒しながら食事をする習慣がないそうだ。

夜中の食堂であるが、日本に見られる寒々しさがまるでない。みんな本当に楽しそうに食事をしている。安価で温かくて野菜もいっぱい。健やかな食欲が充たされるこの光景は、一朝一夕に出来たものではない。台湾の外食文化が育てあげたものと、私はとても感動し、お粥を三杯たいらげたのである。

アプリの物語

平成も終わろうとしている。

この頃不意に、平成時代に活躍していた作家の方々を思い出す。深田祐介さんと森瑤子さんはどちらも、連載をいくつも持つ売れっ子であった。一時期私たち三人ともバンクーバーに別荘を持っていたので、あちらのホテルに日本人の方々を招《よ》んで、パーティーを開いたこともある。あんなバブルの頃が今は夢のようだ。

そんなことはともかくとして、深田さんがしみじみと言ったことがある。

「森瑤子さんが本当に羨ましいよ。どんなにダンナのワルグチを書いても、読まれることないもんな。配偶者が外国人って、なんていいんだろう」

最近、取材に来た人や、知り合ったばかりの人が私に聞く。

「ダンナさんの話、本当ですか。あんなにダンナさんのワルグチ書いていいんですか。怒ったりしないんですか」

私は答える。

「あれはすべて本当のことです。それからうちの夫は、新聞と仕事関係の本以外、ほとんど活字を読みません。外国人と結婚しているようなものです。森瑤子さんのケースと同じです」

といっても、若い人に、もはや森瑤子さんという名は通じなくなっている……。

ところでうちの夫は、前日に申請しておくと、次の日に車で送ってくれることがあった。スッピンで行く銀座のエステなど大助かりだ。

が、当日に申し出ると、烈火のごとく怒り出す。

「どうしてそんな急に言うんだ!? こっちのことをよほどヒマだと思ってるのかー!」

その声を聞くのがイヤで、私はタクシーを呼び出す。が、最近無線タクシーは、まず電話がつながらない。何度かけてもお話し中だ。そうするうちに私は焦ってくる。そして夫にもう一度お願いする。

「無線が通じないの。申しわけないけど送ってくれない?」

するとまた怒鳴り始める。

「もう無線が通じないのわかってんだろ! どうして毎回毎回同じことするんだ。どうして別の方法を考えないんだ!?」

しかしうちは、ITにまるで弱い老女二人。ハタケヤマの頑迷さは、年ごとにひどくなっている。もともとケイタイを拒否していたのを、こちらが買って無理やり持たせた。

しかしガラケーのままである。

「スマホにして、ラインでつないで頂戴」

と何度言っても聞いてくれない。

「何かあったら電話してください」

というものの、まず一回で出たことがない。ずっと留守電だ。仕事上のパソコンメールは、何とかつながっているのであるが。

こんな彼女に、タクシーをキャッチする、最新の方法を探して欲しいと頼んだところ、

「私には出来ませんので」

のひと言。彼女の場合ITに関してはこれで終ってしまう。そうしたら夫がたまたま機嫌のいい時があり、

「アプリ、やってあげるよ」

と設定してくれたのである。そうしたらこれが夢のようなシステム。うちの近くを走っている空車を探し出し、すぐにつないでくれるのである。

「あと10分」「あと9分」「あと8分」と次第に近づいてくる嬉しさ。二分ぐらい前に家の前に立つと、すうっと車が近づいてくるのだ。

昨日はそれで文京区の方まで行ったのであるが、とても無愛想な運転手さんであった。行き先のホテルを告げても、「はい」のひと言。かなり気まずい時間が始まる。運転手

さんによっては、

「急に寒くなりましたねぇー」

と時候の挨拶をしてくれる人もいるのだが。

うちから文京区まではかなり遠い。ぼーっと外の景色を見ているうち、ある建物が目に入った。それは某大学の建物である。ここでその名前を言うことは出来ないのであるが、かなりマイナーな大学と思っていただきたい。

「あら、〇〇大学ってこんなところにあるんだ」

と思わず口にし、

「〇〇大学って、本当に存在しているんだねー」

と続けようとしたが、前のフレーズだけで本当によかった。なぜなら運転手さんが即座にこう言ったのだ。

「うちの息子が行ってるんですよ」

「あら、そうなんですか」

「来年就職が決まってるんです」

「まあ、それはよかったですね」

それから運転手さんの長い物語が始まった。息子さん以外に、もう一人娘さんがいて今は大学二年生だという。子どもを二人私立に通わせるのは、さぞかし大変であろう。

もちろんそんな失礼な質問は口にしなかったが、運転手さんは私の気配を察したのかこう言う。

「子どもの頃から、ずっと積み立てをしていたんですよ。それで何とかなりました」

「そうですか。うちも子どもが大学生ですから、授業料の大変さはわかりますよ」

「オレはね、いや、オレなんて言って失礼。前はもっと給料のいいサラリーマンだったんですが、ある事情から辞めなきゃならなくなったんです。別に悪いことをしたわけじゃありませんよ。だけどね、やめなきゃならなくなったんです。今、うちのローンも抱えて、二人の子どもの学費、何度投げ出そうと思ったかわかりませんよ」

「まあ、そんなことおっしゃらずに、お子さんはもうじき社会人じゃありませんか。もうじきすぐにらくになりますから。もうひと息です」

などと言っているうちに、目的地に到着。お釣りなんかとても受け取れない雰囲気だ。

「運転手さん、子どものためにお互い頑張りましょう」

とか励まして降りた。

アプリが呼び寄せた、小さな物語であった。夫にも聞かせたい。家庭不和から、奥さんが下の娘さんを連れて出ていったんだって。

匿名ということ

東京駅へ行く時は、メトロの二重橋前で降り、長い長いコンコースを歩く。ここはギャラリーになっており、パネルや写真が展示されている。時間がある時は、ゆっくりとこれを眺めるのが楽しみだ。

今は「そうだ　京都、行こう。」のキャンペーンが始まって、二十五周年を記念し、いくつかのポスターが展示されている。私も大好きなあのキャンペーン、まずは写真が素晴らしい。そしてその写真に、非常に印象に残るいいコピーが添えられている。いや、添える、という言葉はあたってはいないかもしれない。コピーが全体をリードしている時もあるのだから。

東寺の桜の大木には、こんなコピーが。

「どういうわけだろう。
今年は一本の桜と
じっと向き合う春にしたかった。」

ふーむ、深い。わかるような気がする。

秋にちなんだポスターも、数多く展示されている。

「子どもは　ひと夏ごとに、
おとなは　ひと秋ごとに、」

ここから字が小さくなり、

「なにか大事なものを身につけてゆくように思います。」

そうなんだよ、とひとりつぶやく私。

写真は西京区にある善峯寺の見事な紅葉である。

私と同じように、ポスターをスマホで撮影している人が何人かいた。広告もこんな風に見てくれたらどんなにいいだろうと、元二流のコピーライターの私はしみじみ思い、説明文もじっくり読んだ。このキャンペーンのコピーを手がけたのは、太田恵美さんという女性ということも初めて知った。あたり前だ。コピーライターは匿名で書くものだからである。

今から四十年前のこと、糸井重里さんや、仲畑貴志さんというスターが出てきて、サブカルチャーの世界を席巻した。その後、

「コピーライターも名前を書けば」

という意見もあったが、やはり広告は匿名が原則ということで今日に至る。あくまで

もクリエイターは黒子という考え方なのだ。

ところで今の世の中、別の意味での〝黒子〟がうろうろしている。名前を隠して、ネットで好き放題のことを書く。

あそこまで他人を罵《ののし》ることが出来る人というのは、いったいどういう人なんだろう。どんな顔つきの人が、あれだけ品性下劣なことが書けるのか。ぜひ一度見てみたいものだと思っていたら、山崎翔一青森市議が出てきた。おぞましい単語を使って、ぞっとするようなことをネットに書いてきた男だ。謝罪している姿を見たら、気の弱そうなふつうの青年である。

真夜中に一人パソコンに向かう時、人は自分の毒を吐き出さずにはいられないのかもしれない。

私は、早寝早起きの昼型物書きであるが、それではいけないよとある人に言われた。

「ものを創る人間は真夜中に仕事をしなくては、その時間じゃなければ毒が出てこないよ」

そう、私たちは毒をつくる。ネットの人たちと違っているのは、その毒で物語を紡《つむ》ぐこと。そして匿名ではないということ。そのために世間に顔と名をさらされることになる。批判も浴びるし、叩かれることもある。

ある文学賞の選考会の際、候補者のプロフィールを書いたものを渡される。マスコミにも配るものだ。十年ぐらい前まで、自宅の住所と電話番号が記されていた。が、ある時から、担当編集者の電話番号が記されるようになった。今では百パーセント、出版社の電話番号だ。

「これはどうかなあ」

と先輩作家が怒っていた。

「作家なんか自分のことすべてさらしてナンボの人種でしょ。それを自分の電話番号も書かないなんて」

私も同意見である。が、こういうのは、もはや古いタイプかもしれない。

エッセイの賞の選考会の時、私は一冊の本を強く推した。どこかの地方都市に住む女性の日常を書いたものであったが、独得の感性があり、文章もうまかった。そして授賞式の日、彼女は一人でやってきた。ふつうのとても感じのいい女性だった。しかしいよいよ式が始まる時、彼女は突然仮面をかぶった。カーニバルにつけるような派手なやつ。最初はジョークかと思ったが違っていた。絶対に住んでいるところも、本名も知られたくない。小説やエッセイを書いていることも、夫には内緒なのだという。

ここまでは、個人の好みだと思い、別段何も感じなかった。が、このエピソードを、ある地方の書店の社長に話したところ、かなり嫌な顔をされた。彼女の小説のデビュー作は、

『夫のちんぽが入らない』という。あまりなタイトルに、最初は販売をやめていた。売らなくてもいいと命じた。しかしこの小説は過激なタイトルがまず話題になり、ベストセラーになった。ドラマ（配信）にもなるらしい。仕方なく店に置いたとたん、変質者がわらわらと寄ってきた。若い女性店員さんを狙い、とぼけたふりをし、

「あの本のタイトル何でしたっけ？」

と言わせるそうだ。問い合わせの電話は、それこそ何本もかかってきたという。女性店員に発音させるためだ。

私はさっそく買って読んでみた。ややメンタルが弱い女性の小説だ。夫と性行為が出来ず、ネットで知り合った男性とホテルへ行く日常が描かれている。

文庫の後書きに、男性編集者が、

「絶対にこのタイトルでいきましょう」

と言ったと書かれている。確かに話題になった。タイトルにひかれて買った人も多いだろう。しかし本を売る末端で、店員さんたちがこんな嫌な思いをしていたことを、作者や編集者は知っているのだろうか。

そう考えると、自分は仮面をかぶりずっと匿名のままいようとする作家に、私は強い違和感をおぼえるのである。自分だけが安全な場所にいる作家なんているんだろうか。

このままでも

エンジン01のメンバーで、日頃親しくしてもらっている河口洋一郎先生から電話がかかってきた。

この方はわが国のコンピューターグラフィックスの先駆者であり、東大名誉教授である。それなのにかなりヘンな人のうえに、言語不明瞭だ。何言っているのかまるでわからない。

「でさ、そんなわけでツムギ賞、よろしく。欲しい？　だったらフガフガ……」

「えー、ツムギ賞ですか？」

それなら貰う価値があると思った。なぜなら今年、鹿児島でのイベントがとても多く、そのためいつも同じものを着るわけにはいかない。おととしの分も入れて、大島紬を三枚、薩摩絣を一枚つくったのだ。おかげで奄美大島から「大島紬大使」として任命された。紬にかけては、お金もうんと使ったし知識もあるつもり。賞をもらってもいいかも。

しかし、

「いらない？　いらないなら別にいいよー。フガフガ」

と言って電話は切られた。私は仕方なくこちらからかけてみる。

「先生、非常に有難いお話なので、喜んでお受けしたいと思うんですが……」

「よかった。それならさ、十一月十五日に幕張メッセに来てねー」

といったきり連絡は途絶えたのであるが、十月になりデジタルコンテンツ協会の方から電話がかかってきた。そこで判明したのであるが、私がいただくのは創賞《つむぎ》といってアジアの文化、コンテンツに貢献した、クリエイター、プロデューサーに贈られるものだという。過去の受賞者を見ると、ジブリの鈴木敏夫さんや、秋元康さんという錚々たる方々だ。他に匠賞《たくみ》というのもあり、これは技術に貢献した専門家に贈られる。その授賞式は、幕張メッセでの「デジタルコンテンツＥＸＰＯ２０１８」で行なわれるのだ。この催しは、最先端のデジタルコンテンツ技術の展示会。千ぐらいの会社や研究所が自分の技術をプレゼンテーションしている。

たとえば、

「最先端の人工知能テクノロジーを搭載した〝超未来型ロボット〟」

とか、

「あらゆる空間を再現し、『創造』出来る高精度３Ｄ技術」

など、なんだかよくわからないが、わくわくするようなブースがいっぱい。後から聞いた話だが、一日で一万四千人来るそうだ。

「三時までに幕張メッセにおいでください」

ということであったが、私はそこに行ったことがない。すごく遠いところというイメージがある。

ちなみにこの創賞、賞金も出ないし、交通費も出ないという。ということは迎えもない。自力で行くしかないのだ。

タクシーで行くととんでもない金額になる。電車を乗り継いでいくしかないと思っていたところ、夫が珍しく、

「乗せていってやるよ」

が、ちょっとイヤな予感がした。夫はよく道に迷う。そういう時は手がつけられないぐらい不機嫌になり、私にあたるのである。

なにしろその日車に乗り込もうとしたら、

「ナビを入れてるから、五分後に来いと行ったじゃないか」

とまず怒鳴られた。

「じゃあ、いったん降りますよ」

「いいよ。もう仕方ないから」

ブスーッと発進。その最中、トラックがだらだら走る、スマホを見ながら走って横切

る歩行者など、夫の怒りはつのるばかり。

しかし道が空いていたこともあり、四十五分で幕張に到着した。

「まだ一時間あるよ。どこかでお茶でもしようか」

「そうだなあ。近くに何かあるかな」

ここまではよかった。しかし幕張に着いたものの、メッセは遠ざかるばかり。右手にそれらしい建物が見えるのに、ナビは「左、左」と命令するのだ。同じところをぐるぐるまわる。そしてやっとたどり着いたのは、広大な有料駐車場である。

「ここじゃない」

私は言った。

「会議場の駐車場を確保して、玄関で待っていると言ってたもの」

誰かに聞こうと思ったものの、誰もいないのだ。やっとガードマンの人を見つけ出した。しかし、

「駐車場の出口で聞いてください」

とつれない返事。またそこまでが途方もなく遠いのだ。夫はナビをやめて、もらった地図を見ていたのであるが、

「こんなもんわかるわけないだろ」

とついに怒り爆発。そうしながらも、駐車場出口の事務所に入り、行き方を聞いてく

れた。国際会議場ははるか遠くにあったのである。夫も地図を見間違えていたようだ。

玄関では、スタッフの女性がおろおろして待っていてくれた。

「ご主人、大丈夫ですか？　怒られませんでしたか？」

毎週このエッセイを読んでくださっているそうだ。すみませんね……。

控え室に入ると、河口先生がやってきた。そして色あざやかな着流しに着替えた。ご自分がつくったCGの着物だそうだ。私と二人並ぶと夫婦《めおと》漫才のようである。授賞式のため二人で展示場の中の小さな特設ステージに向かう。すごい人だかりが出来ていた。

「私たち、やっぱり人気ありますねー」

しかしそれは黒柳徹子さんのアンドロイドロボットのためであった。生身の人間と「徹子の部屋」をやっている。私たちのステージには、三十人ぐらいがちらほら。

「えー！　ロボットのテツコに、生身のマリコが負けるなんて」

私はぼやいた。みなさん展示を見るのに夢中で、授賞式などどうでもよかったようだ。

しかしこの賞は嬉しい。ご存知のように超アナログ人間の私が、最先端の科学技術が集まるところで表彰されたのだ。私、このままでいいんですよね!?

気になること

桜田五輪担当大臣のことを、とても人ごととは思えない私。

私もよく固有名詞と数字を間違える。バビブベボとパピプペポの区別がつかない。「キャンバス」と「キャンパス」を用心深く発音しているつもりでも、時々とり違える。数字はケタがよくわからなくなり、ひどいことになる。

私は書く言葉にはかなり神経質な方であるが、喋る方はかなりいい加減。相手が頭の中で訂正してくれればそれでいいかなーと思っている。

「だからさ、車呼ぶ時〝ウーパー〟ってやっぱり便利だよねー」

と私が言う時、まわりの人たちは「ウーバー」だと納得し何も言わない。たぶんこういうことだろうと察してくれる。有難いことだ。

最近さすがに気が咎めて、

「トシとるとさ、本当にもの忘れがひどくて」

と誤魔化そうとすると、古いつき合いの人から、

「あなたはずっと昔からそうだったよ」

と笑われる。

まあ頭の方の衰退もひどいが、カラダの方もあちこちガタがきている。いちばんひどいのは、トイレが近くなったということだ。

最近エレベーターの中で、四角い箱を見ることが多くなった。地震で閉じ込められた時の緊急装備品だ。よおく観察すると、乾パンやミネラルウォーターの他に、保温が出来るホイルブランケット、そして簡易トイレが入っている。

私はそれを見るたび、いろんなことを想像する。閉じ込められた時、ちょうどトイレへ行こうと急いでいる時だったらどうだろう。一時間は我慢出来るが、二時間は無理だ。知らない人とぎっしり詰め込まれていたら……。そう考えるだけで胸がドキドキしてしまう。

この頃、私のまわりでも山へ登る人が多くなった。中高年でも登れるところへ楽しそうに出かける。

「本当に気分がスッキリするから、一緒に行こうよ」

と言われても絶対にイヤ。石ころだらけの山頂で、もしトイレへ行きたくなったらと考えるとぞっとする。みんないったいどうしているんだろうか。

「鍛錬でどうにでもなるんだ」

という友人がいる。彼はさるやんごとなき方と何回か居酒屋へ行ったが、お手洗いに立ったのを一度も見たことがないと言う。

また別の友人は、ヨーロッパへ行く飛行機の中で、やはりやんごとなき方と通路をはさんで隣りになった。その方は一度もリクライニングシートを倒さなかった。姿勢を正したままずっと読書なさっていたそうだ。トイレへ行くのも一度も目撃していないという。

「もしかすると、僕が寝ている間に一度ぐらいは立たれたかもしれないけど、ああいう方というのはすごいねえー」

と友人は感心することしきりであった。

外務省の知り合いと時々食事することがあったが、彼らも一度もトイレへ行かない。ワインを飲み出すと、だらしなく席を立つ私とは大違いだ。

いったいああいう方々は、どうやって我慢しているのか。かねてより疑問であったが、新幹線の車内誌を読んでいたら、千宗室さんのエッセイが載っていた。千さんは言わずとしれた裏千家の家元で、セレブ中のセレブである。しかしお書きになるエッセイは、下世話にも通じていてとても面白い。十二月号のエッセイは、おトイレをどう我慢するかがテーマである。

「冬の行事には長いものが多い。野外に近い状態で二時間近くかかるものもある。これが辛い。ほんと、寒いのだ。爪の色が変わってくる」

こういう時、心がけているのは水気を控えることだとおっしゃる。

「京の底冷えは容赦ない。腰から下の感覚が薄れてくる。頻尿気味になるのが当たり前である」

お察しします。つらそうだ。しかし、

「儀式の途中でご不浄に立つような無作法があってはならない」

お家元は本当に大変だろうなあ、と思って読んでいくと意外な展開に。トイレに立たないために、水を控えると同時に食事を白焼きのお餅にするというのだ。丸いこぶりのものを、朝三つほど召し上がるそうだ。餅は体内の水分を集めてくれるのではないかとおっしゃっている。

そうか、お餅か。しかしトイレへ行くのを防ぐために、お餅を食べるというのも糖質が心配である。少し考えてしまう。

また別の本を読んでいたら、だらだらトイレに行くのがいけない、という説があった。ことあるたびにトイレへ行くという習慣により、膀胱が鍛えられなくなってしまうというのだ。

「出来る限り我慢しなさい」

というのである。

そんなわけで、このあいだオペラを観に行った時、開演前にトイレに行くのをやめた。ひと幕ぐらい大丈夫だろうと思ったのだ。しかしこのひと幕めがやたら長い。男女二人がえんえんと歌い続ける。もうダメ、ともだえ苦しんだ。笑い者になっても、席を立とうかと思ったぐらいだ。鍛錬するにも時と場合がある。

が、こんな私にもやっと明るい兆しが。この頃、やたら広告が出ているサプリを試したところ、ひと月たつうちに回数がぐっと減った。我慢出来る時間が長くなり、いつのまにかトイレのことなんか、まるで考えていない自分に気づいた。

通販のサプリが本当に効いたというのは、今年いちばんの驚きかもしれない。トシをとるとやたら疑ぐり深くなり、効くと感動もひとしお。人はこうしていろいろ勧誘されていくのであろうか。

私のフジタ

カルロス・ゴーンさんにおめにかかったことがある。日産の社長に就任した頃、女性誌で対談したのだ。なにしろ通訳をとおしての会話であるから、盛り上がった、ともいえず、

「日本の女性を、もっと起用する計画はないのか」

などという予定調和的な話ばかり。しかしフランス風のサービスを身につけた方で、時々ユーモアを交えて話してくださり、印象はとてもいいものであったと記憶している。

最近もちらっと、お食事している姿を見た。西麻布のイタリアンに行ったら、つい近くのテーブルで、奥さんとおぼしき白人の女性と二人、なにやら話していらしたのだ。

「あら、お久しぶりですね」

と言いたいところであるが、私のことなど憶えてもいないに違いない。

そして今度の逮捕である。ゴーン氏が何をしたのか、まだよく理解出来ない。それよりも、ほとんどの人の胸に去来したのは、

「一年間で二十五億の報酬なんて、いったい何に遣ったんだろう」

ということであろう。

私らフリーランスの者からみると、大企業のエリートサラリーマンというのは、本当に羨ましい。たいていの飲食が会社の経費で落ちるからだ。出張の飛行機代や新幹線代だってそうだ。

ほとんどが会社で払ってくれて、住むところも社宅として借り上げてくれる。旦那さんが外資に勤めている友人がいるが、都心の豪華マンションに住み、彼女も贅沢し放題している……。

いや、いや愚痴が多くなった。何を言いたいかというと、企業のトップの方は毎日が忙しいし、一ヶ月はあっという間にすぎてしまうはず。年に二十五億とすると、税金ひいても月に一億以上！　そんな大金、遣い道がないであろう。

ゴーン氏は世界中いろいろなところに家を持っていたということであるが、家なんて三軒あったら、もうそれだけで手いっぱいのはず。移動だけでも大変だ……。

というようなことを皆で話していたら、お茶をやっている人が、

「いい茶道具揃えていったら、月に一億ぐらい軽く遣えるんじゃないの」

ということで、なるほどと私は頷く。ゴーンさんなら、茶道具ではなくて美術品であろうか。毎月すごい作品を買っていったら、年に二十五億ぐらいはあっという間に遣え

るかもしれない。

それをたまたま会ったA氏にお話ししたら、

「そうですね、年に二十五億はあっという間ですね」

と柔和なお顔をほころばせた。この方は美術品コレクターとして有名なのだ。

地方に行くと、時々とんでもないお金持ちがいる。美術品やお茶碗を集めた末に、美術館をつくった方を私は何人か知っている。ご自宅の敷地に、某有名建築家に頼んで、小さなプライベート美術館を建て、その中にミレーやマチスを飾っている方も。

A氏は美術館は持っていないが、ご自分のおうちがミュージアムのようだ。居間にも応接間にも、名画がいたるところに飾ってあるのだ。それも昔の有名画家のものだけではない。現代アートにも造詣が深く、お茶室に行くと、素晴らしいお茶碗が出てくる。

A氏は一代で財を成したのであるが、ごく若い頃から、コツコツと絵や彫刻を買い求めていたそうである。だから急にお金持ちになって、美術品を買いまくる最近のＩＴ長者たちとは、愛着も年季の入り方も違う。どの作品もいとおしんで大切にされているのがわかる。

このA氏からある依頼があったのは、半年前のこと。素晴らしい観音像を手に入れたのであるが、それに名前をつけて欲しいというのである。

やさしく温かい名前というので、考えて候補をいくつか出した。すると今度は、観音さまと私の名前を墨で書いてほしいとのこと。ご存知のとおり、私は字がものすごくヘタである。何度も失敗し、とにかく筆で書いてあちらにお送りした。

そうしたらまた連絡が。観音さまの開眼式をするので、自宅に来てほしいというのだ。といっても、A氏のおうちは遠いところにある。どうしようかと迷っていたら、偶然その街での講演会の依頼があった。それではと出かけることにする。

行ってみて驚いた。その観音さまはガラスケースに入っていたが、その台座に、私の書いた文字が刻まれているではないか。こんなひどい字、冷や汗が出る。

やがておごそかなセレモニーが始まった。地元のテノール歌手の方が、なぜか「アヴェ・マリア」を歌い、その後はピアノの演奏。お客は私ともう二人くらいであるが、とにかくちゃんとしたお式があったのである。

そしてご自宅の食堂で私たちのためだけにシェフが来て、フランス料理が出されたのだ。モジリアニやミレーに囲まれていただく贅沢なランチである。

お食事をしながら、私はA氏からまた例のことの念を押される。それはお孫さんの縁談である。美しいお嬢さまがいるのだが、まだお婿さんが決まらないという。

「もし林さんが、お相手を見つけてくれたら、ここのうちにある絵の中で、お好きなものを一点差し上げましょう」

こう約束してくださったのは二年前のこと。私はその時、まわりをさっと見渡し、舌きり雀の婆さんのように、いちばん大きな絵を狙った。それはモジリアニの女性像である。

が、今回私が廊下で見つけたものは、藤田嗣治のやはり女性像。話題だし、

「私、あれがいいんですけど」

「よろしゅうございますよ」

A氏がどこまで本気かわからないが、もうじきフジタが私のものになるかも。お嬢さんには会ったことがないが、夢はふくらむばかりである。

縦断サイン会

新刊が出ると、作家はサイン会というものに駆り出される。

お呼びがかかれば、遠い遠いところにだって行く。昔はこちらも、出版社にも余裕があり、一泊しておいしいものを食べ、お酒を飲むなどというイベントもあったが、今はそんなことは全くない。すべて日帰りである。もちろん謝礼などなく、書店からはお菓子か土地の名産品をお土産にいただく。

昨年は大河ドラマの原作本を出版したため、全国縦断サイン会というものをやった。鹿児島から始まり、福岡、京都、金沢、仙台と北上し、最後は札幌であった。それ以外にも東京近郊の書店さんからもたくさんお声がかかったのであるが、私は疲れ果て、

「もうやりたくない」

とゴネた。

「この本が売れなかったら、私の責任です。それはわかってるから、もうこれ以上何もしたくない」

しかし編集者に、

「そんな我儘言ってる場合じゃないでしょ。もうひと息頑張ってくださいよ」

と諭され、また巡業の旅に出かける。

といっても、並んだ読者の方々はとても喜んでくださるし、作家は自分のファン層をこの目で確かめられるいい機会である。そして有力書店さんにサイン会に呼んでいただけるのは作家のステータス。有難いことである。

仲のいい編集者がこう言った。

「作家には二とおりあって、自分の書いた作品を、ちゃんと最後まで見届けようとする人と、書いたとたん、興味を失う人がいるけれど、ハヤシさんは典型的な後者ですね。だからパブリシティに、いまひとつ協力的じゃない」

ある有名作家は、出版社での販促会議にも必ず出席し、自分の意見を言う。毎日の売り上げも必ず報告させるそうだ。ずっとベストセラーを出していれば、こういう風に積極的になるかもしれない。私なんかは、

「売れるも八卦《はっけ》、売れないも八卦」

という感じであろうか。どこか運まかせである。

さて、今年最後の、というよりも、平成最後になる小説を出すことになった。これは新聞に連載したものである。自分で言うのもナンだけれども、連載中ものすごく人気が

あった。どこへいってもその話題となり、知らない人からも、

「毎朝楽しみに読んでいますよ」

と声をかけられたというのは初めての経験だ。

「この本は売れるよねー」

とみんなに言われ、私もすっかりその気になった。版元の新聞社も、最近では異例の数の初版を刷ってくれた。

が、私は思う。

「幸運をこんなにひき寄せてはいけない。今年は大河の原作をやらせてもらい、新聞の連載小説は話題に。しかも紫綬褒章までいただいた。これで暮れに大ベストセラー出したら、来年私は事故に遭うか、病気になるかもしれない」

幸福がたて続けに起こる時は、ちょっと負の部分をつくっておく。私の人生のコツとも言えるものである。

これが天に通じたのか（？）、新刊の出足が予想よりもやや鈍い。

「まあ、こんなもんかも」

と思ったものの、やはり気になってきた。つい日々の売り上げ状況を、担当者に聞いてみたりする。

そんな時に、一本のラインが。

「マリコさん、新刊五百冊買います。サインお願い出来ますか」

銀座のクラブ「グレ」のさゆりママからである。「グレ」は、銀座で一、二を争う高級クラブ。本来なら私など足を踏み入れることも出来ないのであるが、さゆりママとはプライベートで仲がいい。七年前は、東日本大震災被災地への寄付金を集めるため、私を入れた十人の女性が一日ママとして「グレ」に立ったこともある。それ以来、さゆりママは私のことを「マリコママ」と呼んでくれてとても嬉しい。

考えてみると、この小説の主人公は、大金持ちの男性で知性も教養もあるという設定だ。高級クラブのお客さんにぴったりではないか。それにしても、五百冊お買上げとは、さゆりママ、何という優しさ、太っ腹。本当にありがとう。

版元も大喜びだ。おとといはサインをしに、丸の内の会社まで出かけた。営業の人たちが何人も手伝ってくれ、落款を押していく。

「この本、どうやって『グレ』に送るの？　いきなり五百冊送りつけられても迷惑だよね」

担当者に尋ねたところ、

「僕が少しずつ、三十冊ぐらいに分けて紙袋で運びます」

店がオープンする前に、持っていくという。

「それってちょっと寂しいんじゃないの？」

と私。

「男ならさあ、パーッと客としていきなよ。黒服に迎えられてさ、『おお、さゆり、暮れだから、やっぱり混んでんな』とか言ってさー。私の知ってる文藝春秋のハトリさんなんか、いつもタメロききながらグレに入ってくよ」

「出版社と違い、新聞社は無理です」

汗をかいている。

そして昨日、名古屋の名門クラブ「なつめ」のマダムからも、

「二百冊買ってあげるわ」

というお申し出が。

「『なつめ』は行ったことあります」

担当者は嬉しそう。

「名古屋支社時代、取材で。なにしろ夜の商工会議所って言われてますからね」

「確かさ、北新地とか札幌にも、名門クラブあったよね。有名なママがいるとこ。全国の名門クラブのママたちって、仲よくて会をつくってるはず。もうこうなったら、全国高級クラブ縦断サイン会だよ。出張してサインしてこようよ」

本気で考えている。近々は梅田紀伊國屋でサイン会。北新地、寄りますから。

ソリに乗って

いやあ、昨夜は本当に楽しい夜であった。

「夢のような」というのは、こういうことをいうのであろうか。

「ブルガリ アウローラ アワード」の受賞者に選ばれたのは今年の春のこと。輝く女性として、トロフィを受けてくださいというのである。深く考えずに有難くいただくことにしたのであるが、昨年のＤＶＤを見て真青になった。

受賞者は推薦してくれた人と、六本木ヒルズの広場にしつらえられたゴールデンカーペットを歩き、その後豪華晩餐会に出席するんだと。しかも、

「宝石が映えるように、イブニングを着てください」

というご要望があった。

「こんなデブのままで、そんなことをしたくない」

と言ったら、

「お任せください」

と、胸をドンと叩いたのは、このイベントを仕切るPRの女性である。

「ハヤシさん、私と一緒に太鼓を習いましょう」

と言ってくれたのだ。なんでも彼女は山本寛斎さんの事務所に入った時、社命で太鼓を習わせられたとのこと。今やプロの腕前。世界ツアーにも参加しているという。

そんなわけで三回ほど、友人を交えて彼女に教えを乞うた。太鼓をドンドコ叩き、それは今も続いているのであるが、そのくらいでぜい肉が落ちるわけがない。

「いいの、私、樹木希林さんをめざすから」

とまわりに宣言した。樹木さんは、カンヌ映画祭に出た時、レッドカーペットをとてもカッコよく、自然に歩いていかれた。

「私は私。それが何か？」

という凛とした態度が素敵であった。

うちの夫に、朝出かける時、

「今夜、コレコレシカジカのイベントがあって、私、ゴールデンカーペットを歩くの」

と自慢したら、フンと嗤われた。

「そんなところを、君が歩いたって喜ぶ人はいないよ。ハヤシマリコのファンなんて、サイン会と講演会にしかいないんだ」

しかし私は気にしなかった。

もうジタバタしても仕方ない。親を恨んでも空しいだけ。私は私。これでいいの。これで生きていくのよ、と、ヘタな歌詞のようなことをつぶやく。

そして会場の六本木ヒルズの中の、グランドハイアットへ。ここでお化粧をしてもらうのだ。今回私はイブニングドレスを買った。ブランド品でとてもお高かった。芸能人でもない、デブの物書きに貸してくれるところはないので、自分で買うしかないのである。悩んだ結果、ベルベットの黒を着ることにした。少しでも瘦せて見えるようにと、みなが選んでくれたのである。

控え室に行ったら、女優の戸田菜穂ちゃんが緊張したおももちで座っている。

「私、カーペット歩くの、初めてなんです」

今回、私をこの賞に推薦してくれたのは彼女である。

今から二十七年前のこと、私が書いた青春小説を、フジテレビがスペシャルドラマとして製作してくれることになった。ロケ現場は勝沼の葡萄園。菜穂ちゃんは役柄どおり、本当に十七歳の高校生であった。ホリプロのスカウトキャラバンで優勝したばかり。広島の歯科医のお嬢さんとかで、真白い歯が印象的であった。本当に綺麗で品のある少女で、初々しい制服姿が今も目に残っている。

その後すぐに、彼女が朝ドラのヒロインに選ばれた時、どんなに嬉しかっただろう。八年前には、彼女は偶然山梨出身の医師と結婚し、その披露宴に招かれたこともある。

今年の春、大河ドラマの顔合わせで久しぶりに会った。原作者として座っているところに彼女はやってきてくれた。彼女は島津斉彬の側室という重要な役である。

「ハヤシさん、二十七年前のことを思い出して感慨無量です」

と彼女は言い、当日の会場でもとてもいいスピーチをしてくれた。

それは後のことで、とにかく菜穂ちゃんは緊張していたのである。

「大丈夫だよ。ゴールデンカーペットといっても、ささっと歩いてくれれば、あとはおいしいディナーが待っているんだよ」

「でもハヤシさん、そのディナーの時に、私たちステージにのぼって、スピーチするんですよ」

「そんなの、すぐに終わるよ。あなた、女優さんなんだから度胸あるでしょ」

「いいえ、私、ドラマの初日の前日は眠れません」

二人のお子さんのお母さんになっても、ピュアでまじめな人柄である。

そして時間が迫るにつれ、他のゲストも到着する。

うす暗い廊下から、キャンドルに照らされて、この世の者とも思えないほど美しい女性がやってくる。女優の杏ちゃんである。さすが元モデルだけあって、その歩く姿の美しいこと。

あと中村アンちゃんとか、アンミカさんとか、滝川クリステルさん、とにかく東京中の美女という美女が、素晴らしいイブニングを着て、次々とやってくる。まるで映画のワンシーンを見ているようだ。

そしてあの話題のＫōｋｉ，ちゃんも。あまりの可愛らしさに、私たちは声も出ない。こんなことがあっていいものだろうか、というほど現実ばなれした美女ばかり。そう、樹木希林さんは、亡くなる少し前にこうおっしゃった。

「自分の肉体は自分のものではない。あの世からの借りものなの」

私はその時ソリを思いうかべた。神さまから借りたソリで、私たちは人生という雪道をすべるのだ。どうして私は、杏ちゃんみたいなソリを借りられなかったのかと、悲しく思うが、文句は言わず走るしかない。そんなことをつくづく思った夜であった。

一流のプロ

前々回、お金持ちを描いた私の新刊を、全国の名門クラブでお買い上げいただけないかと書いたところ、続々と注文をいただいた。

日本の一流クラブママ会の会長というべき、名古屋「なつめ」の加瀬マダムが、いろいろなところに電話をしてくださったらしい。なんとあの北新地の「有馬」（一度だけ行ったことがある）、博多の「倶楽部もり山」（一度も行ったことがない）のママたちが、数十冊ずつ買ってくださることになった。本当にありがとうございます。近くに行った際には、必ずお寄りしてお礼を申し上げます。

ところで、私はプロフェッショナルの人たちに敬意をはらわない人たちが大嫌い。「ついでだから」と、タダで何かをさせようという人たちだ。

もうかなり昔のこと、コピーライターをしていた私は、一冊のエッセイ集を書いてちょっと有名になった。

そんなある日、人間ドックに行き、眼科で眼圧をはかってもらっている最中、女医さんが私に気づいたらしい。

「ちょっと、この文章、直してくれないかしら」

と小さなプレートを差し出す。そこには、

「眼の健康のために、検診をしましょう」

みたいなことが書いてあった。彼女はちょうどコピーライターがここにやってきたので、何かやらせようと考えたらしい。

「これでいいんじゃないですかァー」

憮然として答える私。

同じようなことは続いて、当時の私の仕事場に、高校時代の恩師と同級生が遊びにやってきた。その時、全く見知らぬおじさんが同席している。聞くと山梨市の何とか課の課長さんだという。その人は一枚の紙を持ってきた。そこには、果樹と観光の山梨を推進しよう、などという文章が書いてあったと思う。

「これを上手に直してくださいよ」

と平気で言うではないか。

「ちょっと待ってください」

と私。

「これは仕事の依頼なんでしょうか」

「いや、別に……。だから、今、ここでちゃちゃちゃっと」

タダでやれということらしい。私は憤然として言った。

「どう考えていらっしゃるかわかりませんが、私はコピーライターといって、言葉を考えてそれをなりわいとしているんです。一行いくらっていう金額で仕事してるんです。だからここで、ちゃちゃっとということは出来ませんよ」

いくら田舎の人だからって、ちょっとどうかと思いますよ、という言葉は呑み込んだけど。私の同級生は、私の態度にひどく驚いたらしい。まさか私がそんなことを言うとは、夢にも考えなかったようだ。

「ハヤシは変わった。金のことを言った。ちょっとやってやりゃーいいもんを」

と後々まで言われたもんだ。

しかしこれと近いことは最近でもある。文章を書くなんていうことは、誰でも出来ると思うらしい。

「原稿料は払えませんが、短かいエッセイを書いてくれませんか」

なんて平気で頼んでくることも。

それにひきかえ、楽器演奏や歌を歌うプロというのは、専門性の高いものとして人はめったなことを言わない。しかるべき報酬を払うべきだと多くの人は考えている。

が、そのルールが壊されることがある。友情とか義理というものによってだ。

つい最近のこと、フジワラ君から連絡があった。

「来週いいワイン開けるからさー、ヨコヤマちゃんの店に来ない」

フジワラ君というのは、このコラムでも時々出てくる、私の高校の同級生。昔は早稲田のラガーマンとしてならした。その後は商社マン、今はコンサルタント業をしていて、得意のワインですごい人脈を築いている。中でもピアニストの横山幸雄さんとは本当に仲がいい。私はフジワラ君の方が、図々しくすり寄っていっていると思っていたら、つい先日、横山さんが日経新聞の「交遊抄」にフジワラ君のことを書いているではないか。本当に親しくて、

「ラガーマンの知性を感じる」

だって。いったい誰のことだ。

「痴性の間違いじゃないの」

とラインしたら、

「みんなにそう言われる」

と返ってきた。

そして先週、横山さんの店の個室でおいしいイタリアンを食べていたら、お酒に酔ったフジワラ君は赤い顔をして平気で、

「ヨコちゃん、そろそろハヤシにピアノを聞かせてやってよ。そう、そう、あのカンパ

ネッラとかいうやつ。あれがいいんじゃない」

「ちょっと待ちなさいよ」

私は必死で止めた。

「世界的ピアニストに、ちょっと弾いてよ、なんて。それにラ・カンパネッラは、難曲中の難曲。酔って弾くもんじゃないのよ」

しかし横山さんは快く、いいよと言って部屋のグランドピアノの前に座った。そして本当に「ラ・カンパネッラ」を弾いてくださったのだ。驚いた。

さて先週のこと、東日本大震災で親御さんを失くした子どもたちの支援団体、3・11塾の交流会があった。今回は私たちから子どもたちに会いに行こうと岩手に行ったのだ。こたつ列車に乗ったり、鍾乳洞に入ったり、楽しい旅だった。訪問メンバーの中には、あのテノール歌手、ジョン・健・ヌッツォさんも。いつも私たちのチャリティコンサートにタダで出てくださる方だ。しかしさすがに、

「ここでちょっと一曲歌って」

などと大それたことは誰もいえない。

ところが国民宿舎での夕飯時、アカペラで突然歌ってくださることになった。素晴らしい声量で「オー・ソレ・ミオ」を子どもたちのために歌ってくださったのだ。宿のちゃんちゃんこ姿のジョンさんを見ていたら、一流の人たちはなんと寛大で心やさしいん

だろうと思わずにはいられない。昔のコピーライター時代の私を心から反省した。

特別対談

「マリコは一日にして成らず。」

糸井重里×林真理子

これまで意外になかった二人の対談。ずっと会っていなかったという長い年月を経て、いま互いに思うことは……。

林 お久しぶりです。先日は展覧会（二〇二〇年秋に山梨県立文学館で行われた「まるごと林真理子展」のこと）にご寄稿いただいて、ありがとうございました。

糸井（以下、糸）今日はよろしくお願いします。いまは、主に文字を書く仕事ばかり？

林 はい。講演がたまにありますけど、今年（二〇二〇年）はコロナでまだ一回もないです。講演といっても、年に五、六回くらいですけどね。

糸 林とはあんまり歳の差がないよね。当時は、すごく差があると思ってたけど。

林 私は最初にそのことに気づいて、タメロをきいてましたが……。

糸 （笑）

林 でも、だんだん師弟の間柄になって、いくつ違うんでしたっけ。

糸 俺は一九四八年。

林 じゃあ六歳違い。でも、当時としては、この差は大きいかもしれませんね。あのころの糸井さんって、時代の申し子というか、カルチャーのプリンスみたいな感じでした。

糸 いやいや、林真理子は、ほんとはコピーライターになりたかったんじゃなかったんだ、ということは、後からわかった。

林 糸井さんに「君も書いてごらん」と言われて、五つ六つ書いたら、そのときしみじみと、「君、コピー下手だったんだね」とおっしゃって。

糸 おおー。

林 「コピーというのは、百を一に凝縮する作業だけど、君のしゃべりかたとか、やってることを見てると、ぜんぜん違うよね」って。

糸 そうだね。百を二百にする人だから。

林 「君はおもしろいところがあるから、がんばってみたら。でも、コピーライターは向いてないよ」とはっきりおっしゃいました。

んだ。

林　当時はとにかく世に出たかったから。コピーライターという存在がすごく輝かしいものに思えて。

糸　いまだとYouTuberですね。

林　YouTuberでしょうかね。小説を書きたいと思ったこともありますが、三百枚、四百枚なんてとても書けない……なんて思ってたときに、ちょうど糸井さんが出てらしたんです。

糸　短くなら根性がなくてもできるかも、というのは、俺も思ったことですよ。

林　あのころ、一行一千万円と言われてましたよね。

糸　俺が言ったの（笑）。もともとは、何かの雑誌に、「糸井は一行百万円とうそぶいてる」と書かれたんです。でも、それじゃスケールが小さいから、一行一千万円のほうがいいと思って。でも、実際はもっと世知辛いもんですよ。

林　それが全国の青少年の射幸心を煽っちゃったんですよ。私も非常に浅はかだったので、それでコピーライター講座に通いはじめ……。

糸　林とは最初にコピーライター講座で出会ったということもあって、自分としては、ちょっとお弟子さんだと思ってたのよ。

林　本当に良くしていただきました。「行くところがないなら、事務所で電話番してな」と言ってもらって。

糸井さんの事務所で働きはじめてすぐに、ちゃんとした経理や秘書の方が来たんです。でも私は半年くらい、ぼーっと電話の前に座ってました。ある日、電話がかかってきて、その相手が「江川（卓）ですけど」と言うんです。「えっ！　江川さんですか。いま糸井は外出中ですけど、いたらどんなによろこぶか……」「めずらしいですね、そんな人」「もう、みんなファンなんです」。そんなやりとりで私が興奮してたら、帰ってきた糸井さんが「それ絶対、南伸坊だ」っておっしゃって。

糸　（笑）

林　めくるめく日々でした。当時、糸井さんの事務所があった原宿のセントラルアパートには、すごい人ばかりが集っていましたね。一階にレオンという喫茶店があって、クリエイターが集って、絶えず何かが生まれていて。

糸　原宿でほかに行く場所がなかったんだよね。あと、本丸は銀座にあるのに、原宿に勤めてたり、原宿で何かしてるというのは、当時は、サブカルなんです。山本寛斎さんが歯を磨きながら外をヘンな格好で歩いていたりして、それ自体が、キャンペーンだったんですよね。写真家の鋤田正義さんや操上和美さんもいましたし、外国人から見ると、銀座じゃないところにそういう場所があること自体がおもしろくて、レオンにロキシー・ミュージックのブライアン・フェリーとかデヴィッド・ボウイとかが来るんだよ。ぼくはデヴィッド・ボウイに握手してもらったことがある。

林　ひえーー。

糸　デヴィッド・ボウイの写真を鋤田さんが撮っていたけど、あの二人が会ったきっかけも、イギリスで鋤田さんが「日本から来たカメラマンです、あなたに会いたい」と言って飛び込みで会ってるわけ。当時の世界の有名な人たちは、ゆるかった。いろんな、変わった人が周りにいましたね。

林　私もその一人だったと思うけど。

糸　ヘンな人ほいほいなんだね、俺は（笑）。いまはヘンな人っていう役割の人がいない。

林　昔はクリエイティブ関係にいたけど、いまは芸人さんのほうに行ってるのかも。

糸　そうかもしれない。あなたは、仕事してなかったよね、だいたい小説読んでたんですよ。電話の前で。ほんっとに読んでるんですよ。それはすごいよなぁ。

林　時給をいただいて、すみません……。

糸　あのころは、何かになろうとしてたの？

林　やっぱりコピーライターで身を立てようと思ってましたし、糸井さんからお仕事もいっぱいいただきましたよ。その後、糸井さんが秋山道男さんを紹介してくださって、秋山さんから西友の仕事をいただいたり。だけど、どうも……。

糸　向いてない（笑）。

林　評判が悪いんですよ、どこ行っても。下手とか言われて。

糸　コピーライターという商売に向いてる人って、作家に向いてる人と全然違うんだよね。いまSNS上でもいろいろなものを書く人が増えているけど、コピーライターに向いてる人というのは、そんなにたくさんはいないね。林真理子は、もうはっきり向いてなかったねぇ。でも、何かになろうとしても、入り口が見つかりにくかったから、当時はコピーライターになろうとするほうがよかったんだよね。そこを入り口にして人と知り合えば、雑誌ライターの仕事もけっこうもらえたし。

林　そうですね。でも、雑誌からもそんなに仕事はもらえなかったですけども。

糸　雑誌の編集者で、林の書いたものを「投稿エッセイがすごくいいんですよ」と言ってた人がいたんだよ。それから、その人が『ルンルン〜』を手がけて大ヒットして……。

林　『ルンルンを買っておうちに帰ろう』の担当だったのは松川邦夫さんですね。いろいろお世話になりましたが、お亡くなりになって……。そのころ、私は私で、編集者の見城徹さんに出会って、不思議で強力な見城マジックにずるずると引っ張られまして。

糸　うんうん。でも、それがよかったんじゃないの。秋山道男にしたって、林真理子の使い方をどうすればいいんだろう、ということをいつも考えてたよね。

林　ありがたいですね。

糸　あのころから思えば、いまはレオンのような、無理に何かしなくても人と会える場所がだんだん減っていった気がする。

林　でも、あのころレオンは私には少し敷居が高かったですよ。ある日、糸井さんにフランセでランチをおごってもらってたら、宇崎竜童さんが来たんです。「糸井さん久しぶり」って。私、芸能人って見たことなかったんです。宇崎さんとその後お目にかかったときに、「はじめまして」とおっしゃったので、「はじめてじゃないんです」と申し上げたんですけど、覚えているわけないですよね。とにかく糸井さんの横にくっついて、すごい人がいっぱい来るのを見てた。

糸　すごい立場だね、それ（笑）。あとさ、聖子ちゃんの本も出したよね。

林　松田聖子さんの『青色のタペストリー』ですね。あれ、中にしっかり私の本の宣伝まで入れてしまって……。

糸　誰かの本を出すことが通過儀礼みたいな時期があったね。

林　糸井さんの『成りあがり』の成功があったからですよ。

糸　林が一緒にいた時期って、実はそんなに長くないんだよね。一、二年でしょ？

林　はい。その後、秋山道男さんのところで働かせていただいて。秋山さんに西友の仕事をもらってました。

糸　そうだ、そのころ、西友の人の家に下宿してましたね。「あいつ、ちゃんと拾うよなぁ」と言った記憶があります。いい球が来るとぜんぶ拾ってる。

林　でも私そんなに要領がいいわけじゃないんです。田舎の子だったから……。

糸　うん、要領がいいわけじゃない。ただ、思ったことをそのまま言うから、それがめずらしかったんだよ。たとえば宇崎さんと会ったときに、私、はじめて芸能人に会いました、というのを、みんなはそれを口に出すかどうか考えてしまうけど、林真理子は、はっきりそう言うから、人に与える情報も多くなる。結果、得ですよね。

林　そうかもしれません。でも、いいように考えてくれる人ばかりじゃないので、私、そんなに口が悪いわけでもないのに、よく叩かれてました。

糸　悪いよ（笑）。

林　糸井さんの会社も大きくなるばっかりで、すごいですね。

糸　（笑）その言い方。

林　そういえばあのころ、第二の林真理子とかいう女の人がいっぱい出てきたんですけど、最近は、そういう人もあまりいないです。

糸　第二の、っていうんじゃないけど、いまもいるよ。それを意識してないもっと若い子でも、これは林真理子になりたい子だな、って見ててわかる。きっと、世界観ごと、林真理子という一つのジャンルをつくったんだろうね。原宿に林が住んでたころ、その前の道を「マリコ・ストリート」って名付けてさ。地方の子からすると、あのへんの地主みたいに見える（笑）。

林　あれは「anan」のエッセイのネタに適当に書いただけで、深く考えてないんですけどね。当時はわざわざ見に来る子もいたんですよ。

糸　「anan」も続いてる。「週刊文春」にもエッセイを書いてるけど、それってすごいことで、全く違う二種類の暮らしをしていないと、書くこともなくなっちゃうでしょう。

林　その通りです。ただ、すっごい大変。もうー、ほんっとに大変！

糸　（笑）怒ってるよ。

林　「週刊文春」は何とか書けますけど、「anan」は孫みたいな人たちに向かって書いているので、毎回ネタがなくて大変なんです。

糸　「週刊文春」は一緒に歳を取れるわけだ。あの分量って、書いてみればわかるけど全く少なくないし、そこに「私はこういうことを考えてる」という主観を入れて毎週書き続けられるのはすばらしいことで、やっぱり我慢してでもやるべきですよね。

林　そうですね。「週刊文春」はギネス記録にも認定されたんです。同一雑誌で三十七年間続いた世界で一番回数の多い連載エッセイ、ということで。

糸　よく続くなぁ。仕事を引き受け過ぎてパンクしそうなことはなかった？

林　若いときはありました。徹夜して倒れちゃったり。いまはどうにかやってます。

糸　へぇー。いざとなったら書ける？

林　いざとなったら体が動いてくれる、みたいな感じですね。

糸　まあ、本職中の本職のことだと、自分もそうです。一番仕事を受けてたときって、目の前が真っ暗になるくらい引き受けてた？

林　新聞の連載小説、週刊誌の連載小説、それにエッセイもいろいろ。『西郷どん！』と新聞の連載小説が重なったときはキツかった。連載のなかでは週刊誌が一番つらいです。

糸　週刊誌って一回の分量が多いもんね。

林　はい。一回あたり原稿用紙十八枚あります。新聞の連載だと、風景を描写したり、箸休めみたいな会話のシーンを描いたり、二、三回分はごまかせるんですけど、週刊誌だとそうはいかないんです。

糸　俺がさ、林真理子に対して俺は申し訳ない、とはっきり思った瞬間があって、それは『白蓮』なの。

林　『白蓮れんれん』、読んでくださったんですか。

糸　これだけのものを書くのって、サボってちゃできないと思いました。俺はずっと、できることを循環させれば生きていけると思ってたんだけど、でも林真理子は『白蓮』を書いて、そのとき、ああ、この人は自分を変えたと思ったんです。

林　うれしいです。ありがとうございます。

糸　だって、あの電話の前でお菓子食べていたやつが……。俺の知らないところで、人はちゃんと生きて、何かを成していくんだと思って、ちょっと泣きそうになったもん。

林　ありがとうございます。糸井さんには『ルンルンを買っておうちに帰ろう』のころ、お叱りを受けましたね。もう二度とうちに来るな！　って、ものすごく怒られたことがあります。

糸　そこから、ずっと会ってないからね。

林　すごくお怒りだったので、それから何十年……。

糸　うん。その会っていない間に、急に『白蓮』を読んだんです。それまで、まあ小説は書けるんだろうなとは思っていました。嘘と本当のことを混ぜて手記みたいに書けば成り立つ小説のジャンルがあるし、それは書けるんだろうなと。だけど『白蓮』は違って、とうとう他人の人生を描く人になったのか、と思って。でも、わざわざ電話して、「白蓮読んだよ、すごいね」って言うわけにもいかないし。

林　ありがとうございます。白蓮の七百通以上の手紙を全部見せていただいた上で書けたので、運がよかったと思ってます。

糸　それを使って仕上げていくには、林真理子の訓練の時間というものがものすごくあったんだと思う。

林　私だけに書けるようなことが何かないかなと思って、試行錯誤したんです。そのころ、渡辺淳一先生が、「作家にとって恋愛小説を書くことぐらい難しくておもしろいことはないぞ」とおっしゃったんです。『失楽園』の構想時期だったと思うんですけど。

糸　ああー。

林　私、あの先生みたいにいろんな経験はないですけど、伝記は他に書く人もいるなと思って、いろいろ考えさせられました。

糸　コピーライターもそうだけど、他人のために書くのが得意じゃないんだと思う。エッセイもそうだけど、いつも主語があることをしてる人だから。いまは、世の中が主観のないものばかりになっちゃったから、主観のある人が主観を語るということが、逆に貴重になってきたよね。

林　ネットというものが出てくる前は、みんなもっと主観を入れてたんですけど、いまは叩かれないようなことを書かなきゃいけない。でも、私はそんなこと考えてたら……。

糸　やってられないよね。

最近ぼくは、フリーで働くときのコツについて、短い文章を書いたんです。それで、

「自分が飽きたか飽きないか」に気づくこと。これだけじゃないかな、って。

林　以前も、新聞の連載小説で介護の話を書いてと言われたんですけど、普通に書くとつまらないわけです。それで、入るのに一億円以上かかる、お金持ちの高齢者用の施設があるじゃないですか。そこで働いている看護師が、寝たきりで意識がないお金持ちのおばあさんと、自分の高齢のお母さんをすり替える……という話を考えたんですけど。

糸　老人とりかへばや物語なわけね。

林　はい。実際に介護施設の施設長と会ってごはんを食べながらお話をうかがったら、介護のチーフを巻き込めばできると言うんです。それで書こう、と。後半、かなりドタバタ、コメディーになる話ですけどね。『我らがパラダイス』という小説。

糸　そういうことを考えて書くのは、実際に書けるようになっちゃった人にはおもしろいだろうなぁ。

林　私、そういうことしなきゃもう書けないんですよ。介護小説書いてくださいと言われても、そのままひねりもなく受けることは絶対したくない。

糸　それにしても、すごいパワーだね。連載小説のほかに「anan」と「週刊文春」にもいつもいて、定点のように老舗のお店を開いているんだから。一回も休んでないわけだからね。

林真理子は永ちゃんみたいなもの

林　あのころの広告業界は本当にたのしかったと思います。資生堂にサントリーに……毎年どんなキャンペーンをやるんだろうって、みんな固唾を呑んで見てました。その第一線に糸井さんがいて。

糸　人の見ているところで仕事ができるという意味では、ものすごく恵まれてましたね。去年（二〇一九年）のラグビーW杯で、選手たちがすごくうれしそうだったじゃない。あのころの広告も、それと似てるね。

林　西武が文化をリードして、糸井さんの言葉が時代を切り取って。「おいしい生活。」というコピーも、年表に必ず出てくるんですよ。広告の一行がその時代のすべてを象徴していた。本当にすばらしいことですよね。しかもいくらでもお金を使えた時代で……。

糸　お金に関しては、そんなことないよ。西武って、三越や高島屋に比べたらまだまだ新参者だったし、私たちはちっちゃい百貨店なんで、違うことしかできませんから、と言ってはじめたのが、堤清二さんの手がけた仕事なんです。ワット数が低いけど明るいものってあるじゃない。それがぼくらの誇りだった。

林　そうか。いまの学生さんが、あの時代のことを学べば、後付けでいろんなことを言って、ますます権威を持つ方向になっていきそうですけど。

糸　実際はそんなんじゃないですよ。ただ、おもしろいことやってる人に呼ばれたり、自分がそういう人を呼んだりできることがたのしい。あと、その中で若手だったというたのしさがあるわけ。呼び捨てで呼ばれる歳だったし、「糸井呼ぼうか」と言われて、オートバイで行く、みたいな。

林　撮影にも全部立ち会ってたんですか。

糸　立ち会ったときもあれば、立ち会わなかったときもありました。海外にも行くだけ行って一日で帰ってきたり。当時はまだほら、恋愛ブームもあったし、日本に帰ってきたくてしょうがなかった。

林　恋愛。そうか。（ほぼ日スタッフのほうを見て）あとで詳しく教えてあげるけど、糸井さんもいろいろありましたからね。

糸　知りませんよ。

林　思い出します。いろんな記憶が……。

糸　これがむかしの林真理子。

一同　（笑）

糸　バカヤロー（笑）。

林　うらやましい限りです。ほんとに。

糸　小説でさんざん恋愛書いてるじゃないですか。

林　私も有名になったら、有名人とかお金持ちとかと付き合えると思ったんですけど、全く甘い考えで、男の人のようなことはなかったです。

糸　でも、ちゃんと結婚してたのしくやってるじゃない。

林　たのしくなんかやってないですよ、まったく。

糸　いま、すごい早口だった。

林　腹の立つことばっかりですけど、しょうがないです。

糸　でも、そういう環境があって、自分ができていったということでしょ。家の中に他人がいるというのが、資料としては最高ですよね。

林　最高。耐えることを知りましたね。うちの夫、よくエバるし、感じ悪いし。

糸　この人にエバれる人っていうのがいるんだ。

林　ほんっとに、よくあれだけエバれると思う。今朝も私が朝お風呂に入ってたら、「酔っ払って帰ってきて、朝お風呂なんか入んじゃねぇ」と怒られました。

糸　うちで一番たのしいのは、やっぱり小説を書いてるときですか。

林　いや、そんなことないですよ。テレビを見たり、ぼーっとしたり。

糸　ドラマとかも見てるの？

林　もちろん見てます。「愛の不時着」も「全裸監督」も見てるし、バラエティーもよく見てます。

糸　あぁー。目の前にとんでもない山のような仕事があるというのも事実だけど、「愛の不時着」見てるのも事実。

林　作家ってもっと気難しくて子どもに怒鳴ったりとか、ピリピリしたりしているイメージがあるそうですけど、私はそういうことは一切ないし、家の中ではけっこう普通にしてると思います。

糸　林真理子は小説を書き続けながら、それをよりおもしろくするために訓練してきて、そのなかで古典にも取り組んでましたよね。源氏物語を題材に書いたり……。

林　はい。今度、平家物語に取り組む予定なんですが、もっともっと何年も勉強しないといけないですね。

糸　決めたからには、やるんですね。そんな子じゃないじゃん、もともと。

林　そうなんですッ!!　本当は勉強好きじゃないし、いいかげんだし、できるだけ人生はラクして、たのしく生きたい。

糸　俺もそうだよ。濡れ手で粟が一番いいよ、誰だって。それなのに、平家物語とか、絶対大変なのわかってて引き受けて、自分で突っ込んでいくわけじゃない？

林　そうですね。名前がある程度売れてくると、おいしい話って世の中にたくさんあるでしょう、そういうほうに行っちゃいけない……って思ったんです。

糸　特に作家は自分の名前で仕事してるから、突っ込んでいったら、会社の者がやったことです、とか言えないですよね。

林　たとえばいま私がテレビに出ないのもそれです。本の紹介の動画（「マリコ書房――林真理子YouTubeチャンネル」のこと）は作っていますけど、地上波にはあんまり出ないかな。ジャングルのなかを素手で歩いてるみたいな気になってしまって。

糸　そういう方針みたいなことを考える人はいるの？　マネージャーみたいな。

林　いえ、秘書はいますけど、そういうことを考えてくれる人はいません。

糸　永ちゃんみたいなものだね。彼も全部自分で考えているんです。

林　永ちゃん！

糸　永ちゃんもさ、ろくでもない不良だったときにギターを練習しているわけで、作家も三行書いておしまい、とはいかないわけだから。どっちも、もともとのいいかげんな自分をどこかで息を止めて我慢したんだよね。それをものすごく積み重ねると別人ができあがる。今日も正直に言ってもらってるから、すごくよくわかるんだけど、もともとの自分と比較して、変わってない部分と、すごく変わった部分と、両方あるよね。

林　そうですね。だから、テレビで作家と名乗って、コメンテーターをしている人を見ると、そんなふうに生きて行くってつらくないかな、小説を書かずに、講演とテレビだけで食べてる作家になってたのしいのかな、と思っちゃうんです。

糸　うん。たとえば永ちゃんにとっては、八〇歳になっても満員の客が自分を待って て、思いっきり歌えるかどうかが大事なんです。歌うこと自体から離れたくないという か。

林　はい。

糸　その永ちゃんにとっての歌が、林にとっての「書く」ということだよね。小説を 書き続けながら、それをもっとおもしろくするための工夫を訓練してきたわけで。

林　そうですね。永ちゃんの話でいうと、このあいだ感動したのは、ロック歌手はフ ォルムが命でしょう、だから体型を維持しなきゃいけないんだ、というようなことをお っしゃってて、そうかフォルムが命か、って思いました。核心を突いてますよね。

糸　うんうん。それが永ちゃんだから。でも、林真理子が目の前にある新聞と週刊誌 の連載を、やればできると思いながらやっているのも同じですよ。

林　いやいやいや。あれだけの体型維持するために、どんな辛いトレーニングをして るんだろうと思って。私は肉体的なそういうことができないので、尊敬しちゃうんです よね。糸井さんも体型が変わらないですよね。

糸　いや、俺は変わってるよ。ちゃんとメタボだよ。

林　だってこんなにデニム似合う人いないですよ。

糸　いるよ、いくらでも。ただ、永ちゃんほどではないけど、こんなふうになったら嫌だっていう自分の写真を、俺はパソコンの中に保存してる。

林 へえっ。

糸 ある時期に、「こんなになってしまった」という写真が撮れたんだよ。あー、これはちょっとどうよ、と思って、戒めのように、それを置いてあるの（笑）。そういえば最近、六本木で開催しているジョン・レノンとオノ・ヨーコの展覧会に行ったんだけど、それがすごく良かった。どっちも傷つけないように、嘘もつかずに、大袈裟にもせずに展示してあって。二人の人生を順に辿って見ていくなかで、強く印象に残ったものがあって、何かというと、オノ・ヨーコのサインなんです。

林 サインですか。

糸 さらさらって書いてあるんだけど、完全に昔の人の達筆なの。それで我に返ったというか、オノ・ヨーコは安田財閥のお嬢さんで、彼女がやりたかった芸術も、これまでの過程も何もかもサインの中に入ってるなぁと思って。誰も見てなくても、あなたはここにいる、You Are Here、みたいなコンセプチュアル・アートなんだよね。それ見てたら、オノ・ヨーコのこと、本当はもうちょっと理解できたはずなのに、ざっくりとした認識だけで今まで済ましてきちゃったなぁと、申し訳ない気持ちになりました。

林 わかるような気がします。私、オノ・ヨーコさんには「週刊朝日」の対談でお目にかかりました。「今度ダコタ・ハウスに遊びに来て」っておっしゃったんですけど、行けるわけないですよね。

糸　そうだね（笑）。

林　すごくきれいで、ヨーロッパの男性の貴族みたいな感じでした。私の印象ですけど。毅然としてて、かっこよくて。昔の上流社会の人って、私みたいな庶民、下々の者とは違う、という感じ。それが筆跡にも現れているんですよね。

糸　そう。もう、すみませんでした、って思った。さっきの、林さん申し訳ございません、って思ったのと同じ。歳を取ってからそういうことの連続だよ、俺は。ちょっとおかしかったのは、字が矢野顕子に似てるんだよ。

林　ああ、はじめて矢野さんにお会いしたのも、糸井さんのところですよ。最初は電話がかかってきて、糸井さんが「アッコちゃん、久しぶりー」って言ってて。その瞬間、当時のカルチャーの最前線が私の目の前に押し寄せてきたんですよ、わかります？

糸　ドラマチックに言うなあ。

林　スタイリスト、コピーライター、デザイナー、そういうカタカナの人たちが時代のスターで、あそこから飛び出して、いまもいろんな活躍している方がいらっしゃって。特にあのころの写真家は、いまもすごくないですか。

糸　写真家はそうだね。操上さんとかね。

林　最近、私が講演会でもよく言うのは、多少なりとも野心を持っていなきゃいけない世界で、三流でいるのはつらいよ、ということなんです。私もコピーライターをはじめたとき三流で、そういう我々がどこに行くかと言うと、池袋の安い居酒屋に行って、「糸井がさー、仲畑がさー」とか言うわけです。別に悪口じゃなくて、ただ親しげに噂話するの。会ったこともないのに。

糸　（笑）

林　そういう安いウイスキーを飲んでた私が、突然糸井さんのところで電話番をすることになって、矢野さんだとか、ＹＭＯの方々とかから、電話がかかってきて取り次ぐ、という毎日がはじまって。糸井さんが、「二年後には名前が出てくる子だから、覚えてくださいね」と言って、あの上村一夫さんに紹介してくれたりもして……。

糸　なんか、みうらじゅんみたいだ（笑）。話の盛り方が同じだよ。

林　失礼しました。そういえば、あのころ活躍していた方で、すごく若くてきれいな愛人がいた男性がいて、五、六年前かな、青山通りを歩いてたら、すっかり老人になったその人と、おばあさんになった彼女が歩いていたんです。それを見て、三十年という歳月、ずっと一緒にいたんだと思うと、私、なんだか感動しちゃって……。それをもとに短い小説を書きました。

糸　それは何か思うねぇ。当時の広告界って、間違ったラブ思想が蔓延してた気がする。茶道をやっている人が、書とか掛け軸だとかについてもある程度は知っておいたほうがいいように、広告界においてラブはたしなみ、みたいなところがあったように思うなぁ。

林　そうか、ラブはたしなみ。もっと私もたしなんでおけばよかった。ラブが足りなかった。今はもう、自分には縁がないことなので、人の噂話ばっかりしてますよ。

糸　（笑）

林　昨日も、古市憲寿くんと、どうしようもないゴシップ話とか、人の恋愛について下世話なことをしゃべってたら、その場にいた若いアナウンサーにそんなことはじめて知りましたって驚かれて。

糸　そういう好奇心は、昔から変わらずあるんだねえ。

林　ただ下世話な話が好きなんだと思います。自分に縁がないぶん、人のそういう話を聞いては、みんなエネルギーあるな、と思って、私はただ傍観しているだけ。

糸　「月刊林真理子」っていう雑誌つくったら売れそうだね。噂話とかいっぱい入れて。

いや、今日たくさん話していて思ったけど、変わったところと、変わらないところと、ほんとに両方ありますね。これは改めてご依頼をしますけど、いまぼくらは「ほぼ日の學校」というものを運営していて、いろんな人が講座をしてくれているんだけど、もしよかったら、ぜひそこに出ていただきたいと思うんです。

林　はい、なんでもおっしゃってくだされば。

糸　たとえば、林のようにもともと勉強が好きじゃなくて、そういうつもりじゃないんです、って生きてた人が、職業として大工の修行をしていくうちにそれなりに家が建つようになった流れ、技術が身に付いてやれることが増えていくっていう……。

林　そこはすごく重要なことで、まず、注文があったということですよね。「私けっこう注文あるじゃん」「犬小屋しかつくれないと思ってたけど、けっこうしゃれてるとか褒められちゃったじゃん」と思うと、できちゃうんですよ。期日までにやるなんて無理、と言いつつも、それでも期日までに建てると褒められて、お、やっちゃおうかなと思ううちに、一軒、二軒と増えて、次はもっと豪華な家つくろうとか思いはじめて……。

糸　そういう話って、何をしている人でも聞きたいはずだよ。『白蓮』を読んで、「うわー、俺がうろうろしてるあいだに、こいつはちゃんとやってたんだー」と思わせてくれた、そのときの話を、ぼくも聞きたいです。ということで、今日はこのあたりで……。

林　ありがとうございました。

糸　ありがとうございました。またねー。

（この対談は、「ほぼ日刊イトイ新聞」上の対談「マリコは一日にして成らず。」の抄録です。全文は、https://www.1101.com/n/s/mariko をご覧ください）

文春文庫

マリコを止《と》めるな！

定価はカバーに表示してあります

2021年3月10日　第1刷

著　者　林《はやし》　真《ま》理《り》子《こ》
発行者　花田朋子
発行所　株式会社　文藝春秋

東京都千代田区紀尾井町3-23　〒102-8008
TEL　03・3265・1211㈹
文藝春秋ホームページ　http://www.bunshun.co.jp

落丁、乱丁本は、お手数ですが小社製作部宛お送り下さい。送料小社負担でお取替致します。

印刷製本・凸版印刷

Printed in Japan
ISBN978-4-16-791665-7

★続刊

イタリア紀行（上・下）　ゲーテ／鈴木芳子・訳

長年の憧れであるイタリアに旅立ったゲーテ、37歳。ヴェネツィアからローマ、ナポリ、シチリアへ……。約二年間の旅でふれた美術や自然、人々の生活について書きとめた書簡や日記をもとにした紀行文。「ゲーテをゲーテたらしめた」記念碑的作品。

法王庁の抜け穴　ジッド／三ツ堀広一郎・訳

プロトス率いる百足組が企てた法王幽閉詐欺事件を軸に、奇蹟によって回心した無神論者アンティム、予期せぬ遺産を手にしながら無償の行為に突き動かされるラフカディオら、多様な人物と複雑な事件が絡み合う。風刺が効いたジッドの傑作長編。

人間のしがらみ（上・下）　モーム／河合祥一郎・訳

幼くして両親を亡くした主人公フィリップ。人生の意味を模索して、画家を志したり、医者を目指したり。そして友情と恋愛のままならなさに翻弄され……。理性では断ち切ることのできない結びつきを描き切る、文豪モームの自伝的長編小説。

光文社古典新訳文庫　好評既刊

アンナ・カレーニナ（全4巻）
トルストイ
望月 哲男 訳
アンナは青年将校ヴロンスキーと恋に落ちたことを夫に打ち明けてしまう。一方、公爵令嬢キティはヴロンスキーの裏切りを知って―。十九世紀後半の貴族社会を舞台にした壮大な恋愛物語。

イワン・イリイチの死／クロイツェル・ソナタ
トルストイ
望月 哲男 訳
裁判官が死と向かい合う過程で味わう心理的葛藤を描く「イワン・イリイチの死」。地主貴族の主人公が嫉妬がもとで妻を殺す「クロイツェル・ソナタ」。著者後期の中編二作。

大尉の娘
プーシキン
坂庭 淳史 訳
心ならずも地方連隊勤務となった青年グリニョーフは、司令官の娘マリヤと出会い、やがて相思相愛になるのだが……。歴史的事件に巻き込まれる青年貴族の愛と冒険の物語。

スペードのクイーン／ベールキン物語
プーシキン
望月 哲男 訳
ゲルマンは必ず勝つというカードの秘密を手にするが……現実と幻想が錯綜するプーシキンの傑作『スペードのクイーン』。独立した5作の短篇からなる『ベールキン物語』を収録。

現代の英雄
レールモントフ
高橋 知之 訳
カフカス勤務の若い軍人ペチョーリンの乱行について聞かされた私は、どこか憎めないその人柄に興味を覚え、彼の手記を手に入れたが……。ロシアのカリスマ的作家の代表作。

光文社古典新訳文庫　好評既刊

戦争と平和2

トルストイ
望月 哲男 訳

ナポレオンの策略に嵌り敗退の憂き目にあったアウステルリッツの戦いを舞台の中心に、アンドレイとニコライ、そして私生活ではピエールが大きな転機を迎える——。

戦争と平和3

トルストイ
望月 哲男 訳

アンドレイはナターシャと婚約するが、結婚までの1年を待ちきれないナターシャはピエールの義兄アナトールにたぶらかされて……。愛と希望と幻滅が交錯する第3巻。（全6巻）

戦争と平和4

トルストイ
望月 哲男 訳

ナターシャと破局後、軍務に復帰したアンドレイと戦場体験を求めて戦地に向かうピエール。モスクワに迫るナポレオンと祖国の最大の危難に立ち向かう人々を描く一大戦争絵巻。

戦争と平和5

トルストイ
望月 哲男 訳

モスクワを占領したナポレオン。大火の市内でナポレオン暗殺を試みるピエール。退去途中のアンドレイを懸命の看護で救おうとするナターシャ。それぞれの運命が交錯する。

戦争と平和6

トルストイ
望月 哲男 訳

パルチザン戦で敗れたフランス軍は、ついにロシアの地から一掃される。捕虜から解放されたピエールとナターシャ、再会したニコライとマリヤ、そして祖国ロシアの行く末は……。

光文社古典新訳文庫

未成年 1

ドストエフスキー

亀山郁夫訳

kobunsha classics

光文社

Title : ПОДРОСТОК
1875
Author : Ф.М.Достоевский

目次

未成年 1

第一部

第一章

1

ぼくはついにしびれを切らし、人生という大舞台に一歩踏みだしたころのこの話を書きとめることにした。といって、こんなものは書かずにすますこともできたはずなのだ。ただひとつはっきりしているのは、今後たとえ百歳まで生きのびることができたとしても、二度と自伝になど手をそめるつもりはないということだ。傍目《はため》にもあさましく見えるほど自惚《うぬぼ》れていなければ、こうして恥ずかしげもなくじぶんについて書くことはできない。ただひとついいわけが許されるなら、それはぼくがほかの連中とちがって、読者の賛辞を当てにこれをまとめているわけではないという点だ。昨年来ぼくの身辺に起こったできごとを逐一書きとめようと思いついたのも、じつは内的な

欲求のせいなのだ。つまりそれほどにも、ここ一年間に起こったできごとにショックを受けたのだった。そこでぼくはできるだけよけいなことは書かずに、事件のみを記すつもりでいる。とりわけ文学的なレトリックは避けたい。えてして文学者というのは、三十年ももの書きをつづけながら、結局のところ、それだけの年月をかけていったい何のために書いてきたか、まったくわからずにいるものだ。ぼくは文学者ではないし、文学者になる気もない。それに、じぶんの内面やもろもろの感情をきれいに飾りたて、これを文壇に持ちこむなど、悪趣味で低劣なことだと思っている。ところが腹立たしいことに、いろんな感情のひだを描いてみせたり、考察を加えたりすることなしには、何ひとつ成りたたないものらしい（およそくだらない考察であっても）。どんな文学の仕事も、たとえひたすらじぶんのためだけに書いたものですら、他人《ひと》にたいしてろくでもない影響をおよぼしてしまうからだ。考察を加えるにしても、ひどく俗っぽいものになりかねない。というのは、じぶんではよいと思っていることが、傍から見れば、なんの価値もないということが大いに起こりえるから。しかし、こんな話はべつにどうでもいいことだ。とにもかくにも、ここまでが本書の序文ということになる。これ以上、こういうたぐいの説明はいっさいしないことにしよう。では、さっそく本文にとりかかる。とはいえ、何か仕事にとりかかることぐらい——たぶん

どんな仕事でも——むずかしいことはない。

2

ぼくはこの手記を、昨年の九月十九日からはじめる、いや、はじめたいと思っている。それは、ちょうどぼくがはじめてその人と出会った日のことだ……

しかし、ぼくがだれと出会ったかを、早々と、だれもなにも知らない先から説明しだすというのも芸がない。こういう書きだしのトーンにしたところで、やはり芸がない。文学的なレトリックは避けるとじぶんに約束しておきながら、この書きだしからすでにそのレトリックに陥っている。人にわかりやすく書くには、たんにそう望むだけでは足りないらしい。もうひとつ言っておくと、ロシア語でものを書くというのは、ほかのどのヨーロッパの言語にもましてむずかしい気がする。いま、書いたものを読みかえしてみて気づいたのだが、書かれている内容よりもぼくははるかに賢い。賢い人間の言ったことが、その人間の内面よりずっと愚かしいなんていうことが、どうして起こりえるのか？　ぼくはこの運命的ともいえる一年間、ぼくのことでも、人々とのやりとりのなかでも、いちどならずこの事実に気づいて、大いに頭を悩ませたも

のだ。

九月十九日から書きはじめることにするが、でもやはり、ぼくがいったい何者か、それまでどこにいたか、つまり、九月十九日の朝、ぼくは頭のなかで、たとえ部分的にでも何を考えていたか、を、ひとこと述べておく。そうすれば、読者にとっても、あるいはぼく自身にとっても話が通じやすいだろうから。

3

ぼくは、高等学校の課程を終え、もうすぐ二十一歳になろうとしている。姓は、ドルゴルーキー。戸籍上の父は、マカール・イワーノヴィチ・ドルゴルーキーといい、かつてヴェルシーロフ家の召使いをしていた人物だ。そのようなわけで、ぼくは、法律上りっぱな嫡出子ということになるのだが、そのじつ完全な私生児であり、ぼくの出生の経緯にいっさい疑いをさしはさむ余地はない。その経緯というのは、およそ次のようなものだ。いまから二十二年前、当時二十五歳の地主ヴェルシーロフが（この人こそぼくの実の父である）、トゥーラ県にある領地を訪問した。当時の彼は、まだ、これといって特色のない男だったと思う。面白いのは、ぼくがまだごく幼い頃からぼ

くをあれほど驚かせ、ぼくの精神形成にあれほど絶大な影響をおよぼし、その先も長くぼくの未来を呑みつくしたにちがいないこの人物が、いまだに非常に多くの点で完全に謎のままとどまりつづけていることだ。とはいえ、これはまだ先の話、語り口としてもふさわしくない。そうでなくても、このノート全体がいずれこの男の話で埋めつくされるはずだから。

彼はちょうどそのころ、ということは二十五歳のとき、妻を亡くして独り身となっていた。もともと上流階級の出とはいえさして裕福でもないファナリオートフ家から妻を迎え、一男一女をもうけた。彼を残してあんなに早く先だった妻にかんし、ぼくの手もとにある情報はかなり不十分で、多くはほかのいろんな資料の間に紛れこんでいる。それに、ヴェルシーロフの私生活にかかわる部分は、その多くがぼくの観察から抜けおちている。つまり、彼はそれくらいぼくにたいし、常に傲慢で、尊大で、閉鎖的で、ぞんざいな態度を取りつづけたということだ。そのくせ、どうかすると、こちらが驚くくらいへりくだった態度を見せることがあった。しかしここで、今後の話の道筋をつけるために述べておくと、彼は、その生涯、三つの財産を食いつぶした。それもかなり大きな額にのぼるもので、総額で四十万ルーブルと少し、あるいはもっと多いかもしれない。ただし、いまは、当然、一文無しの身なのだが……

当時、彼がこの村にやってきた理由は、のちに彼がじぶんから話してくれたかぎりでは、「神のみぞ知る」。幼い子どもたちはふだん彼のそばには置かれず、親戚のもとに預けられていた。相手が正妻の子であれ、私生児であれ、彼は生涯にわたって、そんなふうに子どもたちと接してきたのだ。領地には、屋敷づとめの召使いがかなりたくさんおり、庭師のマカール・ドルゴルーキーもそのうちのひとりだった。これ以上触れずにすませるため、ここでひと言さしはさんでおくが、これまで生きてきたなかで、ぼくぐらいじぶんの姓に苛立ちを抱いてきた人間もめずらしいだろう。それ自体、むろん、ばからしいことなのだが、しかし事実なのだ。どこか学校に入るときとか、目上の人に紹介されたときとか、年齢的に相手の質問に答えなければならないとき——先生でも、家庭教師でも、生徒監でも、司祭でも、要はだれでもいい——彼らはぼくの姓を尋ね、それがドルゴルーキーと知ると、何のためだか口をそろえてこう言いそえたものだ。

「で、ドルゴルーキー公爵ですか?」

そしてそういう暇な連中にたいし、ぼくはそのたびごとにこう説明せざるをえなかった。

「いいえ、ただのドルゴルーキーですよ」

この「ただの」のひと言のせいで、しまいには頭が変になりそうになった。ついでにここで、ひとつ奇妙な事実を述べておくが、ぼくはひとりとして例外を思いだせない。つまり、だれもが判で押したようにそういう尋ね方をしてきたのだ。そこには一見して、そんなことを聞く必要などまるでないような連中までいた。そもそも、相手がだれであれ、どうしてそんなことを聞く必要があるのだろうか？　ところが、だれひとり例外なしに聞いてきた。そして、ぼくがただのドルゴルーキーだと知ると、相手はたいてい、じぶんでもなぜそんなことを聞いたのかとばかり、鈍くて、愚かで、無関心な目でぼくをねめまわし、そのままぷいと立ちさってしまうのだった。小学校仲間たちの聞き方が、いちばん屈辱的だった。小学生は、転校生にたいしてどんな聞き方をするものだろう？　入学したての最初の日（たとえそれがどんな学校でも）、とまどい、まごまごしている新入生は、みんなの格好の餌食である。よってたかって命令されたり、からかわれたり、下男あつかいされたりする。みるからに強そうな、まるっと太った悪ガキがいきなり餌食の前に立ちはだかって、偉そうに、いかつい目でしばらく相手を食い入るようににらみまわす。新入生は、その前にだまって突っ立ち、臆病者でなければ、横目でにらみながら、何が起こるか待ちうける。

「おまえ、名前なんだ？」

「ドルゴルーキー」

「ドルゴルーキー公爵ってわけか？」

「ううん、ただのドルゴルーキー」

「なんだ、ただのかよ！　バカじゃねえの！」

それもそのはず。公爵でもないのに、ドルゴルーキーを名乗ることほどばかげたことはない。このばかさ加減を、ぼくは濡れ衣のようにひきずっていかなくてはならない。その後ぼくが、猛烈な腹立ちを覚えるようになってから、「きみは公爵なのか？」という質問にたいして、いつも次のように答えたものだった。

「いや、農奴あがりの召使いの子です」

その後、ぼくの怒りは限界に達し、「あなたは公爵ですか？」という質問にたいして、あるときぎっぱりした態度でこう答えたものだ。

「いいえ、ただのドルゴルーキー、元地主貴族ヴェルシーロフ氏の私生児です」

ぼくがこんなことを思いついたのは、すでに高校六年生のときで、その後しばらくして、これはばかなことだと悟ったが、でもすぐには止められなかった。忘れもしない、教師のひとりが――といってその男だけだが――、ぼくは『復讐心に燃えた市民的理念に溢れている』と喝破したことがあるのだ。総じてぼくのこれらの言動は、ぼ

くからすると、妙に腹立たしい仔細ありげな態度で受けとめられた。しまいには、かなり口の悪い仲間のひとりが——この男とは年にいちどしか口をきいたことがなかった——、まじめくさった顔で、そのくせ脇に目をそらしながらぼくに言った。

「そういう感情って、むろん、きみの価値を高めてくれるし、そりゃ、きみに誇るべき理由があることも疑いないことさ。でもぼくがきみの立場だったら、じぶんが私生児だなんてこと、そこまで得意がることはしないね……それじゃまるで名の日のヒーローみたいじゃないか！」

　それ以来、ぼくは、じぶんが私生児であることをひけらかすのをやめた。

くどいようだが、ロシア語でものを書くというのは、とてもむずかしい。ぼくはこのとおり、ぼくがこれまでじぶんの姓をどんなに腹立たしく思ってきたかということを丸々三ページも費やして書いてきたが、それでも読者はきっとこう結論づけたにちがいない。つまり、ぼくが腹立たしく思っているのは、なんのことはない、じぶんが公爵ではなく、ただのドルゴルーキーだからだ、と。ここで改めて説明しなおし、釈明したりするのは、ぼくにとって屈辱だ。

4

さて、この屋敷には、マカール・ドルゴルーキーのほかにも大勢の召使いがいたが、そのうちのひとりにすでに十八になる娘がいて、なんと御年《おんとし》五十になるマカールが、いきなりその娘との結婚の意向を明らかにした。周知のように、農奴制の時代、召使い同士の結婚は、地主の許可を得てとりおこなわれたが、時として、頭から地主の命令によっておこなわれる結婚もあった。当時、この領地には、「おば」が住んでいた。といってその人は、べつにぼくのおばというわけではなく、れっきとした女地主だった。ところがなぜかわからないが、だれもが生涯、彼女のことを「おば」と呼び、たんにぼくの「おば」であるばかりか、総じてヴェルシーロフ家の「おば」のように思われていて、事実上、ほとんど親戚同様の間柄だった。その女性は、タチヤーナ・パーヴロヴナ・プルトコーワといい、当時は、同じ県の同じ郡内に、三十五人の農奴を抱えていた。彼女は、ヴェルシーロフの領地（五百人の農奴がいた）を管理していたわけではなく、隣地のよしみでこれを監督していただけだが、聞きおよぶかぎり、その手並みは、どこぞのプロの支配人も顔負けするくらいのものだったという。もっ

とも、彼女の知識がどれほどのものであれ、ぼくにはまったく関係がない。ぼくはたんに、このタチヤーナという女性が、高潔であり、オリジナリティあふれる人物であることを、お世辞とか、お追従とか、もろもろの思惑ぬきでひとこと書きたしておきたいだけだ。

ところが、この女性は、陰気くさいマカール・ドルゴルーキーが（当時の彼は陰気くさかったとの話だ）示した結婚の意向をしりぞけなかったばかりか、どういうわけか、むしろそれにたいそう乗り気だったという。ソフィヤ・アンドレーエヴナ（十八歳になるこの召使いがぼくの母にあたる）は、もう何年か前からまったく身寄りを失っていた。すでに故人となった彼女の父親は、やはりこの屋敷の召使いだったが、マカール・ドルゴルーキーをたいそう敬い、何かしら借りのようなものがあったらしく、六年前、今わの際《きわ》にあって、それも噂によると、なんと息を引きとる十五分前に――しかも、なにせ権利のない農奴の身でもあるので、それをたんなるうわ言と片づけることもできたのだが――、マカール・ドルゴルーキーを枕もとに呼び、召使いたち一同と司祭が見まもるなか、娘を指さしながら彼に聞こえるようにつよい調子で「この子を育てて、あんたの嫁にしてくれ」と言ったという。これは、みんなが耳にしていた。マカールについていうと、その後、彼がどんなつもりで結婚したのか、つ

まり、たいそう満足していたのか、それともたんに義務を果たしただけのことか、そのあたりの事情はわからない。おそらくはもう完全な無関心をよそおっていたのではないだろうか。この人物は、当時からすでに「じぶんの本領を示す」ことに長《た》けていた。べつに物知りでもなければ、読み書きができたわけでもなく（もっとも彼は、教会での典礼一式や、とりわけ何人かの聖人伝にも、耳学問ながら詳しかった）、いわゆる召使いによくある理屈屋のたぐいでもなく、たんに頑固で、時として思いきりのいい性格の持ち主であるにすぎなかった。話しぶりも自信たっぷりで、物事の判断においても躊躇ということを知らず、当人の驚くべき言によると、要は、「慎《つつ》ましく暮らしていました」――、当時の彼はまさにそんなふうな男だったのだ。むろん、周囲の人々から尊敬されていたものの、同時になんとも鼻持ちならぬ男だったという話だ。ところが、屋敷を出たあとの彼となると話はまるきりべつで、人々は彼を、多くの苦労を重ねたどこぞの聖人といったふうに思いかえしたものだった。このあたりは、ぼくにも確実にわかる。

　ぼくの母の人となりはどうかというと、モスクワに行かせて修業させたらという執事の要求をしりぞけ、タチヤーナおばは、彼女を十八歳になるまで手もとに置いて、程々に教育を施してやった。つまり、裁縫や娘らしい行儀作法などで、読み方も少し

ばかり教え込んだ。ただし、書くほうはまったくできなかった。母の目から見ると、マカールとの結婚はとうの昔から決まっていたことで、当時、じぶんの身に起こったことを、すばらしいこと、最良のことと考えていた。式場に向かう姿が、こんな場合にはめったに見られない、たいそう落ちつきはらったものだったので、当のタチヤーナおばもさすがにそのときは「魚みたいな子」と母を呼んだほどだ。当時の母の人となりにまつわるこういった話はすべて当のタチヤーナおばからじかに聞いたことである。ヴェルシーロフが村にやってきたのは、この結婚式からちょうど半年後のことだった。

5

ぼくとしてこれだけは言っておきたい。つまり、彼と母の関係がいったいどんなふうにはじまったか、ぼくは何としても知ることができなかったし、満足に想像することもできなかったということだ。昨年、彼がじぶんから話してくれたことをそのまま鵜呑みにするしかない。彼は、それらの経緯を、ひどく打ちとけた、「ウィットに富んだ」様子で話しながら、そのくせ顔まで赤らめて、ロマンスなんてものはいっさい

なかったし、ただなんとなく、そういうことになった、とはっきり断言したのだった。たしかになんとなくだったのだろうと思うし、このなんとなくというロシア語はとてもすばらしい。しかし、そうはいえ、二人の関係がいったいどんなふうにしてはじまったかということを、ぼくは常々知りたいと願っていた。ぼく自身これまで、そういう汚らわしい出来事を嫌ってきたし、これからも死ぬまで嫌いつづけるだろう。だから、知りたいと思うのはもちろん、ぼくの恥知らずな好奇心のせいばかりではない。ひとこと述べておくと、ぼくはつい去年まで、じぶんの母についてほとんどといってよいくらい何も知らずにきた。ヴェルシーロフの楽しみを妨げないため、子どものころから里子に出されていたからだ。もっとも、この件についてはまた後で話すことにしよう。だからぼくは、その当時、母がどんな顔をしていたのか何としても想像できずにいる。もしも母が、たいした美人でなかったら、当時ヴェルシーロフほどの男が、どうして彼女の何かに惚れこむなんてことが起こりえたのか？　この問いがぼくに重要なのは、そこに、この男のひどく興味深い側面が浮き彫りにされているからだ。ぼくが問いかけるのは、まさにそのためなので、べつにみだらな関心からではない。人当たりの悪い、内向きな男が、どうしたことか、とってつけたような（まるでポケットから取りだしたみたいに）愛らしい素直さで、ぼくにこう話してくれたものだ――

あの頃のじぶんはほんとうに「ばかな、若い犬っころ」で、情にほだされてついというわけではなく、ただ、なんとなく、『アントン・ゴレムイカ』と『ポーリンカ・サックス』――この二つの文学作品は、当時のロシアの若者に、はかり知れず啓蒙的な影響を与えた――を読んだばかりということがあったからだ、と。そして彼はこうも言いそえた。ひょっとしてじぶんが村に戻ってきたのは、この『アントン・ゴレムイカ』を読んだことがきっかけかもしれない、と。しかもその口ぶりはいたって真剣そのものだった。では、いったいどんなふうにして、この「ばかな犬っころ」と母の関係ははじまったのか？　ここでいま思ったのだが、たとえひとりでもこの手記の読者がいるとしたら、その読者はきっと、ぼくのことを腹をかかえて笑うかもしれない。ばかな話が、童貞なんてものを後生大事に守りながら、そのくせじぶんの知りもしない話に首を突っこみ、臆測だけで結論を出そうとしている、なんとも滑稽な未成年だ、とばかりに。たしかに、そう、ぼくはまだそのことに通じていない。とはいえ、ぼくがこんなことを告白するのは、けっしてプライドのせいではない。背ばかりのびた二十歳の男にとって未経験ということがどれほどばかげているか、よくわかっているから。ただ、ぼくはその読者にたいし、こういってやりたいのだ――きみだって何もわかっちゃいない、で、そのことをきみに証明してやる、と。事実、女性のことなど何

も知らないし、それに知りたいとも思っていない。なにしろ、死ぬまで女性に唾を吐きかけてやるつもりでいるし、そう心に誓っているから。しかし、そうはいいつつ、これだけは確実にわかっている。つまり、ある女性は、その、美貌とか、じぶんの何かでもって一瞬のうちに男をたらしこむ。他方、べつの女性は、半年くらいしっかり吟味しないことには、どこにその魅力が潜んでいるかわからない。そういう女性をきちんと吟味したうえで惚れこむには、たんに眺めているだけではだめだし、何が出ても恐れないだけでもだめで、そのうえさらに、何か天賦の才とでもいうべきものが必要になってくる。ぼくは何も知らないが、その点だけは確信している。だからもし、これが間違っていたら、女性をすべて家畜のレベルへ引きさげ、そのままじぶんの手もとに飼っておくしかない。世の多くの男性の望んでいるのは、ひょっとしてそのことかもしれない。

ぼくの母が美人ではなかったことは、何人かの話からはっきりしている。ただし、どこかにあるという当時の母の肖像画は目にしたことがない。したがって、父がひと目で母に恋するなどというのは、むりな話だった。たんなる「女あそび」のためなら、ほかの女性を選ぶこともできたろうし、そういう女性がいるにはいた。それもまだ未婚のアンフィーサ・サポーシコワという草刈り女。『アントン・ゴレムイカ』がきっ

かけで村に戻ってきた男が、たとえ相手が召使いとはいえ、おのれの領主権をかさにき、結婚の神聖さをぶちこわすなどというのはあまりに破廉恥すぎる。なぜなら、くどいようだが、彼はほんの数か月前、ということはあれから二十年を経て、この『アントン・ゴレムイカ』についておそろしくまじめな調子で語っていたのだから。しかも、アントンの場合は、馬を盗まれるだけですんだが、こちらは妻を奪われている！ということは、何かしら特別な事態が生じたということだ。そのせいで、mademoiselle（マドモワゼル）・サポーシコワは敗れた（まあ、ぼくに言わせると、逆に勝ったことになるわけだが）。ぼくは去年、彼と話ができそうな時を見はからって（いつでも話ができるというわけではなかった）、一、二度、しつこくこれらの質問をぶつけてみた。そこで気づいたのだが、すでにあれだけ世間ずれし、おまけに二十年もまえの昔の話だというのに、彼はなぜだかひどく渋い顔をした。しかし、ぼくは引きさがらなかった。そして、忘れもしない、彼はあるとき、それまでいちどならず見せた上流の紳士特有の気むずかしげな顔をして、何か妙に口ごもりながらこんな話をしたのだ。ぼくの母は、どこかひどく頼りない感じのする女性で、思わず好きになる、といったタイプではなかった――いや、それとはまったく正反対だった――、なぜか急にかわいそうになる、それがいじらしさのせいなのかどうか、もっともそれがなぜ

なのかは、だれにもわからない。ただ、かわいそうにという思いがつづき、そう思いつづけるうちにいつしか気持ちが入ってしまった……「要するにだ、おまえ、どうかすると、そうして離れられなくなることがあるものなんだよ」。彼が話してくれた内容はこんなものだが、かりにもしそれが言葉通りだとしたら、ぼくとしても、彼が当時のじぶんを振りかえって言った「ばかな犬っころ」などとはとうていみなせなくなる。これこそぼくが望んでいたことなのだ。

ところが、彼はそのとき、ぼくの母が彼を愛するようになったのは、「卑屈さ」のせいだと説きはじめた。おまけに、農奴制のせいだ、などととんでもないことまで言いだした！　彼は、格好をつけようとして嘘をついたのだ。良心にそむき、名誉心とか高潔さとかいったものにそむいて、嘘をついたのだ！

こうしたことは、むろん、母を讃えたいがためにあれこれ述べたようなところがあるが、しかし、すでに明言したとおり、当時の母について、ぼくはじつのところ何ひとつ知らなかった。それればかりか、ぼくの母が幼いころからそこに生きてひからび、その後一生留まらざるをえなかった、出口のない環境やみじめな観念を、ぼくは残らず知りつくしている。しかし、不幸は起こってしまった。ついでながら訂正しておきたい。というのも、ぼくは少し飛躍しすぎて、まっさきに提示しなくてはならない事

実を失念していたから。それはほかでもない、二人の関係がいきなり不幸からはじまったということだ。(ぼくが何を言わんとしているか、すぐに察せられないほど読者のみなさんが混乱しないことを願う)。要するに、mademoiselle(マドモワゼル)・サポーシコワはうまく難を逃れたが、二人の関係は、まさしく領主的な手口ではじめられた。しかし、ここでひとこと言葉をはさみ、あらかじめ明言しておくと、ぼくの言っていることはまったく矛盾をきたしていない。というのも、ヴェルシーロフのような男が、そう、たとえどれほど抗いがたい愛にとらわれていたにせよ、あの当時、ぼくの母のような女性を相手に、いったい何の話ができたというのか、そう、いったい何の? 女好きな男たちから聞いた話だと、男が女と関係をむすぶときは、まったく口をきかずことにおよぶことがかなり頻繁にあるという。むろん、吐き気がしそうな、奇怪きわまる話だ。とにかくヴェルシーロフは、たとえ望んだにせよ、母との関係をこれとはべつのかたちではじめることはできなかったような気がする。まさか、母をつかまえ、『ポーリンカ・サックス』の講釈からはじめるわけにもいかなかっただろう。それに、二人はもうロシア文学どころではなかった。いや、それどころか、彼の言い分では(彼はあるとき急に舌が滑らかになった)、二人はあちこち隠れまわったり、階段のうえで待ち合わせしたり、人が通るたびに顔を真っ赤にさせてボールの

ように飛びのいたりと、「暴君であるべき領主」が、領主権という特権を持ちながら、床洗いの下男下女たちにまでびくびく慄《おのの》いていたというのだ。しかし、地主流にことはじまったとはいえ、結果はこうしてきわめてあいまいなかたちをとるにいたった。じつのところ何ひとつ説明がつかない仕末なのだ。むしろ、闇は深まるいっぽうといっていい。二人の愛がどの程度まで進展していったのか、それひとつとっても謎だ。なぜなら、ヴェルシーロフのような男にとって第一の条件とは、目的が達せられるやただちに捨てることだからだ。ところが、そういう結果にはならなかった。愛らしい顔をした尻軽な女召使い（ぼくの母は尻軽な女ではなかった）とのお遊びは、女好きな「若い犬っころ」（連中はみなひとり残らず女好きだ。「進歩主義者だろうが保守主義者だろうが」）からすれば、たんにそれが可能というばかりか、とくに妻を失った若い領主、無為の日々といったロマンティックな境遇を考えればなおのこと避けがたい。だが、死ぬまで愛しつづける、というのも、あんまりだ。ぼくの母を彼が愛していたかどうか、ぼくには何ともいえない。だが、生涯にわたって母を連れまわったこと——それだけはたしかである。

あれこれ疑問ばかり並べたててしまったが、それでもひとつきわめて重要な疑問が残っている。いってみれば、昨年、あれほど身近に接し、しかもみんながぼくにたいい

して非があると考えている粗暴で恩知らずな犬っころのぼくのことなので、母にたいしてさえまるで遠慮会釈なしに接してきた。しかしこれだけはまともにぶつけられなかった疑問である。その疑問とは、つまりこういうことだ。すでに半年近くも結婚生活を送り、結婚の合法性という観念に、それこそ無力なハエのように押さえつけられ、しかも、夫のマカールをどこぞの神さまよりも敬っていた母が、わずか二週間ほどのあいだに、なぜあんな大それた罪を犯すまでにいたったのか？　なにしろ母は、淫乱な女性なんかではなかったではないか？　それどころか、いま前もって述べておくが、母以上に清らかな魂の持ち主は——それはその後一生変わることがなかったが——、想像するのも困難なくらいだ。かりに説明できるとすれば、母は、われを忘れてやった、つまり、最近の弁護士が殺人犯や泥棒を弁護するような意味で、われを忘れたのではなく、ある強烈な印象のもとで罪を犯した、そしてその印象は、犠牲者である母の素朴さなどものともせず、宿命的かつ悲劇的な力で母を支配したということだ。これはなんとも言えないのだが、ことによると母は、死ぬほど恋してしまったのかもしれない……たとえば、彼が身に着けている服装《ファッション》、パリ風の髪のわけ方、フランス語の発音、母がひとことも解さなかったフランス語そのもの、彼がピアノを弾きながら歌った歌曲《ロマンス》、それまでいちどとして見たことも聴いたこともないようなもの（彼はた

いへんな美男子だった）に心を奪われたのかもしれない。そして、服装《ファッション》やロマンスも含めて彼のすべてを、それこそ身も心もへとへとになるほど愛してしまったのだろう。耳にしたところでは、農奴制はなやかなりし時代、屋敷勤めの娘のあいだに、それもひじょうに初心《うぶ》な娘の身にときおりこうしたことが生じたという。ぼくにはそれが理解できるし、これを、農奴制だの「卑屈さ」だのといった言葉だけで説明するものこそ卑怯者だ！　ということは、つまりこの青年には、それまでああまで純真だった女性を、そして何より、じぶんとはまるで人種を異にする、別世界、別の地上に生まれた女性を、あれほどあからさまな破滅へ導くだけの、有無を言わさぬ誘惑的力が備わっていたということか？　それが、身の破滅につながること――それは、母も生涯、わかっていたと思う。ただ、みずから破滅の道を歩んでいたときは、まるきりそのことを考えてはいなかったというだけだ。だが、こういう「頼りない女性たち」にはいつもあることで、身の破滅と知りつつ、ずるずる引きずられていく。

過ちを犯した二人は、たちまち後悔しはじめた。言葉たくみに語ってくれたが、彼はわざわざそのことのためにマカールを書斎に呼びよせ、その肩にすがっておんおん泣いたのだという。そして母は――ぼくの母はその間どこか檻のような召使い部屋でなかば意識を失ったまま倒れていたという……。

6

しかし、こんな問題や、こまごまとしたスキャンダラスな話はもうたくさんだ。マカールからぼくの母を身受けしたヴェルシーロフは、早々に村を後にし、それ以来――すでに書いたとおり――、ほとんどどこへでも母を連れ歩くようになった。ただ、長く留守にするような場合はべつで、そんなときは、たいがいおば、つまり、タチヤーナ・プルトコーワのもとに残し、母の世話をたのんだ。そんな場合、タチヤーナおばは、どこからともなく姿を現した。二人は、モスクワにも住んだことがあるし、ほかのいろんな村や町で過ごし、外国にまで暮らしたことがあって、最後はペテルブルグに落ち着いた。これらの経緯については、あとで述べるつもりでいるが、ことによるとその価値もないかもしれない。ただ、これだけは言っておく。すなわち、マカールのもとを去って一年後にこのぼくがこの世に生まれ、それからさらに一年後にぼくの妹が、それからもう十年ないし十一年して、――病気がちの男の子つまりぼくの弟が生まれたが、こちらは生後数か月で死んでしまった。この子のお産で苦しんだことで、ぼくの母の美しさは終わった――少なくともぼくはそう聞かされてきた。母

はまたたくまに老けこみ、やつれはてた。

だが、マカールとの関係は、それでもけっして途切れることがなかった。ヴェルシーロフ一家がどこへ行こうと、あるいは一か所に何年住みつこうと転々としようと、マカールはかならずこの「家族」にじぶんのことを知らせてきた。何かしら奇妙な、いくらか儀式ばった感じの、ほとんど生真面目といってよい関係ができあがった。領主の日常習慣では、こういう関係にはかならず、あるコミカルな要素がまぎれこみがちで、そのことはこのぼくにもよくわかるが、しかしふたりの関係にそういう要素はなかった。手紙は、年に二度ずつ、それより多いことも少ないこともなく送られてきたが、どれもこれもきわめて似たりよったりの文面だった。それらの手紙をこのぼくも見たことがある。そこには、私事にわたることはごくわずかしか書かれていなかった。それどころか、ごくありふれた出来事や、かりにこういう表現が可能だとして、ごく一般的な感情についての、努めて儀礼的な調子の通知のみにとどまっていた。まず、最初にじぶんの健康について、次に相手のご機嫌うかがい、それから相手の健康を祈る言葉と、四角四面の結びの挨拶、そして祝福、それですべてだった。ほかでもない、この一般性、没個性に、あの社会におけるまっとうな調子と社交上のもっとも高い知識があるとされているようだ。「最愛にして尊敬するわが妻ソフィヤ・アンド

レーエヴナに、心よりご挨拶申し上げます」……「愛するわが子に、永久に変わることのない親としての祝福を送ります」といった調子なのだ。子どもたちが増えるにつれ、ひとりずつ名前が書き加えられて、ぼくの名前もそこにあった。ついでながらことわっておくと、マカールはたいそう怜悧な頭の持ち主だったので、「心から尊敬するアンドレイ・ヴェルシーロフ」をじぶんの「恩人」と書くことはけっしてなかった。そのくせどの手紙でも、相手に慈悲を乞い、わが身にたいする神の祝福を願いつつ、衷心から敬意を表するのだった。マカールにたいする返信は、ぼくの母によって時を置かず書き送られたが、いつも先方から来るのとまるきり同じ調子で書かれていた。ヴェルシーロフは、むろん、この文通には関わらなかった。マカールは、ロシアのあらゆる土地から、彼がしばしば長逗留した町や、修道院から書いてきた。彼はいわゆる巡礼になったのだ。喜捨を乞うようなことはけっしてなかったが、そのかわり、三年にいちどはかならずひょっこり戻ってきて、何日か母のところに寝泊まりした。母は、ヴェルシーロフの住まいとはべつに、いつもじぶんの部屋を借りて住むことになっていたのだ。このことについては、後ほど話すことになるが、ここでは次のことだけを述べておこう。マカールは、客間のソファに長々と寝そべるようなことはせず、どこか仕切りのかげに慎ましく身を置いていた。逗留もさほど長くはなく、五日から

一週間といったところだった。

書き忘れていたが、彼は、「ドルゴルーキー」というじぶんの姓がやけに気にいっていて、それを大事にしていた。むろん、そんなのは、愚かしくも滑稽なことである。何より愚かしいのは、彼がじぶんの姓を気に入っていたのが、ドルゴルーキーという公爵家があるというのが理由だったからだ。おかしな考え方だ。まるであべこべではないか！

家族全員がいつも集まっていたと言ったとしても、むろん、ぼくをのぞいての話だ。ぼくは捨て子同然に、生まれ落ちるとほぼ同時に里子に出された。といって特別の心づもりがあったわけではなく、どういうわけか、なんとなくそういう結果になったのだ。ぼくを産んだころの母はまだ若く、美しかったし、だから彼にも必要とされたわけだが、泣き虫の赤ん坊は、むろん、とくに旅の身空では何かにつけ厄介な荷物だった。まさにそのような理由で、ぼくは二十歳になるまで、二、三のちょっとした機会をのぞき、ほとんど母を見たことがないといった事態が起こったのだ。それは、母の気持ちから生じたことではなく、世間の人々にたいするヴェルシーロフの驕《おご》りから出たことなのだ。

7

こんどは、まるきりべつな話をする。

一か月前、つまり九月十九日のひと月前、ぼくはモスクワで、家族全員と縁を切り、じぶんの理想に最終的に没頭すると決心した。ぼくはついにこの言葉、「じぶんの理想に没頭する」をここに正式に書きとめる。なぜなら、この言いまわしは、ぼくが考えているほとんどメインの思想全体、つまり、ぼくがこの世界に生きる目的そのものを意味しているからだ。この「じぶんの理想」がいったい何であるか、それについては今後、書きすぎるくらい書くことになるだろう。その理想は、モスクワで何年にもわたる夢見がちで孤立した生活を送るなか、ぼくがまだ高校六年生のときに生まれたもので、ことによるとそれ以来、一時たりとも頭から離れることがなかったかもしれない。その理想は、ぼくの全人生をすっぽり呑みこんでしまった。ぼくはそれまでも空想のなかで生き、ごく幼いころからある種の陰影を帯びた空想の世界にひたって生きていた。けれど、この、ぼくのすべてを呑みこんだ根本理想が現れるとともに、ぼくの夢はしっかり固まり、一挙にあるひとつのかたちを整えるにいたった。愚かしい

空想が、理性的な空想に変わったのだ。高校は空想の妨げとはならなかった。つまり理想の妨げにもならなかった。しかし、ここで書きそえておく。七年生までぼくはつねに優等生のひとりだったが、最後の一年は成績も芳しくないまま、高校を終えた。それは、この理想の結果、つまり、おそらくはぼくがそこから引きだした誤った結論の結果、生じたものかもしれない。こうして、高校は理念の妨げとはならなかったものの、理想のほうが高校での学び、大学での学びを妨げたというわけだ。高校を出ると、まだ二十歳にもなっていないながら、ぼくはただちに、すべての人間との関係を根本的に断つだけではなく、必要とあれば、全世界との関係さえ断とうという気になった。そこでぼくはしかるべき人を介して、ペテルブルグに住むしかるべき人に手紙を書き、ぼくのことはいっさいかまわないでほしい、これ以上生活費を送らないでほしい、もしもできることなら、ぼくのことをすっぱり忘れてほしい（むろん、ぼくのことを少しでも覚えてくれていると仮定してのことだが）、そして最後に、大学には「ぜったいに」入らないと伝えた。ぼくは、強烈なジレンマに直面していた。大学に入って、さらにその後も教育を受け、すみやかな「理想」への着手をさらに四年間先送りするか。ぼくは、迷うことなく「理想」の側に立った。なぜならば、数学的な確信があったから。ぼくの父ヴェルシーロフとは、これまでの人生でたったの一度、

せいぜい十歳かそこらの年にほんの一瞬会っただけにすぎない（ほんの一瞬にもかかわらず、ぼくは打ちのめされた）。ところがそのヴェルシーロフが、べつの人に宛てたぼくの手紙に応えて、自筆の手紙を書いて寄こし、個人的な勤め口があるのでペテルブルグに出てこないか、とぼくを呼び招いた。このぼくにたいして尊大で、ぞんざいなばかりか、ぼくが生まれるや早々に里子に出し、ぼくのことなどまるきり知らないばかりか、そのことを一時も後悔したことのない（ことによると、ぼくがここに生きてあるということそのものについてすら、曖昧で不正確な理解しかもっていなかったかもしれない。なぜかといえば、モスクワでのぼくの生活費を払っていたのは、彼ではなく別人であったことがあとでわかったから）、冷たくて、傲慢なこの男の呼びだしが、そう、ぼくのことを急に思い出して自筆の手紙を書き送ってきたこの男の呼びだしがぼくの心に媚びて、ぼくの運命を決することになった。奇妙なことに、彼がその手紙のなかで（といっても小型の便箋で一枚程度のものだったが）、大学の件についてはひとことも触れず、決心を変えるように頼みこむこともなければ、勉強する気がないことを責めるでもなく、ひとことでいえば、こういう場合によくある、愚にもつかぬ親心をいっさいひけらかそうとしなかった点がぼくは気に入った。とはいえ、それが彼のぼくにたいする冷淡さをいっそう際立たせたという意味で、彼にとっては

けっしてプラスにはならなかったが。ぼくがペテルブルグに出ていこうと決心したもうひとつの理由は、それがぼくの大切な夢の妨げとはならなかったからだ。《どうなることか、ちょっと様子を見てみよう》——とぼくは考えた。《いずれにせよ、連中とかかわりあうのはほんの一時だ。ひょっとしたら、一瞬かもしれない。でも、この一歩が、たとえ条件付きのちっぽけな一歩でも、肝心の目的から遠ざけられそうだとわかれば、ただちに関係を断ち、すべてを捨ててじぶんの甲羅に閉じこもる》。そうさ、甲羅のなかに！《カメのように甲羅のなかに隠れこむ》のだ。この比喩がぼくはとても気に入った。《ぼくはもうひとりじゃない》——その数日間、狂ったようにモスクワを歩きまわりながら、ぼくはあれこれ考えつづけた——《これからはもう、これまでの恐ろしい何年かがそうであったように、けっしてひとりぼっちということはない、ぼくにはぼくの理想がついていてくれる。それをけっして裏切ることはしない、たとえ、あそこの連中がみなぼくを気に入ってくれ、幸福を与えてくれたとしても、連中とたとえ十年いっしょに過ごすようなことになっても！》あらかじめ断っておけば、すでにモスクワ時代にかたちをなし、ペテルブルグにあって一瞬たりともぼくの心から離れることのなかった（事実、ペテルブルグに着いてからは、もう明日にでもみんなとすっぱり縁を切り、どこかに姿を隠してしまおうと思わなかった日は一日と

してなかったから)、この印象が、ほかでもない、ぼくの計画と目的のこの二面性こそが、この一年間におかしたぼくが多くの失敗や、低劣で浅ましく、当然のことながら愚かなとしかいいようのない行為の、もっとも根本的な原因のひとつになったような気がする。

むろん、以前にはいちども存在したことのない父親が、ふいに目のまえに現れようとしていた。モスクワで出発の準備をしているときも、列車のなかでも、ぼくはその思いに酔いしれていた。たんに父親というだけなら、べつにどうということはないし、そもそも優しくされることが嫌だった。ところがその男は、ぼくがこの数年、それこそむさぼるように(空想についてこんな言いまわしが使えるなら)空想してきたというのに、ぼくのことなど知ろうともせず、侮辱してきた。まだほんの子どものころから、ぼくの空想はどれもこれも父の面影をはらみ、父の周囲をぐるぐるとさまよい、結局のところは父に帰してしまうのだった。父を憎んでいたのか、愛していたのか、ぼくにはわからない。けれど、父はぼくの未来のすべてを、人生にたいするぼくの期待をことごとく満たしていた。そしてそれはおのずから生まれ、身の丈とともに成長していった。

ぼくのモスクワ出発をうながしたものに、さらにもうひとつ強力な事情がある。当

時、つまり出発のすでに三か月前（ということは、ペテルブルグ行きの話など影もかたちもなかったころ）、ぼくの胸をはげしくときめかせてくれた、ある誘惑！ この未知の大海原にぼくが引きつけられたもう一つの理由とは、ぼくが、他人の運命さえ——それがいったいどういう人間の運命だったというのか！——支配できる人間として、あるいは所有者としてそこへじかに入っていけることだった。だが、暴君的というのとはおよそ異なる寛大な気持ちがぼくのなかで沸き立っていた——ぼくの言葉から誤解が生じないように前もって述べておく。おまけにヴェルシーロフは、さあ、小さい子どもがやって来るぞ、高校出たての未成年が、この広い世界を見て目を丸くするだろう、ぐらいに考えていたはずだ（ぼくのことを考えてくれたとしての話だが）。しかしぼくはすでに彼の裏の裏を知りつくしていて、ぼくがその秘密を明かしてやれば、彼がその後何年か忙殺されたはずの（いまでは確実にそれがわかっている）、このうえなく重要な書類を手にしていたのだ。もっとも、どうやら、謎かけが過ぎたようだ。事実ぬきで、人間の気持ちは描けない。おまけに、この点については、いずれいやというほど書くべきときがくる。なにしろそのためにぼくはペンをとったのだから。しかしこういう書きかたは、なにやらうわ言か、雲をつかむ話に似ている。

8

いよいよ九月十九日の話に移るに先立って、ごく手短に、まあ、言ってみればほんのついでに述べておくと、ぼくが彼ら一同に、つまりヴェルシーロフと母と妹（妹は、生まれてはじめて顔を合わせた）に会ったとき、一家の暮らし向きはひどく、ほとんど貧窮の底、ないしその一歩手前といった状態にあった。それについてはすでにモスクワにいるころから知っていたが、しかしこれほどとは想像していなかった。ぼくはごく幼い頃から、この人物、すなわちこの「未来の父」を、ほとんど何か光輝に包まれた人として思いえがくことに慣れていて、どこに行っても貴賓席に座る人としてしか想像できなかった。ヴェルシーロフは、ぼくの母と同じ家に住んだことはいちどとしてなく、いつも母のために別の家を借りていた。むろんこれは、連中の卑劣きわまる「世間体」をはばかってしたことだ。ところが、このときは、セミョーノフ連隊横丁にある木造の離れに、全員がいっしょに住んでいた。家財道具はすべて質に入っていたので、ヴェルシーロフには内緒で、ぼくの秘密のお金六十ルーブルを母に手渡したほどだ。何が秘密かといえば、ほかでもない、毎月五十ルーブル支給されてきた小

遣いを二年間かけて貯めたお金だったから。その貯金をはじめたのは、ぼくの「理想」が生まれた第一日めのことで、そのため、このお金についてヴェルシーロフには一切知られてはならなかった。ぼくが恐れていたのはそのことだった。

こうした援助も、焼石に水だった。母は働いていたし、妹も裁縫の内職をしていた。ヴェルシーロフだけは、呑気に遊び暮らして、ああだこうだ言っては、以前からの、かなり高級な習慣を数多く残したまま生活をつづけていた。絶えず愚痴をこぼし、それも食事どきがとくにひどく、何をするにしても完全に暴君的な態度をとった。しかし、母、妹、タチヤーナおばも、そして、今は亡きアンドロニコフ氏（その三カ月ほど前に死んだ役所の課長で、同時に、ヴェルシーロフ家の問題も扱っていた）の女性ばかりからなる一家全員も、まるで呪物かなにかのように彼を惧《おそ》れ、敬っていたのだ。それはぼくにはとても想像できなかったことだ。ここでひとこと断っておくが、九年前の彼は、いまとは比べものにならないくらい優雅な紳士だった。すでに述べたことだが、ぼくの空想のなかで彼は、何かしら光輝に包まれていたので、あれからわずか九年かそこらの間でどうしてこうまで老けこみ、ぼろぼろになってしまったのか、想像もできなかった。ぼくはたちまち、もの悲しい、みじめで、何やら恥ずかしいような気持ちになった。そんな彼の姿を見るのは、ペテルブルグに到着直後の、ぼくに

とってもっとも重苦しい最初の経験のひとつだった。もっとも、彼はまだ老人というわけではさらさらなく、ようやく四十五歳になったばかりだった。しかもよくよく眺めるにつれ、彼の美しさのなかに、ぼくの思い出に残っていたものだけでなく、それ以上に驚かせる何かさえあることに気づかされた。当時の輝き、外見の美しさ、優雅さといったものは衰えているが、その暮らしは、彼の顔に、以前よりもはるかに興味深い何かを刻みつけているかのように見えた。

ところが貧乏暮らしは、彼の失敗のうちのせいぜい十分の一か、二十分の一を占めるにすぎなかった。そのことをぼくは知りすぎるくらい知っていた。貧乏暮らしのほかに、ある、とてつもなく深刻な問題が差しせまっていた――それはほかでもない、ヴェルシーロフがソコーリスキー公爵一門を相手取ってくわだてた、遺産相続にかんする訴訟に勝つ見込みがまだ残っていて、ごく近い将来、七万ルーブル相当か、ことによるとさらにそれを数千ルーブルうわまわる領地を手にする可能性があったのだ。すでに述べたとおり、このヴェルシーロフはそれまで三つの遺産を潰してきたが、その彼を、またしても次の遺産が救い上げようというわけだ！　この訴訟事件は、ごく近いうちに法廷で決せられることになっていた。ぼくが来たのは、まさにそのためだった。もっとも、ひとは見込みを担保に金を貸すことはしないし、借りられるとこ

ろもなく、さしあたりは忍の一字しかなかった。

ヴェルシーロフは、どうかするとまる一日家を空けることがあったが、べつにだれかを訪ねているというわけでもなかった。社交界を追い出されてからすでに一年あまりが経過していた。この経緯については、ペテルブルグに来てからまるひと月、全力で手を尽くしたにもかかわらず、もっとも肝心な点は未解決のまま残っていた。ヴェルシーロフに罪はあるのか、ないのか——これこそがぼくにとっては重要なことで、それを見定めるためにぼくはやって来たのだ。だれもが彼に背を向けてしまい、なかには、彼がこれまでとくに関係をたくみに維持してきた有力者たち全員が含まれていた。その原因は、一年あまり前にドイツで生じた、あるきわめて低劣で——なによりも悪いことに《社交界》の面前で起こった——、スキャンダラスなふるまいの噂だった。当時、衆人環視のなかで、ほかならぬソコーリスキー公爵一門のある人物から平手打ちを受けたにもかかわらず、決闘の申し込みを行わなかったというのだ。彼の子ども(嫡出の)たち、すなわち息子と娘までが彼に背を向け、離れ離れに暮らしていた。事実、息子も娘も、ファナリオートフ家と、ソコーリスキー老公爵(ヴェルシーロフの元友人)の手づるもあって最上流の暮らしを続けていた。もっとも、まるひと月、細かく観察しているうちに気づいたことがあった。つまり、この傲慢な男は、じ

ぶんが属する上流社会から締め出されたわけではなく、むしろ彼自身が、上流社会を見放したのだということ——それほどにも彼は独立不羈《ふき》に見えた。だが、はたしてその彼は、こんな態度に出られるだけの権利を持っていたのだろうか——、ぼくの胸を騒がせていたのは、まさにそのことだった！　ぜひとも、ごく近いうちにすべての真実を突き止めなくてはならなかった。なぜなら、ぼくが来たのは、この男を見きわめるためだったからだ。ぼくはまだ、じぶんの力を彼に隠していたが、ぼくは彼を認めるか、すっかり突きはなすかしなければならなかった。だが、後者を選ぶのはあまりに辛すぎた。ぼくは煩悶した。そこですっかり告白してしまおう。この男はぼくにとって大切な人だったのだ！

しかし、同じ屋根の下に彼らと暮らしている間、ぼくは仕事をし、乱暴な言動をかろうじて抑えてきた。抑えきれないときもあるにはあった。こうして一か月をすごすなかで、ぼくは日に日に確信を深めていった、最終的な釈明をもとめて彼と向かいあうことは、とてもできない相談だということを。誇り高い男は、ぼくの前に謎となってたちはだかり、深くぼくを傷つけた。彼はぼくにたいして愛想もよく、冗談まで飛ばしたが、ぼくはそんな冗談より口論を望んでいた。ぼくと彼との話は、どれもこれもつねにあいまいな部分を含んでいた、つまり、彼の側からすれば、一種の奇妙な嘲

りにすぎなかった。彼は、モスクワから来たぼくを迎えた当初から不真面目だった。彼がどうしてそんなまねをするのか、ぼくにはどうしても理解できなかった。たしかに彼は、ぼくに見透かされないという目的は達した。しかし、ぼくとしても、ぼくにたいしてもっと真面目になってほしいと頼み込むほど落ちぶれる気はなかった。おまけに彼には、何か、驚くべき、有無をいわさぬ手管があって、ぼくとしてどう対処すべきかわからなかった。端的に言えば、彼はぼくを、くちばしの黄色い未成年扱いしたわけで、そう出てくるだろうと知りつつ、ぼくはあやうく堪忍袋の緒を切らすところだった。あげくの果て、ぼく自身も真面目に話すのをやめてしまい、相手の出方を待つことにした。ほとんど口をきくこともやめた。ぼくはある人物を待っていた。その人物がペテルブルグに到着すれば、完全に真実を知ることができる。ぼくはそこに一縷の望みを託していた。いずれにせよ、ぼくは最終的に関係を断つ覚悟を決め、すでにあらゆる手段を講じていた。母がかわいそうだったが……《彼か、でなければ、ぼくか》——母と妹に突きつけたいと願ったのは、まさにそのことだ。その日はすでに決められていた。だがその間、ぼくは仕事場に通っていた。

第二章

1

　この日、九月十九日は、最初の給料を受けとる日にもあたっていた。ペテルブルグで得た『個人的な』ポストから出る最初のひと月分だ。このポストについて、彼らはぼくにひと言の相談もなく、ペテルブルグに到着したその日だったと思うが、いきなりそのポストをあてがった。あまりに荒っぽいやりかただったので、ぼくからすれば抗議するのが当然といった気がした。そのポストというのは、ソコーリスキー老公爵の家の仕事である。だが、そこですぐに抗議したりすれば、彼らとただちに袂を分かつことになるし、べつにそれを怖れていたわけでもないが、そのことでぼくの本来的な目的が台なしになる恐れがあった。だから、ぼくは当面、だまってそのポストを引

きうけ、じぶんの威厳を沈黙によって保とうとした。そもそものはじまりから説明しておくと、この老ソコーリスキー公爵というのは、たいへん裕福な三等官で、現にヴェルシーロフが訴訟を起こしているモスクワのソコーリスキー公爵一門(すでに数世代前から零落を重ねてきた、とるにたらぬ貧乏貴族だ)とは、いっさい血の繋がりはなかった。両家は、たがいに姓が同じというだけだった。ところが老公爵は、彼ら一門にたいそう興味をいだき、その公爵家の出のひとりで、いってみれば、一門の一人で、同家の長兄にもあたるある若い将校をことのほかかわいがっていた。ヴェルシーロフは、つい最近まで、この老公爵が抱える問題に大きな影響力をもっていて、彼の友人、それもかなり妙な友人だった。というのも、この哀れな公爵は、ぼくが気づいたかぎり、ぼくが勤めに入ったころばかりか、いや、そもそも二人の交友がはじまった頃から、ずっと彼を怖れてきたように見えるからだ。もっとも、彼らはもう顔を合わせなくなってだいぶ経っていた。ヴェルシーロフが非難の的となった破廉恥な行為は、まさにこの公爵家の家族と関係していたのだ。ところが、そこにタチヤーナおばがひょっこり顔を出し、その彼女の口利きによって、このぼくが、じぶんの執務室に『若い男』を迎えたいと願っていた老公爵のもとに送りこまれたというわけなのだ。そこで明らかになったのだが、老公爵としてはヴェルシーロフの気にいることを

してやりたいと切望していた、言ってみれば、老公爵のほうから先に歩み寄り、ヴェルシーロフがそれを許したというわけだ。老公爵は、将軍の夫を亡くした娘の留守中にそれを決めてしまったわけだが、かりに娘がいたら、けっしてそんな勝手は許さなかったろう。この話についてはまた後ほどふれることにして、ここでひとつ指摘しておきたいことがある。それは、ヴェルシーロフをめぐるこの関係の奇妙さが、彼に利するかたちでぼくを打ちのめしたということだ。そこでこういう判断が生まれた。辱めを受けた一家の主が、いまもってヴェルシーロフに尊敬の念をいだきつづけているとすれば、それは、彼の卑劣な言動をめぐってまき散らされている陰口が、およそばかげたものか、少なくとも、どちらともとれる曖昧なものにすぎないということだ。勤めに出る際、ひとつにはこういう事情もあって、抗議を控えざるをえなくなった。仕事に出ていれば、こうしたことはすべて調べがつくだろうと大いに期待していたからだ。

このタチヤーナおばは、ぼくがペテルブルグで顔を合わせた当時、奇妙な役回りを演じていた。ぼくは彼女のことを忘れかけており、彼女がこれほど意味をもった存在だとは思いもよらなかった。彼女とは、かつてぼくのモスクワ時代に、三、四回顔を合わせたことがあるだけで、ぼくがどこかに拠点を移さざるをえなくなるという

と——たとえば、トゥシャールの寄宿学校に入るときとか、あるいはその後、二年半ほどして高校に進学し、忘れもしないニコライ・セミョーノヴィチの家に厄介になるときとか——、彼女はどこからともなく、だれの使いとも知れず、ここぞとばかり姿を現すのだった。彼女はその日一日ぼくにつきそい、下着や、服のチェックをし、ぼくをクズネツキー通りや町中に連れだし、いろいろな身のまわりの品を買い、要は、屑籠からペンナイフまでぼくが持参すべき品々を取りそろえてくれたのだった。その間ずっと、彼女はぼくにぶつくさい、きつくとがめたり、なじったり、試したり、かと思えば、頭で勝手にこしらえたどこぞの子どもたちや、知人や親戚の子どもの例を引きあいにだしては、みんなぼくよりはしっかりしているようなことを言って、じっさいにつねったり、かなりきつく小突いたりしたが、それが一度や二度ではなく、けっこうな痛みをともなった。こうしてぼくの身のまわりの世話をし、しかるべき場所に落ちつけるといつのまにかすっと姿を消して、それから何年間も音沙汰なしとなるのだ。ぼくがペテルブルグに到着すると、またしてもその彼女が姿を現し、ぼくを新しい場所に落ちつかせてくれた。小柄でやせぎすで、鳥のようにとがった鼻と、鳥のようにするどい目つきをした女性だった。ヴェルシーロフには奴隷のように仕え、彼をまるで法王のように崇めたてていたが、それも信念にしたがってやっていた。と

ころが、しばらくして気づいて驚いたのは、その彼女が、どこに行ってもみんなからたいそう敬われ、何より、どこに行っても、だれにでも知られているということだった。ソコーリスキー老公爵は、異様とも思えるくらいうやうやしく接していた。彼の家族もそうだった。ヴェルシーロフのあの高慢ちきな子どもたちもそう、ファナリオートフ家の連中もそうだった。——ところが、当の本人は、縫物とか、何やらレースものの洗濯とかで生計を立て、店から内職の仕事をもらい受けていた。その彼女と、ぼくは最初のひと言から口喧嘩になった。六年前の昔と同様、ぼくにむかってぶつくさ言いはじめたからだ。以来、毎日のように口喧嘩が続いている。とはいえ、それにもめげずに時々は言葉をかわしあい、正直言えば、月の終わりごろには、彼女のことが好きになりはじめていた。思うに、彼女の独立独歩の性格ゆえだ。もっとも、ぼくはそのことを彼女に伝えなかった。

ぼくはすぐさま理解した。ぼくがこの病気の老人のもとでポストをあてがわれたのは、たんに彼を『慰める』ためだけにすぎないということ、ぼくの職務はそれだけだということに。当然、これにはぼくも傷ついたし、ぼくもただちに対抗手段をとろうとした。だが、まもなく、この一風変わった老人が、思いがけず何か憐れみにも似た印象を呼びおこし、一か月の終わりには何かしらふしぎな愛着を覚えるようになって、

少なくとも荒っぽい言動は慎むようになった。老人といっても彼は、六十を超えていなかった。そこにはある大きな事件がからんでいることがわかった。一年半ほど前、彼は突如として発作を起こした。どこかに向かう途中、旅先で錯乱をきたしたのだ。そのため、スキャンダルめいた騒ぎが持ちあがり、ペテルブルグでちょっとした話題になった。こういう場合のつねとして、彼はすぐに外国に連れだされたが、五か月ほどするとまたひょっこり舞いもどってきた。職務を退いてはいたものの、すっかり健康を取りもどしていた。ヴェルシーロフは大まじめに（みるからに熱心に）、精神錯乱なんていっさいない、たんに軽い神経の発作を起こしただけだと説いてまわった。ヴェルシーロフの熱の入れようは、ぼくもすぐに見て気づいた。もっとも、ひとこと断っておくと、ぼくも彼とほぼ同意見だった。老公爵はただ、年に似合わず、どうかするとあまりに軽率と思われるようなところがあったが、そういったことは以前はまったくなかったらしい。聞いた話だと、以前の彼は、どこかでいろいろと気のきいた助言をおこない、あるときはもう、彼に課せられた任務でなにかしら抜きんでた活躍を見せたことがあるという。まるひと月彼を見てきたが、その彼に、顧問をになえる格別の能力があるとはとうてい思えなかった。人々の話によると（ぼくは気づかなかった）、発作のあと、内心、少しでも早く結婚したいという、特別な思いがにわか

に募りだし、この一年半ばかり、すでに何度か、実現に向けて動きはじめたとのことだ。このことは、社交界にも知れわたっており、それなりに人々の興味を引いてきた。しかし、その秘めたる野心は、老公爵を取りまく何人かの利益にあまりにもそぐわなかったため、老人は四方から監視されるはめになった。彼の家族は少なく、すでに二十年間、ひとり暮らしをつづけ、娘がひとりあるだけだった。この娘こそ、いま、毎日、モスクワからの到着が待たれている若い将軍夫人で、老公爵は明らかに彼女の気性を怖れているふうだった。他方、老公爵には、おもに死んだ妻と血のつながりのある、親類縁者が山ほどいて、彼らはそろいもそろって物乞い同然の暮らしをしていた。それればかりか、彼が面倒を見てきた養い子たちもまたわんさといて、その彼らもまた公爵の遺言でおすそ分けに与《あずか》れないものかと、期待に胸を弾ませていた。そんなわけで、彼らはみな将軍夫人を助け、老人を監視下に置いていたのだ。老公爵には、しかも、ごく若い時分からある奇妙な癖があった。それが滑稽かどうかぼくにはわからないが、貧しい娘たちを嫁がせるという癖である。そうして彼は、もう二十五年あまり娘たちを送りだしてきた——遠い親戚の娘だったり、死んだ妻のいとこの養女だったり、農奴の娘だったり、あるときは、玄関番の娘まで嫁がせてやった。彼はまず、まだ幼い娘のうちに自宅に引きとり、家庭教師やフランス人の女性をつけて養育し、

それからレベルの高い教育施設で学ばせ、最後は持参金をつけて送りだすのだった。彼の周囲には、こういった娘たちが絶えずひしめいていた。養女たちは、当然、嫁入り先で次の女の子を産み、生まれた女の子たちもまた養女になろうとねらいをつけていた。彼はいたるところで洗礼を授けてやらなくてはならず、そうした娘たちが彼の名の日のお祝いに駆けつけてくるといった具合で、彼にはそうしたもろもろのことがたまらなく愉快だった。

老公爵のもとでの勤めがはじまると、ぼくはすぐ、この老人の頭にある確信が重苦しく渦を巻いていることを見てとった——いや、どうしても気づかずにはいられなかった——それは、社交界の連中が、何か妙な目でじぶんを見るようになった、みながみな、じぶんに、健康だった以前とはちがった態度で接するようになったという確信である。この印象は、このうえなく楽しい社交界の集まりでも頭から離れることがなかった。老人は疑い深くなり、だれの目を見ても、そこに何かを読みとるようになった。明らかに彼は、じぶんはいまだに精神錯乱を疑われているのではないかとの疑心暗鬼に苦しめられていた。どうかすると、彼はこのぼくにたいしてすら不信の目を向けた。だれかがもし、彼にまつわるそうした噂を広めたり、肯定しているといったことを知ろうものなら、どんなに気のいい男でも、彼にとって永遠の敵のレッテル

を貼られたことだろう。このあたりの事情はよく覚えておいてほしい。つけ足しておくと、こうした事情があったからこそ、ぼくは最初の一日めから、彼にたいして乱暴な口はきくまいと心に決めたのだ。時おり彼を喜ばせたり、気晴らしさせたりできると、ぼくはうれしく感じたくらいだ。こんなことを告白したからといって、べつにぼくの品位に影がさすようなことにはならないと思う。

彼の金の大半は、動いていた。病気をしてからは、ある大きな、というか、きわめて堅実な会社の大株主になっていた。仕事は他人にまかせていたが、彼もまたたいへん興味をもっていて、株主総会には出席し、設立メンバーのひとりに選ばれて理事会に顔を出しては長々と演説をぶち、反論したり、どなり合ったりして、みるからに満足そうだった。人前で演説をするのが大好きだった。少なくとも、じぶんの頭のよさを全員に見せつけられるからだ。そして、ごく内輪の、プライベートな生活にあっても、じぶんの話にとくに深遠なセリフや警句をさしはさむことを好んだ。それが、ぼくにはわかりすぎるくらいわかっている。自宅の一階には、事務室のようなものが設けられ、役人がひとり、事務、経理、書類の整理、と同時に屋敷の管理も行っていた。この役人は、どこかほかの官庁に勤めており、人手はこの役人ひとりで十分に足りていたが、公爵自身の望みもあって、いわばその役人の補佐というかたちでぼくも加え

られたのだ。ところが、ぼくはすぐに書斎のほうに移され、お体裁のためだけの仕事も、書類も、書籍も目の前にないことがしばしばだった。

ぼくはいま、とっくの昔に酔いから醒めたひとりの人間として、多くの点ですでに第三者にひとしい立場にある人間としてこれを書いている。だが、胸の奥に深く根をおろしたあのときの切なさを（今はいきいきと思いおこすことができる）どう言いあらわせばいいのか。とりわけ、混乱のあまり熱病にちかい状態に追いこまれ、じぶんがかけた謎が解けないあせりから、毎晩、まともに眠ることもできなかったあの日々の動揺を。

2

ひとに金を請求するというのは、ひじょうにいやなものだ。たとえそれが給料であっても、どこか良心の隅で、じぶんが必ずしもそれにみあう仕事をしていないと感じているときはなおさらだ。ところが昨晩、母と妹が、ヴェルシーロフに内緒で（「アンドレイさまの気持ちを腐らせてはいけないから」）、母がなぜかものすごく大事にしてきたイコンをケースから外して質に出すつもりでいるような話をひそひそして

いるのを耳にしてしまった。ぼくは月五十ルーブルの約束で勤めていたが、それをどんなふうに受けとることになるのかまったくわからずにいた。三日ほど前、階下で例の役人と顔を合わせたぼくは、ここではだれに給料を請求しているのか、尋ねてみた。すると役人は、さも呆れたといった笑みを浮かべてこちらを見やった（あの男はぼくを嫌っていた）。

「ほう、それじゃ、給料をいただいてらっしゃるわけで？」

下手に答えれば、役人はきっとこう追い討ちをかけてくるだろうと思った。

「それって、いったいなんの報酬ですかね？」

しかし、彼は、「さあ、何もわかりませんな」と素っ気なく答えただけで、そのまま罫線の引いてある帳簿にかじりつき、何やら請求書のたぐいからあれこれ数字を書きこんでいった。

そうはいえ、ぼくがそれなりに仕事をしていることを、あの男が知らないはずはなかった。二週間前、ぼくはまる四日間、あの男がまわしてきた仕事にかかりきりになったことがあるからで、下書きを清書する仕事とはいえ、結果としてはほとんど書き直すのと同じくらいの作業になった。それは、老公爵がいろんな「アイデア」を乱雑に書きちらした下書きで、株主の会議に出すために準備していたものだった。それ

らをひとつに整理し、きちんとした文章に作りかえてやる必要があった。ぼくはその後も公爵と、まる一日この書類の仕事にかかりきりになり、公爵も熱くなってぼくと議論を交わしたものの、仕上がりにはすっかり満足しているようすだった。ただ、公爵がこの書類を会議に出したかどうかはわからない。ほかにも二、三通、公爵の求めに応じて書いた、これも事務的な手紙があったが、これについては触れないでおく。

給料を請求するのがいやだったもうひとつの理由は、すでにこの仕事を辞《や》める決心を固めていたことにある。ある避けられない事情から、いずれここを去らなくてはならなくなると予感していた。その日の朝、目を覚まして二階のじぶんの部屋で着替えをしているとき、ぼくは胸がはげしく動悸を打ちはじめるのを感じた。しかし、そんなじぶんに唾を吐きかけるような思いで公爵家の玄関をくぐったとき、ぼくはまたしても同じ動揺を覚えた。この日の朝、ここに例の女性がやってくることになっていたからだ。その到着によって、ぼくをいま苦しめているすべての問題が解明されるのを心待ちにしていた相手、ほかでもない、老公爵の娘アフマーコワ将軍夫人である。若くして未亡人となった彼女は、すでに話したとおり、ヴェルシーロフとはげしい敵対関係にあった。ついにぼくは、この名前を出した！ ぼくはむろん彼女の姿を見たことはないし、どうやって彼女と話したらよいものか、そもそも話をする機会があるの

か想像もつかなかった。しかし、彼女の到着によって、ヴェルシーロフをとりまく黒い謎が目の前からきれいに拭いさられるような気がしていた（おそらくそれには、十分な根拠があった）。ぼくは毅然としていられなかった。最初の一歩からこんなに臆病で、ぎこちないじぶんが腹立たしくてならなかった。それでいておそろしいほど好奇心にかられていた、いや、それよりいやでならなかったのは、これら三つの印象だ。その日一日の出来事をぼくはまるまる記憶している！

娘がおそらく今日にもモスクワから戻ってくるということについて、老公爵はまだ何も知らず、せいぜい一週間先のことだろうとたかを括っていた。ぼくがそれを知ったのは昨夜、まったくの偶然からだった。将軍夫人から手紙を受けとったタチヤーナおばが、ぼくの目の前でそのことを母に漏らしたのだ。二人は、遠回しの言葉づかいでひそひそ話しあっていたが、ぼくはすぐに察しがついた。むろん、盗み聞きするつもりはなかった。ただ、あの女性がやってくるという知らせを聞いて、母が急にはげしく動揺したのを見て、聞き耳を立てざるをえなくなったのだ。ちなみにヴェルシーロフは家を留守にしていた。

老公爵にそのことを告げる気にはなれなかった。というのも、この間ずっと、娘の到着におびえる姿をいやというほど目にしてきたからだ。三日ほど前も、おどおどと、

遠回しな口調で、きみのためを思って娘の到着を恐れている、つまり、きみのことでつまらない揉め事が起こるのを心配している、と漏らしたほどだった。もっとも、ぼくなりに書きそえておくと、それでも老公爵は、家庭内にあっては自主性なり家長としての権威を保っていたし、とりわけ金銭の管理にかんしては怠りがなかった。当初、ぼくはこの老公爵について、ほんとうに軟弱な男と決めつけていたが、その後、見直しを迫られた。たしかに軟弱なところはある、がそれでも、ほんものの男らしさとはいわないまでも、ある種の芯の強さが残っていたのだ。見るからに臆病そうで、何にでも屈してしまいそうな性格の持ち主なのに、そのくせほとんど手がつけられなくなる瞬間があった。その点については、ヴェルシーロフが後日、さらにくわしく説明してくれた。興味がてらここに書いておくと、ぼくはほとんどいちども、将軍夫人にかんする話を公爵としたことがなかった、つまりおたがい口にするのを避けているかのようだった。その話は、とくにぼくのほうが避けていたのだが、彼は彼で、ヴェルシーロフの話をするのを避けていた。そこですぐに察しがついた。現にぼくが知りたくてうずうずしている、例の微妙な問題のうちどれかひとつ持ちだしたところで、公爵は何も答えてくれないだろう、と。

このひと月、ぼくらがいったい何を話題にしていたか聞かれたら、ぼくはこう答え

よう。つまり実際に、世の中のすべてのことを話題にした、しかしどれもこれも奇妙な話ばかりだった、と。ぼくに接するときに彼がみせるきわめて率直な態度が、ぼくはとても気に入った。どうかするとひどく胡散臭《うさんくさ》い気持ちにかられ、相手の顔をじっとのぞき込みながら、内心でこう尋ねたことがあった。《いったいこの男は、以前、どんな職にあったというのか？　まったく、ぼくたちの高校、それも四年生ぐらいのクラスがちょうどいいくらいだ——それができたら最高に面白い遊び仲間になれたはずだ》。ぼくは彼の顔にも再三おどろかされてきた。見た感じはたいそうまじめそうで（それにほとんどハンサムといってもよいくらいの）、面白みのない顔をしていた。ふさふさした巻き毛の白髪、大きく見開かれた目、全体に痩せぎすで、けっこう上背もあった。ところが、彼の顔はなにか不快な、ほとんどぶしつけともいえるような癖があった。つまり、ごくごくまじめな顔つきがいきなり、ふざけすぎとも思える顔つきに変わるため、初めて彼に会った人は、とても信じがたいような気にさせられるのだ。この点についてヴェルシーロフに話すと、彼は興味津々といった顔で最後までぼくの話に聞き入った。どうやら、このぼくにそんなふうな観察眼があるとは思ってもみなかったらしい。しかし彼は、公爵にそういう傾向が現れたのは例の病気を患《わずら》ってからで、それもごく最近のことにすぎないと軽く受け流した。

ぼくたちが話しあったのは、もっぱら二つの抽象的な問題だった。すなわち、神とその存在、つまり、神は存在するか、しないか、という問題、そして女性にかんする問題。公爵はとても信仰心に篤く、感じやすい心の持ち主だった。執務室には、灯明のともる大きな聖像櫃が掛けられていた。だが、心にふと影がさすと、彼は神の存在を疑いだし、驚くべきことを口にして、ぼくをあからさまに挑発し、回答を求めてきた。ぼくは総じて、こういう問題にたいしてはかなり無関心のほうだったが、それでも二人とも夢中になって、いつも真剣に議論しあった。おおむね、そういった話しあいを、いまも楽しく思い出すことができる。しかし公爵のいちばんのお気に入りは、女性にかんするおしゃべりだった。しかし、ぼくはそういうたぐいの話が嫌いだったので、よい話し相手にはなれず、彼はどうかすると落胆したものだ。

その日の朝、公爵の執務室に入っていくと、彼はすぐにそのたぐいの話をはじめた。昨日、ぼくが執務室を出るときはなぜかひどく沈みこんでいたのに、今朝の彼はうきうきした気分でいた。とはいえ、ぼくとしては今日こそ、例の給料の問題に何としてもけりをつけなくてはならなかった。それもあの連中が到着するまでに。今日、ぼくたちはきっと引き裂かれるはめになるとにらんでいた(胸騒ぎにはそれなりの理由があった)。もしもそうなった暁には、きっとお金の話など持ちだせなくなるだろう。

そう心で思いながらなかなか話を切りだせずにいたので、ぼくはおのずとじぶんの馬鹿さ加減に腹がたち、いまでもよく覚えているが、その腹いせに、彼のあまりに能天気な問いにたいし、ぼくの女性観を、それこそわれを忘れんばかりに思いのさまぶちまけてみせたのだった。ところがその結果、公爵はますますこのぼくの虜になってしまったというわけだ。

3

「ぼくが女性がきらいなのは、礼儀知らずだからです。気づまりだからです。それに自立していないからです。ふしだらな格好をしているからです！」ぼくは、長たらしい女性論をこんなとりとめもない言葉で結んだ。

「ちょっと、きみ、それって少し厳しすぎんかね！」公爵がすっかり陽気になって叫んだので、ぼくはますますいきり立った。

ぼくは、細《こま》かいといってもごく細かい点だけならいくらでも妥協するが、肝心かなめの話となれば一歩も後には引かない。細かい点、たとえば社交界のくだらないしきたりなんかであれば、何なりと言うことをきくが、そのくせじぶんのこの悪い性格を

呪わしく思ってもいる。どうにも始末の悪い人のよさのせいで、そこらの社交界の伊達男の丁重さについ乗せられ、その男の話にふんふん頷いてみせたりするが、何より許しがたいのは、そんな頭の空っぽな連中と議論までおっぱじめることだ。これはすべてこのぼくに堪《こら》え性がないのと、隅っこで育ったせいなのだ。憤懣《ふんまん》やるかたなくその場を離れ、明日は二度としないと心に誓いながら、明日になるとこれまた同じことをくり返している。どうかすると、十六歳ぐらいにしか見られないのは、まさにそのせいなのだ。だが、堪え性を身につけるかわりに、どんな人ぎらいに見られようが、ぼくはいまも、もっともっと隅っこに引きこもったほうがいいと思っている。《不器用な男でけっこう、ともかくも——みんなとはおさらばさ！》ぼくは、大まじめに、きっぱりとそう宣言する。もっとも、ぼくがこんなことを書いているのは、けっして老公爵のせいでもなければ、そのときのやりとりのせいでもない。

「べつにあなたを喜ばせる気で言ってるんじゃないんです」公爵に向かって、ぼくはどなり声で言った。「日頃の信念を口にしただけです」

「でも、女性が礼儀知らずで、身なりもふしだら、というのは、どういうことかね？あまり聞かん話だが」

「礼儀知らずですよ。劇場に行ってみてください、散歩に出てみてください。男はみ

んな右側通行を守ってますからスムーズに行き交いができる。彼も右側を歩けば、ぼくも右側を歩いています。ところが女性は、つまり貴婦人のことですが——そう、ぼくが言っているのは、あくまで貴婦人です——、こちらのことなんてぜんぜん眼中になく、もろに突っかかってきます。かならずこっちがよけて、道をゆずる義務がある、とでも言わんばかりにね。弱きものよ、汝《なんじ》の名は、じゃありませんが、そりゃ、ぼくだって道をゆずる気ではいます、でも、どうして権利が顔を出すんですか、道をゆずる義務はじぶんにあると、なぜそこまで確信できるんですか。そこが屈辱的なんですよ！　ぼくはね、顔をあわせるたびに内心でいつもぺっと唾を吐きかけてきました。そのくせ女性たちは、じぶんたちは貶《おとし》められているとかわめいて、平等を要求する。何が平等ですか、こっちを踏みつけにして、口に砂を押し込んでおきながら！」

「砂って！」

「そうです。なぜかって、ふしだらな身なりをしているせいです。それに気づかないのは、スケベ男だけです。たとえば裁判所だと、公序良俗に反する事件をあつかうときは、扉を閉めますよね。なのに、もっと人のいる街なかで、どうしてあんなかっこうが許されるんですか？　腰のフリルをひらひらさせて、じぶんの美人《ベル・ファム》ぶりを見せつけようとしている、公然とね！　どうしたってそっちに目が行くし、若者もそれに

気づきます。いや、子どもだって、色気がつきだした子どもなら目がいきます。あれこそ、卑猥というものです。スケベ親父が勝手に見とれて、わき目もふらずに追っかけまわすぐらいはまだいい。でも、守らなければならない純真な若者だっているんですから。こうなったらもう、唾を吐きかけてやるしか手はありません。遊歩道を歩くだけだというのに、一メートルもあるフリルの尻尾を引きずって、埃を立てていく。後ろを行く人間からするとたまったもんじゃありません。走って追いこすか、脇によけるかしなければ、それこそ、二キロもの砂で鼻と口がいっぱいになってしまいます。おまけに、あれは、絹製ですよ。たんにはやりってことだけで、三キロも石畳を引きずっていくわけです。ところがその亭主ときたら、元老院で、年に五百ルーブルの稼ぎがあるくらいです。ですもの、賄賂が横行するのだってむりありませんよ！　ぼくはいつも唾を吐きかけてきました、公然と唾をはきかけ、罵《ののし》ってきたわけです」

老公爵とのこのやりとりを、そのときの気分もふくめ、いくぶんユーモラスに書いているが、ここで示した考えそのものはいまも変わっていない。

「そんなことして、何もなしですんだわけかね？」老公爵は好奇心にかられて尋ねた。

「まあ、ペッと唾を吐いて、すぐにそばを離れますから。むろん、向こうだって気がつきますけど、べつにそんなそぶりは見せず、ろくに振りむきもしないで悠然と歩い

ていました。でも、いちどだけ、どこかの二人連れともう本気で罵りあったことがあります。二人ともフリルの尻尾を引きずって、遊歩道を歩いていました。むろん、汚い言葉を吐いたわけじゃありません、尻尾は不愉快だって、聞こえよがしに言ってやっただけです」

「ほんとうにそう言ったのかね？」

「もちろんです。だいいち、公序良俗に反していますし、第二に、埃を巻きあげている。遊歩道は、みんなのものです。ぼくも歩けば、彼も、彼女も歩く、フョードルも、イワンも、みんな平等です。そんなことも口に出して言ったわけです。それにだいたい、女性たちの歩き方っていうのが、ぼくは嫌いなんです。とくに後ろから見た歩き方がね。で、そのことも言ってやりましたよ、まあ、それとなくですが」

「でも、そんなことをして、きみ、大ごとに巻き込まれたかもしれんじゃないか。だって、その女たち、調停判事のところに引っぱっていくことだってできたわけだろう」

「できるもんですか、そんなこと。そもそも訴えるべき内容がないでしょう。だって、ひとりの男がそばを歩きながら、たんに独り言を言ったにすぎないんですよ。どんな人間にだって、じぶんの考えを空に向かって口に出すくらいの権利はあります。ぼく

は、たんに抽象的なことを言ったまでで、女性たちには目も向けませんでした。突っかかってきたのは、むしろ向こうです。悪態をならべ、ぼくよりずっとえげつない言葉で罵ってましたよ。乳離れしてない子どもだの、食事を与えず干ぼしにしたらいいだの、ニヒリストだの、警察に引きわたしてやるだの、あんたがからんできたのは、こっちが弱い女二人だけだからで、もしも男連れだったら、尻尾まいてすぐに逃げだしたはずだ、とかね。で、ぼくは、うるさくからむのはおやめなさい、ぼくは向かいの通りに移りますと冷静に言ってやったんです。べつに男連れだからって怖がるわけじゃないし、決闘だって受けて立つ用意があることを示すためにです。あんたらの家まで、二十歩の距離をあけてついていってやる、それから家の前に立って、その男やらが出てくるのを待とうじゃないか、とね。そしてそのとおりに実行したんです」

「ほんとうかね？」

「むろん、ばかげた話ですが、こっちはかっかきてましたからね。彼女たち二人は、炎天下を三キロあまり引っぱりまわし、とうとう大学のそばにある、木造の平屋建ての家に入っていきました――正直言って、かなり立派な家でしたよ――、窓越しにのぞくと、家のなかには花がたくさん飾られ、カナリヤが二羽、スピッツが三匹、銅版画の額が見えました。ぼくは家の前の通りの真ん中に三十分ほど突っ立っていました。

連中は、三度ばかり、窓からそっとこちらをのぞいて、それからブラインドをぜんぶ下ろしてしまいました。そのうち、木戸を開けて、役人風の男が出てきましてね。初老の男です。外見から見て、どうやら寝ていたところを無理やり起こされたみたいでした。パジャマ姿ってわけじゃありませんが、何かこうやけにリラックスした格好でしたね。男は、木戸のそばに立って、両手を後ろに組み、こちらをながめています。で、こっちも相手をにらみ返しました。すると男は目をそらし、またこっちを見て、急ににやにやしだしたんです。ぼくはくるりと背を向け、その場をたち去りました」

「ねえ、きみ、それって、シラーにでも出てきそうな話だな！　前々から不思議に思ってたんだが、きみは、紅顔の美青年で、顔を見ても元気ではちきれそうなのに、何というか、そう、その女ぎらいってやつさ！　きみの年で、その、女性にたいして例の感覚を覚えないなんて、そんなことありえるのかね！　わたしなんか、mon cher（いいかね）、もう十一のときに家庭教師から注意されたものだ。『夏の庭園』に立ってる女神の像をじろじろ見すぎてるってね」

「あなたは、ぼくが、ジョセフィーヌとかいうここの娼婦のところに通って、その報告に来てくれるのが大のお望みなんでしょう。そんなの意味ありませんよ。ぼくだって、十三歳のときにもう女性のヌードを見ているんです。オールヌードです。あれ以

来、吐き気を覚えるようになりました」

「ほんとうかね？　でも、cher enfant（いいかね）、美しくて若い女性はリンゴの香りがするものだよ、それが吐き気だなんて、とんでもない話だ！」

「ぼくは、以前、高校に入る前にトゥシャールの寄宿学校にいたことがあるんです。そこにランベルトという友だちがひとりいましてね。ぼくより三つ年が上ということで、しょっちゅう殴られていましたが、それでもぼくは彼に仕え、ブーツを脱ぐ手伝いまでしていました。その彼が、堅信礼を受けに教会に通っていたとき、リゴという僧院長がやって来て、最初の聖餐を授けたんです。二人は涙ながらにきつく抱きあい、リゴ僧院長が、いろいろ姿勢を変えてはげしく彼を抱きしめたんです。ぼくもついもらい泣きしてしまいましたが、つよい嫉妬にかられたのを覚えています。そのうち父親が死んで、ランベルトは学校を出てしまったので、二年間、彼の姿を見ることはありませんでした。ところが、二年後、道端でばったり彼と出くわしたんです。そのうちおまえんとこに遊びに行くよ、と彼は言いました。ぼくはすでに高校に入っていて、ニコライさんの家に下宿していました。朝、彼はやってきて、いきなり五百ルーブルをぼくに見せると、いっしょに来い、って命令するんです。二年前、彼はよくぼくを殴ったものですが、いつもぼくを必要としていました。たんにブーツを脱がしてもら

うためだけじゃありません。彼はどんな話もぼくに聞かせました。彼が言うには、このお金は、きょう、じぶんが作った合い鍵で母親の手箱から盗んだものだ、法律にしたがえば、父親が残した金はぜんぶじぶんのもので、いくら母親でもこっちに寄越さないわけにはいかない、ところで、昨日、家にリゴ僧院長が説教を垂れにやってきた――入って来るなり、じぶんを見下ろすように立って、泣き言を並べたり、恐ろし気な身振りをしたり、両手を天に差し上げたりするものだから、『おれはナイフを取りだして、ぶった切ってやるって言ってやった』（彼は、「ぶっと切ってやる」と訛《なま》ってましたがね）んだそうです。ぼくたちは、それからクズネツキー通りに出かけていきました。道々、彼はじぶんの母親がリゴ僧院長と関係している、じぶんはそれに気づいた、じぶんはすべてに唾を吐きかけてやる、やつら、聖餐だのなんだのぬかしているが、そんなの、ぜんぶ嘘っ八だ、って言うんです。ほかにもいろんな話をしていましたが、ぼくは怖気づいていましたね。クズネツキー通りで彼は、連発式の銃と、獲物袋、実弾、乗馬用の鞭、それからさらにお菓子を四百グラムばかり買いました。そうして郊外へ撃ち放しに出かけたんですが、途中、籠を手にした鳥刺しに出くわしましてね。ランベルトはその鳥刺しからカナリヤを一羽買ったんです。森のなかで、彼はそのカナリヤを空に放ちました。籠のなかに長くいたので遠くへは飛べないとわ

かっていたからです。で、そのカナリヤに向かって銃を撃ちはじめたのですが、当たりません。銃を撃つのは生まれてはじめてですが、以前から彼は、そう、まだトゥシャールの寄宿学校にいた時分から銃を買いたいと口癖のように言っていたんです。ぼくたち、前々から銃に憧れていましてね。ですから、嬉しくて泣きださんばかりでした。髪の毛がおそろしく黒くて、顔はまるで白い仮面に赤みが差したようで、鼻は長く、フランス人のように鼻骨が盛りあがり、歯は真っ白で、目は黒いのです。彼は、カナリヤを小枝に糸で結んで、二重の銃身から、五センチ足らずの距離で二発ぶっ放したものですから、たまったものじゃありません。カナリヤは毛を撒き散らしながら吹っ飛んでいきましたよ。それから引きかえし、ホテルによって部屋をとり、シャンパンを飲みながら食事をはじめました。そのうち、娼婦がひとりやってきました……忘れもしません、グリーンの絹のワンピースというど派手な身なりには、ほんとうに仰天させられました。で、ぜんぶを見てしまったのです……さっきあなたに言ったぜんぶをね……それからまた飲みはじめると、ランベルトは彼女をからかって、悪態をつきはじめました。女は、服を脱いだまま座っていました。彼がはぎとったんです。そこで女が毒づきながら、服を着るから返してっていいだすと、ランベルトは女のむきだしの肩に思いきり鞭を当てはじめました。そこでぼくは立ちあがって、彼の髪を

つかみました。そして、じつにうまいタイミングで彼を床に引き倒すことができたんです。すると、彼はフォークを手にとってぼくの太腿に突き立ててきました。そこで、叫び声を聞いたボーイたちが部屋に駆け込んできたので、ぼくはその隙に逃げおおせることができたというわけです。それ以来、女性の裸を思いだすだけでぞっとするんです。でも正直言って、なかなかの美人でしたね」

話が進むにつれ、公爵のいたずらっぽい顔が、ひどく沈みこんだ表情に変わっていった。

「Mon pauvre enfant!（ああ、かわいそうに！）。わたしは、いつも想像しておったんだ、子どものころ、きみはたくさん不幸せな目にあったんだろうとね」

「いえ、心配はご無用です」

「でも、孤独だったんだろう、それはきみがじぶんから口にしたとおりだ。その、Lambert（ランベール）君の件にしてもそうさ。きみは、じつに上手にスケッチしてくれた。カナリヤの話もそう、胸にすがって涙ながらに堅信礼を受けた話もそう、それが一年かそこらしか経たないうちに、その僧院長がじぶんの母親と関係していたといった話……そう、mon cher（きみ）、現代に生きる子どもの問題というのは、ほんとうに恐ろしいのひとことに尽きるよ。ほんの幼い無邪気な子どもたちが、金色の巻

き毛を波うたせてわれわれの前を飛びはね、明るい笑い声を立てながら明るい目でこちらをながめる——まるで天の御使いか、愛らしい小鳥かと見まごうほどでね、……ところがその先には、これ以上大きくならないほうがよかったと思えるようなことが待ち受けている！」

「公爵、何という弱音を！　まるでお子さんがいらっしゃるような口ぶりじゃないですか。あなたにお子さんはいないわけだし、この先、授かることもないでしょうに」

「Tiens!（それはどうかね！）」一瞬にして彼の顔つきが変わった。「アレクサンドラさんがちょうど——一昨日のことだが、ふふ、アレクサンドラ・シニーツカヤさんだよ——、たしか、三週間ぐらい前にきみもここで会っているだろう、——じつは、三日前、いまなら結婚しても子どもができる心配はないな、てなことを冗談半分に言ったら、やけに憎らしげな口調で言うじゃないか。『いえ、とんでもありません、公爵みたいな人にかぎってできるもんです、一年目できっとおできになります、見ててごらんなさい』とね。はっはっ！　で、それを聞いて、どういうわけだか、このわたしが急に結婚すると、みんなが思いこんでね。でも、たしかに意地悪な言い方だが、どうだろう、わりと鋭いこと言うじゃないか」

「たしかに鋭いですが、腹も立ちますね」

「Cher enfant（こらこら）、そんなことでいちいち腹を立ててどうする。わたしが世のなかでいちばん大事にしているのは、いま日に日になくなりつつあるウィットってやつだが、アレクサンドラの言ってることにわざわざ腹を立てる必要なんてあるかい？」

「今、なんておっしゃいました？」ぼくは食いさがった。「いちいち腹を立ててどうする……まさに、その通り！　すべてのものごとをいちいち気にしてなんかいられません――、ほんとうに立派なお考えです！　ぼくに必要なのは、まさにそれなんです。メモしておきますね。公爵、あなたってときどきほんとうにうまいことをおっしゃる」

公爵はぱっと顔を輝かせた。

「N'est-ce pas?（だろう？）Cher enfant（いいかね）、ほんもののウィットが、消えかかっていてね、先細りするいっぽうだ。Eh, mais ... C'est moi qui connait les femmes!（しかし、まあ、女のことは、このわたしもかなりわかっているつもりだが）。いいかね、どんな女の人生も、どうきれいごと並べようが、しょせんはじぶんが服従する相手を探しもとめる旅にすぎんのだよ……いわば、服従願望ってやつでね。まあ、肝に銘じておくんだな、これには、ひとりだって例外はないから」

「ほんとうにそのとおりです、たいしたもんです！」ぼくは感きわまって叫んだ。これがべつの機会なら、ぼくらはただちにこの話題をめぐって、まる一時間でも哲学議論にのめりこんだにちがいない。だが、ぼくはふと何かにちくりと刺されたような気がして顔が火照《ほて》った。つまり、こんなふうな気がしたのだ。ぼくがこうして彼の警句を褒めたのは、給料の受けとりという下心があってのことで、ぼくがいま金の話をはじめでもしたら、公爵はきっと、まさにそのためにうまく取り入ったととるにちがいない、と。ぼくはいま敢えてこのことに触れておく。

「公爵、折りいってお願いがあります、わたしがいただけるはずの今月のお給料五十ルーブル、いますぐいただけないでしょうか」礼儀知らずともいえる、いらだたしい口調でぼくは一気に言ってのけた。

忘れもしない（というのも、この日の朝のことは、ごく細かなことまでひとつ残らず覚えている）、ぼくたちのあいだでそのとき、そのリアルな真実という点ですさまじく醜悪なシーンが持ちあがった。公爵ははじめ、ぼくが何を言っているのかわからず、しばらくの間ぼくの顔をぽかんと眺めていた。つまり、ぼくがなんの金のことを言っているのか合点できなかったのだ。もっとも、ぼくが給料を受けとるという事態を想像できなかったとしても、それは当然のことだった。そもそも何にたいする支払

いだというのか？　じっさいに彼はそれから、うっかり忘れていたなどと弁解をはじめ、やがて事情がわかるとすぐに五十ルーブルを取りだしたが、妙にそわそわしだして、顔まで真っ赤にさせた。事態を察したぼくは、立ちあがってきっぱり明言した。今となってはお金を受けとるわけにはいかない、給料が出るという話は、何かのまちがいだったか、ぼくがこの仕事を断らないようにするための嘘だったのだろう、勤めらしい勤めなど何ひとつしてこなかったのだから、給料を受けとる理由などないことはいまではわかりすぎるくらいわかる、と。びっくりした公爵は、ぼくを説得しにかかった。きみは、とてもたくさんの仕事をしてくれたし、これからももっとたくさん仕事をしてもらいたいと思っている、五十ルーブルはあまりに少なすぎるので、増額するつもりだ、なにしろ、それだけのことをしてもらっているし、もともとタチヤーナさんとも相談して決めておきながら、『なにもかも忘れてしまうとは許しがたいことだ』うんぬん。ぼくは頭に血がのぼって、きっぱりとこう言い放った。フリルの尻尾を二本、学校まで見送ったとかいったスキャンダラスな話で給料を受けとるのは心外だ、じぶんは公爵を慰めるために雇われたわけではなく、勤めを果たすために来たのだから、仕事がなくなれば仕事を辞めるのが当然、うんぬん。ぼくのこのセリフを聞いたあとの公爵が、あれほどまで驚くとは想像することもできなかった。むろん、

ぼくが反論をやめ、公爵がぼくの手に五十ルーブルを押し込むことで一件落着となったわけだが、いまでもその金を受けとったときのことを思い出すと顔から火が出そうになる！　世の中のことというのはつねに浅ましいかたちで決着がつくものだ。しかし、何よりいけないのは、きみは文句なしの働きを見せてくれたという公爵の言葉に言いくるめられ、ぼくもそれを信じこむという愚をおかしたあげく、何としてもその金を受けとらざるをえなくなったことだ。

「Cher, cher enfant!（ねえ、きみ）」公爵はぼくを抱きしめ、口づけしながら叫んだ（じつをいうと、ぼく自身、辛うじて持ちこたえることができたとはいえ、なぜかわからず泣きだしそうになった。こうして書いているいまでさえ顔が火照ってくる）。「ねえ、きみ、きみはいまじゃもう身内みたいなものじゃないか。このひと月で、わたしの心の一部になったのだよ！『社交界』には、たんに『社交』があるだけで、それ以上はなにもない、カテリーナ（公爵の娘だ）は、じつにすばらしい女性だし、わしも誇りに思っているが、あの娘ときたら、もう、ほんとうにしょっちゅう、そう、しょっちゅうわしの気にさわることばかり口にする……、それにそう、名の日の祝いに来てくれるあの娘たちや elles sont charmantes（けっこう魅力的な娘ばかりだ）、母親たちのことだが――あの連中ときたら、たんにもう刺繡《ししゅう》したカンバスを持ち寄るだ

けで、じぶんからは何の話もできやせん。わが家には、もうクッションが六十個できるくらい刺繍がたまっておるが、どれもこれも犬や鹿の模様ばかりでね。わたしもあの連中が大好きではあるが、でも、きみはほとんど身内みたいなものだ、といって息子ってわけじゃなく、弟みたいなもの、とくに反論するときのきみっていうのがいい。きみは、文学がわかるし、本もよく読んでおるし、感動できるちからもある……」

「ぼくはなにも読んでませんし、文学なんかまるでわかってませんよ。たんに手近にあるものを読んだだけで、しかもこの二年間は何も読んでいませんし、これから読む気もありません」

「どうして読まないのだ？」

「ほかにすることがあるからです」

「Cher（ねえ）……人生も終わり近くなって、このわしみたいに、Je sais tout, mais je ne sais rien de bon.（じぶんはなにもかもわかっているが、よいことはなにも知らない）なんて呟くことになるとしたら、そいつは残念な話だ。だって、わしは、じぶんが何のためにこの世に生きてきたか、ぜんぜんわからんのだもの！　でもね……きみにはおおきな借りもあることだし……できれば……」

彼はそこでなぜかふいに話をやめ、がっくりと肩を落として考え込んだ。何かしら

精神的なショックを受けると（いったいどういう理由からなのか、彼の身にこの種のショックがひんぱんに起こるのだった）、彼はしばらくのあいだ健全な理性を失い、じぶんをコントロールできなくなるらしかった。とはいっても、すぐに正気にもどるので、それがとくに有害というわけでもなかった。ぼくたちは一分ばかりそのまま腰を下ろしていた。彼の下唇は、たいそう分厚く、そのせいでだらりと垂れさがっているように見えた……ぼくが何よりもまず驚かされたのは、彼がいきなり娘のことを口にしたこと、それもひどく開《あ》けっぴろげな調子で言及したことだった。むろん、それは神経の失調のせいだ。

「Cher enfant（ねえ、きみ）、まさかきみは、このわたしがきみ呼ばわりしていることに、腹を立ててるわけじゃなかろう、そうだろう？」彼の口からいきなりこんなひと言が飛びだした。

「いいえ、ぜんぜん。正直いいますと、最初しばらくのあいだは少しむっとして、なんならこちらもあなたを、きみ呼ばわりしてやろうかと思ったくらいですが、それがばかげたことだとすぐに気づきました。だって、べつにぼくをけなす気できみ呼ばわりしているわけじゃないからです」

公爵はもうその話を聞いてはおらず、じぶんの質問のことも忘れていた。

「で、父さんはどうしてる？」彼はふいに、もの思わしげな眼をこちらに上げた。

ぼくは思わずぎくりとした。第一に、彼がヴェルシーロフをぼくの父と呼んだことで、それまで公爵がそんなふうに言うことはいちどもなかったからだ。第二に、これまたいちどとしてなかったことだが、彼がヴェルシーロフの話をはじめたせいだった。

「お金もないので家にこもって、ふさぎこんでますよ」ぼくは短く答えたが、ぼく自身、好奇心から顔が熱く火照《ほて》ってきた。

「そう、その金のことだが。彼らの件で、今日、地裁で判決が下ることになっていてね、で、セルゲイ・ソコーリスキー公爵を待ってるんだよ。何かしら情報をもって来るはずだ。地裁からまっすぐこちらに向かうって言っていたからね。連中とすれば、すべての運命が下る日ってわけで。何せ、六万から八万ルーブルの遺産がかかっているからな。むろん、わしはいつだってアンドレイ君（つまりヴェルシーロフのことだ）の勝ちを願ってきたし、まあ、そういう風向きでもあるらしい、こうなったらもう公爵たちのほうはどうにもならん。これが、法の裁きってもんで！」

「今日、地裁で？」ショックのあまり、ぼくは声を張り上げた。

ヴェルシーロフがぼくを無視し、そんなことも伝えてくれなかったとの思いでショックを受けたのだ。

《してみると、母にも言わなかったのだ、たぶん、ほかのだれにも》——ただちにそんな思いに打たれた。《なんて男だ！》

「それじゃ、ソコーリスキー公爵がペテルブルグに来ているわけですね？」ぼくはふと、それとはべつの思いに胸を打たれた。

「ああ、昨日からね。ベルリンからまっすぐ、わざわざこの日に合わせてな」これもまた、ぼくにはとてつもなく重大なニュースだった。《今日、あの男もここにやって来る。ヴェルシーロフに平手打ちを食わせた男が！》

「さて、どうしたものかな」ふいに公爵の表情が一変した。「あいかわらず神を宣伝しておるんだろう……ひょっとしてまた、娘たちを、それもまだ羽も生えそろってない娘たちを追いかけまわしておるかな？　へっへっ！　今回も、もう、とてつもなく面白い逸話が生まれかけておってな……へっへっ！」

「神を宣伝してるって、だれのことです？　娘たちを追っかけまわしているってだれです？」

「ヴェルシーロフ君だよ！　いいかね、彼はあの当時、われわれ全員にまるで濡れた葉っぱみたいにぺったり張りついて、食事は何にするのかとか、どういうご予定かとか、そんなたぐいのことを聞きまわっておった。脅したり、お祓《はら》いしたりしては、

《そこまで信心深いなら、どうして坊さんにならない？》とか、そんな要求を突きつけてきたものだ。Mais quelle idée! (それにしても何て考え方だ！) かりに正しいにしても、あまりに厳しすぎやしないかね？　とくにこのわしを、『最後の審判』の話なんか持ちだして脅すのが好きでね、ほかのだれをさしおいても、このわしをさ」

「ぜんぜん気づきませんでした、もうひと月もいっしょに暮らしていますが」じりじりする思いで耳を傾けながらぼくは答えた。老公爵がなかなか正気にもどれず、こんなふうにとりとめもなくむにゃむにゃ言っているのが忌々《いまいま》しかった。

「それはね、きみ、たんにいまは口にしないだけのことで、そう、じつはそういうことだったんだ。頭は文句なく切れるし、学識だってある。でも、あれって、まともな頭なんだろうか？　ああいうことはぜんぶ、外国で三年暮らしてから起こったことでね。それに、正直、とてもショックを受けたよ……そう、みんな、ショックを受けたんだ……Cher enfant, j'aime le bon Dieu …（ねえ、きみ、わたしは神を愛している……）。ちからの限り、信じている、ほんとうに。だがね——あのときは、完全にわれを忘れちまったよ。かりにわしのとった方法が浅はかだったとしても、あれはわたしが意図してやったことでね、悔しまぎれにだ——、わたしがおこなった反論は本質的に、天地創造以来変わらないきわめて真剣なものだったよ。わたしは彼に、『至高の存在が

あるなら』と言ってやった。『そしてそれが、創造物のうえに溢れかえる霊気、たとえば、液体のかたちなんかじゃなく（だって、そんなかたちだったらますます理解しにくいだろう）、人格《ペルソナ》として存在するなら、――いったいそれはどこに住んでいる?』とね。いいかね、それってどうみても、c'était bête.（ばかげた話だ）。だがね、すべての反論はまさにこの点に帰結するんだ。Un domicile（住みか、だ）――それが大事なことでね。いやはや、ものすごい怒りようだったな。彼は、向こうでカトリックに宗旨替えしていたからね」

「その考え方については、ぼくも聞いています。おそらく、でたらめです」

「聖なるすべてにかけて断言するが、彼をしっかりと観察することだな……もっとも、きみは彼が変わったとか言っているが。しかし、あの頃、われわれ一同、どんなに彼に悩まされたことか！　だっていいかね、彼はまるで聖人かなんかみたいにかまえて、じぶんは死んでも亡骸《なきがら》は腐らないといわんばかりだったんだぞ。しかも、われわれに行動の記録を提出せよとまで要求してくる、いや、これは嘘じゃない！　それにしても、亡骸は腐らないとは！　En voilà une autre!（よくも、まあ、考えたついものだ！）これが、修道僧とか苦行僧ならまだ話もわかる、――ふだんはフロックコートなんか着こんで歩きまわって、何から何まで、そう……それが、いきなり亡骸は、ときたから

ね！　社交界の人間がいだく望みにしちゃ奇妙すぎるし、正直、趣味が悪い。そりゃ、わたしが口を挟めるような話じゃないさ。むろん、そういうのはみな神聖なことで、どんなことだって起こりえるわけだから……おまけにそれって、de l'inconnu（未知の世界）の事柄だろう。だがね、社交界の人間にとっちゃ礼儀知らずといっていいだろうな。何かの拍子でわしの身にそんなことが起こるか、人に薦《すす》められるようなことがあっても、わしは願い下げだね、これは、誓って言える。たとえば、このわしが、今日、いきなり、クラブで食事をし、それからいきなり、われは甦る、なんて言いだしてみたまえ！　それこそ物笑いの種になるのが落ちだよ！　このことは、あのときすぐ、しっかり言いふくめておいたのだが……ところが彼は、鉄の鎖なんか道づれにしていたってわけだ」

ぼくは怒りで顔が熱くなった。

「あなたはその目で鎖をごらんになったのですか？」

「いや、じぶんの目でみたわけじゃない、ただ……」

「なら、はっきりと申しあげますが、そんなのは、ぜんぶ嘘っぱちです。敵どもがしかけた汚らわしい策略です。悪質な中傷です。といっても、敵はひとり、いちばん肝心な、いちばん非人間的な敵の仕業です、なぜって、あの人には敵はひとりしかいま

せんから──あなたのお嬢さんですよ！」

今度は、公爵が怒り心頭に発した。

「Mon cher（いいかね）、きみにお願いするし、言わせてもらうが、今後、二度と、このわしの前で、あの、忌まわしい事件に並べて娘の名前は口にしないでくれ」

ぼくは立ちあがった。公爵はわれを忘れていた。下顎がふるえていた。

「Cette histoire infâme!（あんな汚らわしい話！）。わしは信じたこともないし、いちどだって信じようとしたこともない、なのに……信じろ、信じろ、と言われつづけて、わしは……」

そこでとつぜん下僕が入ってきて、来客を告げた。ぼくはまたじぶんの椅子に腰を下ろした。

4

婦人が二人入ってきた。二人とも未婚で、一人は、公爵の亡き妻の従姉妹か、あるいはそれに近い女性で、彼の養女にあたっており、公爵はすでに持参金を分けあたえ、彼女自身もまた（今後のために記しておくが）それなりの財産をもっていた。もう一

人は、アンナ・ヴェルシーロワといい、ヴェルシーロフの娘で、ぼくよりも三つ年上、今は亡きファナリオートワ夫人の家に弟といっしょに暮らしており、それ以前は、ただの一度、路上でちらりと見かけたことがあるだけだった。もっとも彼女の弟とは、モスクワでちょっとした諍《いさか》いを経験していた（この諍いについては、おいおい触れることにするが、それもそれだけの余地があればのことで、じっさいにはじつにくだらない話なのだ）。ヴェルシーロフの娘アンナは、幼いころから公爵の格別のお気に入りだった（ヴェルシーロフと公爵のつきあいはかなり前に始まっていた）。いま起こったばかりの事件にひどく動揺していたぼくは、二人が入ってくるのを見てもまともに立ちあがれず、公爵のほうが先に出迎えたほどだった。そのため、ぼくはいまさらながら立ちあがるのも恥ずかしくなって、すわったままでいた。要するに、三分前、公爵にあれほどはげしく怒鳴られたことで面くらい、その場を立ち去るべきかどうか心に決めかねていたのだ。ところが、老公爵はいつもどおり、すでに何もかも忘れさっていて、娘たちの姿を見るとすっかり顔をほころばせた。娘たちが入ってくる直前、公爵はすばやく表情を変え、何やら秘密めかして目くばせしながら、早口でこうささやきかけたほどだった。

「オリンピアーダをちゃんと見ろよ、しっかり見るんだ、しっかりな……あとで話し

てやるから……」

ぼくは十分に注意して彼女を見たが、とくにどうというところは見つけられなかった。背丈がそれほどあるわけではなく、全体的にふくよかな感じで、頬はたいそう赤みを帯びていた。もっともその顔立ちは、かなり気持ちのよいもので、実務家肌の人間なら気に入りそうな、そんなたぐいの顔だった。それを善良さのあらわれとみることもできるだろうが、そこには微妙な影がさしていた。とりたてて知的なきらめきはなかったが、ハイレベルな意味でそういえるだけで、その目にはある種の狡猾さが見てとれた。年齢は、十九を超えているようには見えなかった。ひと言でいえば、なにかきらりと光るものは何もなかったということだ。これが、ぼくたちの高校なら、「羽根枕」というあだ名がついていたはずだ。(ここまで細かく描写するのは、もっぱらこれがのちのち必要になるからだ)。もっとも、これまで書いてきたことすべては、一見してさもよけいなディテールを重ねているように見えるだろう。しかしこれがいずれこの後の話につながり、そこで必要になるのだ。時が来れば、すべてが響きかわすようになるので、この話を避けてとおるわけにはいかなかった。しかし、もし退屈とお感じになるなら、どうか読みとばしてくださっていい。

ヴェルシーロフの娘は、それとくらべるとまるで別人だった。上背があり、いくら

か細身の感じで、面長の顔はひどく青ざめていたが、髪の毛は黒く豊かだった。黒い大きな目をし、まなざしは深く、小さな唇は真っ赤で、みずみずしい口もとをしていた。歩き方を見て嫌悪を覚えなかったのは、彼女がはじめてだった。もっとも細身の体はどことなくぎすぎすした感じがあった。顔の表情は、かならずしも善良な感じがなく、硬さが目だった。年は二十二。顔のつくりには、父親のヴェルシーロフとほとんど一点も似たところがないのに、神の思し召しとでもいうのか、それでいて顔の雰囲気は驚くほどよく似ていた。彼女が美人かどうかについては何ともいえない。そこは好みの問題だ。二人ともひどく地味な着こなしだったので、ここで改めて描写するまでもない。ヴェルシーロフの娘の目つきや、しぐさに、すぐにでも侮辱を覚えるにちがいないと覚悟し、ぼくは身構えていた。モスクワでぼくは、彼女の兄に、生まれて初めて出会ったその日に傷つけられたからだ。彼女がぼくの顔を知るはずもなかったが、ぼくが老公爵のもとに出入りしていることは、むろん耳にしていた。公爵が考えたり、じっさいに行ったりすることの一つひとつが、わんさといる彼の親戚やら「期待組」のあいだにすぐに興味を掻きたて事件となったからだ――まして、その彼がこのぼくを急に贔屓《ひいき》にするようになったのだからなおさらだった。ぼくにはよくわかっていた。公爵は、ヴェルシーロフの娘アンナの行く末にいたく興味を抱いていて、

彼女の婿を探していたのだ。ところが、アンナの婿探しはけっこう厄介で、カンバスに向かって刺繡ばかりしている娘たちのそれとはわけがちがった。

さて、ヴェルシーロフの娘は、ぼくの予想に反し、公爵と握手をすませ、社交上の挨拶を二言三言明るく交わしあうと、興味津々といった顔でこちらをみやり、こちらも彼女を見つめていたことに気づくと、にわかに笑みを浮かべて会釈した。もちろん、彼女はいましがた部屋に入ってきたばかりで、たんに礼儀としてお辞儀をしただけのことだが、その笑顔がやけに人なつっこかったので、何かしら心の準備があったことは明らかだった。ぼくはそこでいつになく心地よい感じを覚えたのを記憶している。

「ええと、こちらは、……こちらは、わたしが親しくしている若い友人のアルカージー・アンドレーヴィチ・ドルゴ……」彼女がぼくに挨拶したのにぼくがそのまま座ったままでいるのに気づくと、公爵はどもりがちにそう言い、それからふいに口ごもった。ぼくを彼女に（つまり、事実上、弟を姉に）引きあわせることにとまどいを覚えたのかもしれない。「羽根枕」もぼくにお辞儀をした。だが、ぼくはいきり立って、椅子から立ちあがった。まるで無意味な、つくりものの誇りが押し寄せてきたのだ。なにもかもが自尊心のなせるわざだった。

「失礼ですが、公爵、ぼくは、アルカージー・アンドレーヴィチではなく、アルカー

ジー・マカーロヴィチです」婦人たちに会釈を返すことも忘れ、ぼくは切り口上で言いはなった。ああ、悪魔よ、あのぶざまな一瞬をどこかへ持ち去ってくれ！

「Mais ... tiens!（いや、……そうだった）」公爵は指で額をぽんとはじいて叫んだ。

「どちらで勉強されました？」まっすぐこちらに近づいてきた「羽根枕」の、ばからしい、間のびした質問がぼくの頭の上あたりでこだましていた。

「高校です、モスクワの」

「あら！　わたし、聞いてました。あちらっていい授業しているんですってね？」

「ええ、かなりなものです」

ぼくは立ちっぱなしで、その受け答えときたら、まるで上官に報告する一兵卒のそれだった。

娘の質問は、むろん場ちがいなものにちがいなかったが、それでも彼女は、ぼくのばかげたふるまいをやさしく包みこみ、公爵のとまどいを紛らわせてくれた。他方、公爵はすでににこやかな笑みを浮かべ、ヴェルシーロフの娘がなにか愉快そうに耳もとで囁《ささや》きかける言葉に耳を傾けていた――それも、どうやらぼくの話ではなさそうだった。しかし、疑問が残った。ぼくのまるきり知らないあの娘は、いったいなぜ、ぼくのばかげたふるまいや、その他もろもろのふるまいをやさしく包みこもうとした

のか？　かといってその娘が、ただ何となくそういう態度をとったとはとても信じられなかった。そこには、なにかもくろみがひそんでいたのだ。娘は、ひどく興味ありげにこちらを見つめていたが、その目はまるでできるだけじぶんにも気づいてほしいと言いたげだった。これはすべて後から辻褄合わせをした結論でしかないが、その見立てに誤りはなかった。

「なに、今日だって？」公爵は椅子から急に飛びあがって叫んだ。

「それじゃ、ご存じなかったわけ？」ヴェルシーロフの娘はびっくりした様子で尋ねた。「Olympe（オリンプ）！　カテリーナさんが今日戻られること、公爵はご存じなかったみたい。わたしたち、あの方を訪ねてきたところなんです、朝いちばんの列車でしたから、もうとっくにこちらに来てらっしゃると思って。ところが、さっき、玄関口でばったりお会いして、あの方、駅からまっすぐこちらに来られて、これからすぐに行きますから、おじさまのところへは先にって……ほら、お見えになった！」

脇のドアが開いて、――あのひとが現れた！

公爵の書斎にかかっていたみごとな肖像画で、すでに彼女の顔は知っていた。まるひと月、ぼくは肖像画をずっと眺めてきた。その同じ書斎で、ほんものの彼女を前にしてほんの三分ほどいただけだが、ぼくは一秒たりとも彼女の顔から目を離さなかっ

た。しかし、もし彼女の肖像画を知らずにいて、その三分後に「どんな人でした？」と尋ねられたら、ぼくは何ひとつ答えられなかったろう。なぜなら、ぼくの頭のなかはもうすべてが朦朧としていたからだ。

この三分間のうち、ぼくが覚えているのは、そこに目がさめるような美しい女性がいて、老公爵がその女性にキスをし、十字を切っていたということ、そして彼女がさっと──部屋に入るなりすぐ──こちらに視線を向けたということだけである。ぼくは、公爵があからさまにぼくを指さし、何やら小さな笑い声を立てながらこれが新しく入った秘書だとか何とかつぶやき、ぼくの姓を口にするのをはっきり耳にした。彼女はきっと顔をこわばらせ、さも汚らわしげにぼくを見ると、ひどく厚かましい感じの笑みを浮かべた。それを見て、ぼくは思わず公爵のほうに一歩足を踏みだし、体をがくがくさせながら呟きかけた。だが、どうやら歯がうまく嚙みあっていなかったらしく、どの言葉も最後まではっきりと口にすることができなかった。

「あれ以来、ぼくは……ぼくはこれから用があって……これで、失礼します」

そうしてくるりと背を向け、ぼくは書斎を後にした。だれひとりぼくに声をかけようとするものはなかった。ひとことも、公爵さえ。彼らはただこちらを見守るばかりだった。公爵が後で話してくれたのだが、そのとき、ぼくの顔があまり青ざめていた

ので、「ただただ怖れをなしてしまった」とのことだ。

なに、そんなことはどうでもいい！

第三章

1

たしかに、そんなことはもうどうでもよかった。それよりも何よりも、最高の考えがこまごましたすべてのことを呑みこんでしまい、ある強力な感情がすべてのものに代わってぼくの心を満たしていた。ぼくは、えもいわれぬ喜びにかられながら公爵の家を出た。通りに一歩足を踏みだしたぼくは、もう歌いだしたいような気分だった。誂《あつら》えたような、すばらしい朝。太陽の輝き、道行く人々、ざわめき、馬車の往来、喜び、群衆。いったいどうしたというのだ？　あの女性に侮辱されなかったとでもいうのか？　これがほかのだれかだったら、こちらからすぐに抗議することなく――それがどれほど愚かしい抗議であれ――いや、そんなことはどうでもいい――あのまな

ざし、あの厚かましい笑みに耐えられたろうか。いいか、彼女がやってきたのは、まだ見もしないうちからいち早くぼくを貶めるためなのだ。彼女の目からすると、ぼくは『ヴェルシーロフの回し者』にほかならず、彼女は、あのときも、あれから長く時を経たあともそう信じこんでいた。すなわち、ヴェルシーロフはいまじぶんのすべての運命をにぎっており、その気になれば——一通の手紙でもって——ただちにじぶんを破滅に追いこむことができる、と。少なくとも彼女はそう疑っていた。あれは、生き死をかけた闘いだったのだ。しかし結果として、ぼくは侮辱されずにすんだ！　たしかに侮辱はされたが、それを侮辱とは感じなかった。そうとも！　ぼくはむしろうれしかった。彼女を憎むつもりでやってきたのに、彼女を愛しはじめていると感じたくらいに。

《ぼくにはわからない。狙いをさだめ、つかまえようとするハエを、クモは憎むことができるのかどうか？　かわいらしいハエ！　獲物というのは、愛される存在であるらしい。少なくとも愛することはできる。だから、このとおり、ぼくもじぶんの敵を愛しているのだ。彼女があんなにきれいだということが、ものすごくうれしい。奥さん、ぼくは、あなたがあんなに高慢で、堂々としているのがものすごく気に入っている。あなたがもっと謙虚だったら、これほどの満足は感じない。あなたはぼくにむ

かって唾を吐くような態度に出た、でも、ぼくは勝利に酔いしれている。ほんものの唾を顔に吐きかけられたって、きっと怒りだしたりはしない、なぜって、あなたはぼくの獲物だから、彼のではなく、ぼくの。ああ、なんて魅惑的な考えか！　そうさ、ひそかな力の自覚というのは、あからさまな支配よりひどく心地よいものなのだ。ぼくがかりに億万長者だったら、それこそ、ぼろぼろにすり切れた古着を着て歩きまわり、物乞いだっていとわない、最低のみじめな人間と見られ、人に突きとばされたり、蔑まれたりすることに快感を覚えるのだ。自意識さえあればそれだけでもう十分なのだ》

ぼくがあのとき考えたこと、そして喜び、ぼくが感じていたもろもろのことは、こんなふうな言葉で伝えることができる。ただ、ひとつ書きそえておくなら、いま、ここにこうして書きつらねてみると、何やら軽薄な感じにひびくが、じっさいぼくはもっと深刻だし、羞恥心もそなえていた。ことによると、いまも内心では、言葉や行動に見られるより恥ずかしがりやかもしれない、願わくば！

ひょっとして、こうしてものを書きはじめることで、ぼくはとんでもない過ちをおかしているのかもしれない。なぜなら、言葉で表されたものよりはるかに多くのものが心の奥に残されているから。ぼくらの考えというのは、たとえそれがよくない考え

でも、ぼくらの胸のうちに留まるかぎりはつねに奥深い。だが、いったん言葉にしてしまうと、滑稽で、誠実さに欠けたものになってしまう。ヴェルシーロフがぼくにこう言ったことがある。それと逆のことが起こるのは、下劣な人間にだけだ、と。嘘ばかりついている人間だけが、楽できる、と。ところが、ぼくはあらいざらい真実を書こうとしている。それがおそろしく困難なのだ！

2

この十九日、ぼくはさらにもうひとつの「第一歩」を踏みだした。ペテルブルグに着いて初めてポケットに金が入ったのだ。というのも、二年間かけて貯めた六十ルーブルは、前に書いたとおり、母に手渡していた。だが、すでに数日前、給料を受けとったその日に、かねて久しく夢見てきたある「実験」をおこなう決心をした。すでに昨日のうちに、ぼくは新聞のとある住所を切り抜いておいた――そこには、「サンクトペテルブルグ調停裁判所付執行官」その他の連名で出された広告が載っていて、中身は、「この九月十九日十二時より、カザン地区……番地……邸にて、レブレヒト夫人の所有になる動産を競売に付す」「品目、価格及び売却される財

産は競売の当日に検分を可とする」、うんぬんというものだった。

　時刻はすでに一時を少しまわっていた。記された住所をめざして、ぼくは速足で歩きはじめた。辻馬車を拾うのをやめてから、まる二年が経過していた。そういう誓いをぼくは立てていたのだ（でなければ、六十ルーブルなどとても貯められなかったろう）。それまでいちどもオークション会場に足を運んだことはなかったし、まだそんなことができる身分でもなかった。そして、今回の「第一歩」もたんに試行的なものにすぎなかったが、この一歩を踏み出すのは、ぼくが高校とおさらばし、すべてを断ちきって「殻」にこもり、完全に自由の身となるときと心に決めていた。たしかに、ぼくはまだ「殻」からほど遠いところにいて、自由の身などとても言える立場にはなかった。けれど、この一歩をたんなる試行ととらえていた――つまり、たんにのぞいてみるだけ、ほんのちょっと空想してみるといった程度のもので、たぶん今後は、じぶんが本気でそれにとりかかるまではここに戻ってこないと心に決めていた。他の連中からすれば、こんなのはごく小規模の、ばかげたオークションにすぎないだろうが、ぼくにしてみれば、それこそ、最初の木材、すなわちコロンブスがアメリカ発見のために乗りこんだ船を造る最初の木材に等しかった。それが、当時のぼくのいつわらざる心境だった。

　現地に着いたぼくは、広告に記されていた館の奥深い中庭を通りぬけ、レブレヒト夫人の邸《やしき》に入っていった。邸は、玄関の間と、天井の低い小さな四部屋からなっていた。玄関にいちばん近いとっつきの部屋には人だかりができていた。三十人ほどもいただろうか。彼らの半分が競売人たちで、残りの連中は、外見からしてたんなる野次馬か、好事家たち、ないしはレブレヒト夫人に遣わされた連中だった。商人もいれば、金製品には目のないユダヤ人もおり、何人か「清潔な」身なりをした連中もまじっていた。これらの紳士方のうち、何人かの顔はぼくの記憶にしっかりと焼きつけられたほどだ。ドアを開け放った右手の部屋は、入口にぴったりテーブルが据えつけられており、部屋のなかには入れない仕組みになっていた。競売に付された没収品がその部屋に並べられていた。左手にはまたべつの部屋があったが、そちらのドアはしっかりと閉ざされていた。といっても、しょっちゅう細めに開けられては、だれかがこちらをのぞき見しているようだった——おそらくはレブレヒト夫人が抱える大家族のひとりで、当然のことながらこの間、ひどく恥ずかしい思いをしてきたにちがいない。ドアの間のテーブルの向こうには、胸にバッジをつけた執行官がこちらに向かって椅子に腰を下ろし、競売の進行をつかさどっていた。ぼくがそこに着いたときには、競売は半ば近くまで進行していた。部屋に入るとすぐにテーブルの近くへと割

り込んでいった。ブロンズの燭台が競《せ》りにかかっているところだった。ぼくは様子見に入った。

様子見をしながら、ぼくはすぐに考えはじめた。ここでいったい何が買えるだろうか？　たとえばこのブロンズの燭台、どこに置けるというのだ、これで、はたして目的は達せられるのか、こんなふうに事は運んでいくものなのか、こんなことで、ぼくの思惑は成功するのか？　そもそも、ぼくの思惑は幼稚すぎるのではないか？　あれこれ考えながら成りゆきを見守っていた。その感覚はどこか、賭博用のテーブルの前に立つときの気分に似ていた。まだカードを出してはいないものの、出すつもりでそこに近づいていくときのあの感覚だ。《その気になれば出すし、その気にならなければ引き上げるまで、ぜんぶぼくの気持ちしだいだ》。心臓はまだどきどきしていないが、何かしらすっと気が遠くなって、体がかすかに震えている。けっしていやな感じではない。だが、そのためらいはたちまちじぶんを苦しめ、何やら目くらましにあったみたいな感じになる。そこで手をのばし、カードを手にとる。だが、機械的に、ほとんど意思に逆らうようにして、まるで別人がじぶんの手をつかんで差しむける感じだ。そこでぼくは決心し、カードを出す――そのときはもう、まるきりべつの、強力な感覚に支配されている。なにもぼくはオークションについて書いているわけではな

く、たんにじぶんのことを書いているだけだ。いったいほかのだれが、オークションで胸をときめかせたりするものか?

すっかり熱くなっている連中もいれば、ただ黙って成りゆきを見守っている者もおり、なかには落札したことを後悔している者もいた。白銅製のミルク入れを銀製と聞きちがえ、二ルーブルの品を誤って五ルーブルで落札した紳士がいたが、ぼくは彼を少しも気の毒だとは思わなかった。かえってひどく愉快な気分になってきた。執行官は、あれこれ変化をつけて品を競りにかけた。燭台に次いで現れたのが、イアリング。イアリングの次は、刺繍のついたモロッコ革のクッション、その次は小物入れといった具合で、執行官は、目先を変える目的から買い手の要求を読み、按配しているにちがいなかった。ぼくは十分も持ちこたえられなかった。まずはクッションに気持ちが傾き、次に小物入れに手を出しかけた。だが、いざ入札という段階で、なんとか踏みとどまった。それらの品々が、とても手に負えそうになかったからだ。やがて執行官の手に一冊のアルバムが現れた。

「次は、家庭用のアルバム、赤のモロッコ革、年季は入っておりますが、水彩画と木炭画によるスケッチが収められています。彫刻をほどこした象牙のケース入り。銀製の留め具付きで、価格は、二ルーブル!」

ぼくは一歩前に身を乗りだした。見たところ優雅な感じのする品だが、彫刻をほどこした象牙の部分に一か所キズがあった。近くまで寄ってたしかめたのはぼくひとりで、ほかの連中はみな黙っていた。競りの相手はいなかった。留め具をはずしてケースからアルバムを取りだし、中身をチェックすることもできたが、その権利を行使せずに、たんに震える手を横に振ってみせただけだ。《どうせ、同じことじゃないか》。「二ルーブル五コペイカ」と競り値を口にしたが、また歯がかちかち鳴っていたらしい。

アルバムはぼくの手に落ちた。ぼくはただちに金を取りだして支払いをすませ、アルバムを手にとって部屋の隅に向かった。そこでケースからアルバムを抜きだし、せわしない手つきで点検をはじめた。ケースはともかく、この世にこんな品もあるのか、と思わせるほど粗末な代物だった――小型便箋ほどの大きさの薄っぺらいアルバムで、天地の部分の金箔が剝げていた。ひと昔前、女学校を出たての娘たちが必ずといってよいほど手にしていたものだ。そこには、丘の上の教会や、キューピッドや、白鳥の浮かぶ池が炭と水彩で描かれ、次のような詩が添えられていた。

はるかな旅路にわれは出で

永遠《とわ》の別れをモスクワに告ぐ
親しき友と別れを交わし
クリミヤめざして馬車は翔《かけ》る

（それにしてもよく覚えていたものだ！）《こいつは大失敗だぞ》とぼくは思った。かりに、もしだれひとり必要としないものがあるとすれば、まさにこれだ。《まあ、いいさ》ぼくは思った。《初めてのカードは負け、と相場が決まってるじゃないか。むしろ縁起がいい》

ぼくはすっかり愉快になった。

「ああ、遅かったか、あなたですか？　あなたが落札されたんですね？」青いコートを着こんだ紳士の声がふいにぼくの耳もとで響いた。押しだしは立派で、身なりも上品だった。

「遅れてしまった。ああ、残念！　で、いくらでしたか？」

「二ルーブル五コペイカです」

「ああ、それは残念！　よろしければ、お譲りいただけませんか？」

「外に出ましょう」ぼくは一瞬息をのんで彼に囁きかけた。そうしてぼくたちは階段

口に出た。

「十ルーブルでお譲りします」背筋がすっと冷たくなるのを感じながら、ぼくは言った。

「十ルーブルですって！　とんでもない、高すぎます！」

「それなら、結構です」

相手は目を丸くしてぼくを見つめていた。ぼくはそれなりに品のいい身なりをしていたので、ユダヤ人やブローカーに見られる恐れはまったくなかった。

「わたしの身にもなってください、だって、こんな古くてぼろぼろのアルバム、だれが欲しがるっていうんです？　ケースだって、じっさい何の値打ちもないものだし、売ろうたって、だれにも売れやしませんよ」

「でも、あなたが買いたがっている」

「いや、これには特別の事情があるんです、じつはつい昨日、知ったばかりなんです。じっさい、こんなもの欲しがるのは、わたしぐらいです！　それを、そんな！」

「本音を言えば、二十五ルーブルでお願いする気でいたんですがね。でも、それだとあなたが引くリスクがある、そこで確実な線をねらって、たった十ルーブルでお願いしたわけです。一コペイカだって値引きはしません」

ぼくはくるりと背を向けて、歩きだした。

「それじゃ、四ルーブルではどうです？」彼はすでに中庭に出ているぼくを追いかけてきた。「仕方ない、五ルーブルでは」

ぼくはそのまま黙って歩きつづけた。

「もういいです、さあ、受け取って！」そう言って彼は十ルーブルを取りだし、ぼくはアルバムを手渡した。

「でも、いいですか、これって詐欺ですよ！　二ルーブルを十ルーブルだなんて、そうでしょうが？」

「何が詐欺です？　これが市場ってもんです！」

「何が市場です？」（彼は腹を立てていた）

「需要のあるところに市場あり、という理屈でしてね。需要がなければ、四十コペイカでだって売れやしません」

そこで吹きだすわけにもいかず、大まじめな顔をしていたが、内心大笑いしていた――嬉しさあまって大笑いしていたわけではない。ただ、じぶんにもなぜかわからないが、いくらか息が弾んでいた。

「いいですか」どうにも抑えきれなくなって、ぼくはつぶやくように言った。そのじつ、ぼくは彼に親しみを感じ、ひどく好きになっていた。「まあ、お聞きなさい。例

のジェームス・ロスチャイルドの話です、ほら、つい先だって十七億フラン遺してパリで死んだ（相手はひとつうなずいた）、彼はまだ若いころ、ベリー公爵暗殺についてたまたま聞きおよんだ、ほかのだれよりも早く、数時間前にです。で、そのことを、しかるべき筋にすぐに知らせた、そしてそれひとつで、瞬く間に数百万フランの金を稼ぎあげた――これが人間の業というものなんです！」

「それじゃ、あなたは、ごじぶんがそのロスチャイルドだって言いたいわけですか？」男は、まるでバカにどなりつけるような憤然とした調子で叫んだ。

ぼくは急いで屋敷を出た。最初の一歩で、なんと七ルーブル九十五コペイカの儲けが出た！　その一歩が、無意味な、子どもの遊びにすぎなかったことは認めよう、それでも、その一歩は、ぼくの考えに合致しており、異常なくらい深くぼくを揺りうごかした……もっとも、その感情のひだを書きつらねても意味がない。十ルーブル札はチョッキのポケットに収まっており、ぼくは二本の指を差しこみ、それに触れてみた――そしてそのまま手を抜かずに歩きつづけた。百歩ばかり通りを行ったところで、札を取りだして確かめた。札を見るとたちまちキスがしたくなった。屋敷の玄関口で、ふいに馬車の音が轟きわたった。御者がドアを開け、婦人がひとりその馬車に乗りこもうと屋敷から出てきた。ふくよかな、若く、美しい、裕福そうな女性で、絹とビ

ロードのドレスに装いをこらし、一メートル半もあろうかというフリルの裾を引いていた。小ぶりの洒落《しゃれ》たハンドバッグが、ひょいとその手をすり抜けて地面に落ちた。彼女はそのまま馬車に乗りこみ、召使いが腰をかがめてその品を拾い上げようとしたが、ぼくはすぐさま駆けよってそれを拾いあげ、帽子を軽く持ちあげながら婦人に手渡した。(ぼくの帽子はシルクハットで、若者らしい、なかなかの身なりをしていた)婦人は控えめながら、すばらしく愛想のよい笑みを浮かべながら、ぼくに言った。「Merci(ありがとう)ムッシュー」。馬車はがらごろ音を立てはじめた。ぼくは十ルーブル札にキスをした。

3

同じ日にぼくは、高校時代の仲間のひとり、エフィム・ズヴェーレフと会う約束になっていた。彼は高校を中退した後、ペテルブルグのある高等専門学校に入った。彼についてはとりたてて細かく書くほどのこともないし、じっさい、彼と親しい関係にあったわけでもない。しかしぼくは、ペテルブルグでの彼の居場所を探りあてた。というのも、その彼が(これまたとりたてて話すまでもない、いろんな事情で)、ぼく

にとってはまさに死活問題といってよいクラフトがヴィリニュスから帰りしだい、その住所を教えてくれることになっていたからだ。ズヴェーレフは、この一両日中にも戻ってくるはずの彼を待っていて、そのことを一昨日ぼくに知らせてきた。ズヴェーレフに会うために、わざわざペテルブルグ地区くんだりまで出かけていく必要があったが、ぼくは少しも疲れを感じてはいなかった。

ズヴェーレフを訪ねていくと（彼も十九歳だった）、彼は、一時身を寄せていた伯母の家の中庭にいた。昼食を終えたばかりで、竹馬に乗って中庭を散歩していた。彼はすぐさま、クラフトはすでに昨日のうちに到着していて、同じペテルブルグ地区にある以前のアパートにいると教えてくれた。クラフトのほうでも何か急いでぼくに伝えることがあるとかで、できるだけ早くぼくに会いたがっているとのことだった。

「また、どこかに行く気でいるみたいだ」ズヴェーレフは言いたした。

この状況下でクラフトに会うことが、ぼくにとって死活的な意味をもっていたので、すぐに彼のアパートに連れていってくれとズヴェーレフに頼んだ。彼のアパートは、そこから目と鼻の先の、横町の一角にあるらしかった。ところがズヴェーレフが言うには、いまから一時間ほど前にクラフトと会ったが、そのあとクラフトはデルガチョフの家に出かけていったとのことだった。

「だから、デルガチョフのところに行こうぜ、何をぐずぐずしている、怖いのか？」

じっさいクラフトは、デルガチョフの家に長居する可能性があった。だとしたらどこで待てばいいというのか？　デルガチョフの家へ行くのが怖かったわけではない。ズヴェーレフはもう三度もぼくを連れだそうとしていたが、どうしても行く気になれなかっただけのことだ。それに彼は、この「怖いのか」という言葉を発するたびに、まるで面《つら》当てのように、ひどく嫌味な笑みを浮かべた。あらかじめことわっておくと、ぼくはべつに「怖れ」など感じてはいなかった。ぼくが恐れていたのは、それとはまるきりべつのことだ。そこで、改めて出かける決心をした。デルガチョフの家もここから目と鼻の先にあった。道々、ぼくはズヴェーレフに、いまもまだアメリカに逃亡する計画を捨てていないのか、尋ねた。

「まあね、もうちょっと様子を見てみるさ」軽い笑い声を立てて彼は答えた。

ぼくは、彼のことがあまり好きではなかった。いや、まったくといってよいほど好きになれなかった。髪がやたらと白く、ふっくらした顔もぬけるように白く、子どもじみたその白さが見苦しいとさえ感じられた。ぼくより上背があるくせに、年は十七ぐらいにしか見えなかった。彼と話したいと思うことは何もなかった。

「あそこではいったい何をやっているんだい？　いつも正体不明の連中が集まってる

みたいだけど?」確認のためにぼくは尋ねてみた。

「何をそうびくびくしてる?」彼はまた笑いだした。

「ほっといてくれ」腹立ちまぎれにぼくは言った。

「正体不明な連中なんかじゃないぞ。来るのは顔がわかっている連中だけで、みんな仲間同士だ、心配するな」

「ぼくにはまるきり関係ないさ、仲間だろうがなかろうがね! あそこじゃ、ぼくも仲間ってことになるのかな? どうしてあの連中、ぼくのことを信用できる?」

「ぼくがきみを連れてきた、それでもう十分なのさ。きみのことはもう連中の耳に入っているし。クラフトだって、きみの保証はできるし」

「そういや、ワーシンもあそこに来るのか?」

「知らんね」

「もし来てたら、すぐに突《つっ》いて、どれがワーシンか教えてくれ。中に入ったらすぐにだぞ、いいな?」

ワーシンのことはもういろいろ耳にしていて、かねてより興味を抱いていた。

デルガチョフが住んでいたのは、ある女商人の木造家屋の中庭にある小さな離れだったが、その離れは彼がすべて占有していた。こざっぱりとした部屋がぜんぶで三

部屋あった。四つの窓すべてに、日よけのカーテンが下ろされていた。デルガチョフはエンジニアで、ペテルブルグに仕事を持っていた。ちらと耳にしたところでは、とある県に個人的に儲かるポストが見つかり、すでにそちらに移る準備をしているところだという。

ぼくたちがごく狭い玄関に入ったとたん、複数の声が聞こえてきた。どうやらはげしい議論が交わされているらしく、だれかがラテン語でこう叫んでいるのが聞こえてきた。《Quae medicamenta non sanant — ferrum sanat, quae ferrum non sanat — ignis sanat!（薬で治せなければ、鉄で治す、鉄で治せなければ、熱が治す！）》

ぼくはたしかに、少しばかり不安を覚えていた。それが何の集まりであれ、仲間づきあいというものに不慣れだったからだ。高校時代、学校の友だちとは、きみ、ぼくで呼びあっていたが、ほとんどだれとも仲間づきあいをせず、じぶんの隅っこに引きこもり、そこで息をしていた。だが、ぼくを不安にしたのは、それではなかった。どんな場合も議論にくわわらず、必要最小限の発言しかせず、じぶんについてだれにもいっさい結論は出させないと誓っていたのだ。とにかく、議論はしないということだ。

あまりに小さすぎるその部屋に、男が七人、女もくわえると十人ばかりの人が集まっていた。デルガチョフは二十五歳で、妻帯者だった。妻には妹がひとりと、さら

に親戚の娘がいた。彼女たちもみなデルガチョフの家に同居していた。部屋は、どうにかひと揃いの家具しか備わっていなかったが、しかしそれでもう十分だったし、かえって清潔な感じさえしたほどだ。壁にはリトグラフの肖像画がかかっていたが、これはひどい安物だった。部屋の隅には、飾り枠の欠けた聖像が安置され、灯明が灯されていた。デルガチョフは、ぼくのほうに歩みよってきて握手をすると、椅子をすすめた。

「どうぞ、遠慮なく座ってください、ここにいる人たちはみんな仲間ですから」

「どうぞ」ひどくつましい身なりながら、かなり愛らしい顔の若い女性があとからすぐにそう言いたし、ぼくに軽く会釈すると、すぐさま部屋から出ていった。彼女がデルガチョフの妻で、見たところ彼女も議論にくわわっていたが、赤ん坊にミルクをやりにいま部屋を後にしたらしかった。しかし、部屋にはさらに二人の婦人が残っていて、ひとりはたいそう小柄な、二十歳前後の、黒いワンピースをきた女性で、彼女もまた小ぎれいな顔立ちをしていた。そしてもうひとりは、三十前後の、痩せた、するどい目つきをした婦人だった。二人は腰を下ろしたまま熱心に聞き入っていたが、話には加わろうとしなかった。

男たちについていうと、ほぼ全員が立っており、すわっていたのは、ぼくのほかに

クラフトとワーシンだけだった。ズヴェーレフはすぐにふたりを指で示してくれた。というのも、ぼくがクラフトを見るのは、これがはじめてだったからだ。ぼくは椅子から立ち上がり、彼のほうに近づいていって挨拶をかわした。クラフトの顔をぼくはけっして忘れないだろう。とくにハンサムというのではないが、何かあまりに人が好さそうで、デリケートすぎるところがある反面、全体に独特な気品があふれていたのだ。年齢は二十六、痩せこけており、身長は平均より高く、髪はブロンド、顔はいかにも実直そうで、柔和な感じがしたが、全体としてひどくもの静かな雰囲気をただよわせていた。しかしかりに、じぶんのこのごくありきたりな顔と、とても魅力的に見える彼の顔を取りかえる気はあるか、と尋ねられても、ぼくはうんとは言わないと思う。彼の顔には、じぶんの顔にあってほしくない何かが、精神的な意味であまりに落ちつきすぎている感じが、何か秘密めかした、じぶんにもわからない誇りのようなものが見てとれたから。もっとも当時のぼくに、文字通りそんなふうな判断を下すことができたわけではない。今だからこそ、つまり、あの一件が落着した後だからこそ、当時ぼくがそんな判断を下せたように思えるだけだ。

「来てくださって、とてもうれしいです」クラフトは言った。「あなたに関係する手紙を一通、持っているんです。しばらくここにいてから、後でぼくの家に行きましょ

う」

デルガチョフは中背で、肩幅のある、屈強そうな男で、髪は黒々とし、あごに大きなひげを蓄えていた。その目はすばしこそうで、ぜんたいに控えめながら、たえずどこかに警戒心をはたらかせているような感じがあった。総じて無言をとおしていたが、全体の議論を彼がリードしていることはあきらかだった。ワーシンについては、すさまじく頭が切れると聞いていたが、その外見にはあまり驚かされなかった。髪の色はブロンドで、あかるい灰色の大きな目をし、とても正直そうな顔立ちだったが、同時に、何かしら硬すぎる感じがした。社交性に欠けているのではないかとの予感が働いた。が、その目はすばらしく聡明で、デルガチョフよりも知的で深みがあり、部屋にいるほかのだれよりも賢そうに見えた。もっとも、ぼくはいますべてを誇張しすぎているかもしれない。その他、集まった若者たちのなかで思い出せるのは、ふたつの顔だけだ。ひとりは、黒い頬ひげをはやした、長身の、浅黒い顔をした男で、年齢は、二十七、八の、やけに口数の多い男で、どこかの学校教師をしているらしかった。それからもうひとりは、ぼくとほぼ同年の若い男で、ロシア風の半コートを着込んでいた。彫りの深い顔立ちをした、口数の少ない男で、おおむね聴き手の側に回っていた。後でわかったのだが、彼は農民出身らしかった。

「いや、そういうまとめ方はよくありません」明らかにさっきの議論を蒸しかえしながら、ほかのだれよりかっかしている黒ひげの学校教師がそう切りだした。「数学的にどう証明できるか、ぼくには何も言えません、でも、それって、数学的な証明ぬきで信じてもいい理想でね……」

「ちょっと待った、チホミーロフ」デルガチョフが大声でさえぎった。「それじゃ、いま来たお客さんには何もわからないよ。これはだね、いいか」いきなり彼はぼくひとりに顔を向けた（正直、新参者であるぼくを試してやろうとか、ぼくに何かしゃべらせようという魂胆があったなら、その手口はきわめて巧妙といってよかった。ぼくはすぐさまそれを感じとり、心の準備にかかった）。「これはですね、いいですか、ほら、ここにいるクラフト君ですが、性格と信念の固さという点で、彼はもうぼくら全員にもかなりよく知られています。彼は、ごくありふれた事実にもとづいて、きわめて異常な結論に達し、それでもってみんなをあっと言わせました。つまり彼が引き出した結論というのは、ロシア人は二流の国民だということです……」

「三流だろう」だれかが叫んだ。

「……二流の国民、つまり、より高い人種のための材料となる運命にあって、人類の運命にとって独立した役割など担ってはいない、というのです。ひょっとして正当と

もいえるその前提にもとづき、クラフト君はこういう結論に達しました。つまり、すべてのロシア人のこれからの活動はすべて、この理念によって身動きがとれなくなり、すべてお手上げといった状態にならざるをえなくなる、という結論です……」

「失礼ですが、デルガチョフ、そういうまとめ方はよくありません」チホミーロフがこらえきれずにまた口をはさんだ（デルガチョフはすぐに発言をゆずった）。「クラフト君は、真面目に研究をつづけ、生理学にのっとって数学的に正しいと考える結論を引きだしました。おそらくその思想（ぼくならこれを a priori（アプリオリに）、ごく冷静に受け入れますがね）に約二年間をつぶしています、そのことを考慮し、ということは、クラフト君の心労と真剣さを考慮すれば、この問題は、ひとつのまれな現象であることがわかります。そうして見た場合、クラフト君には理解できない問題がひとつ出てくるわけで、その問題にこそ取りかからなくちゃならない、つまり、クラフト君の理解がおよばない部分です。だってこれは、まれな現象なんですから。解決する必要があるのは、このまれな現象が、単発的なものであって、何かしら臨床研究に値するものなのか、それとも、ほかの場合においてもノーマルに反復される性質のものなのか、ということです。これは、すでにわれわれの共同事業という視点から見ても興味深い。ロシアについていうと、ぼくはクラフト君の説に賛成していますし、わ

が意を得たりと言ってもいいくらいです。もしもこの理念がみんなに理解されたとしたら、多くの人が両手の縛りを解かれ、愛国的な偏見から解き放たれるでしょうね……」

「ぼくはね、べつに愛国心で言ってるわけじゃないんだ」クラフトが、何やら気色ばんで言った。こうした議論全体が不愉快らしかった。

「愛国心がどうとか、なんてどうでもいい話でね」それまでじっと黙り込んでいたワーシンが口をはさんだ。

「でも、そう、教えてほしいんですが、クラフト君の結論が、どうして全人類的な事業への欲求を弱めるんでしょうか？」学校教師が叫んだ（声を張りあげていたのは彼ひとりで、残りの連中はみな小声で話していた）。「たとえロシアが二流国を運命づけられていたっていいんです。べつにロシア一国のためだけじゃなくても働けますよ。それにもし、ロシアを信じることをすでに止めているとしたら、どうしてクラフト君が愛国主義者だっていえるんです？」

「おまけにドイツ人だし」またしても茶々が入った。

「ぼくは、ロシア人だよ」クラフトが言った。

「そいつは、この問題と直接関係ないぞ」横やりを入れた相手にデルガチョフが釘を

さした。

「じぶんの狭い思想の枠から抜けだすことですね」相手の言うことをいっさい聞きいれずにチホミーロフが応じた。「ロシアが、ほかのより高い種族のための材料にすぎないとしても、どうしてそういう材料の役割を担うことがいけないんです？　それって、けっこういい役回りじゃないですか。任務の拡大ということを考え、どうしてこの思想に安住するのが悪いんです？　人類はね、再生の前夜にあるんですよ、しかもその再生はすでにはじまっています。目の前にある任務を否定するのは、それが見えていない人間だけです。もしもロシアが信じられなくなったんなら、ロシアなんか捨てて、未来のために働けばいいじゃないですか――まだだれも知らない、ただし、人種の別なく、全人類からなる国民のためにね。そうじゃなくたって、ロシアもいつかは滅びてしまうんですから。どれほど才能に恵まれた国民だって、生きのびられるのは、せいぜい千五百年か、長くて二千年です。二千年だろうが、二百年だろうが、そう大差ないでしょう？　ローマ人は、生きた姿では千五百年と生きのびられず、やっぱり一個の材料と化してしまった。ローマ人なんてとうの昔にこの世から消えてなくなっていますが、でも、理念は残しました、そしてその理念は、一個のエレメントと化して後々の人類の運命のなかに入りこんでいったんです。いやしくも人間、どうし

て何もやるべきことがないなんていえるんです？　いつかやるべきことがなくなるなんていう事態、ぼくにはとても想像できませんよ！　人類のために働き、ほかのことには気を遣わないことです。注意してまわりをみれば、一生かけても足りないくらい、やるべきことがたくさんあります」

「自然と真理の法則にしたがって生きなくてはだめね」ドアの陰からデルガチョフ夫人が口をはさんだ。ドアがかすかに開いていた。彼女は明らかに、立ったまま胸もとの赤ん坊に乳を含ませながら、熱心に耳を傾けていたのだ。

かすかな笑みを浮かべながら、クラフトは話に聞きいっていたが、やがていくぶん憔悴したような面持ちで口を開いた。とはいっても、顔つきは真剣そのものだった。

「ぼくにはわからないんです。みなさんはいまごじぶんの知性や心を完全に屈服させている、ある支配的な思想の影響下にあって、それなのにどうして、その思想の外にある何かを糧《かて》にこの先生きていけるんでしょう？」

「しかしですよ、かりにきみの結論がまちがっていることが論理的かつ数学的に証明されたとします、いや、それればかりか、そもそもきみの思想全体がまちがっていることが証明されたとします、つまりロシアが二流国を運命づけられているというだけの理由で、人類共通の有益な活動からじぶんを除外する権利など少しも持ちあわせてい

ないということが証明されたとします。いや、それどころか、せせこましい地平線にかわって、無限の世界がきみに示される、つまり、偏屈な愛国主義の理念にかわって……」

「あの、ですね！」クラフトがしずかに手を振った。「さっき言ったでしょう、これは愛国主義とは関係ないって」

「ここには明らかに誤解があるな」とつぜんワーシンが議論に割って入った。「誤解のもとはこういうことだ。つまり、クラフト君の結論はたんなる論理的な結論じゃなく、言ってみれば、感情と化した結論だということだ。人間の天性なんて、かならずしも一様じゃない。多くの場合、論理的な結論が、どうかすると、すさまじく強烈な感情にかわって全存在をとりこにし、それを追っぱらうことも作りかえることもすさまじく困難になったりする。そうした人間を正常にもどすには、この場合、感情それ自体を変えなくてはならないんだが、それには、その感情を、べつの、それに匹敵するぐらいの感情で代替するよりほかに手はないんだ。これはつねに困難だし、たいていの場合、まず不可能といっていい」

「ちがいます！」議論好きの学校教師がわめき立てた。「論理的な結論というのは、すでにそれ自体で、偏見を解体してしまうものなんです。理性的な信念も同じ感情を

生みだします。思想は感情から出るけれど、今度は人間のなかに根を下ろして、新しい感情を形づくるものなんです！」

「人間ていうのは、ひじょうに多様でね。感情をたやすく変えられる人間もいれば、なかなかそれができない人間もいる」この手の議論はもう結構とでも言いたげにワーシンが答えた。しかし、ぼくは彼の考え方に感激していた。

「ほんとうにそうです、あなたのおっしゃるとおりです！」ぼくは思わずワーシンに向かって言った。氷を割るみたいにいきなり話しはじめたのだ。「たしかに、ある感情を代替させるには、べつの感情を注入しなくてはだめです。四年前にモスクワであった話ですが、ある将軍が……といっても、べつにその人を知っていたわけじゃありません、ただ……たぶん、その人は、もともと、他人の尊敬を呼びおこすような人じゃなかったかもしれない……おまけに、その事実もばかげた話で終わったのかもしれません……それはともかく、そう、その将軍の子どもが死んでしまった、つまり、将軍には幼い娘が二人いたのですが、次々と猩紅熱《しょうこうねつ》にかかって死んでしまった……仕方のないことですが、将軍はすっかりうちのめされ、悲しがってばかりいたのです。あまりの悲しがりように、見舞いに行ってその顔を見るのもしのびないほどでした。そしてほとんど半年かそこらしてその将軍もぽっくり逝ってしまった。将軍

が、悲しみのあまり死んだというのは、もうまちがえようのない事実です！　だとしたら、どうすれば将軍を生き返らせてやれたでしょう？　答えは、それと同じくらい強い感情を与えることです！　彼のために、墓からふたりの娘を掘り起こして、彼の手もとに返してやる――それしかありません。つまり、それと同等のことをするしかないんです。彼は死んでしまった。あるいはおそらく、その彼のためにすばらしい結論を並べ立ててみせることもできたでしょう。人生とは、はかないものだ、とか、生者必滅《しょうじゃひつめつ》であるとか、あるいは年鑑の統計を持ちだしてきて、猩紅熱で死ぬ子どもは年に何人いると示してやるとか……その人は退職していました……」

ぼくはそこで息が切れ、ぐるりとまわりを見まわしながら話をやめた。

「話がぜんぜんちがうよ」だれかが言った。

「あなたが例に出された事実は、今回の問題とは性質が異なりますが、でも、それなりに類似しているところがあって、本質の解明に役立ちます」ワーシンがぼくに向かって言った。

4

　ここで告白しなければならない。どうして「理念—感情」にまつわるワーシンの主張に、ああまで感激してしまったのか、と同時に、すさまじい羞恥心にかられたのか。たしかに、デルガチョフの家に行くのをぼくはしり込みしていた。といって、それはズヴェーレフが想像していたような理由からではなかった。ぼくがしり込みした理由というのは、ぼくがまだモスクワにいた時分からあの連中を恐れていたせいなのだ。彼らが（つまり、彼らないしは彼らに類する連中のことだが、そんなことはどうでもいい）——論客であること、そしておそらく『ぼくの理想』など粉々に打ちくだいてしまうだろう、ということがわかっていた。じぶんの理想をけっして連中に売りわたさない、口にしないといえるだけの確とした自信がぼくにはあった。しかしぼく自身がかりにそれをおくびにも出さなくても、彼らのほうが（ということは、またしても彼らないし彼らに類する連中ということになる）勝手に何かを言いだし、そのせいでぼく自身が、じぶんの理想に幻滅するおそれがあったのだ。『ぼくの理想』には、まだじぶんにも解決しきれていない問題がいくつか残されていたが、かといって、ぼ

く以外のだれかに解決してほしいとは思っていなかった。この二年間、ぼくが読書をやめたのも、もとはといえば、『理想』の不利益となる箇所に遭遇し、そのせいでショックを受けるかもしれないという恐れがあったからだ。ところが、ふいにワーシンがこの問題を一気に解決して、最高の意味でぼくを安心させてくれた。じっさいのところ、ぼくはいったい何を恐れていたのか、彼らにどんな弁証法があったにしろ、ぼくにたいしていったい何ができたというのか？　ひょっとして、あそこにいる連中で、ワーシンが語った「理想—感情」の本質がわかったのは、ぼくひとりかもしれない。すばらしい理想を論破するだけでは足りない、それと同等のすばらしい何かで代替させなくては。でないと、じぶんの感情との決別をまったく望んではいないぼくは、彼らが何を言おうと、たとえ暴力的にでも、じぶんの心のなかの反論を論破することになる。では、あの連中は、いったいその代替物として何を与えることができたというのか？　であればこそ、ぼくはもっと勇気を出してもよかったし、もっと男らしくふるまうべきだったのだ。ワーシンの説に有頂天になったぼくは恥ずかしさを覚え、じぶんをろくでもないガキだと感じた！

ここでもうひとつ、恥ずべきことが思い出された。ぼくが迷いを吹っきって話しだしたのは、じぶんの頭の良さをひけらかしたいという浅ましい感情のせいではなかっ

たが、『首っ玉にかじりつきたい』という願望はあった。じぶんがよい人間であると認められ、抱きしめてもらいたい、あるいはそれに類したことをしてもらいたいという願望（端的に下劣というしかない）、ぼくはそれを、じぶんがもっているすべての恥辱のなかでもっとも浅ましい感情とみなしていた。そしてもうずいぶん前から、それがじぶんのなかにあるのではないかと疑ってきた。それは、そう、ぼくが何年も耐えてきた、といってべつに悔いているわけでもない、あの「隅っこ」時代以来のものだ。ぼくはわかっていた。人前にあるときはできるだけ陰気にふるまわなくてはならない、と。こうしたもろもろの恥っさらしをしでかしたあとで、ぼくを慰めてくれたのは、それでもぼくには『理想』がある、それは依然として秘密のままだ、ぼくはそれをだれにも明かさなかったという思いだけだった。ときどきこんなふうなことを想像しては気が遠くなったものだ。つまり、じぶんの理想をだれかに明かしたりしたら、ぼくにはもう何ひとつ残らなくなる、したがって、ほかのみんなと等しなみの人間になってしまい、ひょっとして、この理想を捨てることになるかもしれない、と。だからこそ、ぼくはこの理想をしっかりと守り、つまらぬおしゃべりに戦《おのの》いていたのだ。ところがどうだ。デルガチョフの家ではほとんど最初のぶつかりあいでしびれを切らしてしまった。むろん、秘密を明かすことはしなかったが、許しがたいほどおしゃべ

りにかまけ、恥っさらしなまねをしでかした。なんともいやな記憶だ！　そう、ぼくは人間といっしょに暮らすことができない。ぼくはいまもそう考えている。これは、向こう四十年間の暮らしのことを言っている。ぼくの理想は、隅っこにあるからだ。

5

ワーシンに褒められたとたん、ぼくは急にたまらなく話がしたくなった。

「ぼくの考えでは、だれもがじぶんの感情を抱く権利を持っています……信念から生まれたものであれば……だれにも責められる筋合いはありません」ぼくはワーシンに向かって言った。威勢よくそうは言ってのけたが、まるでじぶんではなく、ぼくの口のなかで他人の舌が勝手に動いているみたいな感じだった。

「へえ、そんなもんですか？」だれかがそれを受けて、間延びした皮肉っぽい調子で言った。デルガチョフの話の腰を折り、クラフトをドイツ人呼ばわりした例の男の声だった。

どうしようもないろくでなし、とぼくは思い、あたかもその声の主が学校教師でもあるかのようにそちらに向き直った。

「だれにたいしても批判はしない、これがぼくの信念です」体が震えていたが、ここまで来たらもう行くところまで行くしかなかった。

「何だってそう秘密めかす？」またろくでなしの声がひびきわたった。

「だれにも理想があります」ぼくの真向かいにすわり、無言のままにこにこしながらぼくを観察している教師をにらみつけた。

「お宅はどうなんです？」ろくでなしが叫んだ。

「話せば長くなります……でも、ぼくの理想の一部を言えば、だれにも干渉させないということです。じぶんの手もとに二ルーブルがあるうちは、ひとりで生活し、だれにも頼らない（どうぞご心配なく、反論は覚悟していますから）、何もしたくない——クラフトさんがさっき呼びかけた人類の大きな未来のためだろうと、働きたくありません。個人の自由、ということは、何はさておきぼく自身の自由ですが、それが第一です、その先のことは何も知りたくないんです」

　ぼくが過ちをおかしたとすれば、それは腹を立てたことだ。

「つまり、満腹した牛の、事なかれ主義を唱えられるわけですね？」

「それでいいじゃないですか。べつに牛に屈辱を感じる人間なんていませんから。ぼくはだれにも何の借りもありませんし、租税のかたちで社会にお金を払っています。

身ぐるみはがされたり、殴られたり、殺されたりしないようにね。ですが、それ以上はもう、だれも何もぼくに要求できません。ひょっとして、ぼくも、一個人としてべつの理想を持っていて、人類に奉仕したいと思うかもしれません、いや、奉仕するでしょうね。もしかすると、そのあたりで説教を垂れている連中なんかより、十倍も奉仕するかもしれない。ただし、ぼくとしては、それをだれにも要求されたくないんです、クラフトさんの言うように、だれにもそれを強制されたくない。指一本、上げないことだって、完全にぼくの自由です。人類愛と称して、駆けずりまわったり、みんなの首にすがったり、感涙にむせぶなんて、――たんなる習慣にすぎませんから。第一、どうしてぼくがじぶんの隣人や、あなたがたの言う未来の人類とかをぜったいに愛さなくちゃならないんです。そんなの、このぼくが目にすることなどけっしてないわけですし、逆にこのぼくのことが知られることもない、そういう未来の彼らにしたところで、地球が氷の石に変わり、同じようにほかの氷の石といっしょに真空の宇宙をぐるぐると回るときはもう跡形もなく、思い出すらなく（ここでは、時間なんて何の意味もないんです）朽ち果ててしまうわけでしょう。これ以上、無意味なことなんて想像することもできないくらいです！　それがあなたがたの教えというわけですよ！　さあ、教えてください。どうしてこのぼくは是が非でも立派な人間にならなく

ちゃいけないのか、そもそも、すべては一瞬の出来事にすぎないっていうのに」

「あれ、まあ!」先ほどの声が叫んだ。

ぼくはすべての綱を断ちきり、苛立ちながら、毒々しい調子でこれらのことを吐き出した。穴倉に転げ落ちていくのがわかっていたが、ぼくは反撃を怖れて先を急いだ。ぼくは感じすぎるくらい感じていた、まるで篩《ふるい》にかけるみたいに、脈略もなく、十の考えをすっとばして十一番に移るといった飛躍ぶりだった。だが、彼らを説きふせ、屈服させてやろうと先を急いでいた。それは、ぼくにとってそれくらい重大事だったのだ! なにしろ三年間も準備してきたのだ! ところが、驚くべきことに、彼らはふいに黙りこむと、ひとことも発することなく、そのまま話に聞きいった。ぼくはその間ずっと教師と向かいあっていた。

「そうなんです。あるひじょうに賢い男があるとき言っていました、『なぜ、人はぜったいに高潔であるべきなのか』という問いに答えることくらいむずかしいものはないとね。いいですか、この世には、三種類の卑劣漢がいるんです。第一が、ナイーブな卑劣漢、つまり、じぶんの卑劣さを最高の高潔さと信じこんでいる卑劣漢です、次が、恥じることを知っている卑劣漢、つまり、じぶんの卑劣さを恥じてはいるが、ある絶対的もくろみから、それを最後まで貫きとおそうとする卑劣漢です、そして最

後が、たんなる卑劣漢、つまり、筋金入りの卑劣漢です。たとえばです、ぼくには、ランベルトという友だちがいましたが、彼がまだ十六歳のとき、ぼくにこんなことを言ったんです。じぶんが金持ちになったときのいちばんの楽しみは、貧乏人の子どもたちが飢えで死にかけているのを横目に、パンと肉を犬にくれてやることだ。そして、貧乏人たちに焚くものがないときに、薪屋をまるごと買い占め、野っ原に山と薪を積みあげて空まで焼きこがし、連中には一本もくれてやらないことだ、とね。これが彼の本音だったんです！　教えてください、この筋金入りの卑劣漢に、『なぜ、ぜったいに高潔であるべきなのか』とかりに問われたとして、どう答えたらいいのか。とくにいま、あなたたちがこうまで作り変えてしまった現代にね。だって、いまぐらい悪い時代なんて、これまでいちどもなかったわけですから。みなさん、ぼくたちの社会はわからないことだらけです。だって、あなたがたは神を否定し、献身的な営みを否定していますが、なのにどうして、耳も聞こえなければ、目も見えない、鈍感で沈滞した社会が、このぼくをそんな行動に走らせるでしょう、そんなことしないほうがぼくにはもっと有利だというのに？　あなたがたはこんなことを言っています。『人類にたいする合理的な態度もまた、きみの利益である』と。でも、ぼくがかりにそういった合理的なものを、つまり兵舎だとか共同住宅だとかを非合理的なものとみなし

たらどうなさいます？ そんなもの、ぼくはまっぴらごめんですし、未来なんてどうでもいいんです。ぼくがこの世に生きられるのは、いちどかぎりなんですから！ じぶんの利益は、じぶん自身で知りたい、だってそのほうがずっと愉快ですしね。あなたがたが考えている人類が、一千年後にどうなるかなんて、ぼくに何の関係がありますか。あなたがたの法典《コード》にしたがえば、愛も、未来の生活も、じぶんの献身にたいする承認も得られないのですから。いや、ごめんこうむりますよ。もしもそうだとしたら、ぼくは、もうすさまじく乱暴なやりかたで、じぶんひとりのためだけに生きてみせます、すべてがぶっつぶれようとかまいません！」

「たいした願いだ！」

「そうはいっても、こちらはいつでもおつきあいする気ですよ」

「そいつは、ますます結構！」（これは、やはり例の男の声だった）

残りの連中は沈黙をまもり、ぼくをにらみながら、ぼくがなにものかを見きわめようとしていた。だが、部屋のあちこちから、おもむろに忍び笑いが起こりはじめた。まだ低い笑い声だったが、だれもがぼくの目をじっと見すえながら笑っていた。ワーシンとクラフトだけは笑っていなかった。黒ひげもにやにや笑い、こちらをじっとにらみながら聞いていた。

「みなさん」全身が震えていた。「ぼくの理想は、何があってもぜったいに明かしません。いや、それとは逆に、あなたがたの視点に立って尋ねます――これが、ぼくの視点だなどとは思わないでください、なにしろ、ぼくのほうがたぶん、あなたがた全員より、いや、あなたがた全員を束にしたより、それこそ千倍だって人類を愛していますから！　だから、教えてください。こうなった以上は、ぜひとも答えていただきたい、いいえ、そちらには答える義務があるんです、だって笑ってらっしゃるでしょう。だから、さあ、教えてください。あなたがたはこのぼくを従わせるために、いったい何で釣るおつもりか？　さあ、言ってください、あなたがたの方法のほうがぼくより上だっていうことを、どうやって証明してくれます？　あなたがたはあなたがたの兵舎でのぼく個人のプロテストをどう処理されるおつもりで？　みなさん、ぼくは前々からあなたがたにお会いしたいと思っていました！　あなたがたには、兵舎とか共同住宅とか、stricte nécessaire（必需品）とか、無神論とか、子どもをもたない共有の妻とかいった夢がある。それらが、あなたがたの到達点《フィナーレ》であることは、ぼくにもわかっています。そしてそうしたものと引きかえに、あなたがたはぼくの全人格を取り上げようとしているわけです！　あなたがたの合理主義がぼくに保証してくれる、平均的利益のごくちいさな一部分と引きかえに、ひときれのパンやぬくもりと引きかえにね。

失礼ですが、その共同宿舎でぼくの妻がどこかに連れ去られたとします。そのときそのライバルの頭を叩き割ったりしないよう、あなたがたはぼくの人格をとりしずめてくれるんでしょうか? いや、その頃にはきみにも少しは知恵がついてるさ、なんておっしゃるんでしょうね。でも、妻のほうは、少しでも自尊心があるとして、そんな理性的な夫のことをどう言うでしょうか? これってまったく不自然じゃないですか、恥を知るべきです!」

「あなたは、女性のことにお詳しいのかな?」悪意のこもる、例のろくでなしの声がひびきわたった。

一瞬、そいつに飛びかかって、殴りたおしてやろうか、との考えが閃いた。男は、あまり上背もなく、赤茶けた髪をして、そばかすがあり……いや、こんな男の外見なんてどうでもいい!

「どうぞご心配なく、ぼくはまだ女性をまったく知りませんので」その男のほうに初めて顔を向けながら、ぼくは断ちきるように言った。

「それは貴重なご報告、ですが、もう少し品よくご報告していただきたかったですな、ご婦人もおられる手前!」

ところが、そこで一同は急にもぞもぞしはじめた。帽子を手にとり、帰り支度をは

じめたのだ——むろん、ぼくのせいではなく、時間が来ていたのだった。だが、ぼくにたいするその無言の態度に、ぼくは恥ずかしさのあまり叩きのめされたような気がした。ぼくもひょいと立ちあがった。

「それはそうと、失礼ですが、あなたのお名前、聞かせてもらえませんか、ずっとわたしのほうをごらんになっていたでしょう」例の教師が、恐しくいやらしい笑みを浮かべながら急にこちらに歩みよってきた。

「ドルゴルーキーです」

「ドルゴルーキー公爵ですか？」

「いえ、ただのドルゴルーキーです。元農奴のマカール・ドルゴルーキーの息子で、元主人ヴェルシーロフ氏の私生児。でも、みなさん、どうかご安心を。ぼくはべつに、みなさんにこの首にかじりついてほしくて言ったわけじゃありませんから！　それに、牛みたいに同情の声を上げてくれても困るんです」

甲高い、おそろしく無遠慮な笑い声がどっと響きわたったせいで、ドアの向こうで寝入っていた赤ん坊が目をさまし、はげしく泣きじゃくりはじめた。怒りのあまり体がふるえ出した。一同は、こちらにはいっさい目もくれずにデルガチョフと握手を交わし、部屋を後にした。

「行きましょう」クラフトがぼくを突いた。ぼくはデルガチョフに歩みよると、力いっぱい彼の手を握りしめ、何度か、それも思いきって相手の手を上下にゆすった。

「クドリューモフのやつが（例の赤茶けた髪の男だ）嫌味ばかり言って、申し訳ないことをしました」デルガチョフがぼくに言った。

クラフトの後につづいて外に出た。ぼくはもう何も恥じてはいなかった。

6

むろん、現在のぼくと当時のぼくとのあいだには、雲泥の開きがある。

《何も恥じることはない》そう思いつづけながら、ぼくは、まるで二流の人間扱いするみたいにクラフトのそばを離れると、階段口のところでワーシンに追いついた。そして何ごともなかったかのように、ごく自然な態度で尋ねた。

「あなたは、ぼくの父を知ってらっしゃるようですが。つまりぼくが言っているのは、ヴェルシーロフのことですが」

「いや、とくに知り合いというわけじゃありません」ワーシンは間髪をいれずに答えた（そこには心細《こま》やかな人間が、面目を失くしたばかりの相手にたいしてとる、腹立

たしい、わざとらしい慇懃さはかけらもなかった)。「でも、いくらかは知ってはいます。じっさいにお会いしたこともあるし、話を聞いたこともあります」

「話を聞いたことがあるなら、むろん知ってるってことですよ。だって、相手がそもそもあなたなんですから! で、彼についてどうお思いです? ごめんなさい、いきなりこんな質問して。でも、ぼくには必要なんです。あなたが本音でどう考えてらっしゃるか、あなたの意見がとくに欠かせないんです」

「ずいぶんと買いかぶってらっしゃいますね。そうですね、あの人は、じぶんにとてつもない要求を課すことのできる人のような気がします、しかも、たぶん、それらの要求をもののみごとに実現してしまう——ただし、だれにも説明せずに」

「たしかにそう、ほんとうにその通りです。あの人は、とてもプライドの高い人なんです! でも、純粋な人間っていえるでしょうか? そうでした、あなたは、あの人のカトリック改宗の噂、どう思われます? いや、忘れてました、ひょっとしてご存じないかもしれない……」

ぼくがもしああまで興奮していなかったら、むろん、あれほど矢継ぎ早に、質問をたたみかけることはしなかったろう。しかもその相手は、これまでいちども話したことがなく、たんに噂で聞いていただけの人物なのだ。驚いたことに、ワーシンはどう

やらぼくの狂気に気づいていなかったらしい！

「何かそんな噂を耳にしたことがありますね。でも、それがどれくらい正確なものかはわかりません」相変わらず平然と、淡々とした調子で彼は答えた。

「あれは嘘なんです！　あの人について言われていることは、みんなでたらめなんです！　あの人が神を信じることができるなんて、本気にできますか？」

「あなたがいまおっしゃられたとおり、あの人はとてもプライドの高い人間です。でも、プライドの高い人間の多くが、好んで神を信じるものなんです。とくに、いくらか人間を見下している人間はね。強い人間には、えてしてある自然な欲求があるみたいです。つまり、じぶんが跪《ひざまず》くだれかを、あるいは何かを見つけ出したいという欲求です。強い人間というのは、ときどき、じぶんの力を持ちこたえるのが、とても苦しくなるものなんですよ」

「たしかに、それはほんとうにそのとおりかもしれない！」ぼくはまた叫んだ。「ただ、ぼくが知りたいのは……」

「その理由は、明白です。彼らは、人間に跪かずにすませるために神を選ぶからです――むろん、じぶんのなかで何が生じているか、わからずにそうしている。神に跪くというのは、さほど屈辱的なことじゃありませんからね。彼らは、とてつもなく熱

心な信者になっていきます――もっと正確な言い方をすると、信じることを熱望する。ところが彼らは、その願望を信仰そのものととり違えているのです。ですからそういう連中のなかから、最後にきて幻滅する連中がとくにひんぱんに生まれるわけです。ヴェルシーロフ氏については、こう考えています。彼には、すさまじく真摯な性格の側面もあるとね。それに、全体としてぼくは彼という人間に興味を持ちました」

「ワーシンさん！」ぼくは声を張りあげた。「そう言っていただけて、ほんとうにうれしいです！　ぼくが驚いているのは、あなたの知性というよりあなたが、そこまで純粋で、しかもぼくよりはるかな高みに立つあなたが――まるで何ごともなかったみたいに、こうしてぼくと並んで歩き、こんなふうに率直に、ていねいに話がおできになるっていうことです」

ワーシンはにこりと笑みを浮かべた。

「ちょっと褒めすぎですよ、あんなものべつにどうってことありません。あなたが抽象的な議論が好きすぎるというだけのことです。これまでとても長い期間、人と口をきいたことがなかったんでしょう」

「三年間、沈黙を守っていました、三年間、口をきく準備をしていたんです……むろん、ぼくはあなたにバカと思われるわけにはいかなかった、だって、あなたは、とて

つもなく賢い人ですから、もっとも、ぼく以上にバカなふるまいは考えられないでしょうが、でも、下劣な人間にみられてしまった！」

「下劣な人間？」

「そうです、まちがいありません！　正直に言ってください、あなたは心のうちでぼくを軽蔑していませんか？　だって、ぼくは、ヴェルシーロフの私生児ですなんて口にして……おまけに、農奴の子だなどと自慢までしてみせたんですよ」

「あなたは、じぶんを苦しめすぎていますね。ばかなことを口にしたとお思いになるなら、次回はそんなこと口にしなければすむことです。だって、これから先五十年の人生が待ってるんですから」

「ええ、わかっています。ぼくは、人々の前ではあまり口をきかないようにしていなくてはいけないんです。わがままはいろいろありますが、そのなかでいちばん卑劣なのは、他人の首にぶら下がることです。さっきそのことをあの連中に言ったはずなのに、肝心のぼくがこうしてあなたの首にぶら下がっている！　でも、ちがいはあるはずです、そうでしょう？　もしこのちがいを理解してくださったら、理解することができるのでしたら、ぼくはこの瞬間を祝福します！」

　ワーシンはまたにこりと笑みを浮かべた。

「よかったら、ぼくの家にいらっしゃい」彼は言った。「ぼくはいま仕事があって忙しいですが、あなたなら大歓迎だ」

「ぼくはさっき、あなたの顔を見て、こう判断したんですよ。あなたには度をこして不屈で、打ちとけないところがあるってね」

「それはたしかにそうかもしれない。ぼくはあなたの妹のリザヴェータさんと去年、ルーガで知りあいました……おや、クラフト君が立ちどまりました、あなたを待っているようです。彼はあそこで曲がりますから」

ぼくはワーシンと固く握手をかわし、ぼくがワーシンと話をしている間ずっと前を歩いていたクラフトのほうに駆けよった。ぼくらは、無言のまま彼のアパートにたどりついた。ぼくはまだ彼と話す気になれなかったし、話すこともできなかった。クラフトの性格のなかでもっとも強烈な特色のひとつが、そのデリケートさだった。

第四章

1

クラフトは以前どこかに勤めながら同時に、今は亡きアンドロニコフ氏が公務外で常時手がけていた個人的な仕事を（彼からその報酬も得ながら）手伝っていた。ぼくが彼に会おうとしたのは、アンドロニコフ氏と特別近い関係にあったクラフトが、ぼくがいま大きな興味を持っている事件についてもいろいろ知っているかもしれないと考えたからだった。しかも、ぼくがモスクワの高校に通っていた数年間、下宿していた家の主人ニコライ・セミョーノヴィチの妻のマリヤさんからも——彼女は、このアンドロニコフ氏のじつの姪にあたり、気に入られて養女となった——クラフトがぼくに何かを手渡すように「委任」までされていることを知らされていた。そんなわけで、

ぼくはもうまるひと月、彼が来るのを待っていたのだ。

クラフトは、二間の質素なアパートで完全に独立した暮らしをしていたが、いまは戻ったばかりとのことで、女中も置いていなかった。スーツケースは開けられていたが、まだ整理がすんでおらず、いくつかある椅子の上にはいろいろな品々がころがっており、ソファの前のテーブルの上には、手荷物用のカバン、旅行用の小物入れ、ピストルなどの品々が並べられていた。部屋に入るなり、クラフトは、まるでぼくのことなど忘れさったかのように深く物思いに沈んでしまった。ことによると、ここに来る途中、ぼくが話しかけなかったことにすら気づかなかったかもしれない。彼はすぐ何かを探しにかかったが、ちらりと鏡をのぞくとそのまま立ちどまり、まる一分もの間、じぶんの顔に見入っていた。一風変わったその癖にぼくは気づいたが（後になってすべてをまざまざと思い起こした）、ぼくは憂鬱だったし、とても困惑していた。だから集中して考えることもできなかった。一瞬のことながら、ぼくはこのままぷいと外に飛びだし、このまますべてを永久に放りだしたくなった。そもそも、このすべての物事とやらにどんな本質的な意味があるのか？　たんにじぶんが勝手に背負い込んだ、上辺だけの心労にすぎないのではないか？　そこで絶望的な気分になった。それこそぼく自身、確固とした課題を目の前に抱えながら、たんなる感傷から、何の価

値もない、ばかげたことにエネルギーを費やしている。他方、デルガチョフの家で起こったことを思うにつけ、ぼくが真面目な仕事にはまったく不向きだということがはっきり露呈した。

「クラフトさん、これから先もあの連中のところに顔を出すつもりですか?」ぼくはだしぬけに尋ねた。ぼくの言っている意味がよくわからないとでもいいたげに、彼はゆっくりとこちらをふり返った。ぼくは椅子に腰を下ろした。

「連中を許してやってください!」クラフトがとつぜん言った。

ぼくは、当然、それを嘲りととった。だが、相手の顔をひと目見て、そこには、ひどく奇妙で、驚くばかりに純真な表情さえ浮かんでいるのに気づいた。彼がどうしてそこまで熱をこめて連中を「許して」と頼んだのか、ぼく自身、不思議な気がしたほどだ。彼は椅子を置いて、ぼくのそばに腰を下ろした。

「じぶんでもわかっています。たぶんぼくって人間は、自尊心のはきだめみたいなもので、それ以外の何者でもないんでしょう」ぼくは切り出した。「でも、許しは請いませんから」

「それに、請うべき相手もまるでいないでしょうし」彼は、静かながら、真剣な顔をして言った。彼はこの間、小声のひじょうにゆっくりした口調で話していた。

「じぶんは悪くたっていいんです……じぶんが悪いっていう状態が好きなんですよ……クラフトさん、ごめんなさい、こんな大口叩いて。でも、ひとつ聞きたいんですが、あなたもあのサークルの一員なんですか？　ぼくが聞きたかったことはそのことです」

「連中は、べつに人より愚かというわけでもなければ、賢いわけでもありません。たんに狂っているだけです。ほかの連中と同じでね」

「全員が、狂ってるですって？」好奇心にかられて思わず彼の方をふり向いた。

「このご時世、多少ともましな人間はみな、頭が変になっています。わが世の春を謳歌しているのは、凡庸な、能なしの人間だけですよ……もっとも、こんなこと言ったところで、何の意味もありませんが」

そう言いながら、彼はぼんやりと虚空を見つめ、なにか口に出しかけては、途中でぷつりと言葉を切らすのだった。とくに驚かされたのが、その声から聞きとれる何かしら沈鬱な感じだった。

「ワーシンも連中といっしょなんですか？　ワーシンには——知性があります。ワーシンには——道徳的観念があります！」ぼくは叫んだ。

「道徳的観念なんて、いまどき全然はやりませんよ。突如、跡形もなく消えてしまっ

た。そんなものは、かつていちどもなかったみたいな感じにね」

「かってなかったですって？」

「この話、やめにしたほうがよさそうですね」ひどく疲れはてた様子で彼は言った。悲哀に満ちたひたむきな表情にぼくは胸を打たれた。どこまでも利己的なじぶんを恥ずかしく思いながら、ぼくは彼の調子に引きこまれていった。

「今の時代というのは」二分ほど押しだまってから、あいかわらず虚空に目をやりながら、彼は話しだした。「今の時代というのは、中庸と無関心の時代なんです、無知への情熱、怠惰、無能力、すべてできあいのものへの要求が支配する時代です。考えごとをする人間なんてどこにもいません。じぶんの理想に殉じようなんて人間、めったにいません」

ふいにまた話を止め、しばらく押しだまった。ぼくは耳を傾けていた。

「いまのロシアは、森を切り、土壌を疲弊させて、荒れ野に変え、カルムイク人のための土地を準備しようとしています。だれか希望にあふれる人間が現れ、木でも植えようものなら、ひとり残らず笑いだすでしょうね。『その木が大きく育つまで生きてるつもりか？』とね。ところが、その傍《かたわら》では、善を希求する人間が、千年先はどうなっているかを説いている。かすがいとなる理想はすっかり潰えてしまった。だれも

がまるで旅籠屋に泊まり、明日にもロシアを飛びだせる準備をしているありさまです。猫も杓子も一時しのぎの腰かけ暮らしなんです」

「ちょっと待ってください、クラフトさん、『千年後どうなっているかを心配している』とかおっしゃいましたね。でも、あなたの絶望……そう、ロシアの運命のことですが……それも同じ種類の心配じゃないんですか？」

「それは……それは、唯一いま考えられる、いちばん本質的な問題ですね」いらだたしげにそう言い、彼はさっと椅子から立ちあがった。

「あっ、そうだ！　忘れてました！」怪訝そうにぼくを見つめながら、彼はふいに、がらりと声を一変させた。「あなたに用があって来てもらったんでした、それなのに……ほんとうに申しわけない」

何か夢からとつぜんわれに返ったかのように、彼は半ば困惑した様子で言った。そしてテーブルにのっていた書類カバンから手紙を取りだすと、それをぼくに手渡した。

「これが、あなたに渡してくれるようにことづかったものです。これは、ある重要な意味を帯びた文書です」彼は注意深く、ひどく事務的な口調で切りだした。

その後、しばらく経ってそのときのことを思いだすたびに、ぼくは驚きの念に打たれたものだ。他人事《ひとごと》ながら、（あれほど切迫していた時期に）あれほど心から注意を

払い、落ちつきはらって話すことのできる能力に驚かされるのだ。

「これは、ストルベーエフ本人の手紙でしてね、じつは、彼が死んだあと、彼の遺した遺書が原因で、ヴェルシーロフ氏とソコーリスキー公爵一族とのあいだに裁判がもち上がりました。事件はいまも法廷で争われていますが、ヴェルシーロフ氏に有利なかたちで結審することは確実です。何といっても、法を味方につけていますから。ところがです、いまから二年前に書かれたこのプライベートな手紙で、遺書を書いた当人がじぶんの本音を、といいますか、より正確に言うと、希望を述べているんです、つまりヴェルシーロフ氏よりも、むしろ公爵一族に有利な証言を行っているわけです。すくなくともソコーリスキー公爵一族が、遺言を争う拠りどころとする点は、この手紙のなかで強力な後押しを得ているわけですね。ヴェルシーロフ氏に敵対する人たちは、法的に決定的な意味をもつとはいえないものの、この文書のためには大金を惜しまないでしょう。ヴェルシーロフ家の家事にたずさわっていたアレクセイさん（アンドロニコフ氏のことだ）は、この手紙を手もとに保管していたのですが、死ぬ少しまえ、『大切に保管すること』と書き置きして、これをぼくに託したのです――たぶん、死期を予感し、この書類のことが心配になったんでしょう。この一件についてアンドロニコフさんが何を考えていたか、今はあれこれ詮索するつもりもありませんが、正

直言って、彼が死んでからしばらく、この書類をどう扱ってよいものか、ぼくも少々苦しい迷いを経験しました。とくにこの事件の結審が迫っているという事情がありましたからね。ところがです、生前、アンドロニコフさんがあれこれ相談していたらしい例のマリヤさんが、窮地を救ってくれたのです。三週間前、この文書をあなたに渡すように、それがアンドロニコフさんの遺志にも沿うような気がしますと（これは、彼女の言いまわしです）、はっきりそう書いてきたのです。そんなわけですから、さあ、この文書を受けとってください。これをやっと手渡すことができて、ほんとうにほっとしています」

「でも、ですよ」とつぜんの打ち明け話に面食らってぼくは尋ねた。「この手紙、これからどう扱ったらいいんです？　どう対応していけばいいんです？」

「それはもう、あなたの気持ちしだいです」

「そんなの不可能です、だってぼくはとてつもなく不自由な身なんですから、それはあなたもおわかりでしょう！　ヴェルシーロフはあの遺産を待ちに待っていたんですよ……それに、そう、彼はその助けがなければ、破滅するんです――そこへいきなりこんな文書が出てくるなんて！」

「文書は、ここに、この部屋にあるだけですよ」

「ほんとうにそうでしょうか?」ぼくは注意深く彼を見つめた。

「ここであなたがどう対応したらいいかわからないとおっしゃられたところで、ぼくに何が助言できるっていうんです?」

「かといって、ソコーリスキー公爵にこれを渡すこともできません。そんなことをしたら、ヴェルシーロフのすべての望みを断つことになりますから、いや、それどころか、彼にたいして裏切り者としてふるまうことになる……といってヴェルシーロフにこれを渡せば、罪のない人たちをどん底に突きおとし、片やヴェルシーロフをも、出口なしの状況に立たせることになる。遺産を拒否するか、それとも泥棒になるか」

「あなたは、問題の意味をちょっと大げさに考えすぎていますね」

「ひとつだけ教えてください。この文書は、決定的な、最終的な性格をもつものなんでしょうか?」

「いえ、そんなことはありません。ぼくには、少しですが、法律家としての心得があります。相手方の弁護士は、むろん、この文書をどう利用するかはちゃんと心得ていて、ここからありとあらゆる利益を引きだそうとするでしょう。でも、アンドロニコフ氏は、完全にこう見ていました。つまり、たとえこの手紙が法廷に持ちだされても、法的にあまり大きな意味はもたない、だから、ヴェルシーロフ氏はやっぱり勝訴する

ことになるとね。この文書は、言ってみれば、むしろ良心の問題というわけです……」

「ええ、そこが肝《きも》の部分です」相手の話をさえぎるようにしてぼくは言った。「だからこそ、ヴェルシーロフは窮地に立たされるわけですよ」

「そうはいっても、あの人はじぶんで文書を破棄できるわけでしょう、破棄してしまえば、逆にもうどんな危険からも逃れられるわけです」

「彼についてそう考える特別な根拠をお持ちなわけですか、クラフトさん？　じつはそこが知りたくて。お宅にうかがったのもそのためなんです！」

「彼の立場に立たされたら、だれだってそういう行動に出ると思いますが」

「あなたもそのような行動に出ますか？」

「べつに、ぼくが遺産をもらうわけじゃありませんから、じぶんのことはよくわかりません」

「まあ、いいでしょう」ポケットに手紙を押しこんでぼくは言った。「では、この問題は、当面これで終わりということに。でもね、クラフトさん。じつをいうと、マリヤさんがいろんな打ち明け話をぼくにしてくれまして。そのなかでこんなことをおっしゃられたことがあるんです。一年半前エムスで、ヴェルシーロフとアフマーコフ一

家との間に起こった事件について、真相を伝えられるのは、あなた、あなたひとりしかいない、とね。そんなわけで、すべてを明らかにしてくれるあなたを心待ちにしていたんです、まるで日の出を待つみたいに。あなたはぼくの立場をご存じないんです、クラフトさん。お願いですから、真実をあらいざらい聞かせてくれませんか。ぼくが知りたいのは、そう、彼がいったいどういう人間か、ということなんですよ。で、とくにいまはほかのどんなときにもましてそれを知る必要があるんです！」

「変だな、マリヤさん、どうしてじぶんの口から伝えなかったんだろう。彼女、亡くなられたアンドロニコフ氏から何でも聞ける立場にあったし、むろん、その話も聞いて知っていたはずです。ひょっとして、ぼく以上にね」

「あの事件では、アンドロニコフ氏自身が混乱していたと、マリヤさんはたしかにそうおっしゃっていました。この事件は、なんだか、だれにも解きほぐせないような気がしてきました。下手に足を踏み入れると、悪魔にその足をへし折られてしまいそうです！　でも、ぼくは知っているんです。あなた自身が、あのときエムスにおられたことを……」

「ぼくは全部に立ち会ってたわけじゃありません。でも、知っていることは喜んでお話しします、ただ、それであなたに満足していただけるかどうか」

2

彼の話を一言一句ひき写すことはせず、簡単に要点だけを記録するにとどめる。

一年半前、ソコーリスキー老公爵を介してアフマーコフ一家（全員が外国に、すなわちエムスに滞在していた）の知遇を得たヴェルシーロフは、最初、当のアフマーコフ将軍に強烈な印象をもたらした。将軍はさして年老いてはいなかったが、結婚三年で、妻のカテリーナの莫大な持参金をすべてカード賭博に使いはたし、しかも乱脈な生活がたたって、脳卒中の発作を経験していた。その発作から立ちなおると国外で療養につとめたが、彼がエムスに滞在したのは、最初の妻との間に生まれた娘のためだった。年は十六、七の病気がちな娘で、胸の病に苦しんでいたが、人の噂では、目がさめるような美人で、同時にどこか現実離れしているところがあるとのことだった。この娘には持参金がなかったので、例によってソコーリスキー老公爵をあてにしていた。カテリーナ夫人は、義理の母ながらとても優しかったらしい。ところが、娘はなぜかヴェルシーロフにひときわつよい愛着を感じた。クラフトの言によると、ヴェルシーロフは、当時、「何かしら熱烈なもの」、新生活がどうのといった話を説いて、

「高い意味での宗教的気分にひたっていた」という――これは、アンドロニコフ氏の、奇妙な、ことによると嘲りをふくんだ言い草で、クラフトがぼくに伝えてくれたものだ。ところが驚くべきことに、その彼がまもなく一同から嫌われるようになった。アフマーコフ将軍などは彼に恐れをなしていたほどだという。クラフトは、ヴェルシーロフが、病身の夫アフマーコフの頭に植えつけたという噂、つまり妻のカテリーナが若いソコーリスキー公爵（当時、彼は、エムスを離れてパリに移っていた）に気があるらしいという話をまったく否定しなかった。ヴェルシーロフはそれを、じかにではなく、「いつもの手」、すなわち中傷、ほのめかし、その他あらゆる手管を用いて実行したらしく、クラフトの言にならうと「彼はその道にかけてはたいへんなやり手」らしかった。全体としてクラフトは、じっさいヴェルシーロフを何か高邁な、でないにせよ、何か独創的なものにつらぬかれた人間というより、むしろいかさま師で、生まれながらの陰謀家とみており、またそんなふうに考えたがっていた。ヴェルシーロフが、最初はカテリーナ夫人に絶大な影響力をもちながら、徐々に彼女と決裂へ向かっていたことは、クラフトに聞くまでもなく知っていた。策略じみたその話の本質がどこにあるのか、クラフトからも情報は得られなかったが、親しいまじわりがあったあとで二人の間に生じた憎みあいについては、だれもが首を縦に振った。つづいてある

奇妙な事態が生じた。カテリーナ夫人の病んだ義理の娘が、どうやらヴェルシーロフに恋をしてしまったらしいのだ。彼が持っている何かに心を揺さぶられたか、彼の巧みな話術にのぼせあがってしまったのか、そのあたりの事情についてはなにも知らない。だが、ヴェルシーロフがある一時期、ほぼ毎日のようにこの娘のそばで過ごしていたことが知られている。そして娘はついに、父親のアフマーコフ将軍にむかって、ある日とつぜん、ヴェルシーロフと結婚したいと言いだした。これがじっさいにあった話であることは、クラフトも、アンドロニコフ氏も、マリヤさんもみな異口同音に肯定し、タチヤーナおばまでがあるとき、ぼくの前でつい口をすべらせたことがあったほどである。ヴェルシーロフも娘との結婚を望み、それをつよく主張していたくらいで、おたがい別世界に住み、親子ほどの開きもあるふたりの間に合意があったことも、これまただれもが認めていたことだった。ところが、父親はこの話に胆をつぶしてしまった。以前は熱愛していた妻カテリーナにたいする嫌気が高じるにつれ、とくに発作を起こした後の彼は、わが娘をほとんど崇めたてまつらんばかりに溺愛しはじめた。しかし、この結婚の実現にもっともはげしく反対していたのが、カテリーナ夫人だった。なにやら秘密めかした、不快きわまりない家庭内の衝突、口論、心痛、ひとことで言って、ありとあらゆる醜いもめごとが起こった。恋に目がくらみ、「狂信

化した」——これはクラフトの言だ——娘のきかなさを見て、父親はとうとう根負けを覚悟した。だが、カテリーナ夫人は、かたくなに憎しみをたぎらせて、抵抗しつづけた。こうしてこのあたりから、もはやだれにも理解のおよばない混乱がはじまったのだ。それはそれとして、次に示すのは、いろんな事実にもとづくクラフトの率直な推測である。ただし、あくまで推測であることに変わりはない。

どうやらヴェルシーロフは、このうら若き娘の脳に、彼一流の有無をいわさぬたくみな言葉でこう吹きこんだらしい。つまり、カテリーナ夫人が結婚に同意しないのは、彼女がわたしに惚れこんでいるからだ、彼女はもうかなり前からわたしを嫉妬で苦しめ、つきまとい、策略をしかけ、こちらはすでにじぶんの胸のうちを打ちあけているのに、わたしがべつの女性を好きになってしまったというので、いまではわたしを焼き殺さんばかりのいきおいだ、うんぬん。何より忌まわしいのは、ヴェルシーロフがこの話を、娘の父親、つまりは「不実な」妻の夫にまで『匂わせ』たことで、若いソコーリスキー公爵はたんなる「お遊びの相手」にすぎなかったと説明したというのだ。アフマーコフ家が、一大修羅場と化したことはいうまでもない。一説では、カテリーナ夫人は義理の娘を溺愛していて、その娘の前で中傷されたとあって、絶望に暮れたとのことだ。病気の夫との関係については今さら言うまでもない。ところが、どうし

たことか。この説とならんで、もう一つべつの説も存在する。悲しいかな、クラフトはおろか、このぼくもその説をほぼ鵜呑みにしていた（ぼくはすでにそれを耳にしていた）。前の説とは裏腹に、ヴェルシーロフは、それ以前に、ということは、その若い娘がじぶんに恋心をいだく前、カテリーナ夫人に恋を打ちあけたと主張する人もいた（噂では、アンドロニコフ氏は当のカテリーナ夫人から聞いたという）。かねてヴェルシーロフと親しいつきあいのあった夫人は、一時は彼に夢中になったこともあるが、彼の気持ちが信じられずたえず逆らってばかりいて、彼の告白も、はげしく憎しみをたぎらせ、きつい調子で笑いとばしたという。夫人はまた、ヴェルシーロフが、遠からずあなたの夫の二度めの発作が予想されるので、その暁にはあなたを妻に迎えたいと申し込んできたことを理由に、彼をじぶんの周りから正式に追い払ったという。そんなわけで、ヴェルシーロフがその後、じぶんの義理の娘にああも開けっぴろげに求婚するのを目のあたりにし、カテリーナ夫人が特別に憎しみをたぎらせたことはまちがいない、というのである。モスクワでこういった話を伝えてくれたマリヤさんは、双方の説を、つまりすべてを、まるごと信じていた。マリヤさんがつよく主張していたのは、そうしたことがいっぺん起きた可能性がある、これは、例の、la haine dans l'amour（愛すればこその憎しみ）のたぐいで、双方の側が、愛するという誇りを傷つ

けられたためだ、うんぬん、言ってみれば、何かしら繊細きわまりないロマンティックな愛のもつれのようなもので、良識あるまじめな人間からすれば何の価値もない、おまけにそこには卑劣さが透けてみえる、ということだった。しかし、当のマリヤさんにしたところで、たしかにすばらしい性格の持ち主ではあるけれど、子どもの頃から頭のなかは小説のことだらけで、明けても暮れても小説を読みふけっていた女性なのだ。何はともあれ、ヴェルシーロフの明らかな卑劣さが、嘘と陰謀が、何かしらいかがわしい、忌まわしいものが、白日のもとにさらされる結果となった。じっさいに悲劇的な結末で終わっただけになおさら由々しく思われた。人の話だと、恋に狂ったあわれな娘は、マッチの燐をのんで服毒自殺を遂げたという。ただし、後者の噂がたしかかどうかは、いまのところぼくにもわからない。少なくとも、総力を尽くしてその噂をもみ消そうと努力がなされたことだけはたしかである。娘は、たった二週間、床に臥せっただけで死んでしまった。そんなわけでマッチの件は、うやむやのまま終わってしまったが、クラフトはそれも信じて疑わなかった。その後しばらくして、娘の父親も死んでしまった。人の噂では、悲しみが二度めの発作の引き金となったとのことだが、その死は、娘の死から三か月も経ってからのことだ。ところが娘の葬儀のあと、パリからエムスにもどった若いソコーリスキー公爵が、公園で、人目もはばか

らずヴェルシーロフに平手打ちを食らわせた。それにたいして、ヴェルシーロフは決闘を申し込まなかった。それどころか、その翌日、彼は何ごともなかったかのように平然とプロムナードに姿を現した。それがきっかけで、人々はみな彼に背を向けてしまった。ペテルブルグでも同じだった。ヴェルシーロフは、それでも何人かとつきあいはつづけていたが、まったく別のグループ内のことだ。社交界の仲間たちは、等しなみに彼を非難していたが、そのくせくわしい事情に通じている人はわずかで、知っているといっても、せいぜい若い娘のロマンティックな死と平手打ちの話どまりだった。知りうる範囲で完全な情報をつかんでいたのは、二、三の人物だけだ。だれよりもよく知っていたのは、いまは亡きアンドロニコフ氏で、かねて久しくアフマーコフ一家と仕事上のつきあいがあり、カテリーナ夫人とは、ある事件をきっかけにとくに交誼が深まった。しかし彼は、そうした秘密をじぶんの家族にも隠し、クラフトとマリヤさんにその一部を打ちあけたにすぎない。それも必要にかられての結果だった。

「要は、いまここに文書がひとつあって」とクラフトは締めくくった。「カテリーナ夫人が、これをものすごく恐れているということです……」

彼は、そこでこの件についても次のように伝えてくれた。

父親の老公爵が外国暮らしで発作から立ち直りかけていたころ、カテリーナ夫人は

うかつにもアンドロニコフ氏宛てに（夫人は彼を信頼しきっていた）、おそろしく恥辱的な手紙を極秘で書きおくった。人の話では当時、回復のきざしの見えはじめた公爵に、ほとんどどぶに金を投げすてるような浪費癖が現れたのだという。外国暮らしのあいだ、彼はまるで不要な、高価な品々や、絵画や、花瓶を買いあさり、得体の知れない相手や、現地のさまざまな施設にまで巨額の寄付をしたり、あるロシア人の道楽者から、荒廃し、厄介な裁判まで抱えている領地を、本人不在のまま莫大な金で買いそうになったり、あげくの果ては、じっさいに結婚を考えるようになったという。こうしたもろもろの事情を踏まえ、父親が療養中ずっと付きっきりでいたカテリーナ夫人は、法律家で『古くからの友人』であるアンドロニコフ氏に、次のような質問を書きおくったのだった。すなわち、『法にのっとり、公爵に禁治産者ないし法的無能者といった宣告をおこなうことができるかどうか、もしできるなら、どうすればスキャンダルなしでできるだけ首尾よくこれを実行し、だれにも責められず、また父親の気持ちを害さずにすませられるか、等々』の質問である。なんでも、アンドロニコフ氏はただちに彼女を諫《いさ》め、思いとどまらせたという。そしてその後、老公爵がすっかり健康を取りもどしたため、このアイデアを蒸しかえすわけにもいかなくなった。ところが、手紙はそのままアンドロニコフ氏の手もとに残された。そしてその彼がい

ざ死ぬと、カテリーナ夫人はにわかにこの手紙のことを思いだした。もしもこの手紙が故人の書類のなかから発見され、老公爵の手に入りでもしたら、それこそ老公爵は娘を永久にそばから追いはらい、相続すべき遺産も奪いとって、存命中びた一文与えないことが目に見えていたからだ。じつの娘がじぶんの理性を信じないどころか、狂人に仕立てようとしていたと知ったら、それこそ、日ごろは羊のごとくおとなしい老公爵もたけり狂ったにちがいない。カテリーナ夫人は夫人で、未亡人となるや、ギャンブル好きの夫のせいで無一文のまま取り残され、いまでは父親しか頼れる相手がなくなっていた。事実、夫人は、父親から新たな持参金がもらえるのを大いに当てにしていた。それも、最初のときと同じくらい巨大な額を！

この手紙がたどった運命について、クラフトはごくわずかしか知らなかったが、アンドロニコフ氏が「必要な文書はけっして破棄したりすることはなかった」し、しかも、豊かな知性の持ち主でありながら、「豊かな良心」の持ち主でもあったと述べた（あれほどアンドロニコフ氏を愛し、かつ心服していたクラフトが、このようなすばらしく自立した見方をしていることに、ぼく自身、目をみはらされたほどだ）。しかしクラフトはそれでも、ヴェルシーロフとアンドロニコフ氏の未亡人、そして彼の娘たちとの親密ぶりからして、この屈辱的な文書はすでにヴェルシーロフの手に渡って

いる、との確信を抱いていた。彼女たちが、故人の手もとに残されていたすべての書類を、ただちに、しかもそうするのが当たりまえとばかりに、ヴェルシーロフに手渡したことは周知の事実だったからだ。クラフトはまた、その手紙がヴェルシーロフの手に渡っていることをカテリーナ夫人も知っており、ヴェルシーロフがその手紙をもってすぐにでも老公爵のもとに出かけていくのではないかと考え、戦々恐々としていることも知っていた。さらに、夫人は外国から戻るなり、ペテルブルグでその手紙を探し、アンドロニコフ氏の遺族を訪ね、いまもって探しつづけている、というのも、その手紙がヴェルシーロフのもとにはないかもしれないとの一抹の望みが残っているからで、そして結論として、彼女はひとえにその目的からモスクワまで足を延ばし、そこでマリヤさんにその手もとに保管されている書類をのこらず調べてほしいと頼みこんだという。ちなみに彼女が、このマリヤさんの存在やら、故アンドロニコフ氏との関係について知ったのは、ごく最近、それもペテルブルグに戻ってからのことだった。

「で、マリヤさんの家では見つけられなかったとお考えなんですね？」思うところがあって、ぼくは尋ねた。

「もしもマリヤさんがあなたにさえ何も明かさなかったとしたら、おそらく彼女の手

もとには何もないと思います」

「ということはつまり、文書は、ヴェルシーロフのところにあるとお考えなんですね？」

「十中八九、そうだと思います。でも、わかりません、すべてが推測ですから」疲れきった様子で彼は呟くように言った。

これ以上しつこく問いただすのはやめた。それに、そんなことをしたところで何になるというのだ。いろんなつまらないごたごたが残っているにせよ、ぼくが知りたかった大事な点はすべてはっきりしたし、ぼくの恐れていたこともすべて裏づけられた。

「すべてが夢みたいだ、うわごとみたいです」深い悲しみに沈みながらぼくはそう言い、帽子を手にとった。

「あの人があなたにはとても大切なんですね？」クラフトははっきりと深い同情を示しながら尋ねた。その瞬間、彼の顔にその同情を読みとった。

「予感していたとおりです」ぼくは答えた。「あなたに会っても、やはり完全にはわからないだろう、と思っていました。望みが残っているとすれば、カテリーナ夫人だけです。彼女にはぼくも期待していました。たぶん彼女のところに出かけていくで

しょうけど、でも、もしかして取りやめにするかもしれません」

クラフトがいくぶん怪訝そうにこちらを見つめた。

「それじゃまた、クラフトさん！ でもどうして、あなたを嫌っている連中のところに入りこもうとするんです？ この際すべてを断ち切ったほうがよくありませんか、どうです？」

「で、そのあとどうします？」床に目を落としながら、彼は何かけわしい調子で尋ねた。

「じぶんに戻るんです、じぶんに！ すべて断ちきって、じぶんの巣に戻るんですよ！」

「アメリカですか？」

「アメリカですって！ いえ、じぶんの巣ですよ、じぶんひとりの巣！『ぼくの理想』はすべてそこにあるんです、クラフトさん！」ぼくは夢中になっていった。

彼は何やら興味深そうにこちらを見た。

「じゃあ、あなたはそういう場所をおもちなんだ、その『じぶんの巣』っていうんですか？」

「ええ、もってますとも。それじゃまた、クラフトさん。あなたに感謝しています、

面倒をかけてごめんなさい！　ぼくがもしあなたの立場で、二流の国ロシアみたいな考えが頭にあったら、ぜんぶの人間を悪魔に売っ払いますね。さっさと失せろ、好きなだけ陰謀にかまけて、勝手にいがみあえ――ぼくの知ったことか、ってわけで！」

「もう少しここにいてください」入り口のドアのところまでぼくを見送ってから、彼はふとそう口にした。

その言葉にすこし面食らったが、ぼくは部屋にもどり、座りなおした。クラフトは真向かいの席に腰を下ろした。ぼくたちは妙な笑みを交わしあった。その一部始終を、いままざまざと見る思いがする。そうして彼を見るのが、何かしら驚くべきことのように思えたことをはっきりと記憶している。

「クラフトさん、ぼくはね、あなたのなかの、その、とても礼儀正しいところが気に入っているんです」ぼくはふいに口走った。

「そうですか？」

「ぼく自身、そうしたいと思っていても、めったに礼儀正しくなれない……でも、どうなんでしょう、ひょっとして、他人に侮辱されたほうがいいのかもしれません、なぜって、少なくとも、人を愛する不幸から免れられるでしょう」

「一日のうちでいちばん好きな時間って何時ごろです？」あきらかにぼくの言葉を聞

いていないらしく、彼は尋ねた。

「何時ごろ？　いや、わかりません。でも日没時は好きじゃないです」

「そうですか？」何か特別な好奇心を浮かべながら彼はそう口にしたが、すぐにまた考えこんでしまった。

「どこかへまた行かれるのですか？」

「ええ……行きます」

「近いうちに？」

「近いうちに」

「ヴィリニュスに行くのに、ピストルがなぜ必要なんです？」べつに何の含みもなくぼくは尋ねた。そもそも考えることもなかった！　ちらりとピストルが目に入ったので、話題に事欠いて尋ねたまでだ。

彼はくるりと体の向きを変え、ピストルにじっと見入った。

「いえ、たんに置いてあるだけです、習慣でね」

「もしぼくがピストルをもっていたら、どこかに鍵をかけてしまっておきますね。だって、ものすごく誘惑的でしょう！　今はやりの自殺病なんて、たぶん、信じちゃいませんが、でもそうして目のまえにちらつかれると——たしかに、そう、ふらっと

引きこまれそうな瞬間ってありますよね」

「そんな話、しないでください」彼はそう言うと、急に椅子から立ち上がった。

「じぶんのことじゃありませんよ」ぼくも立ち上がりながら、言い添えた。「ぼくは使いません。たとえ三度、人生が与えられたって足りないくらいですから」

「長生きしてください」つい言葉が先に出たといった話し方だった。

彼は放心したようにあいまいな笑みを浮かべた。それから奇妙にも、じぶんからぼくを送り出そうとするかのように——むろん、じぶんが何をしているかも気づかない様子で——玄関口に向かってすたすたと歩きだした。

「すべてうまくいくといいですね、クラフトさん」すでに階段口へ出たところでぼくは言った。

「それは、何とも」彼はしっかりした調子で答えた。

「また、お会いしましょう！」

「それも、何とも」

最後にぼくを見つめた彼の目が、いまも瞼《まぶた》に焼きついている。

思えば、その人こそ、ぼくが何年間も胸をときめかせてきた男だったのだ！　そしてぼくはクラフトに何を期待し、それがはたしてどんな新しい情報だったというのか？

3

クラフトの家を出ると、ぼくは急にはげしい空腹を覚えた。すでに黄昏が迫っていたが、まだ食事をしていなかったのだ。そこで、ペテルブルグ地区のボリショイ通りに面したあるちっぽけなレストランに入った。二十コペイカか、多くても二十五コペイカ内ですませるつもりだった――当時のぼくにとってそれ以上の出費はどうしても許せない贅沢だった。いまもよく覚えているが、スープを飲み終えるとぼくは、そのまま窓の外を眺めだした。部屋のなかには大勢の客がひしめいていた、焦げた油のにおい、安っぽいナプキン、タバコのにおいが充満していた。むかむかする光景だった。頭の上では、鳴かないウグイスが、陰気に、沈みこんだ様子で鳥かごの底をくちばしで突いていた。隣のビリヤード場からはがやがやと人の声がしていたが、ぼくはすわったまま考えこんでいた。日没の太陽が（日没は嫌いだ、と言ったとき、なぜクラ

フトはあんなふうに驚いたのか？）、まるで場ちがいな、新鮮で、思いもかけない感覚を胸のうちに呼びさました。目の前に、母のおだやかなまなざし、もうまるひと月近くひどく怯えたようすで、おずおずとこちらをうかがい見るやさしい目がたえずちらついていた。このところ、ぼくは家でひんぱんに暴言を吐き、とくに母に当たりちらしてきた。じつのところ、その暴言はヴェルシーロフにたいして吐いてやりたかったのだが、ぼくの卑劣な習慣のせいでその勇気もないまま、母ばかり苦しめてきたのだ。母を怯えあがらせたこともあった。ヴェルシーロフが入ってくるときなど、ぼくが何か突拍子もない行動に出るのではないかと、母は祈るような目でこちらを見つめていた……とても奇妙なことに、ぼくはいまこのレストランで初めて、ヴェルシーロフがぼくをおまえ呼ばわりするのにたいし、母があなたで呼ぶという事実についてじっくり考えをめぐらしはじめた。このことは以前にも不思議に感じたことがあって、それを母の卑屈さのせいにしていたのだが、今回はなぜかとくにそのことをよく考えてみようという気になった。すると、奇妙な考えばかりが、次々と頭のなかに押し寄せてきた。あたりがすっかり暗くなるまで、ぼくは長いことそこに腰をかけていた。妹のことも考えてみた……。

ぼくにとって運命的な瞬間だった。何がなんでも決断しなければならなかった！

いったいぼくには決断する力がないというのか？　関係を断ち切ることにどんな困難がともなうというのか、ましてや、向こうがぼくを望んでいないとしたら？　母と妹は？　むろん、あのふたりは、何があろうと見捨てるようなことはしない——事態がどんな方向に向かおうと。

ぼくの人生におけるこの男の出現が——といっても、ぼくがまだ年端もいかない幼い時期の一瞬のことだ——、ぼくの意識が生じるきっかけとなった運命的な衝撃であったことはたしかだ。あのとき彼がぼくの前に現れなかったら、ぼくの頭脳も、考え方も、ぼくの運命も、たとえ天が定めた、じぶんでは避けることのできない性格というものがあるにしろ、きっとべつのものになっていたことだろう。

ところが、この男は、ぼくのたんなる夢、幼い頃からのたんなる空想にすぎないことがわかった。その夢は、ぼくが勝手に頭のなかで作りあげていたもので、実際には、ぼくが抱いていた幻想よりはるか下の、べつの人間だった。ぼくがやっていたのは、清廉潔白な人間であって、こんなふうな男ではなかった。それに、どうしてぼくは、子どもながらにあるとき、あの男をほんの一瞬見て、永久に恋をしてしまったのか？この「永久に」は消し去られなくてはならない。いつか、それにふさわしい場所があれば、この最初の出会いについて書いてみよう。といっても、それは、ごくつまらな

い小話にしかならないだろうし、そこからは何ひとつ出てこないだろう。ところが、ぼくは、そこから壮大なピラミッドを築きあげていたのだ。ぼくがこのピラミッドを築きはじめたのは、まだ、子ども用の毛布のなかで、眠りにつきながら、泣いたり夢見たりできたころの話だ。もっとも何の夢だったか、じぶんにもわからない。捨てられた夢か？　いじめられる夢か？　だが、ぼくがいじめられたのはわずかな期間にすぎず、トゥシャールの寄宿学校での、せいぜい二年ばかりのことだ。あの当時、彼はぼくをこの学校に押し込めると、そのまま永久に立ち去ったのだ。その後は、だれにもいじめられることはなかった。いや、それどころか、ぼくのほうが傲然と仲間たちを見下していた。だいたい、ぼくは、長々と愚痴をならべるみなし児根性というものががまんならない。みなし児や、私生児といった、それこそ世間から見捨てられた、総じてゴミ屑同然の輩が――ぼくは彼らにひとかけらの憐れみも抱いていない――とつぜん真面目くさった顔で公衆の前に立ち、哀れっぽい、説教じみた調子で、『ごらんください、わたしたちがどんな仕打ちを受けてきたか！』などと吠えまくる演技ほどおぞましいものはない。ああいうみなし児を、鞭で打ちすえてやりたいくらいだ。あの、下劣な形式主義でできあがった連中のだれひとり、泣きわめいて、わざわざ訴え出たりするより、だまっていたほうが十倍も潔いということがわかっていない。わ

ざわざそんなふるまいにおよべば、愛の落とし子にはそれなりに報いがくる。これがぼくの考え方だ！

しかし、滑稽なのは、ぼくがかつて「毛布にくるまりながら」夢想していたということではなく、ぼくがその男のために、頭のなかで拵《こし》えたその人物のために、じぶんの大切な目的もほとんど忘れて、ここにやって来たということだ。ぼくが来たのは、彼に向けられた中傷を解消し、彼の敵どもを叩きつぶすことで、彼を助けるためだった。クラフトが話してくれた文書、例の女性がアンドロニコフに書きおくり、その女性がいまあれほど恐れおののいている手紙、その女性を破滅させ、貧窮のどん底へ突きおとしかねない手紙、その女性がヴェルシーロフの手もとにあるものと想定している手紙――その手紙が、ヴェルシーロフのもとにではなく、ぼくの手もとに、ぼくのこの脇ポケットに縫いこまれていたのだ！　ぼくがこの手で縫いこんでいたので、まだこの世のだれひとりそれについて知るものはなかった。文書を「保管していた」小説かぶれのマリヤさんが、ほかのだれでもなく、このぼくに手渡す必要があると考えたのは、ひとえに彼女の見識であり、なおかつ彼女の意思でもあったわけで、そのことを説明する義務はぼくにはない。もしかすると、いずれ何かのついでにお話しすることもあるかもしれない。しかし、こうして思いもかけず武器が与えられると、ペテ

ルブルグに乗りこんでいきたいという願いがやみがたく募ってきた。むろん、目立たず、熱くならず、賞賛も、抱擁も期待したりせず、ひたすら黒子に徹することで彼を助ける気でいた。そして何があろうと、恩着せがましく彼を非難するようなことはぜったいに、ぜったいにしない！　そもそも、彼に惚れこみ、現実離れした理想像を作りあげたからといって、それが彼の罪になるというのか？　いや、ことによると、ぼくはまるきり彼を愛していなかったかもしれない！　独創的な頭脳、興味深い性格、何かしら陰謀めかした行動や冒険の数々、しかもその彼のかたわらにぼくの母がいるという事実――これだけでもう抑えがきかなくなりそうだった。現実離れした人形が壊され、たとえ彼を愛せなくなったとしても、それはそれでかまわない。では、いったい何が歯止めをかけていたのか？　いったいぼくは何にこだわっていたのか、それが問題なのだ。結局、明らかになったのは、愚かなのはぼくだけで、ほかのだれでもない、ということだ。

でも、他人に誠実さを求めるのなら、じぶんも誠実でありたい。ぼく自身告白しなければならない。つまり、ポケットに縫いこんだ文書がぼくのうちに呼びさましたのは、ヴェルシーロフを助けにすぐにでも飛んでいきたいという、熱い願望だけではなかったということ。当時からもうそう考えるだけで顔が火照る思いがしたものだが、

いまとなってそれはあまりにも明らかだ。ぼくの目の前で、ひとりの女性の姿がちらちらしていた。これから相対することになる社交界の誇り高い女性。彼女は、じぶんの運命がぼくの手に握られているなどつゆほども疑うことなく、ぼくを見くだして、ネズミのように嘲るだろう。まだモスクワにいた時分からその思いに酔っていたが、ペテルブルグに向かう列車のなかでとくにその思いは強まった。これはすでに前にも告白したとおりだ。そう、ぼくはこの女性を憎んでいた、だが、すでにじぶんの生贄として彼女を愛していたのだ。それらすべては真実であり、それらすべてが現実だった。しかしこれはもう、ぼくでさえ、いや、ぼくみたいな男でさえ予想しない、子どもじみた世界だった。ぼくがいまこうして書いているのは、当時のぼくの心持ち、つまり、あのレストランのウグイスの下で、今夜こそ何としてもあの連中と縁を切ると決意したあの日、ぼくの頭に浮かんだことなのだ。さっきあの女性と顔を合わせたときのことを思うと、恥ずかしさのあまりみるみる顔が火照ってくるのを感じた。恥ずかしい出会い！　恥ずかしくも、愚かな印象、——そして問題は何より——現実の問題にたいするぼくの無能ぶりが、あれでもってあからさまに証明されたことだ！　それがひとえに証明していたのは——そのとき考えたことだ——、このぼくが、愚劣きわまりない誘惑にたいしてじぶんをもちこたえられないということだ。そのくせ、ぼ

くはさっきクラフトに向かって、ぼくには『ぼくの巣』がある、じぶんの仕事がある、ぼくに三度の人生があたえられようと、それでも足りないくらいだと大見栄を切ってみせた。ぼくは誇らしい思いでそれを口にした。ぼくがじぶんの理想をなげうち、ヴェルシーロフの事件に引きずりこまれているということ、――それならそれでまだしも理屈がつけられる。しかし、ぼくがまるでおびえたウサギみたいに、あちこち跳ねまわっては、つまらないことにかかずらっている点は、むろん愚の骨頂としかいいようがない。そもそもなんのためにデルガチョフの家へ出かけていって、わざわざあんなバカをさらしたのか？　理づめで、わかりやすく話す能力などまるで持ちあわせていないし、何より黙っているのが得策なことは前々からわかっていたはずではないか。それに、ワーシンなんて男から、ぼくにはまだ「この先五十年の人生がある、だから嘆くことなどなにもない」とまで諭された。彼の反論はみごとなものだった、それは認めよう、そしてそれは彼の文句なしの知性を立派に証明するものだ。単純明快ということだけですばらしいのひとことに尽きるが、単純明快さはつねに、賢いものとか、愚かなものとか、すべてが試しつくされた最後の段階ではじめて理解される性質のものだ。しかしぼく自身、ワーシンよりも先にそういう反論が出てくることがわかっていた。その考えを、ぼくは三年あまり前に感じとっていた。いや、そればかり

か、そこに部分的には「ぼくの理想」も含まれている。あのとき、ぼくがレストランで考えていたのは、まさにこういうことだった。

歩くのに疲れ、考えごとにも疲れきってセミョーノフ連隊地区にたどり着いたとき、時計の針は夜の七時を回っていたが、ぼくはもうすっかり厭気がさしていた。あたりはすっかり暗くなって、空模様も一変していた。空気は乾いていたが、ペテルブルグ特有の、毒々しく、するどい、いやらしい風が起こってぼくの背中から吹きつけ、あたり一面に砂埃を巻きあげていた。勤めや仕事を終え、じぶんのねぐらに急ぎ足でもどる庶民たちの陰うつな顔また顔！　どの顔にも陰うつな心配ごとが浮かんでいる。ことによるとこの群衆には、人々をひとつに結びつける、共通の思想などひとつとしてないのかもしれない！　クラフトは正しかった。要するに、てんでんばらばらなのだ。ぼくはそこでふと幼い男の子の姿を見かけた。こんな時刻にどうしてひとり通りにいるのか、怪訝に思えるくらい幼い子どもだった。どうやら道に迷ったらしい。女性がひとり立ちどまってしばらく話を聞いていたが、さっぱり合点がいかないらしく、両手を広げ、子どもをひとり暗がりに置きざりにしたまますたすたと歩き去ってしまった。ぼくがそばに寄ろうとすると、子どもはなぜかふいに怯えて、走りだした。階段家の近くまできたところで、ワーシンの家にはぜったいに行かないと決心した。

を上りながら、ヴェルシーロフが留守で、母たちだけならいいのにと切実に思った。そうすれば、ヴェルシーロフが戻るまでに、母やかわいい妹に何かやさしい言葉をかけてやれる。妹には、まるひと月、ひとつも言葉らしい言葉をかけてやれなかった。案の定、彼は家を留守にしていた。

4

ところで、この「新しい人物」（つまりぼくが言っているのは、ヴェルシーロフのことだ）をぼくの『手記』に登場させるにあたって、簡単に彼の経歴を紹介しておこう。かといって、何か特別な意味があるわけではない。ぼくがそうするのは、読者によりわかりやすくするためと、今後の話の流れのなかで、この略歴をどこに差しはさんだらよいものか、見当がつかないからだ。

ヴェルシーロフは大学で学んだが、卒業後は、近衛隊の騎兵連隊に入った。ファナリオートワとの結婚を機に、退役した。あちこち外国をめぐり、帰国後はモスクワにあって社交界での生活を楽しんだ。妻が死ぬと、村に戻った。そこでぼくの母とのエピソードが生まれた。その後、長らく南のほうのどこかで暮らしたことがある。ヨー

ロッパとの戦争でふたたび軍務に就いたが、クリミヤには行かず、ずっと実戦にも加わらなかった。戦争終結と同時に軍務をしりぞき、外国に向かった。そのときはぼくの母も連れていったが、その母をケーニヒスベルクに置きざりにしてしまった。かわいそうな母は、どうかすると、さも恐ろしそうに頭を振りふり話してきかせたものだ。その話によると、当時まる半年ものあいだ、幼い娘をかかえたまま、言葉もわからず、それこそ森のなかにとりのこされたかのようなひとりぼっちの生活をつづけ、あげくの果てはお金も尽きてしまったという。そこで、彼女を引きとりにタチヤーナおばがやってきてロシアに連れもどし、ニジェゴロド県のどこかに落ちつかせた。その後、ヴェルシーロフは土地調停裁判所の調停員となり、みごとに実務を果たしたということだが、やがてそれも辞《や》め、ペテルブルグに出てからは、種々の民事訴訟にかかわる処理の仕事にたずさわりはじめた。アンドロニコフ氏はつねに彼の能力を高く買い、たいへん尊敬もしてはいたが、彼の性格がわからないとよく口にしていた。その後、ヴェルシーロフはこの仕事を辞めてふたたび外国に向かったが、今回は期間も長く、滞在は数年におよんだ。ソコーリスキー老公爵とのあいだに格別に親密な関係がはじまったのは、その後のことだ。この間、彼の懐具合は、二転三転して、貧窮のどん底に落ちたかと思うと、急にまた金ができて勢いを盛りかえすといった按配だったら

しい。

それはそれとして、ぼくの手記が、ようやくこの話題にまでたどり着いたところで、思いきって『ぼくの理想』についても語っておく。このことを文字であらわすのは、生まれてはじめてのことだ。ぼくがここで思いきって『ぼくの理想』を読者に、いわば種明かしをするのは、これからの話の流れをすっきりさせるためでもある。それに、たんに読者だけではなく、書き手であるぼく自身からして頭のなかが混乱をきたしており、何がぼくをみちびき、そこに思いいたらせたかをきちんと説き明かすことなく、ぼくの歩みを説明することは困難なのだ。この《言いのこし》によってぼくは、ぼくの力不足もあるけれど、以前ぼくがコケにした長編作家たちの《レトリック》にふたたび陥ってしまった。ぼくの数々の恥ずべき冒険を盛りこんだ、このペテルブルグ小説の扉をくぐり抜けるにあたって、この序文は避けてとおれないものとぼくは思っている。ただし、これまでぼくを《言いのこし》へと誘ってきたのは、《レトリック》ではなく、問題の本質、つまり問題の困難さなのだ。すべてが過去の出来事となったいまでさえ、この『思想』を語ることの、克服しがたい困難さを感じている。そればかりか、ぼくは当然この『思想』を、現在ではなくて当時の形式、つまり、当時ぼくが頭のなかで組みたて、模索していたときのかたちで述べる必要があるのだが、それ

がまた新しい困難さを生んでいる。話題によっては語ることが不可能にちがいない。たしかに、もっとも簡潔で、もっとも明確な理想——、そういうものこそ、理解が困難なのだ。かりにコロンブスがアメリカ大陸を発見するよりも前にじぶんの理想を他人に語っていたら、おそろしく長い期間、彼の言うことは理解されなかっただろう。そしてじっさいに理解されなかったわけだ。こんなことを書いたからといって、ぼくはなにもじぶんをコロンブスと同列に置こうなどとはまったく考えていない。そんな結論を引きだす人がいるとしたら、その人はただ恥ずかしい思いをするだけのことだ。

第五章

1

ぼくの理想――、それはロスチャイルドになることだ。読者のみなさん、どうか気持ちを鎮めて、まじめに聞いていただきたい。

くり返していうが、ぼくの理想は、ロスチャイルドになること、ロスチャイルドクラスの金持ちになることだ。ただの金持ちではない、まさにロスチャイルドのようになるのだ。何のために、どうして、いったいどんな目的を追いもとめているのか――それについてはいずれ改めて述べよう。はじめに、ぼくの目標が達せられることは、数学的に保証されているということだけを述べておく。

問題はごく単純だ。すべての秘訣は、根気と持続の二語につきる。

「聞いたことがある」と言われるかもしれない。「べつに新しいことじゃない。ドイツのファーターつまり父親たちはみな、じぶんの子どもたちに同じことをくり返し言いきかせている。ところが、きみのいうロスチャイルドは（いまは亡きパリのジェームス・ロスチャイルドのことで、ぼくはこの男のことを言っている）この世にたったひとりだが、ファーターは何百万といるぞ」

それにたいしてぼくはこう答える。

「聞いたことがある、なんて知ったような口きいてるけど、きみたちはじっさい、何も聞いたことがない。たしかに、ある一点できみたちの言うことは正しい。すべての問題は『ごく単純』と言ってはみたが、ひじょうに困難だ、とつけ足すのを忘れていた。世界のすべての宗教、すべての道徳は一点に集約される。すなわち、『善を愛し、悪を避けなくてはならない』。これより単純なことはありそうにない。それはそれでけっこう、何かひとつ善いことをおこない、ひとつでも悪徳を避けるようにする、さあ、ひとつ試してみてはどうです、え？　それと同じことだ」

だからこそ、きみたちの言う無数のファーターたちは、それこそ何世紀にもわたって、すべての秘訣をかたちづくる根気と持続の二語をくり返すことができたわけだが、それでも、ロスチャイルドとして留まりえたのはひとりだけだ。つまり、名前は同じ

でも中身がちがうというわけで、ファーターたちがくり返し口にしているのは、まるでべつの考えかたなのだ。

根気と持続ということは、むろん彼らだって耳にしてきた。でも、ぼくが目的を達成するために必要としているのは、ファーター的な根気でもなければ、ファーター的な持続でもない。

すでにファーターであるという一事からして——ぼくはべつにドイツ人についてだけ言っているわけではない——つまり、家族があって、ほかのみんなと同じ暮らしをし、ほかのみんなと同じく支出し、ほかのみんなと同じ義務を負う——それだけではもうロスチャイルドにはなれず、せいぜい世間並みの人間になれるだけだ。しかし、ぼくにはわかりすぎるくらいわかっている。ロスチャイルドになれば、あるいは、なろうと望むだけで、——といってもファーター式にではなく、ひたすら望むだけで——もう一気に社会に抜きん出ることができるということが。

何年か前、新聞で読んだことがある。ヴォルガ川を航行する汽船上で、喜捨を乞い、ぼろをまとって歩きまわっていたひとりの物乞いが死んだ。現地ではだれもが知る人物だった。死後、彼が身に着けていたボロ服から三千ルーブルの兌換紙幣が縫いつけられているのが発見された。また最近、ぼくは、名門の出である物乞いについての記

事も読んだ。安レストランに出没しては、喜捨をもとめて手を差しだしていた男の話だ。逮捕して調べてみると、じつに五千ルーブル近い金を所持していることがわかった。ここからただちに、二つの結論が出てくる。第一の結論は、貯蓄における根気は、たとえコペイカ単位でも、ついには莫大な成果をもたらしてくれる（ここでは時間はなんの意味もなさない）ということ。そして第二の結論は、どんなに単純な貯蓄のかたちでも、それが持続的なものでありさえすれば、数学的に成功が保証されるということだ。

その反面、人から尊敬もされ、頭もよく、節約もしているが、（どうがんばっても）三千、四千ルーブルの金がもてない、それでいて、もちたいという気持ちだけはすさまじくつよい人間もかなりの数いるだろう。どうしてそういうことになるのか？　答えははっきりしている。彼らのだれひとり、どんなにそれを欲していても、ほかにどうしても儲けるすべがなければ、物乞いにだってなってみせるというほどには欲していないからだ。それに、たとえ物乞いになっても、最初に入った金を余分なパンとか、家族のためにすら使わないという根気がないからだ。ところで、この方法で金を貯めるにしても、つまり、物乞い暮らしに耐えるにしても、それだけの金を貯めこむには、パンと塩だけの食事にかぎって、それ以上なにも口にしてはならない。少なくともほ

くはそう理解している。おそらく、先に挙げたふたりの物乞いも、確実にそうしたにちがいない。パンしか食べず、ほとんど野天暮らしをしていたにちがいないのだ。ただし、その彼らに、ロスチャイルドになるといった野心がなかったことは、改めてことわるまでもない。彼らは、もっとも純粋なすがたをしたアルパゴン、ないしはプリューシキンにすぎず、それ以上の何ものでもなかった。だが、それとはまるきりちがったかたちで意図的に金を貯めようとする場合、しかも、ロスチャイルドになるという野心を抱いている場合、このふたりの物乞いにおとらない欲望と意志の力とが求められる。ファーターたちは、そうした力が発揮できない。この世における力は多岐にわたるが、意志の力と欲望がとくにそうだ。水を沸騰させる温度と、鉄を灼熱させる温度はおのずから異なる。

これは、修道院暮らしと同じことだし、スヒマ僧の苦行とも同じだ。ここで問題となるのは、熱意であって、理想ではない。何のためか？　なぜなのか？　そんな大金を道づれに、死ぬまで粗い布地の衣をまとって歩き、黒パンばかりを食べて暮らすなんて、はたして人の道にかなったことなのか、あまりに不自然ではないだろうか？　しかし、こういう問題はとりあえず後回しにし、いまは、この目的の達成は可能かという点にだけ話題をしぼろう。

「ぼくの理想」(この理想こそ、鉄の灼熱に当てはまる)を思いつくと、ぼくはさっそくじぶんをためしにかかった。すなわち、修道院とスヒマ僧の苦行に耐える力がじぶんにはあるか、どうか? その見きわめを目的にして、最初のまるひと月、ぼくはパンと水だけの生活を送った。黒パンは、一日、一キロを超えることはなかった。この生活を実行するため、察しのいいニコライさんと、ぼくのためにつねによかれと思って世話をしてくれたマリヤさんの裏をかかなくてはならなかった。食事は、ぼくの部屋に運んでくれるように言いはったので、マリヤさんを悲しませ、デリケートを絵に描いたようなニコライさんには、いくぶん怪訝な思いを抱かせることになった。ぼくはじぶんの部屋で食事をすっかり処分した。スープは、窓からイラクサの茂みに棄て、でなければ、トイレへ、牛肉の料理は窓から犬にくれてやるか、紙に包んでポケットにしまい、あとで外に持ちだして捨てたりするといった具合だった。食事どきに出されるパンは一キロよりはるかに少なかったので、じぶんでこっそり買いたしたものだ。こうして一か月を耐えぬいたが、もしかすると多少は胃を悪くしたかもしれない。しかし翌月からは、パンにスープをくわえ、朝と晩に一杯ずつお茶を飲むことにした。嘘だと思うだろうが、こうして一年間、ぼくは完璧な健康を保ち、満足を覚えながら過ごし、精神的には、陶酔と、絶えずひそやかな歓びにひたりつづけた。食

料など少しも惜しいと思わなかったばかりか、むしろ有頂天のなかで過ごした。一年が経った時点で、どんな節制にも耐えていけるとの自信を得たぼくは、彼らと同じような食事をとるため、みんなといっしょの食堂に場所を移した。だが、この実験だけでは満ち足りないものを感じ、ぼくは第二の実験もおこなった。家主のニコライさんに支払われる食費とはべつに、お小遣いとして毎月五ルーブルずつもらえることになっていた。ぼくはその五ルーブルのうち半分だけを使うことに決めた。これはけっこう困難な実験だったが、二年あまりが経ち、ペテルブルグに着いたときには、ぼくのポケットには七十ルーブルあった。ほかにもらったお金はべつとして、もっぱらこの節約でたまったお金だ。この二つの実験の成果は、きわめて大きかった。ぼくは完全に知ったのだ。じぶんが望むだけの目的は達成できる、ということ、そしてくどいようだが、これこそ『ぼくの理想』のすべてであり、ほかのことはみな、くだらないことばかりだ、と。

2

しかし、その「くだらないこと」も検証してみる。

ぼくは二つの実験について述べた。ペテルブルグでぼくは、すでにご存じの、第三の実験をおこなった――オークション会場に出かけていき、一挙に七ルーブル九十五コペイカの利益を手にした。むろん、それはほんものの実験ではなく、たんなるお遊び、気慰みにすぎなかった。将来から一瞬を先取りして、今後どんなふうに歩み、行動するかを試してみたかったのだ。まだモスクワにいたそもそもの初めから、本格的な事業に着手するのは、ぼくが完全に自由になるまで先延ばしすることに決めておいた。たとえば、高校ぐらいはせめて終えておく必要があることは、わかりすぎるほどわかっていた（大学は、すでにご承知のように、犠牲にした）。ぼくが、胸に怒りを秘めてペテルブルグにやってきたことは、まぎれもない事実だ。高校の卒業試験にパスし、はじめて自由の身となってぼくはふと気づいた。ヴェルシーロフの事件に関わることで、ぼくはまた事業の開始から一定期間ひき離されてしまう！　だが、たしかに怒りを秘めてはいたが、それでも、じぶんの目的については完全に冷静な気持ちでやってきた。

たしかに、実践的なことはわからなかった。けれど、三年間考えに考えてきたことなので、もはや疑いの抱きようがなかった。どのように着手すればよいか、ぼくは何度となく想像してきた。ぼくはまるで空から舞いおりるようにして、ロシアの二大首

都（事業を開始するにあたってロシアの首都を選んだわけだが、思うところもあって、何よりまずペテルブルグに優先権を与えた）のひとつに突如すがたを現す。かくして天から舞いおりたわけだが、ぼくは完全に自由の身であり、だれにも頼ることはしない、体は健康だし、当座の運転資金百ルーブルをポケットに隠しもっている。ちなみに、この百ルーブルなしで始めることは不可能だ、というのも、それなしではごく初期の成功すら、長期間にわたって先延ばしされるからだ。この百ルーブルのほかに、すでにご存じのとおり、ぼくには、勇気、根気、持続力、それこそ完全な孤独、そして秘密があった。孤独が、いちばん大切だ。ごく最近まで、人々とのどんなつきあいもまじわりもいやでたまらなかった。総じて、『理想』に着手するときは、かならずひとりですると考えていた。これは、sine qua（絶対条件）だ。ぼくは人間が苦手だ。気持ちが落ちつかなくなるし、落ちつかなければ、目的の達成などおぼつかなくなる。それに、概して、これまで、人間とどう交わっていくか空想しているとき、――いつもけっこう賢くふるまえるような気がするのだが、これが現実となると、いつもひどく間のぬけた話になった。そこで腹立たしさをおさえ、正直に告白すると、ぼくはいつも言葉でつまずき、慌てふためくのが落ちなので、人間とのつきあいを切りつめる決心をしたのだ。その結果得られたものが、自立、精神の落ち着き、目的の明確さと

いうわけである。

　ペテルブルグの恐ろしい物価高にもかかわらず、食費に十五コペイカ以上は使わないときっぱり心に決め、この約束は守れると確信していた。この食事の問題については、熟考に熟考を重ねてきた。たとえば、二日つづけてパンと塩だけで過ごすことはあっても、三日目は、その二日で貯まったお金を使い切ることにする。一日最小限の十五コペイカで果てしもなく均一的な節食をつづけるより、こちらのほうが健康にはよいように思えたからだ。次に、生活のための「隅っこ」が必要だった。夜、十分に眠り、天気の悪い日には、雨風をしのぐだけの、文字どおりの「隅っこ」だ。生活は路上と決め、必要とあれば、宿泊のほかに一切れのパンとお茶を一杯出してくれる簡易宿泊所に泊まることも覚悟した。そう、その隅っこや宿泊施設で盗難にあわないよう、所持金を隠すぐらいの工夫はかんたんにできるはずだった。のぞき見されないようにすることも。それは保証できる！《このおれが盗みに合うだと？　いや、こっちこそ、人さまのものを盗るんじゃねえかって心配してるくらいだ》――あるとき路上で、あるペテン師からそんな愉快なセリフを耳にした。むろん、このセリフから、ぼくが拝借するのは、慎重さと狡猾さだけで、盗みなどやるつもりはまったくない。それればかりか、モスクワにいた時分、ことによると、《理想》が生まれた第一日めか

らだったか、ぼくは質屋にも、高利貸しにもならないと決心した。そういう仕事は、ユダヤ人か、頭も根性もないロシア人にまかせておけばいい。抵当だとか利息とかいうのは、凡俗の仕事だ。

着るものについていうと、ぼくは服を二着もつことに決めた。普段着とよそ行きの二つ。いったんこしらえれば、それを長持ちさせられる自信があった。二年半、ぼくはわざわざ服の着方を勉強し、ある秘訣を発見したほどだ。服をつねに新しく、古びないように保つには、できるだけ頻繁に、日に五度か六度、ブラシをきれいにかけなくてはならない。これは確実に言えることだが、ラシャはブラシを恐れない、恐れるのは、埃や塵だ。埃は、顕微鏡で見ると石と同じだが、ブラシの毛は、どんなに剛《こわ》くても、ほとんどが同じ動物の毛なのだ。同じようにして靴の履き方も学んだ。秘訣は、踵《かかと》全体を注意して一度に地面に置くように心がけ、できるだけ脇にずらさないようにすることだ。これは、二週間でマスターできるし、あとはもう無意識のうちにそれができる。この方法を用いれば、平均で三分の一の時間長持ちさせられる。二年間の経験だ。

次はもう、実践そのものがはじまるのだ。

ぼくは次のような考え方から出発した。まず、手もとに、百ルーブルがある。ペテ

ルブルグにはあれだけの数のオークションがあり、在庫一掃のセールがあり、蚤の市の細かい出店がある以上、しかもそれを必要としている人々がいる以上、何がしかの金で品物を買い、それを少しでも高く売らずにいる法はない。例のアルバムにしても、ぼくは、二ルーブル五コペイカの資金を元手に、七ルーブル九十五コペイカの利益を得た。この莫大な利益は、何のリスクもなしに得られたものだ。ぼくは、目を見て、買い手は引かないとみてとった。むろん、それがたんなる偶然にすぎなかったことは、わかりすぎるくらいわかっている。でも、そういう偶然こそぼくが求めるもので、そのためにこそ路上で生活しようと決めたのだ。たとえこの種の偶然が、めったにない偶然だったにしても同じことだ。ぼくの第一の指針は、けっしてリスクをおかさないこと、第二は、一日に、生活のために支出したミニマム以上のものをごくわずかでも稼ぎ、一日たりとも貯蓄を中断しないようにすることだ。

人からこう言われることだろう。そんなものはぜんぶ机上の空論にすぎない、きみは路上生活の実態を知らないから、最初の一歩でだまされるに決まっている、と。しかし、ぼくには意志と根性があり、路上学といっても、ほかの学問と変わりはないし、根気と注意力と能力には屈さざるをえない。高校では七年生まで優等生のひとりで、数学がとてもよくできた。そもそも、実験や路上学が、かならず失敗すると予告しな

ければならないほど、ごたいそうな高みにあるものか！　そういうことを口にする連中はきまって、これまで実験など何ひとつ行ったこともなければ、人生の名にふさわしい生き方をしたこともなく、たんに上げ膳据え膳の空疎な人生を送ってきたのだ。まさに『前車のくつがえるは後車の戒め』というやつだ。いや、くつがえりなどしない。ぼくには、強い意志がある。だから、注意力さえあれば、どんなことだって覚えられる。たえまない根気、たえまない慧眼、そしてたえまない熟慮と計算、さらに限りない活動と奔走をもってして、毎日、余分に二十コペイカを稼ぐためのノウハウを会得できないなんてことがはたして想像できるだろうか？　要するに、マクシマムの利益をねらうようなことはぜったいにせず、つねに冷静でいようと心に決めた。そしてその後、一千ルーブルか二千ルーブルを儲けた段階で、むろん、ブローカーや路上での転売といった仕事からおのずと離れることになる。ぼくはたしかに、証券取引所とか、株式とか、銀行業務といったことを知らなすぎる。ただしそのかわり、いずれ時が来れば、そうした取引所や銀行業務といったことを、ぼくはだれにも負けないくらい勉強し、研究するのだ。この路上学にしたところで、いざそのときが来さえすればば、じつに単純なものだということは、この五本指みたいにわかりきっている。そもそも、こんな学問に、それほど多くの知恵が必要だろうか？　ソロモンの英知が何だ

というのだ。強い意志がありさえすればいい。能力も、手腕も、知識もあとからおのずからついてくるものだ。ただ、『欲する』ことを止めさえしなければ。

要は、リスクを冒さないことだ、それこそは強い意志があってはじめてできることだ。つい最近のことだが、ぼくがすでにペテルブルグに着いてから、ある鉄道株の公募があった。運よく予約できた者は、かなりの儲けを得た。しばらくのあいだ株価は暴騰した。ところで、運悪く予約できなかった者や、どん欲な男が、ぼくの手もとに株券があるのを見て、何パーセントかプレミアをつけるからそれを譲ってくれと申し出てきたとする。べつにどうということもなく、ぼくはきっとただちにそれを売り払うだろう。むろん、ひとは、もう少し待てば十倍の益が出るのに、と言って、ぼくを笑いものにするにちがいない。それはそうかもしれない。でも、ぼくのプレミアは、すでにポケットに収まっているという点で確実なものであるのにたいし、きみたちの儲けはまだ宙に浮いたままだ。そんなやりかたでは大儲けはできないと言う人もいるだろう。残念ながら、それこそきみたちの誤算だ、わが国にごまんといるコーコレフ、ポリャコーフ、グボーニンの輩の誤算がある。真理を知るがいい。金儲けにおける、なかでも貯蓄における持続と根気は、たとえ二倍の儲けだろうと一時的に得られるかもしれない利益よりも強力なのだということを。

フランス革命より少しまえのパリに、ロウなにがし氏が現れ、理論上は天才的といってもおかしくないプロジェクトを企てた（その後、じっさいには大失敗に終わったのだが）。パリ全市が興奮し、押しあいになるほどわれ先にロウ株を買い求めた。予約の受付がはじまった家には、まるで袋をぶちまけたかのようにパリ全市の金が流れこんだ。だが、その家もやがて手狭になって、買い手は通りにまであふれるようになった。そこにはありとあらゆる称号、年齢の人間がいた。ブルジョワ、貴族、その子弟、伯爵夫人、侯爵夫人、娼婦たちが、狂犬にかまれたかのような半狂乱の暴徒と化してしまった。官位も、身分上の偏見も、プライドも、はては、名誉や世間体まですべてが同じ泥にまみれて踏みつけられたのだ。何枚かの株券を手に入れるためにすべてを犠牲にしたのだ（女性までもが）。予約の手続きはとうとう通りに移されたが、書くための机などどこにもない。そこでとある背の曲がった男に、株券を申し込むための机に使いたいのでしばらくその瘤を使わせてくれと申し込んだ。男はそれに応じたが、その使用料ときたら目の玉が飛びでるほどの高さだった！　それからしばらく時を経て（ごくわずかな期間だった）、全員が破産した。何もかもが破綻に帰し、すべての計画が吹っ飛んで、株券はただの紙切れと化してしまった。では、だれが得をしたのか？　そう、例の背の曲がった男だ。それはほかでもない、株券ではなく、現

金のルイ金貨をつかんだから。言ってみれば、そう、ぼくはまさにその男なのだ！ろくに食事もせずに数コペイカの金をこつこつ貯め、とうとう七十二ルーブルまで積みあげるだけの力がぼくにはあった。だから、人々を呑みこんだ熱病の渦中にあっても、はやる気持ちをおさえ、大金より確実な金を選ぶだけの力もあるはずだ。ぼくがこせこせしているのは、細かいところだけで、大きなところとなれば、話はちがってくる。『理想』が誕生した後ですら、小さな忍耐が求められるところでしばしば気力を欠くことがあった。だが、大きな忍耐が求められるところでは、つねに気力は足りているはずだ。朝、仕事に出るまえ、母が出してくれたコーヒーが冷めていたときなど、ぼくは腹を立て、母にむかって乱暴な口をきいたものだった。ところがそのぼくは、まるひと月パンと水だけで過ごした当人でもあるのだ。

かんたんに言えば、金もうけをしないのは、つまり金もうけの方法をきちんと学ばないのは、不自然なことだと思う。また、くどいようだが、絶えまない規則正しい蓄財、絶えまない観察、冷静な思考、抑制、節約、たえず増大するエネルギーがありながら、大金持ちになれないというのもおかしい。例の物乞いがああしてじぶんの金を貯められたのは、狂信的な性格や根気以外の何だというのか？　いったいぼくはあの物乞いにも劣るというのか？　『でも、何も得られなくたっていい、計算がまちがっ

ていてもいい、失敗し、破産したっていい、どっちみち、ぼくは進む。進みたいから進むのだ』。まだモスクワにいる時分からぼくはそう言い聞かせてきた。こんなふうに言われるかもしれない。そこにはどんな『理想』もなければ、新しいところなどもぜんぜんない、と。でも、ぼくは言っておく、これが最後になるが、ここには数えきれないくらい多くの理想があり、かぎりなく多くの新しさがあるのだ、と。

そう、人々の反論がどんなに些末であるか、ぼくは予感していた。そしてぼく自身、『理想』を語ることで、どれほどつまらない人間になり下がるかということも、わかっていた。でも、ぼくはなにを言ったというのか？　考えていることの百分の一も言えていないではないか。しかもそれが些末で、粗暴で、上っ面なものとなってしまった、ぼくの年齢に比べても何かしら青臭いものになってしまったと感じている。

3

ここで、『どうしてなのか』『なぜなのか』『道徳的かどうか』などの問いに答えなければならない。答えるとぼくは約束したのだから。

読者のみなさんを一気に幻滅させることになるかと思うと、憂鬱だ。憂鬱だけれど、愉快でもある。知っておいてほしいのだが、ぼくの『理想』がめざしているもののなかには、『復讐』の感情などひとかけらもなければ、バイロン風の呪いも、孤児のなげきも、私生児の涙もない、ほんとうに何もないのだ。要するに、この手記が、小説好きのご婦人の手に入ったら、彼女たちはただちに肩を落とすだろう。ぼくの『理想』がめざしているのは、孤独なのだから。

「でも、孤独なら、なにもロスチャイルドになるとか、そう力《りき》まなくても手に入れられるでしょうに。いったいなぜ、ロスチャイルドなんて持ちだしたんです？」

「それはね、孤独のほかに、力もぼくには必要だからです」

ここでひとつ前置きをしておく。読者のみなさんは、ぼくの告白があまりに開けっ広げなのに恐れをなして、素朴にこう自問されるかもしれない。こんなことを書いて、作者はどうして赤面せずにいられるのか？　それにたいしてぼくはこう答える。ぼくはべつに出版を意図して書いているわけではない。ぼくが読者を持てるのは、十年先のことで、そのときにはもうすべてが明らかとなり、遠い過去の話となり、証明しつくされて、いまさら赤面する理由もなくなるにちがいない。そんなわけで、ぼくがこの手記でときどき読者に呼びかけるようなことがあっても、それはたんなる手法にす

ぎない。ぼくの読者は、架空の人物なのだ。

いや、ぼくの『理想』の発端となったのは、トゥシャールの寄宿学校でああまでからかわれた私生児の身分でもなければ、さびしい幼年時代でもなく、ましてや復讐心でもなければ、異議申し立ての権利でもない。すべての原因は、ひとえにぼくの性格にある。十二歳のときから、つまり、正しい認識が生まれるのとほぼ時を同じくして人間が嫌いになった、との思いがぼくにはある。嫌いになったというか、なにかこう、うっとうしい感じになった。ときどき純粋な気持ちにかえったときは、親しい人たちにたいしてすら思うところをすっかり話してしまえないじぶんが、あまりに情けなくなった。話そうと思えば話せるのだが、話す気になれずになぜかじぶんを抑えてしまうのだ。ぼくは疑い深く、不機嫌で、人づきあいが悪くなった。おまけに、ぼくは以前から、ほとんど子どもの頃からじぶんのある性質に気づいていた。頻繁にひとを責める、ひとを責めすぎる傾向があるということだ。しかし、この傾向につづいて、ごく頻繁にべつの考えが、じぶんにとってあまりに辛すぎる考えがただちに湧きおこってきた。《悪いのは、あの連中じゃなく、ぼく自身ではないのか?》。そんなわけで、どれほどたびたび意味もなくじぶんを責めたてたことか! そうした問題を解決しないですませるために、ぼくはおのずと孤独を求めるようになった。おまけに、どうが

んばってみても――ぼくもがんばってはみた――、ひととのつきあいに、何ひとつ得るべきものを発見できなかった。すくなくとも、ぼくと同年齢の連中や学校仲間はみんな、だれひとり例外なく、考えることのレベルがぼくより下であることがわかった。これには、ひとりとして例外の記憶がない。

そう、ぼくは陰気な男だし、たえず引きこもってばかりいる。社会から出ていきたいとしょっちゅう考えている。たぶん、人々のために善いこともするだろうが、善いことをするどんなちいさな理由もしばしば見いだせなくなる。しかも、そうして気を遣ってやるほど人間はぜんぜん美しくない。どうして彼らはまっすぐ、ざっくばらんに近づいて来ないのか？　どうしていつもこちらから先ににじり寄っていかなくてはならないのか？――ぼくが自問していたのはそういうことだ。ぼくは恩義に弱い人間であり、そのことはもう数かぎりない愚行でもって証明してきた。ぼくは、ざっくばらんな人間には、すぐさま同じ態度で応対し、すぐさまその人のことが好きになる男なのだ。じっさい、ぼくはそのとおり実行してきた。ところが、連中はみなすぐにぼくをだましにかかり、冷たい笑みを浮かべながら、ぼくを避けて姿をくらましてしまう。彼らのなかで、いちばんオープンだったのが、子どものころぼくをよく殴ったランベルトだ。しかしその彼にしたところで、たんに開《あ》けっぴろげな卑劣漢のごろつき

でしかない。そもそも彼の場合、そのオープンな態度というのは、ただ彼がばかなせいにすぎない。以上が、ペテルブルグに出てきたときにぼくが考えていたことだった。

あのとき、ぼくはデルガチョフの家を出ようとして（どうしてあそこに顔を出す気になったのかまったくわからない）ワーシンに近づき、感きわまって彼を褒めそやした。それがどうだろう？　あの晩、ぼくはすでに、彼のことをまったく好きではなくなっているじぶんに気づいていたのだ。なぜか？　それはほかでもない、彼を褒めそやしたことで、彼の前でじぶんを貶める結果になったからだ。しかしながら、話は逆に見えるかもしれない。じぶんを貶めてまで他人に報いようとする、公正かつ寛大な人間は、その本来的な価値からして、おそらくほかのだれよりも高みにあるはずなのだ。ところがどうだろう。それがわかっていながら、やはりワーシンのことが好きではなくなっていた、いや、ほんとうに好きではなくなっていたのだ。ぼくはわざと、読者のみなさんもすでにご存じの例を挙げている。クラフトを思いだすだけで苦々しい、冴えない気分になるのは、彼がじぶんから、わざわざぼくを玄関口へ送りだすしぐさを見せたからだ。その気分は、クラフトにかんするすべてがすっかり解きあかされ、腹を立てるわけにはいかなくなった翌日までずっと続いていた。高校の低学年クラスから、クラスメートのだれかが、勉強なり、気の利いた返答なり、体力の点でぼ

くをしのぐものが出てくると、ぼくはただちにその相手と遊んだり口をきいたりするのをやめてしまった。その相手を憎んだとか、失敗を願ったりしたとかいうのではなく、たんに背中を向けてしまっただけだ。というのは、それがぼくの性格だから。

そう、ぼくは、これまでずっと力を渇望してきた。力と孤独を。ぼくの頭蓋骨の下にあるものを理解したら、だれもが面と向かって笑いそうな、そんな年頃から空想していたのだ。ぼくがこれほど秘密を愛する理由がまさにこれだ。そう、ぼくはひたすら空想ばかりしていたので、人と話をしている暇などないくらいだった。そのせいで、あいつは人嫌いということになり、ぼんやり癖もあいまって、さらにいまわしい風評が立ったわけだが、ぼくのバラ色の頰はそれとは正反対のことを裏づけていた。

ぼくがとくに幸福だったのは、ベッドに入って毛布にくるまりながら、完全な孤独のなかで、ひとり人生をべつのかたちに作りかえていくときだった。家の周囲を歩きまわる人の姿もなければ、物音ひとつ立てるものもいない。とてつもなくはげしい空想癖が、『理想』の発見へとぼくをみちびき、そこですべてのばからしい夢が一気に理性的な夢となり、小説のもつ空想的形式から、現実のもつ理性的形式へと移行するのだ。

すべてがひとつの目的に合体した。もっともそれらの夢は、それこそ無限ともいえ

るテーマをもち、数えきれないほどあったのだが、それ以前もさほど愚かしいというほどのものではなかった。だが、なかには好きな夢もあった……もっともそれらをここで引きあいに出すわけにもいかない。

力！　ぼくは確信する。もしもぼくみたいな『くず』が、力を得ようと狙いさだめていると知ったら、多くの人たちはとても滑稽に感じるはずだ、と。しかし、ぼくはもっと脅かしてやろうと思う。ひょっとして、ぼくがいちばん初めに夢を見たときから、ということはつまり、ごく幼いころから、ぼくはいつも、人生のどんな局面においても、じぶんが一位になる姿しか想像できなかった。もうひとつ変わった告白をつけたしておくと、もしかすると、その夢はいまもって続いているかもしれない。ついでながら断っておくが、ぼくはけっして許しは求めない。

金とは、どんなにろくでもない人間でも一位に導いてくれる唯一の道である。ぼくの『理想』、そしてその力は、まさにこの点にある。ぼくはたぶん、ろくでなしではないと思う。たとえば、ぼくが外見で損をしていることは鏡を見てわかっている。ぼくの顔は十人並みだからだ。でも、もしぼくがロスチャイルドのような大金持ちだったら、いったいだれがぼくの顔についてあれこれけちをつけるだろう。それこそ何千という女たちが、口笛ひとつ吹きならしただけで、おのれの美貌をエサに群がってく

るにちがいない。それどころか、その彼女たちも、しまいにはこのぼくを心から美男子だとみなすようになるとさえ確信する。ぼくはたぶん頭もそう悪くないと思う。でも、ぼくがもし賢い人間でも、世のなかにはそれより賢い男がかならず現れる。そうなったら、ぼくはおしまいだ。ただし、ぼくがもしロスチャイルドだったら、はたしてぼくより多少とも頭のいいその男は、ぼくの前で何かしら面目を保てるだろうか？いや、ぼくのそばにいるかぎり、口もきかせてもらえないにちがいない！　ぼくは、たぶん頭が切れると思う。でも、ぼくのわきにタレーランとかピロンとかがいたら、ぼくなど屁みたいに霞んでしまう。ただし、ぼくがいったんロスチャイルドとなった暁には、ピロンなどものの数ではなくなってしまう、いや、ことによるとタレーランだって例外ではないかもしれない。お金というのは、むろん暴君的な力を意味するが、同時に最高の平等でもある。そしてそこにこそ、お金のもつ大きな力があるのだ。お金はすべての不平等を均《なら》してくれる。ぼくがこういう判断に至ったのは、まだモスクワにいたときのことだった。

むろん、きみたちがこういう考え方に見るのは、もっぱら、厚かましさ、暴力、才能にたいする無能の勝利だろう。その考え方が大胆不敵であること（だから、誘惑的なのだ）には同意する。しかし、それはそれですこしもかまわない。きみたちは、こ

のぼくがあのとき力を望んだのは、なんとしても相手を踏みつけにし、復讐するためだったとお思いだろうか？　問題はそこだ。要するに、凡人はかならずそういう行動に出るからだ。それればかりか、ぼくはこう信じている。あれほどの高みにある何千という才人や賢人でも、いきなりロスチャイルドの何百万というお金にのしかかられたら、ただちに持ちこたえられなくなり、俗悪きわまりない凡人と同じ行動に出て、だれよりもはげしく人間を踏みつけにするにちがいない、と。ぼくの理想は、そんなのとはちがう。ぼくはお金を恐れない。ぼくはお金に踏みつぶされもしないし、踏みつぶすようなまねもさせない。

ぼくには、お金など必要ないのだ、というか、ぼくに必要なのはお金ではなく、力ですらない。ぼくに必要なのは、ひとえに力によって得られるもの、その力なしではけっして手に入れられない何かだけだ。それは、孤独で穏やかな力の意識だ！　それこそはまさに、世界じゅうの人間が手に入れようと必死にあがいている自由のもっとも完全な定義だ！　自由！　ぼくはついにこの大いなる言葉を書きしるした……そう、孤独な力の意識は、魅力的だし、すばらしい。ぼくには力があり、ぼくは穏やかだ。ゼウスの手には雷がにぎられているが、どうだろう、彼はじつに穏やかだ。ゼウスがとどろかせる雷を、ぼくらはしょっちゅう耳にできるだろうか？　ばかな人間には、

ゼウスが居眠りしているように思えるだろう。でも、そのゼウスの地位に、そこらの三文文士や、ばかな田舎娘を就かせてみるといい――きっとひっきりなしに雷を落としているから！

強大な力、それさえあれば、とぼくは考えていた。そんなものはまるで必要としなくなるだろう、と。請けあってもいい、ぼく自身、どこに行こうが、じぶんの意志にしたがい、末席に座る。ロスチャイルドであれば、古びたコートを着込み、傘をさして歩きまわる。通りで人に突きとばされようと、辻馬車にはねられないよう泥道をぴょんぴょん飛び歩かざるをえなくなろうが、べつに気にはしない。そんな瞬間でも、ぼくがあのロスチャイルドなのだと意識することで、むしろ愉快な気分になれるだろう。家では、ほかのどの家にもないような食事が、世界一のコックが待っていることを知っている。そのことを知っているということだけで、もう満足だ。ぼくは一切れのパンとハムを口にし、ぼくのそういう意識に満腹する。ぼくはいまもそう考えている。

こちらから貴族階級にもぐりこむようなまねはしないが、向こうからこちらにすり寄ってくるだろう。女たちの尻を追いまわすようなことはしないし、女たちのほうこそ、水の低きに流れるように押しよせてきては、差しだせるものすべてをぼくに差し

だすはずだ。『俗悪な連中』は金めあてにすり寄ってくるが、賢い連中を引きよせるのは、一風変わった、誇り高い、内向的な人間、すべてに無関心な人間にたいする好奇心だ。ぼくはそのどちらにもやさしくするし、たぶん、お金だってくれてやるが、連中から何かしてもらうようなことはしない。好奇心は情熱を生むので、ひょっとすると彼らに情熱を吹き込んでやれるかもしれない。ぼくは断言する。連中は、プレゼント以外に何も得るものもなく引き返してゆくはずだ。そうしてぼくは、彼らにとっていよいよ興味深い存在となっていく。

ぼくは満足だ
この意識さえあれば

奇妙なのは、ぼくがまだ十七歳のころにすでにこの夢のような情景（といっても正確なものだが）に惹きつけられていたことだ。

けっしてひとを踏みつけにしたり、いじめたりしたくはないし、することもないだろう。でも、ぼくにはわかる。かりに、じぶんの敵であるこれこれの人間を滅ぼしてやろうと思えば、だれひとり邪魔に入るものはいないし、それこそ全員がぼくを後押

ししてくれる。ここでもそれだけで十分だ。ぼくは、人に復讐しようという気にすらならない。常々ふしぎに思ってきたのは、ジェームス・ロスチャイルドがなぜ男爵になることに同意したのかということだ。そんな爵位などなしでも世界一の高みに立っていられるのに、なぜ、何のために？『あの、恥知らずの将軍め、駅で馬を待っているあいだ、このぼくを侮辱しやがった。なあに、かまうものか、このぼくがだれかを知ったら、それこそじぶんから馬をつけに走りだし、このぼくを、ぼくの地味な旅行馬車に乗せてやろうと駆けだしてくるにちがいない！　そういえば、新聞に書いてあったが、どこぞの外国の伯爵だったか男爵だったかが、ウィーンの鉄道で土地の銀行家の足に靴を履かせてやろうとしたら――それも公衆の面前で――、その相手というのがあきれた俗人で、平気でそれをさせたのだという。いいとも、それでいい、たとえ恐ろしいくらいの美人が（たしかに恐ろしい、そういう美人がいる！）――華やかな名門貴族の娘が、汽船の上かどこかでこのぼくとたまたま出くわしたとする、娘は横目でちらりとこちらをうかがい、それから鼻先をつんとさせて軽蔑の色を浮かべながら不思議そうな顔をする。手に本か新聞をもった、こんな地味でみすぼらしい男が、何をまちがえて一等船室なんかにもぐりこみ、わたしの隣に座っていられるのか、と？　ところが、もし、じぶんの隣に腰をかけている男が何ものかをちらとでも

耳にしたら！　いや娘はかならずそれを知るはずだ——そうしてぼくのそばにじぶんから腰を下ろす。従順に、おどおどして、優しい表情でぼくのまなざしを求め、ぼくの微笑に出あって歓びにふるえる……少年時代に思い描いたこの光景をここにわざわざ差しはさんだのは、より鮮明にじぶんの思想を表現するためだ。だが、それらの光景は色あせていて、とるにたらぬものだ。現実のみがすべてを裏づけてくれる。

ひとはこう言うかもしれない。そんな生き方は愚の骨頂だ、と。なぜ、ホテルや開放的な豪邸を持たない、なぜ、人々を集め、影響力を持とうとしない、どうして結婚しない？　でも、そんなことをしたら、いったい「ロスチャイルド」はどうなる？　それこそほかの人間と同じようになってしまうではないか。『理想』のすばらしさも、その精神的な力もすべて消えうせてしまう。まだ子どものころから、ぼくはプーシキンの『吝嗇の騎士』のセリフを暗唱していた。理想の高さにおいて、あれ以上のものをプーシキンは何ひとつ生みだせなかった！　ぼくはいまも同じ考えを抱いている。

「でも、きみの理想はレベルが低すぎるよ」——軽蔑をこめて人々は言うにちがいない——「金だとか、富だとか！　公共の利益や人道的貢献はどうなるの？」

でも、ぼくがどんなふうにじぶんの富を使うかは、だれにもわからない！　何百万ルーブルという金が、おびただしい数のユダヤ人どもの有害で汚れた手から、世界を

直視する、怜悧で毅然としたスヒマ僧の手に流れこむからといって、それがなぜ不道徳で、低級ということになるのだ？　だいたい、未来にかんする空想や占いは、いまはまだ小説みたいなもので、書きつけるだけむだかもしれず、そのまま頭蓋骨の下に留めておいたほうがよいのかもしれない。それに、これまたわかりきったことだが、こんな文章、たぶんだれにも読んではもらえないだろう。しかし、もしだれかが読んでくれたら、その人はひょっとして、ロスチャイルドの何百万という金などぼくの手におえるはずがないと思うのだろうか？　だがその何百万に押しつぶされてしまうからではなく、それとはまるでべつの、逆の意味においてなのだ。ぼくはすでに夢のなかで一度ならず、未来の一瞬をつかまえてきた。そのとき、ぼくの意識はあまりに満たされすぎているのに、力があまりに足りなさすぎるように思えた。そのとき、ぼくは――退屈のせいでも、あてのない憂鬱のせいでもなく、限りなく大きなものを望むがために――、何百万というじぶんのお金を人々にくれてしまうだろう。ぼくは、全財産の分割を社会にゆだね――名もなき人々の群れにふたたび紛れこむのだ！　もしかすると、汽船の上で死んだ例の物乞いになり代わるかもしれない。違いがあるとすれば、ぼくのぼろ服にはまだ何も縫いつけられていないということだけだ。ぼくの手もとにはかつて数百万の金があったが、それをぼろ切れ同然、どろ沼に投げすてたと

いう意識だけを糧に、ぼくは荒野暮らしを続けていく。その心構えは、いまも変わらない。そうとも、ぼくの『理想』は、いついかなる場合も、たとえ汽船の上で死んだあの物乞いとなっても、すべての人々から身を隠すことのできる砦なのだ。これがぼくの物語だ！　どうか、知ってほしい。何はさておきぼくには、ぼくの背徳的な意志のすべてが必要なのだということ、それはひとえに、じぶんがその意志を拒否できることをじぶん自身に証明してみせるためなのだ。

疑問の余地なく、人々はこう反論するだろう。そんなものはたんなる夢物語にすぎない、かりに何百万というお金が手にはいったとしたら、けっしてその金を手放して、サラトフ出身とかいう汽船の物乞いになるはずがない、と。ことによると、手放さないかもしれない。なにしろ、ぼくはじぶんの思想の理想形をここに描きだしているにすぎないのだから。しかし、これだけはまじめに言いそえておく。もしもぼくが、富の蓄積において、ロスチャイルドと同じくらいの額に達したら、じっさいにその富を社会に投げだす結果に終わる可能性もあると（もっとも、ロスチャイルドと同じ額に達するまでにそれを実行するのは困難だ）。そしてその半分を投げだすということもしない。かりにそんなことをすれば、それこそ俗悪な結果に終わりかねないし、ぼくはたんに二倍貧しくなる、それだけの話だからだ。でも、これがかりに全額なら、そ

う、一コペイカも残さずにまるごと投げだしたなら、たとえ物乞いに身を落としても、ぼくは一挙に、ロスチャイルドより二倍金持ちになれる！　この理屈がわかってもらえなくても、それはぼくの責任ではない。説明はしない！

「苦行僧のたわごと、無と無力の凱歌！」人々はそう決めてかかると思う。「無能と中庸の勝利」と。たしかに、ぼくも意識している。部分的にそれは、無能と中庸の勝利だと、しかし、「無力の」とは言わせない。ぼくはこんなふうな姿を想像するのがひどく気にいっていた。ほかでもない、無能で、凡庸な男が、世界の前に立ってにやにやしながら言っている。《きみたちは、ガリレオにしてコペルニクス、カール大帝にしてナポレオン、プーシキンにしてシェークスピア、大元帥にして宮内官です。ところが、かくいうぼくは、無能にして私生児、それでもきみたちよりはましですよ。なぜかって、きみたちはじぶんからそれに屈服したのですから》。正直言うと、ぼくはこの幻想をぎりぎりまで膨らましていったので、教育それ自体を無視してしまったほどだ。この男が、見苦しいまでに無教育だったら、もっと格好がいいような気がした。この大げさな空想が、すでに高校七年生だったぼくの成績に影響をもたらした。ぼくは、そう、教育がないほうがむしろ理想の美は増す、というファナティックな考えから勉強をやめてしまったのだ。いまは、ぼくはこの点にかんする信念を変えてい

る。教育は邪魔にはならない。

みなさん、思想の自立というのは、それがどんなに小さなものでも、みなさんにとってそれほど厄介なものだろうか? いや、たとえ誤ったものでも、美の理想をもつものは幸いだ! でも、ぼくはじぶんの理想を信じている。ただ、ぼくの叙述のしかたはまちがっているし、下手くそだし、幼稚をきわめている。十年後には、むろん、もっとうまく書けるだろう。ただし、いまは記念にこれを残しておく。

4

『理想』の説明はこれで終えた。もしも書き方が俗っぽく、上っ面なものであったとしたら、それはぼくのせいで、『理想』のせいではない。すでに断っておいたように、もっとも単純な理想が、もっとも理解しにくい。ここでいま付けくわえておくと、この『理想』をいまも昔のスタイルで書いているのだから、なおのこと述べにくい。理想には、それとは逆の法則もあるわけで、俗悪で、安上がりの理想は、あきれるほどすぐに理解される。それもかならず大衆に、そして町の人々に確実に理解される。それればかりか、それが、このうえなく偉大で、かつ天才的な理想といった理解の仕方が

なされる——といってもそれが出現した日だけのことだ。安物は、長持ちしない。すぐに理解されるということ、それは、理解の対象となっているものの俗悪さの証にすぎない。ビスマルクの理想は、瞬時にして天才的な理想とされ、ビスマルク本人も天才ということになった。しかし、この短絡こそが曲者なのだ。ぼくは十年後のビスマルクを待って、その時点で彼の理想の、いや、ひょっとして宰相自身の何が残っているかをとくと見物してやろうと思う。この、極度に副次的で、本質にそぐわないコメントを差しはさむのは、むろん、比較のためではなく、これまた記念のためなのだ(これはあまりに頭のにぶい読者のための説明だ)。

さてこのあたりで『理想』の説明をすっかり切りあげ、この話題がこれ以上物語の妨げにならないよう、二つのエピソードを紹介しておく。

夏、ペテルブルグに旅立つ二か月前の七月のこと、すでに完全に自由の身となっていたぼくは、マリヤさんからトロイツキーパサードに行ってくれないかと頼まれた。ある用件で、そこに住む未婚の女性を訪ねてほしいとのことなのだが、その用件の中身というのが、ここにくわしく述べるほどのこともないごくつまらないものだった。その日、用件を終えて帰る途中、同じ車内でひどくみすぼらしい青年の姿が目にとまった。身なりはけっして悪くない。だが、何とも着こなしが悪く、顔はにきび面で、

薄汚れた浅黒いブリュネットの髪をしていた。男が目だっていたのは、駅の大小を問わず、列車が止まるたびにかならず外に降りてウォッカをあおることだった。そのうち、男の周囲に、にぎやかな一団ができあがった。すさまじく下劣な連中ばかりの集まりだった。そのなかのひとりで、これまたほろ酔いかげんの商人は、ひっきりなしにグラスを空けながらなおかつ素面《しらふ》のままでいるこの青年の酒豪ぶりに感嘆していた。もうひとりの青年も、たいそうご満悦の様子だった。おそろしく馬鹿で、口数が多いのだが、ドイツ人風の身なりをし、ひどく嫌な臭《にお》いをぷんぷんさせていた。あとで聞いて知ったのだが、男はどこかの従僕をしているらしかった。男は、酒を飲んでいた青年と仲良しになり、列車が止まるたびに彼を立たせ、『そろそろウォッカタイムだな』といって相手を誘い、ふたりして肩を組みながら列車から降りていった。最初から飲んでいた青年は、ほとんどひとことも口をきくことはなかったのに、彼の周囲にはますます人が集まってきた。青年は一同の話に耳を傾けるだけで、よだれまじりの卑屈な薄笑いをもらし、どうかすると、いきなり「ウッピッピー！」という妙な音を立てて、しかもその際なにやらひどくふざけたしぐさで、指をじぶんの鼻にもっていくのだった。そのしぐさが受けて、商人も、従僕も、ほかのみんなも大いにはしゃぎ、ひどく甲高い声で屈託なく笑っていた。どうして彼らが笑っているのか、ときどきわ

からなくなることがあった。ぼくもそばに寄ってみたが、じぶんがなぜこの青年が好きになったような気がしたのか、わからない。もしかすると、一般に通用している型にはまった礼儀作法をあまりに堂々と踏みにじっていたのがその理由かもしれない。要するに、青年の馬鹿が見ぬけなかったのだ。しかしそこですぐに彼と、きみ、ぼくで呼べるほど親しくなり、列車を降りる際、彼の口から、彼が夜の八時過ぎにトヴェルスコイ並木道に来ることを知った。彼は元大学生とのことだった。ぼくはトヴェルスコイ並木道に行ってみた。そこで彼はこんな悪ふざけを教えてくれた。ぼくたちは並んで並木道を行きつ戻りつしていたが、少し夜も更けてから、きちんとした家の出らしい女性のひとり歩きに目をつけた。あたりに通行人の姿がないのを見すまして、すぐに彼女のそばに近づいた。彼女とひとことも言葉をかわさないまま、ぼくらは彼女を両側から挟むようにして歩きだし、相手のことなどまるで眼中にないかのように、落ちつきはらった態度で、すさまじく下品な言葉を交わしはじめた。何食わぬ顔で、しかもそれが常識とでもいわんばかりの口調で、そのものずばりを口にしながら、微に入り細をうがって話しはじめたのだ。下劣きわまるエロ男の、下劣きわまる想像力でも思いつけないいやらしいエロ話の解説だった（ぼくはむろんそうした知識をまだ学校にいた時分に、いや、高校に入る前に得ていたが、あくまで言葉の上だけで、実

地に知っていたわけではない)。女性はたいそう怖気づき、急ぎ足でその場を去ろうとしたが、ぼくらも足を速め、そのまま話を続けた。哀れにも犠牲となったその女性は、もちろん、どうにもうつ手がなく、声を上げることもできなかった。目撃者はいないし、だれかひとに訴えるにしてもなにかはばかられる。こうした悪ふざけが八日間つづいた。どうしてこんなことに乗り気になったのか、じぶんにもわからない。いや、乗り気になったわけではなく、ただ何となくつづけていただけだ。はじめのうち、ぼくにはそれが、無味乾燥な日々の制約から逸脱するみたいな、ひどくオリジナルなものに思えた。おまけに、ぼくはがまんできないほど女性が嫌いだった。あるとき、ぼくはその元学生に、ジャン・ジャック・ルソーが『告白』で書いている話を教えてやった。それは、すでに青年となったルソーが、ふつうはズボンの下に隠している体の一部を露出し、物陰からそっと突き出し、そのまま通りかかる女性たちを待ち伏せる趣味があったという話だ。元学生はぼくに、例の「ウッピッピー」で応えた。ぼくはその学生がおそろしいほど無知で、何にたいしても驚くほど興味がないことに気づいた。彼のなかに発見できるかもしれないと期待した、隠された理想など、かけらすらなかった。オリジナリティどころか、げんなりするような画一性ばかり。ぼくはだんだんと彼が嫌になってきた。そしてとうとうすべてはまったく思いがけず終わった。

ぼくらはあるとき、すでにすっかり暗くなってから、並木道を早足でおどおどしながら通りすぎていく女の子にしつこくつきまとった。みるからに若い、年齢もまだ十六になるかならないかぐらいの娘で、とても清楚で地味な身なりをしていた。もしかするとその細腕で一家を支え、夫をなくし、いまは子どもと暮らす老母の待つ自宅に帰る途中かもしれなかった。もっとも、こんな感傷にふける理由は何もない。娘は、しばらくのあいだ、首を垂れ、ショールで顔を隠し、恐ろしさに身をふるわせながら話を聞き、先を急いでいたが、とつぜん足を止めると、ぱっとショールを払いのけ、記憶するかぎり、やせこけてはいるが、ひどく美しい顔をこちらに向け、目をぎらぎらさせながらぼくらに叫んだのだ。

「まったく、なんて下劣な人たちなの！」

ひょっとしてそこで泣きだすのではないかと思ったが、まるでべつの事態が生じたのだった。小さな細い腕を大きく振りあげると、おそらくこれ以上ないというくらいみごとな平手打ちを、その学生に食らわせたのだ。まさにどんぴしゃり。彼は口ぎたなく相手をののしり、飛びかかろうとしたが、ぼくが押しとどめた。その隙に女の子は逃げ去ることができた。あとに残ったぼくらは、たちまち言いあいになった。ぼくは、この間ずっと胸のうちにたぎっていた怒りをすべてぶちまけた。ぼくは彼に、あ

んたはみじめで無能な凡人でしかなく、理想なんてあんたのなかではかけらすら宿ったことがないと罵った。彼はぼくに悪態をつきはじめ……（ぼくはじぶんが私生児であることを一度説明したことがあったのだ）、それから唾を吐きあって別れたが、それ以来、彼の姿を見ていない。その晩、ぼくははらわたが煮えくりかえる思いだったが、次の日はそれほどでもなく、三日目にはもうすっかり忘れ去っていた。しかもどうだろう、その後、その娘のことはときどき思い出すことがあっても、ふとした折に、ちらりと頭をかすめる程度だったのだ。ところが、ペテルブルグにやってきて二週間ほど経ったところで、とつぜんその光景の一部始終を思いだした——そう、はっきりと思いだしたのだ。するとふいにじぶんがあまりに恥ずかしくなって、文字どおり、羞恥の涙が頬をつたって流れだした。ぼくはひと晩、夜通し苦しみとおした。その苦しみはいまも部分的に残っている。初めぼくには理解できなかった。どうしてあのとき、あんな下劣で恥しらずな行為に身をゆだねられたのか、いや、肝心なのは、どうしてあの出来事を忘れ、恥じることもなければ、後悔もせずにすませられたのか。いまになってようやくその原因がどこにあったかがわかる。原因は、『理想』にあった。端的にこうはっきりと結論づけられる。すなわち頭のなかに、ぼくがはげしく取りつかれているある不動の、いつものの、強力ななにかがあると、——それによってぼくは、

まるで世界から抜けだし、荒野にひとり暮らしているかのような感じになり、身のまわりで起こるすべてのことが、本質のそばをちらりとかすめすぎるだけのように感じられたのだ。すると、受ける印象まで不正確なものになった。しかも問題なのは、つねに言いわけを用意していたことだ。その時期、ぼくはどんなに母を苦しめ、恥ずかしげもなく妹をほったらかしにしていたことか？ 『なあに、ぼくには「理想」があるからね、それ以外のことはみんなくだらんことさ』――こんな言葉でじぶんに言い聞かせているようなぐあいだった。ぼく自身、ひとに侮辱されたことがあった、それもこっぴどく。悔しい思いでぼくは引きさがったが、そのあとでふとじぶんに言って聞かせたものだ。『なあに、低劣なら低劣でいいさ、ぼくには何と言っても「理想」があるんだ、やつらはそれを知らないだけだ』。「理想」は、恥辱と愚劣さに沈むぼくをなぐさめてくれた。しかし、ぼくの浅ましい言動もすべて「理想」を隠れ蓑にしていたかのようだった。「理想」は、言ってみれば、すべてを取りしずめてくれたが、同時に目の前のすべてをおおってしまった。だが、いろいろな出来事や事物をめぐるこうしたあいまいな理解は、ほかのことはいうにおよばず、むろん「理想」そのものも損ねかねなかった。

ここで、次のエピソードに移ることにする。

昨年の四月一日、その日はマリヤさんの名の日にあたっていた。夕方、何人か客がやってきた。ごく少人数だった。そこにとつぜん、下女のアグラフェーナが息を切らしながら駆け込んできて、キッチンの前の玄関で捨て子の赤ちゃんが泣いているけど、どうしたらよいかわからないと告げた。この知らせにびっくりして、一同が見に出ていくと、そこには籠がひとつ置いてあり、その籠のなかで生後三、四週間とおぼしき女の子が声をあげて泣いていた。ぼくはその籠を手にとり、台所に運びこんだが、そこですぐ、小さく折りたたまれた書き置きが目にとまった。『お情け深い皆さま、洗礼を受けたこの子アリーナにあたたかい救いの手を賜りますように。この子とともにわたしは、わたしたちの涙を天の玉座に永久に捧げます。あなたさまの名の日、おめでとうございます。あなたさまが知ることのない者より』。そのとき、ぼくがあれほど尊敬していたニコライさんは、大いにぼくをがっかりさせた。ニコライさんは、ひどくまじめくさった顔で、その女の子をただちに養育院に送ると決めてしまったのだ。ぼくはひどく悲しい気分になった。彼らはたいそうつましい暮らしをしていたが、子どもがなく、ニコライさんはいつもそのことを喜んでいた。ぼくは赤ん坊を注意深く籠から取りだし、そのちいさな肩に手を差しいれて抱きおこしてみた。籠のなかから、長いこと洗っていない赤ちゃんによくある妙に酸っぱい感じの、つんとした匂いが鼻

をついた。口論のすえ、ぼくは、自腹を切ってこの子を引きとりますとニコライさんに宣言した。するとニコライさんは、いつもの穏やかな物腰に似ず、何かしら厳しい口調で反論し、最後は冗談めかして話を締めくくったが、養育院に送るという意思だけは頑として曲げなかった。しかしながら、結果はぼくの思いどおりになった。同じ屋敷内の別棟に、たいそう貧しい指物師が住んでいた。すでに初老を迎えた酒好きな男だったが、その女房というのはさほど老けてもおらず、ひどく健康そうで、つい最近、乳飲み子を亡くしたばかりだった。しかも、結婚生活八年を経てようやく授かった女の子で、これまた不思議なめぐりあわせといおうか、名前が同じアリーナだった。ぼくはいま「めぐりあわせ」という言葉を用いたが、キッチンでぼくらが言いあっていたとき、その女房が、事件を聞きつけてひと目赤ん坊を見ようと駆けつけてきたのだ。そしてその赤ん坊の名前がアリーナと知って、すっかり感動してしまった。彼女はまだお乳が出ていたので、胸をはだけるとその赤ん坊に乳房をあてがった。ぼくはすがるようにして、ぜひ家に連れかえってほしい、養育費は毎月支払いますから、と頼みこんだ。女は、夫が認めてくれるかどうか危ぶんでいたが、ひと晩だけといって引きとった。翌朝、その夫から、月八ルーブルなら面倒を見てもよいとの返事があったので、ぼくは即座にひと月分を前払いしてやったが、夫はその晩のうちに飲んでし

まった。ニコライさんは、あいかわらず微妙な笑みを浮かべながら指物師にたいしぼくの保証人となることに同意し、毎月八ルーブルのお金は遅延なく支払いますからと告げた。ぼくは、ニコライさんに心配をかけないため、手持ちの六十ルーブルを預けようとしたが、受けとらなかった。もっとも、彼は、ぼくがお金を持っていることを知っていて、それでぼくを信用したのだ。彼のこのデリケートな気配りもあって、ぼくらのつかのまの仲たがいはそのまま無事におさまった。マリヤさんは何もいわず、ぼくがそうした心遣いを見せることを不思議がっていた。二人のデリケートな気遣いをとくにありがたく感じたのは、二人がぼくをからかうような態度をいっさい見せず、むしろこの出来事にたいし、当然のことのようにとても真剣な態度で臨んでくれたことだった。ぼくは毎日三度ずつ、指物師の妻であるダリヤさんのところに立ち寄り、その一週間後には、亭主に内緒でさらに三ルーブルを握らせた。そのうえさらに三ルーブルを出して、小さな掛け布団とおむつを作らせた。ところが十日後、赤ん坊が急に発病した。ぼくはすぐさま医者を連れてきた。医者はなにやら処方らしきものを書いてくれた。ぼくらは、そのろくでもない薬で苦しむ赤ん坊の枕もとに夜どおし付きそったが、翌日、医師は手遅れですと宣言した。そしてぼくの懇願にたいし――というよりそれはむしろ非難に近いものだったが――彼は、「わたしは神さまじゃあり

ませんので」と体よく逃げの手を打った。女の子のちいさな舌、ちいさな唇、口全体が、何やら細かな白い発疹のようなものでおおわれていた。そして夕暮れ近く、すでにわかっているかのように、大きな黒い目でこちらをじっと見つめながら死んでいった。どうして、その子の死に顔を写真にとっておこうという考えが頭に浮かばなかったのか、ぼくにもわからない。じっさい、信じてもらえるかどうかわからないが、ぼくはその夜、泣いたなんてものではなく、ただもう吠えるように大声で泣きじゃくった。それは、ぼくがそれまでいちどもじぶんに許したことがないような泣きっぷりで、マリヤさんも見るにみかねてこのぼくの慰めにかかったほどだ。そしてそのときも夫妻は、ぼくにたいし嘲るような態度はいっさい見せなかった。指物師はといえば、小さな棺をこしらえた。ぼくは花を買い、赤ちゃんの上にその花を散らしてやった。こうして、ぼくのかわいそうな赤ん坊は——一本のタンポポは——運び去られていった。信じてもらえるかどうか、ぼくはいまだにその赤ん坊のことが忘れられずにいる。もっともそれからほどなくして、唐突ともいうべきこの事件のおかげで、ぼくはあれこれ考えこまざるをえなくなった。赤ん坊のアリーナちゃんについていえば、さほどお金がかかったわけではない。棺、葬儀代、医者代、花代、そしてダリヤさんへの支払いを含め、すべ

て合わせても三十ルーブルで足りた。これらの出費は、ペテルブルグに来る際、旅費としてヴェルシーロフが送ってくれた四十ルーブルと、出発前にちょこちょこ品物を売却したお金で埋め合わせができたので、ぼくの「資本」はそのまま手つかずに残った。《でも》とぼくは思った。《こうしていちいち寄り道していたら、とても遠くまで行けそうにない》。例の学生との一件では、「理想」は印象をあいまいなものにし、目の前の現実から注意を逸らしかねないという結論が生まれた。またアリーナちゃんとの経緯からは、逆の結論が出てきた。すなわち、たとえどんな「理想」でも、（少なくともこのぼくが）何かしら圧倒的な事実のまえで立ちどまるときには、その「理想」のために何年もかかって築きあげたものすべてを、一気になげうつほどの妨げにはならない、そんな大きな力とはなりえないということだ。これらの結論は、しかしいずれもまちがってはいなかった。

第六章

1

　ぼくの願いは完全には実現しなかった――ぼくが家に着いたとき、そこにいたのは母と妹だけではなかった。ヴェルシーロフこそ留守だったが、母のそばにはタチヤーナおば――なんのかんのいっても赤の他人だ――が腰をおろしていた。おおらかな気分の半ば近くが一気に消しとんでしまった。こういった場合の気分の変わりやすさはわれながら驚くほどだ。いい気分を追い払い、悪い気分に変えるのに、砂粒ひとつ、髪の毛一本で足りてしまう。しかも残念なことに、ぼくはべつに執念深いわけでもないが、悪い印象となるとそう早々とは追っぱらえない。部屋に入っていったとき、母がとっさに、タチヤーナおばとのひどく弾んでいたらしい話を打ち切る様子が、ちら

りと目に入った。妹が仕事からもどったのは、ぼくがやって来るほんの少し前のことで、まだじぶんの部屋から出てきていなかった。

この家は、三部屋からなっていた。一家がふだん集《つど》うのは、中央にある部屋、いわゆる客間で、かなり広くて、見栄えもけっこうよかった。そこには、すっかり擦りきれた赤いソファに（ヴェルシーロフは、カバーを嫌がった）、ありきたりなカーペット、いくつかのテーブル、使うあてもない小机が置いてあった。その右手にあるのがヴェルシーロフの部屋で、窓がひとつあるだけの狭くて細長い部屋だった。そこには、みすぼらしい書きもの机が置いてあり、その上に何冊か、読みもしない本や、忘れられた書類が散らばっており、その机の前には、劣らずみすぼらしい、クッション入りの肘掛け椅子があったが、その椅子は壊れたスプリングの先が上にはみ出していたので、ヴェルシーロフはしょっちゅう悲鳴を上げては口汚くののしった。この仕事部屋に置いてある、これもまたクッション入りの使い古したソファに、ヴェルシーロフのための寝床が敷かれるのだった。しかし、彼はこの仕事部屋がいやで仕事はしないらしく、何時間も客間で何もせずにただ座っているほうを好んでいた。客間の左手には、同じような部屋があって、そこでは母と妹が寝起きをともにしていた。客間には廊下から入るしくみになっていて、その廊下の突きあたりがキッチンの入り口で、下女の

ルケーリヤがそこで寝起きしていた。彼女がキッチンで料理をするときは、焦げた油の臭いが容赦なく住居全体に立ちこめた。漂ってくる悪臭のせいで、ヴェルシーロフがときおり、大声でじぶんの生活や運命を呪ってみせる場面があったが、その点だけはぼくも彼に完全に同情していた。その臭いが、ぼくの部屋まで入りこんでくることはなかったが、ぼくもまた臭いがいやでたまらなかったからだ。ぼくは、階上の屋根裏部屋に住んでいて、そこへはぎしぎしいう急な階段で上がるしくみになっていた。ぼくの部屋には、一見に値するものがいくつか揃っていた——半円形をした窓、恐ろしく低い天井、ルケーリヤが夜になるとシーツを敷き、枕を置いてくれる油布張りのソファなどがそうだが、それ以外の家具といえば、きわめて粗末な板張りの机と穴だらけの籐椅子、その二つだけだった。

もっともぼくらの家には、かつての贅沢な暮らしを偲ばせる調度品が残されていた。たとえば客間には、なかなか品のいい陶器のランプが置いてあったし、壁には、すばらしく大きなドレスデンの聖母の銅版画がかかっていた。その真向かいの壁には、フィレンツェ大聖堂の「青銅の門」を写した、巨大なサイズの高価な写真が飾られていた。そしてこの部屋の隅には、父祖伝来の古い聖像を納めた大きな棚がかかっていて、そのうちのひとつ（全聖人の）には、ところどころ、金をかぶせた大きな銀の法

衣が着せられていた。母が質に入れようとした、例の法衣がまさにこれだ。また、それとはべつの聖像（聖母像）には――真珠を縫いこんだビロードの法衣が着せられていた。聖像の前には灯明がかけられ、祭日が近づくたびに灯りがともされた。ヴェルシーロフは、聖像のもつ意義にたいしてはあからさまに無関心な態度をとり、金をかぶせた法衣に照りはえる灯明の光にもときおり顔をしかめ、明らかに本心を抑えながら、これは目によくないと軽く愚痴をこぼすこともあった。といって母が灯りをともすのをやめさせることはしなかった。ふだんのぼくは、どこか隅っこのほうを見ながら、むっつりした顔で入っていくのだが、ときとして「ただいま」の挨拶さえしないことがあった。いつもは、今回よりも早めに帰宅し、上の屋根裏部屋にまで夕食を運んでもらっていた。ところが今日は、部屋に入るなり、『ただいま、ママ』とふいに口にした。以前にはいちどもしたことのない挨拶だが、何だか気恥ずかしくてまともに母の顔が見られず、部屋の反対側の隅に腰をおろした。とても疲れていたが、そのことは頭になかった。

「この無学ものときたら、あいかわらず不作法な帰り方をするんだ、昔とちっとも変わっちゃいない」声を押し殺して、タチヤーナおばが嫌味を言った。おばは以前からこうした嫌味をはばからず口にしてきたので、ぼくとおばの間では、それがもう当た

り前の習慣になっていた。

「お帰り……」ぼくが「ただいま」の挨拶をしたことに、一瞬面食らった様子で、母は答えた。

「食事はとっくに用意できてますよ」ほとんどうろたえた様子で母は言いそえた。

「スープ、冷めてないといいのだけど、カツレツはすぐに言いつけるわね……」母はいそいそと立ち上がり、キッチンに向かいかけた。母がぼくの食事の世話をしようとすばやく腰を上げたことで、ぼくは急に恥ずかしくなった――このひと月の間でおそらくはじめてだろうか、そのくせ、これまではぼくのほうからそのことを要求してきたのだ。

「夕食はけっこうです、ママ、もうすませてきちゃいましたから。それより、もしお邪魔じゃなかったら、ここでちょっと休ませてください」

「まあ……なんてことを……どうしてそんな、まあ、すわって……」

「心配しないで、ママ、ヴェルシーロフさんにはもう、酷いことといったりしませんから」ぼくはひと息で言いきった。

「あら、まあ、この子ったら、ずいぶんといい子ぶって!」タチヤーナおばが叫んだ。

「ねえ、ソーニャ、あなた、この子にたいして、あなた、だなんて丁寧な口のきき方

してるわけ？　いったいこの子がどこの何さまってわけ、人からこんなに敬意を払われるなんて、それも生みの親から！　ごらん、この子の前でもうすっかりうろたえてるじゃないの、恥ずかしいったらない！」

「もしも、ママが、おまえって呼びかけてくれたら、ぼくもとてもうれしいですけど」

「そうなの。……それも悪くないわね、じゃあ、これからそうすることにするわね」母は慌てて言った。「わたしだって、いつもこうってわけじゃないの……さあ、これからは忘れずにそうするわ」

　母の顔が真っ赤になった。その顔はときとしてものすごく魅力的に見えることがあった……。彼女の顔は素朴な感じがするのだが、間のぬけた感じはまったくなく、いくらか青白くて血色もよくなかった。頬はやせこけ、落ちくぼんでいるといったほうがよいほどだったし、額の皺もひどく目立ちはじめていたが、目じりの皺はまだなかった。かなり大きいぱっちりした目は、つねに静かでおだやかな光をたたえ、最初に出会った日からその輝きに惹きつけられていた。母の顔に、悲しげでいじけた感じが少しもないところも好きだった。それどころか、その表情はむしろ朗《ほが》らかといってもよいほどだった。しかしその一方で、母はしょっちゅう、ときとしてまるで取るに

たらぬことで胸を騒がし、どうかすると何でもないことに怯えたり、急に椅子から飛びあがったり、だれかの新しい話にこわごわ耳を傾けては、すべてがもとのままと納得のいくまで聞き入るのだった。母の場合、「すべてがもとのまま」であれば、それこそが万事上首尾を意味するのだった。変化さえなければ、たとえ幸せなことでも新しいことなど起こってほしくない！……子どものころ、何かしら怖いめにあったことが根にあるのかもしれない。目以外で気に入っていたのは、たまご形の細長い顔で、頬骨がほんの少し狭かったら、若いころどころか、いまでも美人さんと呼ばれたことだろう。母はまだ三十九にしかなっていないのに、栗色の髪にはもう白髪がかなり目立っていた。タチヤーナおばは、ひどく憤慨したような顔で母をにらんだ。

「こんなちびっこ相手に！　こんな子どものまえでびくびく震えたりして！　ほんとうに滑稽ったらない、ソフィヤ、わたしまで怒らせる気、ほんとうにもう！」

「まあ、タチヤーナさんったら、いまさらどうしてそう辛く当たるんです！　そうね、きっと冗談を言ってらっしゃるのね、そうでしょう？」タチヤーナおばの顔に笑みらしきものが浮かぶのに気づいて母は言いそえた。タチヤーナおばの罵言は、ときどきまともには受けとりがたい場合もあった。おばが笑みを向けた相手は（ただしほんとうに笑みを浮かべたとしての話だが）むろん母だけだった。というのも、タチヤーナ

おばは、ぼくの母の善良さを心から愛していたし、この瞬間、おばはまぎれもなく、母がぼくの素直さに幸せを感じていることに気づいたからだ。

「ぼくだって、むろん、そうとらざるをえません。タチヤーナさん、ぼくはさっき部屋にはいるとき、『ただいま、ママ』って、これまでいちどもしたことのない挨拶をしたんですよ、なのに、おばさんときたら、みんなにむかっていきなりがみがみ突っかかるんですから」ぼくもついに、これだけは言っておかなくてはならないと思ったのだ。

「まあ、どうだろう」タチヤーナおばはすぐにかっかしはじめた。「なにさ、この子ときたら、そんなことを手柄と思ってるわけ？　じゃ、なに、あんたが、一生にいちど礼儀正しいところを見せたからって、みんながあんたにひざまずかなくちゃいけないってわけ？　それに、あれで礼儀正しいって言えるのかね！　そもそも、どうして隅っこのほうを見ながら入ってくるのさ？　あんたが母親に当たり散らしているのを、このわたしが知らないとでも思ってるのかい！　わたしにだって『いらっしゃい』ぐらい言ってもよさそうなもんじゃないの、わたしはね、あんたのおむつまで替えてやったことがあるし、あんたの名づけ親でもあるんだよ」

むろん、ぼくは取りあわなかった。この瞬間、折よく妹が部屋に入ってきたので、

ぼくはさっそく彼女に話しかけた。

「リーザ、今日、ワーシンに会ったんだが、彼、おまえのこと、聞いていたよ。知りあいなの？」

「そうよ、ルーガでね、去年」ぼくのそばに腰をおろし、やさしくこちらを見てから、ひどくあっさりした調子で答えた。なぜかはわからないが、ぼくがワーシンの話をすれば、妹はぱっと顔を赤らめるだろうと、そんな気がしていた。妹は、ブロンド、それも明るいブロンドの髪をし、髪の色だけは母とも父ともまったく似ていなかった。しかし、目や、たまご形の顔は、ほとんど母ゆずりのものといってよかった。鼻筋がよくとおり、小さいうえに、整ったかたちをしていた。もっとも、もうひとつの特徴、つまり顔のこまかいそばかすは、母親にはまったくないものだった。ヴェルシーロフから受けついだものは、ごくわずかで、ウェストの細さと、背の高いところと、歩き方がどこかとても魅力的に感じられる程度だった。かくいうぼくはどうかといえば、まるで似たところがなく、まさに両極だった。

「あのお方とは、三か月ぐらいおつきあいしたかしら」リーザは言いたした。

「あのお方って、おまえがいま言ったのは、ワーシンのことかい、リーザ？　あの人って言うべきで、あのお方だなんて変だよ。ごめんよ、リーザ、言葉づかいを直し

たりして、でも、おまえの教育がまるで蔑《ないがし》ろにされているらしいのが残念でね」

「そもそもあんたが、母親の前でそんな注意をするってのが嫌らしいんだよ」タチヤーナおばが急にかっとなった。「それに、あんたの言ってることなんて、嘘っぱちだらけでね、だれも蔑ろにしてるもんかね」

「ぼくは母については何も言ってませんよ」ぼくはするどくタチヤーナおばの話に切りこんだ。「いいですか、ママ、ぼくはリーザのことを、あなたの生きうつしのように思っているんです。心の優しさや性格の面で、ほんとうにすばらしい娘に育てあげられた。きっとごじぶんがそうであったような、いまも、これまでも、そして永遠にそうであるような、そんなすばらしい娘にね……ぼくが言っているのは、たんに表面の輝きのことだけ、そう、あの社交界のばかげた習慣、といってもけっして欠かせない習慣のことなんです。ぼくが憤慨しているのは、ヴェルシーロフが、おまえがワーシンについてあの人と言わず、あのお方っていうのをそ知らぬ顔で聞きながし、きっとおまえの言葉づかいをまったく直そうともしない態度なんです——それぐらい彼は高慢で、ぼくたちにたいして無関心なんです。ぼくが頭に来るのは、そこなんです！」

「じぶんが熊の赤んぼうのくせして、ひとに礼儀作法を教えるとはね。どんな偉いお

方か知らないが、今後、母親の前で『ヴェルシーロフ』などと呼びすてにするのだけは、金輪際やめてちょうだい。むろん、わたしの前でもそう。承知しないから!」タチヤーナおばは怒りに目をぎらつかせた。

「ママ、今日、お給料をいただきました。五十ルーブルです。これです、さ、受け取って!」

ぼくは母のそばに近づいて、お金を渡した。母はたちまちおろおろしはじめた。

「ああ、こまったわ、いただいていいものかしら!」お金に触るのを怖がっているかのような話し方だった。

ぼくは理解できなかった。

「何をおっしゃるんです、ママ、あなたたちふたりとも、ぼくを息子であり兄とみとめてくれるなら、なにも……」

「ああ、アルカージー、おまえにはすまないね。じつは、おまえにきちんと言っておくべきことがあったのだけど、ただ、あんまり心配をかけるのもどうかと思って……」

おずおずと、どこか媚びるような笑みを浮かべながら、母は言った。ぼくはまたわからなくなって、母の話をさえぎった。

「ところで、ママ、ご存じですか、今日、裁判所で、ヴェルシーロフさんとソコーリスキー公爵家の訴訟事件の判決が出たってこと？」

「ええ、知っていますとも！」恐ろしそうに両の手のひらを目の前で合わせて（それが母の癖だった）、母は叫んだ。

「今日だって？」タチヤーナおばがぎくりと体を震わせた。「いえ、そんなはずないわ。そうだとしたら、あの人、ちゃんとそう言ってくれるはずだもの。あの人があんたに言ったのかい？」おばはくるりと母のほうに向きなおった。

「いえ、今日とかいう話はしていませんでした。でも、この一週間、ずっと心配のしっぱなしで。ですから、もう負けてもいい、ただ、肩の荷がおりて、元のままになってくれればと、祈るような気持ちでした」

「それじゃ、ママにも言っていなかったんだ！」ぼくは声を張りあげた。「何ていう人だ！　そういうのを無関心と高慢の見本っていうんです。さっき言ったとおり」

「判決が出たって、どう出たんだい、どういう判決だい？　いったいだれがおまえに言ったんだい？」タチヤーナおばが迫ってきた。「さあ、おっしゃい！」

「ほら、ご当人のお帰りですよ！　たぶん、ごじぶんの口で話してくれるでしょうよ」廊下の足音を聞きつけてそう告げると、急いでリーザのそばに腰をおろした。

「兄さん、お願い、ママに免じて、ヴェルシーロフさんのことはがまんして……」妹がぼくにささやいた。

「わかった、そうするよ、ぼくもそのつもりで帰ってきたんだ」ぼくは妹の手をにぎった。リーザはひどく疑わしそうな目でぼくをにらんだが、はたしてその目にくるいはなかった。

2

ひどくご満悦の態《てい》で彼は入ってきた。満足のあまり、べつにじぶんの機嫌を隠す必要もないと思ったのだろう。それに、このところ彼は総じてぼくたちの前で、たんにじぶんの悪い面だけでなく、ふつうはだれも見せたがらない滑稽な面さえ、遠慮なしにさらけだすようになっていた。そのくせ彼は、ぼくらがどんな細かな点も見逃さないことを、ちゃんと心得ていたのだ。タチヤーナおばの言だと、彼はこの一年、着るものにも気を遣わなくなった。つねにきちんとした身なりをしてはいるのだが、そもそも着ているものが古くて、野暮ったいというのだ。たしかにおばのいうとおりだった。彼の場合、二日つづきで同じ下着を着ていることもよくあり、母を嘆かせた。女

性たちのあいだでは、それは一種の犠牲とみなされ、ある一定の範囲に属する敬虔な女性たちは、それを苦行と見ていた。彼がいつもかぶっている帽子は、つばの広い黒いソフト帽だった。ドア口で帽子をぬぐと、密度のある、かなり白髪のまじった一束の髪が頭のうえではらりと弾《はじ》けた。ぼくは、彼が帽子をぬいだときの頭のかたちを見るのが好きだった。

「やあ、今晩は、みなさん、おそろいですね。この子も仲間のひとりってわけですか？　玄関からもう声が聞こえていましたよ。どうやらわたしの陰口をたたいていたみたいですが？」

彼が上機嫌でいるしるしのひとつは、ぼくにたいして皮肉を浴びせにかかるときだ。むろん、ぼくは応じなかった。ルケーリヤが、何やら買い物をつめこんだ大きな袋を運んできて、テーブルの上に置いた。

「勝訴です、タチヤーナさん。裁判に勝ちました。むろん、公爵家としても上訴には踏みきれんでしょう。というわけで、われわれの勝ちです！　さっそく千ルーブル借りる相手も見つけましたよ。ソフィヤ、仕事は、やめなさい、そう目をこきつかわないで。リーザは、今日も勤めがあったのかね？」

「そうよ、パパ」リーザはやさしい表情で答えた。彼女は彼をパパと呼んでいるが、

ぼくとしてはなんとしてもそれに倣《なら》う気になれなかった。

「疲れたろう?」

「疲れたわ」

「仕事なんてやめておしまい、明日は行かなくてもいい、もうすっかり辞めてしまうんだな」

「パパ、そんなことをしたらかえってよくないわ」

「そこはお願いするしか……わたしはね、女性が仕事をするのがたまらなくいやでね、タチヤーナさん」

「どうして仕事もせずにいられますか? なのに、女性に働くな、だなんて!……」

「わかってるよ、わかってるとも、働くってのはすばらしいことだし、ただしいことだ、わたしも、以前から賛成している。でもね、わたしが言っているのは、おもに裁縫仕事のことでね。で、いいかい、わたしには、どうも、子どものころの病的な、というか、あやまった印象が残ってるみたいなんだな。まだ五、六歳の子どものころのぼんやりした思い出のなかで、わたしがいちばんよく思い出すのは——むろん、いやな気分でだ——険しくいかめしい顔の賢いご婦人がたが、丸テーブルを囲んで、ハサミやら、布地やら、型紙やら、流行の図柄やらを前に議論しあっている光景なんだよ。

全員が、もったいぶって、ゆっくりと首を横に振っては、ああだこうだいいながら、サイズをはかったり、計算したりして、裁断の準備にかかる。わたしをあんなにかわいがってくれたやさしい顔のご婦人がたが、とつぜん近寄りがたくなってしまう。悪ふざけなどしようものなら、たちまちつまみ出されてしまう。かわいそうに、乳母までが、手でわたしを押さえ、わたしが泣き叫ぼうが、じたばたしようがおかまいなしにそっちに目をうばわれ、うっとりしている、まるで極楽鳥の声に耳を傾けるみたいに、聞き惚れてるんだ。裁断を前にした賢いご婦人がたのあの厳しい顔、いまなぜか想像するだけでも苦しくなるんだよ。タチヤーナさん、あなたはすごく裁断がお好きなんですね！　貴族趣味もはなはだしいとかいわれそうだが、でも、わたしはやはり、労働をまったく知らない女性のほうが好きですな。どうか、じぶんのこととはとらんでくれよ、ソフィヤ……そんな、滅相もない！　女性というのは、そうじゃなくたってたいへんな力なんだから。もっとも、そんなことはおまえにもわかりきったことだろうけどね、ソフィヤ。ところで、アルカージー君、きみの意見はどうかな、おそらく猛反対だろうね？」

「いえ、そんなことはありません」ぼくは答えた。「女性はたいへんな力だ、というのは、言いえて妙です。でも、どうしてそれを労働と結びつけるのか、そこのところ

がわからないんです。お金がなければ、いやでも働かずにおれないことはおわかりでしょう」

「しかし、いまは、これくらいにしておこう」そう言って彼は、顔を輝かせている母に話しかけた（彼がぼくに話しかけたとき、母はぎくりと体を震わせた）。「せめてこしばらくは、手仕事してるところをわたしの目に触れさせないでもらいたいな、たってのお願いだから。で、アルカージー、おまえは、現代の若者である以上は、多少とも社会主義にかぶれてるんだろうが、でも、どうかね、まあ信じないかもしれんが、無為をいちばん好いているのって、永久に働きづめの民衆なんじゃないかな！」

「それって、たぶん休息でしょう、無為じゃなく」

「いや、まさに無為、完全になにもしない状態、それこそが理想なんだよ！　民衆出ではないが、もう死ぬまで働きづめだったある男を知っているよ。男は、かなり教養もあって、ものごとをきちんと一般化できる能力もあった。その男は、死ぬまで、いや、ひょっとすると毎日、完全な無為というものを、それこそ貪るようにだ、感動をもって夢見ていた。いわば、その理想を、絶対の境地にまで――つまり、かぎりなく独立したものにまで高める、つまり夢見ることと無為のなかでの観察を、永遠の自由にまで高めようとしていたんだ。そうした状態が営々とつづき、そのうち仕事で完全

にガタがきてしまい、修復もきかず、とうとう病院で死んでしまった。わたしはときどき、本気でこう結論したくなるんだよ。つまり、労働の喜びなんてものを考えだしたのは、無為にかまけている連中だとね、といってもむろん、篤志家のことを言っているんだが。これは、十八世紀末の『ジュネーヴ思想』のひとつなのさ。タチヤーナさん、一昨日、新聞の広告をひとつ切り抜いておいたのだが、ほら、これがそれです（そういって彼はチョッキのポケットから紙切れを取りだした）、古典語や数学がわかり、屋根裏部屋だろうがどこだろうが出前授業する気でいる、それこそ、ごまんといる『大学生』のひとりなんでしょうね、それがこんなことを書いているんです。ちょっと聞いてください。『当方、女性教師。すべての教育機関（聞こえましたか、すべてのと書いてあります）への受験をお手伝いし、算数の授業を行います』。たったの一行ですが、傑作でしょう！　すべての教育機関への受験を手伝うというなら、そりゃ、当然、算数も含まれますよね？　でも、この人の場合、そうじゃない、とくに算数のことを書いている。これはもうれっきとした飢餓状態です、これは、窮乏ももう終わりの段階。胸にじんとこたえるのが、この拙劣さですよ。これまで教師になる勉強などいちどもしたことがないことは明らかだし、きっと、何かを教える能力すらほとんどない。それなのに、もう身投げでもする覚悟で、最後の一ルーブルを新聞

社に持っていき、すべての教育機関への受験をお手伝いする、しかも、算数を教えるとか活字にする。Per tutto mondo e in altri siti.(世界じゅういずこも同じだ)」

「ああ、アンドレイさん、なんとか助けてあげられるといいわねえ！　その人、どこに住んでいるのかしら？」タチヤーナおばが叫んだ。

「いやいや、そんなことしていたらきりがない！」そう言って彼は、住所の入った紙切れをポケットにしまった。「そこにある包みは、ぜんぶ、菓子類さ、おまえのためのね、リーザ、それにタチヤーナさん。ソフィヤもわたしも甘いものは好かないのでね。たぶん、おまえも大丈夫だな、アルカージー。ぜんぶ、エリセーエフとバレの店で買ったものだ。ルケーリヤの言いぐさじゃないが、わが家の『ひもじい暮らし』もちょっと長すぎたしね（注。わが家ではだれひとりひもじい暮らしをしたことはなかった）。そこに、ブドウ、キャンデー、洋梨、イチゴのケーキが入っているよ。極上のリキュール酒も買った。クルミもある。おもしろいことに、タチヤーナさん、わたしはほんの幼いころから、いまもってクルミが好物なんです、それもいちばんありきたりなやつがね。リーザはわたし似でして、やはりリスみたいにクルミをがりがりやるのが好きなんですよ。でも、何がいちばんすばらしいといって、タチヤーナさん、たまにふとしたきっかけで、子ども時代のいろんな思い出にふけりながら、空想する

ときなんです。森の茂みに分け入り、クルミをもいでいる光景……。もうすっかり秋めいている、でも空は晴れわたっていて、どうかするとても肌寒く感じられる、茂みのなかに入って、森のなかにさまよいこむと、落ち葉の匂いがぷーんと漂ってくる……おや、おまえの目、何かに感じているみたいに見えるぞ、アルカージー君」

「ぼくも、子ども時代の最初の何年かは村で過ごしましたから」

「そうだったかね、おまえはモスクワで暮らしていたように思うが……記憶ちがいかな」

「あなたがモスクワにいらっしゃった当時、この子は、アンドロニコフさんのお宅にお世話になってましたけど、それまでは田舎で、死んだワルワーラ叔母さんの家で暮らしてました」タチヤーナおばが引きとった。

「ソフィヤ、ほら、ここにお金がある、しまってくれ。この数日中に五千ルーブル借りる約束をしたよ」

「てことは、ソコーリスキー公爵にはもうまったく勝ち目はないってことね？」タチヤーナおばが尋ねた。

「ええ、まったくありません、タチヤーナさん」

「わたしはね、アンドレイさん、いつもあなたに同情してきたの、それにお宅のみな

さんにもね。だってわたしは、この家のお友だちだったわけですし。ただたしかに、ソコーリスキー公爵家は他人にちがいありませんが、何かほんとうにお気の毒な気がして。怒らないでくださいな、アンドレイさん」

「連中と分けあう気はありませんから、タチヤーナさん」

「むろん、わたしの考えはご存じのはずよね、アンドレイさん、もしあなたが、最初の最初に折半を申し出ていたら、あの人たちも訴訟を取り下げたにちがいないの。むろん、いまとなっては手遅れだけど。でも、とやかく言うつもりはありません……ただ、わたしがこんなことを言うのも、亡くなられた公爵だって、遺言状であの人たちに触れずにすませたはずはないと思うからなの」

「触れずにすますどころか、ぜんぶあの連中にくれちまって、それこそわたしだけを除外したでしょうね。むろん、公爵にものごとを処理できる力があって、きちんと遺言状を書くことができたとしての話ですが。でも、いまは法律がわたしの味方をしてくれていますし、これで片がついたわけです。折半なんてとてもできない相談だし、その気もありません、タチヤーナさん、いずれにせよ結着がついたんです」

めったに見られないことだが、彼は敵意さえ浮かべながらそうはっきり言ってのけた。タチヤーナおばは、そのまま口をつぐんだ。母は何やら悲しそうに目を伏せた。

ヴェルシーロフは、彼女がタチヤーナおばの意見を支持していることを知っていた。《これにはエムスでの殴打事件がからんでいる！》ぼくはひそかに思った。クラフトから預かり、ぼくのポケットのなかにある例の文書が、もしも彼の手に落ちたら、それこそ悲しい運命をたどったにちがいない。ぼくはふと、こうしたもろもろのことが、ぼくの気持ちひとつにかかっていることを感じた。むろん、この考えは、ほかのいろんな考えともあいまって作用し、苛立たしい気分にぼくを陥れた。

「アルカージー、いいかね、おまえにはもっとましな服装をしてもらいたいね。いまの服もそう悪くはないが、今後のことを考え、なんならフランス人の仕立て屋をひとり推薦してやってもいい、これがなかなか良心的で、趣味も悪くない」

「お願いですから、そういったアドバイスはもう二度とぼくにしないでください」発作的にぼくは叫んだ。

「いったいどうした？」

「むろん、屈辱的と思っているわけじゃありません。でも、ぼくたち、そんな友好関係を結んでいるわけじゃないし、むしろ敵対関係にあるといってもいいくらいなんですから。なにしろ、この二、三日じゅうに公爵の家に通うのをやめようと思っているんですよ、あそこには仕事なんてろくすっぽありませんから……」

「でも、あそこに通って、彼のそばについている、それが勤めだろう！」

「そういう考えかたが屈辱的なんです」

「わからんな。もっとも、おまえがそこまでデリケートに考えるなら、それこそお金は受けとらず、たんに通っていればいいじゃないか。辞めでもしてみろ、ものすごくがっかりするから。なんせおまえにぞっこんなんだから、嘘じゃない……しかし、まあ、どうしようがおまえの勝手だ……」

彼は見るからに不快そうだった。

「お金を請求しなければ、とおっしゃいますが、あなたのおかげで今日、下劣なまねをしてしまいましたよ。あなたが前もって教えてくださらなかったおかげで、今日、ひと月分のお給料を請求してしまいました」

「それじゃもうちゃんと処理できているわけだ。正直いって、じぶんからはとても言いだせまいと思っていたがね。それにしても、いまどきの若い連中って、けっこう抜け目ないもんだ！　近頃は若者らしい若者がいなくなりましたよ、タチヤーナさん」

彼は恐ろしいほどいきり立っていた。ぼくも恐ろしく腹が立った。

「ぼくはあなたに仕返ししなくてはならなかったんです……そうぼくに仕向けたのはあなたです。――ぼくはいまどうしたらよいかわかりません」

「ついでだ、ソフィヤ、すぐアルカージーに六十ルーブル返しなさい。アルカージー、まあ、怒らんでくれ、こうして慌てて精算するからって。おまえの顔に書いてある、おまえはいま何か事業をたくらんでいて……それで金が必要だ……運転資金か……なにかそういったたぐいのものだろう」

「ぼくの顔に何が書いてあるか知りませんが、母さんがそのお金のことをあなたに話すなんて、まったく考えもしませんでしたよ、あれほど頼んでおいたのに」ぼくは目をぎらつかせ、母の顔をじろりとにらんだ。ぼくがどんなに傷ついたか、言葉ではとても言いつくせない。

「ねえ、アルカージー、お願いだから許しておくれ、どうしても言わずにはおれなくて……」

「いいかね、アルカージー、母さんがおまえの秘密を打ちあけたからって、そう腹を立てるもんじゃない」彼はぼくに向かって言った。「しかも母さんは、良かれと思ってしたんだ――たんに息子の思いやりを自慢したかっただけなんだぞ。でも、嘘じゃない、たとえそうでなくても、おまえが資本主義者だってことはちゃんと見ぬいていたよ。おまえの正直な顔に、おまえの秘密がぜんぶ書いてある。タチヤーナさん、この子には、じぶんの『理想』があるって言ったことがあるでしょう」

「ぼくの正直な顔だなんて、やめてください」むかつきはつづいていた。「あなたが物ごとの裏の裏まで見通されていることは知っています。ただし、場合によっては鼻っ先までしか見えてないときもありますがね——でも、とにかくあなたの洞察力には目を見はらされてきました。たしかにそう、ぼくには『じぶんの理想』があります。あなたがそういう言い回しをされたのは、もちろん偶然でしょうけど、でも、恐れずに告白します。ぼくには『理想』があります。恐れてもいなければ、恥ずかしいとも思っていません」

「大事なのは、恥ずかしがらないことだ」

「でも、あなたにはやはり、ぜったいに明かしません」

「つまり、打ちあける価値がないってことだな。でもな、おまえ、その必要もないんだよ。おまえの理想の本質がなにか、こっちはちゃんとわかっているから。いずれにしても、それは、——

われ、荒れ野へと去らん。

タチヤーナさん！　わたしの考えだと、つまりこの子は……ロスチャイルドか、な

にかそういうたぐいの人間になって、そういうじぶんの偉大さに閉じこもろうとしているんです。むろん、彼は寛大に、われわれにも年金をあてがってくれるでしょうよ——いや、ひょっとしてわたしは外されるかもしれませんね——でも、いずれにせよ、彼の姿に出会えたのは、われわれだけということになります。その彼は、ここではまさに新月みたいなもので、ちょっと姿を見せただけですぐに姿を隠してしまう」

ぼくは内心、ぎくりとした。むろん、これらはすべて偶然だった。彼は、たしかにロスチャイルドの名に言及はしたものの、何ひとつ知らなければ、まるで見当ちがいのことを口にしていた。でも、どうして彼は、ぼくの気持ちを、彼らと縁を切って、どこかに閉じこもりたいというぼくの気持ちを、ああまで正確に言いあてることができたのか？　すべてを見抜いた彼は、あらかじめおのれのシニシズムでもって事態の悲劇性をうやむやにしてしまおうとしたのだ。彼が恐ろしくいら立っていること、それはまったく疑いの余地がなかった。

「ママ！　短気を起こしてごめんなさい。でなくても、ヴェルシーロフさんの目をくらますなんてできるはずもないことなのに」ぼくは作り笑いをし、たとえ一瞬でもすべてを冗談にしてごまかしてしまおうとした。

「それだよ、アルカージー、おまえが笑ったっていうのがいちばんだ。その笑いって

いうので、人間がどれくらい得をするか、想像もつかんくらいだ、たとえ、外面だけでもな。これは、大まじめに言っていることでね。この子は、タチヤーナさん、この子はいつも、何かものすごく重大なことを頭に抱えていて、それでその状況が照れくさくてしかたないといった顔をするんです」

「ヴェルシーロフさん、真剣にお願いします。もっと口を慎んでください」

「言うとおりだ、アルカージー、でも、これを最後に思いきり吐きだしてしまったほうがいい。あとになって二度と蒸しかえさないようにするためにもな。おまえがモスクワからここにやってきたのは、ただちに反旗を翻すためだった。おまえの上京の目的についてわれわれが知っているのは、まあそんなところだ。われわれを何かで驚かすためにやってきたということについては、むろん触れないことにする。それから、おまえはまるひと月ここにいて、わたしらにむかってぶつぶつ不平をこぼしてきた――しかし、おまえは、どうみても賢い男なのだから、おまえの資質からいって、そんな不平はほかの連中にまかせておけばいい。じぶんのみじめな境遇のことでぶつぶつ言って世の人々に復讐するしか手立てのない連中にだ。おまえはいつもじぶんを閉ざそうとしているが、おまえの正直そうな顔や血色のいい頰っぺたがそのまま証明しているよ。おまえはだれの目でも、まったく無垢な気持ちで見ることができるって

ことをな。この子はね、心気症《ヒポコンデリー》を病んでいるんですよ、タチヤーナさん、それにしてもわからんな。どうしていまどきの若者ときたらそろいもそろって心気症を病んでいるのか」

「ぼくがどこで育ったかも知らなかったくらいですから、人間がどうして心気症になるかなんて、わかるはずないでしょう?」

「なるほど、これで謎が解けたぞ。おまえがどこで育ったかをわたしが忘れてたものだから、それで傷ついたわけだ!」

「見当はずれです。そういうばかな話をぼくに押しつけないでください。ママ、ヴェルシーロフさんはいま、ぼくが笑い出したっていうんでぼくを褒めてくれました。それならみんなで笑いましょうよ――こうしてぼんやり座っていてもしかたありませんし! よかったら、ぼくの身の上話でもお聞かせしましょうか? 幸い、ヴェルシーロフさんは、ぼくの過去の冒険を何もご存じないようですから」

腸《はらわた》が煮えくり返る思いだった。ぼくはわかっていた。今日をかぎりに、ぼくたちは二度と席を同じくすることはない、そしていったんこの家を出たからには、二度とこの家の敷居をまたぐことはない、と。だから、今日が最後の夜という思いもあって、ぼくはがまんできなかった。こういう幕切れに仕向けたのは、彼自身なのだ。

「そりゃ、むろん、おおいに結構、ただしほんとうに面白い話にかぎるぞ」射すくめるような目でぼくをじっとにらみながら彼は言った。「アルカージー、おまえはどうも、育った場所のせいもあって少し荒っぽくなったようだ、そうはいっても、まだ十分に礼儀正しくはあるがね。この子、今日はすごくかわいらしいでしょう、タチヤーナさん。おや、それはよかった、やっと包みを解いてくれましたね」

だが、タチヤーナおばは渋い顔のままだった。彼女は彼の言葉を意に介さずに包みを解き、出された皿のうえにお土産の品々を取り分けていった。母も当惑しきった様子で腰をかけていたが、むろん、ぼくたちの間が険悪になりつつあることを理解もすれば、予感もしていたのだ。妹がまたぼくの肘に触れた。

3

「ぼくがみなさんにお話ししたいと思っているのは、たんに」ぼくはひどく馴《な》れ馴《な》れしい調子で話をはじめた。「ある父親がはじめて愛する息子と対面したときの話です。それが、まさに『おまえが育ったところ』で起こったわけですが……」

「おまえ、その話……つまらなくならないか？　知っているだろう、tous les genres

（ジャンルを問わず）面白ければ……」

「そう渋い顔、なさらないで、ヴェルシーロフさん、あなたが考えておられるような話じゃまったくありませんから。ぼくは本気で、みんなを笑わせたいんです」

「そうとも、神さまもおまえの話を聞きとどけてくださるよ、アルカージー。おまえがわたしらみんなを愛してくれていることはわかっているし……それに今夜のせっかくの集まりをぶちこわす気などないこともな」妙にわざとらしい、ぞんざいな調子で彼は言いよどんだ。

「あなたは、むろん、いまもぼくの顔を見て読みとったわけですね、ぼくがみんなを愛しているってことを」

「そうさ、ある程度までは顔を見てな」

「なるほど、じつはぼくもタチヤーナさんの顔を見て、さっきからこうにらんでいたんです。おばさんはぼくのことが大好きなんだって。タチヤーナさん、そんな猛獣みたいな怖い目でにらまないで、それより、笑ったほうがずっとお似合いですよ！　笑ったほうが！」

タチヤーナおばはふいにぼくのほうをふり返り、突き刺すような目で三十秒ほどにらみつけた。

「ふざけるんじゃないの！」彼女は指で脅すしぐさを見せた。しかしその様子があまりに真剣だったので、それはもうぼくのばからしいジョークにたいする脅しというより、むしろ何かべつのこと、つまり、そう、『何か本気でしゃべり出す気？』にたいする警告とも受けとれた。

「ヴェルシーロフさん、それじゃ、ほんとうに覚えてらっしゃらないのですね、ぼくたちが生まれてはじめて出会ったときのことを？」

「いや、それがほんとうに忘れてしまったんだ、アルカージー、心から申しわけなく思うが。覚えているといっても、何かずいぶんと昔のことで、どこだったか……」

「ママ、あなたは覚えてませんか、ぼくが、たしか六歳か七歳まで育った村を訪ねていったときのことを。大事なのは、あなたが実際にあの村に来てくださったのか、それとも、あの村ではじめてお会いしたような気がするのは、たんに夢のなかの出来事なのか、ということなんです。もう大分前からこのことをお聞きしようと思っていたんですが、つい延び延びになって、いまやっとそのときが来たってわけです」

「まあ、なんてことを、アルカーシャ、もちろん行きましたとも！　そう、あの村にあったワルワーラさんのお屋敷に三度もお邪魔しています。最初は、おまえが生まれてまだ一歳にしかならなかったとき、二度めは、数えで四歳になったときで、三度め

はおまえが満で六歳になったとき」

「そうだったんですね、ぼくはこのひと月、ずっとそのことを尋ねようと思っていました」

母は、ふいに押し寄せてきた思い出にぱっと顔を赤らめ、懐かしそうにぼくに尋ねた。

「それじゃ、アルカーシャ、おまえはあのときのわたしをほんとうに覚えているのかい？」

「ぼくは何も覚えてませんし、何も知りませんが、ただあなたの面影が、ぼくの心のなかにこれまでずっと残っていたんです、しかも、あなたがぼくの母だっていう認識も残りました。あの村にしてもいまはまるで夢のなかででも見ているようですし、じぶんの乳母のことも忘れてしまいました。いまおっしゃったワルワーラさんのことも、かすかながら覚えています。というのも、あの方は、年じゅう歯が痛いといって頰を布きれで縛っていましたからね。ほかにもまだ覚えていますが、家のまわりに大きな木が茂っていました、たしか菩提樹の木でしたか。それから、開け放った窓からときどき太陽のつよい日差しが差し込んでいたことや、花が咲きみだれている花壇とか、小道ですね。で、ママ、あなたのことも、ほんの一瞬ですが、はっきり覚えています。

いつだったか、あの村の教会で聖餐を授けられ、抱き上げられて聖体を受け、聖杯にキスをしたときのことです。あれは夏のことでした、ハトが一羽、丸屋根を横切って窓から窓へと飛びうつっていって……」

「ああ！　ほんとうにそのとおり」母は両手をぽんと打ちあわせた。「あのハトのことも、はっきりと覚えています。聖杯に口づける寸前に、おまえはびくりと体を震わせて、『ハト、ハト！』って叫んだの」

「あなたの顔、というか、その何か、表情というんでしょうか、それがあまりにつよく記憶に刻みつけられたものですから、それから五年ほど経て、モスクワで会ったときも、これがおまえの母親だって教えられなくても、ひと目であなただとわかりました。で、ぼくがヴェルシーロフさんとはじめて会ったのは、アンドロニコフさんの家から連れていかれたときです。あの人たちの家では、それまで五年ほどひっそりと楽しく平凡な日々を過ごしていました。あの人たちの官舎は細かいところまではっきり覚えています。いまではもうすっかり年をとられたと思いますが、あそこに住んでいた奥さんたちやお嬢さんたちのことも。それから家じゅうのこと、アンドロニコフさんご本人もよく覚えています。あの人は、鶏だの、スズキだの、仔豚だの、町で買った食料を袋ごと持ち帰ったものです。そして食卓では、いつもつんとすましている奥

さんに代わって、あの人がみんなにスープを注ぎわけてくれるんですね。で、食卓に着いているぼくたちみんな、それがおかしくてくすくす笑っていました。でも、まっさきに笑い出したのは、アンドロニコフさん本人でしたけれど。あの家では、お嬢さんたちからフランス語を教わりましたよ。ただ、ぼくがいちばん好きだったのは、クルイローフの寓話です。ぼくはたくさん暗記し、一日に一編、アンドロニコフさんのちっちゃな書斎に押しかけていっては、その寓話を暗唱して聞かせたものです。仕事中だろうがなんだろうが、おかまいなしにね。そしてそう、その寓話がきっかけで、あなたと知りあうことができたんです、ヴェルシーロフさん……どうやら思いあたるふしがあるようですね」

「何《なん》かかんか、思いだしてきたな、アルカージー、たしかにあのとき、なにかひとつ話して聞かせてくれたんだった。寓話だったか、『知恵の悲しみ』の一節だったか？　それにしてもたいした記憶力だ！」

「記憶力！　もちろんですよ！　だって、ぼくがこれまで覚えていることといえば、それだけですから」

「わかった、わかった、アルカージー、おまえのおかげで元気まで出てきた」

そう言って彼は笑みさえ浮かべたが、つづいて母も妹も笑みを浮かべた。信頼が

戻ってきたのだ。ただ、タチヤーナおばだけは、テーブルにおみやげの品を取りわけると、部屋の隅に腰をおろし、不吉な目でじっとこちらをにらみつづけていた。

「事の起こりはこうです」ぼくは続けた。「ある朝、ぼくの子どもの頃からの友だちだったタチヤーナさんが、とつぜん迎えに来ました。この人は、いつもお芝居みたいにとつぜん姿を現してはぼくを馬車に乗せ、ある貴族のお屋敷の、豪華な部屋に連れて行きました。ヴェルシーロフさん、あなたはあのころ、ファナリオートフ家に滞在していたんですね。夫人があなたから昔、買いとったとかいう留守宅です。なぜかというと、当の夫人は当時、外国に行っていましたから。ぼくはいつもジャンパーを着ていたんですが、とつぜん、かわいらしい青のフロックコートとすばらしいシャツを着せられました。タチヤーナさんはその日一日、ずっとぼくの世話を焼いて、いろんなものを買ってくれました。ぼくは空っぽの部屋をぜんぶ見てまわり、鏡という鏡にじぶんの姿を映しだしたものです。そんなふうにして、翌朝の十時ごろ、家のなかをぐるぐる歩きまわっているうちにとつぜん、ほんとうに思いがけず、あなたの書斎に入ったのです。すでにその前の日にぼくはあなたの姿を見かけていました。そこへ連れて来られてすぐのことでしたが、ほんのちょっと、階段のところで見かけたのです。あなたは、馬車に乗ってどこかへ出かけるために階段を下りてくるところでした。あ

のとき、あなたはひとりでモスクワにやって来て、それもほんとうに久しぶりのことでしたし、短期間とのことでどこへ行っても引っぱりだこで、ほとんど家には寄りつけないありさまでした。ぼくとタチヤーナさんの顔を見ても、『ああ！』と間延びした声を発するだけで、立ちどまることもしませんでした」

「なかなか愛情のこもった描写だ」タチヤーナおばのほうに向きなおりながら、ヴェルシーロフは言った。彼女はそっぽを向いたまま、返事をしなかった。

「あの当時の、潑剌《はつらつ》として格好良かったあなたの姿が、いまも目に浮かぶようです。この九年間にあなたは驚くほど老けて、見栄えも悪くなりましたね、どうかこういう率直なもの言い、許してください。そうはいっても、あなたはあの当時すでに三十七歳でした。それでも、ぼくはほれぼれと見とれたほどです。髪の毛はほんとうにみごとなもので、ほとんど真っ黒といっていいくらい艶やかで、白髪なんて一本もありませんでしたから。口ヒゲにしろ頰ヒゲにしろ宝石みたいに仕上げられ——そう表現するしか方法がありません——、顔は、つや消しみたいに青白くて、といってもいまみたいに病的な青白さじゃなく、ほら、ぼくがさっきお目にかかった、娘さんのアンナさんのいまの顔色と同じでした。燃えるような黒い目、きらきら輝く歯、とくにあなたが笑ったときの歯がそうでした。書斎に入っていくと、あなたはじろりとぼくを見

て、ほんとうに大声で笑いだしたのです。そのころのぼくにはまだ、ものを見分ける能力があまりありませんでしたから、あなたの笑顔を見ただけですっかり舞いあがってしまいました。あの日の朝、あなたは、ダークブルーのビロードの背広を着込み、首にはマゼンタ色のマフラーを巻き、アランソンレースのついた立派なシャツを着た姿で、手にノートを携えて鏡の前に立ち、チャーツキーの最後の独白、とくに最後の絶叫シーンの練習に余念がありませんでした。

馬車をここに回せ、馬車を！」

「やあ、こいつはまいった」ヴェルシーロフが叫んだ。「まったくこの子の言うとおりだ！　あの当時わたしは、モスクワでのみじかい滞在もかえりみず、アレクサンドラ・ヴィトフトーワ邸の私設舞台で、チャーツキーの役を引きうけたんですよ、病気のジレイコに代わってね」

「ほんとうにお忘れでしたの？」タチヤーナおばが笑いだした。

「この子のおかげで思いだしました！　正直、モスクワでのあのときの数日が、もしかして、わたしの人生で最良のときだったかもしれない！　あのころ、われわれみん

な、ずいぶんと若かったし……あのころはみんな、熱い希望に胸をふくらましていたものだ……わたしはあのときモスクワで思いもかけず、いろんな……いやいい、アルカージー、話をつづけてくれ、おまえは今回、ほんとうに良いことをしてくれた、こんなに細かいところまで思い出させてくれて……」

「ぼくは立ってあなたを見ていました。そしていきなり叫んだのです。『ああ、なんてすてきなんだろう、これこそほんもののチャーツキーだ!』とね。するとあなたはふいにこちらをふり返って、こう質問したのです。『おまえ、もうチャーツキーなんか知ってるのかい?』とね。そういってじぶんはソファに腰かけ、すばらしく上機嫌でコーヒーを啜りはじめました。ほんとうにもう、あなたにキスしたい気分でした。そこでお話ししたんです。アンドロニコフ家では、みんながほんとうによく本を読むし、お嬢さんがたも詩をたくさん暗記しているとか、『知恵の悲しみ』の何シーンかはじぶんたちでも演じたことがある、とか、先週ずっと夜になるとみんなで『猟人日記』を朗読しあったとか、じぶんがいちばん好きなのはクルイローフの寓話で、暗記もしているといったことです。するとあなたは、何か暗唱してみなさいと命令するので、ぼくは『わがままな花嫁』を暗誦して聞かせたのです。

若い娘が婿さがし」

「たしかにそう、そのとおりだ、うーん、これで何もかも思いだした」ヴェルシーロフはまた叫んだ。「でもな、アルカージー、おまえのこともはっきり思いだしたよ。あのころのおまえは、ほんとうにかわいらしい子だった。抜けめないところもちょっとあってな、正直、おまえもこの九年間で、ずいぶんいいところを失くしてしまったようだ」

そこでみんなが、タチヤーナおばまでが声をあげて笑いだした。ヴェルシーロフが冗談を言い、彼が老けこんだというぼくの指摘にたいして、彼はおなじ手口で「意趣返し」を果たしたからだ。一同がすっかり愉快な気分になった。たしかにその発言は的を射ていた。

「暗唱がすすむにつれてあなたの微笑みも増していきましたが、半分までゆきつかないうちに、あなたはぼくを止め、呼び鈴を鳴らし、入ってきた従僕にタチヤーナおばを呼ぶように命じました。するとタチヤーナおばがすぐさま駆けつけてきたのですが、そのうきうきした姿ときたら、これがその前日に見たおばかと思うほどでした。タチヤーナおばの目の前で、ぼくはまた『若い娘が』をはじめからやり直し、立派に暗誦

し終えることができたのです。タチヤーナおばはにっこり微笑んでくれましたし、あなたは、ヴェルシーロフさん、『ブラーヴォ！』と叫び、熱っぽい調子でこんなコメントまでしてくれました。同じクルイローフでも『トンボと蟻さん』を暗唱したのならまだ驚くにはあたらない、当時のぼくぐらいの年齢で、多少とももののわかりのいい子どもなら、それなりに暗唱もできるだろう、しかし、こんな——

若い娘が婿さがし
それだけならば罪もなし

を暗唱するとは。よく聞いてください、『それだけならば罪もなし』のくだりをこの子がどう読むか！　ひと言で、あなたはもう感激してしまったのです。それから急にあなたはタチヤーナおばとフランス語で話しだしました。おばはちょっと顔をしかめ、反論しはじめました。ひどく激しているようにも見えましたが。でも、ヴェルシーロフさんが何かこうと言いだしたら、反対なんてできやしません、タチヤーナおばは、急いでじぶんの部屋にぼくを連れていったのです。そこでぼくはまた顔と手を洗ってもらい、シャツを着替え、頭にはポマードを塗って、髪はカールまでかけても

らいました。それから夕方近くになると、タチヤーナおばも、びっくりするくらい派手に着飾り、ぼくを連れて馬車で出かけていったのです。ぼくはそこで、生まれて初めてお芝居というものを目にしました。それが、ヴィトフトーワ家の素人芝居だったのですが、ロウソクの光、シャンデリア、貴婦人がた、軍人たち、将軍たち、お嬢さんがた、幕、何列もつづく椅子——そんなもの、それまでいちどとして目にしたことがありませんでした。タチヤーナおばは後列でもいちばん目だたない席をとり、となりにぼくを座らせました。むろん、ぼくみたいな子どもたちもいましたが、もう何も目にはいらず、ただ息をひそめてお芝居が始まるのを待ちうけていたんです。ヴェルシーロフさん、あなたが入ってきたとき、ぼくはもう有頂天で、涙が出るほど感激していました。——どうしてなのか、何が原因だったのか、じぶんにもわかりません。どうして感激の涙なのか？——それから九年間、ずっとこのことを思い出しては、いぶかしい思いにかられたものです！　ぼくは固唾《かたず》を呑んであの喜劇を見守っていました。ぼくにわかったことといえば、女が男をうらぎり、その男を、彼の爪先ほどの値打ちもない愚かな連中がもの笑いの種にするということぐらいでした。舞踏会のシーンで彼が長いセリフを述べるところは、ぼくにもわかりました。彼は、蔑まれ、辱められて、まわりの情けない連中を責めてはいるけれど、彼は偉いのだ、ほんとうに偉

い人なのだ、ということが！　アンドロニコフ家での予習もありましたから、それが理解を助けてくれたこともたしかです。しかし何といっても、あなたの演技でした、ヴェルシーロフさん！　ぼくははじめてお芝居の舞台を目にしたのです。いよいよ大詰めでチャーツキーがひと声『馬車をここに回せ、馬車を！』と叫んだとき（その叫び方は、驚くほどみごとでした）、ぼくは椅子から飛びあがり、沸きおこる満場の拍手にあわせて手をたたき、声をふりしぼって『ブラーヴォ！』と叫んだのです。いまでもはっきりと覚えています。ちょうどその瞬間、『ベルトの下あたり』を背後からまるでピンで刺すみたいに、タチヤーナおばにはげしくつねられたのを。でも、ぼくは振り向きもしませんでした！　もちろん、『知恵の悲しみ』がはねると早々、タチヤーナおばはぼくを家に連れて帰りました。『あんたがここに残って踊るわけにはいかないの、あんたのせいで、このわたしまで残れないんだから』――タチヤーナさん、帰りの馬車のなかであなたはずっとぶつぶつこぼしていましたよ。その夜、ぼくはうなされどおしでしたが、あくる日の十時にはもう書斎のまえに立っていました。でも、書斎のドアはぴたりと閉じられていました。来客があって、何か仕事の話をしているようでした。それから急に馬車で出かけてしまったので、その日はまる一日、夜遅くまでついにあなたの姿を見ることができませんでした！　そのとき、ぼくはあなたに

いったい何を言いたかったのか——むろん忘れてしまいました、そのときもわからなかったのですが、でも、一刻も早くあなたに会いたいと熱望していました。ところがあなたは、その翌朝の八時にはセルプホーフに出かけていきました。あの当時、あなたは、債権者たちへの借金返済のためにトゥーラ県の領地を売り払ったばかりで、手もとにかなりのお金が残っていて、そのおかげであの当時モスクワにもやって来れたわけです。債権者が恐くて、以前は顔出しさえできなかったモスクワにです。ところが債権者のひとりで、あのセルプホーフの礼儀知らずだけは、全体の額の半分をまけるという案に応じようとはしませんでした。タチヤーナおばは、ぼくがどんな質問をしても答えてくれませんでしたね。『あんたには関係ないこと、明後日にはあんたを寄宿学校に連れていくことになっているの、だから支度をして、ちゃんとノートをそろえて、もっていく本をきちんと整理しておくのよ、スーツケースにどうしまうかも覚えておきなさい、お坊ちゃま身分でやっていけるわけじゃないんだから、いいわね』。そういえば、タチヤーナさん、あの三日間、ああだこうだと大声あげて尻を叩いてくれましたね！　で、とどのつまりは、ヴェルシーロフさん、あなたに首ったけで、純粋無垢のぼくは、トゥシャールの寄宿学校に送られることになるわけです。たとえ、どんなにばかげた偶然と見えても、つまり、いまお話をしたことですが、いい

ですか、それから半年して、ぼくはトゥシャールの学校を脱けだし、あなたのところへ逃げて行こうとしたんです！」

「おまえの話はじつにすばらしい、おかげで何もかも、ほんとうにいきいきと思いだすことができた」切り口上でヴェルシーロフは言った。「でもだな、ここが肝心なんだが、おまえの話でとくに驚くのは、いろいろ奇妙なディテールが出てくるところだ、たとえばわたしの借金にかんする話なんかがそうだ。そういう話を持ち出すこと自体、ある意味、礼儀に反することだが、いったいどこからそういうディテールを手に入れたのか、そこが腑に落ちんのだ」

「ディテールですか？　どこから手に入れたかですか？　ええ、くり返しますが、ぼくがこの九年間やってきたことは、あなたにかんするディテールを手に入れることだけです」

「そいつは変わった告白だし、変わった時間の使い方だ！」

彼は肘掛け椅子になかば寝そべるようにして脇を向くと、軽くあくびまでもらした――故意にかどうかはわからない。

「どうしましょう、ぼくがどうやってトゥシャールからあなたのところへ逃げだそうとしたか、話を続けましょうか？」

「止めさせて、アンドレイさん、この子を黙らせてどこかに追っ払ってちょうだい」

タチヤーナおばが勢い込んで叫んだ。

「それはだめです、タチヤーナさん」ヴェルシーロフが諭すように答えた。「アルカージーは、明らかに何かをもくろんでいる、だとしたら、どうしてもけりをつけさせてやらなくちゃ。なに、好きなようにさせましょう！　話をすれば、肩の荷も下りるし、彼にとっては、何といっても肩の荷を下ろすことがいちばんだから。アルカージー、さあ、はじめて、おまえの新しい話を。まあ、新しい、といっても、たんにそう口にしただけだ、心配するな、結末はわかっているから」

4

「ぼくは逃げ出しました。そう、あなたのもとへ、それだけの話です。タチヤーナさん、覚えてますか、寄宿学校に押し込まれてから二週間ほどしたあと、トゥシャールがあなた宛てに出した手紙を。覚えてらっしゃらない？　あとになって、マリヤさんがぼくにその手紙を見せてくれましたが、その手紙も死んだアンドロニコフさんの書類のなかにありました。トゥシャールは、お金の取り分が足りないことに急に気づい

たらしく、その手紙のなかで『厳然と』こう宣言したわけです。つまり、じぶんの寄宿学校で教育を受けるのは、公爵家や元老院議員の子息であり、ぼくみたいな出生をもつ生徒をあずかるのは、学校の品位を下げるものである、よってその分の割増金をいただきたい、とね」

「Mon cher（おまえ、ねえ）、よくもそんな……」

「いいんです、いいんです」ぼくはさえぎった。「トゥシャールについてほんのちょっと話したかっただけですから。タチヤーナさん、あなたは二週間後に田舎から返事を書いて、その要請をきびしく撥ねつけたでしょう。彼があのとき、顔を真っ赤にしてぼくたちの教室に入ってきたのを思い出します。いまでも覚えていますが、トゥシャールは、ひどく小柄なくせに、ものすごく頑丈そうな体格をしたフランス人で、年齢は四十五前後、たしかにパリ出身でしたが、出は、靴屋かなにかでした。すでにずいぶんと昔から、モスクワの官立学校でフランス語教師を務め、官位までえて、それをずいぶん鼻にかけていました――でもまあ、おそろしく無教養な男でしたね。彼のところで学んでいたぼくたち生徒は、全部で六人。そのうちのひとりは、たしかにモスクワの元老院議員の甥かなにかでしたが、ぼくたちみんな、完全に家庭的な状態のなかで、どちらかというと、彼の奥さんの監督のもとで暮らしていたんです。そ

の奥さんというのがどこかのロシアの役人の娘で、やけにとりすましたご婦人でした。最初の二週間、ぼくはクラスメートにたいしてすさまじく威張りちらし、じぶんのブルーのフロックコートだの、ぼくの父はアンドレイ・ヴェルシーロフだのと自慢して回ったものです。それじゃ、どうしてきみはヴェルシーロフじゃなく、ドルゴルーキーの姓なのか、と質問されても、ぜんぜん戸惑うことはありませんでした、なぜって、当のぼく自身がその理由を知らなかったんですから」

「アンドレイさん！」タチヤーナおばがなかば脅しつけるような声で叫んだ。それと裏腹に母は、じっと目を離すことなくぼくを見守っていた。どうやら母はぼくに話を続けてほしいらしかった。

「Ce（その）トゥシャールって人は……いま、思いかえしてみると、たしかに、ひどく小柄でちょこまかした男だったな」ヴェルシーロフは、むりやり押し出すような調子で言った。「でも、あのときは、相当に高い筋から紹介されたもので……」

「Ce（その）トゥシャールがです、タチヤーナさんの手紙をもって、ぼくらが大きな樫のテーブルを囲んで何か暗誦しているところに寄ってくると、ぼくの肩を鷲づかみにして椅子から立たせ、じぶんのノートをまとめるように命じたのです。『きみの席は、ここじゃなくて、あっちだ』――そう言って玄関の左手にあるちっぽけな部屋

を指さしました。そこは、粗末な机と籐椅子、それに油布を張ったソファが置いてあるだけで、ぼくがいま住んでいる上の屋根裏部屋とそっくりでしたね。ぼくは、ほんとうにびっくりして、すっかり怯えきったまま部屋を移りました。それまでいちども、そんな手荒な扱いを受けたことがなかったからです。三十分ばかりして、トゥシャールが教室を出ていくと、ぼくはクラスメートたちとたがいに目配せし、大笑いしました。むろん、クラスメートたちはぼくを嘲っていたのですが、そんなこととは考えもせず、たんに楽しいから笑っているのだと思っていました。するとそこへすかさずトゥシャールが飛びこんできて、ぼくの髪をつかみ、引きずりだしたのです。『きみはね、良家の子どもたちと同席するわけにはいかないんだよ、出が卑しいし、下僕と同じなんだから！』。そういって彼は、ぼくのふっくらした赤い頬に思いきり平手打ちを食わせたのです。その平手打ちがたちまち気に入ったのでしょう、彼はまた二度目、三度目とぼくを叩きました。ぼくは大声で泣きわめいていました。ほんとうにびっくりしたんです。ぼくは、まる一時間、両手で顔をおおって腰を下ろしたまま、泣きに泣きました。何か、じぶんにはなんとしても理解できないことが起こったのです。トゥシャールのような、とくに悪人でもない外国人が、しかもロシアの農民が解放されたことをあれほど喜んでいた男が、どうしてぼくみたいながんぜない子どもを

ひっぱたくことができるのか、わからない。もっとも、ぼくはたんに驚いただけで、侮辱されたとは思いませんでした。ぼくはまだ、侮辱されるということが理解できなかったのです。ぼくにはこんなふうに思えました。つまり、ぼくは何か悪さをした、でも、これから行儀よくすれば、許されて、みんなでまた楽しく過ごせるようになる、中庭にも遊びに出ていけるし、最高に楽しく暮らせるのだ、と」

「アルカージー、わたしがそんなことと少しでも知っていたら……」いくらか疲れたようなぞんざいな笑みを浮かべ、ヴェルシーロフはゆっくりした口調で言った。「それにしても、あのトゥシャール、なんていうろくでなしだ！　そうはいえ、わたしはまだ夢は捨てちゃいない。いずれおめえもなんとかがんばって、いずれわたしらを許し、最高に仲良く暮らせる夢さ」

そこで彼は大きくあくびをした。

「いえ、べつに責める気はありません。まさか、そんな。それに信じてほしいのですが、トゥシャールを非難しているわけでもないんです！」ぼくはいささか混乱して叫んだ。「それに彼がぼくを叩いたのだって、二か月ぐらいのことですから。そう、よく覚えていますが、ぼくは打たれまいとして彼の手にすがり、その手にキスをしながら、わんわん泣いて泣きまくりました。クラスメートたちはぼくを見てけらけら笑っ

たり、ばかにしたりしていました。なぜかって、トゥシャールはぼくをときどき下男みたいに扱うようになり、服を着るときには服を持ってこいと命令するありさまでしたから。そこでぼくの下男根性が本能的に役立ちました。ぼくは気に入られるために精一杯努力し、それでいて、少しもそれを屈辱だとは感じなかったのです。なぜかといえば、ぼくはそういうことがまだ理解できていなかったからですが、いまもってふしぎな気がするほどです。どうしてあの当時、じぶんがみんなと対等ではないことがわからないくらいバカだったのか、とね。じっさい、クラスメートは、あのころからもういろんなことを説明してくれましたし、学校自体、悪くはありませんでした。トゥシャールも最後は、顔をなぐるより、背中を膝でどやすほうを好むようになり、半年もするとときどき、頭を撫でてくれるようにまでなりました。といっても、月にいちどは確実に叩かれました、忘れていい気にならないようにってわけでね。まもなくほかの子どもたちとの同席も許されるようになり、いっしょに遊べるようになりました。でも、丸二年半のうち、トゥシャールはいちども、ぼくたちの社会的立場の違いを忘れることはありませんでしたし、家畜みたいにとはいいませんが、それでもたえず何やかや身の回りの用に使っていました。これも、おそらくぼくの立場を忘れさせないためだったのでしょうね。で、ぼくが逃げ出したのは、というか、逃げ出そう

としたのは、この最初のふた月からすでに五か月ほど経ってからのことです。ぼくはそもそも、決断力というものが欠けていました。ベッドに横になり、毛布にくるまると、たちまちあなたのことを空想しはじめました。ヴェルシーロフさん、あなたのことばかり。どうしてそんなふうになっていったのか、まったくわかりません。あなたはぼくの夢のなかにも現れました。要するに、いつも熱烈に空想していたのです。あなたがとつぜん部屋に入ってきて、ぼくはそのあなたに飛びつく、するとあなたはぼくをこの場所から連れだし、じぶんの部屋に、あの書斎に連れていく、そしてまた劇場に出かけて行く、とまあこんな感じです。大事なのは、二度と離ればなれにならないこと——それがもっとも大事でした！　ところが朝、眠りから覚めると、とたんにあの悪ガキたちの嘲りと軽蔑がはじまるのです。そのうちのひとりなどは、いきなりぼくをなぐりつけ、靴を持ってこいと命令するありさまです。彼はすさまじくきたない名前でぼくを罵っては、とくに躍起になってぼくの素性をわからせ、聞いているみんなを喜ばせるのでした。やがて、ついにトゥシャールのお出ましとなるわけですが、ぼくの胸のなかになにかもう、耐えがたいようなものが生まれていました。ここではけっして許されることはないのだ、とぼくは感じていました——そう、ぼくはすでに少しずつ理解しはじめていたんです。いったい何が許されないのか、いったいどこに

ぼくの罪はあるのか、がね！　そこでとうとう逃げ出す決心をしました。まる二か月、この夢を見つづけたあげく、ついに決心したんです。あれは九月のことでした。クラスメートのみんなが土曜日から日曜日にかけて家族のもとに帰るのを待ちうけ、その間、必要不可欠なものだけをまとめてこっそりと用心深く包みにしました。持ち金は二ルーブルでした。あたりが暗くなるのを待つつもりでした。《あの階段を下りて》とぼくは考えました。《外に出よう、そこから出発だ》。でも、どこへ？　アンドロニコフさんがすでにペテルブルグに転任させられていることは知っていましたから、アルバート通りに住むファナリオートワ夫人の家を探すことにしました。《夜は、どこかをほっつき歩くか、どこかに野宿し、朝になったら、屋敷の中庭にいるだれかに聞いてみよう。ヴェルシーロフさんはいまどこにいるか、もしモスクワにいなければ、どの町にいるか、それともどこの国にいるか。きっと教えてもらえるにちがいない。で、そこを立ち去ってから、どこかべつの場所で、だれかに聞いてみる。これこれこういう町に行くには、どの城門を通っていけばいいか、そしてその城門を抜けたら、いよいよ出発だ、どこまでも歩いて行こう。ずっと歩きとおす。夜は、どこか木陰で眠り、食べるものは、パンだけということにする、パンだけなら二ルーブルでもかなりながくもつはずだ》。ところが、土曜日が来ても、どうしてもうまく逃げ出すチャ

ンスが見つかりません。そこで翌日の日曜日まで待つことにしました。おあつらえむきに、日曜日にトゥシャール夫妻がどこかに出かけていきました。家全体で残ったのは、ぼくとアガーフィヤだけです。忘れもしません。ぼくは恐ろしいほど悩ましい思いで夜が来るのをまち、広間の窓際に腰をかけて、木造のちいさな家々が立ちならぶ埃っぽい通りや、たまに通りすぎる通行人の姿をながめていました。トゥシャールが住んでいたのは、モスクワのはずれでしたから、窓からは城門が見えました。あれが、その門じゃないだろうか？　そんな考えがちらりと浮かびました。真っ赤な太陽が沈もうとしていました。空気はひどく冷たそうで、ちょうど今日のように、はげしい風が砂埃を巻き上げていました。やがて周囲がすっかり暗くなりました。ぼくは聖像の前に立って、お祈りをはじめましたが、ごくごく短い祈りでした。気が急いていたのです。それから包みを手にとり、キッチンにいるアガーフィヤに気づかれまいかと生きた心地もせず、ぎしぎし唸る階段を忍び足で下りていきました。ドアには鍵がかかっていました、そのドアを開けると、いきなり――ぼくの目の前に真っ暗な夜が、果てしもない、危険な未知の世界のように黒々と広がり、風で頭の帽子を吹きとばされてしまいました。ぼくは通りに出ようとしました。とそのとき、向かい側の歩道から、何やら悪態をつきながら歩いてくる、酔っ払いのしゃがれた怒声が聞こえてきた

のです。ぼくはしばらくそこに立ちつくして、様子をうかがってからそっと引き返しました。そして忍び足で二階にあがり、静かに服を脱いで、包みをかたづけるとそのままベッドに突っ伏しました。泣くこともしなければ、考えることもしませんでした。そしてまさにこの瞬間からなんです、ヴェルシーロフさん、ぼくが考えごとをするようになったのは！　しかもぼくが、下男同然で、おまけに臆病者であることを意識したその瞬間から、ぼくのほんものの、正しい成長がはじまったんです！」

「あんたの言い草じゃないが、いまのこの瞬間、あんたという人間の本性が完全にのみこめた！」タチヤーナおばが椅子から急に立ち上がった。それがあまりに唐突だったので、ぼくは完全に不意をつかれたかたちになった。「そうさ、あんたはね、あのときたしかに下男だったかもしれない、でも、いまだって下男なんだよ、あんたの心は、下男根性ってやつさ！　そうとも、ヴェルシーロフさんからしたら、あんたを靴屋に奉公に出すくらい手もなくできたことなんだ。そうして手に職でもついてれば、恩義だって感じることができたのさ！　いったいどこのだれがあんたのためにこれ以上よくしてくれって、この人に頼んだり、要求できるっていうんだ？　あんたの父親のマカールさんなんて、おまえたちじぶんの子どもをさ、下層階級から引き上げないでくれって頼むどころじゃない、つよく要求までしたくらいなんだ。ところが、あん

たときたら、この人があんたを大学まで上げてやろうとしたことや、この人をとおしていろんな権利が得られたことを、へとも思っちゃいない。なんだい、悪ガキたちにからかわれたぐらいで、人類への復讐を誓おうだなんて……あんたこそ、とんだやくざ者じゃないか！」

じつのところ、この言葉にぼくはショックを受けていた。ぼくは立ちあがって、しばしの間、何をどういってよいかもわからず、きょとんと相手を見つめるばかりだった。

「いや、ほんとうに、タチヤーナさんは新しいことを教えてくれました」ぼくはついにヴェルシーロフにしっかりと顔を向けた。「いや、ほんとうにぼくは下男根性がすぎるのか、ヴェルシーロフさんがぼくを靴職人に出さなかったぐらいじゃ、とても満足できないんです。ぼくが授かった『いろんな権利』にだって感激せず、ヴェルシーロフの全部をくれ、父親をくれとか、……そんなことまで要求するくらいですから——たしかに下男以外のなにものでもありません！ ママ、あなたがひとりトゥシャールの学校にぼくを訪ねてくださったとき、ぼくがどんなふうに迎えたか、そのことがもうこの八年間、胸にひっかかっているんです。でも、いまはその話をする時間がありません。タチヤーナさんが許してくれませんもの。それじゃ、お休みなさい、

ママ、たぶんまた会えるでしょうから。タチヤーナさん！　もしもです、このぼくがまたどうしようもない下男根性を発揮し、現に生きている妻を捨てて、またべつの女性をめとるなど絶対許せないなんて言い出したら、どうなさいますか？　ところがそれと似たことが、エムスにいたヴェルシーロフさんの身に起こりかけたんですよ、あやうくね！　ママ、明日にでも別の女性と結婚しそうな夫のもとにとどまるのがお嫌だったら、思い出してください。あなたには、どこまでも誠実でいると誓う息子がいるってことを、そうして思い出したら、いっしょに出て行きましょう。ただし、そのときは、『彼か、さもなくばぼくか』ですからね――いいですね？　いますぐ返事を、とはいいません。ぼくだってわかってますよ、こんな問いにすぐに答えを出すわけにはいかないことぐらい……」

だが、ぼくは最後まで話し切ることができなかった。何よりも、熱くなりすぎて、じぶんを見失ってしまったからだ。母は真っ青な顔になり、声も出ないのか、ひとことも口がきけなかった。タチヤーナおばは何かひどく大声でまくし立てていたので、何を言っているのかぼくにはわからなかった。彼女は二度、こぶしでぼくの肩を突いた。ぼくが覚えているのは、ぼくの言い草が『あさましい心で育って、こねあげられたみせかけの言葉だ』と喚きちらしていたことだけだ。ヴェルシーロフは身じろぎも

せずに、ひどく真剣そうに腰を下ろしているだけで、にこりともしなかった。ぼくは、上の部屋に引きあげた。部屋を出るぼくを見送ってくれた最後のまなざしは、妹のなじるような視線だった。彼女がけわしい顔つきで首を横に振っているのが見えた。

第七章

1

ぼくが骨身を惜しまずこれらの場面を描写するのは、すべてをはっきりと思い起こして、印象を再現するためだ。屋根裏にあるじぶんの部屋に上がったとき、ぼくはじぶんを恥じるべきなのか、それとも、じぶんの義務を果たした人間として勝利を祝うべきなのかまったくわからなかった。ぼくにもう少し世間を見る目があったら、こんな場合、ごくちいさな疑問も悪く解釈しなければならないことぐらい、察しがついたはずだ。ところが、べつの事情もあってぼくは混乱していた。何が嬉しかったのかわからない、だが、階下でへまをやらかしたのではないかと思い、はっきりとそれを自覚していたにもかかわらず、ぼくはむやみに嬉しかった。タチヤーナおばが、ああま

で意地悪くぼくを罵倒したことすら――ぼくにはたんに滑稽で、おかしく思えただけで、まるで腹も立たなかった。おそらくそれは、ぼくがとにもかくにも鎖を断ちきり、生まれてはじめて自由の身となったじぶんを感じていたからだろう。

ぼくはまた、じぶんの立場をだめにしてしまったとも感じていた。遺産にかんする例の手紙をこれからどう扱ったらよいか、という点も、ますます判断がつかなくなってきた。こうなった以上、ぼくがヴェルシーロフに復讐を企てていると受けとられるのは確実だった。そのじつ、ぼくは、階下であなして議論をしているときにすでに決めていたのだ。遺産にかんする例の手紙については、第三者の判断にゆだね、裁定者としてワーシンに相談する、と。かりにワーシンがうまくいかなかったら、さらにもうひとりべつの人物に当たってみる。その人物についてはすでに心当たりがあった。近いうちに、この一件のためだけでもワーシンを訪ねてみようと、心ひそかに考えていた。それがすんだら――そのあとしばらく、そう、数か月間、みんなの前から姿を消す、とくにワーシンには見られないようにする。ただし、母と妹とはときたま会うことになるかもしれない。何もかもが混沌としていた。たしかに何かをやりとげはしたものの、同時に的をはずしていた、と感じていた。それでいて、満足だった。くどいようだが、それでも何かうれしくてならなかった。

明日は、あちこち歩きまわらなくてはならなくなることを見越し、ぼくは早めに就寝することにした。部屋を借りて引っ越しするほか、実行しようと考えていたいくつかのことを決断したのだ。ところがその晩は、ひきつづき珍事に見舞われる結果となった。ヴェルシーロフが度肝をぬくようなふるまいに出たのだ。ヴェルシーロフはこれまでいちどとしてぼくの屋根裏部屋をのぞきに来たことがなかった。ところが、ぼくが部屋にもどって一時間もしないうちに、とつぜん、彼が階段を上ってくる足音が聞こえた。灯りで照らしてくれるように彼はぼくを呼んだ。ぼくはロウソクを取りだし、手を下に差しだすと彼はそれにつかまり、なんとかその助けで這いあがることができた。

「Merci（悪かったな）、アルカージー、ここにはいちども上がったことがないんだ、この家を借りたときもだ。まあ、こんなところだろうとは予想していたが、それにしても、こんな犬小屋みたいなところだとは思わなかったよ」彼は、屋根裏部屋の真ん中に立ち、もの珍しげにじろじろまわりを見回した。「しかしこれじゃ、棺桶だな、まったくの棺桶だ！」

たしかに、棺桶の内部といくぶん似たところがあって、彼がひとことで正しく表現したことに、驚きの念までおぼえていた。部屋は、細長かった。ぼくの肩ほどもない

高さから壁と屋根の境界線がはじまり、屋根のもっとも高い部分ですら、手のひらが届くほどだった。ヴェルシーロフは、最初、天井に頭がぶつかるのではないかと無意識に腰をかがめていたが、ぶつからないとわかると、かなりほっとしたようすで、すでにシーツが敷いてあるソファに腰を落ちつけた。ぼくはといえば、腰をかけず、深いおどろきに打たれたまま彼を見つめていた。

「おまえが母さんに一か月分の家賃として手渡したお金だがね、あれをそのまま受け取ってよいものかどうかわからんというんだ。こんな棺桶みたいな部屋だったら、お金を受けとるどころか、かえってこちらが支払わなくちゃならないくらいでね！　いちどもここをのぞいたことがなかったもので……こんなところで暮らしていけるなんて、想像もつかんよ」

「もう慣れましたから。でも、ここでこうしてあなたをお迎えするのはちょっと耐えられませんね、下であんなことがあったあとだけに」

「ああ、そうだろうね、下ではずいぶん荒っぽかったから。だが……わたしにも特別な目的があってね、それをこれから説明しようと思うんだ。もっとも、わたしがここに上がってきたからって、べつに変わったことがあるわけじゃない。下で起こったことだって——すべてごくあたりまえのことでね。ただ、お願いだからひとつ説明して

ほしいんだな。さっき下で、おまえが話していたことだが、ああまで得意がって前置きして始めたわけだが、あれっておまえがいま、暴露というか、伝えようと企んでいることのすべてなのかね、あれ以上、手持ちは何もなかったのかね？」

「すべてです。いや、すべて、ということにしておきましょう」

「いや、ちょっと足りんな、アルカージー、正直言うと、おまえがああして話を切りだし、われわれを笑わせようとしたところから見て、いや、要するに、おまえがああまで話したがっていたところから見て——もっと大きなものをわたしとしては期待していたんだが」

「でも、あなたからしたら、どうでもいいことじゃありませんか？」

「たしかに、ただ、もっぱら節度ってものがあるからね。あれほど騒ぎたてるまでのこともなかったし、節度を欠いていた。まるひと月、沈黙をとおし、準備して、いざ、となったら——何もなし、というわけだ！」

「ぼくはもっと長く話していたかったんです。でも、あんなことまでしゃべってしまって、恥ずかしいんです。言葉じゃすべてをいい尽くせませんし、中身によっては、いっさい口にしないほうがよいこともあります。現にぼくとしては十分話をしたつもりですが、でも、あなたは理解されなかったじゃないですか」

「ほう! おまえもそうして苦しむことがあるんだ、考えがうまく言葉にならなくて! そいつはね、アルカージー、なかなか立派な苦しみで、選ばれた人間にのみ与えられる苦しみだよ。ばかな人間は、つねにじぶんの言ったことに満足しているし、おまけにいつも必要以上にしゃべる。しかし、選ばれた人間というのは、蓄えを愛するものでね」

「たとえば、さっきのぼくってわけですね。たしかに必要以上にしゃべりました。そうして『ヴェルシーロフのすべて』を要求したわけです。――あれも、必要をはるかに超えるものです。たんなるヴェルシーロフなんて、ぼくにはまるきり不必要なんです」

「アルカージー、おまえはどうも、下でのさっきの負けをとりかえす気でいるようだね。おまえは、あきらかに後悔している。後悔するってことは、つまり、すかさずだれかをまた攻撃することを意味するから、次回こそはちゃんと仕留めようと思っているわけだ。わたしが来たのが早かったから、おまえはまだ気持ちが高ぶっていたし、しかも批判はつらくて耐えがたい。しかし、まあ、座りなさい、二、三伝えることがあってここに来たんだ。ありがとう、それがいい。さっきおまえが去りぎわに母さんに言ったことを思えば、いずれにせよ、離れて暮らしたほうがいいことは明らかすぎ

るほどだ。わたしが来たのは、おまえがそれを実行するにしても、できるだけ穏便に、スキャンダルめいたものはいっさいなしでやってほしい、って、そのことを言うためなんだ、これ以上、母さんを悲しませたり、怯えさせたりしないようにね。わたしがじぶんからここに上ってくることにしただけで、母さんはもうすっかり元気づいている。わたしたちはまだ仲直りできるし、何もかも元の鞘に収まると、母さんはまだ信じているらしいんだな。もしわれわれが、いま、ここで、いちどか二度、大声で笑いだしたら、それこそ下でいまびくびくしている連中を大喜びさせられると思うよ。たしかに、単純な心の持ち主ではあるけれど、誠実に、素朴に愛する心なんだ。そんな心を折りにふれて慈しんでやってどこが悪い？　そう、ひとつ目の話は、そんなところかね。で、二つ目だが、われわれはどうして、復讐への渇望とか、歯ぎしりとか、呪いとか、そういったものを胸に抱きながら別れなくちゃならんのだろう？　たしかに、おたがい首をかき抱きあう理由などまるでないことは、争う余地もないことだが、でも、何というか、たがいに尊敬しあいながら別れることだってできそうなものじゃないか、どうだね、そうじゃないかね？」

「そんなのは、すべてナンセンスです！　醜い争いを起こさずに出て行く、それを約束するだけで十分でしょう。母に気をつかってそうおっしゃるのですか？　でも、ぼ

くにはそう思えない。母の心の平安なんて、あなたにとってまったくどうでもよくて、たんに口先だけの話ですよ」

「信じないのかね?」

「あなたの話し方は、ぼくを完全に子ども扱いしています!」

「なあ、アルカージー、そのことなら、何度でも許しを請う気でいるよ、それに、おまえがわたしのせいにしているすべてのこともね、おまえが幼かった年月、その他もろもろだ、でも、cher enfant（ねえ、おまえ）、そんなことしたからって、どうなるっていうんだ? おまえは賢いから、そんなばかげた立場にじぶんを置きたいとは望まんだろう。いまでさえ、おまえの非難のもつ本質ってものがかならずしもよくわからんのだが、それについてはもう触れないでおこう。でも、じっさいにおまえがわたしを責めるいちばんの理由って何なのだね? ヴェルシーロフとして生まれつかなかったことかね? それとも、べつの? おや! 鼻で笑って手を振るってことは、ちがうってことだな?」

「ええ、まったくちがいます。いいですか、ぼくはべつにヴェルシーロフって呼ばれることに、名誉などいっさい認めてませんから」

「名誉がどうのという話は、べつに置いておこう。おまけにおまえの答えは、何とし

ても民主的でなくちゃならんからね。でも、もしそうだとしたら、いったいどういうわけでこのわたしを責める？」

「タチヤーナさんがさっきぜんぶ言ってくれましたよ。知る必要がありながら、これまでまったく理解できなかったことをね。つまり、靴職人の見習いに出されなかっただけでも感謝しなくちゃいけない、って話です。ぼくには理解できないんです、そこまで聞かされたいまでも、どうしてこのぼくが恩知らずでいられるのか。これって、あなたの誇り高い血筋のせいなんじゃありませんか、ヴェルシーロフさん？」

「おそらく、ちがうだろうね。しかもだよ、いいかね、おまえのさっきの言動は、おまえが想定していたわたしへの攻撃とはならず、むしろ母さんひとりを苦しめ、苛むことになってしまった。しかしだ、母さんを裁こうにも、おまえには裁けないだろうな。そもそも、母さんはおまえにたいしてどんな責任があるっていう？　ついでに、もうひとつ説明してくれ、アルカージー。おまえは、どうして、どんな目的があってあのことを吹聴してきたのか。聞いた話じゃ、おまえは寄宿学校でも、高校でも、これまでずっと、初対面の人間にまで、じぶんが私生児だってことを触れまわってきたそうじゃないか。なんでも、なにか得意がってそうしているって聞いたぞ。ところが、そんなことはどれもばかげた話で、みにくい中傷なんだ。つまり、おまえは、正

式の結婚で生まれたドルゴルーキー、頭も性格もすぐれた立派な人間であるマカール・ドルゴルーキーの息子なんだよ。おまえが高等教育を受けることができたのは、たしかにおまえの元の地主ヴェルシーロフのおかげかもしれんが、だからどうしたっていう？　要するに、それ自体すでに中傷なのに、それをじぶんから私生児だなど触れまわることで、おまえはおまえの母さんの秘密を暴露し、なにやらまちがったプライドから、屑みたいな初対面の相手の裁きに、母さんを引っぱり出すことになるわけだ。いいか、アルカージー、これってとってもよくないことだ、まして、おまえの母さんには、個人的に何の責任もないのだからね。あれは、ものすごくきれいな性格の持ち主でさ、かりにもヴェルシーロワを名乗るのをよしとしないのは、ひとえにいまもって夫ある身だからなんだ」

「もう結構です、完全に同意しますし、あなたの知性を信じていますから、心からお願いします。これ以上きりなく叱りつけるのは止めてください。あなたは、節度というものをとても大切になさっているようですが、節度って、どんなことにも当てはまるんですよ、母にたいするあなたの唐突な愛情にしたってそう。ですから、こう言わせてもらいます。もしも、ぼくの部屋に立ち寄り、十五分でも、三十分でもここで落ち着いて話をしようと決断されたのなら（それが何のためかまだ測りかねていますが、

たとえば、そう、母を安心させるためとでもしておきましょうか）——しかも、さっき下であんなことがあったというのに、ここまで熱心にぼくとお話をしてくださるなら、いっそぼくの父についてお話しください——そう、例のマカールという、巡礼のことです。ぼくの気持ちとしては、ほかのだれでもなくあなたの口からあの人の話が聞きたいんです。前々からお聞きする心づもりでした。こうしてお別れするからには、それもきっと長い別れになるでしょうから、ぼくとしてもうひとつ質問にお答えいただきたいんです。あなたはこの二十年間、母が抱いている、いえ、いまでは妹まで抱いている偏見に働きかけ、ごじぶんの啓蒙的な影響力でもって、母を取り巻いている根本的な闇を吹き払ってやることはできなかったのでしょうか？　いえ、ぼくが言っているのは、母の純粋さのことじゃありません！　そうでなくたって母はつねに、精神的にはあなたよりも限りなく高いところにいましたからね、こんな言い方してごめんなさい、でも、それって、限りなく高い、生きた屍《しかばね》にすぎないんですよ。生きた人間は、ヴェルシーロフただひとり、彼のまわりの残りの人間、彼と関係している人間はみな空しい人生を送るにすぎません。そう、じぶんのもっている力、じぶんの生きた血であなたを養うという、名誉ある絶対条件のもとでね。でも、母だって、かつては生きた女性だったわけでしょう？　あなただって、母のなかの何かを愛したこと

があるわけでしょう？　母だって、かつては女性だったわけでしょう？」

「いいか、そこまでいうなら答えるが、けっして生きた女性ではなかったな」彼はたちまち口もとをゆがめて答えた。それは、彼と初めてあったあの頃、彼がぼくにたいして見せた態度、そう、ぼくにとって思い出深い、ぼくがあれほど逆上させられた軽蔑の態度だった。つまり、彼は、見るからに真摯な素朴さをそなえた人なのだが、よく見ると、そこにあるのは、すさまじく深い嘲りだけなのだ。そのため、ぼくはときどき彼という人間がまったく読めなくなった。「けっして、そうではなかったな！　そもそもロシア人の女性が――女性であったためしはいちどもない」

「それじゃ、ポーランド人の女性や、フランス人の女性は、女性なんですか？　あるいは、イタリア人の女性、情熱的なイタリア人の女性、そう、彼女たちであれば、ヴェルシーロフのような、ロシアでも最上クラスの文化人を魅了できるっていうわけですか？」

「いやはや、こんなところでスラヴ主義者に会うなんて、まったく予想外だったよ」ヴェルシーロフはげらげら笑いだした。

　ぼくは、彼の話を一言一句覚えている。彼は大いに熱をこめて、いかにも満足そうに話をはじめた。ぼくはもうわかりすぎるくらいわかっていた。彼がここにきたのは、

けっしておしゃべりをするためではなく、かといって母を安心させるためでもまったくなく、確実にべつの目的を隠しもっていたのだ。

2

「この二十年間、わたしとおまえの母さんは、まったく口をきかずに過ごしてきたんだ」彼はそう言って長話をはじめた（ひじょうにわざとらしい、不自然な話しぶりだった）。「わたしたちの間であったことは、すべて無言のうちに生じたことだ。わたしたちの二十年の関係で目立った特徴といえば、無言ということだ。口論などいちどもしなかったと思う。たしかに、わたしはひんぱんに彼女のもとを離れ、ひとりきりにしたこともある。だが、最後は、いつも戻ってきた。Nous revenons toujours.（われわれはいつも帰っていく。）これが男の最大の習性ってものなんだよ。男にあっては、それは度量の広さゆえに生じることだ。もしも結婚が、すべて女の気持ち次第ということだったら、最後までまっとうできる結婚なんてひとつとしてないだろうね。忍従、無言、卑下、と同時に、不屈、力、ほんものの力――これがおまえの母さんの性格だ。いいか、母さんは、わたしがこの世で出会った女性のなかで最高の女性だ。彼女に力

があることは、このわたしが証明できる。その力があれを育んでいくのを、わたしはこの目で見てきたからね。こんな場合、信念なんてことは口にはできない――そんなところに正しい信念などあるはずもないからな、――だが、彼らのあいだで信念とみなされている、つまり、連中の言いぐさで神聖とされているものにかかわるとなると、彼女はもうどんな苦しみだっていとわない。どうだね、これなら結論が出せるだろうが。このわたしが迫害者か、どうか？　わたしが、ほとんどすべてのことで沈黙するほうを好んできたのは、まさにそのためなんだよ、そっちのほうが楽だから、というだけの理由じゃないし、それに正直言って、後悔もしていない。こうして、すべてがおのずからゆったりとヒューマンに過ぎてきたので、人の賞賛なんてものもまったくあてにしていないんだ。ついでに、かっこ付きということで言っておくが、おまえの母さんはいちどだってわたしの人道主義《ヒューマニティ》を信じたことはなかったね、だからいつもおびえていたんじゃないだろうか。でも、おびえながら、同時に、どんな文化にも屈したことはなかったのさ。あの連中って、なぜかそういう芸当ができるんだが、われわれには、何か理解のおよばないところがあるし、総じて、連中はわれわれよりも上手に仕事をこなすことができる。連中は、じぶんたちにとってどんなに不自然な状況でも、じぶんなりに生きていけるし、どんなに異なった環境に置かれても、完全に本来

のじぶんのままでいることができるんだ。われわれにはとてもそんな芸当はできない」

「連中って、だれのことです？　ぼくには、あなたのおっしゃることがよくわかりません」

「民衆《ナロード》だよ、おまえ、わたしは民衆のことを言っているんだ。民衆はね、あの大いなる生命力とじぶんのもてる歴史的な広さを、精神的にも政治的にも証明してみせた。だが、われわれの身内の話にもどして、おまえの母さんについてひとこと言っておくと、じつのところは、ただ黙ったきりというわけでもなかったんだ。おまえの母さんは、ときには口を開くこともあるんだが、その開き方というのがふるっていてね、たとえそれまでに五年間少しずつ教えこんできたとしても、すぐに時間を無駄にしたと気づくような、そんな話し方なのさ。おまけに、ほんとうに突拍子もない反論を口にするんだ。ここでもうひとつ断っておくと、わたしは彼女のことをけっしてばかだなどと考えちゃいない。それどころか、そこには一種の賢さがある。それも、みごとというしかない賢さがね。そうはいっても、賢さなんて、おまえは信じないかもしれないが……」

「どうして信じないんです？　ぼくが信じられないのはただ、そうしてあなたがほん

とうに母さんの賢さを信じている、それも嘘いつわりなく信じているっていうところです」

「そうか？　おまえはわたしのことを、そんなカメレオン人間と考えているのか？　アルカージー、わたしは少し甘やかしすぎているようだ……わがまま息子のお相手をするみたいに……でも、今日のところはこのままにしておこう」

「ぼくの父について話してください、できれば、ほんとうのことを」

「マカール老人のことかね？　マカール・ドルゴルーキーという人物は、知ってのとおり、屋敷付きの農奴でね、何というか、ある種の栄達を望んでいたな……」

「賭けてもいいですが、あなたはいま、あの人の何かに嫉妬していますね！」

「いや、その逆さ、おまえ、逆なんだよ。なんなら言うが、おまえがそうして、山を張るみたいな気分になってくれているのが、わたしとしてはとても嬉しい。本音を言えば、わたしはいま、ものすごい後悔にかられているんだ。まさしくいま、この瞬間に、ひょっとして千度めになるかもしれない、二十年前に起こったことすべてをなすすべもなく悔いている。おまけに、神はお見通しのはずだが、すべてはほんとうに偶然に起こったことでね……で、その後、わたしはこの力のおよぶかぎり、人道的に対処した……少なくとも、わたしはあの当時、人道主義がなしうるものをどれだけ想像

したことだろう。そう、わたしらはあの当時、だれもが善行を積もう、市民の目的に、至高の理念に奉仕しようという熱意に燃えていた。わたしらは、官位とか、世襲の権利とか、所有する村とか、質商までも批判していた、少なくともわたしらの何人かはね……。これは誓ってもいいことだ。数は少なかったが、わたしらはよく話しあったし、嘘ではなく、ときどきはよいこともした」

「それって、あなたが肩にすがって泣いたときのことですか？」

「そうだな、おまえにはすべての点で前もって同意しておくよ。ところで、肩にすがってという話だが、おまえはその話をこのわたしから聞いたわけだ、とすると、おまえはいま、わたしの率直な気持ちや、わたしの信じやすさを悪用したことになる。しかし、おまえも同意するだろうが、この肩にすがってという話、じっさい、一見して思えるほど悪い話じゃなかったんだ、とくにあの当時としてね。当時、われわれはほんの一歩足を踏み出したばかりだった。わたしはむろん見栄を切ってみせたわけさ、ところがじっさいに見栄を切っているということがじぶんでもわからなかった。たとえばおまえにしたって、実際的な場で見栄を切ってみせたりすることがあるだろう？」

「ぼくはさっき下で、ほろりとさせられました。で、ここに上がると、とても恥ずか

しくなったんです。ぼくが見栄を切ったとあなたがとるんじゃないかと考えてね。ときどき、心の底から感じているのに、見栄を切ることがありますからね。でも、誓っていいますが、さっき下では、なにもかもが自然でした」

「まさにそのとおり。おまえは、ひと言でじつに見事にいいあてたね。『心の底から感じているのに、見栄を切る』と。そう、わたしの場合もまさにそのとおりだった。たしかに見栄を切ってはいたが、それでも完全に心の底から泣いていたんだ。むろん、マカール老人がもうすこし敏感だったら、彼はこの肩の行為を、ますます性質《たち》の悪い嘲りととっただろうが。でも、あのときは、彼の誠実な心が、そういう洞察を許さなかったわけだ。ただ、わからないのは、彼があのときこのわたしを哀れんでいたのか、どうかということでね。あのときわたしはたしかに哀れみをひどく望んでいたような気がするんだよ」

「ちょっと待って」ぼくは彼の話をさえぎった。「あなたはいまも、話をしながら、にやにやなさっていましたね。それにこのひと月、たいていの場合、ぼくと話をしている間ずっとにやにやなさっていた。あなたはどうして、ぼくと話をするときはいつもそうされるんです？」

「そうだったかな？」彼はおだやかな調子で答えた。「おまえって、ずいぶん猜疑心

がつよいんだな。もっとも、わたしが笑うにしても、べつにおまえを笑っているわけじゃない、というか、すくなくともおまえひとりを笑っているわけじゃないよ、だから安心していい。でも、いまは笑っちゃいない、で、あのとき、要するにわたしは、じぶんにできるすべてのことをやった、それも、いいかね、じぶんの利益に反するようなことまでやったのさ。われわれ、つまり、良い人間は、民衆《ナロード》とは反対に、あのときじぶんの利益のために行動するすべなどまったくもっていなかった。それどころか、いつも、できるだけじぶんの損になるようなことばかりしていた。そしてそうすることが、当時われわれの間では、何かしら『最高の、われわれの利益』とみなされていたんだと思う、むろん、それももっとも高い意味での利益だがね。いまの世代の進歩的な連中は、われわれとは比較にならないくらい、欲の皮が突っぱっているよ。わたしは、あのとき、まだ過ちをおかすまえのことだが、それこそばかみたいに率直に、マカールさんにすべてを打ち明けたんだ。今にして思うのだが、そのうちの多くはまったく打ち明ける必要もないことだった。少なくとも、ああまで率直に打ち明けなくてもよかった。人道主義うんぬんはいわずもがな、むしろそのほうが礼儀にかなっていたともいえる。でもな、踊りの最中、興に乗って見事なステップを踏んでやりたくなったとき、そうしてはやる気持ちをはたして抑えきれるものだろうか？　ひょっ

として、じっさいに美しく高尚なものへの欲求なんてそんなものかもしれないし、わたしはいまもってそれを解くことができずにいるんだよ。もっともこれは、われわれの上っ面な会話にはあまりに深刻すぎる話題だ。ただし、誓って言うが、わたしはいまでもそれを思い出すと恥ずかしくて仕方なくなるのさ。わたしはあのとき、マカールさんに三千ルーブルを提供した。忘れもしないさ、彼はずっと黙ったきりで、わたしだけがしゃべっていた。じつをいうと、わたしは、彼がこのわたしを、つまりわたしの領主権を恐れている、とそんなふうに想像していた。そこで、そう、懸命になって彼を元気づけてやろうとしたんだ。わたしは、こう彼を説得した。つまり、なにも恐れずにじぶんの希望をすべて口に出して言ってほしい、どんなに批判してくれてもかまわない、とね。で、その保証として彼に約束した。もしも、わたしが出した条件、つまり三千ルーブルと、農奴解放証（当然、彼と妻の分だ）と国内旅行証（当然、こちらは妻帯不可だ）を呑む気がなければ、はっきりそう言ってほしい、そしたらわたしはただちに彼に農奴解放証を与え、妻を自由にしてやろう、ふたりに同じ三千ルーブルの金を与え、彼らがわたしを離れて国じゅう好きなところへ行く、というのではなく、わたしのほうが二人から離れて、三年間、たったひとりイタリアに去ることにする、とね。Mon ami（ねえ、おまえ）、わたしは m-lle（マドモワゼル）・サポーシコ

ワなんかイタリアへ連れていく気などさらさらなかった、本当だとも、あの頃のわたしはとても純粋だったからな。で、どうなったか？　マカールさんは、わたしが言ったとおりに実行するということを、ひじょうによく理解していた。ところが、沈黙しつづけていた。で、このわたしが三度目の正直とばかり彼に話を持かけると、彼はふいに身をかわし、手をふって出ていってしまったんだ。ぶしつけともとれる彼の態度に、正直、当時のわたしも呆気にとられたくらいでね。そのときわたしは鏡に映ったじぶんの顔をちらりとのぞいたんだが、あのときの顔がいまも忘れられずにいるよ。だいたい、あの連中は、何も言わないときがいちばんよくないんだが、そこにもってきて陰気な質《たち》なものだから、正直、彼を書斎に呼び寄せたときも、たんに彼が信頼できないばかりか、ものすごく彼を恐れていたくらいだ。あの世界には、いろんな質《たち》の人間がいてね、言ってみれば、無秩序を絵に描いたような連中がそれこそうじゃうじゃいる。人に殴られるよりそっちのほうがよっぽど怖いくらいだ。Sic（そうなんだ）。いやはやとんでもない綱渡りだった。もしも彼が、あの田舎村のウリヤがだ、屋敷じゅうに聞こえるような大声で叫びだしたら、このわたしは、こんな年端もいかぬダヴィデはどうなったろう、いったい何ができたろう？　それだからこそ、わたしはまっさきに三千ルーブルの話を持ち出したわけだ、あれは本能的にしたことだ。し

かし、幸い、わたしの見立ては間違っていた。あの、マカールという男は、そういうのとはまるで種類のちがう人間だったんだ……」

「教えてください、で、罪は犯したんですか？　あなたはさっき、罪を犯すまえにあの人を呼び寄せたとおっしゃいましたよね？」

「つまりだな、ええと、さっきのは意味のとりようでね……」

「つまり、犯したわけですね。あなたは、いま、おっしゃいましたよね、見立ては間違っていた、そういうのとはまるで種類のちがう人間だった、って。じゃあ、いったいどこがどうちがっていたんです？」

「どこがちがっていたか、それがいまもってわからないんだな。でも、何かがちがっていた、そう、きわめてまともといっていいくらいでね。そう結論できるのは、あの男の前にいると、しまいにはこっちが三倍も恥ずかしくなってきたからだ。彼は翌日、いっさい口をきかず、国内旅行証に同意した。むろん、わたしが提案した償いのことはひとつとして忘れていなかった」

「お金は受けとったのですか？」

「野暮なことを訊くな！　それにいいか、アルカージー、この点ではほんとうに唖然とさせられたんだ。むろん、そのときわたしの手もとに三千ルーブルの金はなかった、

だが、七百ルーブルは手に入れ、最初の支払い分として手渡した。で、そこでどうなったか？　あの男は、残りの二千三百ルーブルを、借用書のかたちで要求したんだ、しかも間違いがないように、ある商人の名義でな。それから二年ほどして、やつはこの借用書を盾《たて》に裁判を起こし、わたしにその金を要求した、しかも利息つきでだ。そこでまた唖然とさせられたわけだが、それにもまして驚いたのは、文字どおり、教会建立のための寄進集めに出かけたことだ。それ以来、もう二十年も放浪の旅を続けているんだよ。わからないのは、巡礼にどうしてそんな大金が必要かってことだ……金なんて、おそろしく世俗的な代物じゃないか……わたしは、むろん、そのときは、誠実な気持ちで、いわば、うぶな感激にかられ、それだけの金を申し出たわけだが、そのうち、それ相当の月日も経てば、当然、考えが変わることもあるわけで……で、少なくともわたしを……というか、まあ、言ってみれば、われわれ、わたしと彼女を許してくれるだろうとか、せめて支払いを待つぐらいはしてくれるだろうとか、あてにしていたわけさ。ところが、待ってはくれなかった……」

（ここで、どうしても欠かせない注をつけておく。もしも母が、ヴェルシーロフより長生きすることになった場合、老後、母は文字どおり一文無しになる。そのとき、マカール老人のこの、利息がついて二倍になった三千ルーブルが生きることになる。去

年、彼は遺言書でその金をそのまま手をつけずに母に残してやったのだ。老人はこのとき、すでにヴェルシーロフの本性を見抜いていたことになる）

「あなたは以前おっしゃってましたよね、マカールさんが、あなたのもとを何度か訪ねてきて、いつも母の部屋に泊まっていったとか」

「ああ、そうだった、正直言って、最初のころは、あの訪問がほんとうに怖かった。この二十年間に訪ねてきたのは、せいぜい六、七回だが、最初の何回か、わたしがたまたま家にいあわせたときは、ひっそり身を隠していたものだ。当初は、あれが何を意味しているのか、どうして彼が姿をあらわすのか、それすらわからなくてね。でも、その後あれこれ考えるうち、彼にすれば、さほど愚かしい行為でもないような気がしてきたんだ。そこで、あるときちょっと好奇心を起こして彼を見に出ていった。そこで、じつは、ひじょうにユニークな印象を受けたんだな。あれはもう三度目か四度目の訪問のときで、そう、わたしが土地の調停員になって、そのためにむろん懸命にロシアの勉強にとりかかったころのことだ。わたしは彼から、とてつもなくいろんな新しい話を聞かされたんだよ。それればかりか、彼のなかにまったく予想もしていなかったものを目にした。なにかしらソフトな印象、つねに穏やかな性格、そして何より驚くべきなのが、ほとんど快活といってもよい朗らかさだ。あの件にかんする言

comprends? (おまえにわかるかな?) 仄めかしなどはいっさいないし、話術もひじょうに巧みで、そう、それがじつにいい話をするんだな、つまり、ばかな、屋敷付きの下僕たちによくある、しゃちこばったところがぜんぜんない。そう、告白するが、わたしがじぶんの民主的な考えをもってしてもあれだけは耐えられないし、例の、ロシアの小説や舞台で、『ほんもののロシア人』とかいった連中が口にする、あのがちがちのロシア語、あれもないんだな。おまけに、こちらから水を向けないかぎり、宗教の話なんてほんの少ししかしないし、修道院や、修道院暮らしにまつわる、一種独特の、じつに愛らしい話だって、こちらが興味を示さないかぎり話そうとしない。でも、何より大事なのは、敬虔さだ、あの控えめな敬虔さ、まさに、最高の平等にとって不可欠な敬虔さ、しかも、わたしに言わせりゃ、それなしじゃけっして一流たり得ない敬虔さ。この最高の品格は、まさしく、傲慢さをいっさいふり捨てることによって得られるものだ。そしてじぶんの置かれた境遇がどうあっても、与えられた運命がどんなものだろうと、まさにその境遇のなかで、確実にじぶんをだいじにする人間が現れる。じぶんの置かれた境遇のなかでじぶんをだいじにできる能力――それはね、この世にあってはきわめて稀な能力だし、少なくとも、真の品格を備えた存在と同様、ひじょうに稀なのさ……これは、おまえがこれから生きていくうちにわかることさ。で

も、あとになっていちばん驚かされたのは、そう、あとになってからのことで、はじめのうちじゃない（ヴェルシーロフはわざわざ言いそえた）――あのマカールという男、じつに堂々としているばかりか、これは嘘じゃない、たいへんな美男子だったということだ。たしかに年とってはいたがね、――

浅黒く、背は高く、すっくとして

それに、飾り気がなければ、押し出しも立派でね。あのかわいそうなソフィヤが、どうしてあのとき、、、このわたしを選ぶことができたのか、ふしぎな気がしたくらいだ。あの当時、彼は五十になっていたが、それでもひじょうに若々しくて、彼の前に出ると、じぶんがまるでヒヨッコみたいに感じられたものだ。ただし、よく覚えているが、彼はもうその当時から、気の毒なくらい髪が白くてね、ということは、結婚した当時も同じ白髪頭だったということだ……ひょっとしてそれが影響したんだろうか」

このヴェルシーロフには、上流社会の趣味に特有の、このうえなく卑劣な習慣があった。すばらしく気のきいた、美しいことをいくつか吐くと（そうせざるをえない時だが）、とつぜん、このマカール老人の白髪の話や、その白髪が母に与えた影響に

ついての推測といった、何かばかげた話題で話を打ちきるのだ。これは、彼がわざとすることだったが、おそらくはじぶんでもなぜかわからずに、たんに上流社会の愚劣な習慣でそうするのだろう。彼の話を聞いていると——とてもまじめに話しているようには見えるけれど、そのじつ胸のうちでは顔をしかめるか、せせら笑っているのだ。

3

なぜかはわからない。ぼくはそこでふいに恐ろしい怒りに襲われた。総じて、このときのいくつかの突飛なふるまいを思い出すたびに、ぼくは大きな不満にかられる。ぼくは、いきなり椅子から立ち上がった。

「あなたはたしか」とぼくは言った。「おっしゃいましたよね。ここに来た理由は、何よりも、ぼくたちが仲直りしたと母さんに思わせるためだと。母さんにそう思わせるだけの時間は十分に経ちましたから、そろそろぼくをひとりにしたほうが都合いいんじゃありません？」

彼は少し顔を赤らめて、椅子から立ち上がった。

「ねえ、おまえ、そのもの言いは、わたしにたいして無礼千万というものだよ。しか

しまあ、お暇《いとま》するとしよう。むりに優しくすることもできまいし。ただ、あえてひとつだけ質問させてもらうよ。おまえは、ほんとうに公爵のもとを離れたいのか？」

「やっぱりね！　わかってましたよ、あなたに特別の目的があることは……」

「つまり、おまえは疑っているわけだ。わたしがここに来たのは、じぶんの利害にからむ何かがあって、それでおまえを公爵のもとにとどまらせるためだと。しかし、おまえ、わたしがおまえをモスクワから呼んだのは、なにかじぶんの利益を見込んでのこととは思っちゃいないだろう？　ああ、なんて猜疑心がつよいんだ！　わたしはね、それとは逆に、おまえにとってすべてが良かれと思って呼んだんだ。だから、こうしてわたしの財政状態が好転したいま、せめてときどきは、母さんともども、おまえの援助をさせてほしいと願っているわけだ」

「ぼくは、あなたが好きじゃないです、ヴェルシーロフ」

「おやおや、『ヴェルシーロフ』と呼び捨てまでするかね。ついでに言っておくが、わたしはこの姓をおまえに譲ってやれなかったことが、残念で仕方なくてね。なにしろ、わたしに非があるといっても、実質的にはこの点にしかないわけで、それもわたしにかりに非があるとしての話だが、そうだろう？　しかし話は戻るが、わたしとしても人妻と結婚するわけにはいかなかったわけで、そこはおまえにも察してもらいたいね」

「なるほど、おそらくそういう理由で、人妻じゃない女性と結婚する気になったわけですね？」

彼の顔に軽いけいれんが走った。

「それは、エムスの話だな。よく聞け、アルカージー、おまえは、さっき階下《した》でわたしを指さしながら突拍子もないことを言った。それも母さんの前で。いいか、おまえはそこでとんでもないしくじりをやらかしたんだ。亡くなったリジヤ・アフマーコワの件について、おまえはまったく何もわかっちゃいない。この事件におまえの母さんが、どれだけ関わっていたかも知らない。たしかに、あのとき母さんは、わたしといっしょに向こうにいたわけではないが。もし、わたしが善良な女性と出会っていたとしたら、それはもうおまえの母さんをおいてほかにいない。でも、やめておくよ、これは当分の間秘密だし、おまえは——おまえはたんに、出所不明の、他人の受けうりでしゃべっているだけだし」

「じつは今日の話ですが、ソコーリスキー公爵が言ってました。あなたって少女趣味をお持ちなんだそうですね」

「公爵が、そんなことを？」

「それじゃ、いいですか、もっと正確に言いあててあげましょう。あなたが何のため

に今ここにやってきたか？　ぼくはその間ずっとここにすわったまま、自問していたんです。この訪問の真意ってなんだろう、とね。で、いまになってようやく察しがついたんです」

彼はすでに部屋から出て行きかけていたが、立ちどまり、顔をこちらに向けて待ちの姿勢をとった。

「さっきもちょっと言いましたが、タチヤーナさんに宛てたトゥシャール氏の手紙がアンドロニコフさんの書類にあって、彼が死んだあと、モスクワに住むマリヤさんのところから出てきたという話です。あの話をしたとき、あなたの顔がなぜか急にひきつるのを見たのですが、いま改めてあなたの顔が、そのときとまったく同じようにぴくぴくするのを見て、はは―んって思ったんです。さっき、下であなたの頭にぴんと来たのはこういうことです。つまりもし、アンドロニコフさんの手紙の一通がすでにマリヤさんの手もとにあったとすれば、もう一通の手紙もそこにあるはずだとね。とすると、アンドロニコフさんの死後、いちばん重要な手紙も残されているかもしれない、とね？　図星でしょう？」

「それで、わたしは、ここに来て、おまえに何かをしゃべらせようとしたっていいたいわけだ？」

「それは、あなたがご存じのはずです」

彼の顔が真っ青になった。

「それは、おまえが勝手に思いついたことじゃないね。それにはある女性の影響があるな。だから、おまえの言葉には、そう、おまえのそのずさんな推測には、それだけの憎しみがこもっているんだ！」

「ある女性のですって？　そういえば、その女性と今日ちょうどお会いしたところです！　たぶんあなたは、そう、その女性をスパイさせるために、このぼくを公爵のもとに残そうとしているんですよね？」

「それにしてもおまえ、じぶんの新しい道をとことん突き進む気でいるらしいな。『ぼくの理想』ってのは、そのことじゃないのか？　さあ、続けなさい、どうやら探偵の仕事にまぎれもない才能があるようだし。才能があるなら、それを磨きあげなくてはな」

彼は話をとめて息を継いだ。

「気をつけてください、ヴェルシーロフ、ぼくを敵に回さないことです！」

「いいかね、アルカージー、こういう場合、とっておきの考えというのは、表には出さず、胸のうちにしまっておくものだ。それはそうと、ちょっと灯りをくれないか、

すまんが。たとえおまえがわたしの敵だとしても、このわたしの首をへし折りたいと願うほどにくい敵でもなかろう。Tiens, mon ami,（でもね、おまえ）、少し考えてごらん」階段を下りながら彼は話をつづけた。「なにしろまるひと月、わたしはおまえを無類の好青年と受けとめてきた。人生が三つあっても、それでも足りないと思えるぐらい生きたいと願い、生きることを渇望している。そう君の顔には書いてあった。まあ、そういう男というのは、大半が好青年だ。ところがとんでもない思いちがいだったよ！」

4

ひとりになったとき、どんなに胸が締めつけられるような思いがしたか、とても言葉では言い尽くせない。ぼくは、生きたまま体を切りさいなんだようだった！　何のためにああも急にいきりたったのか、なんのためにああも彼を傷つけたのか――あれほどはげしく、故意に――ぼくにはいまなお答えられないし、むろんあのときも同じだった。そして彼はなんと青ざめたことか！　はたしてあれは何だったのか、ああして青ざめたということ、ひょっとしてあれは、もっとも誠実で純粋な感情と、もっと

も深い悲しみの表れであって、憎悪とか屈辱とかのしるしではなかったのかもしれない。いつも感じていたことだが、彼はぼくのことをほんとうに愛している瞬間があった。どうして、どうしていま、それを信じてはいけないのか。ましてや、あれほど多くのことがすでに完全に明らかにされているというのに？

だが、ぼくは急にいきり立って、じっさいに彼を追い返してしまった。しかしそれは、ことによると、そのときふと頭をかすめた憶測のせいだったのかもしれない。つまり、ヴェルシーロフがぼくのところにやってきたのは、アンドロニコフ氏の手紙がまだマリヤさんの手もとに残っているのではないか、そんな臆測を確かめたいと願っていたからで……。ぼくには、彼がなぜ、それらの手紙を探さなくてはならず、そして現に探しているのか、わかっていた。しかし、これはだれにもわからないことだが、ことによるとそのとき、まさにその瞬間、ぼくは恐ろしい過ちをおかしていたのかもしれない！　そして、これもまただれにもわからないことだが、ぼくはまさにその過ちによって、マリヤさんをめぐる考えや、マリヤさんのもとに手紙が残されているかもしれないという観念を彼に植えつけることになったのではないか？

そして最後にもうひとつ、これまた奇妙なことがある。彼はまた、ぼくがさっきクラフトに言明した、おもにぼくの言葉でもって言明したぼくの考えを（三つの人生の

話だ）一言一句たがわずに繰りかえしたことだ。言葉の一致は偶然だろうが、それにしても、どうして彼にぼくの性情の本質がわかっているのだろうか。なんという慧眼、なんという洞察力！　だが、ひとつのことがあれほど理解できるのだとしたら、どうして、べつのもうひとつのことがまるで理解できないのか？　彼はべつに格好をつけていたわけではなく、実際に見抜けなかったのだろうか。つまり、ぼくが必要としていたのは、ヴェルシーロフという貴族の称号ではないこと、彼が許せないのはぼくの出生のこととも関わりがないこと、ぼくがこれまでずっと必要としてきたのは、ヴェルシーロフその人であり、彼という人間全体であり、父であったこと、そしてその思いがすでにぼくの血肉と化してしまったということ。あれほど細心な男が、あそこまで愚かで、無神経になれるものだろうか？　もしそうでないとすれば、いったいなぜ彼はぼくを激怒させるのか、どうして彼はじぶんを偽るのか？

第八章

1

翌朝、ぼくはできるだけ早く起きた。ぼくたちの家では八時ごろ起きだすのがつねだった。といってもそれはぼくと母そして妹だけで、ヴェルシーロフは、九時半ごろまでベッドのなかでぐずぐずしていた。八時半きっかりに、母がぼくのところにコーヒーを運んでくれることになっていた。しかしその日ばかりは、コーヒーを待たずに八時ちょうどに家を抜けだした。ぼくのこの日一日の行動計画は、すでに前の晩のうちにできあがっていた。すぐにでも実行に移りたいというつよい熱意にもかかわらず、この計画には、もっとも重要な部分にひじょうに多くの不確定かつ曖昧な部分が残されていると感じていた。そのために、ほとんどひと晩、まるで熱に浮かされたみたい

な夢うつつの状態にあり、いくつもの恐ろしい夢をみ、ほとんどまともには寝つけなかった。にもかかわらず、ぼくはいつもより元気に、すっきりとした気分で起き上がった。母とはとくに顔を合わせたくなかった。あの話題以外に母と話すことはなかったし、何か新しい、唐突な印象でもって、目的遂行の意思がそがれることを恐れていたのだ。

寒い朝で、ミルク色の湿った霧が一面に垂れこめていた。なぜかわからないが、そのすさまじく厭わしい外観にもかかわらず、ぼくは、このあわただしいペテルブルグの朝がいつも好きだし、それぞれの仕事で職場に急ぐ、エゴイスティックで、いつももの思わしげな人々が、朝の八時には、なぜかことのほか魅力的なものに感じられる。ぼくがとくに好きなのは、道を急ぎながら、仕事のことでだれかに質問したり、だれかに何かのことで質問されることだ。質問も答えもつねに短く、明確で、わかりやすく、立ちどまらずに、いつもほとんど愛想もよく、ほかのどんな時間帯にもない気持ちのよい答えが返ってくる。ペテルブルグっ子は、日中ないし日暮れどきが近づくにつれて人づきあいがわるくなり、ちょっとしたことでも罵ったり、嘲ったりしがちだ。これが、まだ仕事前で朝も早く、頭がすっきりし、気がはっている時間帯となるとまるで別ものになる。ぼくはそのことに気づいた。

ぼくはまた、ペテルブルグ地区に向かっていた。どこかに立ち寄ってコーヒーを飲みたいという欲求を強く感じていたが、どこにも寄らず、ひたすら先を急いだ。十一時過ぎには、フォンタンカ沿いに住むワーシンのところにすぐ戻らなくてはならなかったからだ（彼は、十二時頃に家にいる確率が高かった）。おまけに、エフィム・ズヴェーレフを彼が家を出るまえになんとしても捕まえる必要があった。そこでまた彼の家を訪ねたわけだが、すんでのところで捕まえそこねるところだった。すでにコーヒーを飲みおえ、外出する準備をしていたからだ。

「どうした、そうしょっちゅう？」椅子から立とうともせず、彼はぼくを迎えた。

「これからきちんと説明します」

ペテルブルグも含め、早朝というのは、総じて人間の本質に覚醒作用をもたらすものらしい。炎のような夜の夢が、朝の光と冷気とともに完全に蒸発してしまうことがある。ぼく自身、過ぎ去ったばかりの夢や、ときには行動を、朝になってから思い起こし、恥ずかしさのあまりじぶんを責めさいなむことが時々あった。しかし、ここでついでに断っておくと、一見、この地球上でもっとも散文的とも思えるペテルブルグの朝を、ぼくは世界でいちばんファンタスティックな朝と考えている。これはぼくの個人的見解、というかむしろ印象だが、ぼくはこの考えをずっと固持している。そう、

こうした、じめじめして、湿っぽい、霧がかかったペテルブルグの朝には、プーシキンの『スペードの女王』に登場するゲルマン某（巨大な人物であり、異常にして、かつ完全にペテルブルグ的なタイプの登場人物、ペテルブルグ時代の一典型である！）の奇怪な夢想が、ますます現実的なものに変わっていくような気がする。この霧のなかで、ぼくはいくどとなく、不思議な、そして執拗な夢の訪れを受けた。《それにしても、この霧が晴れて上空へ消えていくとき、じめじめして、足もとがすべるこの町全体もまた、霧とともに上空に運びさられて煙のように姿を消してしまい、残るはただ、フィンランド湾の沼地、その真ん中には、そのお飾りとでもいうように、疲弊して暑苦しい息を吐いている馬にまたがった青銅の騎士ひとり、ということになりはしないだろうか？》。ひと言ではとてもじぶんの印象を言いつくせない。というのは、何もかもが幻想であり、結局は、詩であり、したがってたわごとにすぎないからだ。にもかかわらず、ぼくはこれまでしばしば、ある完全に無意味な問いにとりつかれ、いまもとりつかれている。《みんなああしてあくせく走りまわったり、右往左往しているが、もしかすると、これらはすべて、だれかが見た夢にすぎず、そこにはだれひとり、ほんもののまともな人間はおらず、ひとつとして現実の行為もありえないのではないか？　そしてその夢をずっと見ていただれかがふっと目を覚ましたら、そのと

たん、何もかもが消えてしまうのではないか》。しかし、ぼくは脇道に入りすぎた。あらかじめ述べておくが、だれの人生にも、あまりにエキセントリックすぎて、ちょっと見ただけでまちがいなく狂気とみなされかねないもくろみや夢があるものだ。そうした幻想のひとつをいだいて、ぼくはこの日の朝、ズヴェーレフを訪れたのだった。ズヴェーレフを訪れたそのわけは、今回ペテルブルグには、相談に乗ってもらえる相手がほかにだれもいなかったという事情を措いてほかにない。ところがこのズヴェーレフという男は、こういう提案をもちかける相手として、いちばん最後にまわしたいと思うような人物だった。彼と差しむかいに腰をおろしたとき、ぼくはまるで、うわごとと熱病の化身が、中庸と散文の化身と向かいあって腰を下ろしたような気すらしたほどだ。ぼくには理想と正しい感情があったが、彼のほうには、そういうことはいちども起こったためしがないという実際的な結論があるだけだった。約《つづ》めていうと、ぼくは簡単明瞭に、ペテルブルグには、名誉にかかわる異常な事態にかんがみ、ぼくが介添人の代わりとして送ることのできる人物はあなた以外このペテルブルグには断じていないこと、あなたは昔からの友人なのだから、それを断る権利がないこと、一年あまり前、エムスでぼくの父ヴェルシーロフに平手うちを食らわせたことにたいし、近衛中尉ソコーリスキー公爵に決闘を申し込みたいと願っていること、を説明し

た。断っておくと、ズヴェーレフはこういったぼくの家庭の事情や、ぼくとヴェルシーロフとの関係、ぼく自身がヴェルシーロフの過去の話で知っているほとんどすべてに、ごく細かいところまで通じていた。それはむろんこのぼく自身が、いくつかの秘密をのぞき、折にふれて彼に伝えてきたからだ。彼はいつもどおり、鳥籠の雀みたいな浮かぬ顔で座って話を聞いていた。白い髪の毛をぼさぼさにしたまま何も言わず、むすっとまじめくさった顔をしていた。人を見下したような笑みが口もとから消えることはなかった。その笑みは、まったく意図したものではなく、おのずと浮かんでくる笑みだけにますます忌々《いまいま》しかった。じっさいこの瞬間、彼が、頭も性格もぼくよりはるかに上だと本気で考えていたことは明らかだ。ぼくはさらに、彼が、デルガチョフの家での昨日の一件で、ぼくを軽蔑しているのではないかとも疑っていた。たしかにそうにちがいなかった。ズヴェーレフは群衆であり、俗物であって、そうした輩が跪《ひざまず》く相手はつねに成功だけだからだ。

「で、ヴェルシーロフはそのことを知らないわけ?」彼はたずねた。

「もちろん、知りません」

「それじゃ、きみは、どういう権利でその問題に介入するわけ? これがまず第一。第二は、きみはそれでもって、何を証明しようってわけ?」

反論が出ることはわかっていたので、ぼくはただちに、それはけっしてきみが考えるようなばかげた行為ではないと説いて聞かせた。第一に、ぼくたちの階級にも名誉のなんたるかを理解する人間がまだいることをあの鉄面皮の公爵に証明してやれるし、第二に、ヴェルシーロフは恥じ入って、そこから教訓をえるはずだ、と。そして第三に、これが肝心かなめの点なのだが、たとえヴェルシーロフが正しく、じぶんなりの信念で決闘を申し込まず、平手打ちを堪《こら》える決心をしたとしても、すくなくとも彼は、じぶんが受けた屈辱を強烈に感じ、それをじぶんの屈辱とまでとらえ……彼と永久に袂を分かとうとしながら……それでもなお、彼のために良かれと願って命まで投げだそうとする人間がいることを思い知るはずだ、と。

「ちょっと待って、そう大声を出さないでくれ、伯母がいやがるんでね。で、どうなんだ、だってヴェルシーロフは、そのソコーリスキー公爵相手に、遺産相続を争っているわけだろう？　で、この場合、これはもう訴訟に勝つための、まったく新しい、オリジナルな方法ってことになるわけだ——決闘で敵を殺してしまうわけだから」

ぼくは、en toutes lettres（歯に衣着せず）説明した。きみはたんなるばかの鉄面皮にすぎない、きみのその、人を見下すような笑いがどんどん広がっていくとすれば、それはたんにきみの自己満足と凡庸ぶりを証明するものでしかない、きみには想像でき

ないだろうが、訴訟のことなど、はなから頭になかった、そんなことを考えるのは、きみみたいなさかしらな頭だけだ、と。それからぼくは、裁判はすでにヴェルシーロフの勝訴で終わっていること、おまけにその訴訟は、ソコーリスキー公爵相手ではなく、ソコーリスキー公爵一族を相手に行われたものなので、公爵がひとり殺されたところで相手はほかにもまだ残っている、ただし、決闘の期日は、当然控訴期限がすぎるまで延期しなければならないが（公爵一族が控訴しないとしても、それはただ礼儀としてだ）、期限が過ぎたらただちに決闘する。ぼくがここにやってきたのは、決闘はいますぐというわけではないが、ぼくには介添人がいないし、だれとも知り合いがないので、打診しておかなければならなかったからだ、だから、エフィム、もしきみが拒否するようなら、少なくともその期限までにだれかほかの人間を見つけなくてはならない、ぼくがやってきたのはまさしくそのためだ、と言った。

「ふうん、ならそのとき話にくればいい、そうすれば十キロ近くも無駄足踏まずにすむ」

彼は立ちあがって、帽子を手にとった。

「それじゃ、そのときは来てくれる？」

「いや、行きゃしないよ、むろん」

「なぜ?」

「もしいまここで、そのとき行くなんて同意してみろ、そしたらきみは、控訴期間、毎日ここに押しかけてくるにちがいないからね、それだけでもごめんさ。でもね、いちばんの理由は、なにもかもばかげてるからで、それだけのことさ。それに、きみのせいでじぶんの出世を棒に振る気はないから。公爵だって、こっちの顔を見たら聞いてくるさ。『で、きみはだれの使いで来た?』――『ドルゴルーキーです』――『そのドルゴルーキーとやらは、ヴェルシーロフとどういう関係だ?』。そうしたら、ぼくはきみの出自とやらを説明しなくちゃならなくなる、だろう? そしたらやつ、げらげら大笑いするだろうしさ!」

「そしたらやつの顔を引っぱたいてやりゃいい!」

「いやね、これはたんなるたとえ話でさ」

「怖いんだね? そんなに大きな体してるくせして、きみは高校でいちばん強かったよね」

「怖いね、むろん、怖い。それに、公爵にしたって、そんな対等でもない相手との決闘、買わんだろう」

「ぼくも、頭の発達の点にかけちゃ、一人前の大人だ、ぼくには権利があるし、対等

さ……話は逆でね、対等じゃないのは、むこうのほうだ」

「いや、きみは幼いよ」

「幼いって、どういうことさ？」

「ひじょうに幼い。われわれ二人とも幼いが、やつは大人だ」

「ばかだね、きみは！　ぼくはもう法律で結婚できる年齢なんだぞ、去年から」

「なら、結婚すりゃいいさ、でも、やっぱりひよっ子なんだよ！　これからもっとでかくなれるって！」

彼がぼくを嘲ってやろうと思いたったことは、ぼくにもむろんわかった。こんなばかげたエピソードなど語らずともよかったことだし、このまま闇に葬ってしまえば、それに越したことはなかった。おまけにそのくだらなさといい、役立たずぶりといい、じつに不快な男だった。ところが、その彼がかなり深刻な結果をもたらすことになったのだ。

だが、じぶんをさらに罰するために、この話を最後まで話しきることにする。ズヴェーレフがぼくをばかにしていると見てとったぼくは、右手で、というより右のこぶしで彼の肩を突いた。すると彼はぼくの肩をつかみ、ぼくの体を後ろ向きにねじ伏せた――そうやって彼は、実地で、じぶんが高校時代、仲間でいちばんの腕力の持ち

主だったことを証明してみせたのだ。

2

読者のみなさんは、むろん、ぼくがズヴェーレフの家を出るとき、すさまじく気分を害していたにちがいない、とお思いになるだろう。だが、それは誤りだ。ぼくにはわかりすぎるほどわかっていた。結果は、たまたまガキっぽい、いや、高校生じみたいさかいに終わったが、事態の深刻さはそのまま損なわれずに残っていることを。ぼくは、ワシリエフスキー島ですでにたっぷりコーヒーを飲んでいた。昨日、立ち寄ったペテルブルグ地区の食堂はわざと避けた。ペテルブルグ地区のあの安レストランにしろ、ウグイスにしろ、ぼくには倍も憎らしいものになっていた。妙な性分というのか、まるで人間を憎むように、場所やものを憎むくせがぼくにはあるらしい。そのかわりペテルブルグには、いくつか幸せになれる場所があった。つまり、かつてそこを訪れ、なぜか幸せな気分にひたれた、そんな場所がいくつかあるのだ。しかも、それらの場所をだいじに脇にのけておき、わざと、できるだけ長い期間そこに立ち寄らないようにしていた。それというのも、あとで、じぶんが完全に一人ぼっちになり、不

幸をかみしめているとき、そこに立ち寄って悲しみにくれ、過去を思いおこすためだった。コーヒーを飲んでいるうち、たしかにズヴェーレフのいう通りだと、彼の常識をすっかり認めてやる気になった。たしかに彼は、ぼくより実際的ではあるけれど、はたして現実的と言えるのか。じぶんの鼻先までしか見通せない現実主義は、もっとも狂おしい空想より危険だ。なぜかといえば、そういう現実主義は、何も見えていないのと同じだから。けれど、ズヴェーレフの言うことは正しいと思いつつ（そのころ彼は、このぼくが通りを歩きながら、じぶんをののしっているだろうと思っていたはずだ）、ぼくはやっぱりじぶんの信念の何ひとつとして譲ることはしなかった、いや、いまもって譲ってはいない。これまでしばしば目にしてきたことだが、バケツ一杯の冷水浴びせられただけで、じぶんの行いどころか理想までも諦めてしまって、わずか一時間前には崇めていたものに笑いを浴びせはじめる連中がいる。そう、そういう連中にとって、そんなのは朝飯前のことなのだ！　かりにズヴェーレフが、問題の本質においてもぼくより正しく、むしろぼくのほうがばかの最たるもので、たんにだだをこねているだけにすぎないというなら、それでもいい。しかしそれでも問題の奥の奥には、そこに立つかぎりぼく自身正しかったといえる一点がある。そこではこのぼくにも正当性があるのだが、問題は、それが連中にはけっして理解できないということ

とだ。

フォンタンカ運河のセミョーノフ橋に近いワーシンの家にぼくが顔を出したのは、ほぼ正確に十二時だったが、彼は留守にしていた。彼は、ワシリエフスキー島に仕事をもっていて、きちんと決まった時間に、それもたいてい十二時には帰宅していた。しかもその日は、なにかの祭日にあたっていたから、彼が確実に家にいるものとぼくはにらんでいた。彼が不在だったので、彼の家を訪ねるのはこれが初めてだっただが、腰を下ろして帰りを待つことにした。ぼくはこんなふうに考えをめぐらしていた。相続をめぐるこの手紙の問題は、良心の問題だ、ぼくがその裁定者にワーシンを選ぶということは、それ自体ぼくがどれほど深く彼を尊敬しているかを示すことになり、それは、言うまでもなく彼の自尊心をくすぐるにちがいない。むろん、ぼくが、この手紙のことで真剣に胸をいためているため、第三者の裁定が不可欠と考えていたのはほんとうのことだ。しかしその一方、ぼくはすでに、ほかの第三者のいかなる助けも借りずこの苦境を脱せるのではないかと思いめぐらしていた。いちばんいいのは、何といっても、この手紙をヴェルシーロフ自身にじかに手渡し、彼がそこでどうするか、後は彼の自由にまかせることだ。つまり、これで解決ということになる。だがこうしたたぐいの問題を決める最高の裁き手の立場にぼく自身を置くのは、まるきり見当ちがいともい

えた。この手紙をじかに、それも黙って手渡し、そのまま身を引けば、それだけでもうただちに勝利し、ヴェルシーロフよりも一段と高い立場にじぶんを置くことができる。なぜかといえば、このぼくに関するかぎり、相続によって得られるすべての利益を放棄することで(なぜなら、ヴェルシーロフの息子として、たとえいまでなくても、いずれこれらのお金のうちのいくらかはぼくの手に入るのだから)、ヴェルシーロフのこれからの言動を、より高いところから見下ろす権利を担保できるからだ。また、だれひとりこのぼくが公爵一族を破滅させたとして、非難することはできないだろう。なぜかといえば、書類は、法的に決定的な意味を持っていないからだ。だれもいないワーシンの部屋に腰を下ろしながら、そんなふうなことをつらつら考え、完全に納得がいったが、そこでふいにこんな考えも浮かんできた。これからじぶんはどう行動すべきか、そのアドバイスを渇望してワーシンの家にやって来たは——、じつは、そうすることで、ぼく自身がどれほど高潔で、無私で無欲な人間かを見てもらうという目的があったからだ、つまり、そうすることで、昨日、ぼくが彼の前で卑屈な態度をとったことに復讐するねらいがあったからではないか。

そう自覚すると、ぼくはさらに大きな忌々しさを覚えた。それが五分ごとに募っていくのがはっきりわかったが、それでもぼくは引き上げず、そのままそこに留まった。

何より、ワーシンの部屋がいやでたまらなくなった。《部屋を見れば、その人間の性格がわかる》と俗にいうが、たしかにそんな言い方も可能だろう。ワーシンが住んでいたのは、借家人から家具付きで間借りした部屋だった。借家人はどうやら貧乏で、ワーシンのほかにも下宿人をおいて暮らしを立てているようだった。こうした狭苦しい、ごくわずかな家具を置いただけで、それでも何とか快適そうな見かけを装っている部屋は、ぼくにもなじみがある。そういう部屋には、のみの市で手に入れた、動かすのも危険なソファ、洗面台、衝立で仕切られた鉄パイプのベッドがつきものだ。ワーシンは明らかに最上で最良の下宿人だった。こういう上等な下宿人というのは、どんなアパートにもかならずひとりはいて、そのため特別扱いされる。部屋の整頓、掃除は入念にやってくれるし、ソファの上の壁にはちょっとした石版画を飾ってくれるし、テーブルの下には、薄っぺらながらカーペットが敷いてある。生気のない清潔さや、とりわけ女主人のおもねるようなへつらいが好きという人間は、根があやしい連中だ。最良の下宿人と呼ばれることで、ワーシンもいい気になっていたとぼくは確信する。なぜかはわからないが、本が山積みになったこの二つのテーブルを見ているうちに、徐々に腹が立ってきた。書物、紙、インク壺——そうしたものがひどくいやらしいかたちに整頓されていたのだ。これは、ドイツ人のおかみと女中の世界観にぴ

たり一致する理想的なかたちだ。書物はかなりあったが、それも新聞、雑誌といったたぐいのものではなく、れっきとした書物ばかりだった。しかも、彼は、まちがいなくそれらの本を読んでいたし、おそらく、過剰なと思えるほどものものしい律儀な態度でテーブルに向かい、読書や書き物に取りかかっているにちがいない。じぶんにもよくわからないが、ぼくはむしろ本は乱雑に散らばっているほうが好きで、そもそも勉強が神事のはずはない。おそらく、このワーシンという男は、訪問客にたいしてきわめて丁重で、ひとつひとつの仕草が、客にたいして確実にこう語っているにちがいない。《あなたとはもう、一時間半もこうして向きあっていますが、あなたが帰りしだい、すぐに仕事にかかりますからね》。そしておそらく、彼とはきわめて興味深い会話が交わせるし、新しい話も聞くことができるだろう、でも――《われわれはいまこうして話をし、あなたを大いに面白がらせているが、あなたが帰りしだい、いちばん面白い仕事にとりかかるんですよ》……。しかし、ぼくはそれでも立ち去らず、腰をおろしていた。彼のアドバイスなどまるきり必要としていないことは、すでに最終的に確認済みだった。

ぼくはもう一時間以上も腰を下ろしていた。ぼくが座っていたのは、窓際に置かれた二つの籐椅子のうちのひとつだった。時間がむなしく過ぎていくことにも、ぼくは

腹が立った。夕方までに、さらにアパート探しをしなければならなかったからだ。退屈しのぎにどれか一冊を読んでみようと思ったが、手に取らなかった。気をまぎらわそうと考えるだけで、二倍不愉快になった。気味悪いほどの静けさが一時間以上つづいたあと、ふいに、どこかひじょうに近いところ、そう、ソファで塞がれたドアの向こうで、しだいに大きくなる囁《ささや》き声を耳にした。その囁き声はますます大きくなって徐々に聞きわけられるようになった。話し声は二つ、あきらかに女性の声だった。聞こえるには聞こえるのだが、話されている中身はまるでわからない。それでもぼくは退屈しのぎに耳を傾けはじめた。ふたりは勢いこんで、熱心に話しあっているのだが、話が裁断にかんすることなどではないのはあきらかで、何か相談したり、言いあらそったりしているらしかった。片方の声が説得にかかり、頼みこもうとするのだが、べつの声は言うことをきかず反論している。どうも、べつの下宿人らしかった。そのうちぼくも飽きがきて耳も慣れてしまった。話を聞いてはいるものの、機械的にそうしているだけで、どうかすると、聞いているということすら忘れ果ててしまうほどだった。ところがそこで、ふいに何かただならぬことが起こった。だれかが両足で椅子からとびおりるか、いきなり飛びあがって床を踏み鳴らすような音がしたのだ。それから呻き声が起こり、とつぜん悲鳴が、いや、悲鳴なんてものではない、他人が聞

いていようがいまいがもうどうでもいいい、とでもいった、憎しみがたぎる動物的な金切り声が聞こえてきたのだ。ぼくは駆けだしていって、ドアを大きく開けた。それと同時に、廊下の奥のもう一つのドアも開いて——それがおかみの部屋であることをぼくは後で知った——、そこから好奇心の塊となった二つの顔がのぞいた。しかし、悲鳴はたちまち止んで、隣の部屋のドアがとつぜん開き、ひとりの若い——ぼくにはそう見えた——女性がすばやく飛びだして階段を駆け下りていった。もうひとりの、初老の女性が彼女を取りおさえようとしたが、それもかなわず、娘の後ろから呻くような声を発するばかりだった。

「オーリャ、オーリャ、どこへ行くのよ？　ああ！」

だが、われわれの部屋のドアが二つとも開いているのに気づくと、女は、わずかな隙間を残してすばやくドアを閉め、駆け下りていったオーリャの足音がすっかり消えるまで、じっと階段のほうに聞き耳を立てていた。ぼくは窓際にもどった。すべてがひっそり静まりかえった。どうせ、くだらんことさ、たぶん、なにか滑稽な事件でも起こったんだろう、そう思って考えるのをやめた。

それから十五分ほどして、廊下でワーシンの部屋のドアのすぐ近くから、甲高い、なれなれしげな男の声が聞こえてきた。だれかがドアのノブをつかんで少し開けた。

その隙間から、廊下に立っている背の高い見知らぬ男の姿がちらりと見えた。男もまたこちらの姿を見て、しっかり確認したかのようだったが、それでもなかなか部屋に入ってこようとせず、ドアのノブをつかんだまま廊下ごしにおかみと言葉をかわしていた。おかみのほうも、甲高いいかにも愉快そうな声で話に応じていたが、その声の感じから、その訪問客がおかみとは昔なじみで、上客として、陽気な紳士として尊敬もされ、大事にもされている様子が聞きとれた。陽気な紳士は大声で冗談を飛ばしていたが、話題といっても、要はワーシンが留守で、いつ訪ねてもいたためしがない、つまりはそういうめぐり合わせなのだ、前回同様またここで待たせてもらうことにするよといった中味だった。ところがおかみからすると、そうしたやりとりがまぎれもなく最高のウィットに思えるらしかった。客はついに部屋のドアを目いっぱい開けて、入ってきた。

この男は、あきらかに高級洋服店でこしらえた、いわゆる《貴族風》の上等な身なりをした紳士だった。ところが、その切なる願いとはうらはらに、男のなかでもっとも欠けていたのが、まさしく「貴族」然としたところだった。とくに無作法というわけでもない。しかし彼には、どこか生まれもった不遜なところがあった。それでも、鏡のまえで格好をつけてみせる不遜ほどには、腹も立たなかった。髪は、白髪がかす

かにまじる暗い亜麻色をしていて、黒い眉、ボリュームのあるあごヒゲ、大きな目は、彼の個性をきわだたせるどころか、かえってなにか一般的な、だれにでも似せてしまうような要素を添えていた。こういう男は、よく笑いもするし、すぐに笑いたがる。そのくせ、いっしょにいてもなぜか少しも楽しい感じがしない。笑い顔からいかめしい顔へ、いかめしい顔からおどけた顔へとすばやく移り、ウィンクまでしてみせるのだが、それでもどこか散漫で、とらえどころがないといった感じを与える……そうはいえ、ここでわざわざ先回りして描写をする理由もないだろう。この男については後になってはるかにくわしく、身近に知ることになるからだ。そのせいもあって、いまはつい、彼がドアを開けて部屋に入ってきたときよりもはるかに熟知した相手のように書いてしまう。ところが、彼について何かしら正確な定義づけのようなことを言おうにも、なかなかそれが難しい。なぜなら、こういう連中の特徴というのが――ほかでもない、中途半端、散漫、曖昧さにあるからだ。

この男がまだ腰を下ろす前から、ぼくはふと、彼はワーシンの義理の父親のステベリコフ何某《なにがし》にちがいないという考えが頭をかすめた。この男のことはすでに少し耳にしていたが、ほんのちらりと聞いただけで、それがいったい何だったのか、どうしても思い出せなかった。何かしらよくないことだけは覚えていた。ぼくの知るかぎり、

ワーシンは長いこと彼の監督のもとで孤児として暮らしていたが、彼の影響を抜けだしてからすでにだいぶ経つこと、二人の目的も利害も異なるので、すべての点で完全に別の暮らしをしているということだ。ほかにも思い出すことがあった。つまり、このステベリコフという男は、かなりの資産をもっており、投機にまで手を出している、腰の軽い男だということだ。とにかく、ぼくはもうこの男についてさらにもっと詳しいことまで知っていたはずだが、忘れてしまっていた。彼はしかし、会釈もせずにじろりとぼくをねめまわすと、ソファの前のテーブルにシルクハットを置き、横柄な態度でそのテーブルを足で押しやった。そしてぼくが遠慮して座れなかったソファに、もはや腰を下ろすというのではなく、いきなりどすんと腰を落としたのだった。そのためにソファがぎしぎしと唸ったほどだが、彼は両足を垂らし、エナメルを塗った右足の靴先を高々ともち上げ、しげしげとそれに見入った。しかし、案の定、すぐにこちらをふり向くと、その大きな、いくぶんすわった目つきでまたぼくをねめまわした。

「あいつ、つかまらんなあ！」そう言って男は軽くぼくに会釈した。

ぼくはだまっていた。

「ルーズな男ですよ！　すべてにつけじぶん勝手でね。で、おたくは、ペテルブルグ地区から？」

「というと、あなたもペテルブルグ地区から来られたわけですか？」ぼくは聞きかえした。

「いや、こっちが聞いてるんです」

「ぼく、ですか……ぼくはペテルブルグ地区から来ました。でも、どうしてそれがわかりました？」

「どうして？　ふうん」彼はちいさく目配せをしたが、その説明にはいたらなかった。「といってペテルブルグ地区に住んでいるわけじゃありません、さっきペテルブルグ地区に行っていて、そこからここに来たというわけです」

彼は何もいわず、何やら意味ありげに笑みを浮かべていたが、その笑みがひどく気に障《さわ》った。その目配せには、何かばかげた感じがあった。

「デルガチョフ氏のところですね？」彼はしばらくして口を開いた。

「デルガチョフ氏のところっていったい何です？」ぼくはかっと目をみはった。

彼はいかにも勝ちほこったようにぼくを眺めていた。

「そんな男、知りませんが」

「ほう」

「まあ、どうとでも」ぼくは答えた。彼がいやになってきた。

「ふうん、なるほどねえ。ちがいましたか。では、失礼ながら、おたくが店で、何か品物を買うとします。で、隣のべつの店ではべつの買い物客がべつの買い物をしている。いったいどんな買い物だと思います？　お金ですよ、お金、高利貸しを名乗る商人から買うんです……なにしろ金もまた商品ですし、高利貸しにしたところでれっきとした商人ですからね……聞いてらっしゃる？」

「ええ、聞いてますよ」

「そこへ三人めの買い物客が通りかかり、店の一つを指さしながらこういうんです。『こっちは、大丈夫だな』と。そして別の店をさしてこういう。『こっちは危ない』。さて、この買い物客について、わたしはどう判断できるでしょう？」

「ぼくにわかるわけないでしょう」

「だめってことですな、それじゃ、もうひとつ。生きている人間は、よい見本ですから。で、ネフスキー通りを歩きながら、通りの向こう側、つまり歩道を、一人の紳士が歩いていくのに気づきます。で、わたしはその紳士の性格を見きわめたくなる。われわれは、通りのそれぞれの側を最後まで、つまり、モルスカヤ通りの曲がり角までやってきます。で、ちょうどそこで、つまりイギリス商店があるあたり、われわれ二人は、馬車に轢《ひ》かれたばかりの三人めの通行人に気づきます。そこで、よく聞いてく

ださい。そこに四人めの紳士が通りがかって、われわれ三人の性格を定義したいと思う。馬車に轢かれた男ともどもです。実際性、根本性の見地から……聞いてらっしゃる？」

「ごめんなさい、まあ、どうにかこうにか」

「いいでしょう。思ったとおりです。話題を変えます。わたしはドイツの温泉地にいるとします。つまり鉱泉地ですよ、いくどとなく訪れたことがあります。それがどこの鉱泉地かは置いておきましょう。鉱泉地を回っていると、イギリス人とよく顔を合わせる。あなたもよくご存じのように、イギリス人ていうのは、えらくつきあいにくい人種でしてね。ところが、二か月が経ち、治療期間も終わると、われわれはみんなで山岳地方に行き、パーティをくんで山登りをする。先のとがったピッケルをついてね。いろんな山がありますが、それは置いておきましょう。で、分岐点、つまり、宿営地のことですが、そこはそう、修道僧たちがシャルトルーズ酒をこしらえているところですが、――これは覚えておくといいですよ――だまってこちらを見ながらひとりさびしげに立っている同国人を見かけます。で、わたしは、この男が手堅い人間かどうか結論をくだしたい。どうでしょう、その結論を得るために、いっしょに歩いているイギリス人の一行に意見を求めてもいいもんでしょうか。鉱泉地で話しかける勇

気がなかったからというだけの理由で」

「どうしてぼくにわかるんですか。申し訳ありません、あなたのお話にとてもついていけません」

「ついていけない？」

「はい、お話を伺ってるだけでも苦しいです」

「ほう」彼は、ぱちくりまばたきすると片手で妙な仕草をした。おそらく、何かしらひどく誇らしげで、勝ち誇った気分を表そうという仕草だった。それから、もったいぶって、たったいま買ったばかりらしい新聞をポケットからおもむろに取りだし、それを広げて最終面を読みはじめた。そのおかげで、どうやら完全にひとりにしてもらえたようだった。五分ほど、彼はこちらに目を向けなかった。

「ブレスト゠グラーエヴォの株、ぽしゃらずにすんだようですな、ええ？　ぐんぐん伸びてるじゃないですか！　このあたりでぽしゃった株はいくらでも知っていますがね」

彼は真剣な顔つきでこちらを見やった。

「株のことはまだよくわかりません」ぼくは答えた。

「否定なさってらっしゃる？」

「何を？」

「金ですよ」

「お金を否定するつもりはありません、でも……でも、最初に理想があるべきで、お金は二の次という気がします」

「つまり、なんですか……かりにここに人間がいるとしますよ、いわば、じぶんの資本をもった男ですが……」

「はじめに、最高の理想、お金はその次です。最高の理想というもののない、お金だけの社会は崩壊します」

なぜああまで熱くなりだしたのか、じぶんにもわからない。彼は呆気にとられ、しばらくぽかんとこちらを見ていたが、ふいに顔全体がゆるみ、いかにも愉快げで、ずるそうな笑みが広がった。

「ヴェルシーロフ氏は、どうです、ええ？　うまいことやったじゃないですか、うまいことね！　昨日、判決が出たんでしょう、ええ？」

ぼくは思いもかけず、彼が前々からもうぼくの正体を知っていることに気づいた。ことによると、ほかにもいろんなことを知っているかもしれない。ただ、ぼくが解せないのは、どうしてぼくが急に顔を赤くし、いかにもばか面さげて彼から目を離さず

にいたか、ということだ。彼は、見るからに勝ちほこった、愉快そうな顔で、こちらを見ていた。巧妙きわまる手口でぼくの本質を見ぬき、化けの皮を剝いでやったとでもいわんばかりに。

「だめですな」彼は双方の眉を吊り上げて言った。「ヴェルシーロフ氏のことは、このわたしに聞くことです！　わたしはさっき、手堅さということを口にしましたよね？　一年半前、例の子どもをねたに、彼はやりかけた事業を成しとげられたはずなんですが――それがそう、ぽしゃったというわけです、そうなんです」

「子どもって、だれのことです」

「乳飲み子ですよ、いま、里子に出している、あんなことして何の得にもならんのに……なにせ……」

「乳飲み子って、だれのことです？　いったい何の話です？」

「もちろん、彼の赤ん坊の話ですよ、彼のじつの子です、mademoiselle（マドモワゼル）・リジヤ・アフマーコワに産ませた……『うつくしき乙女は、わたしを愛でて……』。例のマッチの燐の件ですか、え？」

「何をくだらない、何てばかげたことを！　アフマーコワに赤ん坊を産ませたことなんて、いちどもないです！」

「ほう！ それじゃ、このわたしのアリバイはどうなりますかな？ わたしはこれでも、れっきとした医者、産科医ですよ。わたしの名字は、ステベリコフ、耳にされたことがない？ たしかあの当時はもう、臨床を行わなくなってだいぶ経っていましたがね、じっさいの処置にあたっては実地に助言してやれました」

「産科医のあなたが……リジヤ・アフマーコワさんの分娩をあつかった？」

「いえ、わたしがアフマーコワさんを扱ったわけじゃありません。あちらの郊外に、大家族を背負いこんだグランツという医者がおりましてね、半ターレルなにがし支払えば、診てもらえる、あちらじゃ医者の相場なんてそんなところでして、おまけに、その医者のことはだれひとり知らない、てなわけで、彼がわたしのかわりに立ち会ったわけです……このわたしがアドバイスしたんですよ、だれにもけっして知られないようにするためにね。あなた、聞いてますか？ で、ヴェルシーロフつまりアンドレイ・ヴェルシーロフ氏の問題ですが、ごくごく内輪の話については、対面で実務的なアドバイスを与えてやっただけです。ところが、ヴェルシーロフ氏、二兎を追ってしまわれた」

ぼくは恐ろしく深い驚きにかられながら、話を聞いていた。

「二兎を追うもの一兎をも得ず、と世間ではいいますが、ただしくは庶民の諺《ことわざ》でし

たな。でも、わたしならこう言いますよ。例外もたえずくり返されれば、法則になる、とね。二匹目のウサギを、まあ、ぶちあけて言えば、二人目の貴婦人を追いかければ、元も子もないってことです。捕まえたものは、しっかり押さえておけ。ところがさっさと事を進めるべきところで、彼はもたもたする。そういや、ソコーリスキーの若公爵が、わたしの前でうまいこと言ってましたっけ。ヴェルシーロフ氏かい、だってあれは、『女の予言者』だろう、と、ね。いや、あなた、わたしんとこにいらっしゃい！　ヴェルシーロフ氏についていろいろ知りたけりゃ、わたしの家に来るんですな」

驚きのあまりあんぐり口を開けているぼくの顔を彼は見るからに楽しんでいる様子だった。乳飲み子のことについて、ぼくはこれまでいちども何も耳にしたことがなかった。と、そのとき、隣室のドアがふいにバタンと閉まり、だれかが足早に部屋に入っていくのが聞こえた。

「ヴェルシーロフは、セミョーノフ連隊地区のモジャイスカヤ通りに住んでいるわ。リトヴィーノワさんの家で、十七号室。わたし、住所係で調べてきたの！」いらだたしげな大声で叫ぶ女の声がした。一言ひとことがはっきりとぼくたちの耳にも聞こえてきた。ステベリコフは眉を吊りあげ、頭のうえで人差し指を立てた。

「ここで彼の話をしていたら、あちらでももう彼の話がのぼっている……これですよ、たえずくり返される例外っていうやつは！ Quand on parle d'une corde... (まさしく噂をすれば影ですな……)」

彼は軽く飛びおきてすぐにソファに膝をつき、すぐうしろの壁に耳を寄せた。

ぼくも恐ろしくどぎもを抜かれていた。あれはおそらく、さっきひどい興奮のなかで駆け出していった若い女性の声だ、あの女性が喚きたてているのだ、とぼくは想像した。それにしても、ヴェルシーロフがここに、どういうかたちで関係してくるのか？ とつぜんまた、さっきの荒々しい金切り声がひびきわたった。何かをもらえないか、なにかを断られて怒り狂っている人間のわめき声だ。さっきの金切り声との違いといえば、こちらの叫び声と金切り声のほうがより長くつづいたということだけだった。何かをはげしく争う音、何か早口でまくしたてる言葉が聞こえてきた。「いやよ、いやっ、返してちょうだい、いますぐ返してちょうだい！」――ないしはそんなたぐいの言葉だったが、完全には思い出せない。

それから、さっきと同じように、だれかがドアにむかって一目散に走っていき、開け放った。隣室の二人の女性は廊下に飛びだし、さっきと同様、明らかにどちらかが相手を引きとめようとしているようだった。さっきからもうソファから飛びおり、い

かにも愉快そうに聞き耳を立てていたステベリコフは、ドアにむかって勢いよく駆け出し、そのまま廊下にいる隣室の女性たちに向かってずかずかと無遠慮に近づいていった。当然、ぼくもドア口に駆けよった。だが、ステベリコフが廊下に姿を現したことで、二人は冷や水を浴びせられた格好になった。隣室の女性たちはすばやく姿を隠すと、後ろ手にばたんとドアを閉めた。ステベリコフは、そのあとから部屋に飛びこもうとしたがすぐに立ちどまり、指を立ててにやにやしながら、何かに思いをめぐらせた。このときぼくは、彼の笑みに何かしら異常にいやらしく、暗く、不吉なものを見てとった。またしてもドア口に立っているおかみの姿を認めると、彼はそのまま廊下を横切り、爪先立ちで足早に駆け寄っていった。そこで二分ばかりひそひそ話をし、いくつか情報を仕込むと、彼はもう堂々たる態度で、決然と部屋に戻ってきた。そしてテーブルの上のシルクハットを手にとり、ちらりと鏡をのぞいて髪をかき上げると、ぼくには目もくれずに、自信満々の様子で隣室の女性たちのところへ向かっていった。一瞬、彼はドア口で耳を押し当ててなかの様子をうかがい、いかにも得意げに、廊下越しにおかみにウィンクした。それに応えておかみは、「まったくこの悪戯坊主ときたら、ほんとうに手におえないんだから！」とでも言わんばかりに指を立てて脅す仕草をし、首を横に振った。やがてステベリコフは、決然と、とは言っても細

心きわまる態度で、まるでその細心さゆえに腰を軽く屈めさえしながら、手の甲でコツコツと隣のドアを叩いた。声が聞こえた。

「どなた？」

「重大な用件がありまして、ひとつ部屋にお通し願いたいのですが」堂々とした大声でステベリコフは言った。

相手はしばらくためらっていたが、それでもドアを開けた。はじめはほんの少し、四分の一ほどだったが、ステベリコフはただちにしっかりとドアのノブをおさえ、二度と閉めさせなかった。やりとりがはじまった。ステベリコフは、なおも部屋のなかに押し入ろうとしながら大声で話しはじめた。言葉はよく覚えていないが、ヴェルシーロフについて、伝えてやれます、何もかも説明してやれますとか、『いや、話はわたしに聞きなさい』とか、『いや、わたしのところにいらっしゃい』といったたぐいのことを口にしていた。彼は、すぐに通された。ぼくは、ソファに戻り、盗み聞きをはじめたが、すべてを聞き分けることはできず、ひんぱんにヴェルシーロフの名前が上がるのが聞こえるだけだった。声の調子から、ステベリコフがすでに話の主導権をにぎり、もはやとり入るような感じではなく、さっきぼくにむかって『聞いてらっしゃる？』『いいですか、ここがポイントですよ』とかいったときのような、居丈高

でくだけた調子で話しているのがわかった。もっとも、女性たちにたいして彼は並外れて愛想がいいらしく、もう二度にわたって、甲高い笑い声がひびきわたったが、それはどうやらまったくその場にそぐわぬものだったらしい。というのも、彼の笑い声につづいて、彼の声に覆いかぶさるように、ときおり、陽気さなどまるきりない二人の女性の声が、とくにさっき金切り声をあげていた若い女性の声が聞こえてきたからだ。その女性はあれこれ神経質にまくし立てていたが、それは明らかに何かを暴きたて、訴え、公正な裁きを求めているようすだった。だが、ステベリコフは後に引くどころかますます図に乗り、いよいよ頻繁に高笑いをあげるようになった。えてしてこの種の連中は、他人の話に耳を貸すということを知らない。そのうちぼくは盗み聞きしているのが恥ずかしくなってソファから離れ、窓際のもとの席である籐椅子に移った。ぼくは確信していた。ワーシンはこの男のことをへとも思ってはいない、かりにぼくが同じ意見を吐いても、彼はただちに、それこそくそまじめに堂々と弁護し、噛んで含めるように言うだろう、つまり、ステベリコフは、『実務家で、今日よくある事務的人間のひとりで、われわれの一般的な抽象的視点から批判するなどもってのほか』と。もっともぼくはその瞬間、なにかしら精神的にすっかり弱っていて、それこそ胸をどきどきさせ、まぎれもなく何かが起こるのを待ち受けていたのだった。十分

ほどが過ぎた。とつぜん、高笑いが炸裂し、それが頂点に達したそのとき、だれかが、さっきとまったく同じように椅子を蹴り、それから二人の女性の叫び声がひびきわたった。ステベリコフが飛びあがる様子も聞こえたし、彼がなにごとか、それまでとは違った声でしゃべりだし、弁解し、最後まで話を聞いてくれと頼みこんでいるような様子もうかがえた……だが、頼みは聞き入れられなかった。怒りくるった叫び声が響いてきた。『出ておゆき！　このろくでなし、恥知らず！』ひとことで言えば、彼は明らかに部屋から追い出されようとしていた。ぼくがドアを開けるのと同時に、彼が隣室から廊下に飛びだしてきた。文字通り両手でつかみ出されたらしい。ぼくを見るなり、彼はいきなりぼくを指さして喚き立てた。

「ほら、この男が、ヴェルシーロフの息子ですよ！　わたしを信じないのは勝手だが、ほら、ここにいるのがやつの息子、やつのじつの息子ってわけでね！　さあ、よくごらんになるといい！」そこで彼は誇らしげにぼくの手を取った。

「これが、やつの息子ですよ、じつの息子！」彼はぼくを二人の婦人のほうに連れていきながら、そうくり返したが、それきり何ひとつ説明のためにつけ加えることはしなかった。

若い女性は廊下に、そして初老の女性は——彼女から一歩下がってドア口に立って

いた。覚えているのはただ、そのあわれな娘がなかなかの美人で、年は二十歳前後、痩せこけて、病的な顔色をし、髪は赤みがかっていて、顔がいくぶんぼくの妹に似た感じがするということだけだ。こうした印象がちらりと頭をかすめ、そのままのかたちで記憶に残ったのだ。もっともぼくの妹のリーザは、目の前に立っていたこの女性のように激昂したことはいちどもなかったし、むろん、そんな経験はしようもなかった。唇からは血の気が失せ、明るい灰色の目はぎらつき、怒りのせいで体じゅうが震えていた。もうひとつ覚えているのは、ぼく自身、すさまじくばからしい、みっともない立場に置かれていたということだ。というのも、あの恥知らずな男のせいで、何を口に出して言ったらよいか、まったく見当もつかなかったから。

「息子だからって、なにさ！　あなたの仲間なら、この人もきっとろくでなしよ。あなたが、ヴェルシーロフの息子なら」そう言って、彼女は急にこちらに顔を向けた。「わたしからってお父さんに伝えてちょうだい。あんたのお父さんはろくでなしで、なんの値打ちもない恥知らずだ、そんな男のお金なんて、わたしは要らないってね……さあ、さあ、さあ、いますぐあの男のところに行って、このお金を渡してちょうだい！」

彼女はポケットからすばやく何枚か紙幣を取り出したが、初老の女性が（あとでわ

かったのだが、彼女の母親だった）その手をつかんだ。

「オーリャ、ひょっとして何かのまちがいかもしれないじゃないの、ひょっとしてあの男の息子じゃないかもしれないよ！」

オーリャは、母親のほうにすばやく目を走らせ、しばらく思案してから、ぼくを見下したような目でにらみ、ドアのほうにくるりと身を翻した。だが、ドアを閉める前に、敷居の上に立ったまま、彼女はもう一度狂ったようにステベリコフに向かって叫んだ。

「出てけ！」

そしてどんと床を踏み鳴らした。つづいてドアがばたんと閉じられ、鍵をかける音が聞こえた。ステベリコフはなおもぼくの肩をつかんだまま指をつき立て、口を大きくゆがめてもの思わしげな笑みをじわりと浮かべた。そしていぶかしげな目でぼくをきっとにらんだ。

「ぼくにたいするあなたの行為は、滑稽で、失礼だと思います」怒りにかられてぼくはつぶやくように言った。

しかし彼は、ぼくから目を離そうとはしなかったものの、ぼくの話を聞いてはいなかった。

「こいつはひとつ、きちんと調べる必要がありますな！」思案顔で彼は言った。

「でも、それにしても、どうしてぼくを巻き込んだんです？　あれは、いったいだれなんです。あの女性は何です？　あなたはぼくの肩をつかんで、ここに連れてきました——これって、いったい何のまねです？」

「まったく、ばかくさい！　どこぞの娘が処女を失ったっていう話ですよ……『絶えずくり返される例外』ってわけですな。あなた、聞いてらっしゃる？」

そう言って彼は、ぼくの胸を指で突こうとした。

「ったく、やめてくださいよ」ぼくは彼の指を払いのけた。

しかし彼は、ふいに、まったく思いがけなく小声で笑い出した。音もなく、いかにも愉快そうな、ゆっくりした笑いだった。やがて帽子をかぶると、急に顔つきを変え、陰気な表情で眉根を寄せて言った。

「アパートのおかみに言っておかねば……あいつらをこのアパートから叩き出さなくちゃ、そう、それもできるだけ早くな。でないとあの連中、いまに……まあ、わかるさ！　わたしのこの言葉、覚えておきなさいよ、いまにわかる！　まったく、くだらん話だ！」彼はまたふいに陽気になった。「で、おたくは、ここでワーシンを待たれるわけ？」

「いえ、待ちません」ぼくはきっぱりと答えた。

「まあ、どっちにせよ……」

それきりひと言もつけくわえることなく、彼はくるりと身を翻すと部屋を後にし、事情の説明とニュースを待ちわびていたおかみにも目もくれず、すたすたと階段を下りていった。ぼくも帽子をとると、ドルゴルーキーという男が来たことをワーシンに伝えてくれるようおかみにたのんで、階段を駆け下りた。

3

たんに時間をむだにしただけだった。通りにでると、すぐさまアパート探しに向かった。だが、放心状態のまま数時間通りをさまよい歩き、また貸しのアパートを五つ、六つ訪ねることができたとはいえ、それと気づかずにやりすごしたアパートが二十やそこらあったと思う。それにもまして癪《しゃく》なことに、アパートを借りるということが、こんなにも厄介な仕事だとは想像だにしていなかった。どこへ行ってもワーシンが借りているような部屋ばかり、いやそれよりもはるかに劣悪で、値段はバカ高く、ぼくの財布にはとてもつりあわなかった。行く先々でぼくが正直に要求したのは、た

だ寝起きができる程度の小さな部屋だったが、それなら『貧民街』にでも行くんです な、と鼻であしらわれた。しかも、どこへ行っても、下宿人の大半はどこかおかしな連中で、一目見ただけでとても隣り同士仲良くやっていけるような相手ではないとわかった。いや、金を払ってでも、隣り同士で暮らすことだけは避けたいと思うような連中だった。フロックコートも着ず、チョッキだけの姿で、あごひげをぼうぼうに伸ばし、遠慮知らずで好奇心丸出しなのだ。ちっぽけな部屋に、そんな連中が十人ばかりテーブルを囲み、ビールを飲みながらカード賭博に打ち興じていたが、ぼくが薦められたのがその隣の部屋というわけだ。またべつの場所では、家主のこまかい質問に、ぼくがあまりにとんちんかんな受け答えをしたので、呆れ顔で見られてしまったし、あるアパートでは口論にまで発展した。もっとも、こういうつまらない事実をいちいち書いていってもはじまらない。ものすごく疲れ果てたぼくが、とある食堂で食事にありついたときには、もう日も暮れかかっていたということだけ言っておく。ついに決心が固まった。ぼくはこれからここを出て、遺産相続にかんする例の手紙をひとりヴェルシーロフに手渡し（いっさい説明ぬきで）、屋根裏部屋の荷物をスーツケースと包みにまとめて、せめて夜になるまえにホテルに引っ越しをする。オブーホフ大通りの端にある凱旋門のそばに、わずか三十コペイカでシングルの部屋に泊まれる宿屋

があるのを知っていた。ヴェルシーロフの家に泊まらずにすむなら、一泊分散財にしてもよいと決めた。ところが、工科大学の横を通りすぎようとしていたとき、ぼくはなぜかふと、同じ通りの向かいに住むタチヤーナおばの家に寄ってみようという気になった。じつのところ、訪問の口実は、やはり、遺産相続にからむ同じ手紙にあったが、立ち寄ってみたい、というやみくもな衝動にはむろんべつの理由もあった。しかし、いまそれについてくだくだと説明する気にはなれない。『乳飲み子』だの、『一般法則になった例外』だのの話で頭のなかが妙に混乱していたのだ。話をしたかっただけなのか、意気がってみせたかったのか、喧嘩したかったのか、それとも泣きたかったのか、じぶんにもわからない。しかしぼくはすでにタチヤーナおばの家の階段をいちもくさんに駆け上っていた。ぼくがおばの家を訪ねたのは、これまでただの一度だけで、それも、何か母の使いで、ぼくがモスクワから到着してまもない頃のことだった。忘れもしない、家に入り、使いの品をわたすと、腰を落ちつけることもせず、一分後にはそこを立ち去ったし、彼女の口からもゆっくりしていったら、のひと言もなかった。玄関のベルを鳴らすと、ただちに女中がドアを開け、だまって部屋に通してくれた。こうしたディテールをくどくど書くのは、ほかでもない、その後のなりゆきに、あれほど甚大な影響を及ぼすにいたったあの途方もなく異常な事件が、どんなか

たちで生じたかを理解してもらうためだ。第一に、女中の話。これは、底意地が悪く、獅子鼻をしたフィンランド女で、女主人であるタチヤーナおばを嫌いぬいているようだったが、おばはおばで、逆になにやら妙な愛着から、なんとしてもその女中を手放すことができずにいた。年老いた独身女が、鼻水たらした年老いた狆《ちん》や、日がな寝てばかりいる猫を手放せないのと同じ理屈だ。このフィンランド女は、癇癪をおこして嫌味を言うかと思えば、言いあいになればなったで、何週間も黙りこくり、そうやって女主人にお灸をすえようとするのだった。ぼくが訪ねたその日も、どうやらそのだんまりの日にあたっていたらしく、「奥さまはご在宅ですか？」との質問にも——そう質問したのを、ぼくははっきりと覚えている——答えず、黙ったままキッチンに入ってしまった。そこでぼくは、おばが当然家にいるものと思い込んで部屋に入ったのだが、だれの姿もなかった。いずれ寝室から出てくるだろう、でなければ、女中がぼくを中に通すわけもない、と考え、待つことにした。ぼくは腰をおろさず、二、三分待った。すでに暗くなりかけていたので、タチヤーナおばの暗い部屋は、部屋のいたるところに吊るしてある更紗《さらさ》のカーテンのせいもあり、よりいっそうよそよそしく見えた。事件の現場を理解してもらうため、このお粗末なアパートについてひと言ふた言述べておく。タチヤーナおばは、もちまえの頑固で、高圧的な性格から、かてて

加えて古い地主暮らしへの未練もあり、また貸しによる家具付きの部屋にはなじむことができず、アパートまがいの独立した部屋を借りていた。それもこれも、女主人として他から独立して住みたい一心からだった。この二つの部屋は、さながら、たがいに大きさの違う二つのカナリヤの籠のようにくっつきあい、三階にあって、窓は中庭に面していた。中に入ると、まず、いきなり幅一メートルばかりの狭い廊下がつづき、左手には、いま述べたカナリヤの籠が二つ、廊下をまっすぐ行くと、突きあたりの奥まったところに、小さなキッチンの入り口があった。人間ひとりが十二時間に必要とされる空気の量は三立方メートルで、これらの部屋にもおそらくその程度の分量があったとはいえ、それ以上はなかったろう。天井は、情けないほど低く、何よりも愚かしいのは、窓、ドア、そして家具で、すべてが更紗の布地におおわれるか、更紗が吊るされるかしていたことだ。フランス製のすばらしい更紗で、みごとな縁飾りが施されているのだが、そのせいで部屋の中がよりいっそう薄暗く感じられ、旅行馬車の内部を見る思いだった。ぼくが待機していた部屋のなかは、家具がごたごたと並べられていたが、それでもまだ体を動かすぐらいの余地はあった。ついでながら、それらの家具はなかなか趣味のいいセットもので、青銅の飾りのついたテーブルやら、長持ちやら、優雅で豪華ともいえるような化粧台までついていた。だが、おばがいるも

のと思っていた次なる部屋、つまり寝室は、この部屋とはカーテンでぴったり仕切られており、あとでわかったのだが、文字通り、ベッドが一つあるきりだった。これらのディテールは、ぼくがおかした行為の愚劣さを理解してもらううえで、何としても欠かせないのだ。

こうして、なんら訝《いぶか》しむことなく待っていると、ふいにベルが鳴った。例の女中が、のそのそと廊下を歩いていき、さっきぼくを招きいれたときとまったく同じやり口で、無言のまま客をなかに通すさまが聞こえてきた。それは、二人の婦人で、二人とも甲高い声で話をしていたが、その声から、ひとりがタチヤーナおば、そしてもうひとりが、だれあろう、あの女――今はまだ会う心の準備もほとんどないあの女だと知ったときの驚きといったら、しかもこんな状況で！　間違えようがなかった。あの甲高い、芯のある、金属的な声を、ぼくは昨日、耳にしたばかりだった。わずか三分ほどだったが、その声がぼくの心に残っていたのだ。そう、それは、『昨日の女』だった。いったいどうすればよかったのだろう？　この問いを、読者に課すつもりなどさらさら、ない。ぼくはただ、そのときの瞬間を思い浮かべるだけで、いまもって説明がつかずにいるのだ。どうしてじぶんが、やにわにカーテンのかげに隠れ、タチヤーナおばの寝室にもぐりこむなどといったことをやらかしたのか。端的に言うと、

ぼくはカーテンの陰に身を隠した。それとほぼ同時に、二人の女性が入ってきた。なぜ、二人の出迎えに出ずに、身を隠したのか——そこがわからない。すべては、思いもかけず、まったく無意識のうちに起こったことなのだ。

寝室に飛びこみ、ベッドに突き当たったぼくはすぐ、寝室からキッチンに抜けでるドアがあるのに気づいた。つまり、この災難をのがれる道があり、このまますっかり逃げ出すこともできたわけだ。ところが——ああ、何ということか！——ドアには鍵がかかっており、鍵穴には鍵が差しこんでなかった。ぼくは途方にくれてベッドに腰を下ろした。そこではっきりと悟った。つまり、じぶんはこれから他人の話を盗み聞きするはめになる、ということなのだが、すでに最初のひと言、会話の最初の調子から、二人のやりとりが秘密の、デリケートな内容に及んでいることに気づいた。ああ、むろん、多少ともまともな、品格をそなえた人間であれば、むろん、すぐにでも腰を上げ、多少遅きに失しようが、部屋に入って行って、大声でこう言うべきなのだ。『ここに人がいます、ちょっと待ってください！』と。そして、じぶんの滑稽な立場など気にせず、さっさと出ていくべきだったのだ。ところが、ぼくは腰を上げることもしなければ、出ていくこともしなかった。それだけの勇気がなく、卑怯にも完全に縮み上がってしまっていた。

「ねえ、カテリーナさんったら、そんなことおっしゃると、わたし、ほんとうに悲しくなります」タチヤーナおばは頼みこむような口調で言った。「どうか、もうすっぱり忘れてくださいな、ぜんぜんあなたらしくありませんもの。あなたがいらっしゃるところは、どこも喜びでいっぱいなはずなのに、それが今になって急に……でも、わたしのことは、信じてくださっているんでしょう、だって、わたしがどんなにあなたに信服しているか、ご存じのはずですものね。じっさい、ヴェルシーロフさんにたいする信服に優るとも劣らないくらいです。そりゃ、あの方にたいする思いが永久不変であることを隠す気はありませんけど……ですから、信じてくださいな、わたし、じぶんの名誉にかけて申しますね、その手紙は、あの人のところにはありませんし、ひょっとするとだれの手にも渡っていないかもしれません、それにあの方は、そんな狡猾なまねができるお方じゃありません。それを疑うなんてそれこそ罪作りというものです。あなたがた二人は、そうして勝手に反目しあっているだけなんです……」

「いえ、手紙はありますし、彼はどんなこともしかねない男です。それにそう、昨日、父の家に行ったら、まっさきに出くわしたのが、例の ce petit espion（ミニスパイ）ですよ、あの男が父にくっつけた……」

「まあ、あの ce petit espion（ミニスパイ）だなんて。そもそも、あの子は、ぜんぜん

espion（スパイ）なんかじゃありませんよ。だって、あれは、このわたしがしたことなんですから、公爵のもとで働かせるよう勧めたのはわたしなんですから。そうでもしてやらないと、あの子、モスクワで頭がおかしくなるか、餓死しかねませんでしたからね――向こうからそんなふうなことを言ってきたんです。要するに、あの、がさつな田舎者は、まるきりおばかさんといったほうがいいくらいでね、スパイなんてとてもとても」

「たしかに、どこかおばかっぽいところがあるけど、だからって悪人にならないともかぎらないでしょう。わたしはね、ただ腹が立っただけ、でなかったら、昨日はもう笑いころげていたでしょうね。だって、すっかり青くなってそばに駆けよってきたかと思ったら、ぺこぺこお辞儀なんかして、フランス語でしゃべりだすんですもの。モスクワじゃ、マリヤさん、あの子は天才少年だとか吹聴してましたけど。あの悲しい手紙はまるごと残っていて、どこか、いちばん危険な場所にあるってこと、これは、このわたしが、あのマリヤさんの顔からはっきりと読みとったことなの」

「カテリーナさんたら、もう！　あの女のところには何もないって、あなたがごじぶんでおっしゃってたじゃないの！」

「それがね、ちゃんとあるのよ。あの女は嘘をついているだけ、言ってはなんだけど、

あの女って、とんでもないくわせ者なのよ！　モスクワに行くときまでは、まだ、手紙はいっさい残っていないという望みが残っていたけど、ここに戻ってきてからは、もう……」

「ああ、カテリーナさん、それは逆、あの人は、善良で、分別もある女性だっていう話よ、死んだアンドロニコフさんが、たくさんいる姪っこたちのなかでもいちばん高く買っていたのが、彼女だし。たしかに、わたしもそんなに彼女のことを知っているわけじゃないけど、でもね——あなたならあの人をうまく落としこめるわ、あなたぐらいの美人なら！　だって、あの人を征服するなんて、あなたにしたら造作ないことじゃないの、こんなおばあさんのわたしだってすっかりお熱で、いまにもキスする気でいるくらいなんですから……ですもの、あの人をくどき落とすことぐらい、べつに何てことないでしょう！」

「そりゃ、くどいてみたわよ、タチヤーナさん、試してみたし、夢中にさせてあげたぐらい、ところがどうして、抜け目ないったらないの……いや、性格がしっかりしているっていうのか、とくに、モスクワ気質っていうのか……それに、いいこと、彼女、アドバイスしてくれたの、ペテルブルグに住むクラフトっていう人物にアプローチしてみたらどうって、アンドロニコフさんの仕事の手伝いをしていたから、きっと何か

を知っているはずっていうのよ。で、あのクラフトっていう男のことなら、わたしも知ってましたし、ほんの少しだけど覚えているくらい。でも、彼女があのクラフトの話をしたとたん、すぐにぴんと来たのね。この人は知らないどころか、何もかも知っていて、とぼけているんだって」

「でも、どうして、いったいどうしてなの？　だったら、その彼に聞いたほうが早いかもしれないわ！　あのクラフトってドイツ人、そう口の軽い男じゃないし、わたしも覚えているけど、けっこうちゃんとした男よ――たしかにそう、彼にくわしく聞いてみるのがいちばんね！　ただ、彼、いまはペテルブルグにはいないんじゃないかしら……」

「それが、きのう戻っていたのよ、わたしさっき、彼のところに行ってきたところなの……だからもうほんとうにパニック起こして、こうしてあなたのところを訪ねたってわけ、手足が震えて。で、大好きなタチヤーナさんにお願いしようと思ってね、だって、あなたはどなたのこともよくご存じでしょう、せめてあの人の書類の中身をたしかめてもらえないかしら、だって、ぜったいに彼の書類が残っているにちがいないもの、このままにしておいたら、この先だれの手に渡るか知れたもんじゃないわ。きっとまた、だれか危険人物の手にわたるかもしれないでしょ？　そんなわけで、あ

なたのアドバイスがほしくて駆けつけてきたってわけ」

「でも、そもそもあなた、何の文書のことを言ってるの？」タチヤーナおばは合点がいかないらしかった。「だって、あなた、いま、ごじぶんでクラフトのところに行ってきたって言ったじゃない？」

「ええ、行ってきたわ、行ってきました、つい、今しがたね、でも、彼、ピストル自殺していたんです！ つい昨日の晩に」

ぼくはベッドから跳びおりた。スパイ呼ばわり、ばか呼ばわりされていたときは、それでもがまんして座り通すことができた。そして、話が佳境に入るにつれ、ぼくはますます出ていきにくい気分になっていた。そんな事態は、もう想像もできなかった！ ぼくは胸のうちで、タチヤーナおばが客を送りだすまで（もしも運よくむこうが何かの用で寝室に入ってこなければ）息を殺し、じっとすわったままでいようと心に決めた。アフマーコワが帰ったあとなら、たとえタチヤーナおばとつかみあいの喧嘩になってもかまわない、と……だが、クラフトの話を耳にし、ベッドから跳びおりたぼくは、全身がけいれんに襲われたかのようだった。何も考えず、前後の見境なく、何ひとつ想像することなく、ぼくはふらっと一歩踏みだし、厚手のカーテンを持ちあげて、二人の前に姿を現したのだ。まだ十分に明るかったので、二人とも、顔を蒼白

にさせてぶるぶる体を震わせているぼくの見分けがついた……二人はきゃっと悲鳴をあげた。そう、どうして叫ばずにいられたろうか？

「クラフトが？」アフマーコワのほうに体を向けながら、ぼくはつぶやくように言った。「ピストル自殺したですって？　昨日？　日没時に？」

「あんた、どこにいたのさ？　どこから出てきたんだい？」タチヤーナおばは金切り声をあげ、文字通り、ぼくの肩につかみかかった。「あんた、スパイしていたんだね？　盗み聞きしてたんだね？」

「いま言ったとおりでしょう？」ぼくを指さしながら、カテリーナがソファから立ち上がった。

ぼくは呆然となった。

「嘘だ、でたらめだ！」ぼくは猛然とした調子で彼女の話をさえぎった。「あなたはさっきぼくをスパイ呼ばわりしましたね、何てひどい話だ！　あなたみたいな人のいる世界なんて、そばにすりよってスパイするどころか、生きてる価値だってありゃしない！　広い心をもった人間は自殺します、クラフトがピストル自殺したのは、理想のためです、ヘキュバのためなんです……といって、ヘキュバのことなんて、あなたがたにわかるはずもない！……ところがここじゃ、日々陰謀をめぐらし、嘘だの、欺

瞞だの、奸計だのにかまけている……もう、たくさんです！」

「この子を引っぱたいて！　思いきり引っぱたいて！」タチヤーナおばはわめきちらしていたが、カテリーナは、目をそらさずこちらをにらみつけたまま（ぼくはその顔の細かな動きまですべて覚えている）、その場を動こうともしなかった。もう一瞬のちには、タチヤーナおばがじぶんから確実にその忠告を実行したにちがいない。そのため、ぼくは顔を守ろうと発作的に手を上げた。その仕草が彼女には、こちらが殴りかかる姿勢に見えたらしかった。

「さあ、ぶつなら、ぶちなさいよ！　そうやって、生まれつきの恥知らずってことを証明すりゃいいんだ！　おまえさん、女よりかは強いんだろうに、何も遠慮なんてすることないんだ！」

「ぼくを罵るのもいい加減にして、もうたくさんです！」ぼくは叫んだ。「ぼくはね、女性に手をあげたことなんていちどもないんです！　タチヤーナさん、あなたこそほんとうに恥知らずもいいところだ。あなたはいつだってぼくのことを蔑んできた。ああ、ろくに尊敬もしていない人間とつきあっていくっていうのは！　笑ってらっしゃいますね、カテリーナさん、きっと、ぼくの背格好がおかしいんでしょう。そうでしょうよ、ぼくは、あなたの副官たちみたいな背格好に恵まれてませんから。でもで

すよ、ぼくは、べつにあなたの前でじぶんを卑屈に感じてるわけじゃないんです、それどころか、高揚しています……まあ、どう表現したって同じことですが、とにかく、ぼくに非はありません！　タチヤーナさん、ぼくはたまたまこういうはめに陥っただけで、悪いのは、お抱えのフィンランド人ですよ、というか、彼女にたいするあなたの執着です。どうして彼女は、ぼくの質問にろくに答えずまっすぐここに通したんですか？　それともうひとつ、あなただって同意されるでしょうが、女性の寝室から飛びだすことがとてつもなく不調法に思えて、ぼくはむしろあなたがたの悪口にだまって耐えて、じっとしていようと腹を決めたのです……また、笑ってらっしゃいますね、カテリーナさん？」

「出て行け、さあ、出て行きなさい、とっとと出ておゆきったら！」ぼくの体をほとんど小突くようにしてタチヤーナおばは叫んだ。「この子の言うことなんて嘘っぱちですから、ぜったいに相手にしないで、カテリーナさん、わたし、言いましたよね、向こうにいたときから頭がおかしな子って評判だったって！」

「頭がおかしな子ですって？　向こうにいたときから？　それってだれのことです、向こうってどこです？　でも、そんなこと、どうでもいい、もう、たくさんだ。カテリーナさん！　この世の聖なるものすべてにかけて誓います。さっきのやりとりと、

ぼくが耳にした話はすべてここだけのことにしますとね……あなたの秘密を知ったからって、ぼくに何の非がありますか？　まして、ぼくは明日、あなたのお父さまの家の仕事を辞めるんですから、あなたが探されている手紙については、もう安心してくださってけっこうです！」

「なんの話です？……なんの手紙のことをおっしゃってるの？」カテリーナはうろたえ、動揺のあまり顔が真っ青になった。しかし、ひょっとすると、たんにそう思えただけのことかもしれない。あまりに口がすぎたとぼくはさとった。

ぼくは急いで部屋を出た。二人は何もいわず、ただぼくを目で見送るだけだったが、その目には、極度の驚きが表れていた。ひとことで言えば、ぼくは謎かけをしたのだ……。

第九章

1

ぼくは急いで家に向かった——驚くべきことに——ぼくはとても満足していた。むろん、女性たちとあんなふうな話の仕方をするものではない、まして、ああいう女性たちとは——女性たちといおうか、あのような女性といったほうが正しい。なにしろタチヤーナおばなど眼中になかったからだ。もしかすると、あのクラスの女性にたいして、『あなたの陰謀など唾を吐いてやる』など、対面ではけっして口にすべきではなかったかもしれない。でもじっさいに口に出してしまっていたし、しかもそう口にしたことに満足もしていたのだ。ほかはさておき、ぼくは少なくともこう確信していた。あの言い方でもってぼくは、ぼくの立場を滑稽にしたものすべてを帳消しにした、

と。でも、そのことについてあれこれ思いをめぐらす余裕はなかった。ぼくの頭をクラフトが占めていたからだ。べつに彼のことをひどく気に病んでいたわけではないが、それでもやはり根底から打ちのめされた。だから、たとえば足の骨を折ったとか、名誉を失墜したとか、愛する人を失ったとかいった、そうした他人の不幸に接して感じるある種の満足といった、ありきたりな人間的感情、この、ごく平凡で、下劣な満足の感情が跡形もなく消えて、べつの、きわめて純粋な感情に席を譲ったのだ。それは、ほかでもない、クラフトを思う悲しみと同情――これを同情と呼べるのかどうか、わからないが――きわめて強烈かつ善良な感情だ。そのことでもやはり満足していた。それにしてもふしぎなのは、あるとてつもない知らせに完全に打ちのめされ、本来ならばそれがほかの感情をおしつぶして、いっさいの余分な、とりわけ些細な考えを追いはらってしかるべきときに、ことさら余計な考えが頭のなかにちらつくことだ。いや、些細な考えほど頭に入り込んでくる。もうひとつ覚えているのは、かなり感傷的な神経のふるえがしだいにぼくの全身を襲い、それが何分かつづいたこと、しかも、ぼくが帰宅し、ヴェルシーロフと話し合っている間もずっとそれがつづいていたことだ。

この話し合いは、奇妙でかつ異常な状況のなかでおこなわれた。すでに述べたとお

り、ぼくたちの一家は、中庭にある独立した離れに住んでいたが、このアパートは十三号室と記されていた。まだ門に入らないうちから、「十三号室はどこです?」と甲高い、じれていらいらした声で人に尋ねている女性の声をぼくは耳にした。見ると、ひとりの婦人が、門のすぐそばにある小さな売店の戸を開けて尋ねている。ところが、何も返事が得られなかったか、追い払われるかしたらしく、彼女ははげしくいきり立ち、むしゃくしゃした様子で入り口の階段を下りてきた。

「いったい、ここの屋敷番ってどこにいるのよ?」彼女はどんと足を踏み鳴らして叫んだ。その声には聞き覚えがあった。

「ぼくも十三号室に行くところですが」ぼくは彼女に近づいていった。「どなたにご用です」

「わたしね、もうまる一時間も屋敷番を探してるの、いろんな人に聞きましたし、階段もぜんぶ上り下りしました」

「中庭にあるんですよ。ぼくのこと、おわかりになりません?」彼女もすでにぼくに気づいていたらしい。

「ヴェルシーロフにご用なんだ。彼に用があるんでしょう、ぼくもそう」そしてぼくはつづけた。「彼と永久におさらばするために来たんです。いっしょに行きましょう」

「あなた、彼の息子さんでしょう？」

「だからって、意味ありませんよ。でも、まあ、息子ってことにしておいてもいいです。ただし、姓はドルゴルーキー、私生児です。あの男には、婚外子がわんさかいるんです。良心や名誉をもとめられたら、それこそじつの子だって家出せざるをえなくなりますよ。聖書にも出てくる話ですが。おまけに遺産が手にはいったんです、でも、ぼくは、そんな分け前に与りたくない、この手で汗水流して生きていきます。心の広い人間は、必要とあれば命だって投げ出します。クラフトはピストル自殺しました。理想があればこそです。いいですか、青年ですよ、希望の星でした……こっちです、こっち！　ぼくたち、独立した離れに住んでいるんです。そういえばこれもまた聖書にありましたね、子どもが父親から離れて、じぶんの巣を築く……理想に惹かれるなら……理想があれば！　理想がいちばんなんです、理想にはすべてが……」

家に着くまで、ぼくはずっとこんなことをしゃべり散らしていた。読者はきっと、ぼくがじぶんをきびしく見つめながらも、いざとなれば立派にじぶんを売りこむすべを心得ていることに気づかれたことだろう。ぼくは真実を語るすべを修得したいのだ。ヴェルシーロフは家にいた。ぼくはコートも脱がずに入っていった。彼女もぼくに従った。身なりはおそろしく粗末で、黒っぽいワンピースのうえに、何やらだぶつい

た布きれのようなものをはおっていたが、それはそれでコートかマントのつもりらしかった。頭には、古い、すりきれた水兵帽をかぶっており、そのせいでひどく貧相な顔に見えた。ぼくたちが客間に入っていったとき、母はいつもの場所に腰をおろして仕事をし、妹は様子をのぞきに部屋から出てきて、そのままドア口に立った。ヴェルシーロフは、例によって何もしておらず、立ちあがってぼくらを迎えた。彼は、けわしい、不審そうな目でぼくをにらんだ。

「ぼくは何の関係もありませんから」ぼくは急いで手をふり、脇にしりぞいた。「この人とは入り口の門で出会ったばかりです。この人、あなたを探していたのですが、だれにも教えてもらえなかったんですよ。ぼくにもぼくの用がありますが、それはそちらが済んでからで結構です……」

ヴェルシーロフはそれでも、興味深そうにこちらをじろじろ眺めつづけた。

「失礼ですが」娘がじれったそうに切りだした。ヴェルシーロフが彼女のほうを向いた。「わたし、長いこと考えました。どうしてあなたが昨日わたしの家にお金を置いていく気なんて起こしたか……でも、そんなこと言ってもはじまりませんわ……はい、これがあなたのお金です！」さっきと同じようになかば金切り声をあげて、札束をテーブルの上に投げだした。「わたしね、警察の住所係でここの住所を探しださなく

ちゃいけなかったの、でなきゃ、もっと早く返しにこれたわ。あなた、聞いてください！」そう言って彼女は、顔を真っ青にしている母のほうをいきなり振りかえった。

「わたし、あなたを侮辱するつもりはありません、誠実そうな方にみえるし、たぶん、そちらが娘さんってわけね。あなたが、この人の奥さんかどうか存じませんけど、いいですか、この人はね、家庭教師や女性教師がなけなしの金で出した新聞広告を切りぬき、そうした哀れな女性たちのもとを訪ねまわり、恥ずべき餌食を探しだしては、お金を餌に不幸に引きずりこんでいるんですよ。どうして昨日、こんな人からこんなお金を受けとれたのか、わたしにもわかりません。それくらい立派そうに見えたってことなんでしょうよ！……そばに寄らないで、何も言わせませんから！　そう、あなたは、とんでもないやくざなんです！　たとえ、誠実な意図があったとしたって、あなたの施しなんて、わたし、受けたくありません。何も言わせませんよ、何も、ね！　ああ、お宅の女性たちの前でこうして化けの皮を剝がしてやれて、ほんとうにせいせいした！　あなたなんか、呪われるがいいんだ！」

彼女は足早に駆けだしていったが、一瞬、敷居のところで振りかえり、ひと言こう叫んだ。

「あなた、遺産にありついたんですって！」

それから影のように消えてしまった。あらためて書いておくが、彼女は極度に興奮していた。ヴェルシーロフはつよいショックを受けていた。彼は立ちつくしたまま、深く考えこみ、なにごとか思いをめぐらしているようすだったが、やがて急にこちらをふり向いて言った。

「おまえ、あの娘のことはぜんぜん知らなかったのか?」

「さっきワーシンの家の廊下で、逆上し、金切り声をあげてあなたの悪口をわめき散らしているところを見かけました。でも、話には加わりませんでしたから、何も知りません。で、さっき、そこの門のところで会っただけです。おそらく彼女が、昨日話に出た『算数教えます』とかいう家庭教師なんでしょう?」

「そうさ、その女さ。一生にいちどいいことをしたっていうのに……それはそうと、おまえの用ってなんだ?」

「ええ、この手紙のことです」ぼくは答えた。「べつに説明は不要だと思います。クラフトから受け取ったもので、クラフトは、亡くなったアンドロニコフさんから預かったんです。内容についてはおわかりでしょう。ひとことつけ加えると、世界じゅうでいまこの手紙のことを知っている人は、ぼく以外だれもいません。なぜって、クラフトは昨日、ピストル自殺してしまいましたから、この手紙をぼくに渡し、ぼくが

彼の部屋を出るなり……」

息を切らし、早口でしゃべっているあいだ、彼は、手紙を手にとり、左手でそれを宙に浮かしながら、注意深くぼくを見守っていた。クラフトの自殺について明らかにしたとき、ぼくはその効果をたしかめようと、特別に注意して彼の顔に見入った。それが、どうか？　その知らせは、毛ほどの印象ももたらさなかった。眉ひとつ動かすこともしなかった！　そればかりか、ぼくが話をやめたのを見て、それまでけっして手元から離したことのない、黒リボンのついた柄つきメガネを取り出し、ロウソクに手紙をかざしてちらと署名に目をやり、じっくり読みはじめたほどだ。その、傲慢な無関心に、どれほど屈辱を覚えたかはとても言葉では言いあらわせない。クラフトのことは、彼もひじょうによく知っているはずだった。おまけに、なんといっても、これほど異常な知らせではないか！　しかも、ぼくは、その知らせが当然、それなりの効果をもたらしてくれることを願っていたのだ。三十秒ほど待って、手紙が長いものだとわかったので、ぼくはくるりと身をひるがえして部屋を出た。スーツケースは前々から用意ができていたので、いくつかの品を包むだけでよかった。ぼくは母のことを考え、ついに母のそばに行ってやれなかったことに気づいた。十分後、準備もすっかり整い、いざ馬車を拾いに出て行こうとしていたとき、屋根裏部屋に妹があ

がってきた。

「ママが兄さんにこの六十ルーブルを返すようにって、それと、ヴェルシーロフさんにこのお金のことを話してしまったこと、もういちど改めてごめんなさいって、それとこの二十ルーブル。兄さん、昨日、下宿代として五十ルーブル渡したけれど、ママが言うには、三十ルーブル以上はどうしても受けとれないって、なぜって、五十ルーブルなんてかかっていないから、だからこの二十ルーブルはおつりだそうよ」

「そう、それはありがとう、ママの言っていることがほんとうなら。それじゃ、また、もう行くよ！」

「いまからどこへ？」

「とりあえず、安ホテルにね、この家には泊まりたくないんだ。ママに言っておいて、大好きですって、ね」

「そんなこと、ママ、わかってるわよ。兄さんがヴェルシーロフさんを好きだってこともわかってるわ。あんな、不幸な女を連れてきたりして、兄さん、恥ずかしくないの？」

「誓っていうけど、あれは、ぼくが連れてきたわけじゃないんだ。たまたま、門のところで出くわしただけなんだ」

「いえ、兄さんが連れてきたのよ」

「嘘じゃないってば……」

「胸に手を当ててじぶんに聞いてみてよ、そしたら、兄さんこそ張本人だってことがわかるから」

「ぼくはね、ヴェルシーロフを辱めることができてほんとうにせいせいしているんだ。いいかい、あの男には、リジヤ・アフマーコワに産ませた赤ん坊がいるんだよ……といって、こんなことおまえに言っても仕方ないけど……」

「あの人に？　赤ん坊が？　でも、その子、あの人の子どもじゃないわ！　そんな嘘っぱち、いったいどこで耳にしたの？」

「なあに、おまえなんかにわかるもんか」

「わたしにわからないって？　だって、ルーガで、その赤ちゃんのお守りをしていたのは、このわたしよ。聞いて、兄さん、わたし前々から思っていたのだけど、兄さんは、そのあたりのこと、何にも知らないの、それなのにヴェルシーロフさんを侮辱してばかりいる、そう、それにママのことも」

「もし、彼が正しいんなら、こっちが間違っていることになる、それだけのことだろう、でも、おまえのことは、同じくらい好きだよ。どうしたのさ、おまえ、そんなに

赤くなったりして？　あれれ、ますます赤くなったぞ！　でも、いいさ、それでもぼくはあの公爵に決闘を申し込む気でいるんだ。ヴェルシーロフにエムスで頬打ちを食らわせた仕返しにね。もし、ヴェルシーロフとリジヤさんとの間に何もないなら、なおのことさ」

「兄さん、しっかりして、いったい何を言っているの！」

「うれしいことに、裁判もやっと決着がついたしね……おや、こんどは顔が青くなった！」

「でも、公爵は、兄さんとの決闘なんて受けないわ」リーザは、怯えたような口もとに弱々しい笑みを浮かべた。

「そうしたら、みんなの前で堂々とやつを辱めてやるさ。どうしたんだ、リーザ？」

リーザは、立っていられないほど青ざめ、そのままソファにどうと腰を沈めた。

「リーザ！」階下から母の呼ぶ声が聞こえた。

「リーザははっとなって立ちあがり、やさしくぼくに微笑みかけた。

「兄さん、そんなばかげた考え、捨ててちょうだい、それとも、いろんなことがわかるまで、しばらく待ってちょうだい。だって、兄さんたら、ほんの少ししかわかっていないんですもの」

「ぼくは忘れないから、リーザ、ぼくが決闘するって話を聞いて、おまえが真っ青になったこと！」

「そうよ、そうなの、そのことも思い出して！」彼女はお別れにもういちどにこりと微笑み、階下に下りていった。

ぼくは辻馬車を呼び、御者の助けをかりて部屋から荷物を運びだした。家のものたちのだれひとりぼくに逆らおうとしなかったし、引きとめることもしなかった。ヴェルシーロフと顔を合わせないように、母に別れを告げにもいかなかった。辻馬車に乗りこみ、腰を落ちつけたところで、ふいにある考えがひらめいた。

「フォンタンカに行ってくれ、セミョーノフ橋だ」ぼくはいきなりそう指示し、またしてもワーシンの家に向かった。

2

ワーシンはもうクラフトの件を知っていて、ひょっとするとこのぼくより百倍もくわしく知っているかもしれない——ふとそんな気がした。はたせるかな、そのとおりだった。ワーシンはすぐさま、すべてのディテールを懇切丁寧に教えてくれたが、か

といって、取り立てて興奮している様子もなかった。彼は疲労困憊しているのだとぼくは結論したが、まさしくそのとおりだった。彼は、今朝、クラフトのところに行った。残された日記から、クラフトは、昨晩、とっぷり日が暮れてからピストル自殺（例の代物だ）したことが明らかになった。最後のメモは、自殺直前に記されており、そのなかで彼は、ほとんど暗闇のなかで、ろくに文字も見分けられずに書いていると記していた。死んだあとに火事が起こるのが怖いので、ロウソクをともす気にもなれない、と。『でも、ロウソクをともせば、じぶんの命同様、銃を放つ前にまた消さなくてはならなくなる、それはしたくない』彼はほとんど最後の行に、こんな妙な文を書きたしていた。死を前にしたその日記を、彼はすでに一昨日、つまり、ペテルブルグにもどるとすぐ、デルガチョフの家を訪ねるまえに書く気になったのだ。ぼくが帰ったあと、彼は、十五分ごとに書きこみを行っていた。最後の、三ないし四つのメモは、五分ごとに書きこんでいた。ワーシンが、この日記をそれほど長時間にわたって目の前にしながら（彼は読ませてもらったのだ）、写しをとらなかったことにぼくは大きな驚きを覚えた。まして、全紙一枚つまり十六ページ程度しかなく、メモはどれも短かなものばかりだったというではないか。「せめて最後の一ページぐらい！」とぼくは言っ

た。するとワーシンは、それはわかっていたが、メモはまるきり脈絡を欠いているし、たんに頭に浮かんだものを並べただけだから、と、苦笑しながら説明した。こういう場合はそういうものこそが貴重だと説得しようとしたが、それをせず、何か思いだしてくれるようにせがんだ。そこで彼は、何行か思いだしてくれた。たとえば、銃を放つ一時間前に『悪寒がした』だの、『体を温めるために、ウォッカをグラスで一杯飲もうと思ったが、そうすると、おそらく出血がひどくなると考えて、諦めた』のだった。「だいたいそういうたぐいのことばかりでね」とワーシンは話を結んだ。

「それをあなたは、つまらないことって言うんですね！」ぼくは叫んだ。

「いつ、そんな言い方しました？　ぼくはたんに写しをとらなかっただけです。ただ、つまらないこととは言いませんが、日記はじっさいかなり平凡で、というか、むしろ、ごく自然なものといったほうがいいかな、つまり、そう、ああいう状況で書かれてしかるべき内容だったということです……」

「でも、死に際に考えたことでしょう、死に際に！」

「死に際に考えることなんて、どうかするとものすごくくだらないことがあります。彼と同じような自殺者が、同じような日記ではっきり嘆いていましたよ。これほど重要な瞬間なのだから、せめてひとつくらい『崇高な考え』が訪れてくれてもよさそう

なのに、それとは逆で、頭に浮かぶことといえば、くだらない空疎な考えばかりだ、とね」

「じゃあ、悪寒がするというのも、空疎な考えですか？」

「つまり、あなたが気になるのは、悪寒とか出血とかいったことですか？　でも、これは事実として知られていることですが、じぶんから望んだ死かどうかにかかわらず、じぶんのさし迫った死について考える連中のひじょうに多くが、ひじょうにしばしば、じぶんの醜い死体をさらすことを気にかける傾向があるものなんです。クラフトもその意味で、余分な出血を恐れたわけです」

「事実として知られているのかどうか、……はたして言うとおりなのか、ぼくにはわかりませんが」ぼくは口ごもりながら言った。「でも、ぼくが驚いているのは、あなたが、こうしたことをしごく当然のことと受けとめていることですよ。だって、クラフトがぼくたちといっしょにしゃべったり、興奮したり、テーブルを囲んだりしたのは、つい昨日のことでしょう。そもそも、あなたは彼のことを少しもかわいそうだと思わないんですか？」

「そりゃ、むろん、かわいそうだとは思いますがね、でも、それとはまるきり別問題ですよ。まあ、いずれにせよ、クラフト自身、じぶんの死を論理的な結論として呈示

してみせたわけです。昨日、デルガチョフの家で彼について話されたことは、すべて正しかったことになります。彼の死後、衒学的な結論を書きつらねたあのノートが残されたわけですけど、そのなかで彼は、骨相学、頭蓋学、さらには数学に基づいて、ロシア人は二流の人種だ、したがってロシア人として生きる価値はまったくないという結論を出しているんです。しいて言えば、ここでいちばん特徴的なのは、論理的な結論は、まあ、好き勝手に下せることですが、その結論にもとづいていきなりピストル自殺するっていうのは、むろん、そうあることじゃないってことです」

「すくなくとも、その意志力には敬意を払わなくちゃ」

「たぶんね、でも、それだけじゃすまないでしょう」ワーシンはあいまいに言ったが、それでもって、クラフトの愚劣さなり分別のなさなりを匂わせようとしたことは明らかだった。そうした態度がぼくを苛立たせた。

「あなたご自身、昨日、人間の感情について話していましたよね、ワーシン」

「それは、いまも否定していません。でも、こうして生じた事態を考えるにつけ、そこに何かあまりに乱暴なまちがいがすけて見えるものですから、きびしい目でこの事件を見るというと、何か憐れみの情までいやおうなく消えてしまうんですよ」

「じつを言うと、ついさっき、あなたの目を見ながら、あなたはきっとクラフトのこ

とを悪く言うだろうとにらんでいました。で、その悪口を聞かずにすむよう、あなたの意見は求めないことにしていたんです。ところが、あなたのほうから口にされたもので、ぼくとしてはいやでも同意せざるをえなくなった。そうはいえ、ぼくはあなたに不満です！　ぼくはクラフトがかわいそうなんです」

「どうも、ぼくたち、話に深入りしすぎたようです……」

「そう、たしかに」ぼくはそう言って相手の話をさえぎった。「でも、せめてもの慰めは、こういった場合、後に残された人間が、死んだ人間を批判しながらも、胸のうちでひそかにこう言えることです。『あらゆる同情と慈悲に値する男が、ひとりピストル自殺してしまった、でもわれわれはこうして生きのこった、してみると、なにもそう嘆き悲しむことはない』とね」

「もちろん、そうですとも、そういう見方からすれば……あっ、そうか、あなたはジョークを言ったんですね！　頭、いい。ぼくはいまの時間、お茶を飲むことにしているので、いますぐ支度させますが、きみもお相手してくれますね」

そう言って彼は、ぼくのスーツケースと包みにちらりと目を走らせ、部屋から出ていった。

ぼくとしてはじっさい、何か意地の悪いことを言ってクラフトの仕返しをしてやり

たかったので、ぼくのもくろみはまんまと成功した。だが、興味深いのは、彼がはじめ、『生きのこった人間』というぼくの考えを真剣に受けとめかけたことだ。それはともかく、やはりすべての点で、感情の点もふくめ、彼はぼくよりも正しかった。ぼくはいっさいの不満を感じることなくその点を認めたが、ぼくは彼のことが好きではないとはっきり自覚した。

お茶が運ばれてくると、ぼくは彼に、今夜ひと晩だけ泊めてもらえないか、だめならだめと率直に言ってほしい、そのときはホテルに行くからと伝えた。それから、手短かに理由を述べ、率直に、ヴェルシーロフと最終的に喧嘩別れしたことを告げた。ただし、その際、こまかな部分には立ち入らなかった。ワーシンは、注意深く、しかしいっさい動揺をまじえずに、最後までぼくの話を聞いていた。総じて彼は聞かれたことにしか答えなかった。といって答えるときは、喜んで、十分に納得いくまで話してくれた。ぼくがさっき彼の助言を求めてたずさえてきた手紙については、いっさい口にしなかった。そこで、今日ここを訪ねてきたのは、たんに立ち寄ってみただけのことですと説明した。この手紙はぼく以外だれにも知られる心配はないと、ヴェルシーロフに約束した手前、相手がだれであれ、この手紙について打ち明ける権利はないと考えたのだ。ぼくはある種のことをワーシンに伝えるのが、なぜかとくにいやに

なってきた。それはある種のことであって、ほかのべつのことではない。それでもぼくが、さっきここの廊下と隣室でもちあがり、ヴェルシーロフの家で決着した例の事件についてあれこれ話してやることで、にわかに彼の興味を引き出すことに成功した。ステ彼は最後までひじょうに用心深く、とくにステベリコフの話に耳を傾けていた。ステベリコフがデルガチョフのことをくわしく尋ねたくだりなどは、二度も聞きかえしたあげく考えこんでしまったほどだ。しかしそれでも、話が最後まで来たところで彼はにやりと笑みを浮かべた。その瞬間ぼくはふと、このワーシンという男は、どこで何が起ころうと、けっして苦境におちいることのない相手だという気がした。もっとも、はじめて生まれたこの思いは――忘れもしないが――彼の自尊心をくすぐるたいそう好ましいかたちをとった。

「まあ、全体として、ステベリコフ氏の話から多くを引きだすことはできませんでした」ステベリコフについて、ぼくは結論づけるように言った。「彼の話って、何かこうまとまりがないのですよ……それに、なんだかとても軽薄なところがあるみたいだし……」

ワーシンの顔がたちまちまじめな表情に変わった。

「たしかに、言葉の才っていうのにはは欠けているけど、でも、それってほんの見かけ

だけでね、何かの拍子に、ものすごく的確な言葉を吐くことがあるんです、それに、だいたい——思想がどうのという人間じゃなく、むしろ実務家、投機筋の人間でしょう。ですから、そういう視点で見てやらなくちゃ……」

まさに、ぼくが昨日、察したとおりだった。

「それにしても、隣室でとんでもない騒ぎをやらかして、一時はどうなるかと思いました」

ワーシンが話してくれたところだと、隣室に住む女性たちは、三週間ぐらいまえにどこか地方から出てきたらしかった。彼女たちの部屋はおそろしく狭く、どうみてもひどく貧しい暮らしぶりで、部屋にこもったまま何かを待ちうけているらしかった。ワーシンは若いほうの女性が、家庭教師の新聞広告を出していることは知らなかったが、ふたりのところにヴェルシーロフがやってきたことは耳にしていた。ワーシンが留守中のことで、アパートのおかみが伝えたのだ。隣室の女性たちはだれともつきあわず、アパートのおかみまで避けていた。ここ数日、彼女たちがじっさい何かうまくいっていないことをワーシンもうすうす気づきはじめていたが、今日のような騒ぎは持ちあがっていなかった。隣室の女性たちについてこうしてこまかく思いだしているのは、後で起こった事件を勘案してのことだ。こうして話をしているあいだ、ドアの

向こうの部屋は、死んだように静まり返っていた。ステベリコフが、隣室の女性たちについておかみの耳に入れておかなければ、と言い、『いまにわかる、いまにわかる』と二度くりかえしたという話を、ワーシンはとくに興味をもって聞いていた。

「たしかに、いまにわかります」ワーシンはそう付けくわえた。「そういう考えが彼の頭に浮かんだのには理由があります。こういうことにかけちゃ、彼はひじょうに勘がするどいですから」

「なるほど、あなたのお考えだと、あの人たちを追いだすよう、おかみに忠告すべきだということですね？」

「いえ、べつに追いだせなんて言ってません、ただ何か事件が起こらなければいいと思って……しかしまあ、こうした事件は、いずれ決着がつくということですよ……こんな話、ほっときましょう」

ヴェルシーロフが、隣室の女性たちを訪ねてきたという件について、彼は断固として結論を出すことを拒んだ。

「なんだってありえますよ。人間がポケットに金がぎっしりつまっているのを感じたらね……もっとも、おそらく彼はたんに施しをしただけでしょう。ああいうことって、彼にまつわる武勇伝によく出てくる話ですし、ひょっとして、彼にはそういう趣味が

あるのかもしれない」

ぼくは、ステベリコフがさっき、赤ん坊についてしゃべりちらしていたと話した。

「ステベリコフは、この件については完全に間違っています」ワーシンはとくに真剣な調子で、言葉の一つひとつに力をこめて言った（このことを、ぼくははっきりと記憶に刻んだ）。

「ステベリコフは」と彼は話をつづけた。「どうかすると、じぶんの実践的常識を過信しすぎるきらいがあるんですよ、ですから、じぶんの論理にあわせて結論を急ぐ。ただしその論理は、しばしばひじょうに洞察力にあふれています。ちなみに、事件というものは、じつは、登場人物たちに注目すると、はるかに現実ばなれした、思いがけない色合いを帯びることがあるもんなんです。今回の事件もそうだったわけで、事件の一部を知った彼は、その赤ん坊をヴェルシーロフの子と決めつけてしまった。ところが、赤ん坊は、ヴェルシーロフの子じゃなかった」

ぼくは彼にしつこくいさがり、次のような事実を知るにいたった。ひじょうに驚いたことに、赤ん坊は、セルゲイ・ソコーリスキー公爵の子どもだった。リジヤ・アフマーコワは、病のせいか、あるいはたんなる現実離れした性格のせいか、時として常軌を逸した言動におよぶことがあった。ヴェルシーロフに出会うまで彼女は公爵に

夢中だったが、公爵は、ワーシンに言わせると、「ためらわずに彼女の愛を受けいれた」という。だが、二人の関係はごくわずかな期間続いただけだった。すでに知られているように二人は仲たがいし、リジヤが公爵を追い払ったわけだが、「公爵のほうはむしろそれを喜んでいたらしい」。

「それがひじょうにかわった娘さんでしてね」とワーシンはつけ加えた。「かならずしも正気じゃなかったというのも大いにありえる話です。でも、パリに向かう際、公爵自身は、犠牲となった娘さんをどんな状態で放りだしたかまったく知りませんでしたし、最後の最後まで、つまり帰国するまで知らなかったのです。で、ヴェルシーロフは、その若い娘さんの友だちになると、まもなくじぶんとの結婚を提案した。むろん、表面化してきた事情(それについては、両親もほとんど最後まで疑うことがなかったようですが)を承知のうえです。で、すでに彼に首ったけの娘さんはすっかり有頂天になり、〈ヴェルシーロフのプロポーズに『自己犠牲』だけを見ていたわけではなかった〉が、彼女がこれをありがたく思ったのも事実のようです。もっとも、むろん、彼はそれをうまくやってのけてみせたわけですが」とワーシンは言い足した。「赤ん坊は(女の赤ちゃんでした)、予定日よりひと月ないしひと月半ぐらい早く生まれ、ドイツのどこかに預けられられたのですが、その後、ヴェルシーロフが引きとっ

て、いまは、ロシアのどこかで、たぶんペテルブルグで育てられているはずです」

「で、マッチの燐の話は？」

「それについては、何も知りません」とワーシンはきっぱり言った。「リジヤ・アフマーコワは、産後二週間ほど経って死んだのですが、そのとき何が起こったか——それは存じません。公爵は、パリから戻るとすぐ、赤ん坊がいることを知りましたが、最初はどうもそれがじぶんの子とは信じられなかったらしいんですね……だいたい、この事件は、いまでも厳重に秘密が守られています」

「それにしても何てやつなんだ、あの公爵！」ぼくは怒りにかられて叫んだ。「病気の娘になんていう真似を！」

「そのころはまだそれほど重くなかったんです……おまけに、追い払ったのは彼女のほうでね。たしかに、じぶんが厄介払いされたのをいいことに、少し急ぎすぎたきらいはありますが」

「あなた、あんな卑劣な男を弁護なさるんですか？」

「いや、ぼくは彼のことを卑劣漢呼ばわりすることだけはしません。これには、ほかにもいろんな事情がからんでいます、卑劣のひと言では片づけられないものがね。だいたいがかなりありふれた事件ですよ」

「あのですね、ワーシン、あなたは公爵を身近に知っていたんでしょう? ぼくはあなたの意見を信じたいととくに思っているんです。ぼくにとても関係のある、ある事情のこともあるので」

だがワーシンは、そこでなにかあまりに控えめな感じの答えかたをした。彼は公爵のことを知っていたが、どういう状況で知りあったかについては明らかに意図して言葉をにごした。それに、公爵の性格のこともあるのでいくぶん大目に見てやる必要がある、と彼は言った。「公爵は、立派な素質に恵まれているし、感受性もつよいのですが、じぶんの欲望を十分にコントロールできる理性と意志力を持ち合わせていないんです」。そう、公爵は教養に欠けた男で、いろんな理念や現象を理解するだけの力もないくせに、やたらとそういうものに飛びつきたがる。たとえば、こんなふうなたぐいのことをしつこく主張しようとしてきた。『ぼくは公爵で、リューリクの出だ。でも、どうしてこのぼくが靴職人の弟子ではいけないのか、かりにパン代をかせがなくてはならず、しかもほかにできる仕事がないとしたら。看板に、『何某公爵靴店』とでも書いたらどうだ、かえって見栄えがするじゃないか』といった調子なのだ。「いちど口にしたら、後には引かない――これが問題でしてね」とワーシンはつけ足した。「そのくせ、確信ってものがまるきりなくて、あるのは、たんにどうしようも

なく上っ面な感受性だけなんです。ですから、あとからかならず後悔がやってくる。それがどうこうではなく……そこでいつも、何か、それとはまったく正反対の極に向かおうとするんですよ。それが彼の人生ってわけです。ぼくらの時代は、多くの人間がこうして窮地に陥っていますが」ワーシンは話を結んだ。「現代に生まれあわせたばっかりに」。

ぼくは思わず考えこんでしまった。

「公爵が以前、連隊から追放されたというのは、ほんとうのことなんですか？」ぼくは尋ねた。

「追放されたかどうかは知りませんが、じっさい何らかのトラブルがあって連隊を去っています。ご存じですか？　彼は去年の秋、ちょうど退役した時分ですが、二か月か三か月ほどルーガに暮らしたことがあるのを？」

「ええ……当時、あなたがルーガにいらしたことは存じています」

「そう、しばらくの間、ぼくもそこに。公爵は、あなたの妹のリザヴェータさんともお知りあいでしたよ」

「ええ？　それは知りませんでした。正直、妹とはほんとうにろくに口もきいていませんから……でも、彼、ほんとうに母の家に出入りを許されていたんでしょうか？」

ぼくは大声になった。

「いえ、そんなことは。知りあいとは名ばかりでしてね、どこかよその家で出会っただけです」

「そういえば、あの赤ん坊のこと、妹は何て言っていたかな? それじゃ、その赤ん坊もルーガにいたんですね」

「ほんのしばらくの間ですが」

「で、いまはどこにいるんです?」

「おそらくペテルブルグでしょう」

「ぼくはぜったい信じませんから」極度の興奮にかられてぼくは叫んだ。「母が、あのリジヤの事件にほんの少しでも関わりがあるなんて!」

「いちいち説明はしませんが、そういう話とはべつに、この事件でヴェルシーロフが果たした役割にとくべつ非とすべき点はありませんが」ワーシンは、鷹揚に笑みを浮かべながら言った。ぼくと話をするのがしんどくなってきたようだったが、彼はそれをそぶりにも見せなかった。

「ぜったいに、ぜったいに信じませんから」ぼくはまたしても叫んだ。「女性が、ほかの女性に夫を譲ることができるなんて、そんなこと、信じませんから!……誓っていいますが、ぼくの母はこれには関係していません!」

「そうおっしゃいますが、どうも、反対はなさらなかったようですよ?」

「ぼくがかりに母の立場にあって、反対しないとしたら、それはプライドひとつのためです!」

「とにかくぼくとしては、この件で何かしら判断を下すことは、ぜったいにお断りします」ワーシンはそういって話を結んだ。

じっさい、ワーシンはあれほどの頭脳の持ち主でありながら、女性の話にはとんと疎く、そのため理念だの現象だのといった一連の話が皆目わからなかったらしい。ぼくは黙りこんだ。ワーシンはある株式会社に非常勤の職をもっていて、彼がそこでの仕事を家に持ち帰っていることをぼくは知っていた。ぼくのしつこい質問にたいして、いまも勘定の仕事が待っていると彼は打ち明けた。そこでぼくは、どうかぼくに遠慮するようなことはしないでと熱をこめて頼んだ。どうやらそれが彼を満足させたようだ。だが、その書類に向かいあう前に、彼は、ソファのうえに寝床をこしらえにかかった。最初、彼はぼくにベッドを譲ると言ったが、ぼくがそれを断ると、それでまた満足したらしかった。枕と毛布はアパートのおかみのところから借りてきた。ワーシンはきわめて丁寧で愛想がよかったが、そうしてぼくに気をつかってくれるのを見るのは何となく心苦しかった。三週間ほどまえ、ぼくはたまたま、ペテルブルグ地区

のズヴェーレフの家に泊まったことがあるが、そのときのほうが気は楽だった。よく覚えているが、あのとき彼は、伯母には内緒でといいつつ、やはりソファのうえに寝床をこしらえてくれたのだ。彼は、どういうわけか、友だちが家に泊まりに来ていると知ったら伯母はかんかんに怒りだすものと考えていたらしい。ぼくたちは大笑いしながらシーツの代わりにシャツを下に敷き、コートをまるめて枕代わりにした。ベッド作りを終えたズヴェーレフは、いかにもいとおしげにポンとソファをたたいて、こう言った。

「Vous dormirez comme un petit roi.（王子さまにみたいに眠れるぞ）」

そしてこのばかげたはしゃぎぶりと、牛に鞍を置くみたいな、彼には不似合いのフランス語のおかげで、ぼくはその日、このお調子者の家で、すばらしく健やかな眠りをむさぼることができた。ワーシンの家ではどうだったかというと、彼がようやくぼくに背を向けて仕事にとりかかってくれたので、ぼくはひどくほっとした。ソファのうえに長々と体をのばし、彼の背中を見ながら、長い間いろんなことを考えた。

3

たしかに考えるべきことがあった。胸のうちはやけにもやもやして、まとまりに欠けていた。とはいえ、いくつかの感覚は、きわめてあざやかに浮かびあがってきた。しかし、その数があまりに多すぎるため、ひとつとしてぼくの心を引きつけることができなかった。すべてがなにか、脈絡も順序もなくちらちらするばかりで、ぼく自身よく覚えているが、そのうちのどれかに思いをこらしたり、順序をつけたりする気にもなれなかった。クラフトについて考えたことさえ、いつのまにか後景に去っていた。

何よりも動揺していたのは、ぼく自身の立場だった。すでにもう関係を『断ち切って』おり、スーツケースはじぶんの手もとにあって、ぼく自身家におらず、まるきり新しい一歩を踏み出している。これまでのもくろみや準備はすべてがまるでお遊びごとで、『今になって急に、何より大事なのは唐突にということだ、すべてが現実に実行されはじめたのだ』という気がした。この考えにぼくは励まされた。胸のうちはいろんなことで混乱していても、気持ちはうきうきしてきた。が……しかし、べつの感覚もあった。そのうちのひとつが他を押しのけてとくにせりだし、ぼくの心をすっか

り支配しようとしていた。しかもふしぎなことに、この感覚にもぼくは励まされ、何かおそろしく陽気な気分へと誘われていった。しかし、元はといえば、恐怖からはじまったのだ。ぼくはもうだいぶ前から、あの直後から、恐れていた。あのとき、ぼくはつい熱くなり、あまりにもうかつに、あの手紙のことをカテリーナ夫人に漏らしてしまった。『たしかにしゃべりすぎた』とぼくは思った。『おそらくあの二人は何かを察したにちがいない……こいつは、困った！　あの二人のことだ、いったん怪しいとにらんだからには、むろん、ぼくをこのままほっとくことはしない、でも……かまうもんか！　おそらく、肝心のこのぼくを見つけられないだろうし──何といってもこっちは雲隠れしてしまうのだから！　でも、かりに本気であとを追いまわしはじめたらどうしよう……』。するとそこで、さっきカテリーナ夫人の前に立ちつくしていたときのこと、さらには彼女の厚かましい、それでいてひどく驚いたような目がこちらをじっと見つめていたあのときの顔がまざまざと思いだされ、ぼくはますます満足感の高まりを覚えた。彼女が驚くのにまかせて部屋を後にしながら、ぼくは思いだしたのだ。《でも、彼女の目は、真っ黒ってわけじゃない……まつ毛だけがやけに黒くて、そのせいで目もあんなふうに黒っぽく見えたんだ……》

そこでふと──忘れもしない──あることを思いだし、たまらなくいやな気分に

なった……いまいましく、胸がむかついてきた。あの二人にたいしても、じぶんにたいしても。ぼくは何やら自責の念にかられ、それでべつのことを考えようと努めた。《この隣室の女性との一件で、ぼくはなぜ、ヴェルシーロフにこれっぽちの怒りも感じないのか？》そんな考えがふと頭をよぎった。ぼくはぼくなりに、固く信じて疑わなかった。彼がここで演じたのは色事師の役回りであり、ちょっとしたお楽しみのつもりでやって来たのだろう。ところが、そのこと自体にぼくは憤慨しなかったのだ。それ以外の人間として彼を想像できないとさえ思ったほどだし、じっさい彼が恥をかかされたことに満足を覚えはしたものの、彼を責める気はなかった。ぼくにとって大切なのは、そんなことではなかった。ぼくにとって重要なのは、ぼくが隣室の女性といっしょに部屋に入っていったとき、彼がひどくいらだたしげな目でこちらをにらんだということだ。いまだかつてなかったようなにらみ方だった。《ついに彼も真剣な目でぼくを見た！》息も止まりそうになりながら、ぼくは思った。ああ、かりに彼を愛していなかったら、彼の憎しみをこれほどよろこんだりはしなかったろう！

やがてうとうとして、すっかり眠りに落ちてしまった。覚えているのは、夢のままに、仕事を終えたワーシンが几帳面に後かたづけをすまし、ぼくのソファにじっと見入ってから、服をぬぎ、ロウソクの火を消したことだけだ。深夜の十二時をまわっ

ていた。

4

それからほぼ二時間が経過したころ、ぼくは寝ぼけまなこのまま、とつぜん狂ったように跳ねおき、ソファの上に腰を下ろした。隣室に通じるドアの向こうで、ものすごい叫び声と泣きわめく声がした。ぼくたちの部屋のドアはすでに開けはなたれており、灯りがともった廊下では、人が叫んだり、走りまわったりしていた。ぼくは、ワーシンを呼ぼうとしたが、彼はもうベッドにはいないことに気づいた。マッチがどこにあるのかわからないので、手探りで服を探しだし、暗がりのなかで急いでそれを着込んだ。隣室には、アパートのおかみも、ひょっとして下宿人たちまでつめかけているかもしれない。ところが、号泣しているのは、ほかならぬ初老の女性ひとりで、あざやかすぎるほど記憶に残っている昨日の若い女性は、まったく鳴りをひそめていた。忘れもしないが、それが、そのときまっさきに頭に浮かんだ考えだった。ぼくがまだ服を着終わらないうちに、ワーシンが慌ただしく部屋に入ってきた。慣れたしぐさでたちまちマッチを探しだすと、部屋の灯りをともした。彼は、下着のうえにガウ

ンを羽織り、スリッパをつっかけていたが、すぐに着替えをはじめた。

「何があったんです?」彼にむかってぼくは叫んだ。

「不快きわまりない、超厄介な事件ですよ!」ほとんど憎々しげに彼は答えた。「きみが話していた例の若い娘、あの娘が、部屋で首を吊ったんです」

ぼくは思わず声を上げた。ぼくの心がどれほど疼きだしたか、とても言葉では言いつくせない。ぼくらは廊下へ駆け出した。正直なところ、隣室にのこのこ入っていく勇気がなく、あの不幸な娘の姿を目にしたのは、すでにもう彼女が降ろされたあとのことだった。それも、じつのところ、少し離れたところから、シーツにおおわれたままの姿を見ることができただけだった。そのシーツからは、ほっそりした靴の踵がふたつ、ちょこんと突きだしているのが見えた。なぜかついにその顔は見ずじまいだった。母親はおそろしく取りみだしていた。アパートのおかみが母親のそばについていたが、とくに怯えている様子もなかった。アパートの住人全員がその場につめかけていた。数は多くなかった。いつもは愚痴ばかりこぼしている、小うるさい男ながらいまはすっかり鳴りをひそめている年輩の船員と、トヴェーリ県から出てきたとかいうこちらはかなり品のいい、役所づとめをしている老人の夫妻だけだった。その夜に起こったほかの出来ごとや、人の出入り、検視の様子などについてこまごまと描写する

ことはしない。ぼくは明け方まで、文字通り小刻みな震えにおそわれていて、まるでそれが義務であるかのように横にならずにいたが、そのくせ何もできなかった。それに、ほかの全員がひどくいきいきした顔をしていて、何かしらとくに活気づいているようにも見えた。ワーシンなどはどこかへ出かけてしまったほどだ。アパートのおかみはかなりしっかりした女性で、想像していたよりもはるかに好人物であることがわかった。ぼくは、母親をこうして娘の遺体のそばで一人きりにしておくわけにはいかないので、せめて明日ぐらいまでごじぶんの部屋に移してあげてはどうだろうかと、おかみを説得した(じぶんでもよいことをしたと思う)。おかみはただちにそれに同意し、母親は母親で、死んだ娘のそばを離れるのはいやとはげしく泣いて抵抗したが、最後はとうとうおかみの部屋へ移った。おかみはすぐにサモワールの支度をするように言いつけた。そのあと、下宿人たちはそれぞれじぶんの部屋にもどり、ドアを閉めたが、ぼくはやはり何としても横になる気になれず、そのまま長いことおかみのところに留まった。おかみは、こうして余分にひとがいてくれることを、むしろ喜んでいるほどだった。ましてやこの事件で、何かと相談に乗ってもらえるとなればなおさらのことだった。サモワールがおおいに役立った。総じてサモワールというのは、いろんな災厄や不幸な事件、とくにそれが恐ろしく、唐突で、エキセントリックな場合な

ど、どうしても欠かせないロシア独特の道具である。母親は、カップに二杯もお茶を飲んだ。むろん、こちらからさんざんすすめて、ほとんど無理じいして飲んでもらった結果だ。しかしそれにしても、嘘ではなく、この不幸な母親ほどの、苛烈で一途な悲しみというものを、これまでいちども目にしたことがなかった。最初の号泣と、ヒステリーじみた発作が鎮まると、母親はじぶんから進んで話しはじめた。ぼくはその話をむさぼるように最後まで聞いた。こうした場合、できるだけ多くをしゃべらせる必要がある不幸な人というのが、とくに女性たちのうちにいる。それればかりか、悲しみのあまり、いわばすっかり感覚がマヒしてしまう性格の持ち主もいる。その人たちは、生涯にわたって、あまりにも多くの、大きな悲しみや、絶え間ないこまごました悲しみを耐えに耐えぬいてきたため、もう何があっても、いや、どんなに唐突な破局にも驚かなくなって、要は、最愛の人の棺を前に立ちながら、高い犠牲をはらって身につけた、人々への卑屈な応対術を一つとして忘れることがない。ただしそのことをとやかくいうつもりはない。なぜなら、それは、俗悪なエゴイズムでも、未熟な人格というわけでもないからだ。そうした人々の心のうちには、かえって見かけだけは上品なヒロインよりも立派な資質が見いだされるかもしれない。ただし、長きにわたる屈従の習慣と、自衛本能と、長きにわたる迫害や落胆とに、結局は敗れてしまう。か

わいそうに自殺した娘は、この点で母親には似ていなかった。もっとも、顔立ちは二人とも互いによく似ていたようだ。とはいえ、死んだ娘はなかなかの美人だった。母親のほうは、まださほど年寄りというほどではなく、せいぜい五十かそこらで、娘と同じブロンドの髪をしていたが、目と頬は落ちくぼみ、不ぞろいの大きな歯は黄ばんでいた。総じて、すべてが何やら黄ばんだ感じで、顔や両手の肌は羊皮紙を連想させた。黒っぽいワンピースも、古くなったせいですっかり黄色く変色していたし、右手の人差し指の爪には、なぜかわからないのだが、黄色い蠟が念入りに几帳面に塗りつけられていた。

この哀れな女性の話は、ところどころ脈略を欠いていた。ぼく自身が理解し、記憶しているところを話すことにする。

5

親子はモスクワからやって来た。母親は夫と死に別れてすでにだいぶ日が経っていたが、『それでも、七等官の家内』で、夫は役所勤めをしていたが、『それでも、二百ルーブルの年金以外』ほとんど何も残さなかった。『二百ルーブルがいったいどれほ

どのものっていうんです？』。それでも、オーリャを育てあげ、中学校にも入れてやった……『それがまあよくがんばることといったら。卒業時には銀メダルまでいただきました……』（そこで、むろん長いこと涙にくれた）。故人の夫には、ペテルブルグのとある商人相手に、ほぼ四千ルーブルの貸し倒れとなった金があった。この商人の金回りがふたたびよくなり、『わたしには証書がありましたもので、ある人に相談に乗ってもらいましたら、そりゃ要求して、何がなんでも全額返してもらいなさいとのことで……』。で、交渉しはじめると、その商人は了承してくれそうでした。それじゃ、こちらから出かけて行きなさいと言われまして。娘のオーリャと旅支度をし、こちらに着いてもうひと月になります。お金の持ちあわせといっても、いくらでもありません。この部屋を借りたのは、見たなかでいちばん小さかったのと、それに、この目で確かめてきちんとした家だったからで、それがわたしたちには何よりものことですから。わたしたち二人とも世慣れておりませんし、みんなわたしたちをつけねらっております。そんなわけでこちらに家賃をひと月分お支払いし、あちこち駆けずりまわっておりました。ペテルブルグというのは、やけに剣呑《けんのん》で、その商人は端から相手にしてくれません。『おまえさんのことなど、まるで存じません、見たことも聞いたこともありません』の一点張りでございます。わたしの証書はちゃんとしたもの

ではありません、そんなことは百も承知です。そこでべつの人にアドバイスされました。これこれの有名な弁護士さんのところへ行ってごらんなさい、その人はどこぞの大学教授で、ただの弁護士さんじゃない、法律家だから、どうすればよいかきっと教えてくれるはずだ、と。で、なけなしの十五ルーブルをもって訪ねますというと、『なるほど、わかりました、その商人、出す気があれば出すでしょう、出す気がなければ、出さないでしょう、裁判でも起こしてみなさい、かえってこっちの持ち出しってことになりかねません、何といってもいちばんは示談です』とこうです。おまけに聖書の文句まで持ちだして、『道があるうちに和解せよ、でないと最後の一コドラントまで払わされる』とかいって、にやにやしながらわたしを見送るしまつです。こんなぐあいで、虎の子の十五ルーブルが消えてしまいました！　オーリャのところへ戻ってきて、さしむかいで腰をおろしているうち、わたしは泣きだしてしまいました。ですが、あの娘は、泣いてなんかいません、ひどく厳しい顔をして腹を立てているんです。あの娘はずっと、死ぬまでそんな感じで、小さいときもけっしてため息ついたり、泣いたりせず、すわったまま怖い顔をしているので、見ているわたしのほうが気味悪くなるくらいでした。それに、ほんとうにはなさらないかもしれませんが、わたし、あの娘が怖かったんです、ほんとうに怖くてしかたなく、ずっとびくびくしてい

ました。ときどき泣き言をいいたくなるときもありましたが、あの娘のいるまえではそれもできませんでした。で、これが最後とばかり、さっきの商人のところに出かけていき、思いっきり泣いてみせました。でも、相手は、『わかりました』というだけで、話を聞いてもくれません。そうこうするうち、正直申しまして、わたしたち、そう長いことこちらにいるつもりはありませんでしたから、もうだいぶ前からお金を切らしておりました。わたしは少しずつ着るものを引っぱりだしては質入れし、それでもってなんとか暮らしを立てていました。じぶんのものはすべて質入れしてしまったものですから、あの娘はじぶんの最後の肌着まで差しだすありさまです。わたしはもうおんおん泣きだしました。するとあの娘はどんと足で床を踏みならし、急に立ちあがってじぶんから商人のところに駆けだしていきました。男はやもめで、あの娘にこう言ったとのことです。『明後日の五時においでなさい、話に乗ってやれるかもしれない』戻ってきた娘は、すっかり陽気になって言いました。『話に乗ってくれるかもしれないって』むろん、わたしも大喜びでしたが、ただ、なんとなく胸騒ぎがしまして。これは何かある、と思いましたが、あれこれ聞く勇気もありません。で、その翌々日、商人のもとから帰ってきたのですが、顔は真っ青で、体じゅう震えていて、ベッドにどっと体を投げだしたのです。――わたしはすべて察しがつきましたから、

聞く気にもなれません。で、いったい何があったと思います？　あの悪党ときたら、あの娘に十五ルーブル差しだし、『完全な処女とわかったら、もう四十ルーブル足してやろう』とか、面と向かってそんなことを言いながら、恥じる様子もなかったそうなんです。で、あの娘が男につかみかかると、男はあの娘を突きとばしてべつの部屋に逃げこみ、鍵までかけたっていうんです。そうはいっても、わたしども、恥をしのんで申しあげれば、ほとんど食べるものもないありさまでして。そこで、裏地にウサギの毛皮のついた胴着を売り、それから新聞社にまわって、広告を出してもらいました。当方、全科目および算数の家庭教師引き受けます、というものです。『ワンレッスン三十コペイカぐらいは払ってもらえるでしょう』とか言われたそうです。しまいには、わたし、ああ、あの娘を見るのも怖くなってしまいました。何ひとつ口をきいてくれませんし、何時間も窓際にすわったまま、向かいの家の屋根を眺めていたかと思うと、いきなり叫びだしたんです。『洗濯女だっていい、土掘り仕事だっていい！』——ひと言、そんなことを叫ぶと、足でどんと床を踏み鳴らす始末です。それに、ここには、知りあいと呼べるひとはだれもおりませんし、相談できる相手もまるきりいないありさまです。《わたしたち、この先どうなるのか？》と考えざるをえません。でも、やはりあの子とは怖くて話ができません。あるとき、あの子は昼寝をし

ていましたが、ふと眠りからさめて目を開くと、こちらをじっと見つめています。長持ちに腰をかけたまま、わたしもあの子をじっと見つめていました。するとあの子はだまって立ちあがり、わたしに近づいてきて、きつくきつく抱きしめました。そこでわたしたち二人は、もうこらえきれず、声をあげて泣きだしました。そうしてすわったまま泣きながら、たがいに抱きしめた手を放そうとはしませんでした。あの子とこんなふうにするのは、後にも先にもはじめてのことです。二人してこんなふうにすわって抱き合っているところへ、お宅のナスターシヤが入ってきてこう告げたのです。『どこかの奥さまが、お目にかかりたいと言っておいでです』。これは、つい四日前のことです。奥さんが入ってこられました。見ると、とても立派な身なりをしたお方でして、どことなくドイツ語なまりのあるロシア語でこう言うんです。『新聞に家庭教師の広告を出されたのは、そちらですか』と。わたしたち、そこですっかり舞いあがり、椅子をすすめました。その方が優しそうな笑顔で申されるには、『じつは、わたしどもではなくて、わたしの姪のところに小さな子どもがおりまして、もしおさしつかえなければ、家のほうにお越し願いたいと思いまして、その上でご相談いたしましょう』。そう言って住所を教えてくれました。ヴォズネセンスキー橋の近くで、番地はこれこれ、部屋の番号はこれこれと書いてありました。で、帰っていきました。

そこでオーリャは出かけていきました。その日のうちに、駆けだすようにしてです。ところが、どうでしょう。二時間ほどして戻ってきたのですが、ヒステリーを起こし、身もだえしています。あとで聞くと、こういう話です。『庭番に、これこれの番号のアパートはどこです？』と尋ねたところ、庭番は、こちらをじろじろ見て、『あんた、あの家に何の用がおありですかい？』と言ったそうです。その口ぶりがあまりに妙でしたから、そこではっと気づいてもよかったのですが、何せ娘ときたら、とても気がつよくて、短気なたちなものですから、そうした失礼な質問や、無礼なふるまいががまんできなかったのですね。で、庭番は、『さあ、行きな』と言って階段を指さすとくるりと背を向け、番小屋に戻ってしまったというんです。それからどうなったと思います？　あの娘が、部屋に入って、失礼します、というなり、四方八方からいきなり女たちが飛びだしてきて、『さあ、さあ、中へどうぞ！』とか言って、どこを向いても厚化粧のいやらしい女たちばかりで、笑ったり、抱きついたり、ピアノを弾いたり、あの娘を引きずりまわしたりしたんだそうです。『なんとか逃げだそうとしたのに、放してくれないの』とか言ってました。すっかり怖気づいて、両足はがくがくする始末です。でも、放そうとしないばかりか、あれこれ甘いことを言って、必死に丸めこもうと、黒ビールの栓をぬいては、グラスをさし出して飲ませにかかったんだそ

うです。あの娘は飛びあがると、体を震わしながら『帰して、帰して！』と狂ったみたいに叫んだそうです。で、ドアのほうに駆けだしたのですが、女たちはドアを押さえて帰そうとしません、そこで金切り声でわめくと、さっき家にやってきた例の女が駆けよってきて、うちのオーリャの頬っぺたを二度殴りつけ、『この商売女、おまえなんか、こんな上等な屋敷に住み込む資格なんてありゃしないんだ』と言って、ドアの外に突きだしたそうです。するとべつの女が、階段のうえからあの娘に向かってこうわめき立てたというじゃないですか。『なんだい、食うに困ってそっちから拝みこんできたくせに、あんたみたいな豚面《ぶたづら》、こっちこそ見たくもないもんだ！』とね。その夜は、熱に浮かされたみたいに一晩じゅううわごとを言っていましたが、朝、起き出すと、目をぎらつかせ、『裁判に訴えてやる、あの女を訴えてやる』とか口走りながら歩きまわっていました。わたしは、黙っていました。裁判に訴えたところで、仕方ない、どうやって身の証を立てられる？　と、そう思っていたのです。あの娘は、部屋をぐるぐる歩きまわり、両手をもみしだき、目からは涙をあふれさせ、唇を固く結んだまま、ピクリともしません。まさにあの瞬間から、あの娘の顔はすっかり影におおわれ、その影が消えることは最後までありませんでした。三日目になると気分も軽くなり、黙ったままでしたが、落ち着きを取りもどしたようでした。ちょうどその

日の四時ごろでした、ヴェルシーロフさんがうちにお見えになったのは。

あらためて率直に申し上げますが、いまもって、わたしにはわからないんです。あれほど疑い深いオーリャが、あのときどうして、ほとんど最初のひと言からあの人の言葉に耳を傾けるようになったのか。あのとき、ほかの何よりもわたしたちを惹きつけたのは、あの人のとても真面目そうな、厳格なといってもよい顔つきと、おだやかで、実直で、どこまでも丁重な話しぶりでした――いえ、丁重どころか、恭しいといえるほどの話し方で――それでいて、何か下心がありそうな様子はみじんも見えません。ほんとうに純粋なお気持ちで来てくださったことは、すぐにわかりました。『あなたがお出しになった広告文、新聞で読みましたが、お嬢さん、あの書き方は少しおかしいところがあります、それで、かえって不利益をこうむられるかもしれない』そこであの方は、算数がどうのこうのと説明をはじめたのですが、正直、わたしにはさっぱりわかりませんでした。ただ、見ているとオーリャは、顔を赤くして、まるですっかり生きかえったみたいに耳を傾け、じぶんからすすんで話をしています（それはもう賢いお方にちがいありません！）、聞いていると、彼にお礼まで言っています。あの方は、いろんなことについてとても丁寧に質問しておられ、モスクワにしばらく住んでおられたこともあるらしく、高校の女性校長とも個人的にお知り合いとわかり

ました。で、こう話されたんです。『家庭教師の口は、わたしがかならず探しだしてあげます。なにしろ、ここではいろんな方と知り合いですし、いろんな有力者に尋ねることもできますから。ですから、もし、定職をお望みでしたら、そのことを心がけておいてもよいです……で、さしあたって失礼ですが、ひとつ率直な質問をさせてください。なにかいますぐあなたのお役に立てることはありませんか？　たとえどんなことでもあなたのお役に立たせていただけましたら、そうすることでむしろあなたのほうがこのわたしを満足させてくれることになるのです。わたしがあなたにではありません、それとは逆に、あなたがわたしにです。でも、あくまで自己負担でとおっしゃるなら、それもいいでしょう、お仕事が見つかりしだい、ごく短期間のうちにお返しくだされればよいことです。これは、本気で申し上げることですが、かりにもし、このわたし自身が、いつか同じような苦境に陥ることになり、逆にあなたのほうが何不自由ないご身分になっておられましたら――そのときは、こちらからまっすぐささやかな援助を求めて出かけていくか、それとも、妻か娘をさし向けることにいたしましょう』……あの方の口にされた言葉を逐一お伝えすることはできませんが、ただ、わたしはその場で泣きくずれてしまいました。だってオーリャが、感謝のあまり唇をぷるぷる震わせているのが見えたからです。『もしもご厚意に甘えるとしたら』とあ

の子は答えていました。『父の代わりともいえるくらい、誠実で人間味あるあなたを信頼するからです』……あの子はほんとうにすばらしく上手に話しました。『人間味あるあなた』と、短く、立派な物言いでした。あの方はすぐに椅子から立ちあがると、おっしゃいました。『必ず、きっと家庭教師の口と定職を探し出してあげます。今日からとりかかります。なにしろ、あなたは、そのための十分な資格をお持ちですしね』……それはそうと、言い忘れていました。あの方は部屋に入られるなり、高校時代の書類をすべてチェックされました。娘が見せたんです。で、ごじぶんでいろんな科目について試験をなさいました……あとでオーリャがわたしに言いますには、『ママ、あの人はね、いろんな科目の試験をしてくれたの、ほんとうに賢いお方だわ、あんな、知的で教養のあるお方とお話ができるなんて、めったにないことよ』ですって……あの娘はもう、全身光りかがやいていました。六十ルーブルのお金がテーブルに乗っていました。『ママ、早くしまって、仕事が見つかったら、いの一番にお返ししましょう。そうして、私たちが正直な人間だってことを証明してみせるの、わたしたちがちゃんと気配りのできるな人間だってことは、もう見てわかってらっしゃるから』それからあの娘はしばらくだまっていましたが、見ると、しきりにため息をついています。『ねえ、ママ』とふいにわたしに向かって言いました。『わたしたちがもし

礼儀知らずの人間だったら、たぶん、プライドもあるから、受けとるなんてことしなかったわよね、でも、こうして受けとったっていうことは、それでもってわたしたちの気配りを証明したことになるわね、だって、尊敬すべき年長者として、あの人に全幅の信頼を置いたわけですもの、そうでしょう?』はじめのうち、あの娘の言っていることがよくわからなかったので、わたしはこう申しました。『どうして、オーリャ、立派でお金持ちの人から施しを受けちゃ、いけないのだい、おまけにあの人が親切な心の持ち主だとしたら?』眉をひそめてわたしを見ながら娘が言いました。『そうじゃないの、ママ、そうじゃない、必要なのは、施しじゃなくて、あの人の人間性が大切なの』。お金なんて、ぜんぜん受けとらないほうがよかったくらいなの、ママ、仕事を見つけてくれるって約束してくれただけで十分だったの……そりゃ、生活には困っているけど』で、わたしは言いました。『でもね、オーリャ、こんなひどい貧乏暮らしだもの、断るなんてぜったいにできっこなかったわ』そう言ってわたしも笑ったくらいです。たしかにそう、心のうちではうれしかったのです、ただ、それから一時間ほどして娘が急にこんなことを言いだしたのです。『ママ、あのお金に手をつけるの、少し待って』その言い方がきついのです。『どうしてまた?』と尋ねました。『どうしても』娘はそう言ったきり、黙りこんでしまいました。その晩、娘はずっと

口をつぐんだままでした。ところが夜の一時すぎ、ふと目を覚ますと、あの娘がベッドのうえでしきりに寝返りを打っているのがわかります。『起きてる、ママ?』『うん、起きてるよ』と答えました。『ねえ、あの人、ほんとうはわたしを辱める気だったんじゃないかな?』『おまえ、いったいどうしたの、何てことというの?』わたしはそう言いました。あの娘は答えます。『きっとそうにちがいないわ。卑劣な男なのよ、あの男のお金、一コペイカも使っちゃだめだからね』わたしはいろいろ話しかけたり、ベッドの上でそのまましめそめそ泣きだしたりしましたが、あの娘はくるりと壁のほうを向いて、『黙ってて、眠らせてちょうだい!』と言う始末です。翌朝見ると、あの娘は部屋をぐるぐる歩きまわっています。まるで人が違ったかと思ったほどの変わりようです。本当になさろうとなさるまいとかまいません、でも、神さまに誓って申しますが、そのときあの娘はもう正気ではありませんでした! あの、汚らわしい家で辱めを受けてから、あの子は、心も……いえ、理性まで曇ってしまったのです。あの朝、あの娘を見て、これはおかしいと思いました。でも、恐くて、あの娘の言うことに何ひとつ反対すまいと思いました。『ママ、あの男はね、結局、じぶんの住所を残していかなかったでしょう』と娘は言うのです。『そんなこと言ったら罰が当たりますよ、オーリャ。おまえ、昨日は、じぶんから話を聞いて、あとで褒めてたじゃない

の、嬉し涙まで流しそうだったじゃないの』わたしは言いました。わたしがそう口にするが早いか、娘は、きゃっと大声をあげ、床をどんと足で踏み鳴らしました。『母さんも、しょせんは卑しい感情の奴隷なんだ、農奴制の古い教育を受けた女なのよ』……あとはもう何も言わず、帽子をひっつかむと、そのまま駆けだして行きました。後から大声で叫んだんですけど。何がどうしたんだろう、どこへ駆けだしていったんだろうと考えていました。結局、あの娘が走っていった先というのが住所係で、そこでヴェルシーロフさんがどこに住んでいるかをたしかめてきたのです。『今日、すぐにでもあの男にお金を返してくる、顔に叩きつけてやるの。あの男は、サフローノフ（例の商人です）と同じで、わたしを辱めようとしたんだ。ただ、サフローノフのやり口は、下種などん百姓そのままだったけど、あの男ときたら、ずるがしこい偽善者の手口そのものよ』。ちょうどそのときでした、間の悪いことに、例の昨日の紳士がとつぜんノックして入ってきたのです。『ヴェルシーロフのことを言っているようですが、こちらからもお耳に入れておきたいことがありまして』と言うのです。ヴェルシーロフの名を聞くなり、あの娘はもう夢中になって飛びつき、しゃべってしゃべりまくりました。その姿を見ていたわたしは、もう開いた口がふさがりません。もともと口数の少ない子ですから、これまでだれともあんなふうなしゃべり方をした

ことはありません、しかも、相手はまるで見ず知らずの他人です。頬っぺたはもう真っ赤で、目はぎらぎら輝いていました……で、相手の男のほうは、待ってましたとばかりにこう言うんです。『お嬢さん、あなたのおっしゃることは完全に正しい。ヴェルシーロフって男は、よく新聞に書き立てられるここの将軍たちと、まったく変わりません。胸にありったけの勲章をつけ、新聞に広告を出している女の家庭教師宅に出かけていく。そしてこれはと思う女を漁り歩く。もし、これはというのが見つからなければ、しばらく腰を落ちつけ、おしゃべりをし、口からでまかせの約束をして引きあげていくんです——それでも多少の気晴らしにはなるわけでして』オーリャまでが大笑いしたほどでした。ただ、なんとなく意地の悪い笑い方でしたが、よく見ると、その紳士は、あの娘の手をとり、じぶんの胸もとに押しあてているじゃありませんか。『お嬢さん、わたしはこれでも結構な財産がありましてな、すてきな娘さんにはいつだってプロポーズできる用意がありますが、しかしそれよりもまず、せめてそのかわいらしい手にキスさせていただきましょうか……』見ていると、その手を引きよせてキスをしようとしました。そこで娘がさっと立ちあがり、わたしもいっしょになって、男を追いだしました。ところが日が暮れるまえに、オーリャは例のお金をつかむと駆けだしていき、それからしばらくして家にもどって来るなり、こう言

うのです。『ママ、わたし、あの恥知らずに復讐してやったわ！』──で、わたしは言いました。『ああ、オーリャ、オーリャ、ひょっとして幸せの芽を、じぶんから摘んでしまったかもしれないよ、おまえ、あの立派で、善良なお方を傷つけてしまったかもしれないよ！』わたしは娘のことが無念で泣きだしました。もう、こらえきれなかったんです。するとあの娘はわたしに向かってこう言うんです。『いやだ、いやだ！　あの男がどんなに真っ正直な人間でも、あの男の施しなんてほしくない！　人に憐みなんかもらいたくない、そんなのはまっぴらごめんだ！』わたしは横になりましたが、何ひとつまともには考えられませんでした。あの壁の釘なら、それまでなんども眺めたことがありました。以前は、鏡がかかっていたものですが──気づきませんでした。まるで思いもよりませんでした。昨日も、それ以前も。あんなこと、思ったことも、考えたこともありません。オーリャがあんなことをしでかすなんて、まるで予期しなかったことです。わたしはいつも熟睡するほうで、いびきもかきます。それは、血が頭に上るせいです。でも、ときどきは心臓に差しこむような痛みを感じて、眠りながら声をあげることもあります。そんなわけで、オーリャは夜中にわたしをゆり起こして、『ママったら、よくもそうぐっすり眠れるものね、大事なときに起こそうにも、起こせないじゃないの』なんて言うことがありました。で、わたしは、

『オーリャったら、わたしはね、ぐっすりタイプなの、ぐっすりタイプ』と答えたりしたものです。そんなわけで、昨日もいびきをかきだしたにちがいありません。娘はそのときを待って、もうなんの気兼ねもなく、起きあがったんでしょう。あのスーツケース用の長いベルトですが、あれはこのひと月間、いつも目の前に転がっていて、つい昨日の朝も『邪魔にならないよう、そろそろどこかに片づけなくちゃ』と思っていたところでした。そしてあの椅子です。あれはあとから足で蹴ったにちがいありませんが、ごつんと音がしないよう、じぶんのスカートを横に敷いていました。それからきっと、長い長い時間が経ったにちがいありません、まる一時間かそれ以上経ったころに目を覚ましました。『オーリャ！　オーリャ！』と声をかけました。すぐに何かがピンと来て、声をかけたのです。ベッドからあの娘の寝息が聞こえなかったからか、それとも暗闇の中ながら、ベッドが空になっているように見えたからか――とにかくいきなり飛びおきて、手で探りました。ベッドにはだれも寝ておらず、枕も冷たくなっています。わたしは一気に気持ちが萎え、すべての感覚がなくなったみたいにその場に立ちつくし、頭が朦朧としてきました。『どこかへ出かけていったんだわ』と思いました。そして一歩足を踏みだし、ベッドのそばからよく見ますと、部屋の隅のドアのところにあの娘が立っているようなんです。わたしは立ったまま、だまって

あの娘を見つめていました。するとあの娘も暗闇のなかからこっちを見つめているようなのですが、ぴくりともしません……『それにしても、何だって椅子の上に立っているんだろう?』わたしはそう思いました。『オーリャ』とささやくように言いました。わたし自身、怯えきっていました。『オーリャ、聞こえるかい、おまえ?』とそのとき、わたしのなかですべてがぱっと明らかになったような気がしました。わたしは一歩すすみ、あの娘にむかってまっすぐ両手を差しだし、かき抱きました。すると、わたしの腕のなかであの娘がゆらゆら揺れているんです。抱きしめているはずなのに、揺れている。これでなにもかもわかりましたが、わかりたくありませんでした……叫ぼうとしても、声が出ません……『ああ』とわたしは思いました! そしてそのまま床の上にばったり倒れこんだのです。そこで、はじめて叫び声をあげたのでした……」

……………………………………

「ワーシンさん」ぼくがそう声をかけたのは、もう朝の五時過ぎのことだった。「あのステベリコフがいなかったら、こんなことにはならなかったかもしれませんね」

「いや、わからんさ、やっぱりこういうことになったかもしれない。そんなふうに考えるべきじゃない、そうでなくたって下地はあったわけだから……たしかに、あのス

テベリコフって男、どうかすると……」

最後まで言いきらず、彼はひどく不快そうに眉を寄せた。六時過ぎに彼はまた出かけて行った。あいかわらず忙しかったのだ。ぼくはついに、ひとり取り残されてしまった。すでに夜が明けていた。軽いめまいがしていた。ヴェルシーロフの姿が目のまえにちらついていた。あの婦人の話で、まったくべつの光が彼に当てられることになった。頭をよく整理するため、ぼくはワーシンのベッドに横たわった。服も着ていれば、靴も履いていたので、ほんの少し横になるだけで眠るつもりなどさらさらなかった。ところがふいに眠りに落ちてしまった。どういうぐあいでそうなったかも覚えていない。ほとんど四時間近く眠っていた。だれもぼくを起こしてくれるものがなかったのだ。

第十章

1

　十時半頃に目が覚めたが、しばらくじぶんの目が信じられなかった。ぼくが昨日寝たソファに、母が、そしてそのとなりには、かわいそうな隣室の女性で、自殺した娘の母親が腰を下ろしていたのだ。二人はたがいに手をとりあい、おそらくはぼくを起こさないように小声で話し、ともに泣いていた。ぼくはベッドから降りて、いきなり母に抱きついてキスをした。母は急に顔を輝かせてぼくにキスをすると、右手で三度十字を切った。ひとことも交わす間もなく、さっとドアが開いて、ヴェルシーロフとワーシンが入ってきた。母はすぐに立ち上がると、隣室の女性を連れて外に出た。ワーシンはぼくに手を差しのべ、ヴェルシーロフはひとことも発することなく、肘掛

け椅子に腰を下ろした。どうやら、彼と母がここに来て、すでにしばらく時が経っているらしかった。彼の顔は不安げにかきくもっていた。

「なにより残念なのは」ヴェルシーロフは、途切れた話を続けるつもりらしく、間をおいてゆっくりとワーシンに切り出した。「昨晩じゅうにすべてをきちんと片づけられなかったことだ、それができていれば──きっと、こんな恐ろしいことにならずにすんだのだが！　それに時間もあったし。まだ、八時にもなっていなかったわけだから。昨日、あの娘がわが家を飛び出していったとき、すぐにでも後を追いかけ、ここに来てよく言い聞かせようと思ったのだが、予想もしない、のっぴきならぬ用件ができて、といって、今日まで……いや、一週間だって先延ばしできないわけではなかった、──あのいまいましい用件に足をとられて、すべてがぶち壊しになったわけだ。悪いことは重なるものだ！」

「でも、説得はむずかしかったかもしれません。あなたのほうの事情はどうあれ、むこうは完全に行きづまっていたようですから」ワーシンが軽い調子で言った。

「いや、できたとも、ぜったいにできた。なにしろ、わたしの代わりに、ソフィヤをここに遣わそうという考えも浮かんだくらいでね。ちらりとさ、でも、ちらりと浮かんだだけだが。ソフィヤひとりでも説得はできたろうし、かわいそうに、あんな死に

かたをさせずに済んだはずだ。いや、もう二度と他人《ひと》ごとに首を突っ込むようなことはしないよ……『良かれと思ってやったことだが』……。じっさい、他人ごとに首を突っ込むなんて、人生で一回かぎりのことだ！　これでもね、じぶんはまだ時代から取りのこされていない、いまの時代の若者のことはわかっている、と、そんな気でいた。でも、われわれ老人というのは、ほとんど成熟するのと同じ早さで老いこんでいくものなのだな。ついでながら、いまの世には、つい昨日まで若かったというので、習慣的にじぶんをまだ若い世代の人間と思いこみ、そのじつ、すでに予備役に入っているることに気づかずにいる連中が恐ろしくたくさんいるものさ」

「あれは誤解なんです、あまりにも明白な誤解です」ワーシンは慎重な口ぶりで言った。「母親が言っていましたが、娼家でひどい辱めをうけて理性を失ってしまったらしいんです。それに、商人から受けた最初の侮辱という事情を思い出してくださ い……こうしたことは、以前にも同様に起こりえたことでしてね、ぼくに言わせると、とりたてていまの時代の若者の特質を示しているわけじゃありません」

「いまの若者は少しせっかちすぎるし、おまけに、これはいうまでもないことだが、現実の理解が足りない、といってこれはいつの世の若者も同じことだが、いまの若者はなぜかとくに……ところで、ひとつ聞きたいのだが、ステベリコフ氏はあのとき何

をしゃべったんだね？」

「ステベリコフ氏が」ぼくは横から口をはさんだ。「元凶です。彼がいなければ、何も起こらなかったはずです。彼が、火に油を注いだんです」

ヴェルシーロフは最後まで聞いていたが、こちらにはちらりとも目を向けなかった。ワーシンは顔を曇らせた。

「それと、ある滑稽な事情についてもわたしはじぶんを責めているんだ」ヴェルシーロフは、ゆったりした調子で、あいかわらず言葉を引きのばしながら話をつづけた。「どうも、これがわたしの悪い癖で、あのとき娘にむかって、一種陽気なところを見せてしまった、あの軽薄な笑いは、要するに、厳しさが足りなかったし、冷静さ、陰鬱さも不十分だった。この三つの要素というのは、これまた現代の若い世代ではきわめて価値あるものとされているらしいんだな……要するに、わたしはあの娘に、さまよえるセラドンと思わせるきっかけを与えてしまったわけだ」

「それとは正反対です」ぼくはまた激しい調子で割って入った。「あの娘の母親は、とくにこう主張していました。あなたは、まさにその真面目と、そう、厳しさもそう、それと真摯さでもって、娘に大きな感銘を与えた、って――母親がじぶんから言った言葉ですよ。亡くなられた娘さんも、あなたが帰られたあと、そんなふうな言葉であ

なたを褒めていたそうです」

「そ、そうかね？」ヴェルシーロフはそう口ごもるように言い、やっとこちらに目を走らせた。「この遺書はしまっておきなさい、裁判に欠かせないから」そう言って彼はちっぽけな紙切れをワーシンに差しだした。紙切れを受けとったワーシンは、ぼくが好奇のまなざしで見ているのに気づいて、ぼくにそれを読ませた。それは、乱れた二行からなるメモで、鉛筆で、どうやら暗闇のなかでなぐり書きされたものらしかった——。

『大好きなママ、人生のデビューを、この手で断ち切ることを許してください。悲嘆にくれるあなたのオーリャ』

「これは、今朝になって見つかったんです」ワーシンがそう説明した。

「なんて妙な書き置きだろう！」ぼくは驚いて叫んだ。

「なにが妙？」ワーシンが尋ねた。

「あんな瞬間に、こんなユーモラスな表現で書けるものかな？」

ワーシンは、不審そうにこちらを見た。

「それに、このユーモアにしても変です」ぼくは続けた。「これって、高校の仲間たちが使う隠語ですよ……いったい、どこのだれが、あんな瞬間に、かわいそうな母親

に宛てたこんな書き置きで――だって、母親は娘を愛していたわけでしょう――『人生のデビューをこの手で断ち切る』なんて書けますか！」

「どうしてそう書いちゃいけない？」ワーシンはそれでも合点がいかなかったらしい。

「ユーモアなどいっさいないさ」ヴェルシーロフが、ようやく意見を吐いた。「むろん、言葉遣いはふさわしくないし、この種の手紙にはあるまじきものだ。じっさい、おまえの言うとおり、高校か、そのあたりの仲間内で通じる隠語かもしれないし、新聞かなんかの小品で使われているのかもしれない、でも、死んだ娘さんは、この恐ろしい書き置きで、ほんとうにもう純粋な、真面目な気持ちでその表現を用いたのさ」

「そんなはずありません。彼女はちゃんと課程を終え、銀メダルまでもらって卒業しているんですよ」

「銀メダルなんか、ここじゃ何の意味もないさ。いまは、多くの若者がそうやって課程を終えているからね」

「また、若者をやり玉にあげるんですね」ワーシンがにこりと笑みを浮かべた。

「まさか」椅子から立ち上がり、帽子を手にとってヴェルシーロフは答えた。「いまの世代がさほど文学的ではないとしても、まぎれもなく……別の資質を備えているからね」並々ならぬまじめな調子で彼は、言いたした。「おまけに、『多くの若者』とい

うことは、『ぜんぶの若者』というわけじゃないし、たとえばきみのことを、文学的な素養が足りないとかいって責める気はない、きみだってまだ若者だからね」

「だからワーシンも、『デビュー』という言葉づかいがおかしいとは思わなかったんです」我慢できずに、ぼくはこう指摘してやった。

ヴェルシーロフはだまってワーシンに手をさしのべた。「じゃ、また」ワーシンもいっしょに出ていこうとして帽子をつかみ、ぼくに向かって叫んだ。ぼくにもなかった。ヴェルシーロフは、ぼくには目もくれずに出ていった。ぐずぐずしているひまは、ぼくにもなかった。なんとしてもアパート探しのために走りまわらなくてはならない。いまは、何よりそれをすることが先決だった！　母はもう、おかみの部屋にはおらず、隣室の女性を連れて立ち去っていた。ぼくはなにか格別にはつらつとした気分で通りに出た……何かしら、新しい、大きな感覚が心のなかに生まれようとしていた。しかも、まるであつらえたように何もかもがその後押しをしてくれるようだった。ぼくは尋常とも思えない早さでチャンスにありつき、希望にぴったりあった部屋を見つけることができた。この部屋のことは、また改めて述べるとして、今は大事な点にけりをつけておく。

スーツケースを取りにふたたびワーシンのもとに戻ったのが、やっと一時を少し回ったところで、おりよく彼も家にいた。ぼくを見るなり、彼は、まじめで、朗らか

そうな顔をして一声叫んだ。

「ああ、立ち寄ってくれてよかった、これから家を出るところだったんです！　きみが飛びつきそうな事実を、お伝えしようと思っていました」

「そんな予感がしていました！」ぼくも声を張りあげた。

「おや！　ずいぶん元気そうですね。で、どうなんです、あなたはあの手紙について何も聞いてらっしゃらない？　クラフトがずっと保管してきて、きのうヴェルシーロフの手に渡ったとかいう例の手紙、なんでも彼が勝訴した遺産に関するものだそうじゃないですか？　あの手紙で、遺言を残した人は、昨日の判決とは逆の遺志を明らかにしているんでしょう。手紙はだいぶ前に書かれたものとか。要するに、正確なところは何ひとつ知らないんですが、で、何か知りませんか、あなたは？」

「知らないはずがありません。クラフトが一昨日、あの連中のところから自宅にぼくを連れて帰ったのは、ぼくにその手紙を渡すためだったんですから、それで昨日、ぼくはヴェルシーロフにその手紙を渡したわけです」

「でしょう？　ぼくもそうだと思ってました。そこで考えてもらいたいんですが、さっき、ここでヴェルシーロフさんが言っていた用件って——昨晩、ここに来て、あの娘さんを説得しようと思ったが、邪魔が入ったというあの件ですよ——まさしくそ

の手紙が関係していたんです。ヴェルシーロフさんは昨晩、ソコーリスキー公爵の弁護士のところへ出向いていってその手紙を渡し、勝訴して手にされた遺産を、全部放棄したんですって。今ではもう、その法的手続きが進んでいます。ヴェルシーロフさんはその遺産を贈与するんじゃなく、その手続きで、公爵の側の完全な権利を認めているんです」

ぼくは呆然となったが、深い感動に包まれていた。本音を言えば、ヴェルシーロフはあの手紙を隠滅するものと完全に信じきっていたからだ。それればかりか、ぼくはクラフトに向かって、そんなことをするのは人品にもとる行為だといい、ぼく自身、安レストランでくり返しひとり呟いていたのだ。《ぼくが会いにきたのは、純粋な人間であり、あんな男ではない》と。だが、やはり胸のうちでは、いや、胸の奥の奥では、手紙を完全に抹消するよりほか行動しようがないと考えていた。つまり、ぼくは、それをごくあたりまえのことと考えていた。かりにあとでヴェルシーロフを責めることがあっても、それはわざと責めるだけのこと、そうみせかけるため、彼にたいしてじぶんの優位な立場を保つためなのだ。ところが、いま、ヴェルシーロフの立派なおこないを耳にしてぼくは心から感激し、後悔と羞恥にさいなまれながら、じぶんのシニシズムと善行にたいする無関心を責め、たちまちヴェルシーロフを限りない高みに押

しあげて、ワーシンを抱きしめそうになった。

「なんという男！　なんという男！　いったいだれにそんなまねができます？」ぼくは酔ったように叫んだ。

「ぼくも同意見です、たいていの人間には、こんなまねできないでしょうし……それに、文句なしに、きわめて無欲な行為です……」

「でも、といいたいんでしょう？……最後まで言ってください、ワーシン、『つづき』があるんでしょう？」

「そう、むろん、『つづき』があります。ヴェルシーロフの行いは、ぼくに言わせると、少し先走りすぎですし、さほど誠実と思えないところがある」そう言ってワーシンはにやりと笑みを浮かべた。

「誠実と思えない？」

「そうです。そこにはある種の『上から目線』みたいなものが感じられるんです。なぜかというと、いずれの場合でも、じぶんが損することなく、あれと同じことができたでしょうから。どう控えめにみつもっても、いや、半分とはいいません、でも、遺産のそれなりの部分は、今だって紛れもなくヴェルシーロフの手に入るはずなんです。ましてや、手紙は決定的な意味をもっているわけじゃなく、そもそも裁判ですでに勝訴

していわけですからね。相手側の弁護士からして、そういう意見を持っているくらいです。さっきその弁護士と話をしてきたばかりです。ですから、べつにそう急がずとも、彼の行いは同じように立派なものとして残ったでしょうが、ただ、気まぐれなプライドのせいで、それがべつの結果を生んでしまった。要するに、ヴェルシーロフさん、ちょっととりのぼせて、熱くなって、先走りがすぎたということですよ。さっきもごじぶんで言ってたでしょう、一週間だって先送りすることもできたのだが、って……」

「でもね、ワーシンさん？　ぼくはあなたの考えに同意せざるをえませんが、でも……ぼくはこちらのほうがずっと好きですし、ずっと気にいっています！」

「でも、そんなのは、好みの問題でしょう。あなたがぼくに水を向けたわけで、でなけりゃ、ぼくだって黙っていましたよ」

「たとえそれが『上から目線』だとしても、それはそれでいいでしょう」ぼくはつづけた。「上から目線は、上から目線ですが、それはそれで大いに価値のあるものですから。この『上から目線』だってやはり同じ『理想』にちがいありません。いまの人にそれがないのは、よいこととはいえないでしょう。少しくらい瑕疵《かし》があっても、理想がないよりあったほうがましです。それに、きっとあなただってそうお考えでしょ

う、ワーシンさん、ぼくの大好きなワーシン、愛するワーシン！　ぼくはたしかにくだらないおしゃべりをしましたが、あなたならわかってくださるでしょうし。それでこそ、あなたなんです、ワーシンさん、いずれにせよ、ぼくはあなたを抱きしめて、キスします、ワーシン！」

「うれしさあまって？」

「ええ、半端じゃなくうれしいんです！　だって、あの人が『死したるによみがえり、失せたるに見いだされた』わけですからね！　ワーシンさん、ぼくなんて役立たずの青二才で、あなたには及びもつきません。ぼくがこんなことを言うのは、何かの拍子に、いつもとはまるきり別の人間になるときがあるからですよ、もっと気高い、より深い人間にね。一昨日、ぼくがあなたを面とむかってほめちぎったということで（ぼくがほめちぎったのは、ぼくが卑しめられ、押しつぶされた、たんにそれだけの理由です）、そのせいで、ぼくはまる二日間、あなたを憎みとおしていたんです！　一昨日の夜、ぼくは誓いました、もう二度とあなたのところには行かないって。で、昨日の朝ここに来たのは、もう憎くてたまらなかったからなんです、わかりますか、憎しみあまってのことなんです。ぼくはこの椅子にひとり座って、あなたの部屋を、あなたを、そしてあなたの本の一冊一冊を、ここの下宿のおかみを悪く言って、あなたを

こきおろしたり、あざけったりしようとしていたんです……」

「そんなこと、言葉にすべきじゃない……」

「昨晩、あなたが口にしたひと言から、あなたは女性というものがわかっていないと結論し、喜んでいたんです。これで、尻尾をつかんだぞとばかりにね。さっきもあなたを、『デビュー』の話題でつかまえることができて、また怖いくらいうれしかったんです。それもこれも、ぼく自身があのときあなたを誉めちぎったせいなんです……」

「そういうことも口に出して言うべきじゃない！」とうとうワーシンは声を荒らげた（それでも彼は、呆れた様子など少しも見せずに微笑みつづけていた）。「そもそもそういったことはいつでも、ほとんどだれにでもあることだし、だれもが最初に経験することといってもいいんです。ただ、だれも口にしないだけで、それにまるで口にする必要もないことです。だって、いずれにせよそういう気持ちは消えてなくなるわけですし、そこから何が生じるというわけでもありませんから」

「ほんとうにだれもがそんなふうなんですか？　みんなそういう人間なんですか？　そんなことを言って、あなたこそ平気でいられるんですか？　そんな考えかたをしていたら、とても生きてはいけませんよ！」

「それじゃ、あなたの考え方だと、こういうことになるわけですね――。

　　無数の賤しい真実よりぼくには尊いというのか、
　　　ぼくらを高める欺瞞のほうが？」

「でも、それこそが正しいんです」ぼくは叫んだ。「その二行の詩には、神聖な公理が含まれています」

「さあ、どうでしょうか。この二行が正しいかどうか、あえて判断を下すのはやめにします。いつの世も、真実というのは、どこか中間地点にあるはずのものなんです。つまり、ある場合は神聖な真実とされるものが、ほかの場合は虚偽に転じるといったことが起こりえるわけでしてね。確実にわかっているのはひとつ、この思想は、人々のあいだでこれからもいちばん肝心な論点の一つとなるということです。それはそうと、どうもきみは、今にも踊り出したい気分でおられるみたいだ。いや、かまいません、踊ってください、運動は体にいいですから。でも、こちらは今朝はすさまじくたくさんの仕事が立て込んでましてね……それに、あなたと話しこんでいるうちにすっかり遅刻してしまいましたよ！」

「行きます、行きます、すぐ支度して！　ただひと言だけ」ぼくはすでにスーツケースをつかんだままの状態で叫んだ。「ぼくがいままたあなたに『首に飛びついた』のは、ただひとつ、ぼくがこの部屋に入ったとき、あなたが心からうれしそうにあの事実をぼくに伝え、ぼくがうまいタイミングで立ちよったことを『とても喜んで』くれたからなんです。それもこれもさっきの『デビュー』の後のことですから。そうして心からの満足を示してくれたことで、ぼくの『若い気持ち』があらためて一挙にあなたになびきはじめたってわけです。でも、もうこれくらいにしますね、さようなら、ここにはもうできるだけ来ないようにします。そのほうがあなたにとってどんなに気が楽かわからないし、あなたの目を見ればそれがよくわかります。ぼくたち二人にとってもそのほうが得策でしょうし……」

　こんなふうにおしゃべりし、ほとんど歓喜に息がつまりそうになるのを感じながら、ぼくはスーツケースを引きずり、新しいアパートに向かった。ぼくは何より、ヴェルシーロフがさっき、ああもあからさまにぼくに腹を立て、口をきこうとも、こちらを見ようともしなかったことがとても気にいっていた。スーツケースを部屋に運びこむと、ぼくはただちにその足で老公爵のところへ飛んでいった。正直に書くと、この二日間、彼と会わずにいたので少し気が重かったのだ。それにヴェルシーロフの件は、

すでに確実に彼の耳に入っているにちがいなかった。

2

老公爵がぼくの来訪を喜んでくれるはずだとわかっていたので、ぼくはべつにヴェルシーロフの件がなくても今日、彼のもとに立ち寄るつもりだった。昨日からさっきまでぼくがひたすら怯えていたのは、何かの拍子にカテリーナと鉢合わせする恐れがあったからだが、いまはもう何も怖れてはいなかった。

老公爵は、うれしさあまってぼくを抱きしめた。

「ヴェルシーロフのことです！　お聞きになりました？」ぼくはずばり本題からはじめた。

「Cher enfant（わが子よ）、愛する友よ、あれはじつに高尚で、高潔なふるまいだ。だって、キリヤン（あの階下の役人）にまで強烈な印象を呼び起こしたくらいだしさ！　あの男にしては軽はずみなふるまいだが、しかし、あれはじつに立派な、英雄的行為だ！　理想は高く評価してやらねば！」

「そうでしょう？　そうですよね？　この点ではぼくたち、いつも一致していまし

た」

「そうだとも、アルカージー君、わしらはいつも一致していた。で、きみはどこに行っていたのかね？　こちらからぜひきみの家を訪ねたいと思っていたんだが、どこにいるものやら、見当もつかず……なんだかんだいって、こちらからヴェルシーロフ君を訪ねるわけにもいかんし……しかし、いまとなって、ああいうことになったからには……で、いいかね、きみ、わしは思うんだが、まさしくあの手で女どもを征服してきたんだろうな、まさしくあの手口で、まちがいない……」

「ところで、忘れないうちに言っておきますが、じつは、あなたにとっておきの質問があるんです。昨日、じつにくだらない変人が、ぼくに面とむかってヴェルシーロフをこき下ろしながらこんな言い方をしたんですよ。あの男は、『女の予言者』だとね。これってどういう言い回しなんでしょう、そもそもどんな意味があるんでしょう？　とっておきの質問というのは、これなんですが……」

「『女の予言者』か！　Mais... c'est charmant!（ほう……そいつは言いえて妙だ！）は、は！　でも、あの男にぴったりだな。いや、必ずしもそうとばかりいえんか――ちぇっ！　それにしても言いえて妙だ……いやいや、必ずしも言いえて妙とは、しかし……」

「いえ、いいんです、いいんです、そう、当惑なさらずに、たんなる洒落と考えてくだされば！」

「洒落にしても、なかなかみごとなものさ、そうとも、これには深い深い意味が隠されている……文句なしに正しい見方だ！　つまり、いいかね……そうだな、きみにひとつごく小さな秘密を教えてやろう。あのときみは、あのオリンピアーダに気づいただろう？　いいかね、あの子は、じつはヴェルシーロフ君にちょっとした恋患いをしておって、それが高じて、何か胸に秘めた考えがあるみたいなんだ……」

「何か秘めた考えが！　それってまずくないですか？」怒りのあまり指で侮辱のポーズをとりながら、ぼくは叫んだ。

「Mon cher（ねえ、きみ）、そう大声あげんでくれ、一事が万事がそんなもんだしね、ひょっとしてきみの見方が正しいかもしれん。で、きみね、ついでに聞いておくが、この前、娘のカテリーナの前で、いったい何がどうしたっていうんだ？　体がぐらぐら揺れて……今にも倒れるのじゃないかと思って、急いで支えてやろうとしたくらいだ」

「その話はあとにしてください。いえ、ひと言でいえば、たんに混乱しただけです、ある理由があってね……」

「いまも顔が赤くなったぞ」

「もう、そうやってすぐ混ぜかえさないと気がすまないんだ、ご存じでしょう、あの人は、ヴェルシーロフと敵対関係にあるんですよ……そう、すべての原因がそこにあるんです、で、そのせいでつい熱くなってしまったんです、でも、こんな話やめましょう、あとにしましょう！」

「あとにしよう、あとにしよう、わたしとしても、あとのほうがありがたい……ひと言で、わたしはあの娘にたいしてものすごく責任があってね、覚えているだろうが、あのとき、きみのまえで不満をこぼしたくらいだ……ねえ、きみ、あのことはどうか水に流してくれ。彼女もきみを見る目を変えるだろうし、それは間違いないだろうと思う……あれれ、セリョージャ公爵が顔を出した！」

入って来たのは、若くて美しい将校だった。ぼくはむさぼるように彼を見つめた。これまで彼をいちども目にしたことがなかったからだ。つまり、ぼくが美しいと書いたのは、彼についていろんな人がそういう言い方をしていたからだが、この若く美しい顔には、何かしら必ずしも人好きがするとはいえないものがあった。ぼくが書いているのは、まさしく、彼の第一印象、つまり、ぼくの目が最初に彼をとらえ、その後ずっとぼくのなかにとどまりつづけた印象である。やせぎすで、とても背が高く、髪

は暗い亜麻色、艶のある顔色ながらいくらか黄色みを帯び、決然とした目をしていた。黒みをおびたそのすばらしい目は、彼がすっかり落ち着いているときですら、いくぶん厳しげに見えた。だが、決然としたその目が人を撥ねつけるのは、その決然さが、なぜかしらあまりに安っぽいものに感じられるためだった。もっとも、うまくそれを言いあらわせない……むろん、彼の顔は厳しい表情から、驚くほど愛想のいい、穏やかで、優しげな表情へと一変させることができた。それも、肝心なのは、その変わり方が紛れもなく正直なことだった。その正直さが人を惹きつけるのだ。さらにもうひとつ特徴を指摘しておくと、愛想のよさと正直さにもかかわらず、その顔はけっして朗らかなものにならなかった。心から大笑いしているときでさえ、公爵の心には、ほんものの、明るい、軽やかな陽気さがいちどたりとも生まれたことがなかったような感じがした……もっとも、人の顔をそのまま描写するというのは至難のわざで、とてもぼくの手には負えない。老公爵はその愚かな習慣にしたがい、すぐさまぼくたちふたりの紹介にかかった。

「こちらは、若い友人のアルカージー・アンドレーヴィチ（またしてもアンドレーヴィチ！）・ドルゴルーキー君」

若い公爵はすぐ、ことさらに慇懃《いんぎん》な表情を浮かべてこちらに向きなおった。しかし

彼は、ぼくの名前などまるで聞きおぼえがない様子だった。

「この方は……アンドレイ・ヴェルシーロフさんのご親戚にあたる方でね」いまいましいことに、老公爵はぼそぼそとつぶやくように言った。(こういう老人連は、その習慣も含め、ときとしてじつにいまいましい!)。若公爵はすぐ察しがついたらしかった。

「ああ! 前々から耳にしておりましたよ……」彼は早口で言った。「たいへん光栄にも、昨年ルーガで、あなたの妹のリザヴェータさんとお近づきになることができました……彼女もあなたのお話をしておられましたよ……」

ぼくは呆気にとられていた。若公爵の顔には、まぎれもなく心から満足そうな表情が浮かんでいたからだ。

「失礼ですが、公爵」ぼくは両手を背中に回して、口ごもるように言った。「あなたに正直申し上げなくてはなりません——わが愛する老公爵の前でお話ができますことをうれしく思いますが——じつは、あなたとお会いしたいと願っていました。つい最近も、つまり昨日のことですが、そう願っていたほどです。といっても、もうまるきり別の目的ですが。きっとびっくりなさるでしょうが、率直にそのお話をします。ひと言で申しますと、ぼくは、一年半前、エムスであなたがヴェルシーロフに加えた侮

辱にたいし、決闘を申し込もうと思っていたのです。むろんあなたは、ぼくの申し込みに応じられなかったかもしれません。何といってもぼくはまだ高校を出たばかりの未成年ですから。それでもぼくは決闘を申し込む気でいました、あなたが、それをどう受けとめようと、どうなさろうと……で、正直申しますが、今もってその目的に変わりはありません」

老公爵はあとで伝えてくれたのだが、ぼくはきわめて潔くこれだけのことを言ってのけてみせたとのことだ。

公爵の顔に真剣な悲しみが表れた。

「あなたはぼくに最後までしゃべらせてくれませんでしたが」しみじみとした調子で彼は答えた。「ぼくは、あなたにたいして心の底から語りかけているつもりですが、その理由は、いま現在ぼくがヴェルシーロフさんにたいして抱いている感情にあります。あなたにいま、事情をあらいざらいお伝えできないのが残念ですが、これだけは名誉にかけてあなたにお話しします。ぼくはもうだいぶ前から、エムスでのぼくのあの不幸なふるまいを、このうえなく深い後悔の念とともに思い返しています。ペテルブルグに向かうにあたって、ぼくはヴェルシーロフさんが満足のいくことならどんなことでもすると決心しました。つまり、じかに、そう、文字どおり、彼自身が指示す

るとおりのかたちで許しを請うと決心したのです。ひじょうに崇高で、力づよい影響を受けたことが、ぼくが見方を変える原因となりました。ぼくたちが裁判で争っていたことは、ぼくの決心にいささかなりとも影響を与えませんでした。昨日彼がぼくにたいしてしめした行為が、いわば、ぼくの魂をゆり動かしたのです。いいですか、いまのこの瞬間ですら、ぼくはまだじぶんを取りもどせていないような状態です。そしてそう、あなたにひとつお伝えしなければならないのですが——ぼくがこうして公爵のもとにやって来たのは、ほかでもありません、ある異常事態についてお伝えするためだったのです。三時間前、つまり、まさに彼が弁護士と例の証書を作成していた時刻です。ヴェルシーロフさんの代理人がぼくの家に現れ、決闘の申し込み状を手渡したのです……エムスでの事件に発する正式の挑戦状です……」

「あの人があなたに決闘を？」ぼくは叫んだ。目がぎらつき、頭に血がのぼるのを感じた。

「ええ、申し込んできました。ぼくはその場で受けて立ちました。ですが、じっさいに顔を合わせるまえに、彼に手紙を送ろうとぼくは決心しました。じぶんが犯した行為にたいする考えと、あの恐ろしい過ちにたいする後悔の念を残らず書きつづった手紙です……というのは、あれはたんなる過ち——不幸な、宿命的な過ちだったからで

す！　ひとつ断っておきますが、連隊でのぼくの立場からして、このためリスクを背負う覚悟をせざるをえなくなりました。顔合わせの前にこのような手紙を書けば、じぶんを世論にさらすことになるから……おわかりになりますね？　ですが、それにもかかわらず、ぼくは決心したんです。ただし、送るタイミングを逸しました。というのは、決闘の申し込みから一時間ほどして、また、彼の手紙を受け取ったからです。そのなかで、彼は、じぶんを許してほしい、ご心配をおかけした、決闘のことは忘れてほしいと謝り、この『狭量とエゴイズムの一瞬の衝動』──これは彼自身の言葉です──を後悔していると書きそえていました。そんなわけで、いまではもうすっかり出鼻を挫かれるかたちになっています。ぼくはまだ手紙を送っていませんが、ここに来たのは、そう、この件で老公爵に何がしかご相談させていただくためなんです……信じていただきたいのですが、ぼく自身が、たぶん、ほかのだれにもまして良心の呵責に苦しんできたと思うのです……この説明で十分でしょうか、アルカージーさん、すくなくとも今、さしあたり？　ぼくのこの真剣な思いをそのまままるごと信じていただけるでしょうか？」

ぼくは完全に打ちのめされた。まったく予想もしない、まぎれもない真情を目にしたからだ。それに、これに類したようなことは何ひとつ予想していなかった。ぼくは、

何かぼそぼそと返事をし、両手をまっすぐ彼に差しだした。彼はうれしそうにじぶんの手におさまっているぼくの両手をゆすった。それから、老公爵の手を引き、彼の寝室で五分ばかり言葉を交わしあった。

「もし、ぼくに特別な満足を与えくださるお気持ちがあれば」老公爵の寝室から出てくると、彼は大声であけっぴろげにぼくに向かって言った。「これからぼくと行きましょう、ヴェルシーロフさんに送る手紙をお見せします、彼がぼくに寄こした手紙もあわせて」

願ってもない申し出にぼくは同意した。老公爵はぼくを送りだす段となってそわそわしだし、ほんの一瞬と言ってじぶんの寝室にぼくを呼びよせた。

「Mon ami（ねえ、きみ）、わしはほんとうに嬉しくて、嬉しくて……この件についてはあとでゆっくり話そう。ついでだが、この書類カバンに手紙が二通入っている。一通は、先方にもっていって個人的に説明してもらわなくてはならない。で、もう一通は銀行にもっていく手紙なんだが——銀行でもやはり……」

そう言って彼は、緊急とおぼしき、いずれも並々ならぬ労苦と注意力を要する二つの用件をぼくに託した。出かけていって、実際に手渡したり、署名したりといった仕事をすることになった。

「ああ、公爵、あなたってほんとうにずるい人だ！」手紙を受けとりながら、ぼくは叫んだ。「はっきり言いますが、こんなもの、みんな冗談で、特別な用事なんて何もないんですよね、でも、この二つの頼み事をあなたはわざと考えだした。なぜかって、ぼくがちゃんと勤めを果たし、ただでお金をもらっているわけじゃないってことをぼくに信じ込ませるためにね！」

「Mon enfant（いやいや）、誓っていうが、それはきみの誤解だ。この二つは、緊急を要する案件なんだ……Cher enfant!（そうとも！）」感きわまって彼はふいに叫んだ。「ほんとうにいい子！（彼はぼくの頭に両手を乗せた）。きみときみの運命を祝福する……今日のように、いつも純粋な気持ちでいよう……できるだけ善良で美しくあろう……すべての美しいものを愛そう……いろんなかたちそのままに……そうさ、enfin … enfin rendons grâce … et je te bénis!（さあ……さあ、神さまに感謝を捧げよう……きみはこのわたしが祝福してやろう！）」

最後までしゃべりきらないうちに、彼はぼくの頭のうえですすり泣きをはじめた。正直なところ、ぼくもほとんど泣きだしていた。すくなくとも、真摯にそして心ゆくままこの風変りな老人を抱きしめた。ぼくたちはつよくキスしあった。

3

　セリョージャ公爵（つまり、セルゲイ・ソコーリスキー公爵のことだが、これからはそう呼ぶことにする）は、小洒落た四輪馬車でじぶんの住まいにぼくを案内したが、何よりもまずその住まいの豪華さに驚かされた。いや、豪華というほどではないのかもしれないが、住まいは『最上流の人々』の住むそれで、天井が高く、部屋は広く、明るかった（ぼくが見たのは二部屋で、残りの部屋はドアが閉まっていた）。家具はこれまた、ヴェルサイユ風というのか、ルネサンス風というのかよくわからないが、柔らかで、快適で、存分に足がのばせるような椅子がふんだんに置いてあった。カーペット、彫刻類、置物などもすごかった。ところが、その公爵について、人々は口をそろえて、彼は貧乏人で、何ひとつ持ちものがないと噂しあっていた。たとえばぼくがちらりと耳にした噂では、公爵は、ここペテルブルグだろうが、モスクワだろうが、もといた連隊だろうが、パリだろうが、きっかけさえあればいたるところで騒ぎを起こし、おまけにギャンブル好きときて、かなりの借金を抱えているとのことだった。ぼくは、皺だらけのフロックコートを着ており、おまけに昨晩、着替えもせずに眠っ

たせいで綿毛がついており、着たきりのシャツはすでに四日目に入っていた。もっともぼくのフロックコートはまださしてぶざまというほどではなかった。ただ、公爵の家に着くなり、服を作ってもらったらどうかというヴェルシーロフの提案を思い出した。

「じつは、ある自殺した女性の件で昨晩は服を着たまま寝たものですから」ぼくはなかば放心の態で言ったが、公爵がすぐに興味をしめしたので、ぼくは手みじかにそのいい話をした。しかし、公爵の関心は、何よりもじぶんの手紙にあるらしかった。そしてぼくが第一に奇妙に感じたのは、あなたに決闘を申し込む気でいたと率直に打ちあけたとき、彼はにこりともしないばかりか、それに類したごく小さなそぶりさえ見せなかったことだ。たとえぼくが、彼を笑わせないだけの力をもっていたにせよ、やはりああした種類の人間にしては奇妙なことだった。ぼくたちは、部屋の中央にある大きな書きもの机をはさみ、向かい合って腰をおろした。彼は、すでに準備され、きれいに清書されたヴェルシーロフ宛ての手紙をぼくに手渡して、読むようにと言った。その文面は、彼がさっき老公爵の家でぼくに言った内容と酷似していて、その書きぶりにも熱がこもっていた。彼のこの明らかな真情、良いことであれば何でも受け入れようとする心がまえを、最終的にどう受けとめてよいかわからなかったが、それでもぼ

くはすでに彼に心服しはじめていた。実際のところ、どうして信じずにいられただろう？　彼がどんな人間であれ、彼について世間でどう噂されていたにせよ、それでも彼が立派な性向の持ち主だということはありえたことだからだ。ぼくは、ヴェルシーロフの七行からなる最後の手紙にも——決闘申し込みの撤回だ——目をとおした。たしかに彼は、じぶんの『狭量』や『エゴイズム』について書いていたが、その手紙は、総じて何か傲慢さめいたものが際立っていた……というか、その行為全体に何かしら侮蔑めいたものが現れていた。もっとも、ぼくはそのことを口にすることはしなかった。

「でも、あなたは、この撤回をどう思っておられます？」ぼくは尋ねた。「まさか、彼が臆病風に吹かれた、とはお考えにならないわけでしょう？」

「むろん、そうは考えません」公爵は笑みを浮かべたが、何かしらひどく神妙な笑みだった。彼はしだいしだいに不安そうな様子を強めていった。「ぼくは知りすぎるほど知っているんです、あの人が男らしい人間だということをね。むろん、そこには特別な見方が働いています……あの人ならではの思想傾向とでもいうべきものが……」

「たしかにその通り」ぼくは熱くなって割りこんだ。「ワーシンという男がいるんですが、彼は、この手紙にしろ、遺産相続の放棄にしろ、ヴェルシーロフがとったふる

まいには、『上から目線』がひそんでいるっていうんです……ぼくに言わせると、そういう行為って、見栄でできるわけじゃなく、何かしら根本的で内的なものに呼応しています」

「ワーシン氏のことはひじょうによく存じています」公爵は言った。

「ああ、そうでした、彼とはルーガでお会いになったはずですね」

ぼくたちはふとたがいに目と目を見合わせた。覚えているが、ぼくはほんの少し顔が赤くなったようだった。少なくとも、彼は話を中断した。ぼくはしかし、話がしたくてたまらなかった。昨日のあの人との出会いを思いだすと、何かしら質問を投げかけたい誘惑にかられたが、ただ、どう切りだしてよいものかわからなかった。それに、ぼくはずっと、なぜかひどく気持ちが落ちつかなかった。慇懃さといい、打ちとけたマナーといい、彼の驚くばかりの礼儀正しさにも圧倒されていた。要するに、ほとんど襁褓《おむつ》の時代から身につけている、別次元の輝きなのだ。彼の手紙のなかに、ぼくはひどくお粗末な文法ミスを二つ発見した。ふだんは、こうした人と面会するときぼくはけっしてじぶんを卑下したりせず、つとめて辛辣な態度に出るが、場合によってはそれはばかげた態度なのかもしれない。だが、今回、ことさらにそれをうながしたのは、さらにもうひとつの思い、すなわちじぶんが綿くずだらけのフロックコートを着

ているという思いで、そのため照れ隠しからいくぶんなれなれしすぎる態度をとったのだ……そのうち、公爵がときおりぼくにきわめてするどい視線を投げかけてくるのに気づいた。

「どうです、公爵」ふいに口をついて質問が出た。「あなたは、胸のうちで滑稽だと思っていませんか、こんな、くちばしの黄色い青二才が、決闘を申し込もうとしたことを。それも、他人の屈辱の腹いせに?」

「父親が受けた侮辱に腹を立てるというのは、大いにあることです。いえ、べつに滑稽だとは思いません」

「でも、ぼくにはこれが、ものすごく滑稽に思えて仕方ないんです……他人の目から見てね……つまり、むろん、じぶんの目から見てではありません。ましてやぼくの姓はドルゴルーキーでヴェルシーロフじゃないんですから。もしもあなたがぼくに本心を言っていないか、上流社会のしきたりにしたがってやわらかい物言いをしているとしたら、それはつまり、ほかのすべての点でもぼくを欺いていることになります」

「いいえ、滑稽だなんて思いません」彼はやけに真剣な調子でくり返した。「あなたは、ごじぶんのなかに、父親の血を感じずにはいられないでしょう?……たしかに、あなたはまだお若い、だから……よくは知りませんが……たしか成年に達していない

ものに決闘は許されてませんし、また、未成年者からの決闘の申し込みを受けて立つことも許されていないようですし……法律で……。ですが、ことによると、ここでひとつだけ重大な反論が生まれそうです。つまりもし、侮辱を受けた本人に無断で、その仕返しに決闘を申し込むとしたら、あなたはまさにその行為によって、その本人に対する不敬を表明していることになりませんか、そうでしょう？」

ぼくたちのやりとりは、何かの用を告げに入ってきた従僕によって中断させられた。従僕を見るなり、公爵は、待ってましたとばかりに話をやめて立ち上がり、つかつかと彼のほうに歩み寄った。そこで従僕は、すぐにひそひそ声で何ごとか報告した。何を話しているか、むろんぼくには聞きとれなかった。

「申しわけありません」公爵はぼくに向かって言った。「一分ほどで戻ります」

そうして部屋を後にした。ぼくはひとりになり、部屋のなかを歩きまわりながら考えた。奇妙なことに、ぼくは彼のことが好きになると同時に、ひどく嫌いになってもいた。何かしらはっきりと名づけられず、それでいて何か人をはねつけるようなものが彼にあった。《彼が、ちらとでもからかうようなことを口にしないとしたら、それは、彼がまぎれもなく正直な男だからだ。でも、もしぼくをからかっていたとしたら……彼はもっとかしこい人間に見えるだろう》――なぜか、奇妙にもぼくはふとそ

う思った。ぼくはテーブルのそばに寄り、あらためてヴェルシーロフ宛ての手紙を読んだ。すっかり心を奪われたため、時が過ぎるのを忘れてしまったほどだ。やがてふとわれに返ったぼくは、公爵の言った一分が、すでに十五分にも延びていることにはたと気づいた。これには少し動揺した。ぼくはもういちど部屋のなかを行きつ戻りつしてから、とうとう帽子を手に取った。よく覚えているが、だれかに会ったら公爵を呼びにやり、公爵がきたら、用事ができたので、これ以上待つことはできませんといってすぐに別れをつげ、部屋を後にするつもりだった。ぼくにはそれがいちばん礼儀に適っているように思えたのだ。なぜなら、ここまで長くぼくを待たせるとは、いくらなんでも礼を失しているのではないかとの思いにいささか苦しめられていたからだった。

この部屋に通じる二つの閉じられたドアは、同じ壁の両端についていた。どちらのドアから入ってきたのかを忘れ、というか、むしろ放心状態にあったぼくは、その二つのうちの一つを開けた。とそこでふいに、細長い部屋のソファに腰を下ろしている妹のリーザの姿が目に入った。彼女のほかにはだれもいなかったので、彼女は、むろん、だれかを待っていたのだ。だが、驚いている間もなく、ふいに、だれかと大声で言葉を交わしながら執務室に戻ってくる公爵の声が耳に入った。ぼくはすばやくドア

を閉めた。もう一つのドアから入ってきた公爵は何も気づかなかった。公爵がぼくにお詫びを言い、アンナとかいう女性について何かを口にしたのをよく覚えている……だが、ぼくはどぎまぎし、動転していたので、相手が何を言っているのかほとんど理解できず、家に用があるので帰らなくてはとぼそぼそ呟いただけで、そのまま断固として部屋を後にした。礼儀正しい公爵は、むろん、ぼくのそうしたふるまいをけげんな思いでながめていたにちがいない。公爵はぼくを玄関口まで送りだし、その間ずっとしゃべりつづけていたが、ぼくは返事もしなければ目をくれることもしなかった。

4

通りに出たぼくは、左に折れ、気の向くままに歩きだした。頭のなかでは、何ひとつ考えがまとまらなかった。ゆっくり歩いていた。五百歩ほどだろうか、ずいぶん歩いたような気がした。と、そのときとつぜん、だれかに肩を軽くたたかれたような気がした。振りかえると目の前にリーザの姿があった。ぼくに追いついた彼女が、傘で軽く叩いたのだ。ひどく楽しげで、ちょっとずるそうな何かが、きらきら光る目のなかに浮かんでいた。

「ああ、こっちの方向に歩いてくれてよかった、でなかったら今日、こうして兄さんに会えなかったもの！」早足だったせいで息が少し切れていた。

「ずいぶん息が切れてるじゃないか」

「だって懸命に走ってきたんですもの、兄さんを追いかけて」

「リーザ、そうはいうけど、さっき見かけたのはおまえだろう？」

「それって、どこで？」

「公爵の家さ……ソコーリスキー公爵の……」

「いや、わたしじゃない、ちがうわ、わたしのわけないでしょ……」

ぼくはだまりこみ、そのまま十歩ほど歩きつづけた。そこで、リーザがすさまじく大声で笑いだした。

「わたしよ、わたし、もちろんこのわたし！　いいこと、兄さんはじぶんでわたしを見たわけでしょう、だって、わたしの目を見たもの、わたしも兄さんの目を見た。なのにどうして聞くわけ？　さっき見かけたのはおまえだろう、とか。ほんと、へんな性格！　じつはね、兄さんとの目が合ったとき、わたし、もう吹きだしそうだったの、だって、ものすごく滑稽に見えたから」

彼女はけたたましく笑いだした。胸のうちのもやもやが一気に消しとんだような気

がした。

「それにしても、どうしてあんなところにいたんだ？」

「アンナさんの家に行ったの」

「アンナさんって、どこの？」

「ストルベーエワさんよ。ルーガに住んでいたとき、わたし一日じゅうあの人の家におじゃましていたの。ママも呼ばれたし、うちにもよく遊びに来てくれたわ。でも、よその家にはほとんど行かなかった。ヴェルシーロフさんの遠い親戚にあたるらしくてね、ソコーリスキー公爵家とも親戚だそう。なんでも、あの公爵のおばあさんにあたるとか」

「それで、公爵のところに住んでいるわけ？」

「いいえ、公爵がアンナさんのところに住んでいるの」

「じゃあ、あれは、だれの家なんだ？」

「アンナさんの家よ。あの家を手に入れてもうまる一年になるわ。公爵はこちらに着いたばかり、で、彼女のところにお世話になっているの。といって、アンナさん自身ペテルブルグに来て、まだ四日しか経っていないけど」

「なるほど……でもね、リーザ、家のことなんてどうでもいいんだ、そのアンナさん

とかいう人のことにしてもさ……」

「いえ、あの人ってすてきな人……」

「まあ、いいさ、本でも渡すんだね。ぼくたちだってすてきじゃないか！　見てごらんよ、すてきな天気だろう、どう、ほんとうに気持ちがいい！　今日のおまえはすごく美人に見えるしさ、リーザ。それにしても、おまえっておそろしく子どもだな」

「アルカージー、で、どうだったの、あの娘さん、昨日の、あの」

「ああ、ほんとうにひどい話、リーザ、ああ、ほんとうにかわいそうなことをしたよ！」

「そうね、ほんとうにお気の毒！　ほんとうにひどい話！　ねえ、こうして楽しく歩いていることすら罪深い気がするくらい。あの人の魂は、いまごろどこか暗闇のなかを飛んでいるのね、どこか、底なしの暗闇のなかを。罪を背負って、恨みをいだいて……アルカージー、あの人の罪ってだれのせい？　ああ、ほんとうに恐ろしいわ！　兄さんは、あの暗闇のことを考えたことある？　ああ、わたし、死ぬのがとても怖い、ほんとうに罪深いことよ！　わたし、暗闇はいや、こんなに陽が降りそそいでいる世界とは大ちがい！　怖がるのは罪深いことだってママは言ってるけど……アルカージー、あなた、ママのことほんとうによくわかってるの？」

「まだほんの少しだね、リーザ、ほんのちょっとしか知らない」

「ああ、ほんとうにすばらしい人なの。兄さん、ママのこと知らなくちゃだめ、ほんとうに！ ママのことはとくによく理解してあげなくちゃ……」

「だって、おまえのことだってろくに知らなかったんだよ、それがいまはもうなにもかもわかっている。一分でぜんぶわかったんだ。リーザ、おまえはたしかに死ぬのを怖がっているけど、きっと、誇りたかくて、大胆で、いさましい女性なんだね。ぼくよりりっぱだ、ぼくよりずっとりっぱなんだ！ おまえのことが、ものすごく好きだよ、リーザ。ああ、リーザ！ 死は、来るべきときにやってくる、でも、それまでは生きるんだ、生きるんだ！ あのかわいそうな女性に同情しよう、でも、やっぱり生命は祝福しなくちゃ、いいね、いいだろう？ ぼくには『理想』があるんだ、リーザ。リーザ、おまえも知っているだろう、ヴェルシーロフが遺産を放棄したってこと？」

「知らないはずないわ！ わたし、もうママとキスしあったくらい」

「おまえは、ぼくの心を知らないね、リーザ、知らないんだ、あの人がぼくにとってどれほどの意味があるか……」

「あら、どうして知らないだなんて、ぜんぶ知っているわよ！」

「ぜんぶ知ってるって？ まあ、そうだろうな、当然さ！ おまえは頭がいいから、

ワーシンよりいいくらいだ。おまえとママは、二人とも人を見通すような、人間らしいまなざしをしている、ただの目じゃなくて、ね。それにくらべ、ぼくは嘘ばかりで……ぼくはいろんな点で悪い人間だから、リーザ」

「兄さんの手、しっかりつかまなくちゃね、それだけでいいの！」

「そうとも、リーザ。今日は、ほんとうにおまえを見ていて気持ちがいい。そう、わかっているのかな、おまえがものすごい美人だってこと？　今日のおまえの目、これまでいちどだって見たことないよ……いまになってはじめて気づいたんだ……いったい今日どこでそんな目、手にいれたのさ、リーザ？　どこで買ったんだい？　どれだけ払ったんだい？　かわりに何を払ったの？　リーザ、ぼくには友だちといえる相手がいなかった。それに、友だちなんて考え、ナンセンスだと思ってた。でも、おまえとなら、ナンセンスじゃない……どう、友だちになろうよ？　ぼくが言おうとしていること、わかるかい？」

「よくわかるわ」

「それにいいかい、約束はなし、契約もなしだからね——たんに友だちになるだけだぞ！」

「そうね、たんにそれだけ、それだけ、でも、ひとつだけ条件があるわ。もしも、い

つか、おたがいに非難しあうことになっても、何か不満なことがあったりしても、じぶんが悪くて、だめな人間になろうと、たとえ、こうしたことすべてを忘れてしまうようなことになっても——でも、今日というこの日、この時間だけはぜったいに忘れないようにすること！　これを約束しましょう。この日をいつも思いだすことにするって約束するの、こうして兄さんと二人、手に手をとりあいながら歩き、こんなふうに笑いあって、こんなふうに楽しかった今日というこの日を……いいでしょう？　いいわよね？」

「いいさ、リーザ、いいとも、約束するよ！　でもね、リーザ、ぼくはまるでおまえの言葉を初めて聞いているような気がするんだ……リーザ、おまえ、たくさん本を読んでいるのかい？」

「これまでいちども聞いてくれなかったわね！　わたしに注意を向けてくれたのは、昨日、言い間違いしたときがはじめてだもの、そうでしょう、大先生」

「じゃ、どうしてそっちから話しかけてくれなかったのさ、ぼくがそんな大ばか者だったら？」

「わたしね、ずっと待っていたの、兄さんがもっと賢くなってくれるのをね。アルカージーさん、わたしね、最初からぜんぶ見抜いていたのよ。見抜くと、すぐにこう

考えだした。《この人は、きっと来る、最後には確実にこっちに来る》ってね。そうして決心したわけ、兄さん自身に、その最初の一歩を踏み出す名誉を残しておいたほうがいいって。そうしたら、《だめよ、こうなったらわたしの後についていらっしゃい》って言おうって思ってた」

「まったく、なんて男たらし！　それじゃ、リーザ、正直に告白しなさい。このひと月、おまえはぼくを笑いものにしていたのか、いなかったのか？」

「あら、兄さんってとっても滑稽、ものすごく滑稽だもの、アルカージー！　でも、そうね、ひょっとしてこの一か月、兄さんのことがほかのだれより好きだったのは、きっと兄さんが変人だったからかもね。でも、兄さんって、いろんな点でだめな変人だわ——自慢なんてしちゃだめ。でも、知ってる？　ほかにだれが兄さんを笑っていたか？　ママよ、ママといっしょにからかってたの、《あの子、なんて変人なの、ほんとうに変人！》ってひそひそ声でね。それなのに兄さんたら、部屋にこもって考えていたんでしょう。わたしたち、兄さんに戦々恐々としている、とか」

「リーザ、ヴェルシーロフについて、おまえ、どう思う？」

「あの人については、ほんとうにいろんなことを考えているわ。でもね、いまあの人の話をするのはやめましょう。今日、あの人の話をしてはだめ。だって、そうでしょ

う?」

「たしかにおまえの言うとおり! いや、おまえってほんとうに頭がいいよ、リーザ! ぜったいにぼくよりいい。でも、ちょっと待ってて、リーザ、いろんなことが済んだら、いろいろ話してやれるだろうし……」

「どうしたの、急に暗い顔して?」

「いや、べつに暗い顔なんてしちゃいないよ、リーザ、ただ、ぼくは……いいかい、リーザ、正直に言ったほうがいいみたいだ、じつは、ぼくには、おかしなところがあってさ、心のなかのあるくすぐったい部分を人に触られるのがいやなんだ……というか、こう言ったほうがいいかな、もしも、しょっちゅういろんな感情を表に出して人目にさらすとしたら、それってほんとうに恥ずかしいことじゃないかな、そうだろう? だから、ぼくは、ときどき顔をしかめて、黙っているほうを好むんだ。おまえは頭がいいから、わかってくれると思うけど」

「そうね、それはわたしも同じだから。兄さんのことはぜんぶわかった。でも、知っている、ママも同じなの?」

「ああ、リーザ! せめて少しでもこの世で長生きしたいね! えっ? いま、何て言った?」

「いえ、何も言わなかったわ」

「ちゃんと見ている？」

「ええ、兄さんもこっちを見てる。兄さんを見ながら、ほれぼれしてるの」

ぼくは妹をほとんど家の真ん前まで連れていき、そこでじぶんの住所を教えた。別れ際、ぼくは生まれてはじめて妹にキスをした……。

5

万事順調だったはずなのに、ひとつだけよくないことがあった。ある重苦しい考えが夜からぼくのなかでうずき出し、頭から離れなくなったのだ。それは、昨晩、わが家の門のそばであの不幸な娘と出会ったとき、娘にこう言ってしまったことだ。ぼくも、こんな巣窟みたいな家を出る、悪い連中から離れて、じぶんの巣を作る、ヴェルシーロフには私生児がわんさかいる、と。息子が父親についてこんな言葉を放てば、当然、ヴェルシーロフにたいして彼女が抱いているすべての疑念や、彼に傷つけられたという事実が裏書きされる。ぼくはステベリコフを責めていたが、じつのところこのぼくこそが、ひょっとして、火に油を注いだ張本人なのではないか。この考えはお

そろしかった、いや、いまもおそろしい……しかしあのとき、あの朝、ぼくはすでに苦しみ出してはいたが、それでもとるにたらぬことのように思えた。《なあに、べつにぼくがいなくたって、『もう完全に行きづまっていたんだ』》――ぼくは折にふれてそうくり返していた――《なあに、べつにどうってことないさ、いずれ過ぎてしまうことだ！　そうしたらまた立ち直れる！　なにかで埋め合わせしてやる……なにかよいことをして……だってぼくにはこの先まだ五十年もあるじゃないか！》が、それでもその考えはうずきつづけていた。

読書ガイド

亀山郁夫

1 「無秩序」、そして崩壊

フョードル・ドストエフスキーの『未成年』第一部をお届けする。
本書を一読された読者の多くは、ここに描かれた人間関係のあまりの複雑怪奇さに、あるいは作品全体を包み込む混沌とした気分に驚かれたのではないだろうか。冒頭の書き出しからして、異様というほかない。
「ぼくはついにしびれを切らし、人生という大舞台に一歩踏みだしたころのこの話を書きとめることにした。といって、こんなものは書かずにすますこともできたはずなのだ」（第一部第一章）
一体、何がはじまるのか。そもそも、一人称独白でこれだけのボリュームをもった物語を完結できるのか。そうしたもろもろの懸念、印象の拠ってくる理由について、いま、確実に言えることが一つある。それらの懸念なり印象なりは、実のところ、作

者ドストエフスキーが読者に向けて狙いとした「効果」の一つでもあるということだ。だから、私たち読者は、その狙いを素直に受けとめ、その複雑怪奇さをみずからの手で解きほぐし、次の第二部に入る心構えとしなくてはならない。

では、作家がこの小説に託した「狙い」とは、果たして何だったのだろうか。それをひと言で述べるなら、世界の「無秩序」を、いわばその発生状態において、できるだけ高い鮮度で、ヴィヴィッドに読者に伝えること――。まさにそれにふさわしい方法的仕掛けを模索した結果生まれたのが、一人称独白という叙述のスタイルだったのである。そして事実、この小説が生まれる早い時点で、この小説のタイトルとして想定されていたのが、「無秩序」（《Беспорядок》）だった。

ふり返ってみると、ドストエフスキーは以前にも、一人称独白による長編という形式を試みたことがあった。一八六五年夏、ドイツの保養地ヴィスバーデンで書き起こされた『罪と罰』である。しかし作者は、連載がはじまる直前にその試みを撤回し、一人称から三人称へと視点を置き替えた。常識的には考えがたい方向転換だったが、作品はまれにみる成功をおさめ、世界の文学史に聳《そび》えたつ長編小説の傑作としてその名を留《とど》めることとなった。『未成年』は、ある意味で、『罪と罰』においていったん放棄された方法への再挑戦の意味を帯びていたが、果たしてその試みは、吉と出たのか、

凶と出たのか。

第一部を読み終えたばかりの読者を前に、訳者として軽々しく印象を述べるわけにはいかない。しかし、ここでひとつだけ主張しておきたいことがある。それは、何よりもこの小説が、同時代としては前代未聞の新しさを備えた小説だった、ということである。ドストエフスキーの愛読者だった作家フランツ・カフカについて同時代人の一人が次のように回想している。

「ドストエフスキーの作品中、彼がとくに評価していたのが、ランゲン出版社から出たばかりの長編小説『未成年』だった」（M・ブロート『フランツ・カフカ　ある伝記』）

『未成年』のもつ新しさについては、この読書ガイドでも追い追い触れることになるが、今は、さしあたり、批評家山城むつみの次の一行でもって代用しておこう。

「『未成年』は一九世紀の古典ではない。現代文学なのだ」（『ドストエフスキー』）

この小説の語り手であるアルカージー・ドルゴルーキーは、二十歳になったばかりの、若々しい誇りと強烈な自意識に貫かれた青年である。物語は、この青年の感性と思考のプリズムを通して語りつがれていくが、他方、作者は、この若い主人公を補佐する形で、人生の酸いも甘いも嚙《か》み分けたもう一人の主要人物を配置している。そうすることで、世代的にもより包括的な広がりをもつ物語を仕立てることに成功したわ

けだが、しかし話の流れとしてはむしろ逆で、最初に作家の念頭にあった主人公こそが、後者、すなわちアルカージーの実の父アンドレイ・ヴェルシーロフだったのである。だが、作者の目に映じたロシア社会は、もはや後者を主人公とすることを無効としかねない深刻な内的崩壊をとげつつあった。その状況は、とりわけ若い世代に、ニヒリズムの台頭というよりもむしろ農奴解放がもたらした負の遺産として生じ、その兆候はすでに『罪と罰』の至るところに刻明に描きとられていた。『未成年』の構想時、作家は創作ノートにこう書きつけている。

「諸改革がもたらした革命のもとで社会の根幹にひびが入ってしまった。海はかき濁ってしまった。善と悪の（……）境界線が消滅してしまった」

そして作者は、決意も新たに、来《きた》るべき小説のテーマについてこう宣言するのだ。

「崩壊、それがこの小説の主たる、明白な思想である」

新しい小説に臨む作家の意気込みを示すかのように、創作ノートは桁外れなボリュームへと膨らみを見せていった。にもかかわらず作家は、他の小説に往々にしてありがちだった哲学論議を最小限にとどめ、能《あた》うかぎり、個々の人物、個々の現象における「崩壊」の内実に注意を集中していった。「崩壊」は、階級を横断するかたちで社会の根幹ともいうべき個々の家庭内部にまで及んでいたからである。

「崩壊」の内実を何よりも鮮烈に映し出すのは、登場人物たちをつなぐコミュニケーションのかたちである。物語の中心をなすヴェルシーロフ家を例にとっても、父母(内縁関係にある)、父と子、母と子、あるいは兄と妹といった家族関係の基本は維持されてはいるものの、そこに交錯するのは、つねに近親者と他者の二つの目、両義的な感情である。たとえば、主人公アルカージーは、実の父にしろ法律上の父にしろ、あるいは母にしろ、どのような呼び方で相手に接してよいか、にわかには判断がつかずにいる。つまり、それほどにも、血縁のぬくもりから遠くかけ離れた世界にとり残されてきたということだ。実の息子が、実の父にむかって「ヴェルシーロフ」と呼び捨てにする場面などは、常識的にはほとんど想像が及びがたい部分である。言い換えるなら、ドストエフスキーは、従来とはまったく次元の異なる想像力でもって、家族間のコミュニケーションのかたちを再創造、再構築せざるをえなかったのだ。そしてそのなかで、もっとも複雑怪奇でかつドラマティックな関係性を展開したのが、ほかでもない、父と子、すなわち、主人公の青年アルカージーと父ヴェルシーロフ二人の葛藤だった。

2　なぜ、「祖国雑記」なのか

さて、『未成年』の成立事情について、少し煩雑になることを怖れず説明しておくことにしよう。

一八七一年七月、四年余にわたるヨーロッパ遍歴を終えてロシアに戻ったドストエフスキーは、しばらくの間、『悪霊』の完成に全力を注いできたが、「ロシア報知」での連載が終わるのを待ちうけていたかのように、極右派の大立者ウラジーミル・メシチェルスキー公爵から、週刊誌「市民」の編集者兼発行人への就任を打診された。条件は、年三千ルーブル。ドストエフスキーは、快くその申し出を受け入れ、その後、約一年にわたって、一連の社会評論のほかに、風刺的な短編「ボボーク」などの魅力的な作品を発表することになる。他方、原稿読み、他人の論文の手直し、加筆といった煩雑な作業に時間を奪われ、また、アレクサンドル二世の政策に敵対し、ニコライ一世時代の強権主義への回帰を呼びかけるメシチェルスキー公爵に対する不信感もあって、作家は日に日に不満を募らせていった。そして就任から一年後の一八七四年十二月、彼はついに編集長の座を退くことを決意する。

「市民」編集長辞任からまもなく、ドストエフスキーは、左派の雑誌「祖国雑記」の主宰者である詩人ニコライ・ネクラーソフの訪問を受け、破格の条件で長編小説の執筆を要請された。思想的に長く敵対関係にあった相手からの申し出ながら、当時、『父と子』という小説を構想中のドストエフスキーは大いに心を動かされた。ただし承諾までには、いくつか越えなくてはならないハードルがあった。彼がこれまで発表の拠点としてきた右派の雑誌「ロシア報知」との関係である。ところが、「ロシア報知」では、すでに一八七五年一月からレフ・トルストイの『アンナ・カレーニナ』の連載が予定されており、提示された条件の屈辱的な安さも手伝って、作家の腹は固まった。

ここで付言しておくと、「祖国雑記」への鞍替えは、そうした外的な事情のみが動機となったわけではない。まず、一八七〇年代前半の空気を支配していた、比較的穏健なムードがある。一八六六年四月の、ドミートリー・カラコーゾフによるアレクサンドル二世暗殺未遂事件から、一八六九年十一月のネチャーエフ事件を経て、ロシア社会は、つかのまながらも一種の政治的な凪《なぎ》を取り戻しつつあった。ドストエフスキーの目に、政治的な発言が一定の寛容さをもって受け止められる環境にあると映った可能性もある。事実、彼は、一八七三年の「作家の日記」に発表した論文の一つで

次のように述べることができた。

「私がネチャーエフとなることは、おそらく絶対にないだろうが、ネチャーエフ主義者となると、保証の限りではない。ことによると、私の青春時代ならば、なりえたかもしれない」（「現代的な欺瞞の一つ」）

次に、右派の思想家カトコフが編集者を務める「ロシア報知」との関係についてもうひと言、説明が必要である。

一八七二年七月、ドレスデンからロシアに戻ったドストエフスキーは、連載中の『悪霊』に大きな問題を抱えていた。第2部9章「チーホンのもとで」（一般に、「スタヴローギンの告白」の名で知られる章）の掲載可否をめぐる、編集長カトコフとの確執である。あからさまに性的な内容をもつこの章の掲載を怖れる編集部の思惑とは裏腹に、ドストエフスキーは驚くほど大胆だった。だが、再度の書き直しにもかかわらず、編集者検閲をパスできず、結局、ドストエフスキーが折れる形で『悪霊』の連載は終わった。その後、章立てを変えるなどして単行本化に一縷の望みを託したが、そこでも「チーホンのもとで」の掲載は不許可となった。こうした一連の事情が、作家のうちに、カトコフのみならず、「ロシア報知」そのものに対する不満を残す結果となったのである。

他方、一時的とはいえ、作家が、「祖国雑記」に接近をはかるきっかけとなったべつの事情がある。革命運動への露骨な悪意をにじませた『悪霊』に対し、敵陣「祖国雑記」のメンバーが見せた冷静さである。とりわけ、批評面で指導的な役割を果たしてきたニコライ・ミハイロフスキーの批評に、ドストエフスキーは心を動かされた。拝金主義に溺れる資本家たちこそが真の「悪霊」であり、「ガラスのように澄んだ、堅固な良心をもった」若い革命家たちを批判の対象とすべきではないとミハイロフスキーは主張したのだ。

さらに補足すれば、一八六八年から「祖国雑記」の主宰者の立場にあるネクラーソフとの関係を修復するねらいもあった。ネクラーソフは、ドストエフスキーが『貧しき人びと』でデビューした際、批評家のベリンスキーとともに後押しをしてくれた恩人の一人でもあるが、その後、両者の関係は悪化の一途をたどった。批評家M・ギンが書いている。

「ネクラーソフとドストエフスキーほど、世界観、理想、共感、反感、思想的志向性、創作原理において異なった二人の芸術家を想像するのは困難である」(「ドストエフスキーとネクラーソフ、二つの世界受容」)。

その二人に、ついに「和解」の機会が訪れてくる。きっかけを作ったのは、ドスト

エフスキーが『作家の日記』に書いた、ネクラーソフの物語詩「ヴラース」(『未成年』でもその一部が引用された)に関する好意的な批評である。その後、ドストエフスキーとメシチェルスキー公爵との間に不和が生じ、ドストエフスキーが「市民」編集長を降りる事態となって、ネクラーソフは、おそらくドストエフスキー取り込みの好機と判断したと思われる。他方、ネクラーソフ個人についていえば、ニヒリズムの機運が徐々に高まりはじめるこの時期、若い知識人たちが彼に寄せる信頼は篤く、「祖国雑記」それ自体が、まさに彼を信奉する人々の熱い支持によって成り立っている事情があった。「祖国雑記」の鞍替えを覚悟したドストエフスキーとしても、そのあたりの事情に大いに含むところがあったにちがいない。そもそも帰国後の作家のうちに、ある種の微妙な変化が生じ、先ほども引用したように、「ネチャーエフ主義者になりえたかもしれない」との一行を書き記せるほど彼は自信を取り戻していた。そしてその変化を裏付ける証が、『未成年』であり、かつ『未成年』におけるドルグーシン事件の扱いだったということができる。

3　ドルグーシン裁判

『未成年』第一部第三章には、革命志向の若者たちがロシアの未来について熱く語りあう場面が描かれる。主人公アルカージーは、ワーシン、クラフトという二人の人物の知遇を得るため、友人ズヴェーレフの案内でデルガチョフの家を訪れるが、そこでの議論に刺激され、つい年来の自説を披露するはめになる。前作『悪霊』で描かれた五人組の議論を記憶する読者は、この場面における若者たちの議論が、熱量的にかなり見劣りがすることに気づかざるをえない。ところが、『未成年』の執筆にあたって作者は、ほかでもない、ここに描かれた若者たちに十分に重きを置いた小説を考え、準備に準備を重ねてきたのである。モデルとなったのは、一八七四年七月にサンクトペテルブルグで裁判にかけられた革命家アレクサンドル・ドルグーシンとその一派。トボリスク県出身の青年ドルグーシンが組織したこのグループは、皇帝一族の殲滅《せんめつ》と行政メカニズムの破壊を宣言するパンフレットを印刷し、その配布を企てているところを逮捕された。

裁判にかけられたのは、教師、学生、技師、農民出の労働者たち十二名で、審理の

様子は逐一報道され、被告の一部は、過去にネチャーエフ事件でも尋問を受けていたことが明らかになった。十二人の被告のうち五人が、すべての権利を剝奪されたうえ、五年から十年の徒刑懲役の判決を受けた。当時、ドイツのエムスで治療中の作家は、新聞報道でこの裁判の内容を知り、構想中の小説『未成年』に取り込むことを決心する。事件の首謀者ドルグーシンの名前は、デルガチョフの名に置き換えられ、主人公アルカージーを、このグループの一員とするプランが書き加えられた。

しかし、最終的に事件のディテールは大幅に削られ、モチーフそのものも大きく後景に退いていった。ソ連時代の研究者ドリーニンによると、「草稿から判断して、ドルグーシン一党の役割ははるかに重要なものとなったはず」だが、「動機付けがきわめて脆弱であり、このエピソードが不可欠であることをまったく裏付けてはくれない」ことがその理由だったという（「『未成年』と『カラマーゾフの兄弟』はいかに作られたか」）。このケースは、『悪霊』の構想中、いわばそのモデルとなったネチャーエフ事件のみでは持ちこたえられず、ニコライ・スタヴローギンを軸とするもう一つのプロットラインが導入された経緯とよく似ている。

ドリーニンはさらに、この小説がかりに、反体制グループが起こした事件を好意的に扱えば、掲載誌「祖国雑記」の存立が危うくなる可能性があったし、逆にこれを否

定的に扱えば、雑誌のもつ思想上のアイデンティティを損なう可能性があったことを示唆し、雑誌主宰者ネクラーソフとドストエフスキーとの間で、裁判の扱いをめぐって何がしかの裏交渉があったと推測する。

私見によれば、ドストエフスキーが、物語の時代設定において微妙な工夫を施したのも、問題を回避するうえでは賢い戦略だった。というのも作者は、この『未成年』の舞台を、ドルグーシン事件が起きた一八七三年前後より六、七年早い一八六〇年代後半に設定しているのだ（具体的には、グリゴローヴィチの『アントン・ゴレムイカ』とドルジーニンの『ポーリンカ・サックス』（一八四七）の刊行から二十年後に設定されている）。こうしてドストエフスキーは、時代背景を故意にあいまいにすることで、逆に『未成年』が切り開くべき物語空間をより純化してみせたということができる。

そうはいえ、作家は、ドルグーシン裁判で明らかにされたさまざまな事実に目をつぶり、それらを完全に反古《ほご》にしたわけではなかった。事実、デルガチョフ家での集会におけるやりとりや人物像の配置などに関し、作家は、裁判の記録に記された事実をかなり正確に移しこんでいる。ワーシン（Vasin）、クラフト（Kraft）は、裁判記録に残されているワースニン（Vasnin）クラフト（Krakht）をもじった姓であるし、デルガ

チョフの妻が、赤ん坊の世話のために会合を中座するといった小さなエピソードも、裁判でドルグーシンの妻が実際に行った供述をそのまま引き継いでいる。

結局のところ、『未成年』の物語で最後まで居残るかたちになったのは、ワーシン一人だった（クラフトは、第一部の終わりでピストル自殺を遂げる）。ここで注意しておきたいのは、「ロジックと知性の見本」であるワーシンに対するアルカージーの「讃嘆」と「反発」であり、逆に、「ロシアは二流国であり、生きるに値しない」として自殺するクラフトへの「共感」である。ここには、若いニヒリストたちに対する作者のアンビバレントな本心が垣間見える。見方を変えれば、まさに、こうした小説作法が、左右両陣営の間に立たされたドストエフスキーの「処世術」いや「二枚舌」の手法だったといえるのである。

4　「一人称独白」の選択

『未成年』の執筆にあたって、作者は、ページ数で本文の全体量に劣らない膨大な創作ノート、草稿等を用意した。しかもそれらがほぼまるごと残されたおかげで、後世の研究者は、作品執筆のプロセスを細部に至るまでたどり直すことが可能となった。

その創作ノートの、とくに前半を印象づけているのが、人称をめぐる問題である。作者は、この小説を三人称とするか、一人称とするかで迷いに迷った。大文字で書かれた「あの人（OH）」、すなわちアンドレイ・ヴェルシーロフを主人公として思い描いていた当初の段階では、当然のことながら、三人称による叙述が念頭にあった。だが、青年アルカージーを主人公とする案が浮上し、作品のタイトルを『未成年。じぶんのために書かれた、偉大な罪びとの告白』とすることに決めるにいたって、三人称か一人称かの選択がのっぴきならざる意味を帯びてきた。そして作品の構想から半年を経た十月の終わり、ついに最終的な決定がなされる。当時の創作ノートには、「主人公は、未成年である。残りのすべては二次的なものにすぎない。大文字の彼も二次的である」「一人称を決断し、サインした」と記されている。『アカデミー版ドストエフスキー全集』の注によれば、一人称独白が選択された理由として、主に次のような事情が挙げられるという。

第一に、小説の中心に、未成年を置きたいという執拗な願いがあった。「もしも、これを三人称とした場合、未成年は副次的人物となって、彼（大文字――すなわちヴェルシーロフ）が、主人公となってしまわないか」との懸念、また、「未成年の役割が、すっかりかき消されてしまう」恐れ、さらには、「なぜ、未成年が主人公なのか、

その理由を読者に提示することが著しく困難になる」という憶測である。逆に、未成年による一人称独白とすれば、小説の冗長さを文句なしに短くできるという楽観があった（ただし、これは、予測に反する結果となった）。こうしたさまざまな思惑の結果として、一人称独白が選ばれたわけだが、より根本的な動機については、「もっとも困難な対象、すなわち《動乱時代》の描写の直接性を、それに関心をもつ著者の合理主義的な介入なしで維持すること」にあったとするY・ズンデローヴィチの説明が傾聴に値する（『ドストエフスキーの長編小説』）。要するに、一八六〇～七〇年代のロシアの混沌（＝動乱時代）を、語り手＝作者の俯瞰的かつ、恣意的視点ぬきでダイレクトに描写することが狙いだったわけである。

物語を一人称独白とすることによって生じる問題点を一つだけ挙げよう。それはすなわち、作者のイデオロギーと、主人公である「ぼく」のイデオロギーとの間に生じかねない矛盾である。「描写の直接性」（つまり、生々しさ）を最大の武器にする立場からすれば、むしろその矛盾は大いに歓迎されるべきだろう。『悪霊』におけるレポーターのG氏は、かぎりなくニュートラルな、イデオロギー的に偏向を持たない人物として設定されたが、『未成年』では、語り手が物語の主人公である以上、必然的にそのイデオロギー性が問われることになった。その点、ドストエフスキーは、きわ

めて鷹揚な態度で問題解決にあたっている。その結果、主人公アルカージーは、時として作者の思想の代弁者となり、逆にある時は、アルカージー自身が作者の批判の対象となることできわめてダイナミックでかつバランスのとれた「多声性（ポリフォニー性）」が確保されるにいたった。このようにして小説全体を見渡しながら気づくことは、この小説が、イデオロギーの側面から見て、作者、語り手、ヴェルシーロフによる三つ巴の対立＝関係を形づくっていることだ。思うに、この「対立＝関係」の克服＝解消こそが、この小説に課せられた最終的な課題だったといえるのかもしれない。

5 「力と孤独」

物語は、ひと言で、ロスチャイルドとなることを夢見る二十歳の青年アルカージー・ドルゴルーキーの成長の記録と要約できる。アルカージーは、地主貴族アンドレイ・ヴェルシーロフが、農奴の妻ソフィヤに産ませた私生児であり、生まれるとまもなく親類に預けられ、その後寄宿学校に入れられた。そのため、彼は、父母とはほとんど絶縁するかたちで二十年の年月を過ごすはめになった。少年の記憶のなかで、

とりわけ父親の顔立ちは朧気なものでしかない。そんなアルカージーを長く苦しめてきたのが、「姓」の問題である。戸籍上、貴族出身のヴェルシーロフではなく、農奴ドルゴルーキーの姓を受け継いだ結果、周囲の人間から蔑みや嘲笑を買わざるをえなくなる。周知のように、「ドルゴルーキー」(「長い手」の意味がある)は、モスクワの建設者として知られるウラジーミル二世モノマフの子ユーリーに与えられた「あだ名」であり、歴史的にも由緒ある姓である。農奴の出自と名門貴族の姓という組み合わせの奇妙さが嘲りの対象となったのだ。しかし、出生にからむ問題で、「姓」の問題以上に未成年の心を引き裂いていたのは、彼が貴賤結婚すなわち貴族と農奴の階級間をまたいで生まれた子どもであるという事実である。アルカージーは、いやでもその事実に、マゾヒスティックに屈服せざるをえなかった。そしてその屈折を克服し、独り立ちをめざすなかで、「ロスチャイルドになる」という誇大妄想的な夢が生まれた。とぼしい生活費を切りつめ、あらゆる努力をはらって夢の実現に邁進するアルカージーだが、その彼が夢の実現によって手にしようとしていたのは、世俗的な享楽や歓楽ではない。むしろ、それとは裏腹な、莫大な富の所有がもたらしてくれる「力と孤独」の感覚である。その感覚さえ得られれば、蓄積した富のすべてを放棄しても良いとまで未成年は考えている。そこでは、蓄財という利己主義的なベクトルと自己

犠牲という利他主義的なベクトルが交錯している。

物語を読み進めるにつれ、この態度が、ある意味で危険な二重性をはらんでいることが明らかになる。『罪と罰』の主人公ラスコーリニコフをとらえた目的至上主義に通じる傲《おご》りである。ラスコーリニコフにおいてその目的至上主義が、ナポレオン主義の名をとったとすれば、アルカージーにおいては、ロスチャイルド主義にとって代わられた。いずれにせよ、そのロスチャイルド主義が、アルカージーの自尊心を過剰に膨らませ、同時にその驕《おご》りに目隠しをする役目を果たすことになった。そしてこれこそは、アルカージーが抱えた最大の矛盾であり、まさにその矛盾の解決こそが、主人公である彼に課せられた最大の課題とも見ることができるのである。

他方、アルカージーの「力と孤独」の感覚を支えていたものが、「貴族階級」に対するマゾヒスティックな幻惑にあったことも拭いがたい事実である。その痛々しいまでの描写を引用しておく。若いセルゲイ・ソコーリスキー公爵を彼の自宅で見たときの驚きである。

「彼が驚くほど上品で、礼儀正しく、物腰に自由で、堅苦しいところがないこと——つまり、簡単にいえば、彼ら貴族が揺籃時代から身につけている磨きのかかった態度全体に感服したのだ」

「力と孤独」への逃避は、彼が、「農奴」の出自というトラウマから脱するための不可避の方策だった。なぜなら、世俗的な享楽や歓楽のために富を使用することは、まさに、富への「隷従」にほかならず、彼が真に志す「農奴」という出自からの解放を意味するものとはならないからである。アルカージーが願ったのは、いかなるものにも左右されない精神の絶対自由であり、その動機の根本は、結局のところ、「三つの財産を食いつぶした」父親を乗り越えることにあったと見ることができる。さらに洞察を働かせるなら、アルカージーの願望は、のちに『カラマーゾフの兄弟』の「大審問官」が提示する「天上のパン」と、「地上のパン」の二者択一の問題に通じていることは明らかである。アルカージーの「理想」とは、少し極端な言い方をすれば、「地上のパン」にみずからのアイデンティティを置きながら、なおかつ「天上のパン」を手に入れようとする「大審問官」の「理想」である。

6　父と子の「分身関係」

さて、第一部では、主人公アルカージーの父ヴェルシーロフに対する幻想が徐々に幻滅に彩られていくさまが描かれる。自分の幻想に、果たして現実の裏づけがあるの

か、それを確認したいと願って彼は、父親に関するありとあらゆる情報の収集に励む。だが、父親にたいする感情が憧憬から憎しみへと急変する決定的なきっかけは、必ずしも明確には示されていない。幻滅から憎悪への感情の変化は、ゆるやかに進行する。アルカージーの父親からの自立は、最終的には、家出というかたちで実現するが、父との「闘争」が、修復不可能といえる亀裂にまでいたっていないことは、彼の言動の端々から窺《うかが》い知れる。たとえ実の父を「ヴェルシーロフ」と呼び捨てにしようと、彼のうちから愛情が完全に消滅することはない。家出は、父親への愛と幻想を、みずからの手で強制的に断ちきろうとする最後の手段だった。それはもはや父親との「闘争」というよりも、むしろ自己との戦いの様相を呈していた。

興味深いのは、アルカージーの内的葛藤を、父ヴェルシーロフはほぼ完全に知り尽くしているという事実である。父ヴェルシーロフが、なぜ、アルカージーの心の内に秘められた「理想」や事実を知りえたのか、作者は十分な説明を行っていない。まさに謎のひと言に尽きるのだが、これは、アルカージーとヴェルシーロフを、いわゆる「分身関係」に置こうとする作者の手法と見るのが妥当かもしれない。それゆえ、ヴェルシーロフの精神的な変容が、かりにアルカージーへの全面的な屈服という形をとったにせよ、それによって父親ヴェルシーロフがみずからの特権的地位を失うこと

はない。しかし、いずれにせよ、変容は起こった。その決定的な転換点となったのが、言うまでもなく、ソコーリスキー公爵一家を相手どった係争の行方を左右する一通の手紙である。そして次なる段階では、ヴェルシーロフの精神的な変容が、逆に、アルカージーに決定的な成長を促すことになる。それが、十九歳のアルカージーと、二十歳のアルカージーの違いということもできる。アルカージーが、「ロスチャイルド」になり、「力と孤独」を得たいという夢の不毛性を悟るのも、まさにこの境界線上においてなのだ。

7　核となる物語　オーリャの死

『未成年』第一部には、いくつか大事な読みどころがある。接近と離反を繰りかえす父と子の微妙な駆け引き、あるいは、むき出しの憎悪と抑圧された怒りとの対比がその一例である。ドストエフスキーは、驚くべき洞察力を働かせて、そのきわどい感情の襞《ひだ》を描きだしていく。第一部において、ヴェルシーロフはアルカージーの前に防戦一方の感があるが、その力関係が今後どう変化するかが大きな関心の的となる。

アルカージーが抱く絶大な自信、それは、自己コントロールの自信であり、時とし

てそれは、相手に対する攻撃性となって露出する。「理想」の実現に向けて第一歩を踏みだしたオークションの場面での、傲慢不遜な態度が印象的である。トヴェルスコイ並木道での、ストーキングまがいの行為が示すように、彼は、読者が想像する以上に、破れかぶれの感性の持ち主なのだ。他方、捨て子の赤ん坊を救いだすために、虎の子の貯金を取り崩すさまは、傲慢とはまるで裏腹な自己犠牲の精神の存在を示唆している。十九歳の青年は、善と悪、美と醜の境界もまだ定かではない、まさに「無秩序」かつ「混沌」の生を生きているのだ。

そして彼の「無秩序」と「混沌」がもっとも強烈に露出する瞬間に、一つの悲劇が重ねられる。それが、オーリャの自殺である。

家庭教師の広告を出し、そのおかげで数々の辱めを受けたオーリャの前に、紳士然としてヴェルシーロフが姿を現す。それまでさんざん屈辱を嘗めさせられ、絶望の淵にあったオーリャは、ヴェルシーロフの親切な申し出にいったんは狂喜するものの、その夜、にわかに不信の虫にとりつかれ、翌日、彼の自宅に押しかけていって、抗議する。そしてその夜、母親が寝入ったのを見計らって自殺する。

問題は、このオーリャの死をめぐる、周囲の人間たちの反応である。作者＝語り手は、彼女を辱めた男たちの言動だけでなく（ステベリコフ他）、真の死因を探るべく分

析を重ねていくが、そこで浮かびあがるのは、個々の人間の悪意というよりもむしろ状況そのものの不条理さである。母親は、自分の熟睡を責め、自分の娘のオーリャが自殺に使用したベルトに言及する。

「あのスーツケース用の長いベルトですが、あれはこのひと月間、いつも目の前に転がっていて、つい昨日の朝も『邪魔にならないよう、そろそろどこかに片づけなくちゃ』と思っていたところでした」

作者の筆が神がかりともいうべき冴えを見せる場面である。作者＝語り手は、スーツケースのベルトを放置した母親の無意識にまで遡って原因を究明しようとする。しかも彼は、まるでミステリー事件を解き明かすかのような手さばきで、事件の時系列にまで怠りなく注意を向ける。ヴェルシーロフは、抗議に現れたオーリャの後を追わず、二次的な用事でつい彼女の存在を失念してしまった。たんなる偶然にすぎない事実にヴェルシーロフの「罪」が潜んでいるとでもいわんばかりの書きぶりである。

ヴェルシーロフの「罪」についていえば、作者＝語り手があえて踏み込まなかったもう一つの、より根本的な部分に目を向けなくてはならない。読者の少なからぬ部分が、ヴェルシーロフの慈善的な行為に悪魔的な二重性、すなわち「偽善」の匂いを嗅ぎ取っている事実である。「女の予言者」のひと言が暗示するように、ヴェルシーロ

フとは、他者の誤解を宿命づけられた男である。彼は、読者を含みこんだ周囲の人間たちが抱く「集団幻想」（＝神話）の犠牲者であり、容易にはそこから逃れることができない。そしてその「集団幻想」の渦のなかに、オーリャ自身もまた呑みこまれ、自死の道を選ぶ。

8　無意識からの覚醒

では、アルカージーはどうなのか。彼もまた、父への憧憬をとおしておのずと「集団幻想」の参加者となるべき運命にあった。その意味で、彼自身もまた「罪」を免れない。父親の真意を知らず、父親の風評をことさら悪しざまに誇張した行為を、過小に見積もることはできない。しかも一時的ではあれ、アルカージーが、幻想の崩壊からくる悪意に突き動かされていたことはまぎれもない事実なのである。その悪意が、まさにオーリャを自死へと導く最大の要因となったということさえできる。もっとも、注意深い読者なら気づいたかもしれない。アルカージーの無意識の「唆《そその》かし」は、じつはこれが初めてではなかった。クラフトが自死へと向かうプロセスにおける彼の奇妙な言動に注目しよう。オーリャの自死においてトランクのベルトが果たしたもの

が、クラフトの部屋にもあった。

「ヴィリニュスに行くのに、ピストルがなぜ必要なんです？」

それに対してクラフトは、次のように答えている。

「いえ、たんに置いてあるだけです、習慣でね」

まさに、クラフトのうちに、死の衝動が具体的かつリアルな裏付けを与えられる瞬間である。アルカージーは、クラフトの答えに対して無反省につぶやく。

「もしぼくがピストルをもっていたら、どこかに鍵をかけてしまっておきますね。だって、ものすごく誘惑的でしょう！」

読者は、アルカージーのこのセリフに、彼の「有罪性」を認める。アルカージーを介して作者がここで強調するのは、たんに自死という現実のもつ偶発的な一部分だけではなく、罪の共同体の一員としてある人間ひとり一人のありようである。アルカージーの場合、オーリャの自死においては、それがあからさまな悪意をともなって、クラフトの自殺においては、まさに無意識の行為として、発現した。作者＝語り手が一致して明らかにしようとするのは、一人の人間が死にいたるプロセスがいかに無数の偶然から成り立っているか、そしてそのプロセスには、いかに多くの人間が「罪人」として関わっているかを明らかにすることである。クラフトの死後、アルカージーが

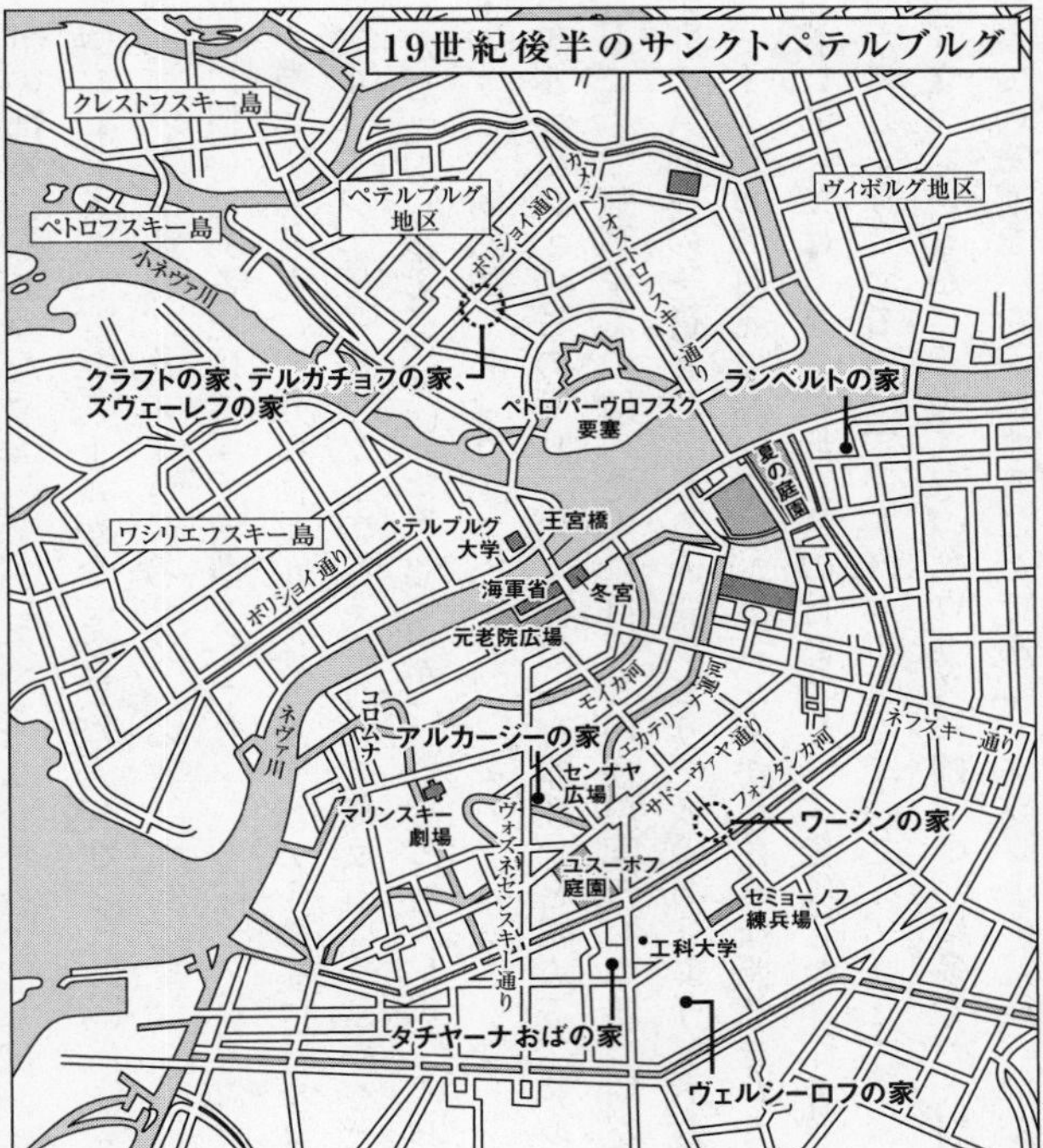

19世紀後半のサンクトペテルブルグ
クレストフスキー島
ペテルブルグ地区
ヴィボルグ地区
ペトロフスキー島
小ネヴァ川
ボリショイ通り
カメンノオストロフスキー通り
クラフトの家、デルガチョフの家、ズヴェーレフの家
ランベルトの家
ペトロパーヴロフスク要塞
夏の庭園
ワシリエフスキー島
ペテルブルグ大学
王宮橋
ボリショイ通り
海軍省
冬宮
元老院広場
モイカ河
エカテリーナ運河
ネヴァ川
コロムナ
アルカージーの家
センナヤ広場
サドーヴァヤ通り
フォンタンカ河
ネフスキー通り
マリンスキー劇場
ワーシンの家
ヴォズネセンスキー通り
ユスーポフ庭園
セミョーノフ練兵場
工科大学
タチヤーナおばの家
ヴェルシーロフの家

その遺書の内容に強い好奇心を働かせるのも、自死における責任の所在を見きわめたいという願望が底に横たわる。そこには、完全に「共犯者」としての意識が働いている。この感覚、この悪意の延長上に、オーリャの自殺はあり、オーリャの自殺におけるアルカージーの責任があった。アルカージーはつぶやく。

「息子が父親についてこんな言葉を放てば、当然、ヴェルシーロフにたいして彼女が抱いているすべての疑念や、彼に傷つけられたという事実が裏書きされる。ぼくはステベリコフを責めていたが、じつのところこのぼくこそが、ひょっとして、火に油を注いだ張本人なのではないか。この考えはおそろしかった、いや、いまもおそろしい……」

アルカージーのこの「考え」は、じつは先にも述べた『カラマーゾフの兄弟』における罪の共有という思想に相通じている。「仮に私自身が正しい人間だったなら、私の前に立っている罪人はそもそも存在しなかったかもしれない」（とゾシマ長老は述べた）が、それに近い感覚の発見がここに潜んでいる。同時にそれは、深い水脈で、スメルジャコフ＝イワンの共犯関係にも繋がっている。イワン・カラマーゾフの「父殺し」の罪は、記号化された自己の無意識のなせる業だったが、クラフトの自殺には、明らかにアルカージーの無意識の犯意がからみついていた。少なくともそうした認識

の一歩手前にアルカージーの意識はあった。アルカージーの人間性を、その言動を、単純化することなく、善悪の観念の双方に照らして検証する必要がある。なぜなら、この『未成年』の主人公は、潜在的に、まさにもう一つの物語、すなわち『偉大な罪びとの生涯』の主人公として登場していたのだから。『未成年』第一部の終わりが、主人公アルカージー自身の「罪」の認知《アナグノーリシス》によって閉じられるのも、けっして偶然ではない。

本文中の訳注

11頁　高等学校の課程……
ロシアにおけるギムナジア（中等教育）制度は、十八世紀ピョートル大帝の時代にはじまり、『未成年』が書かれる時代までに何度かの制度改編を経ている。一八四九年の学制改革で、全体で七年間の教育課程は二つの期間（一般課程三年、専門課程四年）に分けられ、大学進学希望者にはラテン語が必修として新たに課された。

12頁　彼は、その生涯、三つの財産を食いつぶした。
ドリーニンの研究によると、ここでヴェルシーロフの原型となっているのは、ロシアの思想家ピョートル・チャーダーエフ（一七九四～一八五六）である。チャーダーエフもまた、財産を三つ食いつぶし、晩年は貧窮の生活を強いられた。

16頁　名の日のヒーローみたいじゃないか
ロシア正教会の信徒は、実際の誕生日のかわりに、自分と同じ名前の聖人の命日を「名の日」として祝う習慣があり、これを「名の日の祝い」と呼んでいる。

22頁　『アントン・ゴレムイカ』と『ポーリンカ・サックス』
『アントン・ゴレムイカ（不幸者アントン）』（一八四七）は、ドミートリー・グリゴローヴィチ（一八二二～一九〇〇）の代表作。グリゴローヴィチは、地主の家に生れ、ペテルブルグの美術学校で絵画を学びながら執筆活動に入り、農奴制下でうちひしがれる農民の生態を描いた。『ポーリンカ・サックス』（一八四七）は、アレクサンドル・ドルジーニン（一八二四～一八六四）の代表作で、軽薄な公爵に妻を奪われた夫サックスの苦悩とポーリンカの「目覚め」を描いた。ヴェルシーロフが、これら二つの小説に感化された事実は、彼が、一八四〇年代のリベラルな一知識人として、ヴィサリオン・ベリンスキーの影響下にあったことを示唆している。

40頁　セミョーノフ連隊横丁
フォンタンカ川、オブヴォドヌイ運河、そして当時のオブーホフ通りに囲まれた地区で、ここにセミョーノフ連隊の兵舎があった。

68頁　夏の庭園に立っている女神の像
サンクトペテルブルグにある庭園。マルス広場の東隣に位置し、ネヴァ川と運河に囲まれている。十八世紀前半に造られ、ピョートル大帝が建てた、オランダ風二階建ての階建ての木造建築「夏の宮殿」もある。歩道には多くの彫像がある。ここで言及されているのは、たとえば、フクロウを足もとに置いた半裸のミネルヴァ像などと思われる。

69頁　トゥシャールの寄宿学校にいたことがあるんです……
ドストエフスキー自身の十代の記憶が反映している。トゥシャールは、もともとドストエフスキー自身が一時学んだモスクワのシュシャールドの寄宿学校がモデルとなっている。なお、ランベルトは、『偉大な罪びとの生涯』に登場し、主人公の少年を堕落の道に引きずりこもうとする人物で、実際の名は、モスクワにあるチェルマークの寄宿学校の同級生エヴゲーニー・ランベルトであったとされる。

105頁　例のジェームス・ロスチャイルドの話です……

ジェームス・ロスチャイルド（一七九二〜一八六八）。パリの銀行家で、ナポレオン一世の失脚後、一世を風靡したロスチャイルド家の創始者。ベリー公爵（一七七八〜一八二〇）は、シャルル十世の二番目の息子でフランス国王の後継者の一人。一八二〇年二月、劇場の車寄せで殺害された。しかし、彼の殺害はロスチャイルドの金融事業には反映されず、ワーテルローの戦い（一八一五）でナポレオンが敗北するニュースをいち早く受けとったことで莫大な富を得た。

109頁　**アメリカに逃亡する計画を……**

一八六〇年代から七〇年代の若者たちの間で、アメリカ移住志向が広がったが、さまざまな急進的な社会主義的ユートピア思想がしばしばそれと結びついた。

111頁　**Quae medicamenta non sanant—ferrum sanat, quae ferrum non sanat—ignis sanat!"**

古代ギリシャの医学者ヒポクラテス（前四六〇頃〜前三五六頃）が残したとされる格言で、ドストエフスキーが愛読したシラーの『群盗』のエピグラフから取られたこの一節が、さまざまなアジ文が印刷されたドルグーシン（デルガチョフのモデル）家のモスクワ郊外の別荘の壁にさまざまな言語で書かれていたとされる。

115頁　**ロシア人は、二流の国民だということです……**

クラフトのモデルの一人は、モスクワ大学時代のA・コーニの同級生で、治安判事として知られ、ロシア人に歴史的な未来はないと悲観して自殺したクラーメル某とされる。クラーメルは、死の一週間前に書きはじめた日記に、ロシアは、他のより若い民族の肥やしとなれるだけだと書き残していた。この日記は、その後コーニの手に渡り、ドストエフスキーにその日記の内容を伝えたものと想像される。また、ロシアに独立した意義はないとするクラフトの主張は、チャーダーエフ『哲学書簡』（一八二九～三一）の思想にも通じるところがある。

128頁　地球が氷の石に変わり……

アルカージーのこの考え方は、イギリスの物理学者ウィリアム・トムソン（一八二四～一九〇七）とドイツの物理学者ルドルフ・クラウジウス（一八二二～八八）が熱力学の分野において行った諸発見との関連で、一八六〇年代に生まれ、同時代の知識人に強い影響をもたらした「宇宙の熱的死」というテーマに関連している。ドストエフスキーは、フランスの天文学者カミーユ・フラマリオン（一八四二～一九二五）の「天体の歴史（Histoire du ciel）」のロシア語訳（一八七五年、ちなみに原書は、一八七二年刊行）が出る以前に彼が唱える説を知り、大きな不安を抱いていたとされる。次にフラマリオンの著作からその一部を引用する。「太陽は冷却しつつある。

地球と惑星を、空間の氷の砂漠をつたって運び去ることで、太陽は徐々に熱と光を失う。(……)太陽は、赤くなり、それから黒くなり、惑星系は、そうした黒い球の周囲を回転する黒い球の集合に過ぎなくなる」(フラマリオン『天体の歴史』より)。

145頁　**カルムイク人のための土地……**
カルムイク人は、ロシア(主としてカルムイク共和国)とキルギス共和国に住むモンゴル系民族(オイラート人)の一部族。

176頁　**ヨーロッパとの戦争でふたたび軍務に就いたが……**
「ヨーロッパとの戦争」とは、一八五三年から五六年までつづいたクリミヤ戦争のこと。この戦争の中心的な戦闘となったのが、一八五四年十月から五五年九月まで繰り広げられたセヴァストーポリの戦いだった。

184頁　**アルパゴン、ないしはプリューシキンにすぎず……**
アルパゴンは、モリエールの『守銭奴』(一六六八)に登場する強欲な主人公、プリューシキンは、ゴーゴリの『死せる魂』(一八四二)に登場する吝嗇の権化。

184頁　**スヒマ僧の苦行……**
スヒマ僧とは、ロシア正教会の修道院で最高位を占める苦行僧をいい、高度の禁欲主義が要求される。ちなみに、スヒマの語源は、ギリシャ語 σχῆμα で、外観、聖

像の意味がある。

193頁　コーコレフ、ポリャコーフ、グボーニンの輩……

いずれもロシアの資本家たちの名前。社会の底辺から出て一大資産家となった。ちなみにワシーリー・コーコレフ（一八一七〜八九）は、コストロマー県出身の商人で古儀式派、酒の売買で巨万の富を得た。サムイル・ポリャコーフ（一八三七〜八八）、ピョートル・グボーニン（一八二五〜九四）の二人は、いずれも鉄道事業家として知られた。

193頁　フランス革命より少しまえのパリに、ロウなにがし……

ジョン・ロウ（一六七一〜一七二九）は、英国からパリに逃亡したイギリス人で、政府の許可を得て、一七一六年に政府の許可を得て銀行を創立したが、一七二〇年に破産し、雲隠れした。

197頁　バイロン風の呪いも……

ジョージ・ゴードン・バイロン（一七八八〜一八二四）の劇詩『マンフレッド』は、ドストエフスキー晩年の作品に共通する神への反抗の問題が現れる。神のごとき霊感を得たマンフレッドは、愛する人の記憶を失うために、精霊たちを呼び出すが、拒否される。

203頁 タレーランとかピロンとかが……

タレーランは、本名シャルル＝モーリス・ド・タレーラン＝ペリゴール（一七五四～一八三八）で、フランス革命から、第一帝政、復古王政、七月王政を通じて、フランス外交の要であり、ウィーン会議ではブルボン家の代表となった。以後、首相、外相、大使等を歴任。アレクシス・ピロン（一六八九～一七七三）は、フランスの詩人、喜劇、コミックオペラの作者。ピロンについては多くのエピソードが残され、当時大人気を博した寸鉄詩の多くが彼の作とされている。

206頁 ぼくは満足だ／この意識さえあれば

アレクサンドル・プーシキン（一七九九～一八三七）の劇詩『吝嗇の騎士』（一八三〇）から男爵のモノローグを引用したもの。アルカージーの「ロスチャイルド願望」の根底にひそむ「力と孤独」の感覚への願望に通じる。

208頁 プーシキンの『吝嗇の騎士』

プーシキンの劇詩『吝嗇の騎士』は、ドストエフスキーが『未成年』を書くにあたってもっとも重要な作品とみなした小悲劇で、一八三〇年の作。騎士である男爵とその息子アルベールが中心となる。吝嗇の化身である男爵は、蓄財に命を捧げ、金の全能性を信じる初老の男。煩悩な息子アルベールに対する遺産の相続を躊躇す

る。清貧に甘んじるアルベールは、ユダヤ人金貸しソロモンから父殺しを使嗾《しそう》される。

210頁　ぼくは荒野暮らしを続けていく。

予言者イリヤが連想されている。イリヤは、長年にわたって干ばつが続く中、神の命にしたがってヨルダン川のそばに過ごしたが、毎日、カラスが彼にパンと肉を運んでくれた逸話に基づいている（『列王記上』十七章）

213頁　ビスマルクの理想……

オットー・フォン・ビスマルク（一八一五〜九八）はドイツの政治家。ドイツ統一に貢献した。

213頁　トロイツキーパサードに行ってくれないかと……

「トロイツキーパサード」は、現マリ・エル共和国に属する、ヴォルガ中流域の小さな村。

216頁　ジャン・ジャック・ルソーが『告白』で書いている話……

ジャン・ジャック・ルソー（一七一二〜七四）の『告白』（第一部第三巻）を参照のこと。

227頁　フィレンツェ大聖堂の「青銅の門」……

作者がここで念頭に置いているのは、フィレンツェのサンタ・マリア・デル・フィオーレ大聖堂に付属する洗礼堂東扉『天国への門』である。

242頁　「ジュネーヴ思想」のひとつ……
ドストエフスキーは、『告白』に見る八方破れのルソーとはべつに、彼と同時代のデモクラティックな、社会主義的な教義の先駆者の一人としてルソーをみなしていた（「ジュネーヴの思想とは、キリストなき美徳」）。具体的には、ルソーと、その後継者たちである社会主義者やパリ・コミューンの指導者たちの思想を一つに結びつけた同時代フランスの思想と同一視していた。社会的かつ経済的な人間の平等の理念であり、宗教とくにキリスト教的な倫理の否定であり、全面的な生活の保障と満足への希求がその内容である。

243頁　エリセーエフとバレの店で……
エリセーエフ、バレともにモスクワとペテルブルグにある一大食料品店の所有者。

249頁　「われ、荒れ野へと去らん」
有名なロマンス歌曲の最初の一行で、一七九〇年に出た歌集「新ロシア歌集……」に収められ、後年、多くの歌集に転載された。有名な歌手M・ズボーワ（生年不詳～一七九九）の作とされている。

253頁　tous les genres …　「どんな類の話でも」の意味だが、これは、ヴォルテールの喜劇に登場する放蕩児の序文にある言葉で、この後に「かまわないが、退屈なのは困る」が続く。

258頁　クルイローフの寓話です。

258頁　イワン・クルイローフ（一七六九～一八四四）は、ロシアの詩人。寓話詩のジャンルを芸術的な社会風刺に高め、ロシア国民文学の成立に大きく貢献した。

258頁　寓話だったか、『知恵の悲しみ』の一節だったか？……　『知恵の悲しみ』（一八二四）は、アレクサンドル・グリボエードフ（一七九五～一八二九）の戯曲で、主人公のチャーツキーは、汚辱に満ちた上流階級をきびしく指弾し、かえって狂人扱いにされる「余計者」タイプの一人。

262頁　『猟人日記』を朗読しあったとか……　『猟人日記』は、イワン・ツルゲーネフ（一八一八～八三）による二十二編からなる小説集。ロシアの美しい大自然を背景に、農奴の悲惨な暮らしを描き出し、のちにアレクサンドル二世にも大きな影響を与えた。

279頁　この人があんたを大学まで上げてやろうとしたことや……　高等学校（ギムナジア）を卒業した者は自動的に大学およびすべての高等教育機関

に入学できる権利を持っていた。

300〜301頁 ひょっとして、じっさいに美しく高尚なものへの欲求なんて……

十八世紀の終わり、及び、一八二〇〜三〇年代のロマン主義美学に広く流布した「崇高で美しいもの」の理念は、十九世紀後半には、アイロニカルに使用されることになった。この理念は、主としてカント（一七二四〜一八〇四）に遡るもので、彼の美学的論文は、この二つの概念の分析に費やされている。ドストエフスキーが後年、十代後半の若い時代を回想しながら書いた文章では、彼が、カントのこの理念に真摯な思いを捧げていたことが明かされる（『作家の日記』一八七六年、一月号）。

302頁 あの田舎村のウリヤがだ……

ダビデは、軍人、指導者、王、支配者、信仰者として傑出した力を有していたが、彼が犯した過ちのうちの一つが、バト・シェバに欲望をいだき、その夫ウリヤを危険な戦場に送って死へ導き、彼女をわがものとしたことである。詳しくは、『サムエル記二』十一章を参照のこと。

307頁 浅黒く、背は高く、すっくとして

ニコライ・ネクラーソフ（一八二一〜七八）の物語詩『ヴラース』の冒頭部の一行。ドストエフスキーは、この作品を高く評価していた。

319頁　この霧が晴れて上空へ消えていくとき……
ペテルブルグは人工都市であり、ゆえに破滅を運命づけられているという考えは、スラヴ派的な気分に包まれる社会の一部に広くゆきわたった。もともとは、ペテルブルグ建設に伴った莫大な犠牲が根本にあり、その犠牲の中心だった分離派の人々の間で流布した呪詛の言葉「ペテルブルグ空なるべし（Петербургу быть пусту…）」に通じている。

319頁　馬にまたがった青銅の騎士ひとり……
サンクトペテルブルグの中心街、ネヴァ川のほとりに建つピョートル大帝の騎馬像。アレクサンドル・プーシキンの代表作の一つである物語詩「青銅の騎士」（一八三三）の題材となった。

339頁　シャルトルーズ酒をこしらえている……
カルトジオ会に伝えられた、フランスを代表する薬草系のリキュールの一つ。本山のあるグランド・シャルトルーズに伝わったのは一七三五年。当時は非売品だったが、のちに修道士たちが小売りで普及させた。

340頁　ブレスト＝グラーエヴォの株、ぼしゃらずに……
ここで問題となっている会社は、ロシアとドイツをつなぐ重要な路線ブレスト＝グ

ラーエヴォ間鉄道を所有する株式会社のことで、一八七〇年代はじめに創設された。この会社の宣伝が当時の多くの新聞にひんぱんに掲載されたことから、巨大な富を蓄積したことをステベリコフは示唆している。

344頁　だって、あれは、『女の予言者』だろう……

ヴェルシーロフにつけられたこのアイロニカルな綽名は、チャーダーエフに対して向けられた同時代の敵陣の言い草から来ている。カトリック改宗、哲学的・神学的な発言、女性の間での彼の説教が、大いに人気を博したことなどが念頭にある。ドリーニンによると、それらの特徴がヴェルシーロフの人物像に反映されているという（「ドストエフスキーの最後の小説」）。

365頁　クラフトがピストル自殺したのは、理想のためです、ヘキュバのためなんです……

ヘキュバは、トロイア王プリアモスの妻で、トロイアがギリシャ軍に占領され、プリアモス王が殺害されたのち、娘のカッサンドラとともに捕虜となり、ギリシャに連れ去られた。ここでは、シェイクスピア『ハムレット』の劇中劇でヘキュバの苦しみを独白する役者についてハムレットが言及する場面が念頭にある。

「あの役者、目には涙すら浮かべて――ヘキュバのために。だが、奴にとってヘ

キュバがなんだ? ヘキュバにとって奴はなんだ?」(『ハムレット Q1』安西徹雄訳、光文社古典新訳文庫)

372頁 **これもまた聖書にありましたね……**

アルカージーがここで念頭に置いているのは、『創世記』の一節「こういうわけで、男は父母を離れて女と結ばれ、二人は一体となる」(第二章第二十四節)。

381頁 **最後のメモは、自殺直前に記されており……**

人生の最後の瞬間を刻々と記録に残したクラフトの自殺について、ドストエフスキーは、『市民』四十六号(一八七四年十一月十八日)に掲載された記事を使用している。グルジアの町ピャチゴルスクで起きた事件で、自殺したA某は、ベッドの上で遺体となって発見されたが、彼の手には鉛筆と開かれた本が握られ、脇には、時計、そして死の直前の書き込みのある用紙が残されていた。それによると、自殺したAは、自殺にいたるまで、五分から十分毎に自分の心情を克明に記録していた。ドストエフスキーは、その日記を資料として用いているという(ドリーニン「ドストエフスキーの晩年の長編小説」)。

393頁 **ぼくは公爵で、リューリクの出だ。**

リューリクは、ノルマン人で、ロシア建国の祖とされる。

427頁　さまよえるセラドンと……

十七世紀フランスの作家H・デュルフェによる牧歌的な小説『アストレ』に登場する主人公の牧童。小説自体は、五千五百頁を越える超大作で、十七世紀の前半に刊行された。大河ロマン小説の元祖と言われる。牧童セラドンと羊飼いの娘アストレとの恋を描き、大人気を博した。

435頁　『死したるによみがえり、失せたるに見いだされた』

『ルカによる福音書』第十五章第二四節に拠っている。

437頁　無数の賤しい真実より……

アレクサンドル・プーシキンの詩「英雄」（一八三〇）の一節。

光文社古典新訳文庫

未成年《みせいねん》1

著者　ドストエフスキー
訳者　亀山《かめやま》 郁夫《いくお》

2021年11月20日　初版第1刷発行

発行者　田邉浩司
印刷　萩原印刷
製本　ナショナル製本

発行所　株式会社光文社
〒112-8011東京都文京区音羽1-16-6
電話　03（5395）8162（編集部）
03（5395）8116（書籍販売部）
03（5395）8125（業務部）
www.kobunsha.com

ISBN978-4-334-75452-5 Printed in Japan

いま、息をしている言葉で、もういちど古典を

長い年月をかけて世界中で読み継がれてきたのが古典です。奥の深い味わいある作品ばかりがそろっており、この「古典の森」に分け入ることは人生のもっとも大きな喜びであることに異論のある人はいないはずです。しかしながら、こんなに豊饒で魅力に満ちた古典を、なぜわたしたちはこれほどまで疎んじてきたのでしょうか。

ひとつには古臭い教養主義からの逃走だったのかもしれません。真面目に文学や思想を論じることは、ある種の権威化であるという思いから、その呪縛から逃れるために、教養そのものを否定しすぎてしまったのではないでしょうか。

いま、時代は大きな転換期を迎えています。まれに見るスピードで歴史が動いていくのを多くの人々が実感していると思います。

こんな時わたしたちを支え、導いてくれるものが古典なのです。「いま、息をしている言葉で」——光文社の古典新訳文庫は、さまよえる現代人の心の奥底まで届くような言葉で、古典を現代に蘇らせることを意図して創刊されました。気取らず、自由に、心の赴くままに、気軽に手に取って楽しめる古典作品を、新訳という光のもとに読者に届けていくこと。それがこの文庫の使命だとわたしたちは考えています。

このシリーズについてのご意見、ご感想、ご要望をハガキ、手紙、メール等で翻訳編集部までお寄せください。今後の企画の参考にさせていただきます。
メール　info@kotensinyaku.jp

光文社古典新訳文庫　好評既刊

カラマーゾフの兄弟　1〜4＋5エピローグ別巻
ドストエフスキー　亀山　郁夫　訳
父親フョードル・カラマーゾフは、粗野で精力的で女好きの男。彼と三人の息子が、妖艶な美女をめぐって葛藤を繰り広げる中、事件は起こる―。世界文学の最高峰が新訳で甦る。

罪と罰（全3巻）
ドストエフスキー　亀山　郁夫　訳
ひとつの命とひきかえに、何千もの命を救える。「理想的な」殺人をたくらむ青年に押し寄せる運命の波―。日本をはじめ、世界の文学に決定的な影響を与えた小説のなかの小説！

悪霊（全3巻＋別巻）
ドストエフスキー　亀山　郁夫　訳
農奴解放令に揺れるロシアは、秘密結社を作って国家転覆を謀る青年たちを生みだす。無神論という悪霊に取り憑かれた人々の破滅と救いを描く、ドストエフスキー最大の問題作。

白痴（全4巻）
ドストエフスキー　亀山　郁夫　訳
純真無垢な心をもち誰からも愛されるムイシキン公爵を取り巻く人間模様を描く傑作長編。ドストエフスキーが書いた「ほんとうに美しい人」の物語。亀山ドストエフスキー第4弾！

賭博者
ドストエフスキー　亀山　郁夫　訳
舞台はドイツの町ルーレッテンブルグ。「偶然こそ真実」とばかりに、金に群がり、偶然に賭け、運命に嘲笑される人間の末路を描いた、ドストエフスキーの〝自伝的〟傑作！

光文社古典新訳文庫　好評既刊

貧しき人々
ドストエフスキー
安岡　治子
訳

極貧生活に耐える中年の下級役人マカールと天涯孤独な少女ワルワーラ。二人の心の交流を描く感動の書簡体小説。21世紀の〝貧しき人々〟に贈る、著者24歳のデビュー作！

地下室の手記
ドストエフスキー
安岡　治子
訳

理性の支配する世界に反発する主人公は、「自意識」という地下室に閉じこもり、自分を軽蔑した世界をあざ笑う。それは孤独な魂の叫び声だった。後の長編へつながる重要作。

白夜／おかしな人間の夢
ドストエフスキー
安岡　治子
訳

ペテルブルグの夜を舞台に内気で空想家の青年と少女の出会いを描いた初期の傑作「白夜」など珠玉の4作。長篇とは異なるドストエフスキーの〝意外な〟魅力が味わえる作品集。

死の家の記録
ドストエフスキー
望月　哲男
訳

恐怖と苦痛、絶望と狂気、そしてユーモア。囚人たちの驚くべき行動と心理、そしてその人間模様を圧倒的な筆力で描いたドストエフスキー文学の特異な傑作が、明晰な新訳で蘇る！

戦争と平和1
トルストイ
望月　哲男
訳

ナポレオンとの戦争（祖国戦争）の時代を舞台に、貴族をはじめ農民にいたるまで国難に立ち向かうロシアの人々の生きざまを描いた一大叙事詩。トルストイの代表作。（全6巻）